西北民族大学“甘肃省一流特色发展学科——中国语言文学一级学科建设资金资助”
西北民族大学“中央高校基本科研业务费——多民族格萨尔学科建设项目（31920170133）”
西北民族大学“中央高校基本科研业务费——重大需求培育项目‘多民族文化交往交流交融视角下的《格斯尔》名物词汇研究’（31920220087）”

北京木刻本《十方圣主格斯尔可汗传》名物词汇研究

董晓荣 著

中国藏学出版社

目　录

导言……………………………………………………………………（1）
一、蒙古《格斯尔》研究概述 ……………………………………（1）
二、北京木刻本《十方圣主格斯尔可汗传》名物词汇
研究概况……………………………………………………（5）
三、北京木刻本《十方圣主格斯尔可汗传》名物词汇
研究意义……………………………………………………（5）

第一章　人物类……………………………………………………（1）
一、藏传佛教人物………………………………………………（1）
二、萨满教人物…………………………………………………（14）

第二章　房屋建筑类………………………………………………（23）
一、毡帐类房屋…………………………………………………（23）
二、宫殿式房屋…………………………………………………（29）
三、城堡或城邑…………………………………………………（33）

第三章　器物类……………………………………………………（37）
一、宗教器物……………………………………………………（37）
二、日常器物……………………………………………………（44）

三、战争器物…………………………………………………………………（56）

第四章　服装配饰类…………………………………………………………（61）
一、服饰………………………………………………………………………（61）
二、配饰………………………………………………………………………（74）
三、妆饰………………………………………………………………………（81）

第五章　部族与官制名称类…………………………………………………（86）
一、部族………………………………………………………………………（86）
二、官制 ……………………………………………………………………（100）

第六章　民间习俗与信仰类 ………………………………………………（105）
一、民间习俗与信仰 ………………………………………………………（105）
二、丧葬习俗 ………………………………………………………………（108）

第七章　饮食类 ……………………………………………………………（111）
一、饮品 ……………………………………………………………………（111）
二、食物 ……………………………………………………………………（115）

附录一　北京木刻本《十方圣主格斯尔可汗传》的版本及插图 …（117）
附录二　十三章本《格斯尔可汗传》与布里亚特《阿拜格斯尔》的比较 ……………………………………………………………………（135）
附录三　蒙古地区格斯尔信仰的传播特点及功能 ………………………（149）
附录四　北京木刻本续篇《隆福寺格斯尔传》汉译文 …………………（161）

参考文献 ……………………………………………………………………（378）

导　言

一、蒙古《格斯尔》研究概述

1. 国外研究状况

蒙古《格斯尔》研究，国外始于18世纪中后期。1776年，俄国旅行家、学者P·S·帕拉斯首次发表论文介绍了1716年北京木刻本《十方圣主格斯尔可汗传》，拉开了《格斯尔》研究的序幕。1802—1804年间，德国旅行家B·别尔格曼在伏尔加河流域卡尔梅克人中记录了蒙古《格斯尔》两章，并译成德文发表。施密特院士于1839年将北京木刻本《十方圣主格斯尔可汗传》译成德文出版。随着北京木刻版《格斯尔》与各地搜集本、外文译本的相继问世，从1849年起，俄国学者阿·鲍勒洛夫尼科夫、斯·科津、格·米哈依洛夫等学者先后发表论文，从不同角度对《格斯尔》进行了研究。

到20世纪中期，国外开始出版有关蒙古《格斯尔》的研究专著，其中代表性的有蒙古国学者策·达木丁苏荣撰写的《〈格斯尔〉的历史根源》（1957年，莫斯科）一书。此书对当时《格斯尔》研究的各种观点作了十分详尽的评论性分析，还对《格斯尔》的各不同文本（蒙古、布里亚特、西藏）进行了比较研究，认为，《格斯尔》是一部关于吐蕃唃厮啰的长诗。此观点虽招致不少非议，但仍是后世所有“格斯尔学”探索的奠基之作。俄罗斯布里亚特著名的史诗学者米·波·霍莫诺夫撰写出版了《勇敢的阿拜·格斯尔》（1961年）和《奥硕尔博格多和呼林阿尔泰》（1966年）两本书，他将布里亚特民间巨匠扎姆察朗诺说唱的史诗整理，将原文译成现代布里亚特文并附科学标音。在此基础上他全面研究了布里亚特英雄史诗《格斯尔》中的埃黑里特—布拉嘎特异本，出版了专著《布里亚特英雄史诗〈格斯尔〉》（1976年，乌兰乌德）一书，认为格斯尔是神话形象，反映了古代布里亚特人的精神世界和物质文化。他还先后发表了《布里亚特乌力格尔〈格斯尔〉中的古代家庭遗迹》（载《西伯利亚民族的史诗创作》，乌兰乌德，1973年）、《〈格斯尔〉现状研究》（载《〈江格尔〉与突厥民族史诗创作问题》，埃利斯塔，1980年）、《蒙古〈格斯尔〉及其布里亚特异本的历史联系》（载《第四次国际蒙古学大会论文集》第二卷，1984年）、《英雄史诗中的阿尔泰—布里亚特比较研究》（载《布里亚特民间文学传统体裁分类》，乌兰乌德，1989年）等相关论文，系统地研究了布里亚特《格斯尔》的各种异本，分析了其思想艺术、母题和形象等。还应提到斯·涅克留多夫出版的《蒙古人民的英雄史诗》一书，此书全面地阐述了直到20世纪80年代初以前的蒙古史诗搜集和研究的历史，特别是西欧和俄国学术界的情况。这对于了解国外格斯尔研究情况具有重要参考价值。除此之外，还有很多专题论文，都对《格斯尔》的研究起到了巨大的推动作用。

2. 国内研究状况

国内最早关注和初步研究《格斯尔》的学者应属清朝乾隆年间（18世纪）的著名蒙古族高僧松巴堪布·益西班觉和察哈尔格西·罗桑楚臣，除基本的介绍、研究外，他们也对格斯尔史诗的性质和人物做了一些考证。但国内对蒙古《格斯尔》的真正研究始于20世纪50年代后期至60年代前期。此时期，随着北京版蒙古《格斯尔》十三章本的出版和各种抄本的相继发现，对这部史诗的研究逐步展开。《文学评论》《花的原野》等刊物上开始发表《格斯尔》相关论文，主要对于《格斯尔》的性质、人物、来源、作者以及产生年代等问题进行了初步探索。在此基础上还对

《格斯尔》的流传、思想内容、艺术成就、语言、时代局限等问题作了比较全面的分析研究。

从20世纪80年代初始，蒙古《格斯尔》的研究进入一个新时期。在报刊上发表的和全国、国际性会议上宣读的相关研究文章，据不完全统计，约有百篇。还出版学术专著两部（巴雅尔图著《北京版〈格斯尔〉研究》和乌力吉著《蒙藏〈格斯（萨）尔〉关系》），论文集一部（却日勒扎布著《蒙古〈格斯尔〉研究》）。这些成果涉及的领域相当广泛，如：关于《格斯尔》描述性的评介研究，关于《格斯尔》的比较研究，关于《格斯尔》思想内容和艺术特点的研究，关于主人公格斯尔可汗的研究，关于《格斯尔》产生年代的研究，关于《格斯尔》若干母题的研究，关于《格斯尔》版本、抄本及其相互关系的研究，关于北京木刻本《格斯尔》的思想倾向和特点的研究，关于《格斯尔》在文学史上的地位的研究，关于新发现的口头演唱本《格斯尔》的研究，等等。这些成果说明，我国蒙古《格斯尔》的研究，无论从广度还是深度上，都取得了可喜的成绩。在此基础上，内蒙古《格斯尔》领导小组于20世纪后期举办了几次全国性的《格斯尔》学术会议，进一步推动了《格斯尔》的研究工作，特别是对《格斯尔》产生年代问题的研究有所突破。

从21世纪始，蒙古《格斯尔》研究又更上一层楼。2000年、2001年、2007年由内蒙古人民出版社出版了《格萨尔文库》蒙古族卷共三册。此文库由王兴先先生担任总主编，蒙古卷第一册由齐木道吉、白歌乐译，第二册由玛·乌尼乌兰译，第三册由安柯钦夫译。从2002年始，斯钦孟和主编、巴图等人参与编撰完成的系列学术资料《格斯尔全书》十卷本陆续出版，将各国收藏的珍贵版《格斯尔》进行扫描、拉丁文转写、校勘注释。文库的出版和《格斯尔全书》的出版，大力推动了蒙古《格斯尔》的研究及与其他民族格萨尔的比较研究，研究的广度、深度等方面都上了新的台阶。此时期的代表作有：乌力吉巴雅尔先生的《蒙藏文化关系研究》一书，其“文学篇”中收入三篇关于《格斯尔》的专题论文《蒙藏〈格萨（斯）尔〉的比较》《蒙藏〈格萨（斯）尔〉的关系》《格斯尔汗原型试探》等，尤其是与藏族格萨尔进行比较研究有了起色，更进一步阐明了蒙藏格萨（斯）尔之间的密切关系。还有巴雅尔图先生的《〈格斯尔〉研究》（2006 年）一书，运用文献和版本学研究方法，从蒙古族《格斯尔》研究历史、版本和抄本特征、文学形式、文化艺术风格、源流考辨以及它在蒙古古代文学史上的地位、与蒙古文学传统的关系等方面，对北京木刻本《格斯尔》和诺木齐哈屯本《格斯尔》、鄂尔多斯本《格斯尔》、隆福寺本《格斯尔》以及蒙古文《岭格斯尔》等进行比较研究，指出北京木刻本《格斯尔》是蒙古族古典文学中最可靠的版本。它是蒙古人为了激活成吉思汗时代的英雄主义精神，在对古老的格斯尔神话、传说、史诗进行整理、改编，并在再创作的基础上形成的长篇神话小说。这是近年来出版的专题研究《格斯尔》较全面的一部专著。近年来，不断涌现出蒙古《格斯尔》方面的新成果，如乌・新巴雅尔的《蒙古〈格斯尔〉探究》，斯钦巴图的《图瓦〈格斯尔传〉蒙译注释比较与研究》，吴・纳钦搜集整理注释的《色拉西第一次演唱〈格斯尔・博格达传〉蟒古斯故事本整理与注释》等。内蒙古大学的博士生哈斯齐木格的博士论文《北京版〈格斯尔传〉语言研究》中分析了北京木刻本《格斯尔》的书写特征和语法形式，还有哈・丹碧扎拉森、仁钦戈瓦、尤・齐木道尔吉、索德那木拉布坦、道荣尕、却日勒扎布、玛・乌尼乌兰、呼・策仁巴勒、斯钦孟和、格日勒扎布、巴・苏和、格日勒图等学者撰写相关论文，推动了蒙古《格斯尔》的研究，研究思路、研究成果呈现多元化特征。

综上所述，目前，蒙古《格斯尔》的研究取得了可喜的成绩：已经整理出版了以北京木刻本《十方圣主格斯尔可汗传》为首的十余种主要的书面与口头流传本《格斯尔》；蒙古《格斯尔》研究也已经开始多元化，如蒙古《格斯尔》各种版本之间的关系，各种口头和书面版本的内容结构、语言风格、人物形象等方面的研究已经展开。尤其注重与藏族《格萨尔》进行比较，探索两者之间的关系，更加客观地看待蒙古《格斯尔》的来源问题。但对于蒙古《格斯尔》这样一部以木刻本、手抄本、口头演唱并行的方式流传下来的内容丰富、卷帙浩繁的民间文学巨著来说，国内的研究工作起步较晚、研究人员较少。从学术研究的广度和深度来讲，从不同学科、不同角度对国内和国外流传的各种版本《格斯尔》

的研究严重欠缺。尤其是北京木刻本《十方圣主格斯尔可汗传》有待进一步挖掘探索。因为，它可以说是蒙古《格斯尔》各种抄本的祖本，对其他抄本的形成提供了资料来源。蒙古地区的其他《格斯尔》抄本都是以此内容为基础，在长期流传过程中派生出来的异本。所以对北京木刻本《十方圣主格斯尔可汗传》的研究有其重要意义。

二、北京木刻本《十方圣主格斯尔可汗传》名物词汇研究概况

北京木刻本《十方圣主格斯尔可汗传》的研究，从名物词汇的角度进行专题研究的成果不多。目前，蒙古《格斯尔》的研究议题逐渐从传统的史诗文本内容转向研究史诗中体现的文化内涵，关注焦点已不仅仅局限于史诗文本内容的探究，而是更进一步探索史诗中的文化现象是在什么样的社会文化空间中被构建而成。要想解决这个问题，就需要通过史诗文本中出现的多样化的物质文化研究来重建当时的社会环境、知识背景和文化语境。名物词汇研究需要多种学科知识的支撑，如果我们能从总体上把握《格萨（斯）尔》史诗，即在其中蕴含的蒙藏民族文化的基础上，从民俗学、宗教学、历史学、地理学为代表的交叉学科综合纬度进行审视，才能更好地彰显格萨（斯）尔学的重要研究价值。

三、北京木刻本《十方圣主格斯尔可汗传》名物词汇研究意义

史诗文本内容中涉及的格萨尔学科门类很多，如政治、宗教、经济、军事、文化、艺术、科技等。大类中又可分很多具体的小门类，如经济类中分为服饰、建筑、家具、器具、饮食等。《汉语大词典》对“名物”的解释是：“一、事物的名称、特征等；二、名目与物产；三、名誉与物类；四、给事物命名，辨明物理；五、有名的物产；六、犹事物。”名物词汇所代表的文化含义与所属历史时代有密切的关系，随着时代的变迁，

名物词汇也会发生不同程度的变化。通过名物词汇的研究，可以对《格斯尔》中出现的名物词汇的得名由来、民族所属、名实关系、客体渊源流变和文化含义进行深入探讨，能进一步了解当时的蒙古社会历史背景，也更加客观地认识史诗的传播与地方化现象。这些相关的名物词汇的记载能为藏族史诗《格萨尔》的流传与地方化，甚至能为格萨尔学的许多分支学科的研究提供可贵的文献依据；也为藏族文化与其他地区文化的交流、藏族文化对蒙古文化的影响研究提供了有力的依据。从史诗中出现的名物文献推测，藏族史诗《格萨尔》流传到蒙古地区后逐渐本土化，融入了很多蒙古族文化因素，但仍其有浓重藏族文化痕迹。从这些词汇也可分析出蕴含的诸多文化因素，从而更客观地认识和研究史诗《格萨（斯）尔》，也为丝绸之路沿线民族的文化交流情况提供了有力的旁证。

蒙古文北京木刻本《十方圣主格斯尔可汗传》共 7 章，梵夹装长条书，纸张规格 14 ×46. 5 厘米，共 178 叶，每叶分正面页与背面页。公元 1716 年（清康熙五十五年），在北京用木刻版首次刊行。现藏于中国国家图书馆、中国民族图书馆、内蒙古自治区图书馆、中央民族大学图书馆、内蒙古大学图书馆、内蒙古民族大学图书馆、中国社会科学院少数民族文学研究所图书馆、内蒙古自治区社会科学院图书信息中心、内蒙古日报社蒙古文资料室、辽宁省阜新蒙古族自治县蒙古语文办公室、蒙古国图书馆等国内外图书馆。1836 年，俄国学者雅科夫·施密得曾用活字版刊行了这个蒙古文本，后译成德文，于 1839 年在彼得堡出版。新中国成立后，1956 年由内蒙古人民出版社作为《格斯尔可汗传》的上册本，重新铅印出版。

北京木刻本《十方圣主格斯尔可汗传》是蒙古史诗《格斯尔》各种抄本的祖本，为其他抄本的形成提供了资料来源。蒙古地区的其他《格斯尔》抄本都是以此内容为基础，在长期流传过程中派生出来的异本。目前发现的蒙古族《格斯尔》的木刻本也只有这一种。从史诗末尾记有“康熙五十五年丙申（1716 年）孟春吉日完成”几个字判断出，该史诗于 1716 年刻印完成。

第一章　人物类

一、藏传佛教人物

1. 霍尔穆斯塔腾格里

北京木刻本《十方圣主格斯尔可汗传》中载：

在古代的一个时候，释迦牟尼佛涅槃之前，霍尔穆斯塔腾格里去拜见佛祖。顶礼膜拜之后，佛祖对霍尔穆斯塔下旨说道："五百年之后世界将会大乱。那时强者捕食弱者，动物互相残食。你回家后，过五百年，应派你三个孩子中的一个下凡，做人间可汗。你三个儿子中的一个将会成为那里的可汗，你可千万不要耽于享乐，忘了五百年之后该做的事。要按照我说的，速速派你的一个儿子下凡。"霍尔穆斯塔腾格里满口答应道："是"，就回家来了。①

霍尔穆斯塔腾格里派使者召来了三个儿子。三个儿子到齐后，霍尔穆斯塔腾格里说："并不是因为天下大乱，我才专门派使者去传召你们的。而是遵照佛祖的法旨，派你们下凡去。我以

① 陈岗龙、哈达奇刚等译：《十方圣主格斯尔可汗传》，作家出版社，2016年，第1页。

为你们是我的好儿子，不想原来你们是我的父亲，我才是你们的儿子。你们三个既然窥视我的可汗宝座，那么你们就当天神可汗吧。所有的事情都交给你们，我撒手不管了。”①

北京木刻本《十方圣主格斯尔可汗传》一开始就叙述了佛陀释迦牟尼命令霍尔穆斯塔腾格里派其二儿子降到人间去为民除害之事。霍尔穆斯塔腾格里忘记了佛祖的嘱咐，正在享乐之时，他的善见城西北角一万逾缮那的城墙突然坍塌。霍尔穆斯塔腾格里带领他的三十三天神，带着武器到坍塌的城墙前查看后发现城墙是自行坍塌的。霍尔穆斯塔腾格里突然想起了释迦牟尼佛涅槃之前的旨意，知道自己已经耽搁了七百年而导致善见城西北角之坍塌。从此开始，霍尔穆斯塔腾格里就以格斯尔天上的父亲角色出现，贯穿于整个史诗情节。

从上面的内容看，北京木刻本《十方圣主格斯尔可汗传》中所描述的霍尔穆斯塔腾格里天神是三十三天神的领袖，即帝释天。据古印度神话，帝释天是三十三天之首，居于须弥山顶之善见城②。史诗中的帝释天也住在善见城中。他还听从佛陀释迦牟尼的命令。史诗中的格斯尔是腾格里天神霍尔穆斯塔的儿子，受佛陀命令降到人间为民除害。从中可以看出，明显受到了藏传佛教的影响。“腾格里是古代蒙古人最敬仰的神灵。而孟克·腾格里（长生天）是众天神之主，是世界万物的创造者和赐予者，也是蒙古神话的主要形象。然而，随着佛教在蒙古地区的流布，孟克·腾格里等天神形象在蒙古神话中的地位发生了变化：一方面，与佛教关系密切的印度天神因陀罗或帝释天以霍尔穆斯塔之名登上了蒙古神话殿堂……另一方面，居于蒙古地区北边的布里亚特人的蒙古神话中出现了以汗·霍尔穆斯塔为首的善腾格里和以阿泰·乌兰为首的恶腾格里二元对立的模式。”③ 又据那木吉拉先生研究，元代藏译蒙《佛十二事业》残本中

① 陈岗龙、哈达奇刚等译：《十方圣主格斯尔可汗传》，作家出版社，2016 年，第 3 页。

② 那木吉拉：《蒙古神话中的腾格里形象初探》，《西北民族研究》，2001 年第 2 期，第 45—58 页。

③ 那木吉拉：《蒙古神话中的腾格里形象初探》，《西北民族研究》，2001 年第 2 期，第 45—58 页。

“霍尔穆斯塔·腾格里”“额斯润（指大梵天）·霍尔穆斯塔”等词出现了13次之多。而且将《佛十二事业》与同一时代的布顿大师所著《佛教史大宝藏论》比较后发现，藏译蒙《佛十二事业》中的“霍尔穆斯塔”一词与印度佛教的“帝释天”同义。[①] 因此说明，史诗中的霍尔穆斯塔腾格里就是藏传佛教中的帝释天。

布里亚特蒙古史诗《格斯尔》中出现的霍尔穆斯塔腾格里与其他蒙古地区流传的《格斯尔》中出现的霍尔穆斯塔腾格里有所不同。布里亚特蒙古史诗《格斯尔》中出现的霍尔穆斯塔腾格里是西方的55个腾格里天神的统帅，后来打败了东方44个腾格里的统帅阿代乌兰腾格里后成了东西方九十九天和东北的策根策布德克天神的总统帅。“霍尔穆斯塔腾格里天神并不仅仅是指三十三天神之首，而且还将之当作是蒙古人全部99尊腾格里天神之首。”[②] 这样，蒙古族萨满教中的天神孟克·腾格里就变成了同样功能的霍尔穆斯塔腾格里。

2. 观音菩萨

北京木刻本《十方圣主格斯尔可汗传》中多处出现与“观音菩萨”相关的词汇，如：

> 觉如命令他们道：“给我建一座像观音菩萨庙一样富丽堂皇的宫殿。要用黄金、白银、青铁和石头来建造。”[③]
>
> 五百个商人在觉如家门口的大海上用石头建造了拱桥；用巨石垒起柱子；用铁搭起了房架；用铅铸造了窗户；窗户上镶满了火红的宝石；屋顶外层铺上金瓦，内层包上白银；主梁用水晶搭建；在宫殿内塑造了一尊观音菩萨像；宫殿内的四角各挂一件闪闪发光的火红宝石；在观音菩萨像前挂了一颗如意宝石。[④]

---

① 那木吉拉：《蒙古神话中的腾格里形象初探》，《西北民族研究》，2001年第2期，第45—58页。

② ［意］图齐、［西德］海西希：《西藏和蒙古的宗教》，天津古籍出版社，1989年，第417页。

③ 陈岗龙、哈达奇刚等译：《十方圣主格斯尔可汗传》，作家出版社，2016年，第38页。

④ 陈岗龙、哈达奇刚等译：《十方圣主格斯尔可汗传》，作家出版社，2016年，第38页。

我五岁的时候，我们被驱逐到太平梁生活，让太平梁变成了吉祥、美好的家园。那时，我遇到了珍宝可汗派出的五百个商人，就施法让三天变成了一天，让天气变得干旱燥热，又变出土蜂蜇了五百个商人，让他们迷了路，最终征服了这五百个商人，命他们建造观音菩萨庙，报答了父母的养育之恩。我就是把不毛之地改造成吉祥的美丽家园的圣主格斯尔可汗。①

在我十岁的时候，为了报答父母的养育之恩，我建造了观音菩萨庙。②

上述材料中出现了“观音菩萨庙”和“观音菩萨像”等词汇。“大乘佛教中有名号的菩萨成百上千，但在藏传佛教信徒中知名度较高的也不过几位，如文殊师利、观世音、金刚手、普贤等，其中对前两位菩萨的信仰最为深入人心。”③ 观音产生于古代印度，随着佛教传入西藏，观音传到了西藏地区，并成为藏传佛教的主要神灵之一。④ 后来观音在西藏被看成菩萨来信仰供奉，成为藏族信仰文化的一部分。从8世纪到9世纪，大量的观音经典被译成藏文，也就是说观音信仰已在藏族地区流行并本土化。到11世纪时基本形成了独立的文化体系。⑤ 北京木刻本《十方圣主格斯尔可汗传》中出现“观音菩萨庙”和“观音菩萨像”等词汇，说明史诗刻印的清康熙年间随着藏传佛教传入蒙古地区，蒙古族已经接纳了藏传佛教文化体系中的观音信仰，已有了观音庙和观音塑像等造像活动。藏传佛教认为“观音菩萨是随类化现，应类施教。根据这个理论观音菩萨可以在极乐世界，也可以化现各种身像到三界六道救度众生，观音的化身多如恒河沙数。所以在藏传佛教中观音菩萨是一个在时间上超越自然的存在。”⑥ 所以观音作为随时能救度众生的神灵而被广泛地信仰供奉。

---

① 陈岗龙、哈达奇刚等译：《十方圣主格斯尔可汗传》，作家出版社，2016年，第71页。
② 陈岗龙、哈达奇刚等译：《十方圣主格斯尔可汗传》，作家出版社，2016年，第72页。
③ 才让：《藏传佛教信仰与民俗》，上海古籍出版社，2017年，第37页。
④ 当增扎西：《藏族观音文化研究》，中国藏学出版社，2013年，第18页。
⑤ 当增扎西：《藏族观音文化研究》，中国藏学出版社，2013年，第1页。
⑥ 当增扎西：《藏族观音文化研究》，中国藏学出版社，2013年，第47页。

3. 四大天王

北京木刻本《十方圣主格斯尔可汗传》中载：

> 阿日亚拉姆女神又请一位占卜师占卜。占卜完毕，他说道："接着，格斯尔—嘎日布—冬日布会诞生。十方诸佛占据他的上身，四大天王占据他的中身，四海龙王占据他的下身。他诞生后将统辖这瞻部洲，是为十方圣主仁智格斯尔可汗。"①
>
> 胜慧三神姊之一——波阿—冬琼—嘎日布从天而降，来到格斯尔面前，说道："哎呀，我的鼻涕虫弟弟！十方诸佛占据你的上身；四大天王占据你的中身；四海龙王占据你的下身。挨过你打的，都解脱了罪恶，被你杀了的，灵魂都得到了超度。你不是这瞻部洲的主人格斯尔可汗吗？有这些你还不满足吗？你在这里禅思，到底还想得到什么样的佛果呢？"②
>
> 可是锡莱河三汗却要来抢夺格斯尔可汗的茹格牡—高娃夫人。所以，我们三个人决定前去攻打他们。如果众天神赐恩允准，敬请合力相助，以万马千钧、势不可挡的威力为我们助威！祈求四方四大天王降下雨水与雾霭，为我们助力！③

四大天王指东方持国天王、南方增长天王、西方广目天王、北方多闻天王（毗沙门天王）。东方持国天王，以慈悲为怀，保护众生，护持国土，故名持国天王。住须弥山白银埵，身为白色，穿甲胄，手持琵琶或阮琴，是主乐神，表明他要用音乐来使众生皈依佛教。他负责守护东胜神洲，以干闼婆、紧那罗、富单那、毗舍阇等为持国天王的部众，是二十诸天中的第四天王。南方增长天王：能传令众生，增长善根，护持佛法，故名增长天王。住须弥山琉璃埵，身为青色，穿甲胄，手握宝剑，宝剑象征智慧，慧剑斩烦恼，保护佛法，不受侵犯。他负责守护南瞻部洲，以鸠盘

① 陈岗龙、哈达奇刚等译：《十方圣主格斯尔可汗传》，作家出版社，2016年，第7页。
② 陈岗龙、哈达奇刚等译：《十方圣主格斯尔可汗传》，作家出版社，2016年，第91页。
③ 陈岗龙、哈达奇刚等译：《十方圣主格斯尔可汗传》，作家出版社，2016年，第148页。

茶、薜荔多等为增长天王的部众，是二十诸天中的第五天王。西方广目天王，能以净天眼随时观察世界，护持人民，故名广目天王。住须弥山水晶埵，身为红色，穿甲胄，手缠一条龙或蛇，表世间多变之意，也是龙神的首领。另一手上拿着宝珠，表内心不变之意。他负责守护西牛贺洲，以龙王等为广目天王的部众，是二十诸天中的第六天王。北方多闻天王，又名毗沙门，精通佛法，以福、德闻于四方。住须弥山黄金埵，身为绿色，穿甲胄，左手握银鼠，右持宝伞（或作宝幡），伞盖代表要保护自己的内心不受外面环境染污，用以遮蔽世间，避免魔神危害，以护持人民财富。又名施财天，是古印度的财神。他负责守护北俱芦洲，以夜叉与罗刹为多闻天王的部众，是二十诸天中的第三天王。

其中影响较大的属北方多闻天王（毗沙门天王）。毗沙门天王是佛教护法四大天王中的北方护国天王，又称北方多闻天王。其地位和职责在《佛说四天王经》《金光明经》《北方毗沙门天王随军护法仪轨》《长阿含经》等佛教经典中多有记载。《北方毗沙门天王随军护法仪轨》中载："若行者受持此咒者。先须书像。于彩色中并不得和胶。于白氎上画一毗沙门神其孙哪吒天神七宝庄严。左手令执口齿。右手诧腰上令执三戟槊。其神足下作一药叉女踟趺坐。并作青黑色少赤加。若诵此咒时。就好地勿使有秽恶。种种花烧香供养。"① 《长阿含经·大会经》载："北方天王名毗沙门，领诸悦叉鬼，有大威德，有九十一子，亦字因陀罗，有大神力。此四天王护持世者，有大威德，身放光明，来诣迦维林中。"② 《方广大庄严经》载："北方天王及夜叉主，其身悉被金刚铠甲，或执弓刀，或持矛戟，或复导前，或复随后，梵王帝释及日月天，皆将眷属，欲界天子，化作摩那婆身，天人宝女无数千亿皆大欢喜，将天妙华散太子上。"③ 其职责应是率领诸鬼神护世北方，在佛教壁画造像中一般绘在窟门两侧或佛龛两侧，着武士装铠甲，手持长戟和托宝塔，守护佛法，多站姿。毗沙门天

① 《大正藏》第 21 册，No. 1247，第 224 页。

② 《大正藏》第 1 册，No. 0001，第 1 页，《长阿含经》。

③ 《大藏经》第 3 册，No. 0187，第 539 页，《方广大庄严经》。

王像最早可能出自汉唐时期的西域于阗国[①]。佛教传入于阗以后，毗沙门天被尊为于阗国保护神。内地的毗沙门天王像很可能来自西域于阗国。毗沙门天王像在8世纪末至9世纪初与库藏神造像糅合，逐渐演变为藏传佛教多闻天王样式的宝藏神。此种多闻天王在13世纪前后逐渐被宝藏神取代。[②]“西夏晚期至元初，汉藏财宝天王开始分道扬镳，此后各自发展成独立的图像系统，汉传佛教的财宝天王信仰到元代以后日渐式微，最终消失；而藏传佛教的财宝天王更多地趋向喜马拉雅文化圈的佛教经典，到14世纪正式形成了以财宝天王为中心，配八大马王的固定模式，一直流传至今。”[③] 北京木刻本《十方圣主格斯尔可汗传》中出现“四大天王”，说明佛教的四大天王护法神信仰已流行于蒙古地区。

3. 喇嘛

北京木刻本《十方圣主格斯尔可汗传》中载：

> 那时候，有一个长着山羊牙齿的狗嘴魔鬼，化身为工布老爹格隆喇嘛前来害格斯尔。他专门借口给两岁婴儿摸顶祈福，趁机咬断孩子的舌尖，从而让孩子变成结巴。格斯尔早就凭借神通预知了他的阴谋。格斯尔知道魔鬼要来，就咬紧四十五颗洁白的牙齿，躺在家中等候。化身为喇嘛的魔鬼来到后，给格斯尔摸了顶。他用手指抠格斯尔的牙齿，未能让格斯尔启齿，又试图用解锥弄松格斯尔的牙齿，也未能如愿……格斯尔假装吸吮着，就把魔鬼的舌头连根咬断了。这样，格斯尔结束了变成喇嘛的魔鬼。[④]

---

① 内蒙古社会科学院、鄂托克旗阿尔寨石窟研究院编：《中国蒙古学·阿尔寨石窟国际学术研讨会论文集》，陈育宁、汤晓芳：《阿尔寨石窟第31窟毗沙门天王变相图释读》，2008年，第89—92页。

② 谢继胜：《榆林窟15窟天王像与吐蕃天王图像演变分析》，《装饰》2008年第6期，第54—59页。

③ 罗文华主编：《木雅地区明代藏传佛教经堂碉壁画》，故宫出版社，2012年，第190页。

④ 陈岗龙、哈达奇刚等译：《十方圣主格斯尔可汗传》，作家出版社，2016年，第15页。

有一天，觉如在野外打猎，正好遇到了格措—高娃的哥哥却力斯东喇嘛和叉尔根老爷，二人正一起去晁通诺彦家送亲……觉如也不示弱，把喇嘛从马背上拽了下来。这样，觉如和喇嘛就打起来了……觉如放了却力斯东喇嘛，并说道："我听从叉尔根老爷的话，放你走。你活在这个世界上的时候，我要在众人面前好好羞辱你一次；你死了坠入地狱之后，我要在阎罗王面前再好好羞辱你一次。"①

第二天，觉如把从别人家讨来的一只山羊宰了，把肉煮熟了，装在口袋里背上，和母亲一起去晁通诺彦家参加婚礼。以晁通诺彦为首的达官贵族都坐在上座，高朋满座，婚礼热闹非凡。却力斯东喇嘛坐在左边妇女席位的上座。②

格措—高娃的哥哥却力斯东喇嘛会法术。他见觉如戏弄自己的妹妹，非常气愤，就从左鼻孔中变出一只毒蜂，命令它去蜇瞎觉如的一只眼睛。神通广大的觉如早就看穿了喇嘛的坏心眼儿。③

却力斯东喇嘛的驼背黑脸札日忽齐来找觉如说情……喇嘛给觉如磕完头谢完罪以后就让他坐上了席位。④

汉地贡玛汗的妻子去世了……于是，举国哀恸，全民遭难。可汗的大臣们聚集在衙门外商议对策。哈屯已经去世，理应入土为安，需召请喇嘛念经诵佛四十九天，尽心做功德善事。⑤

这时候来了些喇嘛上师，劝说格斯尔不要出征。格斯尔对他们说："头等喇嘛来了，会超度灵魂；中等的喇嘛来了，会念经诵佛；下等的喇嘛来了，只会惦记着外面的牲畜和家里的财宝。这就像两个走在一起的盲人找不到路，谁也帮不上谁的；两头拴在一起的两岁牛犊缠在树上，越转圈缠得越紧。你们还是回去严

① 陈岗龙、哈达奇刚等译：《十方圣主格斯尔可汗传》，作家出版社，2016 年，第 41 页。
② 陈岗龙、哈达奇刚等译：《十方圣主格斯尔可汗传》，作家出版社，2016 年，第 42 页。
③ 陈岗龙、哈达奇刚等译：《十方圣主格斯尔可汗传》，作家出版社，2016 年，第 43 页。
④ 陈岗龙、哈达奇刚等译：《十方圣主格斯尔可汗传》，作家出版社，2016 年，第 45 页。
⑤ 陈岗龙、哈达奇刚等译：《十方圣主格斯尔可汗传》，作家出版社，2016 年，第 79 页。

守戒律吧！”①

蟒古思说道：“等我睡着之后，会从我的右鼻孔里游出来大金鱼，在我的右肩上嬉戏；从我的左鼻孔里游出来小金鱼，在我的左肩上嬉戏。即使把它们两个杀了，我也会像个大力士一样，角斗上半天才会被打败。即使这样杀死我也无妨。我还有一个能念诵黑咒语的喇嘛兄弟……”②

格斯尔下马进了喇嘛的家，假装给喇嘛磕头、接受灌顶，却掏出匕首一刀捅死了魔鬼喇嘛。喇嘛本想念“唵”，却忘了咒语，念成了“吧嗒”，于是就死了。白额白鼻梁的马在外面瘫倒了。格斯尔把喇嘛的血倒给马，马就复活过来了。③

文中出现的“喇嘛”应指藏传佛教僧人。藏传佛教传入蒙古地区是从元太宗窝阔台时期开始的，到元代将藏传佛教定为“国教”，册封藏传佛教首领为“帝师”。藏传佛教初传入蒙古时，主要在贵族阶层中传播。随着元朝的败退，西藏的藏传佛教高僧与蒙古地区上层的联系也基本中断。虽然仍有一部分蒙古贵族阶层信奉藏传佛教，但藏传佛教僧侣人数逐渐减少，影响力也不断减弱。札其斯钦先生认为：“元朝北徙后，吐蕃佛法在蒙古地方仍是继续存在着，其中尤以瓦剌的君长们敬奉最深。但是一四五三年到一五七八年或是到一五六六年之间的一百一、二十年间，佛教的活动是非常消沉，但是并不能说完全停止。不过在这一段时期内，由宗喀巴创建的格鲁宗似乎没有传入蒙古。其继续活动的，仍以萨迦宗为主，而以卡尔玛宗为辅。当然在这一段时期内，原有的萨满信仰又复兴起来，则是一件没有疑问的史实。”④

随着元廷的北徙，元朝大力扶持信奉的萨迦派在西藏地区的政教统治也面临空前的危机。“萨迦、噶举等教派先后达到了它们权势极盛的阶

① 陈岗龙、哈达奇刚等译：《十方圣主格斯尔可汗传》，作家出版社，2016年，第104页。
② 陈岗龙、哈达奇刚等译：《十方圣主格斯尔可汗传》，作家出版社，2016年，第124页。
③ 陈岗龙、哈达奇刚等译：《十方圣主格斯尔可汗传》，作家出版社，2016年，第130页。
④ 札其斯钦：《蒙古与西藏历史关系之研究》，正中书局印行，1978年，第380页。

段，这些教派的上层僧人直接参与掌握政治、经济权力的活动；他们享有特权，免税免差，积聚财富，追逐利禄；有的还饮酒作乐，蹂躏妇女，欺压百姓，横行不法；为了争夺权利，各教派之间还经常发生争斗。”① 因此宗喀巴于 14 世纪末至 15 世纪初为了挽救佛教衰落后给藏地带来的种种影响而进行了改革。“宗喀巴的宗教改革，是站在一个佛教信徒的立场，以维护佛教的社会影响和僧人的名誉、地位为目的，针对当时某些教派那些享有特权、占有农奴、追逐利禄、生活淫靡、虐害人民的僧人在社会上引起的强烈不满而发起的一场改良西藏佛教的运动。”② 所以他的改革首先以戒律为本、显密并重，上继噶当、兼容各派为特点。“宗喀巴领导的宗教革命，虽然获得成功，但是吐蕃的各种宗派依然存在，掌握政权的贵族们又多是支持旧教的，所以在布道上常受反对者的打击。格鲁宗真正以压倒的力量控制全藏，集政教大权于一统，还是后来有待于蒙古君长们武力的支持。”③ 说明格鲁派初创之时，政治上处于劣势，经常受到其他教派的压制与打击。如格鲁派在藏地站稳脚跟，必须迅速发展势力，政治上取得统治地位。所以，格鲁派的僧侣集团一方面以力图争取西藏内部统治阶级在政治、经济和宗教方面的支持，另一方面积极寻求外部力量的支持。此时，蒙古大汗权力衰微，蒙古各部的封建割据局面进一步深入，蒙古土默特部落的阿拉坦汗的势力日益增长，已经到达了甘肃、青海和今四川地区，并企图向西藏方面发展，也想从西藏寻找合作的势力。

从“16 世纪后半期，即当成吉思汗后裔的胜利已经确定和蒙古分裂为几个汗国以后，佛教新派由西藏传入蒙古。这个新派是宗喀巴所创立和组织的一种所谓黄帽派，它在蒙古的社会生活中起了重大作用。”④ “最早使怙主第二佛陀的教法在蒙古地方传播的，是雪域众生怙主执白莲尊者第三世达赖喇嘛索南嘉措。”⑤ 土默特部的俺答汗与西藏格鲁派首领索南嘉

① 王辅仁编著：《西藏佛教史略》，青海人民出版社，1982 年，第 189 页。

② 王森：《西藏佛教发展史略》，中国藏学出版社，2010 年，第 165—166 页。

③ 札其斯钦：《蒙古与西藏历史关系之研究》，正中书局印行，1978 年，第 407 页。

④ [苏]Б·Я·符拉基米尔佐夫：《蒙古社会制度史》，中国社会科学出版社，1980 年，第 285 页。

⑤ 固始噶居巴·洛桑泽培著，陈庆英、乌力吉译注：《蒙古佛教史》，天津古籍出版社，1990 年，第 64 页。

措在青海仰华寺的历史性会见拉开了藏传佛教再度传入蒙古地区的序幕。《蒙古源流》载：

> 使者甫至，即与三万户共议，建寺庙于青海之察卜齐雅勒地方，岁次丁丑，以右翼三部往迎，至察卜齐雅勒地方，首次之迎者，以永谢布之巴尔忽岱青，鄂尔多斯之哈丹巴图尔，土默特之玛哈沁师为首之八百人众迎迓，多献珍宝、财帛、驼马之属而谒焉。①
>
> 继而，二次往迎者，乃以鄂尔多斯之青巴图尔，土默特之卓哩克图诺延为首以千人之众迎迓，拜献贽仪五千品，则旷野涌出一泉焉。遂得（其）众之敬心矣。其宿乌兰莫稜河之夜，献供于奉圣马明王佛法旨之大力班札·玛哈噶拉，闻以奉教之事，即传法旨，遣往蒙古地方，令收伏天神，龙神去讫。②
>
> 其三次之迎迓，乃使鄂尔多斯之彻辰洪台吉，土默特之达延诺延为首之三千人众迎之，奉献各色礼帛、妆缎、蟒缎、绫缎、金钩银钩之驼，装宝金鞍马匹等馈贽万件拜见，则能识一切显示四臂观世音菩萨之法象于彻辰洪台吉之眼中矣。③

从土默特部的俺答汗及其子孙们迎请格鲁派首领索南嘉措起，蒙古右翼土默特和鄂尔多斯万户成了藏传佛教在蒙古地区传播的根据地。从此，藏传佛教格鲁派开始传播到蒙古诸部。从16世纪始土默特部的俺答汗及其子孙们为藏传佛教再度传入蒙古打下良好的基础，之后藏传佛教格鲁派很快风靡全蒙古地区。到清朝时期，清政府又采取了扶植和利用藏传佛教的政策和措施，使藏传佛教在蒙古地区得以更广泛更深入地传播。从此，藏传佛教对蒙古社会产生深远的影响。北京木刻本《十方圣主格斯尔可汗传》中多处出现了“喇嘛”一词，而多为反面形象，从而推测，此时

---

① 萨囊彻辰著，道润梯步译校：《蒙古源流》，内蒙古人民出版社，1987年，第376页。
② 萨囊彻辰著，道润梯步译校：《蒙古源流》，内蒙古人民出版社，1987年，第380页。
③ 萨囊彻辰著，道润梯步译校：《蒙古源流》，内蒙古人民出版社，1987年，第381页。

期应是藏传佛教格鲁派第二次传入蒙古的初期，还是与蒙古地区原有的萨满教进行冲突与融合时期。从清朝开始，藏传佛教风靡整个蒙古地区，达到了几乎全民信教的地步。

4. 格隆

北京木刻本《十方圣主格斯尔可汗传》中载：

> 在我两岁的时候，长着山羊牙和铁獠牙的狗嘴魔鬼变身为工布老爹格隆喇嘛，前来害我。他是专门借口给两岁婴儿摸顶祈福，趁机咬断孩子的舌尖，从而让孩子变成结巴的恶魔。我就咬紧四十五颗洁白的牙齿，不肯吃奶。喇嘛就问我的父母："你们的孩子是出生的时候就是这样，还是今天才变得紧咬牙关、不肯张嘴的？"我的父母回答他说："刚出生的时候有嘴有鼻子，今天是因为死了就变成这样了吗？我们也不知道为什么。"于是，魔鬼把舌头伸进我的嘴里，让我吸吮。我稍微张开嘴吸了一点儿，魔鬼就高兴地说："好，吸吮舌头了。"接着得寸进尺，一点点地把舌头全塞进我的嘴里了。我就假装吸吮，用我白海螺般清白、坚硬的四十五颗牙齿，把魔鬼的舌头连根咬断了。两岁的时候，我就是舌头上还有舌头的神舌格斯尔可汗。[①]

上述引文中出现了"格隆"一词，"格隆"是格鲁派受过戒律的喇嘛。格鲁派是藏传佛教各教派中最后兴起的一个大教派，兴起于 15 世纪初叶。它是在宗喀巴进行的"宗教改革"的基础上建立起来的。[②] 格鲁派从创建始，就以要求僧人严格守戒律，过严格的宗教生活为号召。[③] 普通僧人要受三次戒，才能成为正式的出家僧人。第一次受戒称"拉布金戒"（即沙弥戒）；第二次受戒称"格斯勒"（即具足戒）；第三次受戒称"格

---

① 陈岗龙、哈达奇刚等译：《十方圣主格斯尔可汗传》，作家出版社，2016 年，第 69—70 页。
② 王辅仁编著：《西藏佛教史略》，青海人民出版社，1982 年，第 188 页。
③ 王辅仁编著：《西藏佛教史略》，青海人民出版社，1982 年，第 202 页。

隆戒”（即比丘戒），僧人在25岁前后受此戒。[①]

清朝时期，蒙古地区的喇嘛僧众分为九等，分别是扎萨克大喇嘛、副扎萨克大喇嘛、扎萨克喇嘛、大喇嘛、副喇嘛、闲散喇嘛、德木齐、格斯贵、格隆、班第等。扎萨克喇嘛以上由理藩院给予印册，以下给予札付。清朝政府按这个喇嘛等级每月支给喇嘛们钱粮，这也是清政府控制低级职务喇嘛人数最有效的办法。当时蒙古地区建立寺庙也必须得到清政府的批准，“建立喇嘛庙，超过五十间者，可请清朝皇帝赐给寺庙名称。各地喇嘛呈请札付、度牒，由理藩院给予，年终汇奏”[②]。格隆喇嘛的职权地位不是很高，但是他也是受了比丘戒的喇嘛，应是很受尊重的喇嘛。北京木刻本《十方圣主格斯尔可汗传》中的“工布老爹格隆喇嘛”以反面人物的形象出场，没把他塑造成受过253条戒律的格隆喇嘛模样。

5. 黑帽子圣僧

北京木刻本《十方圣主格斯尔可汗传》中载：

> 蟒古思的三个妹妹听了，互相说道：“这个人说得有道理。我们又不是鸟类，为什么一天到晚坐在这树尖上呢?”于是，三个姑娘就从树上下来了，和格斯尔一起玩耍，很是开心。她们问格斯尔道：“你是什么人?”格斯尔回答说：“我从西域圣地来。我这里有黑帽子圣僧送给我的一百零八条绫缎护身符。你们想不想戴在脖子上?”蟒古思的三个妹妹听了，争相说道：“有大喇嘛赠送的护身符为什么不戴？给我们吧！”[③]

“黑帽子圣僧”应该是藏传佛教噶玛噶举派的喇嘛。噶玛噶举派是从塔布噶举分出的四大支之一，而且延续到现在。噶玛噶举派是藏传佛教噶举派中势力最强，影响力最大的一支派别，而且是藏传佛教中第一个采取

---

① 德勒格编著：《内蒙古喇嘛教史》，内蒙古人民出版社，1998年，第435—436页。

② 杨强：《清代蒙古族盟旗制度》，民族出版社，2004年，第109页。

③ 陈岗龙、哈达奇刚等译：《十方圣主格斯尔可汗传》，作家出版社，2016年，第126页。

活佛转世制度的宗派。他的创始人是塔布拉杰的门徒都松钦巴。此派最早采纳活佛转世制度，有两个支系，即黑帽系和红帽系。红帽系是从黑帽系中派生出来的。黑帽系从噶玛拔希开始，他后来接到了蒙古大汗蒙哥的诏书，于是去了和林会见了蒙哥。蒙哥赐给他一顶金边黑色僧帽及一颗金印，从此有了黑帽系。① 从而推测，北京木刻本《十方圣主格斯尔可汗传》中所载“黑帽子圣僧”大概是噶玛噶举派黑帽系的僧人。说明当时的蒙古地区也有噶玛噶举派的影响。

二、萨满教人物

1. 长生天（erxetu mongxe tegri）

北京木刻本《十方圣主格斯尔可汗传》中载：

晁通诺彦回去之后，过了七八天又回来了。他对图门—吉日嘎朗说：“哎呀，可怜的侄媳妇儿你何必受这样的苦呢？让我来娶你吧！”图门—吉日嘎朗对晁通诺彦说：“哎呀，老爷！我上次对你说的可是人话呀！难道你没有明白吗？长生天的儿子十方圣主格斯尔可汗抛弃我了吗？或者是他把我让给他的叔叔晁通诺彦您了吗……”于是，图门—吉日嘎朗叫院子里的男童找来棍棒，狠狠地把晁通诺彦打了一顿，夺了他的马，把他赶走了。②

图门—吉日嘎朗不相信，说道：“这罪恶的勾当都是晁通干出来的。我的格斯尔不会驱逐我离开这里，定是茹格牡和晁通合谋赶我走。既然要驱逐我，我就离开吧！愿长生天的儿子格斯尔可汗早日康复！我今天遭受的苦难算不得什么，如果命中注定有缘分，我的格斯尔早晚会让我回到他身边的。使者你回去吧，我

① 王辅仁编著：《西藏佛教史略》，青海人民出版社，1982年，第141—143页。

② 陈岗龙、哈达奇刚等译：《十方圣主格斯尔可汗传》，作家出版社，2016年，第94页。

自己会走。”[1]

他登高呼唤草黄八骏马，唱道：

从长生天
有缘降生的
草黄八骏马呀！
给你戴上马嚼子，
骑乘你的是
黑帐汗希曼比儒札呀！
我在这里等着你们。
你们为什么还像汗达罕一样
在崇山峻岭间任意游荡？
从至高的长生天有缘降生的
草黄八骏马呀！
为你鞴上马鞍，
骑乘你的是
人中之宝希曼比儒札呀！
我在这里等着你们！
你们为什么还像雄鹿一般
来高山之巅撒野逃遁呢？

草黄八骏马听到主人的召唤，发出了长长的嘶鸣。正被驱赶着的马群也跟着纷纷嘶鸣起来。[2]

长生天（erxetu mongxe tegri）一词经常出现在元朝时期的文献中，是当时蒙古人信仰的最高神祇，是一种天力的存在，神界和凡界的所有力量都屈从于这种天力。[3] 古代蒙古族进行隆重的祭天仪式，“在院子里按方位插上九色旗（或五色旗），中间摆供桌。供桌上放装满粮食的升（称粮

① 陈岗龙、哈达奇刚等译：《十方圣主格斯尔可汗传》，作家出版社，2016 年，第 99 页。
② 陈岗龙、哈达奇刚等译：《十方圣主格斯尔可汗传》，作家出版社，2016 年，第 145—146 页。
③ ［德］海西希著，耿昇译：《蒙古的宗教》，中国藏学出版社，2016 年，第 57 页。

食的衡器），升中插一面蓝旗。供桌前要摆上一堆牛粪火。‘博’全身披挂，手持单鼓，领头跪下。作为供祭牺牲的羊，称为‘术斯’，一定要用蒙古式掏心的杀法屠宰，将掏出的羊心放在碗里，直接上供祭天。主祭者开始一边用剑在‘术斯’上左右上下数点着，一边祈祷，呼叫‘长生天’”①。

宗喀巴大师创建的格鲁派教法传入蒙古后，风靡整个蒙古地区，萨满教的力量不断减弱。其主要原因，正如当时的彻辰洪台吉所说：“我祖先由天神而降生，以武力统治汉、藏、蒙古等地，与萨迦派结为施主与福田而兴佛法，此后至妥懽帖睦尔皇帝教法中断，蒙古诸人造作恶业，食肉饮血，如堕入黑暗血海之中。如今依仗施主与福田一双日月的恩德，寻获佛法之道，变血海为乳海。此方所有之汉、藏、蒙古众人都应奉行十善法戒条，自今日起，特别是蒙古人众应变规矩。以前蒙古人死后，按其贵贱杀其妻子、奴仆、马牛等殉葬，今后应改变杀生殉葬之法，以适量之马牛等献给僧众及上师，请求回向祈愿。”②

这样“在当时动荡的历史年代里，蒙古各部封建领主对藏传佛教的崇拜不仅达到了笃信程度，而且广大蒙古民众对萨满教的‘翁衮’崇拜意识不断淡化，恭敬佛教‘三宝’代替了萨满教的‘翁衮’崇拜。从此蒙古族接受了藏传佛教。”③ 因为藏传佛教有利于蒙古汗王巩固其封建统治，“从客观上讲，黄教比萨满教更适合于维护封建经济基础，它的戒杀、戒斗等说教，也比萨满教的宰杀大批驼马以为死者‘行粮’等落后习俗，有利于游牧经济的发展”④。

所以，蒙古各部都先后信奉了格鲁派，从此翻译藏传佛教经典、讲经说法等宗教善业日益增盛，所有蒙古地方都进入白色善业之道，努力于信仰三宝、供养上师等善业⑤。符拉基米尔佐夫说：“佛教新派则带来了高

---

① 王迅、苏赫巴鲁编著：《蒙古族风俗志》（上），中央民族学院出版社，1990年，第106页。

② 固始噶居巴·洛桑泽培著，陈庆英、乌力吉译注：《蒙古佛教史》，天津古籍出版社，1990年，第69页。

③ 胡日查：《清代内蒙古地区寺院经济研究》，辽宁民族出版社，2009年，第13页。

④ 王森：《西藏佛教发展史略》，中国藏学出版社，2010年，第175页。

⑤ 固始噶居巴·洛桑泽培著，陈庆英、乌力吉译注：《蒙古佛教史》，第78页。

度的文化和华丽的宗仪。同时，新教派的宣教师既是读写兼长的人（bagshi—巴黑石），又是医师（emči）和星占师（J̌ayaga-či），从前喇嘛和珊蛮（萨满）所能做到的一切，他们都能够充分做到，不但如此，他们在许多地方还超过了喇嘛和珊蛮。一方面，他们有文化修养，倡言反对流血的祭祀和野蛮习惯，促进了文字的发达；另一方面，他们制造‘灵显’，排斥从前的氏族神（onggod—翁古），引进了前所未见的拜佛仪式，举行各种各样的‘功德’倡导那颜由前世善行转生为主君之说。”① 因此，从明末清初始，萨满教的最高神祇慢慢被藏传佛教的霍尔穆斯塔天神来取代，但萨满教在蒙古地区以小范围延续至今。北京木刻本《十方圣主格斯尔可汗传》中所载“长生天（erxetu mongxe tegri）”一词应是蒙古族原始宗教萨满教的最高神祇长生天。

2. 额尔克窝达干

北京木刻本《十方圣主格斯尔可汗传》中载：

> 这时，白帐汗的女萨满额尔克窝达干恰巧来找乔姆孙—高娃，乔姆孙—高娃问道：“窝达干，有什么事吗？”②
>
> 女萨满跑到泉水边，想看个究竟，却掉进泉水里淹死了，因为女萨满觉察出了格斯尔的行迹，所以格斯尔使泉水泛滥，把她淹死了。③
>
> “我们一路玩耍，去了灵泉那边。不料泉水泛滥，将女萨满淹死了。我们要寻找女萨满的遗体，才耽搁了这么久……”④

“窝达干”指女萨满，即萨满法师，男萨满叫“博”，是作为神界、自然力的化身和形象的中间过度者。“萨满们首先经常把自己说成是某一

---

① ［苏］Б·Я·符拉基米尔佐夫：《蒙古社会制度史》，中国社会科学出版社，1980年，第285—286页。

② 陈岗龙、哈达奇刚等译：《十方圣主格斯尔可汗传》，作家出版社，2016年，第211页。

③ 陈岗龙、哈达奇刚等译：《十方圣主格斯尔可汗传》，作家出版社，2016年，第212页。

④ 陈岗龙、哈达奇刚等译：《十方圣主格斯尔可汗传》，作家出版社，2016年，第214页。

氏族或部族首领，这就是说部族或家庭的最高首领可以具有超人的预知力，可以与先祖的灵魂以及地下势力和彼世的势力保持联系。”①

“窝达干”和“博”的职能是占卜、治病、祈福、驱散灾难等。“窝达干”和“博”举行宗教活动时有一种独特的偶像道具叫“翁古特”，蒙古人用他们的绵羊、山羊、牛和马匹初产的奶来为这些偶像奠酒。② 翁古特是由木材、羊皮、毛毡、铜等材料制作的先祖模样的塑像，也可视为保护神。“翁古特”也是萨满法师们举行宗教活动的道具，在祭祀或驱鬼等活动中将“翁古特”作为保护神。也可以认为，在“翁古特”身上有先世萨满法师灵魂的力量。因为有一种萨满法师死后其灵魂附体于“翁古特”之说，所以萨满法师举行宗教活动时携带“翁古特”。马可波罗在其游记中记载：“他们还信奉一种名叫纳蒂盖的神，它的神像用毡子或其他布匹盖着，家家户户都供奉这种神。他们还替这种神塑造妻儿子女，左边摆妻子，右边摆儿女，俨如一家。他们认为这种神主管地面的祸福，能够保护他们的子女，照顾他们的家畜和谷物的丰歉……”③ 13 世纪来蒙古地方的西方旅行家柏朗嘉宾在其《蒙古行记》中记载：“他们拥有一些用毛毡做成的人形偶像，将之置于幕帐大门两侧，并且还在偶像的脚下放置一些用毛毯做成的乳房一类的东西，他们认为这些偶像是畜群的保护者，同时也是奶汁和畜群繁殖的赐予者。”④ 旅行家鲁布鲁克也曾说：“主人的头上总有一尊用毡制成的像，好像玩偶或塑像，他们称之为主人的兄弟；主妇头上也有类似的像，他们称之为主妇的兄弟；这些像附在墙上，两像之间，更高地方挂着一个细小的像，它算是全屋的保护者。”⑤ 这里所说的用毡子制成的偶像就是指萨满教“窝达干”和“博”举行宗教活动时使用的偶像道具“翁古特”。到近代，蒙古族东部地区还留存着“博”治病现象，“行‘博’时，‘博’穿着法衣手持神鼓进入场子。神坛上有‘博’信奉的神像、明烛，香炉里烧着把儿香。神坛的右侧悬挂着‘博’

---

① ［德］海西希著，耿昇译：《蒙古的宗教》，中国藏学出版社，2016 年，第 8 页。
② ［德］海西希著，耿昇译：《蒙古的宗教》，中国藏学出版社，2016 年，第 10 页。
③ 陈开俊等译：《马可波罗游记》，福建科学技术出版社，1982 年，第 64 页。
④ 耿昇、何高济译：《柏朗嘉宾蒙古行纪·鲁布鲁克东行纪》，中华书局，1985 年，第 33 页。
⑤ 耿昇、何高济译：《柏朗嘉宾蒙古行纪·鲁布鲁克东行纪》，中华书局，1985 年，第 211 页。

的‘翁衮’（翁古特）圣物，它们多为木制或毡制、布制偶像。”[①] 北京木刻本《十方圣主格斯尔可汗传》中所载“额尔克窝达干”很可能是当时在蒙古地区有权势的女萨满。

3. 山神敖瓦工基德和加布森—呼玛灵山

北京木刻本《十方圣主格斯尔可汗传》中载：

从这时起，天下大乱，黑头人类、飞禽走兽都汇聚在叫做呼斯楞的敖上，此外还有三百种操不同语言的生灵混迹其中。阿日亚拉姆女神召集贤者毛阿固实、唐波大师、山神敖瓦工基德三位一起占卜预测。[②]

嘉萨—席克尔、苏米尔和安冲三人叩拜了格斯尔可汗的神灵，祷告道：“请头顶上的霍尔穆斯塔腾格里天神听我们说！请身侧神力无限的梵界十七天尊听我们说！请曾把我们这三十个勇士一个接一个地差遣到下界来的三十三天尊听我们说！上界的十方佛尊、阿日亚拉姆女神、那布莎—古尔查祖母、胜慧三神姊、金色世界的主人山神敖瓦工基德父亲；中界的阿修罗；下界的白龙王！众神在上！嘉萨—席克尔在此依次献上圣洁的供品，来向你们一一祭拜祷告！”[③]

占卜者们回答说：“父亲是山神敖瓦工基德，母亲是苟巴彦的女儿苟萨—阿木尔吉拉。为了同甘苦共命运，他们将会由同父同母所出。”[④]

格斯尔将彩绸分成六块，祭祀了锡莱河三汗为母亲祈福、为父亲祈寿的加布森—呼玛灵山，并把灵山祐助的福分颠倒了过来，祷告道：“从前，你是赐予锡莱河三汗福分的灵山，从今以

---

① 王迅、苏赫巴鲁编著：《蒙古族风俗志》（上），中央民族学院出版社，1990 年，第 105 页。
② 陈岗龙、哈达奇刚等译：《十方圣主格斯尔可汗传》，作家出版社，2016 年，第 6 页。
③ 陈岗龙、哈达奇刚等译：《十方圣主格斯尔可汗传》，作家出版社，2016 年，第 148 页。
④ 陈岗龙、哈达奇刚等译：《十方圣主格斯尔可汗传》，作家出版社，2016 年，第 7 页。

后，请你变成赐予我格斯尔福分的灵山吧！”①

信仰萨满教的蒙古族有山神信仰，认为万物有灵，包括山川树木等。柏朗嘉宾在其《蒙古行记》中载：“另外他们还崇拜和敬仰太阳、月亮、火和水，甚至还包括土地。”② 海西希说：“根据蒙古人的万物有灵论的思想形式，他们认为所有的土地，都可以因吉祥和邪恶的势力而被赋予生命，也就是已故先祖的化身……当地人主要是把山冈或山脉作为地神和山神的所在地。这些神保佑各个地区人丁兴旺。以至于使他们在一般的谈话中，从不敢直接提到这些山脉的真实名字，而仅仅以一些赞扬性的委婉迂回说法相隐喻。”③ 说明13世纪时的蒙古族已经有了万物有灵的观念。认为山有山神，河有河神。“信仰萨满教的游牧民族都崇拜高山，敬仰山神。蒙古族敬畏山神，祈祷山神。他们甚至不敢直呼每座山脉的名字。他们乞求山神的保护和赐予。”④ 当时蒙古族信仰的山神已经有了偶像形象，有骑马佩箭、穿蒙古袍的画像等。在古代蒙古人心中，山神是护佑者，也和萨满们有同样的职能，即占卜和预测未来的吉凶。

4. 毛阿固实、唐波、小矮人占卜师

北京木刻本《十方圣主格斯尔可汗传》中载：

毛阿固实首先占卜，他说道：“首先会诞生一位名叫波阿—冬琼—嘎日布的天神。他浑身是水晶宝石，他的牙齿是白海螺，他长着嘎如达神鸟的头颅，他的发色金黄，发梢犹如开满花朵的柳树一样美丽。这位神灵降生后将统辖上界天神。”⑤

名叫唐波的占卜师占了一卦，说道：“其次诞生的是名叫阿

① 陈岗龙、哈达奇刚等译：《十方圣主格斯尔可汗传》，作家出版社，2016年，第208页。

② 耿昇、何高济译：《柏朗嘉宾蒙古行纪·鲁布鲁克东行纪》，中华书局，1985年，第34页。

③ ［德］海西希著，耿昇译：《蒙古的宗教》，中国藏学出版社，2016年，第138—140页。

④ 邢莉：《蒙古族与藏族的天体神话与天神信仰的比较研究》，《中央民族大学学报》2005年第6期。

⑤ 陈岗龙、哈达奇刚等译：《十方圣主格斯尔可汗传》，作家出版社，2016年，第6页。

日亚—阿瓦洛迦—沃德嘎利的天神，她红润的脸庞光芒四射，上身是人身，下身是龙神蛇身，她诞生后将会统辖下界龙神。”①

格斯尔可汗病倒了。可怕的疾病开始在整个部落里流行。茹格牡—高娃和晁通诺彦去找格斯尔的毛阿固实和唐波占卜师。“格斯尔因为什么原因病倒了？全部落的百姓为什么也都染上疾病了？请二位占卜一下。”占卜师占卜之后告诉他们说：“原来是这样的。格斯尔可汗在其他地方藏着一位美丽的夫人。格斯尔有一个黑心的亲戚对夫人垂涎三尺，因为得不到她，就去‘诅咒的黑洞’里学到了法术诅咒图门—吉日嘎朗夫人，用不洁的毒液熏到了十二头蟒古思。被熏的蟒古思头痛欲裂，用红线占卜得知了原因后如法炮制，报复格斯尔可汗。格斯尔的病和全部百姓的疾病都是这个原因引起的。”②

“中间高山的山谷里住着一位身高只有一尺左右的矮人。他是一位神奇的占卜师。他用一根红线占卜，精准到能找出藏在很远的地方的一小块儿烤肉。您请他给您占卜一下，如果他说吉，您就去征讨蟒古思，如果他说不吉，您就按他的话改变计划。”格斯尔认真听完腾格里天神的儿子说的话，就继续前行。③

格斯尔就谢罪说道：“哎呀，占卜术高明的莫日根—乌塔奇啊，您不要生我的气啊！我格斯尔就喜欢捉弄人。”④

上文中所载的毛阿固实、唐波、小矮人占卜师等皆是占卜者。“固实”一词是从“国师”一词演变而来，后来指译师。也成为对学识渊博、精通三藏、善于翻译经典的人的尊称。⑤ 13 世纪时的西方旅行家鲁布鲁克在《蒙古行记》中载：“如（蒙哥汗）向我们所表明，他们的占卜家就是

① 陈岗龙、哈达奇刚等译：《十方圣主格斯尔可汗传》，作家出版社，2016 年，第 7 页。
② 陈岗龙、哈达奇刚等译：《十方圣主格斯尔可汗传》，作家出版社，2016 年，第 98 页。
③ 陈岗龙、哈达奇刚等译：《十方圣主格斯尔可汗传》，作家出版社，2016 年，第 113 页。
④ 陈岗龙、哈达奇刚等译：《十方圣主格斯尔可汗传》，作家出版社，2016 年，第 115 页。
⑤ 德勒格编著：《内蒙古喇嘛教史》，内蒙古人民出版社，1998 年，第 264 页。

他们的教士，而占卜家说的任何话，都必须马上去做。”[①] 从而推测，当时的占卜者即萨满教的“博”或“窝达干”。鲁布鲁克在《蒙古行纪》中记载了占卜时的情景：“其中一些人呼唤鬼神，晚上在家里聚集一群希望得到鬼神回答的人。他们在屋的中央放上煮好的肉，请神的萨满开始念咒，把手里的鼓拼命往地上碰。最后他进入疯狂状态，让人把自己捆绑起来。这时鬼神从暗中入内，给他肉吃，他就作回答。”[②]

从北京木刻本《十方圣主格斯尔可汗传》中出现的宗教类词汇看，主要有藏传佛教的神佛及格鲁派受过戒律的格隆喇嘛，噶玛噶举派的黑帽僧等，还出现有蒙古族原始宗教萨满教的女萨满窝达干、山神、占卜师等。说明蒙古《格斯尔》内容中既有藏传佛教文化，也保留了很多原有的萨满教文化成分。

---

① 耿昇、何高济译：《柏朗嘉宾蒙古行纪·鲁布鲁克东行纪》，中华书局，1985 年，第 304 页。
② 耿昇、何高济译：《柏朗嘉宾蒙古行纪·鲁布鲁克东行纪》，中华书局，1985 年，第 308 页。

第二章　房屋建筑类

一、毡帐类房屋

1. 大白毡帐

北京木刻本《十方圣主格斯尔可汗传》中载：

觉如把搭建大白毡帐的木材搬了回来，问父亲道："父亲啊，你为什么把砍下的木材留在原地，不搬回来呢？我把你砍倒的树搬回来搭建木架了。"僧伦老头儿说："我是真的砍过树的。只不过我在山里迷了路，把砍下的木材弄丢了。原来是这东西偷取了我砍的木材。"觉如说："父亲说得对。是你砍下的树，我偷去了足以搭建两三座毡帐的木材，都堆在那里呢。因为我没有力气砍树，所以我只能用你砍下的木材来搭建毡帐的木架。"这样，木架上围上毡子，搭建了新毡帐。[①]

僧伦老头儿迁徙回自己原来的大部落里，扎营在部落的边界。有一天，晁通诺彦打猎时经过了僧伦老头儿的营盘，说道："这洁白漂亮的大毡帐是谁家的？这满山遍野的数不清的畜群是

① 陈岗龙、哈达奇刚等译：《十方圣主格斯尔可汗传》，作家出版社，2016 年，第 18 页。

谁家的？快去问清楚，是谁家这样善于经营？”说完就派一个人前去打听。①

正走着，见到了一座白色的大毡帐，门口站着一个美丽的女人。这女人迎上前来，说：“令人生畏的十方圣主格斯尔可汗，请到家里喝一碗茶再走！”②

格斯尔可汗走到了浅滩草原，见路边有一顶洁白的大毡帐，格斯尔全身披挂着，来到门前。③

格斯尔回到自己家中，见晁通诺彦已将格斯尔那顶能容纳五百人的白色宫帐搭建在了大营的最前面，供自己居住……格斯尔又搭建了三四十座新宫帐，中心主殿是一顶包顶上有红色云头纹的大白帐。④

图门—吉日嘎郎从里面走出来，举起一根金柱子敲了一下，说道：“如果是我们原先的白色宫帐，就定在这根柱子之上！”⑤

格斯尔汗的夫人，名叫茹格牡—高娃。说起那个茹格牡—高娃夫人的容貌呀——（她）站起来的时候，如同用漂亮的锦缎裹着的松树，（她）坐着的时候，如同能容纳五百人的洁白宫帐，（在她的）右肩上，犹如金蛉子在翻飞，左肩上，犹如银蛉子在翻飞。⑥

毡帐式房屋也叫穹庐，是草原居民不可缺少的居住场所。当时前往北方草原的南宋人彭大雅在游记中记载了当时蒙古地区的毡帐式房屋，后徐霆疏证为：“霆至草地时，立金帐，想是以本朝皇帝亲遣使臣来，故立之，以示壮观……其制即是草地中大毡帐，上下用毡为衣，中间用柳编为窗眼，透明，用千余条索拽住，一门阀与柱皆以金裹，故名。中可容数百

① 陈岗龙、哈达奇刚等译：《十方圣主格斯尔可汗传》，作家出版社，2016 年，第 30 页。
② 陈岗龙、哈达奇刚等译：《十方圣主格斯尔可汗传》，作家出版社，2016 年，第 183 页。
③ 陈岗龙、哈达奇刚等译：《十方圣主格斯尔可汗传》，作家出版社，2016 年，第 188 页。
④ 陈岗龙、哈达奇刚等译：《十方圣主格斯尔可汗传》，作家出版社，2016 年，第 189 页。
⑤ 陈岗龙、哈达奇刚等译：《十方圣主格斯尔可汗传》，作家出版社，2016 年，第 200 页。
⑥ 陈岗龙、哈达奇刚等译：《十方圣主格斯尔可汗传》，作家出版社，2016 年，第 134 页。

人……穹庐有两样：燕京之制用柳木为骨，正如南方罣罳，可以卷舒，面前开门，上如伞骨，顶开一窍，谓之天窗，皆以毡为衣，马上可载。草地之制，以柳木织成硬圈，径用毡挽定，不可卷舒，车上载行，水草尽，则移。”① 正如南宋人所描述，草原上的毡帐式房屋大多以圆形为主，毡帐式房屋的骨架用交错的柳枝扎成。骨架顶端为一小圆圈，由圆圈往下全用白毡覆盖，固结在骨架上。小圆圈不用毡覆盖，即所谓“天窗”，以便射入阳光。毡帐式房屋的门朝南开，用柳条扎成门框，门框下端绑一根横木，作为门槛，门框上吊着用毡制成的门帘。元时蒙古族毡帐式房屋的制造一般就地取材，《长春真人西游记》中载：“（蒙古地区）两岸多高柳，蒙古人取之以造庐帐。”② 马可·波罗也在其游记中描述道：“（蒙古族）其房屋用竿结成，上覆以毡，其形圆，行时携带与俱，交结其竿，使其房屋轻便，易于携带。”③《多桑蒙古史》中载：“所居帐幕结枝为垣，形圆，高与人齐。上有椽，其端以木环承之。外覆以毡，用马尾绳紧束之。门亦用毡，户向南。帐顶开天窗，以通气吐炊烟。灶在其中，全家皆处此狭居之地。”④ 当时来到蒙古地区的西方旅行家柏朗嘉宾看到：“他们的住宅为圆形，利用木桩和木杆而支成帐篷形。这些幕布帐在顶部和中部开一个圆洞，光线可以通过此口而射入，同时也可以使烟雾从中冒出去，因为他们始终是在幕帐中央生火的。四壁与幕顶均以毡毯覆盖，门同样也是以毡毯作成的。有些幕帐很宽大，有的则较小，按照人们社会地位的高低贵贱而有区别。有的幕帐可以很快地拆卸并重新组装，用驮兽运载搬迁，有些则是不能拆开的，但可以用车搬运。对于那些小幕帐，只需在车上套一头牛就足够了；为了搬迁那些大幕帐，则需三四头或更多的牛。无论他们走到哪里，去征战还是别的地方，他们都要随身携带自己的幕帐。”⑤

从以上中外使者及旅行家们的描述可知，当时的蒙古族主要居住方式

① （宋）彭大雅撰，徐霆疏证：《黑鞑事略》，内蒙古地方史志编纂委员会总编室编印：《内蒙古史志资料选编·第三辑》，呼和浩特市玉泉区印刷厂印刷，1985 年，第 27 页。

② （元）李志常著，党宝海译注：《长春真人西游记》，河北人民出版社，2001 年，第 31 页。

③ ［法］沙海昂著，冯承钧译：《马可波罗行记》，中华书局，2004 年，第 238 页。

④ ［瑞典］多桑著，冯承钧译：《多桑蒙古史（上）》，中华书局，2004 年，第 30 页。

⑤ 耿昇、何高济译：《柏朗嘉宾蒙古行纪·鲁布鲁克东行纪》，中华书局，1985 年，第 30 页。

为毡帐式房屋，后来称为“蒙古包”。这种毡帐式房屋呈圆形，先用木条扎成网状栅栏，围成圆圈，上面扎成伞骨形架，外面用毛毡覆盖，以绳索勒紧，顶部开有天窗，围圈一侧开有出入口。元朝时期，在蒙古草原上的牧民，无例外地都住在蒙古包内。① 白色毡帐式穹顶圆形房屋应是当时蒙古族居住的蒙古包。蒙古族喜爱白色，罗布桑却丹的《蒙古风俗鉴》载：“蒙古族以白色为伊始。”② 也是当时蒙古族社会生活的真实写照。

2. 哈纳和乌尼

北京木刻本《十方圣主格斯尔可汗传》中载：

> 有一天，觉如对父亲说：“你就知道说这些都是因为你的运气好，你就知道看着五畜繁殖心里高兴。你为什么不搭建一座更大的新毡帐呢?”僧伦老头儿回答说：“我不知道我们有没有能力砍来搭建大毡帐的木材? 要搭建就去砍木材吧!”于是，大家一起去山里砍木材。老头儿砍倒了几棵笔直的树。觉如用魔法让这几棵树变成建蒙古包需要的哈纳和乌尼，自动搭建起来。僧伦老头儿继续寻找更好更笔直的树去砍伐，觉如却让父亲看准的树瞬间变成了枝杈繁多的树。老头儿不仅没有砍倒树，反而割破了手，无趣地回来了。僧伦老头儿回家以后抱怨说：“都怪这个孽障儿子跟我去砍树。本来是笔挺笔挺的一棵树，刚要砍下去就变成枝杈繁多的刺儿树，树没有砍成反而割伤了手。我就急急忙忙回来了。”③

上文中出现了“蒙古包需要的哈纳和乌尼”一词，“哈纳”指蒙古包毡壁的支架，“乌尼”指蒙古包上的椽子，大多用木材来做。蒙古包是草原上一种呈圆形尖顶的天穹式住屋，由哈纳、撑杆、门、顶、衬毡、套毡

---

① 盖山林：《蒙古族文物与考古研究》，辽宁民族出版社，1999 年，第 109 页。

② 罗布桑却丹：《蒙古风俗鉴》（蒙古文版），内蒙古人民出版社，1981 年。

③ 陈岗龙、哈达奇刚等译：《十方圣主格斯尔可汗传》，作家出版社，2016 年，第 17—18 页。

及皮绳、鬃绳等部件构成。"哈纳"就是蒙古包的一圈墙体的骨架，它张开后如栅栏，达3米多宽，合拢后只有窄窄的0.5米，便于携带。一般的蒙古包由4个哈纳组成，哈纳围合以后，还要留出一个放门的地方。① 哈纳所用木材大多是红柳，轻而不折，打眼不裂，受潮不走形，粗细一样，高矮相等，网眼大小一致，外形匀称美观。哈纳也有弯度，一般头要向里弯，面要向外凸出，腿要向里撇，上半部比下半部要挺拔正直一些。这样才能稳定乌尼，使包形浑圆，便于用三道围绳箍住。"所居帐幕结枝为垣，形圆，高与人齐。上有椽，其端以木环承之。外覆以毡，用马尾绳紧束之。"② "乌尼"类似伞骨，是蒙古包圆顶斜面的骨架，装在陶脑（天窗）最外圈的铁环上，撑开后与下面的哈纳相连。③ "乌尼"为椽子，是为细长的木棍，椭圆或圆形。是蒙古包的肩，上联陶脑，下接哈纳。其长短大小粗细要整齐划一，木质要求一样，长短由陶脑来决定，其数量，也要随陶脑改变。这样蒙古包才能肩齐，能圆。上端要插入或联结陶脑，头一定要光滑稍弯曲，否则造出的毡包容易偏斜倾倒。下端有绳扣，以便于哈纳头套在一起。粗细以哈纳决定，一般卡在哈纳头的丫型叉子中，上端正好平齐为准。乌尼一般由松木或红柳木制作。

蒙古包的构造方式传承至今，现在蒙古包的搭建首先用蒙古语称"哈纳"的木栅，是用长约2米的细木杆相互交叉编扎而成的网片，可以伸缩，几张网片和包门连接起来形成一个圆形的墙架，大约60根"乌尼"的撑杆和顶圈插结则构成了蒙古包顶部的伞形骨架。牧民们用皮绳、鬃绳把各部分牢牢地扎在一起，然后内外铺挂上用羊毛编织成的毡子加以封闭，一个美观的蒙古包就建造完成了，可以说是用最简洁的手法和最省料的工艺完成的一种极富表现力的创造。

3. 天窗（toγono，陶脑）

北京木刻本《十方圣主格斯尔可汗传》中载：

---

① 王其钧主编：《中国建筑图解词典》，机械工业出版社，2013年，第186页。

② ［瑞典］多桑著，冯承钧译：《多桑蒙古史》（上），中华书局，2004年，第30页。

③ 王其钧主编：《中国建筑图解词典》，机械工业出版社，2013年，第187页。

觉如又从碗里拨点饭倒在图拉嘎上，图拉嘎的钢架也折断了。觉如再从碗里取些饭食撒向天窗，天窗折成几节塌了下来。[①]

觉如把野牛肉交给岳母，但是她却看都没看就把蜂巢胃扔到蒙古包的天窗上。天窗哪能撑住这重量，整个毡帐全都塌了下来，一片狼藉。[②]

黎明时分，刚噶鸟飞落在格斯尔可汗那座由五百人搭建而成的白色宫帐的天窗上。从不摇晃的宫帐，沙沙地响着摇晃了一下；从未断过的拉绳断了两根；从不弯曲的金柱子被压歪了。[③]

“天窗（toγono）”是蒙古族毡帐房屋独有的窗户式样，位于蒙古包的顶部，主要作用是采光和通风。从上文中记载的“天窗折成几节塌了下来”看，当时的天窗应该是由木质材料所造。早在13世纪时蒙古包式房屋的天窗构造也是木质为主，形制多为格孔式、圆拱式、车轮式等。其中圆拱式多为用厚3厘米、宽12厘米的木条折成直径67厘米的弯圈，将两端用皮绳绑在一起，形成一个木圈，再用两根直径2.5厘米的细木条作拱形交叉于木圈上，将细木条与木圈交叉处用湿皮绳缠紧，再用其他细木条加固，形成一个圆拱形的天窗。[④] 现在的蒙古包天窗多由梯形框架及通风顶罩构成，梯形框架上装有通风顶罩。在每个梯形框架的底部由铰链连接有垫条，垫条的底部为弧形。通风顶罩由多棱筒及顶盖构成，顶盖盖在多棱筒上，多棱筒四周开有若干通风孔，其筒内装有可翻转的通风控制板。在通风顶罩顶盖下挂有帘子。北京木刻本《十方圣主格斯尔可汗传》中所载“天窗”也应是蒙古族穹庐式房屋特有的采光通风用的窗户。

---

① 陈岗龙、哈达奇刚等译：《十方圣主格斯尔可汗传》，作家出版社，2016年，第30页。

② 陈岗龙、哈达奇刚等译：《十方圣主格斯尔可汗传》，作家出版社，2016年，第66页。

③ 陈岗龙、哈达奇刚等译：《十方圣主格斯尔可汗传》，作家出版社，2016年，第136页。

④ ［蒙古］达·迈达尔、拉·达力苏荣著，楚勒特木、仁钦宁布转写：《蒙古包》（蒙古文），内蒙古文化出版社，第298页。

4. **一顶残破黑帐篷**（helterhei xara čačir tu）

北京木刻本《十方圣主格斯尔可汗传》中载：

> 茹格牡—高娃在一顶熏黑的残破帐篷里养了一只黑山羊。那山羊一天只能挤下一碗奶，用这一碗奶可以练出一勺酥油。[①]

上文中的“一顶熏黑的残破帐篷”在原文中是“helterhei xara čačir tu”，似乎没有熏黑之意，应译为“一顶残破黑帐篷”。“čačir”在蒙古语中指用布做的尖顶帐篷。从蒙古族传统习俗来看，很少用黑色的材质制作房屋或毡帐。蒙古族尚白，所以大多蒙古包的颜色都是以白色为主。藏族中使用黑色帐篷的现象比较多。帐篷也是藏族牧民主要的居住形式之一。从制作材料而言，藏族帐篷也有几种，多为牛毛帐篷和布帐篷。牛毛帐篷是用牦牛毛织成的黑色帐篷，形制多为方形或长方形，它是先用木棍支撑起高约 2 米的框架，然后在顶部覆盖黑色的牦牛毡毯，外以牛毛绳固定，并钉在地面上。[②] 帐篷内一般用两根木杆作为柱子，上面横架一根木梁作为支撑，帐篷上脊留有采光和通风的空隙。也有布料制作的帐篷，多用白色的布料制成，外面用蓝色布条缝制传统装饰图案。所以，北京木刻本《十方圣主格斯尔可汗传》中所载“一顶残破黑帐篷”有可能是藏式帐篷。藏族《格萨尔王传》中载：“这个地方的中央，散布着牧民们的黑牛毛帐篷，像蓝天上万点金星一样多”[③]，说明藏族喜欢用黑色的牛毛帐篷。

二、宫殿式房屋

1. **宫殿**

北京木刻本《十方圣主格斯尔可汗传》中载：

---

① 陈岗龙、哈达奇刚等译：《十方圣主格斯尔可汗传》，作家出版社，2016 年，第 232 页。

② 王其钧主编：《中国建筑图解词典》，机械工业出版社，2013 年，第 187 页。

③ 王沂暖、华甲译：《格萨尔王传·藏族英雄史诗》，中国国际广播出版社，2016 年，第 3 页。

> 觉如命令他们道："给我建一座像观音菩萨庙一样富丽堂皇的宫殿。要用黄金、白银、青铁和石头来建造。"①
>
> 于是，五百个商人在觉如家门口的大海上用石头建造了拱桥；用巨石垒起柱子；用铁搭起了房架；用铅铸造了窗户；窗户上镶满了火红的宝石；屋顶外层铺上金瓦，内层包上白银；主梁用水晶搭建；在宫殿内塑造了一尊观音菩萨像；宫殿内的四角各挂一件闪闪发光的火红宝石；在观音菩萨像前挂了一颗如意宝石。宫殿建造完毕，把石桥从基座下抽出来，圣水甘露就在宫殿的下方缓缓流淌。五百个商人站在宫殿的中央，对觉如说道："我们建造的宫殿不怕风吹雨打、坚固无比，我们建造的宫殿，不用点灯烧香，不用搬运圣水，应有尽有。②
>
> 把五百个商人送走后，觉如用带刺的树在宫殿周围立了一圈栅栏，只留一个门。门里拴了一条三十拖长（量词：庹）的铁链。铁链用两根三拖长的铁钉钉在地上，中间留出一段骑马的人能够自由通过的距离。觉如又搬来一大摞木棍，堆在旁边备用。③
>
> 格斯尔可汗备齐了所有的宝物，就到汉地贡玛汗的宫殿来了。格斯尔走进贡玛汗的屋子，见到了正抱着自己死去的妻子呆坐的贡玛汗。④

北京木刻本《十方圣主格斯尔可汗传》中所载宫殿是由黄金、白银、青铁和石头建造的，而且宫殿周围还围了一圈栅栏。蒙古族居住方式虽以毡帐式房屋为主，但从元代就有了城市及宫殿式建筑，13 世纪时到过哈剌和林的鲁布鲁克曾描述为："（哈剌和林）它有两个城区：一个是有市

① 陈岗龙、哈达奇刚等译：《十方圣主格斯尔可汗传》，作家出版社，2016 年，第 38 页。
② 陈岗龙、哈达奇刚等译：《十方圣主格斯尔可汗传》，作家出版社，2016 年，第 38 页。
③ 陈岗龙、哈达奇刚等译：《十方圣主格斯尔可汗传》，作家出版社，2016 年，第 38 页。
④ 陈岗龙、哈达奇刚等译：《十方圣主格斯尔可汗传》，作家出版社，2016 年，第 85 页。

场的撒剌逊人居住区，那里有大量的鞑靼人，因为那里有一直接近该城的宫廷，也因为那里有许多使臣。另一个是契丹人的城区，他们全是工匠……城四周是泥土墙，有四道门。东门卖粟及其他种类的谷物，不过这些很难运到那里；西门卖绵羊和山羊；南门卖牛和车；北门卖马。”① 从考古发掘来看，大蒙古都城哈剌和林城内“上层文化层中发现的建筑物绝大多数都是使用半成品的泥砖修建的，那么下层文化层中发现的建筑物则多是用各种规格且经过烧制的砖块建造的。在城内手工业区的下层文化层中我们还发现了一些巨大建筑物的基座，这些建筑物被用隔墙分成一间间面积较小的屋子。在这些屋子中都有一个类似中央取暖的设施，用来取暖的烟道位于屋内地面以下或是炕的下面。这里发现了大量的制瓷业和金属加工业所留下来的遗物，包括属于半成品的瓷器和陶器、武器、农具、车轴、手工业工具以及日用生活品。”② 从而看出，当时的蒙古地区已经出现了都城，用泥和砖建筑房屋，还有相关的手工业行业。考古发掘中还发现了一些宫殿遗址，宫殿所在地发现“一座方形院落遗址，院落四周有围墙环绕，这应该就是第三道围墙”③。这与北京木刻本《十方圣主格斯尔可汗传》中所载宫殿周围还围了一圈栅栏等情况吻合。说明当时蒙古地区已经有了院落形的建筑。北京木刻本《十方圣主格斯尔可汗传》中所载宫殿是用黄金、白银、青铁和石头来建造，说明当时的建筑材料不只是用泥和砖瓦等，也采用昂贵的金属材料和陶瓷等，使得宫殿更加豪华。从蒙古都城哈剌和林的北部宫殿的考古发掘来看，出土了钧窑出产的黑釉瓷片、绿釉瓷片、浅蓝色釉瓷片、深蓝色釉瓷片、铸铁锼以及大量的牛羊碎骨。④ 当时的哈剌和林商业很发达，所以还出土了大量钱币、铜镜、金银器、瓷器、木器、饰品、丝织品等，都说明当时蒙古地区城市的繁华。从此可以推测，北京木刻本《十方圣主格斯尔可汗传》中描述的富丽堂皇的宫殿，很有可能是出现在蒙古地区的宫殿式建筑。

---

① 耿昇、何高济译：《柏朗嘉宾蒙古行纪·鲁布鲁克东行纪》，中华书局，1985 年，第 292 页。
② ［苏］C·B·吉谢列夫著，孙危译：《古代蒙古城市》，商务印书馆，2016 年，第 105 页。
③ ［苏］C·B·吉谢列夫著，孙危译：《古代蒙古城市》，商务印书馆，2016 年，第 111 页。
④ ［苏］C·B·吉谢列夫著，孙危译：《古代蒙古城市》，商务印书馆，2016 年，第 127 页。

古代藏族的宫殿式建制主要体现在寺院建筑中，《西藏王臣记》中载："历代先祖所修建之佛宇，承侍供养，常加修葺。并新建一大寺，下三层用石建造，中三层用砖，上三层用木。每层之飞檐、殿门、墙砖，以及流苏璎珞等穷极妙严。"① 其用料主要是砖石和木材等，和古代宫殿建筑的用料基本相同。

2. 红顶白色宫殿

北京木刻本《十方圣主格斯尔可汗传》中载：

> 格斯尔来到宫殿前一看，这是一座巨大的红顶白色宫殿。宫门的两边各守着一只足足有两岁牛犊大的蜘蛛。图门—吉日嘎朗听到了格斯尔的声音，叫着"哎呀呀！"就跑了出来。原来，门口那两只两岁牛犊大的蜘蛛是蟒古思的灵魂，专门守在门口提防着图门—吉日嘎朗逃走。②

上述的"红顶白色宫殿"从颜色的运用来看，不像早期蒙古族的宫殿及房屋的特点，很可能是藏式房屋。藏式房屋中多见墙体用白柴灰或石灰来刷墙，房顶用红色。藏族早期的色彩审美最初来自大自然的启示，赋予色彩以最自然原始的象征意义：红色象征太阳，白色象征白云雪域……藏族建筑中大面积使用白色可以追溯到藏族先民尚白的文化传统，尤其是受到苯教白石崇拜的影响。③ 蒙古族在房屋色彩上也喜用白色，但很少用红色和黑色等，故文中的红顶白色宫殿不像是蒙古族房屋的用色特征。西藏布达拉宫的建筑风格也是"整个建筑群依山而筑，建筑层叠，墙体敦厚坚实，红白相映，金顶辉煌耀眼。"④ 藏族建筑喜好以大面积的白色突出重点部位的大面积红色，墙檐上段常做成连续整体的色彩饰带，以及局

① 五世达赖喇嘛著，刘立千译：《西藏王臣记》，民族出版社，2000 年，第 49 页。
② 陈岗龙、哈达奇刚等译：《十方圣主格斯尔可汗传》，作家出版社，2016 年，第 118 页。
③ 丁昶、刘加平：《藏族建筑色彩探源》，《建筑学报》2009 年第 3 期，第 24—27 页。
④ 王其钧主编：《中国建筑图解词典》，机械工业出版社，2013 年，第 292 页。

部施以浓彩点缀的色彩方式，这使得藏族建筑形象给人趋于稳定的感觉。[①] 藏族一般民居建筑就主要以白色外墙和材质的自然质感和色彩为主。大多建筑一般都在门窗洞口处装饰以浓烈的各种颜色的彩色图案，形成鲜明的色彩构成。[②] 据《王统世系明鉴》记载，桑耶寺的建设中王妃没庐妃绛曲珍建造格吉吉玛殿……用红铜为顶盖[③]。

三、城堡或城邑（xota balγasu）

北京木刻本《十方圣主格斯尔可汗传》中载：

格斯尔登上城楼，大声吩咐鹦鹉，说道："鹦鹉你快去！快去！就说汉地的贡玛汗杀死了十方圣主格斯尔可汗。请让比我更高强的三位勇士前来；请让与我能力相当的三位勇士前来；请让比我差一点儿的三位勇士前来。让三十个勇士随后到来。叫我的九个勇士前来，攻破这个可汗的城堡，用极刑杀死这个可汗。在我转眼的瞬间，把这可汗的城堡踏成灰烬，在我眨眼的瞬间，把这可汗的城堡烧成黑炭。把这可汗举国上下的黎民尽数掳掠到我们的部落去！哎，鹦鹉你快去！"鹦鹉飞走了，格斯尔汗一直抓住丝线的一头不放。[④]

十方圣主格斯尔可汗骑着枣骝神驹，来到了蟒古思的城堡。蟒古思的城堡高耸入云。谁想望到城墙顶端，他戴的帽子就会掉下来。格斯尔围着蟒古思的城堡转了一圈，没有找到城门，就对枣骝神驹说道："你驮着我从城墙上飞越过去，像抛下来的一块

---

① 丁昶、刘加平：《藏族建筑色彩体系特征分析》，《西安建筑科技大学学报》，2009 年第 3 期，第 375—379。

② 丁昶、刘加平：《藏族建筑色彩探源》，《建筑学报》，2009 年第 3 期，第 24—27 页。

③ 萨迦·索南坚赞著，陈庆英、仁庆扎西译注：《王统世系明鉴》，辽宁人民出版社，1985 年，第 171 页。

④ 陈岗龙、哈达奇刚等译：《十方圣主格斯尔可汗传》，作家出版社，2016 年，第 88—89 页。

金踝骨一样稳稳当当地落到城里。如果你不能驮着我从城墙上飞越进去，我就割下你的四蹄，自己背着马鞍回家去。如果你飞越的时候我没能夹住你，从你背上摔了下来，那就让我摔死在蟒古思的城堡里，让蟒古思的狗把我吃掉。”枣骝神驹对格斯尔说道：“哎呀，威慑四方的圣主，你可言重了。你说‘是’的时候，我说过‘不’吗？我们现在退回到三十里以外的地方，再全速跑过来，在离城一箭射程远的地方，你要使出浑身力量勒住马嚼子。驮着你飞越蟒古思城墙的事就交给我吧！”格斯尔就骑着枣骝神驹，退回离蟒古思城堡三十里远的地方。①

格斯尔把枣骝神驹送到天上去，自己化身成一个瞎了一只眼睛的乞丐，又把所有的弓箭和武器变作分装在两个口袋里的粮食，把三拖长的金刚宝剑变成三拖长的黑木拐杖。格斯尔爬上城墙垛口，赞美道：“这座城堡真是壮丽无比。我是满世界流浪的乞丐，见多识广。我见过天上霍尔穆斯塔腾格里的城堡，我也见过地下龙王的城堡。他们俩的城堡也比不上这座城堡壮观、坚固。我听说吐伯特的十方圣主格斯尔可汗有一座城堡，但我没有见过；我还听说十二头蟒古思可汗有一座城堡，我也没有见过。我这是漫无目的地流浪着，来到这两座城堡中的一座了吗？我真想见一见这座城堡的主人，看是哪位可汗和夫人。”说着就拄着拐杖、大声嚷着向宫殿走去。②

“城堡”式建筑大多出现在藏族地区，元明时期出现“宗”建筑。“宗”指“城堡”或“碉堡”，其特点为规模较小，平顶、高层、厚墙，墙体向上逐渐收分，没有很多华丽的雕饰，依山而建等。宗堡碉为西藏地区特有的碉楼类型。许多宗堡由古碉楼、防护围墙乃至地道、水网共同组成防御体系。③ 如《十方圣主格斯尔可汗传》中所载“蟒古思的城堡高耸

① 陈岗龙、哈达奇刚等译：《十方圣主格斯尔可汗传》，作家出版社，2016年，第117页。
② 陈岗龙、哈达奇刚等译：《十方圣主格斯尔可汗传》，作家出版社，2016年，第118页。
③ 石硕等著：《青藏高原碉楼研究》，中国社会科学出版社，2012年，第53—54页。

入云”“他们俩的城堡也比不上这座城堡壮观、坚固”等，高层、壮观、坚固是其主要特点。藏族史诗《格萨尔王传》中也多处描绘了城堡式建筑，如：“又在岭地的四外边境，修建了四个大城堡，四大城堡的城基是用黄金打的，城半腰是用绿松石修的，城的屋顶是用花玛瑙做的。”① 藏式房子多为几层，外墙材质是黄土坯，平屋顶，梯形窗户，很像碉楼式建筑。如今的藏地也保留了诸多与史诗《格萨尔王传》中的重要人物有关的城堡遗迹，如马尼干戈附近的格萨尔王妃珠姆的城堡遗址，德格县境内的龚垭乡拉翁通村吉日桑珠泽的嘉查协噶城堡遗址，距噶普寺两公里处的丹玛向查城堡遗址秀日拉喀尔仁莫和夏尔隆日洲，今甘孜州色达县波达乡吉俄寺的色尔巴·尼本达雅城堡遗址三洲本凸宗，今德格县马尼干戈邻近的达隆之王阿库绰瞳城堡遗址颇饶宁宗等。②

碉楼式建筑是青藏高原一种独特的历史文化遗存，是本地居民在险峻的自然地理条件下繁衍生息，发挥聪明才智，创造灿烂历史文化的重要实物见证。③ 藏式碉房是把各种房间都安置在同一幢建筑内，处于同一个屋顶之下。外观主要特征为平屋顶、厚重的石墙或土坯墙，石墙一般多用毛石、片石，土坯墙抹泥，墙内壁垂直，外壁有收分，每层收进约一穹都(成年人手一拃，约23厘米)，下大上小，敦实如台，上开窄小的梯形窗口。④ 墙体收分技术是一项集提高视觉艺术效果、减轻主体建筑自重和降低重心三者为一体的结构性技术，三者之中，减轻自重和降低重心是关键，是结构性的技术需要。墙体收分一般是指外墙从下至上逐步向上收敛，而内墙则呈垂直状，不作收分。⑤ 随着藏传佛教传入蒙古地区，藏族文化艺术也传入蒙古地区，长期影响着蒙古本土文化。建筑方面也不例外，蒙古地区出现了很多藏式房屋与寺院建筑。藏式建筑平顶、高层、厚

---

① 王沂暖、华甲译：《格萨尔王传·藏族英雄史诗》，中国国际广播出版社，2016年，第41页。

② 苍王·耿登丹巴著，夏吾李加译注：《探寻岭·格萨尔及其诸将相城堡遗址》，《西藏研究》，2015年第6期，第69—77页。

③ 石硕等著：《青藏高原碉楼研究》，中国社会科学出版社，2012年，第342—343页。

④ 贾洪波：《中国古代建筑史》，南开大学出版社，2010年，第155页。

⑤ 石硕等著：《青藏高原碉楼研究》，中国社会科学出版社，2012年，第304—305页。

墙、墙体向上逐渐收分的特征，无论是寺院还是宫殿建筑均体现出此种风格。① 明末清初所绘美岱召壁画中出现了大量的藏式碉楼式建筑。美岱召壁画与阿尔寨石窟壁画中都绘有藏式房屋。“大凡17世纪以后的西藏大型建筑都是规模宏大、体系繁茂与装饰华美的结合物。”②

北京木刻本《十方圣主格斯尔可汗传》中描述的毡帐类房屋中主要有蒙古包式的白色毡房，出现了蒙古包式房屋的主要结构哈纳、乌尼和天窗（陶脑）等词汇，还出现了少量的藏式黑色毡帐房屋等词汇。史诗中描绘的宫殿式房屋多用砖石和金属铸造，与蒙古族早期都城建制相吻合，还出现了“红顶白色宫殿”等词汇。从房屋颜色的运用来看，不像早期蒙古族的宫殿及房屋颜色特点，很可能是藏式房屋。藏式房屋中多见墙体用白柴灰或石灰来刷墙，房顶用红色。

---

① 张亚莎：《西藏美术史》，中央民族大学出版社，2006年，第290页。
② 张亚莎：《西藏美术史》，中央民族大学出版社，2006年，第291页。

第三章　器物类

北京木刻本《十方圣主格斯尔可汗传》中出现了不少器物类名称，大致可分为宗教器物、日常器物、战争器物等。这些器物都是当时社会生活的真实写照，也反映了当时社会的物质生活状况，还体现出民族特色与生活方式。

一、宗教器物

1. 白海螺

北京木刻本《十方圣主格斯尔可汗传》中载：

到了下午，天黑之前，母亲肚子里的孩子们开始歌唱了。一个唱道："我叫波阿冬琼嘎日布，我浑身是水晶宝石，我的牙齿是白海螺，我长着心如达神马的头颅，我的发色金黄，我的发梢犹如开满花朵的柳树一样美丽。我降生后将会统辖上界天神。"①

有一座白海螺般洁白的圣山，山上有一只白海螺般洁白的绵羊羔在咩咩地叫唤；有一座金山，金山上有一个金磨盘，不用人

① 陈岗龙、哈达奇刚等译：《十方圣主格斯尔可汗传》，作家出版社，2016年，第11页。

去推动，它自己就在转动……①

蟒古思的女儿哀求道："爸爸给了我一万匹白马，其中有一匹白海螺般洁白的骏马，我把它献给你，求你放我一条生路吧！"②

白海螺应是佛教的瑞物之一，最早是古印度战神的武器，婆罗门教把战斗中使用的海螺视为其宗教统治的礼仪象征。早期佛教徒同样用它作为佛陀教义至高无上的象征。藏语称东嘎，又称法螺贝，"是大贝壳的一种，经过加工后作为吹奏乐器。佛教中，以释尊说法声闻四方，如海螺之音"③。其中以右旋白海螺最受尊崇，白海螺象征了佛陀在宣讲佛法真谛时的无畏精神……作为八大瑞相之一，白色海螺通常垂直绘制，常在其较低处系有一根丝飘带。从口部的曲线和螺孔可以看出螺的右旋。也可以水平放置，当作盛放甘露或香料的容器。也或作为手持器物，它象征宣讲佛法就是"佛语"。④ 北京木刻本《十方圣主格斯尔可汗传》中多处出现"白海螺"一词，用它来比喻洁白圣洁，有浓郁的宗教用意。这点与藏族《格萨尔王传》中出现的"白海螺"一词的用意是相似的。藏族《格萨尔王传》中载："妈妈说完这话以后，马上用神力把顿珠尕尔保变成一只鸟儿。这只鸟儿上身是黄灿灿黄金做成的，下身是绿油油的绿松石做成的，腰是雪白雪白的白海螺做成的，四个爪子是漆黑漆黑的黑铁做成的，两只眼睛是花花的花玛瑙做成的。"⑤

2. 嘎巴拉碗

北京木刻本《十方圣主格斯尔可汗传》中载：

---

① 陈岗龙、哈达奇刚等译：《十方圣主格斯尔可汗传》，作家出版社，2016 年，第 82—83 页。

② 陈岗龙、哈达奇刚等译：《十方圣主格斯尔可汗传》，作家出版社，2016 年，第 130 页。

③ 尕藏加：《西藏佛教神秘文化密宗》，西藏人民出版社，1996 年，第 265 页。

④ ［英］罗伯特·比尔著，向红笳译：《藏传佛教象征符号与器物图解》，中国藏学出版社，2007 年，第 11—12 页。

⑤ 王沂暖、华甲译：《格萨尔王传·藏族英雄史诗》，中国国际广播出版社，2016 年，第 2 页。

格斯尔汗把七个秃子的头煮得烂熟，捞出头骨，制成了七个嘎巴拉碗。然后，格斯尔汗对两个使臣说："你们两个回去吧！我随后就到。"于是，两个使臣就回去了。[①]

格斯尔汗将七顺颅骨做成嘎巴拉碗之后，又用酒酿成了阿尔兹，用阿尔兹酿成了浩尔兹，用浩尔兹酿成了希尔兹，用希尔兹酿成了包尔兹，用包尔兹酿成了塔哈巴、梯哈巴、玛尔巴、米尔巴等七种浩尔兹，用纱布过滤后盛到嘎巴拉碗里，再用风轮将七碗浩尔兹送到了天上的那布莎—古尔查祖母面前。[②]

"嘎巴拉碗"之"嘎巴拉"一词在蒙古语中指颅骨，外来语，是梵文kapala的音译。蒙古语中的"嘎巴拉碗"可译成"颅骨碗""颅器"[③]，头颅骨做的碗，也可称为骷髅碗，是藏传佛教密宗修法者举行灌顶仪式时，在灌顶壶内盛圣水，在骷髅碗内盛酒。上师将圣水洒在修行者头上，并让其喝酒，然后授予密法。[④] 也是为数众多的金刚乘神灵的供器、饭碗或祭祀用碗。瑜伽师、大成就者、空行母、本尊神和护法神的左手都持有嘎巴拉碗。碗内盛有甘露、精液、酒、朵玛供品、化现为恶魔和魔的邪恶之敌的鲜血、骷髅、肠子、脂肪、大脑和心肺。[⑤] 据北京木刻本《十方圣主格斯尔可汗传》载，格斯尔汗把七个秃子的头煮烂，捞出头骨，制成了七个嘎巴拉碗。这与骷髅碗的制作相似，骷髅碗是用头盖骨上半部椭圆形的部分切割制成，口沿和内部包镶银皮，下有金属托座，上面还有金属碗盖，盖钮为金刚杵。[⑥]

3. 巴灵

北京木刻本《十方圣主格斯尔可汗传》中载：

---

① 陈岗龙、哈达奇刚等译：《十方圣主格斯尔可汗传》，作家出版社，2016年，第82页。
② 陈岗龙、哈达奇刚等译：《十方圣主格斯尔可汗传》，作家出版社，2016年，第82页。
③ 乌·那仁巴图主编：《蒙藏汉对照佛教术语》，内蒙古文化出版社，2014年，第108页。
④ 尕藏才旦：《藏传佛教文化概览》，甘肃民族出版社，2002年，第111页。
⑤ ［英］罗伯特·比尔著，向红笳译：《藏传佛教象征符号与器物图解》，中国藏学出版社，2007年，第117—118页。
⑥ 尕藏才旦：《藏传佛教文化概览》，甘肃民族出版社，2002年，第111页。

蟒古思化身的喇嘛最得意的徒弟去扔掉巴灵的时候却祝福道："格斯尔的家乡人畜日益兴旺！"并诅咒蟒古思的家乡，"要像火燎羊头一样火燎喇嘛的脑袋、整个部落鬼怪横行、妖魔泛滥、噩兆不断。"诅咒完，他就把巴灵扔掉了。[①]

"巴灵"一词在蒙古语中指藏传佛教仪式中所用供品"朵玛"[②]。朵玛源自古印度称作"bali"的一种献祭仪式。作为供奉给善相神的圣物，此献祭仪式通常使用食物贡品，如：水果、谷物、米饼或饴糖。供奉给怒相神和女神时，献祭仪式通常用动物供或血供。佛教严禁动物供，所以用象征物替代。[③] 藏族朵玛是一种用面团捏制的象征性的礼仪供品。朵玛形状有三种，即供奉朵玛、锥形食子朵玛、神灵朵玛等。[④] 北京木刻本《十方圣主格斯尔可汗传》中出现的"巴灵"是用来诅咒对方的，诅咒完后还要扔出去，说明它是一种宗教象征物，承载了某种愿望。

4. 护身符（J̌anggiy-a）

北京木刻本《十方圣主格斯尔可汗传》中载：

格斯尔回答说："我从西域圣地来。我这里有黑帽子圣僧送给我的一百零八条绫缎护身符。你们想不想戴在脖子上？"蟒古思的三个妹妹听了，争相说道："有大喇嘛赠送的护身符为什么不戴？给我们吧！"格斯尔又问："你们是戴在脖子上？还是戴在脚腕上？"蟒古思的三个妹妹说："哪有把护身符戴在脚腕上的道理？我们当然要戴在脖子上。"于是，格斯尔就说："过来！

① 陈岗龙、哈达奇刚等译：《十方圣主格斯尔可汗传》，作家出版社，2016年，第241页。

② 乌·那仁巴图主编：《蒙藏汉对照佛教术语》，内蒙古文化出版社，2014年，第122页。

③ ［英］罗伯特·比尔著，向红笳译：《藏传佛教象征符号与器物图解》，中国藏学出版社，2007年，第222页。

④ ［英］罗伯特·比尔著，向红笳译：《藏传佛教象征符号与器物图解》，中国藏学出版社，2007年，第222页。

我给你们戴上护身符。”说着，便从怀里掏出三根弓弦，逐一勒死了蟒古思的三个妹妹。①

蒙古语（J̌anγγiy-a）指护符彩结，② 用丝带或绳线等系的结。北京木刻本《十方圣主格斯尔可汗传》中译为“护身符”，如按原文中表达的意思，可译为“护身彩结”。当时的蒙古族认为，带上它后将受到佛祖的保护和护佑，也承载着佛法与高僧对有情众生的护佑，蒙古地区多见于佛教徒们朝拜活佛后收到的护身用品。

5. 如意宝（čindamani erdeni）

北京木刻本《十方圣主格斯尔可汗传》中载：

宫殿内的四角各挂一件闪闪发光的火红宝石；在观音菩萨像前挂了一颗如意宝石。宫殿建造完毕，把石桥从基座下抽出来，圣水甘露就在宫殿的下方缓缓流淌。③

她就是这样一个绝世美人。她住在一座能容纳五百人的白色宫帐里，宫顶用哈纳惠锦缎覆盖着，拉绳由不断的四股彩色丝线拧成，支撑（宫帐）的是根金柱子。在她家中藏有一座山塔、一颗如意宝。④

锡莱河三汗逐一毁坏和掠走了格斯尔的白宝塔、如意宝、金粉抄写的《甘珠尔》《丹珠尔》两部大乘经典、十三奇宝寺和没有裂纹的黑炭等一切宝物。⑤

藏传佛教认为，如意宝是转轮王七珍之一，拥有它可实现一切利他的

① 陈岗龙、哈达奇刚等译：《十方圣主格斯尔可汗传》，作家出版社，2016 年，第 126 页。
② 乌·那仁巴图主编：《蒙藏汉对照佛教术语》，内蒙古文化出版社，2014 年，第 124 页。
③ 陈岗龙、哈达奇刚等译：《十方圣主格斯尔可汗传》，作家出版社，2016 年，第 38 页。
④ 陈岗龙、哈达奇刚等译：《十方圣主格斯尔可汗传》，作家出版社，2016 年，第 134 页。
⑤ 陈岗龙、哈达奇刚等译：《十方圣主格斯尔可汗传》，作家出版社，2016 年，第 169 页。

愿望，所以如意宝经常被画在转轮王宝马的马鞍上，成为“风马”的标识。① 据北京木刻本《十方圣主格斯尔可汗传》中记载，格斯尔和他的王妃都拥有这件宝物，此宝物能使他们实现一切愿望或帮助他们做一些利他之事。如意宝也就是佛陀及其佛法的一种表现形式。如意宝的形状多为梨形，置于莲花托上，四周环绕冠状火焰或炽热的光。②

6. 曼陀罗

北京木刻本《十方圣主格斯尔可汗传》中载：

“像黄金曼陀罗一般供奉诸佛的，那是什么？像那在白螺盘中斟满了白海螺圣水的，那是什么……于是奥勒哲拜回答说：‘像那供奉在诸佛前的黄金曼陀罗的，那是平坦的乌鲁姆塔拉草原……”③

据史诗中所述，当时已有了曼陀罗供奉仪式。“曼陀罗”一词是梵文的音译，指“轮集”或“坛城”“坛场”等。在佛教传统中，盛载全宇宙财富的坛城供是供奉的最高礼仪。④ 曼陀罗是藏传佛教密宗修行时必须供奉的一种对象，其形式多种多样，有方或圆形，也有立体和平面的……藏族地区曼陀罗用途最多的是在密宗的仪式上，举行仪式的前一天曼陀罗就在一个平面上用彩粉绘制完成，仪式完毕后须将曼陀罗图案分解。⑤ 也有在修立体坛城供时，要在圆形底面上不断堆起三十七个谷物堆，做成一

① ［英］罗伯特·比尔著，向红笳译：《藏传佛教象征符号与器物图解》，中国藏学出版社，2007 年，第 200 页。

② ［英］罗伯特·比尔著，向红笳译：《藏传佛教象征符号与器物图解》，中国藏学出版社，2007 年，第 201 页。

③ 陈岗龙、哈达奇刚等译：《十方圣主格斯尔可汗传》，作家出版社，2016 年，第 225 页。

④ ［英］罗伯特·比尔著，向红笳译：《藏传佛教象征符号与器物图解》，中国藏学出版社，2007 年，第 90 页。

⑤ 尕藏加：《西藏佛教神秘文化密宗》，西藏人民出版社，1996 年，第 272—273 页。

个“谷物坛城”。[①]

7.《甘珠尔》和《丹珠尔》

北京木刻本《十方圣主格斯尔可汗传》中载：

她就是这样一个绝世美人。她住在一座能容纳五百人的白色宫帐里，宫顶用哈纳惠锦缎覆盖着，拉绳由不断的四股彩色丝线拧成，支撑（宫帐）的是根金柱子。在她家中藏有一座山塔、一颗如意宝。她念诵的经文是用金粉写就的《甘珠尔》和《丹珠尔》两部大乘经典。[②]

锡莱河三汗逐一毁坏和掠走了格斯尔的白宝塔、如意宝、金粉抄写的《甘珠尔》《丹珠尔》两部大乘经典、十三奇宝寺和没有裂纹的黑炭等一切宝物。[③]

如果你还活着，在你六岁上与你相遇的、你的茹格牡—高娃正在此诉说呢！你那以嘉萨—席克尔为首的三十个勇士，他们知道你失去了十三奇宝寺、白宝塔、如意宝、金粉书写的《甘珠尔》和《丹珠尔》两部大乘经典等所有宝物以后，会无法承受悲痛，因此不顾一切地冲入敌阵厮杀，全部阵亡了。[④]

北京木刻本《十方圣主格斯尔可汗传》中多处出现《甘珠尔》和《丹珠尔》等佛教经典名称，还说是金粉书写的两部大乘经典。《甘珠尔》和《丹珠尔》是《大藏经》的两大部。《甘珠尔》称佛语部，是正藏，收入经、律和密咒三个部分。《丹珠尔》称论疏部，是续藏，收入赞颂、

---

① ［英］罗伯特·比尔著，向红笳译：《藏传佛教象征符号与器物图解》，中国藏学出版社，2007 年，第 91 页。

② 陈岗龙、哈达奇刚等译：《十方圣主格斯尔可汗传》，作家出版社，2016 年，第 134—135 页。

③ 陈岗龙、哈达奇刚等译：《十方圣主格斯尔可汗传》，作家出版社，2016 年，第 169 页。

④ 陈岗龙、哈达奇刚等译：《十方圣主格斯尔可汗传》，作家出版社，2016 年，第 175 页。

经译、咒译三个部分。[①] 现存的《大藏经》有汉文、藏文、蒙古文、满文、西夏文、巴利语、傣文、日文等。蒙古文《大藏经》译自藏文《大藏经》。

清康熙年间刊印的译自藏文的蒙古文《大藏经》装帧形式亦为梵夹装，“框高16.4厘米，宽67厘米，朱印，用满、汉、蒙古、藏4种文字雕印，每一种文字自成一组。页右下角用汉字注明页码，以‘上’‘下’来区分正反面”[②]。《清内府刻书档案资料汇编》中记载：“刊刻时的板式也依照藏文《大藏经》来制定的。康熙五十六年十一月初九日，千清门侍卫奴才喇锡等谨奏，为请旨事……为刻制蒙古《甘珠尔经》，奴才会同喇嘛，巴克什等商议，与先前所刻图伯特《甘珠尔经》版同样坚牢……”[③] 这说明，蒙古文《甘珠尔》是参照藏文《甘珠尔》来制定的。

二、日常器物

1. 黄金宝座、宝座

北京木刻本《十方圣主格斯尔可汗传》中载：

> 黎明时，她正顺着靴子印向前走，却见到一拖长的大脚印离开了大路走向了另一个方向。她心里奇道：“这走过去的人的脚印多大呀?”于是，就沿着巨大的脚印一路查探过去。那脚印直进到了一座大山的山洞里。茍萨—阿木尔吉拉从洞口向内窥视，看到黄金宝座上坐着一个手持虎斑旗、头戴虎斑帽、身穿虎斑袍子、脚蹬虎斑靴的巨人，他正用手擦去虎斑胡须上的霜雪，并说：“今夜可真是累透了!”茍萨—阿木尔吉拉见了非常害怕，

① 德勒格：《内蒙古喇嘛教史》，内蒙古人民出版社，1998年，第561页。

② 史金波、黄润华：《少数民族古籍版本——民族文字古籍》，江苏古籍出版社，2002年，第34页。

③ 翁连溪编：《清内府刻书档案史料汇编》，广陵书社，2007年，第83页。

转身就逃回来了。[①]

僧伦老头儿到了大部落，对晁通诺彦说："你看不惯而驱逐出去的美丽女人生了一个不起眼的儿子。你是看看他的本领让他坐上可汗宝座呢？还是认为他没有任何本事，就让他得不到任何身份？无论有没有本领，你只能让他继承可汗宝座。你要把我的妻子、财产和牲畜还给我！"[②]

"黄金宝座"和"宝座"多指权力的象征。13 世纪中叶，法国旅行家鲁布鲁克到拔都汗的斡耳朵（宫帐）时看到："他正坐在宝座上，宝座长而宽，好像一张床，全部涂以金色，并较地面为高……"[③] 此时期到过蒙古地区的另外一名意大利旅行家柏朗嘉宾到贵由汗的斡耳朵（宫帐）时看到："人们在这里还用木板搭了一个高台，台上安排有皇帝的宝座，宝座是用象牙制作而成的，雕刻得令人仰慕。如果我没记错的话还有金子、宝石和珍珠。"[④] 他又目睹了拔都汗的斡耳朵（宫帐）："他坐在高高的如同宝座一样的位置上，由他的一位王妃陪同；其他人，包括他的兄弟或者他的儿子及其他品级较低微者都坐得较低，即幕帐中间的一条长凳子上；其他人都在他们后面席地而坐……"[⑤] 又一位西方旅行家鄂多立克看到："当大汗登上宝座时，皇后坐在他的左手；矮一级坐着他的两个妃子；而在阶级的最低层，立着他宫室中的所有其他妇女。"[⑥] 从上述记载可知，早期蒙古可汗们大多享用华丽的宝座。

宋人赵珙《蒙鞑备录·军装器械》载："成吉思之仪卫，建大纯白旗以为识认。外此并无他旌幢，惟伞亦用红黄为之。所坐乃金裹龙头胡床。"[⑦] 这里所说的"金裹龙头胡床"就是当时设在各斡耳朵（宫帐）中

① 陈岗龙、哈达奇刚等译：《十方圣主格斯尔可汗传》，作家出版社，2016 年，第 10 页。
② 陈岗龙、哈达奇刚等译：《十方圣主格斯尔可汗传》，作家出版社，2016 年，第 17 页。
③ ［英］道森编，吕浦译，周良霄注：《出使蒙古记》，中国社会科学出版社，1983 年，第 145 页。
④ 耿昇、何高济译：《柏朗嘉宾蒙古行纪·鲁布鲁克东行纪》，中华书局，2002 年，第 105 页。
⑤ 耿昇、何高济译：《柏朗嘉宾蒙古行纪·鲁布鲁克东行纪》，中华书局，2002 年，第 95 页。
⑥ 何高济译：《鄂多立克东游录》，中华书局，2002 年，第 81 页。
⑦ 赵珙：《蒙鞑备录》，《丛书集成初编》，中华书局，1985 年，第 7 页。

的“宝座”[①]。说明当时南北家具风格不同，南人称北方的坐具为“胡床”。《元史》卷144《福寿传》载：“（至正）十五年，（福寿）迁江南行台御史大夫……十六年三月，大明兵围集庆，福寿数督兵出战，尽闭诸城门，独开东门以通出入，而城中势不复能支，城遂破。百司皆奔溃，福寿乃独据胡床坐凤凰台下，指麾左右。”[②] 福寿到江南行台作御史大夫时所坐的坐具被称为“胡床”，说明元代南北家具风格仍然不同。陶宗仪《南村辍耕录》中详细描述了忽必烈在中原建立的宫殿内摆设的家具，说大明殿中设“七宝云龙御榻，白盖金缕褥，并设后位，诸王百僚怯薛官侍宴坐床，重列左右。”宝云殿设“寝殿楠木御榻，东夹紫檀御榻。”隆福殿中设“正殿缕金云龙樟木御榻，从臣坐床重列前两旁。寝殿亦设御榻，裀褥咸备。”[③] 这里描述的“御榻”即“宝座”。看来当时的“御榻”既是坐具又是卧具。设在正殿中的是坐具，设在寝殿中的是卧具，形制相同。“御榻”上备有金缕裀褥，并设有后位。因为上述坐具是皇帝宫殿中的“御榻”，所以装饰讲究，雕刻细密，雕有七宝云龙纹，诸王显贵则不能雕有龙纹，所以雕有蒙古族偏爱的灵芝纹（云纹、如意纹）者多见。皇帝“御榻”用料昂贵，有紫檀、樟木、楠木等。熊梦祥《析津志辑佚》载：“（元大都的家具有）铁络、量罐、梳架、马槽、大小木柜、镫檠、盘、橱、矮桌、矮床、门框、窗隔……”[④] 这里所提到的“矮床”很可能是帐中摆设的坐具或卧具，形制是低矮的。从而得知，作为皇帝坐具或卧具的七宝云龙御榻、缕金龙樟木御榻、楠木御榻等的形制也是低矮的。元代不仅宫中设有“御榻”“宝座”，御用的车上也设“宝座”。《元史》卷78载：“腰舆。制以香木。后背作山字牙，嵌七宝妆云龙屏风，上施金圈焰明珠，两旁引手。屏风下施雕镂云龙床。坐前有踏床，可贴锦褥一。”[⑤] 从形制上看此“腰舆”有屏风，两旁有引手，前有踏床，上铺有锦褥，也与“宝座”的形制相似。此“腰舆”装饰也非常华丽，这也是元代社

---

① 史卫民：《元代社会生活史》，中国社会科学出版社，2005年，第144页。
② 宋濂：《元史》卷144，中华书局，1976年，第3442页。
③ 陶宗仪：《南村辍耕录》，中华书局，1997年，第251—253页。
④ 熊梦祥：《析津志辑佚》，北京古籍出版社，2001年，第230页。
⑤ 宋濂：《元史》卷78，中华书局，1976年，第1953页。

会喜奢侈、尚富丽的体现。

从上述外国旅行家笔记和元代文献资料可知，蒙古皇帝与各大汗斡耳朵（宫帐）中已有了坐具“宝座”。此坐具最显著的特点是坐面长而宽，像一张床，雕饰十分华丽，离地面不高。北京木刻本《十方圣主格斯尔可汗传》中所载的“黄金宝座”和“宝座”也应是与蒙古族从元朝时期始使用的“宝座”相似的家具。

2. 图拉嘎

北京木刻本《十方圣主格斯尔可汗传》中载：

觉如又从碗里拨点饭食倒在图拉嘎上，图拉嘎的钢架也折断了。觉如再从碗里取些饭食撒向天窗，天窗折成几节塌了下来。①

空中没有太阳却灿烂明媚，天上没有云彩却下着细雨；鹦鹉飞来，盘旋在诺彦—图拉嘎的上方婉转地鸣叫，布谷鸟飞来，盘旋在哈屯—图拉嘎的上方动听地歌唱。从乌仁—汗达地方来的美丽的鸟儿盘旋在神圣的图拉嘎上方婉转啼鸣。②

茹格牡—高娃问觉如说：“给你铺上了垫子，你为什么背对着图拉嘎坐?”觉如反过来问茹格牡—高娃：“你给骏马背上铺鞍屉的时候也是倒过来铺的吗? 如果那样，骑马的人也只能倒过来骑了。”茹格牡—高娃明白自己失礼了，就请觉如起来，重新给他铺上鞍屉垫子。③

我们也现在就把弓箭折了、折了，这样我们就有了烧火的木柴；我们也三个人一组，把锅架在膝盖上烧火做饭，这样我们就有了图拉嘎。大家把靴子挂在犍牛的角上，现在就开始做饭。”于是，大家就把弓箭全折了、折了，堆成一堆；三个人一组，组

---

① 陈岗龙、哈达奇刚等译：《十方圣主格斯尔可汗传》，作家出版社，2016 年，第 30 页。
② 陈岗龙、哈达奇刚等译：《十方圣主格斯尔可汗传》，作家出版社，2016 年，第 46 页。
③ 陈岗龙、哈达奇刚等译：《十方圣主格斯尔可汗传》，作家出版社，2016 年，第 50 页。

成了人腿图拉嘎，把锅架在上面开始点火；所有人都把靴子脱下来挂在了犍牛的角上。火烧起来，烧到了人们的腿。人们收回受伤的腿，就把锅推倒了。就这样，晁通手下的猎人们什么都没有吃到，反而被烧伤，空着肚子熬过了一夜。①

茹格牡—高娃对安冲说："聪明的安冲，你跑步过去，颠步回来，把金子一样的半干半湿的牛粪摆在里面，把银子一样的风干的牛粪摆在外边，在图拉嘎里点上圣火；水像母亲，多倒点儿；盐像外甥，少放点儿；茶像父亲，少放点儿；牛奶像娘亲，多放点儿；奶油像长官，少放点儿。奶茶煮开的时候，你就权当是乳汁海在沸腾，手持铜勺扬茶的时候，你就权当是众多僧人在念经诵佛；喝奶茶的时候，你就权当是金雀入巢。②

蟒古思骑在青骡子背上占了一卦。蟒古思惊叫道：哎呀呀！不得了了！十方圣主格斯尔可汗来了，好像埋在了火撑子下面。上面还压上了石板，撒上了黑土。"③

"图拉嘎"是蒙古语，指坐锅的火撑子。"图拉嘎"就是蒙古包的中央设置的供炊饮和取暖的火炉。逐水草而迁徙的蒙古族火炉制作很简单，一般用三只脚架做支撑，上面放置锅具等。蒙古包正中间"安放炉灶，炉高约一尺余。炉子是用泥搭的，有的是一个圆形的铁皮圈，不论哪种炉，都上放铁锅，下烧羊粪或牛粪，烟通过炉筒从顶孔冒出。"④

蒙古族将放"火撑子"的位置叫"嘎拉高勒木特"，是指祖宗传承的家业，所以非常神圣。北京木刻本《十方圣主格斯尔可汗传》中所载的"十方圣主格斯尔可汗来了，好像埋在了火撑子下面"中的"火撑子"指"嘎拉高勒木特"，即蒙古包的中心地区。稍大一些的蒙古包中都有支柱，超过八个哈纳的蒙古包中设二或四根柱子。这些柱子一般都插放在火撑子

① 陈岗龙、哈达奇刚等译：《十方圣主格斯尔可汗传》，作家出版社，2016 年，第 63 页。
② 陈岗龙、哈达奇刚等译：《十方圣主格斯尔可汗传》，作家出版社，2016 年，第 91 页。
③ 陈岗龙、哈达奇刚等译：《十方圣主格斯尔可汗传》，作家出版社，2016 年，第 121 页。
④ 杨仁普、李振芬：《蒙古族风俗见闻录》，内蒙古人民出版社，1987 年，第 30—31 页。

的四周。

3. 氆氇（örmöge）

北京木刻本《十方圣主格斯尔可汗传》中载：

> 那里没有牛粪和柴火可烧，没有猎物可打，是一个无法生存的不毛之地，晁通诺彦把我们驱逐到那里去生活，明明是叫我们自己去送死。我们还是留在晁通的部落里，靠织氆氇生活吧！[①]

蒙古语“窝尔莫格 örmöge”，指粗羊毛织品，[②] 是与藏族的氆氇基本相同的一种毛织物。蒙古地区主要用羊毛织成，藏地用牛毛或羊毛织成。从使用的角度来看，主要是藏地人们喜爱的毛织物。所以，北京木刻本《十方圣主格斯尔可汗传》中所载“窝尔莫格 ormoge”，很可能是指藏族地区的“氆氇”。明曹昭《格古要论》卷八载：“普罗（氆氇）出西番及陕西、甘肃，亦用绒毛织者，阔一尺许，与洒海剌相似，却不紧厚，其价亦低。”[③]

氆氇是用牛羊毛织成的毛织品，藏族人用它缝制各种衣物，如藏袍、藏帽、藏靴等。氆氇实为手工织成的牛羊毛呢子，也叫藏毛呢，是加工藏装、藏靴、金花帽的主要材料。氆氇可以染色，刚织出的氆氇有单色，也有多色组成装饰图案，并分成两种用途，以色条氆氇做服装的边饰；用原毛色氆氇做衣物面料。[④] 有些藏族地区牧民使用牛毛帐篷，牛毛帐篷就是用牛毛纺织成的粗氆氇缝制的。[⑤] 制作方式多为将羊毛先用纺锤捻成线，之后借助简单纺架手工操作织成。织氆氇用的织机一般是老式木梭织机。织造时一般用四叶棕框、四根踏杆的木制织机，织幅为一市尺左右，经纬

---

① 陈岗龙、哈达奇刚等译：《十方圣主格斯尔可汗传》，作家出版社，2016 年，第 37 页。

② 内蒙古大学蒙古学研究院蒙古语文研究所编：《蒙汉词典》，内蒙古大学出版社，1999 年，第 296 页。

③ 转引自周汛、高春明编著：《中国衣冠服饰大辞典》，上海古籍出版社，1996 年，第 535 页。

④ 马建设：《青藏民族工艺美术》，青海人民出版社，1999 年，第 106 页。

⑤ 王其钧主编：《中国建筑图解词典》，机械工业出版社，2013 年，第 187 页。

密度约每厘米 10—14 根。①

4. 皮囊和皮桶

北京木刻本《十方圣主格斯尔可汗传》中载：

> 聪明的安冲对茹格牡—高娃说：“你凭什么这样使唤我？虽然你的外表像金箱子，但若论你的内心，就像金箱子里装了生牛皮和蹄筋；我的外表虽然像马皮做的圆囊，我的内心却像是皮桶里装满的锦绸缎。”②
>
> 晁通说：“哎呀！老婆子，躲开！”西边放着三只皮囊，他又钻进了中间那个皮囊里，藏起来了，并说：“喂！老婆子，给我把口子扎住！”老婆子把皮囊口扎好。③
>
> 过了第九天，“诅咒的黑洞”变成一个人，进入了晁通诺彦的梦里，说道：“你去收买图门—吉日嘎朗的一个牧人，还要找来三个大皮桶，一个装满血，一个装满酒，一个装满酸奶。三个大皮桶不要封口。你去把三个大皮桶拴在图门吉日嘎朗的裙带上。”④

北京木刻本《十方圣主格斯尔可汗传》中多处出现了“皮囊”和“皮桶”之类的生活用具词汇。从此用具的特点来看，应是游牧民族的日常用具。早在元朝时期的蒙古族就用皮囊来装饮品。当时游历到蒙古地区的西方旅行家鲁布鲁克曾记载：“男人生产弓箭，制作马镫、马衔及马鞍，他们修房造车。他们照看马匹，挤马奶，搅拌忽迷思即马奶子，并且制作盛它的皮囊。”⑤“当他们取得大量的奶时，奶只要新鲜，就像牛奶那样甜，他们把奶倒进大皮囊或袋子里，开始用一根特制的棍子搅拌它，棍

① 周汛、高春明编著：《中国衣冠服饰大辞典》，上海古籍出版社，1996 年，第 535 页。
② 陈岗龙、哈达奇刚等译：《十方圣主格斯尔可汗传》，作家出版社，2016 年，第 92 页。
③ 陈岗龙、哈达奇刚等译：《十方圣主格斯尔可汗传》，作家出版社，2016 年，第 199 页。
④ 陈岗龙、哈达奇刚等译：《十方圣主格斯尔可汗传》，作家出版社，2016 年，第 98 页。
⑤ 耿昇、何高济译：《柏朗嘉宾蒙古行纪·鲁布鲁克东行纪》，中华书局，1985 年，第 218 页。

的下端粗若人头，并且是空心的。他们用劲拍打马奶，奶开始像新酿酒那样起泡沫，并且变酸发酵，然后他们继续搅拌到他们取得奶油。这时他们品尝它，当它微带辣味时，他们便喝它。”① 鲁布鲁克还看到当时蒙古族拔都大汗的宫帐“门口放着一张凳子，上面摆着盛在皮革里的奶或其他饮料及酒杯……他们拿牛皮制成大壶，用烟把它熏干，形状美观。”② 叶子奇《草木子》载：“北人杀小牛，自脊上开一孔，逐旋取去内头骨肉，外皮皆完，揉软用以盛奶酪酒湩，谓之‘浑脱’”③ 这里所指容器就是皮制的一种皮囊，是当时蒙古族重要的日常用具。在元朝时期的蒙古国大汗帐内都摆放酒桌，酒桌上置放各种酒具。贮酒的容器叫“秃速儿格”，后来成为盛酒大壶、皮囊、罐瓶、大瓮的通称。④ 从而看出，蒙古族日常用具中皮囊的使用较为普遍。

在古代，蒙古族皮囊不仅是盛酒的器具，在日常生活中也得到广泛使用。如制作渡河时装一些衣物的大皮囊，柏朗嘉宾在游记中写道：“当他们到达江河之畔的时候，即使是大江大河，他们也要以下列方式涉水而过：具有一定身份的人备有一块圆形的薄皮，其周围安装有一系列的扣链，然后再从中拴一根绳子系紧；他们这样一来就得到了一种圆囊，囊内牢牢实实地塞满了衣物和其他物品；继此之后，便于其中放一架马鞍和小船拴在一匹马的马尾上。他们命令一个人牵马，人牵着马游在前面。”⑤ 所以在古代蒙古族中皮囊的使用范围极其广泛。

5. 柳条筐、牛粪筐

北京木刻本《十方圣主格斯尔可汗传》中载：

> 安冲被射倒后又爬起来，解下九庹（量词，成人两臂左右

---

① 耿昇、何高济译：《柏朗嘉宾蒙古行纪·鲁布鲁克东行纪》，中华书局，1985 年，第 214 页。

② 耿昇、何高济译：《柏朗嘉宾蒙古行纪·鲁布鲁克东行纪》，中华书局，1985 年，第 212—213 页。

③ 叶子奇：《草木子》卷 4 下《杂俎篇》，中华书局，1959 年，第 85 页。

④ 史卫民：《元代社会生活史》，中国社会科学出版社，1996 年，第 159 页。

⑤ 耿昇、何高济译：《柏朗嘉宾蒙古行纪·鲁布鲁克东行纪》，中华书局，1985 年，第 214 页。

平伸的长度）长的白绸巾，把冒着鲜血的两肋扎紧，止住血，骂道："去你爹的头！你这坏种可是怕了我不成？这与两个妇人吵架，一个用剪刀扎伤另一个有什么两样？我是绝不会死于你的一支暗箭，不会被叫做'肋骨被暗箭射穿留下装牛粪的柳条筐一样大的窟窿的英雄好汉'的安冲……"①

格斯尔离开了营地，路上见到了一个老婆婆。她脱了上衣，把衣服搭在肩上，她的左肩上长满了茧子。她背着一个牛粪筐，边捡牛粪，边哭一阵儿，唱一阵儿地走着。②

从上述记载看，当时蒙古族用柳树条编的筐来装牛粪，反映了草原游牧生活。蒙古族自从元朝始就用"以柳条纽编成器"的器物，取水的井桶、担水斗等也有用柳条制成的。盛放蔬菜的有筐、挑菜筐、瓜篮、车箕筐等。③

6. 金碗、金磨盘、铁锅、铜勺

北京木刻本《十方圣主格斯尔可汗传》中载：

阿尔鲁—高娃夫人在金碗里盛了黑色的能令人失忆的食物。格斯尔吃了这些食物后失去了一切记忆，就和阿尔鲁—高娃夫人一起住下了。④

有一座白海螺般洁白的圣山，山上有一只白海螺般洁白的绵羊羔在咩咩地叫唤，请你们把它找来送给我；有一座金山，金山上有一个金磨盘，没有人推动，它自己就在转动，请你们把它取来送给我；有一座铁山，铁山上有一头青色犀牛在独自奔跑，请你们把它捉来送给我；有一座金山，金山上有一根金棍在敲来敲

① 陈岗龙、哈达奇刚等译：《十方圣主格斯尔可汗传》，作家出版社，2016 年，第 158 页。
② 陈岗龙、哈达奇刚等译：《十方圣主格斯尔可汗传》，作家出版社，2016 年，第 197 页。
③ 史卫民：《元代社会生活史》，中国社会科学出版社，1996 年，第 212 页。
④ 陈岗龙、哈达奇刚等译：《十方圣主格斯尔可汗传》，作家出版社，2016 年，第 131 页。

去，请你们把它取来送给我；有一座铜山，铜山上有一只铜狗在日夜吠叫，请你们把它捉来送给我；有一座金山，金山上有只金牛虻嗡嗡叫个不停，请你们把它捉来送给我。[1]

贡玛汗说："把枪矛收集起来，让众人把他挑在枪尖上杀死他。"大家把格斯尔汗带走去行刑时，格斯尔可汗把金磨盘取了出来，说道："现在我是一点儿办法都没有了，这次必死无疑了。"[2]

茹格牡—高娃的母亲在地上挖了眼灶，又搬来一口大锅准备煮肉。觉如过来对岳母说："这是我猎到的野牛肉。恐怕你这一口锅容不下这么多的肉。还是把周围邻居们的锅都借来煮肉吧。"听了觉如的话，岳母把周围邻居的锅都借过来了，挖了很多地灶，再架上铁锅来煮肉。[3]

格斯尔可汗命人在一口大锅里煮了满满一锅肉，另一口大锅里煮了七颗人头。贡玛汗的两个使臣见了，心惊胆战、坐立难安，心想："这锅里的七颗人头不会是煮给我们俩吃的吧。"格斯尔汗把七个秃子的头煮得烂熟，捞出头骨，刻成了七个嘎巴拉碗。[4]

格斯尔和图门—吉日嘎朗挖了一个七庹深的坑，格斯尔藏到里面，上面铺上白色石板，白色石板上再铺上写了六字真言的布，布上再撒上一层土，土层上铺了一层来年枯草，上面再栽上青草。青草上放一口锅，锅里盛满水。在盛水的锅旁边铺上从各种鸟类身上拔下来的羽毛，上面系着红白两种颜色的丝线。[5]

"我的安冲说得对。刚才我有点儿多嘴了。白帐汗的大军虽然多得像烧滚的牛奶在锅里沸腾，我们的嘉萨你就像一把铜勺把它扬起来平息，黄帐汗的大军虽然像燎原的野火逼来，苏米尔我

① 陈岗龙、哈达奇刚等译：《十方圣主格斯尔可汗传》，作家出版社，2016年，第81页。
② 陈岗龙、哈达奇刚等译：《十方圣主格斯尔可汗传》，作家出版社，2016年，第88页。
③ 陈岗龙、哈达奇刚等译：《十方圣主格斯尔可汗传》，作家出版社，2016年，第66页。
④ 陈岗龙、哈达奇刚等译：《十方圣主格斯尔可汗传》，作家出版社，2016年，第82页。
⑤ 陈岗龙、哈达奇刚等译：《十方圣主格斯尔可汗传》，作家出版社，2016年，第120页。

迎过去就像灭火一样将他们消灭；黑帐汗的大军虽然像洪水一样汹涌而来，安冲你就像开渠泄洪一样把他们消灭！这有什么呢？我们三人一同迎战他们三汗！”①

茹格牡—高娃对安冲说：“聪明的安冲，你跑步过去，颠步回来，把金子一样的半干半湿的牛粪摆在里面，把银子一样的风干的牛粪摆在外边，在图拉嘎里点上圣火；水像母亲，多倒点儿；盐像外甥，少放点儿；茶像父亲，少放点儿；牛奶像娘亲，多放点儿；奶油像长官，少放点儿。奶茶煮开的时候，你就权当是乳汁海在沸腾，手持铜勺扬茶的时候，你就权当是众多僧人在念经诵佛；喝奶茶的时候，你就权当是金雀入巢。根除十方十恶之源的圣主格斯尔可汗回来了。赶快煮茶吧！”②

在上述北京木刻本《十方圣主格斯尔可汗传》中多处出现了铁锅、铜勺、金碗等生活器具的名称，看来当时的蒙古族百姓使用这些器具很普遍。蒙古族从元朝时期始已经开始使用金银铁制作的器物，而且“餐具中既有大量名贵的金银器皿，也有不少制作精巧的瓷器、漆器”③。

元朝时期尚金习俗风靡，元代蒙古族不仅在服饰面料上用金，而且在首饰、装饰物、生活用具上也大量用金，甘肃漳县元代汪世显家族墓出土了十五件金银首饰，其中金耳坠五件、金戒指一件④。13 世纪时到过蒙古地区的西方旅行家鲁布鲁克在拔都汗的斡耳朵（宫帐）中看到：“他正坐在宝座上，宝座长而宽，好像一帐床，全部涂以金色”⑤。西方旅行家柏朗嘉宾到贵由汗的斡耳朵时看到：“（贵由的）宝座是用象牙制作而成的，雕刻得令人仰慕。如果我没记错的话还有金子、宝石和珍珠。”⑥ 陶宗仪在《南村辍耕录》中描述忽必烈宫殿中的摆设时说：“大明殿中设‘七宝

① 陈岗龙、哈达奇刚等译：《十方圣主格斯尔可汗传》，作家出版社，2016 年，第 143 页。
② 陈岗龙、哈达奇刚等译：《十方圣主格斯尔可汗传》，作家出版社，2016 年，第 91 页。
③ 史卫民：《元代社会生活史》，中国社会科学出版社，1996 年，第 159 页。
④ 甘肃省博物馆、漳县文化馆：《甘肃漳县元代汪世家族墓葬》，《文物》，1982 年第 2 期。
⑤ 耿昇、何高济译：《柏朗嘉宾蒙古行纪 · 鲁布鲁克东行纪》，中华书局，2002 年，第 145 页。
⑥ 耿昇、何高济译：《柏朗嘉宾蒙古行纪 · 鲁布鲁克东行纪》，中华书局，2002 年，第 103 页。

云龙御榻，白盖金缕褥并设后位'，隆福殿中设'缕金龙樟木御榻。'"[①]上述诸王显贵斡耳朵中的家具多涂金银，镶嵌各种宝石，显得富丽堂皇、华贵无比。元代喜爱金银，不仅限于诸王贵族，民间也颇盛行，用金的范围也极广，从王公贵族宫帐中的家具、装饰品到民间百姓的日常生活用品等都开始大量用金，这从元廷颁发的敕令中能窥其一二。《通制条格·毛段织金》载："中统二年（1261）九月，中书省钦奉圣旨：'今后应有织造毛段子，休织金的，只织素的或绣的者。并但有成造箭合剌，于上休得使金者。'"[②]《世祖纪》载："至元六年二月敕'鞍、靴、箭、镞等物，自今不得以黄金为饰。'"《仁宗纪》："至大四年三月，禁民间制金箔、销金、织金。"[③]《元史》卷105《禁令》载："诸市造鞍、辔、简、镞、靴履及诸杂带，用金为饰者，禁之。"又"诸官员以黄金饰甲者禁之。"[④]从上述记载可知，元代用黄金作为装饰的现象极普遍，甚至日常生活用品上也开始大量用黄金，因此朝廷不得不颁发禁令，因为黄金对统治者来说是富贵、威权的象征。所以日常用品使用黄金者多为皇室或贵族。马可波罗到元大都时看到："在大殿中央，即大汗的御案前面，有一个金碧辉煌的家具，形状像一个方形匣子，每边长三步，精雕细刻着飞禽走兽的图案，而且都镏上了金。这个方形匣子里面是空的，装着一个巨大的纯金制造的瓶状容器……在这个大方匣中，还放着皇帝陛下用的酒杯和酒壶等器皿。这些餐具有些是漂亮的镀金的金属制成品……"[⑤]

当时蒙古族的餐具和日常用具中也出现了不少金属类制作的器物，如铁制锅，铜制勺子，铜制针等。《马可波罗游记》中记载当时宫廷用具时说："凡有座位的人，每人的桌前摆一酒壶，并配有一个金属制的杓子，形状很像带柄的酒杯，还有金银餐具。"[⑥]从元朝始，蒙古地区的手工业一直很发达，当时蒙古地区有西方的工匠，也有契丹工匠等从事手工业工

① 陶宗仪：《南村辍耕录》，中华书局，1997年，第251—253页。
② 方龄贵校注：《通制条格校注》，中华书局，2001年，第650页。
③ ［清］沈家本撰，邓经元、骈宇骞点校：《历代刑法考》，中华书局，2006年，第203页。
④ 宋濂：《元史》卷105，中华书局，1976年，第2681页。
⑤ 陈开俊等译：《马可波罗游记》，福建科学技术出版社，1982年，第99页。
⑥ 陈开俊等译：《马可波罗游记》，福建科学技术出版社，1982年，第99页。

作。鲁布鲁克也记载了当时蒙哥汗宫殿内的摆设，他说：“那里有很多建筑物和仓库，其中储存有他的粮食和财宝。在这座大宫殿的门口，因为运进盛奶和其他饮料的皮囊，很不雅观，所以巴黎的匠人威廉就为他制作了一株巨大的银树，在它的根部是四只银狮，各通有管道，喷出白色马奶……金匠威廉给我们打了一件做圣饼用的铁器。”① 蒙古地区有了工艺精细的工匠，所以金属器具的使用很普遍，普及日常生活的方方面面。这从英雄史诗内容也可看出当时人们的生活用具之多样性。

三、战争器物

1. 黑硬弓、弓弦、箭镞、箭袋

北京木刻本《十方圣主格斯尔可汗传》中载：

茹格牡—高娃一一唱给巴尔斯—巴特尔听了。“哎呀，我的巴尔斯—巴特尔！请给你威力无比的黑硬弓上好弦，搭上金柄白羽箭，快快出来！”巴尔斯—巴特尔手握大黑硬弓，上好弦，搭上金柄白羽箭，走了出来。②

巴尔斯—巴特尔心里想道：“哎呀！如果我把弓箭交给一个女人来射击，十方圣主格斯尔可汗知道了该怎么说我？他亲爱的哥哥嘉萨—席克尔和三十个勇士会嘲笑我是纸老虎！”于是，他重新握紧威猛大黑硬弓的弓臂，搭好金柄白羽箭，开始瞄准。③

嘉萨跨上了灰飞马，把密不透风的铠甲穿在了身上，把享誉世界的头盔戴在了高贵的头上，把三十支白羽箭插入了箭筒，把威猛的黑硬弓插入了弓袋，挎上了锋利的纯钢弯月宝刀。

---

① 耿昇、何高济译：《柏朗嘉宾蒙古行纪·鲁布鲁克东行纪》，中华书局，1985 年，第 284—288 页。

② 陈岗龙、哈达奇刚等译：《十方圣主格斯尔可汗传》，作家出版社，2016 年，第 136 页。

③ 陈岗龙、哈达奇刚等译：《十方圣主格斯尔可汗传》，作家出版社，2016 年，第 137 页。

苏米尔骑上了云青马，披上了露珠般闪亮的黑铠甲，插上了三十支白羽箭，带上了威猛的黑硬弓，挎上了不卷刃的青钢刀。

人中之宝安冲也骑上了云青马，披上了百叶黑铠甲，插上了三十支白羽箭，带上了威猛的黑硬弓，挎上了不卷刃的黑钢刀。①

觉如拉满神弓的时候，弓弦发出了一千条神龙的吼声，震耳欲聋，天地也为之震动。②

格斯尔就说："过来！我给你们戴上护身符。"说着，便从怀里掏出三根弓弦，逐一勒死了蟒古思的三个妹妹。③

格斯尔一路追赶，来到了城堡。母鹿一进城门，城堡就紧紧关上了九层城门。格斯尔取出两把金刚斧头，砸碎了城堡的门，进去一看，只见一个下面的獠牙顶到天上，上面的獠牙顶在金色世界，两个大乳房拖了一地，从额头射进去的箭从臀部露出箭镞的白发老女人正像只狗一样蹲在地上呻吟。④

十方圣主格斯尔可汗不想让鄂托克的人们知道阿尔鲁—高娃夫人的住处，就让她隐居在一个离部落一个月路程远的地方。一直以来，人们都不知道阿尔鲁—高娃夫人居住在哪里。晁通诺彦却发现了。于是，他就去找阿尔鲁—高娃夫人。晁通诺彦挎上蚂蚁形状的箭袋，骑上虎斑黄马，就去找图门—吉日嘎朗夫人了。⑤

蒙古族自古以来过着"逐水草而迁徙"的游牧生活，从室（失）韦时期始就以狩猎为主，《魏书·失韦传》与《北史·失韦传》中均记载称："用角弓，其箭尤长。"⑥ 主要生产方式以打猎游牧为主，所以，蒙古

---

① 陈岗龙、哈达奇刚等译：《十方圣主格斯尔可汗传》，作家出版社，2016 年，第 142 页。
② 陈岗龙、哈达奇刚等译：《十方圣主格斯尔可汗传》，作家出版社，2016 年，第 60 页。
③ 陈岗龙、哈达奇刚等译：《十方圣主格斯尔可汗传》，作家出版社，2016 年，第 126 页。
④ 陈岗龙、哈达奇刚等译：《十方圣主格斯尔可汗传》，作家出版社，2016 年，第 127 页。
⑤ 陈岗龙、哈达奇刚等译：《十方圣主格斯尔可汗传》，作家出版社，2016 年，第 93 页。
⑥ 王迅、苏赫巴鲁编著：《蒙古族风俗志》（上），中央民族学院出版社，1990 年，第 70 页。

族善于制作和使用弓箭。蒙古族制作弓箭方面技艺精湛，“其箭头，最早是用石块磨制，以后用兽骨，其后又用金属；箭杆，多用桦木制作，也有用樟木、桑木等硬质木料制作的；箭弓，逐步由竹弓、蟒皮弓，发展到牛角弓、钢弓；弓弦，先是牛筋，后是狍子、鹿等野兽筋，明清以来，多用鹳鸟腿上的筋做弓弦。”① 明朝时期到过蒙古地区的萧大亨在《北虏风俗》中载：“最好弓，弓有经十余年不坏者……弓以桑榆为干，角取诸野牛黄羊，胶以鹿皮为之，体制长而弱，非若六金钧三石之强也。矢以柳木为之，粗而大。镞以铁为之，有阔二寸或三四寸者，有似钉者，有似凿者，然阵中人不数矢，矢不虚发也。弦以皮条为之，粗而耐久也。其弓弱，其弓强，彀之极满，至三二十步发之，辄洞甲贯胸，百不一失，但不能射于五十步之外。”② 元朝游历到蒙古地区的柏朗嘉宾在游记中写道：“他们所用箭支的长度有两英尺和一掌一指。因为英尺具有各种不同的长度，我们这里所使用的是几何英尺的尺寸：二（十二）粒大麦形成一个英寸的长度，十六英寸为一几何英尺。箭支上的铁头两边都非常尖而犀利，如同一把双刃刀一般。他们的箭囊中常备一把锉以把箭支锉尖。这些铁箭头都有一指长的一段尖尾以固定到木制箭杆中。”③ 对蒙古族而言，弓箭不只是打猎用的工具，还是战争的重要武器。马可波罗在游记中写道：“鞑靼人使用的武器有弓矢、铁矛，有时也用长枪，但是他们从儿童时代起，就喜欢玩弄弓箭的游戏，所以弓矢是他们最谙熟的武器。”④

2. **九杆大纛、九杆军麾、七杆大纛**(yisun tuγ yisun qiri doluγan tuγ)

北京木刻本《十方圣主格斯尔可汗传》中载：

班珠尔出发了。他登上沙子头山的山顶，向格斯尔可汗的神灵祈祷，接着就向白帐汗的大营冲去了。冲破了九道敌阵，斩断

---

① 杨仁普、李振芬：《蒙古族风俗见闻录》，内蒙古人民出版社，1987 年，第 92 页。

② 萧大亨：《北虏风俗》，内蒙古地方史志编纂委员会总编室编印：《内蒙古史志资料选编 · 第三辑》，呼和浩特市玉泉区印刷厂印刷，1985 年，第 148—149 页。

③ 耿昇、何高济译：《柏朗嘉宾蒙古行纪 · 鲁布鲁克东行纪》，中华书局，1985 年，第 66 页。

④ 陈开俊等译：《马可波罗游记》，福建科学技术出版社，1982 年，第 64—65 页。

了九杆大纛，掰折了九杆军麾，砍死了九个火头军，赶回来了九群战马。①

喂！吐伯特的穷乞丐盗马贼，快把我们的马群留下！不许你把带着小马驹的骒马带走，使它们与马驹分开；不许你把带着两岁小马的骒马带走，使它们与小马分开；不许你让肥马掉膘，不许你让瘦马更瘦！不许你让瞎马迷路！你为什么要偷袭我们白帐汗的大营？为什么要斩断九杆大纛？为什么要掰折九杆军麾？②

他调转马头又冲入了被誉为“山中闪电”的比儒瓦的大营，斩杀了一万个敌人，把他们的辫子割下来拴在云青马的尾巴上，还斩杀了九名火头军，砍倒了九杆旗纛，最后赶着九群马往回走。③

第二天夜间，格斯尔帐下的神童来袭击白帐汗的大营，砍断了七杆大纛，斩杀了七名火头军，赶走了七群马。④

北京木刻本《十方圣主格斯尔可汗传》中所载“九杆大纛、九杆军麾、七杆大纛”出现于“攻打锡莱高勒三可汗”一章中，此旗是格斯尔的敌对方锡莱高勒三可汗之一白帐王军营的军旗。在藏族早期版本《格萨尔王传》的贵德分章本“征服霍尔”中就没有出现这样的名称。

《蒙古秘史》载：“（成吉思汗于丙寅年）在斡难河源头，建九脚白旄纛做皇帝。”⑤《元史·太祖本纪》记载：“元年丙寅（1206年），帝大会诸王群臣，建九斿白旗，即皇帝位于斡难河之源。”⑥ 这是对九斿白纛的最早记载。宋代赵珙在《蒙鞑备录》中载：“成吉思汗之仪卫，建大纯白

① 陈岗龙、哈达奇刚等译：《十方圣主格斯尔可汗传》，作家出版社，2016年，第151页。

② 陈岗龙、哈达奇刚等译：《十方圣主格斯尔可汗传》，作家出版社，2016年，第151—152页。

③ 陈岗龙、哈达奇刚等译：《十方圣主格斯尔可汗传》，作家出版社，2016年，第157页。

④ 陈岗龙、哈达奇刚等译：《十方圣主格斯尔可汗传》，作家出版社，2016年，第226页。

⑤ 佚名撰：《元朝秘史》，齐鲁书社，2005年，第138页。

⑥ （明）宋濂：《元史·太祖本纪》，中华书局，1976年，第13页。

旗以为识认，外此并无他旌幢，惟伞亦用红黄为之。”[①] 说明大蒙古国时期的国旗是纯白色的旗。蒙古汗国建立时，成吉思汗树起了一面白色大旗，旗上还有九条飘带，史称“九斿白纛”或者“九足白纛”，蒙古人俗称“查干苏勒德”。蒙古人以白色为吉祥的颜色，“足”和“斿”都是指旗上的飘带和穗子。“大蒙古国时期的九斿白纛既是国旗，又是国家的威严和象征。象征着大蒙古国国家机构，也象征着蒙古族宗教、民俗、自然地理、方位与方向、时令与季节、数学等。”[②] 此旗由主苏勒德和八柄陪苏勒德组成。主苏勒德的顶端由一尺长镀金三叉铁矛构成。三叉象征着火焰，三叉矛头下端为“查尔”（圆盘），圆盘沿边固定银白公马鬃制成的缨子。主苏勒德的柄也叫“希利彼”，用松木制成，希利彼五寸粗、十三尺长，插入中间有孔的花岗岩底座。离主苏勒德一丈五距离的地方，四面、四角上竖起八柄陪苏勒德，并用马鬃搓成的“呼和纳楚格”（绳子）与主苏勒德相连接，加固主苏勒德。陪苏勒德的“希利彼”为九尺长，矛头与主苏勒德一样。

古代蒙古人将此旗视为军队的守护神，即苏勒德，认为此苏勒德可引导军队走向胜利，所以蒙古军队出征前进行祭旗仪式，战争胜利后也用牲畜来进行祭祀。

到了明代，蒙古族仍沿用苏勒德白纛，萧大亨的《北虏风俗》中载：“无旌旗，惟虏王及台吉则有坐纛，兴师振旅，皆知祭纛。”[③] 这说明到明代都一直沿用苏勒德白纛。

---

① 赵珙：《蒙鞑备录》，内蒙古地方史志编纂委员会总编室编印：《内蒙古史志资料选编·第三辑》，呼和浩特市玉泉区印刷厂印刷，1985年，第15页。

② 那·嘎尔迪淖尔布：《九斿白纛祭祀》（蒙古文版），内蒙古人民出版社，2006年，第16页。

③ 萧大亨：《北虏风俗》，内蒙古地方史志编纂委员会总编室编印：《内蒙古史志资料选编·第三辑》，呼和浩特市玉泉区印刷厂印刷，1985年，第150页。

第四章　服装配饰类

一、服饰

（一）日常服饰

1. 插羽毛的帽子

北京木刻本《十方圣主格斯尔可汗传》中载：

茹格牡—高娃见人们抢到金翅鸟的羽毛后都给老婆戴上，就抱怨觉如，哭泣道："看看人家的丈夫！射死了大鹏金翅鸟，摘取了金翅鸟的羽毛，就插在老婆的帽子上炫耀。我的觉如哪有这种本事，能给我的帽子也插上羽毛呢？"

而所有的女人却在看到茹格牡—高娃以后，又羡慕又妒恨，一时哭声一片。女人们一边哭，一边说："其貌不扬的鼻涕虫觉如射死了大鹏金翅鸟，摘取了金翅鸟最美丽的两根羽毛，插在了茹格牡—高娃的帽子上。我们的那些好丈夫哪有这种本事？"于是，所有的人都回家了，唯独觉如没有回家。

茹格牡—高娃回到家，进门的时候，两支羽毛卡在门框上了。茹格牡—高娃心里想道："这是怎么回事？"便把帽子摘下来一看，原来帽子上插着两根漂亮无比的金翅鸟羽毛。见到了大鹏金翅鸟的羽毛，茹格牡—高娃这才完全醒悟过来，自言道：“原来觉如是神啊！”于是就转身去寻找觉如。[①]

元朝蒙古族贵族妇女礼服上佩戴的固姑冠上就插长长的羽毛翎子。《长春真人西游记》中云：“妇人冠以桦皮高二尺许，往往以皂褐笼之，富者以红绡，其末如鹅鸭，名曰‘故故’，大忌人触，出入庐帐须低回。”[②] 1237年，宋人彭大雅在《黑鞑事略》一书中说：“妇顶‘姑姑’。”徐霆就彭大雅所记进一步解释说：“霆见‘姑姑’之制，用画木为骨，包以红绢金帛，顶之上用四五尺长柳枝或银打成枝，包以青毡。其向上人，则用我朝翠花或五采帛饰之，令其飞动。以下人，则用野鸡毛。”[③] 此时期固姑冠的质地、材料等非常讲究，日趋华丽，似乎成为贵族妇女专用的头饰。1246—1247年间曾到过大蒙古国的意大利旅行家柏朗嘉宾在旅行记中载：“已经结过婚的妇女穿一种非常宽松的长袍……在她们的头上，有一个以树枝或树皮制成的圆的头饰。这种头饰有一厄尔（古时候的长度名，等于45英寸）高，其顶端呈正方形；从底部至顶端，其周围逐渐加粗，在其顶端，有一根用金、银、木条甚至一根羽毛制成的长而细的棍棒。这种头饰缝在一顶帽子上，这顶帽子下垂至肩……不戴这种头饰时，她们从来不走到男人们面前去，因此，根据这种头饰就可以把她们同其他妇女区别开来。”[④] 元朝末年叶子奇《草木子》一书中载：“元朝后妃及大臣之正室，皆带姑姑，衣大袍，其次即戴皮帽。姑姑高二尺许。用红色罗盖。”[⑤] 在巴黎法国国家图书馆所藏拉施特于13世纪所著的《史集》抄本的插图中所绘拖雷汗的妃子所戴固姑冠上的翎子非常长，《旭烈兀汗在沙弗尔罕》一图中旭烈兀妃子所戴固姑冠上也有长长的翎子。看来元朝蒙古族妇女所戴固姑冠上多插羽毛作为装饰。所以，北京木刻本《十方圣主格斯尔可汗传》中出现妇女帽子上插羽毛作为装饰也是有可能的，这

① 陈岗龙、哈达奇刚等译：《十方圣主格斯尔可汗传》，作家出版社，2016年，第67页。
② 李志常：《长春真人西游记》，选自《王国维遗书》，上海古籍出版社，1983年。
③ 彭大雅、徐霆：《黑鞑事略》，选自《王国维遗书》，上海古籍出版社，1983年。
④ 耿昇、何高济译：《柏朗嘉宾蒙古行纪·鲁布鲁克东行纪》，中华书局，1985年，第30页。
⑤ 叶子奇：《草木子》卷三《杂制篇》，中华书局，1959年，第63页。

也与蒙古族早期贵族妇女帽子上装饰有相似之处。

2. 长坎肩（oočina-a）

北京木刻本《十方圣主格斯尔可汗传》中载：

茹格牡—高娃来了。她不好断定这支箭就是格斯尔的，便说："如果是我亲爱的圣主格斯尔可汗的箭，就一定是支神箭，那你就自己弹出来，落在我的长坎肩上！如果不是，就不要弹出来！"

说完，她敲了一下这块卧牛石。格斯尔摩挲过的嘉萨的这支箭，果然弹出来落在了她的长坎肩上。[①]

蒙古族从元朝始，服装类型中就有坎肩式的衣服，叫"比肩"。《元史·舆服志》载："服银鼠，则冠银鼠暖帽，其上并加银鼠比肩。俗称曰襻子答忽。"[②] 此服是天子质孙服中冬季所着十一等中之一种。说明比肩也是质孙服之一种，俗称答忽衣。《元史》卷139《乃蛮台传》载："继又以安边睦邻之功，赐珠络半臂，并海东名鹰，西域文豹，国制以此为极恩。"[③] 此半臂是元至顺元年，太宗皇帝赐给有功之臣乃蛮台的礼物。说明此半臂极为珍贵，作为贵重礼物赐予功臣。清初王士正《居易录》载："今谓皮衣之长者曰褡护。"又云："半臂衫也。"据《元史·舆服志》载，质孙服是"凡勋戚大臣近侍，赐则服之。"皇帝所赐服饰大多是质孙礼服。所以此处所说半臂应是与质孙礼服配套服用的比肩，即答忽衣。从而推测出元代质孙服上所罩比肩是短袖式长袍。

从《元史·舆服志》所载的"服银鼠，则冠银鼠暖帽，其上并加银鼠比肩。俗称曰襻子答忽"中可知比肩是答忽衣，是用银鼠皮制成的冬季罩在质孙长袍外的衣服。清初王士正在《居易录》中写道："今谓皮衣

① 陈岗龙、哈达奇刚等译：《十方圣主格斯尔可汗传》，作家出版社，2016年，第177页。
② 宋濂：《元史·舆服志》卷78，中华书局，1976年，第1938页。
③ 宋濂：《元史·乃蛮台传》卷139，中华书局，1976年，第3352页。

之长者曰褡护。”所以，史卫民等学者认为，答忽衣指皮衣，在其专著《元代社会生活史》中云：“所谓皮袍，就是蒙古人所说的‘答忽’，又译写作‘搭护’等，即‘皮袄’‘袄子’，一般人穿的是羊皮，羊羔皮制成的答忽。贵族才有貂鼠答忽，银鼠答忽，即用貂鼠和银鼠皮制成的皮衣。”① 周锡保先生认为，比肩是一种皮衣，有里有表而较马褂长些的类似半袖衫的一种衣服②。黄能馥、陈娟娟等先生也认为，此服是元代官员常在袍外罩的一种半袖的裘皮衣服③。南宋遗老郑思肖诗中云：“骔笠毡靴搭护衣，金牌骏马走如飞。”④ 并自谓：“搭护，元衣名。”这里答忽衣和笠帽搭配，据《元史·舆服志》载，冬夏季节所着质孙服都有其严格的规定，衣、帽、腰带配套穿戴，元刻《事林广记》插图中元代蒙古族官吏及仆从有头戴大方敞口的四方瓦楞帽或钹笠，身穿质孙长袍，外罩半袖、右衽长袍，看似不像冬季的服装。据《元史·舆服志》记载，夏季质孙服上应佩戴笠帽。正如《黑鞑事略》中所记载的：“其冠被发而椎髻，冬帽而夏笠，妇人顶故姑。”⑤ 所以，答忽衣也不专指皮衣，它应是与男式质孙服或女式窄袖长袍搭配服用的一种衣服款式，不分男女，不分冬夏，罩在质孙长袍或窄袖长袍外的适合骑射的袍服。它轻便又保暖，装饰性极强。

比甲是一种没有领没有袖，齐腰，后面长于前面，前面用两襻结之的衣服。这是元世祖的皇后察必设计出的一种衣服式样。《元史·后妃传》载：“前有裳无衽，后长倍于前，亦无领袖，缀以两襻，名曰‘比甲’，以便弓马，时皆仿之。”⑥ 此类衣饰在辽时已有，此形制的衣服极适合骑射，骑马奔跑时能够护胸与背，所以在北方游牧民族中颇受欢迎。北京木刻本《十方圣主格斯尔可汗传》中所载“长坎肩”应是与蒙古族早期的

---

① 史卫民：《元代社会生活史》，中国社会科学出版社，1996 年，第 76 页。

② 周锡保：《中国古代服饰史》，中国戏剧出版社，1984 年，第 355 页。

③ 黄能馥、陈娟娟：《中国服装史》，中国旅游出版社，2001 年，第 246 页。

④ （南宋）郑思肖：《心史·大义略叙》，四库全书存目丛书集部 21，齐鲁书社，1997 年，第 60 页。

⑤ 内蒙古地方志编纂委员会总编印室编印：《内蒙古史志资料选编·黑鞑事略》，呼和浩特市玉泉区印刷厂，1985 年，第 29 页。

⑥ 宋濂：《元史·后妃传》卷 114，中华书局，1976 年，第 2872 页。

比肩相似的一种护胸背的适合于骑射的衣服。

3. 锦缎

北京木刻本《十方圣主格斯尔可汗传》中载：

> 乌鸦没有飞下来，继续停留在空中说道："你且听着！我飞到了吐伯特地方的十方圣主格斯尔可汗的宫帐。他的父汗名叫僧格斯鲁。格斯尔汗的夫人，名叫茹格牡—高娃。说起那个茹格牡—高娃夫人的容貌呀——（她）站起来的时候，如同用漂亮的锦缎裹着的松树，（她）坐着的时候，如同能容纳五百人的洁白宫帐，（在她的）右肩上，犹如金蛉子在翻飞，左肩上，犹如银蛉子在翻飞。她娇嫩得简直让人担心，她若坐在下午的阳光下就要熔化，她娇嫩得简直让人担心，坐在东边刚刚升起的月光下就要凝结。她的光彩照亮了黑夜，守夜人可以如数点清千军万马。她就是这样一个绝世美人。她住在一座能容纳五百人的白色宫帐里，宫顶用哈纳惠锦缎覆盖着，拉绳由不断的四股彩色丝线拧成，支撑（宫帐）的是根金柱子。"①

蒙古族从元朝始就喜爱锦缎，《元史·舆服志》载："天子质孙，冬之服凡十有一等，服纳石失，（金锦也）。怯绵里，剪茸也。则冠金锦暖帽……夏之服凡十有五等，服答纳都纳石失，缀大珠于金锦。则冠宝顶金凤钹笠。服速不都纳石失，缀小珠于金锦……服青速夫金丝阑子，速夫，回回毛布之精者也。则冠七宝漆纱带后檐帽……百官质孙，冬之服凡九等，大红纳石失一……夏之服凡十有四等，素纳失石一，聚线宝里纳石失……"② 这里所说"质孙服"是元代宫廷礼服，《元史·舆服志》载："质孙汉言一色衣也，内庭大宴则服之。冬夏之服不同，然无定制。凡勋

---

① 陈岗龙、哈达奇刚等译：《十方圣主格斯尔可汗传》，作家出版社，2016 年，第 134 页。

② 宋濂：《元史》卷 78，中华书局，1976 年，第 1938 页。

戚大臣近侍，赐则服之。精粗之制，上下之别，虽不同，总谓之质孙云。”[①] 也就是说内廷大宴（质孙宴）时参加宴者必须服用的服装，也只有得到皇帝赏赐质孙服者才有资格参加此宴会。此服上至皇帝，下至百官都服用，“精粗之制，上下之别，虽不同”，但颜色皆相同。这里所说的“精粗之制”是指质孙服的工艺或面料质地等的区别。关于当时皇帝质孙服与百官质孙服之区别，《马可波罗行记》中也有记载：“大汗于庆寿之日，衣其最美之金锦衣。同日至少有男爵骑尉一万二千人，衣同色之衣，与大汗同。所同者盖为颜色，非言其所衣之金锦与大汗衣价相等也。”[②] 这里说明宫廷大宴之日，皇帝与百官着颜色相同而质地不同的金锦衣，即《元史》中所载的用纳失石面料制作而成的质孙服。当时天子质孙服与百官质孙服的冬之服与夏之服多用叫“纳石失”的布制作而成。根据我国传统的区别方法，纳石失分成两类，片金锦与捻金锦，片金锦显花的金纬线是将金箔黏附于薄皮再切割成极窄的长片；捻金锦显花的金纬线是将金线搓捻在丝线上。[③] 织金技术最早来自西亚，织金锦本为波斯人所长。韩儒林先生认为，纳石失就是波斯字 nasīch 的译名，指一种绣金锦缎[④]。关于波斯的织金锦工艺传到元朝与中亚回回人有关。到中世纪时，地近西亚的欧洲因蛮族入侵、封建割据、宗教战争等，陷入所谓“黑暗时期”，此时新兴的阿拉伯国家继承了古希腊、罗马的文明，加上自己的创造以及吸收了西亚的古波斯文明，形成了光辉灿烂的伊斯兰文明[⑤]。蒙古族西征后非常崇尚伊斯兰文明，蒙古征服中亚河中地区时，俘虏了很多撒马耳干、不花剌等的织金锦工匠，后来将这些人迁到弘州、荨麻林等处，设立工局，专门织造纳石失锦缎[⑥]。弘州和荨麻林的两个纳石失局属于储政院系统，设于至元十五年（1278），弘州局由来自中亚的回回人忽三乌丁大师管领，荨麻林局的首长则是汉人杨提领。翌年，以荨麻林局匠少，行政划

① 宋濂：《元史》卷 78，北京：中华书局，1976，第 1938 页。
② ［法］沙海昂注，冯承钧译：《马可波罗行记》，中华书局，2004 年，第 353 页。
③ 尚刚：《元代工艺美术史》，辽宁教育出版社，1999 年，第 86 页。
④ 韩儒林：《穹庐集》，河北教育出版社，2000 年，第 287 页。
⑤ 杨志玖：《元代回族史稿》，南开大学出版社，2004 年，第 12 页。
⑥ 尚刚：《元代工艺美术史》，辽宁教育出版社，1999 年，第 84 页。

归弘州局，“命忽三乌丁通领之”。至元三十一年，因两地相去百多里，再析为两局，“仍以忽三乌丁总为提调”。《元史》卷 122 载：“哈散纳，怯烈亦氏……太宗时期，仍命阿儿浑军，并回回人匠三千户驻于荨麻林。”[①] 又据《元史》卷 120 载，镇海掌管的“西域织金绮纹工三百户，皆分录弘州”[②]。因此弘州和荨麻林成为回回工匠的著名聚集地。此外，元廷还有三处织造纳石失的官府作坊，即两个别失八里局和纳石失毛段二局中的纳石失局，属于工部[③]。别失八里即今新疆的吉木萨尔地区，在两个别失八里局中，秩从七品的那个设在大都，全称为别失八里诸色目人匠局，正式立局在至元十三年（1276），工匠来自别失八里。别失八里是高昌回鹘的夏都，而高昌回鹘织金锦早已驰名，据洪皓《松漠纪闻》载，捻金技术为“入居秦川为熟户”的回鹘和汉人通婚子弟世传织工所熟练[④]。他们主要“掌织造御用领袖纳石失等段匹”[⑤]。新疆盐湖古墓出土一件袖窄长、腰部钉有三十道“辫线”的黄色油绢织金锦边袄子，袄子袖口及领、肩部有用织金锦做成的边饰。下摆是由前后两大片油绢作面、棉布衬里的夹层交叠围成，在腰部收成细褶，底襟及开衩部分同样有织金锦边饰[⑥]。说明当时很流行用织金锦作为衣服肩、领、袖及襟边等处的边饰。

据出土的元代纳石失面料，纳石失的主纹以人首兽身动物图案为多，它们左右对称，回首相视。还有一种是翼兽图案，动物体侧生翼，这类禽兽合一的形象源出中、近东，当粟特丝绸昌盛之时，如翼马、翼羊、翼牛、翼狮等大量出现于丝绸中，但到 8 世纪中叶以后，此纹样基本消失。到了元代这些翼兽图案又重现在纳石失等织金锦中，而且非常流行。内蒙古达茂旗大苏吉乡明水墓地出土方胜联珠宝相花纺捻金锦袍面、团窠花卉纹捻金锦裤脚、缠枝花卉纹捻金锦裤脚等织金锦面料制成的衣物，其中织

---

① 宋濂：《元史》卷 122，中华书局，1976 年，第 3016 页。
② 宋濂：《元史》卷 120，中华书局，1976 年，第 2964 页。
③ 尚刚：《元代工艺美术史》，辽宁教育出版社，1999 年，第 116 页。
④ 回顾：《中国丝绸纹样史》，黑龙江美术出版社，1990 年，第 147 页。
⑤ 宋濂：《元史》卷 85，北京：中华书局，1976 年，第 2149 页。
⑥ 王炳华：《盐湖古墓》，《文物》1973 年第 10 期。

金锦袍有团窠人面狮身图案，窠中有一对左右对称并置头戴王冠的带翼人面狮身像图案。内蒙古达茂旗大苏吉乡明水墓地还出土了一顶用对禽锦制造的织锦风帽和金锦裤脚，织锦风帽面料图案的主题是两只相对而立的隼形目鹰科食肉类猛禽，在猛禽之外的空白处填补宝相花、梅花等。金锦裤脚的面料花纹为团窠和缠枝花卉①。从而看出，波斯风格的鹦鹉织金锦纹样、希腊风格的蔓草纹、罗马风格的人像纹等都出现于元代丝绸纹样中②，使元代丝绸图案更加丰富多彩。从北京木刻本《十方圣主格斯尔可汗传》中所载"茹格牡—高娃夫人的容貌呀——（她）站起来的时候，如同用漂亮的锦缎裹着的松树"一句描述可知，茹格牡—高娃的衣服面料是锦缎，也说明锦缎是当时贵族妇女喜爱的服装面料。

4. 貂皮

北京木刻本《十方圣主格斯尔可汗传》中载：

> 枣骝神驹凑过来，从青马马鬃上伸过头来，流着眼泪说道："茹格牡—高娃，她呀！为了让我的马鞍好看，用鲜艳的锦缎缝了鞍垫；为了让我脊背暖和，做了一件貂皮里子鞍鞯。为了让我感觉绵软，编织肚带时用的是真丝线；为了显得高贵体面，制作肚带扣时用的是纯黄金。"③

蒙古族从元朝始过着逐水草而迁徙的游牧生活，日常衣物多用动物的皮毛来做御寒的衣服或装饰材料。"夏则城居，冬逐水草，多略貂皮……男女悉衣白鹿皮襦袴"，"食肉衣皮……皆捕貂为业，冠以狐貂，衣以鱼皮"④。《旧唐书·室韦传》记载："畜宜犬豕，豢养而啖之，其皮用以为

① 夏荷秀、赵丰：《达茂旗大苏吉乡明水墓地出土的丝织品》，《内蒙古文物考古》1992年第1、2期合刊。

② 回顾：《中国丝绸纹样史》，黑龙江美术出版社，1990年，第147页，第151页。

③ 陈岗龙、哈达奇刚等译：《十方圣主格斯尔可汗传》，作家出版社，2016年，第182页。

④ 《北史·室韦传》卷94，中华书局，1975年，第3129页。

韦，男子女人通以为服。”[①]《蒙古风俗鉴》记载：“蒙古远古时，围以护腰儿，后以鹿皮为服。”[②] 柏朗嘉宾在游记中记载：“各种毛皮大衣也都是根据同一样式裁制的，外套短皮袄的毛皮露在外面，同时也在身后开口，另外还有一条下摆从背部一直拖到膝盖。”[③] 鲁布鲁克也在游记中写道：“从罗斯、亦可摩撒尔，以及从大小不里阿耳和帕斯卡蒂尔，即大匈牙利和吉尔吉斯等所有北方遍布森林并且臣服于他们的国土，给他们运去值钱的各种毛皮，这些我在我们的家乡没有见过，他们是在冬天穿。他们至少要做两件皮袍过冬，一件皮毛内向身子，另一件皮向外抵御风雪。”[④]

到明代，萧大亨在《北虏风俗》中描述当时的蒙古族服饰时说：“凡衣，无论贵贱，皆窄其袖，袖束于手，不能容一指，其拳恒于外，甚寒则缩其手，而伸其袖。袖之制，促为细折，折皆成对，而不乱。膝以下可尺许，则为小辫，积以虎豹水獭貂鼠海獭诸皮为缘，缘以虎豹不拈草也，缘以水獭不渐露也，缘以貂鼠海獭为美观也。”[⑤] 从而得知，蒙古先民的服装原材料主要以动物的皮毛和鱼皮等为主，制作方式非常简单，以御寒、防禽兽蚊虫的侵扰等。其中貂皮是很珍贵的皮料，主要是贵族们使用较多。《蒙古秘史》载：“兀都亦惕篾儿乞惕之逃走也，遗一带貂皮帽，穿鹿蹄皮靴，着鞣鹿羔皮接貂皮衣，年方五岁，名唤由出，目中有烨之子于营地。”[⑥] 此段记载是说成吉思汗为统一蒙古高原而进攻篾儿乞部落（操蒙古语的一个部落）时，篾儿乞人逃走后，营地上遗落了一个头戴貂皮帽、脚穿鹿蹄皮靴、身着鞣鹿羔皮衣和貂皮衣的五岁男孩，名叫“由出”。据这段记载，此时期的蒙古服饰材料也用貂皮等动物皮，式样上有了很大的进步。据《蒙古秘史》记载：“搠坛母曾将黑貂端罩（短大衣）为新妇之仪。”说明此黑貂大衣是成吉思汗之妻勃儿帖新婚时带来送给夫

---

① 《旧唐书·室韦传》卷199（下），中华书局，1975年，第5357页。

② 罗布桑却丹：《蒙古风俗鉴》（蒙古文版），内蒙古人民出版社，1981年，第23—24页。

③ 耿昇、何高济译：《柏朗嘉宾蒙古行纪·鲁布鲁克东行纪》，中华书局，1985年，第29—30页。

④ 耿昇、何高济译：《柏朗嘉宾蒙古行纪·鲁布鲁克东行纪》，中华书局，1985年，第216页。

⑤ 萧大亨：《北虏风俗》，内蒙古地方史志编纂委员会总编室编印：《内蒙古史志资料选编·第三辑》，呼和浩特市玉泉区印刷厂印刷，1985年，第144页。

⑥ 道润梯步：《蒙古秘史》，内蒙古人民出版社，1978年，第74页。

家的礼物。后来成吉思汗受蔑儿乞部的攻击，妻子被抢去，部众逃离，他为打败蔑儿乞部，夺回妻子，收复部落，把这黑貂端罩送给克列部的王罕。王罕喜极而言："必以合汝离逖之国，为黑貂端罩之回奉乎!"可见当时貂皮是很昂贵的皮料。从北京木刻本《十方圣主格斯尔可汗传》中所载可知，当时貂皮也是很珍贵的皮料。茹格牡—高娃给格斯尔的神驹做鞍鞯时使用了貂皮。

（二）战争铠甲

1. 护背、护背旗

北京木刻本《十方圣主格斯尔可汗传》中载：

十方圣主格斯尔可汗骑上了枣骝神驹。他穿上了如露珠般闪耀的黑宝铠甲，套上雪光白护背，戴上并列镶嵌着太阳和月亮的银白头盔。他将三十支神扣白翎箭插入箭筒中，将黑色硬弓插入弓袋，腰间挎上了三拖长的青钢宝剑。[①]

于是，威勒布图格齐回答霍尔穆斯塔腾格里说："我还能说什么呢？遵照父汗的命令，下凡就下凡吧。霍尔穆斯塔腾格里父亲啊！请把您那露珠般耀眼的黑青铠甲赐予我。请把您的闪电护背旗赐予我。请把并列镶嵌着太阳和月亮的白银头盔赐予我。请把装在绿松石箭筒里的三十支白箭赐予我。请把您的黑色硬弓赐予我。请把三拖长的青钢神剑赐予我，享誉四方的黄金索套也赐予我。将九十三斤重的大金刚斧赐予我，六十三斤重的小金刚斧也赐予我。将九股铁索套赐予我。当我下凡投胎时，请把所有这些武器一并赐给我。"[②]

格斯尔哭泣的时候，百宝筑成的城堡顺时针转了三圈。格斯尔骑上枣骝神驹，手握神鞭，戴上九丈长的珊瑚念珠，头戴并列镶嵌着太阳和月亮的宝盔，身披露珠一样闪亮的黑色铠甲，插上

---

① 陈岗龙、哈达奇刚等译：《十方圣主格斯尔可汗传》，作家出版社，2016 年，第 75—76 页。
② 陈岗龙、哈达奇刚等译：《十方圣主格斯尔可汗传》，作家出版社，2016 年，第 5 页。

闪电护背旗，又把三十支绿松石柄的利箭插入箭筒，把神威黑木硬弓插入弓袋。①

明人萧大亨到蒙古地区游历后写下的《北虏风俗》中记载："别有一制，围于肩背，名曰贾哈，锐其两隅，其式如箕，左右垂于两肩，必以锦貂为之，其衷衣甚窄，以绳准其腰而服之，不以带束也。"② 护背装饰是马背民族特有的服饰。

2. 头盔、铠甲

北京木刻本《十方圣主格斯尔可汗传》中载：

十方圣主格斯尔可汗骑上了枣骝神驹。他穿上了如露珠般闪耀的黑宝铠甲，套上雪光白护背，戴上并列镶嵌着太阳和月亮的银白头盔。他将三十支神扣白翎箭插入箭筒中，将黑色硬弓插入弓袋，腰间挎上了三拖长的青钢宝剑。③

嘉萨一做出这个决定，就跨上了长着翅膀的枣骝马，穿上了刀枪不入的铠甲。享誉世界的宝盔戴在他高贵的头上。他把三十支白箭插进箭筒里，把黑筋弓握在手中，把钻石般坚硬无比的青钢刀斜挎在腰间。武装完毕，嘉萨就沿着叫做"麻雀喉咙"的狭小峡谷去寻找他的兄弟觉如了。④

看到觉如娶了茹格牡—高娃，晁通诺彦就觉得很碍眼。他想出一个计谋，决定召开有三万人参加的赛马大会，晁通诺彦宣布说："我们要召开一个有三万人参加的赛马大会。奖品是一套坚固无比却轻薄如丝的铠甲、一顶享誉天下的宝盔、一把宝剑、一面万里宝盾。谁的马在比赛中赢得了冠军，（谁）就将得到全部

① 陈岗龙、哈达奇刚等译：《十方圣主格斯尔可汗传》，作家出版社，2016 年，第 243 页。

② 内蒙古地方志编纂委员会总编印室编印：《内蒙古史志资料选编 · 北虏风俗》，呼和浩特市玉泉区印刷厂印刷，1985 年，第 144 页。

③ 陈岗龙、哈达奇刚等译：《十方圣主格斯尔可汗传》，作家出版社，2016 年，第 76 页。

④ 陈岗龙、哈达奇刚等译：《十方圣主格斯尔可汗传》，作家出版社，2016 年，第 34 页。

这些武器装备，并赢得美女茹格牡—高娃。”于是，三万人从四面八方云集到了一起，参加赛马大会。①

一一披挂完毕后，格斯尔命令道：“人中之鹰嘉萨—席克尔，请你跨上双腋下长着翅膀的铁青马，把青软宝铠甲披在身上，把名扬四海的宝盔戴在高贵的头上，再往箭筒里插上三十支神扣白翎箭，带上黑色硬弓，挎上玄武纯钢宝马刀，跟在我的后面；在嘉萨后面，人中之雕苏米尔，你骑上追风红沙马，穿上青霜铁叶甲，也往箭筒里插上三十支白翎箭，背上黑色硬弓，挎上锋利青钢刀，跟着嘉萨！随后，巴达玛瑞之子巴姆—苏尔扎，你骑上青灰骏马，穿上青钢硬甲，带上全部武器跟上苏米尔。再之后，大家的舅舅伯通，你骑上疾驰的枣骝马，带上全部武器和三十勇士，紧随着苏尔扎。要按照次序排列，鱼贯而行，不许掉队。”说完这些话，十方圣主格斯尔可汗带领着三十勇士向北方进发了。②

格斯尔左手扼住黑纹虎的喉咙，右手抽出水晶柄的匕首，一刀就切断了它的喉咙，然后对嘉萨说道：“嘉萨啊，你不是手巧吗？用这只老虎的头皮给三十勇士裁制三十顶盔套，用这只老虎身上的皮裁制三十套铠甲。剩下的皮子就赏给三百名先锋中的佼佼者吧。”③

班珠尔跨上黑骏马，穿上甲片如鳞的黑铠甲，插上三十支白羽箭，带上威猛的黑硬弓，挎了钢刀，来到嘉萨面前，问道：“我的嘉萨啊！我是按照你平时的做法去攻打敌人呢，还是按照自己的做法快去快回？”④

蒙古国时期游历到蒙古地区的柏朗嘉宾看到：“盔的上半部分是用铁

① 陈岗龙、哈达奇刚等译：《十方圣主格斯尔可汗传》，作家出版社，2016年，第55—56页。
② 陈岗龙、哈达奇刚等译：《十方圣主格斯尔可汗传》，作家出版社，2016年，第76页。
③ 陈岗龙、哈达奇刚等译：《十方圣主格斯尔可汗传》，作家出版社，2016年，第78页。
④ 陈岗龙、哈达奇刚等译：《十方圣主格斯尔可汗传》，作家出版社，2016年，第150页。

或铁丝网圈制成的，但用以保护颈部与面庞的圆环形部分则是用皮革制成的。”① 还看到蒙古士兵铠甲的制作工序：“某些人所披挂的甲胄，甚至包括马甲都是用皮革做成的，其工序如下：首先取一块牛皮或其他牲畜皮，约有一巴掌宽，然后再用柏油把三四块粘贴在一起，接着再用带子或细绳扎在中央，依次类推。所以，当人弯腰屈体时，下面的皮革就会突伸到上面一块皮革之上，这样身上的皮甲就会增加两、三倍厚度。”“至于兵士们的甲胄，它至少也是由四片组成的：一片从大腿一直到脖颈，但要适合人体的高低，因为要从前面缝合，要把自手臂以下的整个身体都包裹起来；在后背部有另一片皮革，从脖颈一直垂到与裹住了整个身躯的第一片相接，这前后两片在肩膀处用两个铁搭扣固定，而铁搭扣则是置于肩部的；各条胳膊部都有一块皮革，从肩部一直到手臂，同时在下部整个敞开。各条腿上也有一块皮革为甲，所有这些皮革块都用搭扣连接起来。”② 还看到当时蒙古地区士兵铠甲的材质：“他们制造了一种只有一指宽和手掌长的薄铁片，而且要准备相当大的数量。在每块铁片上又钻八个小孔，作为支撑物又要取三条狭窄而坚实的皮带，然后可以说是像阶梯一般地再将铁片迭垒起来，再用细皮条从小洞中绑扎在皮带上。在铁片的一端，再穿过一条皮线，并且以另一根皮线而固定住，以至于使铁片非常结实地绑在一起。所以，他们在某种程度上形成了统一的一条铁片，他们然后再将这一切统统缚在一起以作我们上文所讲到的那种物品。这些制造物既可以作为他们的马甲，也可以作为人的甲胄，他们将它擦得精光锃亮，甚至可以从中照镜子。”③ 从北京木刻本《十方圣主格斯尔可汗传》中所载头盔和铠甲的种类和材质来看，也和上述材料中所说很接近。如“班珠尔跨上黑骏马，穿上甲片如鳞的黑铠甲”“穿上青钢硬甲，带上全部武器跟上苏米尔”等说明了铠甲的形制与材质等。

---

① 耿昇、何高济译：《柏朗嘉宾蒙古行纪·鲁布鲁克东行纪》，中华书局，1985 年，第 65 页。

② 耿昇、何高济译：《柏朗嘉宾蒙古行纪·鲁布鲁克东行纪》，中华书局，1985 年，第 64—65 页。

③ 耿昇、何高济译：《柏朗嘉宾蒙古行纪·鲁布鲁克东行纪》，中华书局，1985 年，第 65—66 页。

二、配饰

1. 金戒指

北京木刻本《十方圣主格斯尔可汗传》中载：

> 图门—吉日嘎朗，你说得有道理。躺过来一点儿！说着便搂住图门—吉日嘎朗，给了她两枚金戒指，说道：如果你想出城，就把一枚金戒指放在鼻尖上，城堡的门就会为你打开；你回来的时候，把另一枚金戒指戴在小拇指上，城堡的门就会自动为你打开，放你进来。我狩猎的时候都是走相反的方向，如果我说要去南边，实际上我是去北边。蟒古思就详细说出了自己四处狩猎的行迹。[①]

蒙古族从元朝时期始在服装面料、首饰、装饰物、生活用具上大量用黄金，甘肃漳县元代汪世显家族墓出土了十五件金银首饰，其中金耳坠五件、金戒指一件[②]。13 世纪时到过蒙古地区的西方旅行家鲁布鲁克在拔都汗的斡耳朵（宫帐）中看到：“他正坐在宝座上，宝座长而宽，好像一帐床，全部涂以金色”[③]，还有一位西方旅行家柏朗嘉宾到贵由汗的斡耳朵时看到：“（贵由的）宝座是用象牙制作而成的，雕刻得令人仰慕。如果我没记错的话还有金子、宝石和珍珠。”[④] 陶宗仪在《南村辍耕录》中描述忽必烈宫殿中的摆设时说：“大明殿中设‘七宝云龙御榻，白盖金缕褥并设后位’，隆福殿中设‘缕金龙樟木御榻。’”[⑤] 上述诸王显贵斡耳朵中的家具多涂金银，镶嵌各种宝石，显得富丽堂皇、华贵无比。元代喜爱金

① 陈岗龙、哈达奇刚等译：《十方圣主格斯尔可汗传》，作家出版社，2016 年，第 122 页。
② 甘肃省博物馆、漳县文化馆：《甘肃漳县元代汪世显家族墓葬》，《文物》1982 年第 2 期。
③ 耿昇、何高济译：《柏朗嘉宾蒙古行纪·鲁布鲁克东行纪》，中华书局，2002 年，第 145 页。
④ 耿昇、何高济译：《柏朗嘉宾蒙古行纪·鲁布鲁克东行纪》，中华书局，2002 年，103 页。
⑤ 陶宗仪：《南村辍耕录》，中华书局，1997 年，第 251—253 页。

银，不仅限于诸王贵族，在民间也颇盛行，用金的范围也极广，从王公贵族宫帐中的家具、装饰品到民间百姓的日常生活用品等都开始大量用金银，这从元廷颁发的敕令中就能窥其一二。《通制条格·毛段织金》载："中统二年（1261）九月，中书省。钦奉圣旨：'今后应有织造毛段子，休织金的，只织素的或绣的者。并但有成造箭合刺，于上休得使金者。'"① 《世祖纪》载："至元六年二月敕'鞍、靴、箭、镞等物，自今不得以黄金为饰。'"《仁宗纪》："至大四年三月，禁民间制金箔、销金、织金。"② 《元史》卷105《禁令》载："诸市造鞍、辔、简、镞、靴履及诸杂带，用金为饰者，禁之。"又"诸官员以黄金饰甲者禁之。"③ 从上述记载可知，元代用黄金作为装饰的现象极普遍，甚至日常生活用品上也开始大量用黄金，因此朝廷不得不颁发禁令，因为黄金对统治者来说是富贵、威权的象征。

成吉思汗及他的后裔几次西征后征服了中亚、西亚、河中等地后"中亚各族工匠、青年、妇女、学者、技工等跟随成吉思汗从中亚来到中国，首先来到了中国西北和北方地区，尤其以西北地区为多。"④ 徐霆在《黑鞑事略》中写道："霆尝考之，鞑人始初草味，百工之事无一而有。其国除孳畜外，更何所出。其人椎朴，安有所能……后灭回回，始有物产，始有工匠，始有器械，盖回回百工技艺极精，攻城之具尤精。"⑤ 说明蒙古族西征前经济不甚发达，物资缺乏，更没有技艺高超的工匠队伍，自从西征后"出现了从远方各文明国家来的各种工匠的居留地。蒙古地方出现了建筑物与城市，一部分蒙古人开始居住在各文明民族的城市中"⑥。这些西域工匠到蒙古地区后，推动了蒙古地区经济的发展，使蒙古地区的物质生活也丰富起来了。在北京木刻本《十方圣主格斯尔可汗

---

① 方龄贵校注：《通制条格校注》，中华书局，2001年，第650页。

② （清）沈家本撰，邓经元、骈宇骞点校：《历代刑法考》，中华书局，2006年，第203页。

③ 宋濂：《元史》卷105，中华书局，1976年，第2681页。

④ 徐黎丽：《蒙古元朝时期蒙古与中国境外民族关系研究》，中国社会科学出版社，香港教科文出版有限公司，2001年，第113页。

⑤ 彭大雅撰，徐霆疏证：《黑鞑事略》，丛书集成，中华书局，1985年。

⑥ ［苏］Б·Я·符拉基米尔佐夫著，刘荣焌译：《蒙古社会制度史》，中国社会科学出版社，1980年。

传》内容中出现了很多金制的器物与饰物等，这与古代蒙古族尚金的喜好极吻合。

2. 猫眼石（molur erdeni）

北京木刻本《十方圣主格斯尔可汗传》中载：

有一座白海螺般洁白的圣山，山上有一只白海螺般洁白的绵羊羔在咩咩地叫唤；有一座金山，金山上有一个金磨盘，不用人去推动，它自己就在转动；有一座铁山，铁山上有一头青色犀牛独自奔跑；又有一座金山，金山上有一根金棍在敲来敲去；有一座铜山，铜山上有一只铜狗在日夜吠叫；又有一座金山，金山上有金牛虻嗡嗡叫个不停，蚂蚁王的蚁垤里铺着一层厚厚的紫金；捕捉太阳的黄金套索，捕捉月亮的白银套索，蚂蚁鼻血一角砚，虱子筋骨丁撮，雄鸟的鼻血一角砚，雌鸟的乳汁一角砚，雏鸟的眼泪一角砚，大海里的滚磨般大小的猫眼石一颗，所有这些奇珍异宝全部献给你。[①]

大海里有滚磨般大小的猫眼石一颗，请你们把它取来送给我。如果取不到全部这些奇珍异宝，就给我送来七个秃子工匠的人头。如果没有这些宝物，我就无法前往。[②]

有一座金山，金山上有一只金牛虻嗡嗡叫个不停；蚂蚁王的蚁垤里铺着一层厚厚的紫金；捕捉太阳的黄金套索，捕捉月亮的白银套索，蚂蚁的鼻血一角砚，虱子的筋骨一撮，雄鸟的鼻血一角砚，雌鸟的乳汁一角砚，雏鸟的眼泪一角砚，大海里滚磨般大小的猫眼石一颗。听说所有这些宝物都藏在我父亲僧格斯鲁汗的宝库里，这是真的还是假的？[③]

格斯尔可汗下到地上世界，打开衣襟，查看了这些宝物。其

---

① 陈岗龙、哈达奇刚等译：《十方圣主格斯尔可汗传》，作家出版社，2016 年，第 45 页。

② 陈岗龙、哈达奇刚等译：《十方圣主格斯尔可汗传》，作家出版社，2016 年，第 81 页。

③ 陈岗龙、哈达奇刚等译：《十方圣主格斯尔可汗传》，作家出版社，2016 年，第 83 页。

> 它宝物都在，只缺了四样宝物黑羽雄鸟的鼻血、黑羽雌鸟的乳汁、黑羽雏鸟的眼泪和大海里的猫眼石。“哎呀！忙中出错，从祖母的宝贝中少拿了这四样。现在到哪里去找呢？”十方圣主格斯尔可汗托了一个梦给飞翔在天上的黑羽雄鸟。[①]
>
> 格斯尔说道：“黑羽雌鸟，我不杀你的丈夫，但你得给我一角砚你的乳汁；还要给我一角砚黑羽雏鸟的眼泪和一颗大海里滚石般大小的猫眼石。你把这三样东西给我送来，否则我就要杀死你的丈夫。”格斯尔一边说，一边折磨黑羽雄鸟，雄鸟只有扑打翅膀的份儿。[②]
>
> 格斯尔抱着滚石大的猫眼石，被人投入了大海。格斯尔一进入大海，大海就分为两半，枯竭了。格斯尔就在猫眼石旁跳起舞，唱起歌来：“我以为这可汗把格斯尔扔进大海是要杀死他。没想到是要让格斯尔使大海干涸，令举国上下遭遇旱灾。可汗这下可心满意足了吧？”[③]

猫眼石，很可能是元朝时期“回回石头”中的“猫儿睛”。蒙古族从元朝时期始喜好繁密、华丽、色彩艳丽的装饰物。其中金银、珍珠、宝石、翡翠、珊瑚等是当时人们特别喜爱的装饰材料。珍珠、宝石、珊瑚主要来自中亚地区，陶宗仪《南村辍耕录》载：“回回石头种类不一。大德间，本土巨商中卖红刺（刺，指淡红色的宝石）一块于官，重一两三钱，估值中统钞一十四锭，用嵌帽顶上。自后累朝皇帝承宝重，凡正旦及天寿节大朝贺时则服用之。”[④] 文中所记回回石头是产于中亚地区的各种宝石，当时中亚商人把当地产的宝石等运到元朝进行买卖，颇受元朝人喜爱，作为镶在帽顶之装饰物，重大节庆之日服用。关于上述“正旦及天寿节”，马可波罗留有详细的记载，这里所说的“天寿节”就是马可波罗游记中

---

① 陈岗龙、哈达奇刚等译：《十方圣主格斯尔可汗传》，作家出版社，2016 年，第 84 页。
② 陈岗龙、哈达奇刚等译：《十方圣主格斯尔可汗传》，作家出版社，2016 年，第 85 页。
③ 陈岗龙、哈达奇刚等译：《十方圣主格斯尔可汗传》，作家出版社，2016 年，第 87—88 页。
④ 陶宗仪：《南村辍耕录》，中华书局，1997 年，第 84—85 页。

记载的“鞑靼人皆庆贺其诞生日（大汗）”，即万寿节。“正旦节”即新年，“其新年确始于阳历二月，届时大汗及其一切臣属复举行一种节庆”。正旦节和天寿节是元朝宫廷每年举办的两大重要节日。此日上至皇帝，下至百官，皆服用质孙服。《元史》卷78载：“天子质孙，夏之服十有五等，服答纳都纳石失，缀大珠于金锦。”“百官质孙，夏之服十有四等……大红明珠答子一……”① 据马可波罗所见，万寿节时“大汗衣其最美之金锦衣……各人并系一金带，此种衣服皆出汗赐，上缀珍珠宝石甚多，价值金别桑（一种东罗马币名）确有万数”，节庆之日大汗赏赐给一万二千怯薛丹金袍十三袭，“此种袍服上缀宝石珍珠及其它贵重物品”②。说明元代质孙服的主要佩饰还是各种珠宝，所以能猜测到陶宗仪所说回回石头在当时受重视的程度。回回石头种类很多，有红石头、绿石头、猫儿睛、甸子等等，还有大食出产的珍珠和珊瑚③。元代中亚商人不断来元朝进行贸易活动，往来极频繁。元代诗人马祖常的诗中写道：“翡翠明珠载画船，黄金腰带耳环穿。自言身住波斯国，只种珊瑚不种田。”“波斯老贾度流沙，夜听驼铃识路途。采玉河边青石子，收来东国易桑麻。”④ 反映了元代中亚、小西亚商人把当地特产珍珠、宝石等带到中国进行贸易的情况。

3. 绿松宝石、蓝宝石、红珊瑚

北京木刻本《十方圣主格斯尔可汗传》中载：

茹格牡—高娃说：“一只手拿着七十只绵羊的肋骨肉，另一只手端着盛满美酒的罐子，还捧着鹰头般大小的绿松宝石，在我一转身的瞬间，能够把七十只绵羊的肋骨肉和整坛酒平均分配给一万个人，并把鹰头般大小的绿松宝石放进嘴里的人，我才能嫁

① 宋濂：《元史》卷78，北京：中华书局，1976年，第1938—1939页。

② 沙海昂注，冯承钧译：《马可波罗行记》，中华书局，2004年，第360页。

③ 陶宗仪：《南村辍耕录》，中华书局，1997年，第84—85页、第128—131页。

④ 王叔盘、孙玉溱：《元代少数民族诗选》，内蒙古人民出版社，1981年，第108页，第113页。

给他。”说着，便把羊肉、酒罐和绿松宝石送到了众人面前。[①]

茹格牡—高娃来到觉如面前，见到他的大鼻涕就恶心地转过脸，头也不回地侧身走过去了。见此情景，叉尔根老爷训斥茹格牡—高娃道：“你再好，也只不过是个妇道人家，我们的觉如再差，也是男子汉大丈夫。你的三个神箭手已经输给觉如了，你的三个大力士也被觉如摔死了。你连好歹都不懂吗?”茹格牡—高娃被训斥了一番，无言以对，只好回来，把羊肉、酒罐和绿松宝石送到觉如面前。觉如从茹格牡—高娃手上接过羊肉、酒罐和绿松宝石，对她说“你虽然是一个好姑娘，但却没有注意到你的后襟着火了。”茹格牡—高娃转过身去看自己的后襟。在这一瞬间，觉如就已经施法把羊肉和酒分给了一万个人，把绿松宝石含在嘴里，等着茹格牡—高娃转过身来，众人齐声喝彩，欢笑不止。[②]

格斯尔去追赶野牛，隔着三座山，用三十支绿松石箭杆的白翎箭骑射野牛。格斯尔没有射中野牛，原路返回去找自己的箭，却没有找到。原来是三位神姊帮格斯尔捡走了箭。格斯尔放声痛哭道：“这头野牛怎么对付才好啊？姐姐们！野牛一跳跳出十里远，我的枣骝神驹才跳七里远，我追野牛始终追不上，方才隔着三座山骑射了野牛，射完了三十支绿松石箭杆的白翎箭，也未能射中野牛，反而箭都不见了。[③]

格斯尔的一万匹黑骏马也在我这里，其中有一匹墨黑的骏马，我把它献给你，求你放我一条生路！我还有一万匹青马，其中有一匹蓝宝石般的青马，我把它献给你，求你留我一条活路！我还有一万匹枣红马，其中有一匹红珊瑚般的骏马，我把它献给你，你就饶了我的这条命吧！[④]

---

① 陈岗龙、哈达奇刚等译：《十方圣主格斯尔可汗传》，作家出版社，2016 年，第 48 页。
② 陈岗龙、哈达奇刚等译：《十方圣主格斯尔可汗传》，作家出版社，2016 年，第 48 页。
③ 陈岗龙、哈达奇刚等译：《十方圣主格斯尔可汗传》，作家出版社，2016 年，第 107 页。
④ 陈岗龙、哈达奇刚等译：《十方圣主格斯尔可汗传》，作家出版社，2016 年，第 130 页。

格斯尔回答说："知道了！"蟒古思的女儿接着又哀求道："格斯尔的一万匹黑骏马也在我这里，其中有一匹墨黑的骏马，我把它献给你，求你放我一条生路！我还有一万匹青马，其中有一匹蓝宝石般的青马，我把它献给你，求你留我一条活路！我还有一万匹枣红马，其中有一匹红珊瑚般的骏马，我把它献给你，你就饶了我的这条命吧！"①

格斯尔哭泣的时候，百宝筑成的城堡顺时针转了三圈。格斯尔骑上枣骝神驹，手握神鞭，戴上九丈长的珊瑚念珠，头戴并列镶嵌着太阳和月亮的宝盔，身披露珠一样闪亮的黑色铠甲，插上闪电护背旗，又把三十支绿松石柄的利箭插入箭筒，把神威黑木硬弓插入弓袋。②

蒙古国时期游历到蒙古地区的柏朗嘉宾看到："那里有使节们敬赠的如此之多礼物、丝绸、布匹、紫色布、华盖布，缀金的丝带、毛皮或者其他礼物，看起来令人眼花缭乱。呈献给皇帝的礼物中还有撑在皇帝头顶上的那种华盖或天幕，遍饰以宝石……人们在这里还用木板搭了一个高台，台上安排有皇帝的宝座。宝座是用象牙制作而成的，雕刻得令人仰慕。如果我没记错的话，还有金子、宝石和珍珠。"③ 由此推测，宝石之类的饰物多是外来物品。工匠也多是其他民族的人，如契丹人、回回人或西方欧洲人等。柏朗嘉宾在游记中提到一位工匠时说："上帝派来一位皇帝较赏识的罗塞尼亚金银匠，名叫科斯玛，他供应我们一点粮食……这位金银匠让我们以皇帝的宝座而饱眼福，这是他在皇帝登位之前为之制作的。"④

元朝时期与蒙古部关系极密切的阴山汪古部的耶律氏陵园出土了绿色的松石、橙黄色的玻璃珠、光滑温润的翡翠玉饰片、天蓝色的串珠、蛱蛾形的松石，这些宝石大都是顾姑冠或头巾上的装饰品，还有一些贵妇人戴

① 陈岗龙、哈达奇刚等译：《十方圣主格斯尔可汗传》，作家出版社，2016 年，第 131 页。

② 陈岗龙、哈达奇刚等译：《十方圣主格斯尔可汗传》，作家出版社，2016 年，第 243 页。

③ 耿昇、何高济译：《柏朗嘉宾蒙古行纪·鲁布鲁克东行纪》，中华书局，2002 年，102—103 页。

④ 耿昇、何高济译：《柏朗嘉宾蒙古行纪·鲁布鲁克东行纪》，中华书局，2002 年，105 页。

的头巾上嵌缀着一簇簇的绿松石[①]。说明中亚和西亚所产的珍珠、宝石等饰物深受元朝人民喜爱，成为当时的时尚和地位的象征。元朝时期的宫廷命妇的礼服定制中也有各等级服饰所佩戴首饰材质的明确的规定，如“命妇的服装首饰，一至三品命妇可穿浑金花衣服，用金珠宝玉首饰；四品五品命妇穿金答子衣服，用金玉珍珠首饰；六品以下命妇只能穿销金和金纱答子服饰，用金首饰，耳环可用珠玉。”[②]

三、妆饰

1. 发式

北京木刻本《十方圣主格斯尔可汗传》中载：

阿珠—莫日根听完特别害怕，把束起来藏在帽子里的发辫解开。她解开右边的发辫，说一句“不要祸及我的父亲和哥哥”，使头发顺着右手垂下来；解开左边的发辫，说一句“不要祸及我的母亲和弟弟”，任头发顺着左手垂下来；解开后脑的发辫，说一句“不要祸及我的奴仆”，就使头发顺着后背垂下来。格斯尔见到阿珠—莫日根是女人，就跳起来和阿珠—莫日根摔跤。阿珠—莫日根一跤摔倒了格斯尔，让格斯尔跪在地上。格斯尔说：“男人不是摔跤三次，拍四次身上的尘土吗？”于是，又摔了一次。这次，格斯尔赢了。格斯尔说：“我娶你吧！”

阿珠—莫日根答应说：“好的，我嫁给你。”格斯尔说：“那你就舔着我的小拇指发誓。”阿珠—莫日根从了格斯尔。格斯尔扎破了小拇指，让阿珠—莫日根舔了，就这样，两人成了夫妻。[③]

① 盖山林：《阴山汪古》，内蒙古人民出版社，1992 年，第 238 页。
② 史卫民：《元代社会生活史》，中国社会科学出版社，2005，第 98 页。
③ 陈岗龙、哈达奇刚等译：《十方圣主格斯尔可汗传》，作家出版社，2016 年，第 73—74 页。

从蒙古国时期始，蒙古族男子与少女开始有剃头习俗，“男人在头顶剃成一个四方形，从前角经头的两边一直剃到太阳穴。他们剃掉鬓角，后颈剃到颈窝上，前额剃到头顶，上面留下一绺头发垂到眉梢。他们留下头两边的发，编成齐耳的辫子”①。蒙古汗国时期到过蒙古族居地的长春真人也看到蒙古男子结发垂于两耳的现象。当时蒙古上至大汗、下至国人，皆剃“婆焦”头，像汉族小儿在头上额留下的三搭头发式，待稍长后剪，在头的两旁总两小角，两辫髫垂于肩上。郑所南在《心史》中提道：“鞑主剃三搭辫发，三搭者，环剃去顶上一弯头发。留当前短散垂。却析两旁发，垂绾两髫，悬加左右肩衣袄上，曰不狼儿。言左右垂髫，碍于回视，不能狼顾，或合辫为一，直拖垂衣背。”《蒙鞑备录·风俗》云：“上至成吉思下至国人皆剃婆焦，如中国小儿留三搭头在囟门（囟门，即顶门）者，稍长则剪之。在两下者总两小角，垂于肩上。”到元代这种发型仍流行。山西省长治县郝家庄元墓墓室壁画右侧有一位蒙古族男童左手扶门探出半身向外张望，男童身穿袍服，额上头发梳成一绺。壁画中启门童子的发式，即为元代男子习剃之“三搭头”②。

蒙古国苏赫巴托省境内发现了众多石人像，经专家考证后，认为它是13—14世纪的遗存。这些石人中18座可以清晰分辨出发式，系成两束的头发垂向耳后际。出自纳兰县珲特乌哈的两座石像上身袒露，无帽，头顶修出一纵条头发，前端垂向额头，该小条发束周围全部剃净，但在脑后却留有一横溜头发，且两端垂向耳后。此种发型的造型亦见于吐鲁番伯孜克里克石窟壁画中蒙古男子像，他们的发式特征为“婆焦”式，壁画中的两位贵族男子剃此髫式。敦煌莫高窟壁画和安西榆林窟壁画中蒙古族男子像虽戴帽子，但看到耳后垂发，这是脑后留的一溜头发编成两辫垂于耳后的，蒙古族女子到婚嫁年龄时才蓄发，当时北方游牧民族妇女都有“辫发盘髫”习俗，蒙古族非常重视首服，贵族妇女戴顾姑冠时把头发塞进

① 耿昇、何高济译：《柏朗嘉宾蒙古行纪·鲁布鲁克东行纪》，中华书局，1985年，第216—217页。

② 《山西省长治县郝家庄元墓》，《文物》，1987年第7期。

去，将头发在她们脑后打成一个髻，把它放进波克中，然后把波克紧拉在颚下。室韦时期的蒙古妇女束发作叉手髻，这种叉手髻适合戴帽子，还有些妇女盘发，这种发式流传很久，从现在生活在牧区的蒙古族妇女发式中可看出当时的痕迹。

明代游历到蒙古地区的萧大亨对当时的蒙古族的发式描述为："夫被发左衽，夷俗也。今观诸夷，皆祝发而右衽矣。其人自幼至老，发皆削去，独存脑后寸许为一小辫，余发稍长，即剪之，惟冬月不剪，贵其暖也。庄生所谓窃发之比，非此类耶。若妇女自初生时，业已留发，长则为小辫十数，披于前后左右，必待嫁时见公姑，方分二辫，末则结为二椎，垂于两耳，耳亦穿小孔，贯以金铛银环，亦以朱粉以饰。"① 从而看出，当时蒙古族女孩儿以数十个辫发为主，出嫁后梳为二辫发。

北京木刻本《十方圣主格斯尔可汗传》中所载"阿珠—莫日根听完特别害怕，把束起来藏在帽子里的发辫解开。她解开右边的发辫，说一句'不要祸及我的父亲和哥哥'，使头发顺着右手垂下来；解开左边的发辫，说一句'不要祸及我的母亲和弟弟'，任头发顺着左手垂下来；解开后脑的发辫，说一句'不要祸及我的奴仆'，就使头发顺着后背垂下来"。从中看出，阿珠—莫日根的发辫子很多，说明她那时是未出嫁的女孩子。

2. 涂脂抹粉、涂抹锅灰

北京木刻本《十方圣主格斯尔可汗传》中载：

> 图门—吉日嘎朗这才放开格斯尔。格斯尔问道："你右边的脸上涂脂抹粉，右半身穿戴美丽的饰品，这是为什么？你左边的脸上涂抹锅灰，左半身的穿戴褴褛不堪，这是为什么？"图门—吉日嘎朗回答说："我在右边的脸上涂脂抹粉，右半身穿戴美丽的饰品，是要预祝我的格斯尔可汗早日到来，杀死可恶的蟒古思并砍下他的十二颗头颅；我在左边的脸上涂抹锅灰，左半身穿戴

① 萧大亨：《北虏风俗》，内蒙古地方史志编纂委员会总编室编印：《内蒙古史志资料选编·第三辑》，呼和浩特市玉泉区印刷厂印刷，1985年，第144页。

得褴褛不堪，是在诅咒十二头蟒古思衰败潦倒，早日被你打败。昨天，蟒古思告诉我说有一只青雕抓了他的眼睛，我就知道你来了。因此，我今天就这副打扮来迎接你。不过，圣主啊！十二头蟒古思可是异常可怕的，你会丧命的。还不如早早回去。”①

蒙古族妇女涂脂抹粉的记载从元朝时期始就已经有了。蒙元时期蒙古族妇女在面部极喜爱涂一种黄色的粉。粉，《释名》曰：“粉分也，研米使分散也。”②《蒙鞑备录》载：“妇女往往以黄粉涂额。”③《黑鞑事略》中云：“妇女真色，用狼粉涂面。”④ 上述文献中所说“黄粉”与“狼粉”都是黄色的粉末状涂物。元代诗人马祖常在《明日在罗中官园池次韵》中云：“帝里春光媚，花前可独行。额黄团带小，眉绿画痕轻。”⑤ 元代诗人张翥诗《题王蕺隐画山水》云：“额黄销尽玉婵娟，翠袖凝愁倚暮烟。”⑥ 说明元代妇女用黄色面粉涂面或只涂额部的现象很普遍。阴山汪古领地考古发现妇女化妆用具，其中有木梳、铜镜、粉囊等物⑦。总之，元朝时期蒙古族妇女喜爱用粉来作为装饰品。当时西方旅行家鲁布鲁克游历到蒙古地区看到蒙古妇女的妆饰时说：“她们把脸涂得十分难看。”⑧ 说明用此黄粉涂面不是很好看，但用此粉的主要目的是防止风沙的侵袭和日光照晒。《北虏风俗·帽衣》载：“（鞑靼妇女）耳亦穿小孔，贯以金铛银环，亦以朱粉以饰，但施朱则太赤，粉则太白，不似我中国之适均也。”⑨

---

① 陈岗龙、哈达奇刚等译：《十方圣主格斯尔可汗传》，作家出版社，2016 年，第 119 页。

② （东汉）刘熙撰，（清）毕沅疏证，王先谦补：《释名疏证补》，中华书局，2008 年，第 163 页。

③ （宋）赵珙：《蒙鞑备录》，丛书集成初编，中华书局，1985，第 7 页。

④ （宋）彭大雅撰，徐霆疏证：《黑鞑事略》，丛书集成初编，中华书局，1985 年，第 4 页。

⑤ （元）马祖常：《明日在罗中官园池次韵》，（清）顾嗣立编：《元诗选·初集上》，中华书局，1987 年，第 687 页。

⑥ （元）张翥：《题王蕺隐画山水》，（清）顾嗣立编：《元诗选·初集中》，中华书局，1987 年，第 1390 页。

⑦ 盖山林：《阴山汪古》，内蒙古人民出版社，1991 年，第 247 页。

⑧ 耿昇、何高济译：《柏朗嘉宾蒙古行纪·鲁布鲁克东行纪》，中华书局，1985 年，第 217 页。

⑨ （明）萧大亨：《北虏风俗》，内蒙古地方史志编纂委员会总编室编印：《内蒙古史志资料选编·第三辑》，呼和浩特市玉泉区印刷厂印刷，1985 年，第 144 页。

说明当时蒙古族妇女所用的面粉与中原地区妇女使用的面粉有所不同，与中原妇女使用的面粉相比，不够细腻，敷面之后不能全部被吸收。因此推测为，此粉原料就地取材的可能性很大。据熊梦祥的《析津志辑佚》载，当时从中原向蒙古宫廷进贡的化妆品中也有香粉、胭脂等物，但是进贡物品只供王公贵族妇女使用，对普通百姓来说遥不可及[①]。当时的漠北远离中原，如通过商贩得到此物，定是价格昂贵，所以当时蒙古族妇女使用中原的面粉不是很普及。清代钱良择诗《出塞纪略》云："有花，色深红而叶如豌豆，簇叶成穗，名长十八"[②]，元人诗中云："忽见长十八，摘来簪在帽檐边。"[③] 说明当地草原人民巧妙地利用当地的资源来装饰自己。北京木刻本《十方圣主格斯尔可汗传》中所载"涂脂抹粉""涂抹锅灰"等，说明当时的蒙古族妇女已经有了在脸上涂脂抹粉的习惯，有了保护皮肤的意识。涂脂抹粉，应是为了保护皮肤或装饰，涂抹锅灰，应是为了装扮。涂黑时用锅灰，看来这些粉末物就地取材为多。

① 熊梦祥：《析津志辑佚》，北京古籍出版社，1976 年，第 218 页。

② （清）钱良择：《出塞纪略》，内蒙古地方史志编纂委员会总编室编印：《内蒙古史志资料选编・第三辑》，呼和浩特市玉泉区印刷厂印刷，1985 年，第 187 页。

③ 乃贤：《塞上五曲・三》，（清）顾嗣立编：《元诗选・初集中》，中华书局，1987 年，第 1460 页。

第五章　部族与官制名称类

一、部族

1. 鄂托克

北京木刻本《十方圣主格斯尔可汗传》中载：

那时候有多萨、东萨尔、岭三个鄂托克（部落），多萨的首领是僧伦，东萨尔的首领是叉尔根（叉根），岭的首领是晁通。晁通诺彦国有数匹良驹……其中有一匹是能够追上远处奔逃的狐狸的漂亮红马；还有一匹是能够追上前方横穿而过的黄羊的黄马。[①]

于是，晁通诺彦决定把僧伦、阿木尔吉拉夫妻二人驱逐出鄂托克，还把僧伦的前妻和家产抢夺了过去。他只给了僧伦夫妻一峰带着花驼羔的花骆驼，一匹带着花马驹的花母马，一头带着花牛犊的花母牛，一只带着花羊羔的花绵羊，一条带着花狗崽的花母狗和一顶又黑又旧的破毡帐，就把他们驱逐到三河之源

① 陈岗龙、哈达奇刚等译：《十方圣主格斯尔可汗传》，作家出版社，2016 年，第 8 页。

去了。①

牧马人回答茹格牡—高娃说：“我不认识什么鼻涕虫觉如。我只听说，多萨、东萨尔、岭三个鄂托克的百姓听到僧加洛汗的女儿茹格牡—高娃把觉如带回家让狗吃掉了，都咬牙切齿，准备把那个没有人性的姑娘处以极刑，准备把养育了那样一个女儿的父母五马分尸。全部落都已经出动了，现在就在前来的路上。”茹格牡—高娃听了，信以为真，心里害怕极了，痛哭流涕地向前走去。②

觉如说：“我们吐伯特鄂托克离你们的部落那么远，他既然奔着我来的，为什么不见我就匆匆走了？”茹格牡—高娃又说：“我哪里知道！他只是问完你就走了。”③

格斯尔把自己的一个化身幻化成陌生人，从远处喊道：“听说阿珠—莫日根杀死了十方圣主格斯尔可汗，格斯尔的哥哥嘉萨—席克尔听到后，召集了三个鄂托克的百姓，找阿珠—莫日根问罪来了。”④

聪明的安冲对茹格牡—高娃说：“你凭什么这样使唤我？虽然你的外表像金箱子，但若论你的内心，就像金箱子里装了生牛皮和蹄筋；我的外表虽然像马皮做的圆囊，我的内心却像是皮桶里装满的锦绸缎。你想用区区一锅奶茶来取悦十方圣主格斯尔可汗吗？派人去通知驻扎在狮子河畔的阿尔斯兰叔叔；派人去通知驻扎在大象河畔的扎恩叔叔；派人去通知圣主的哥哥嘉萨—席克尔；派人去通知三十勇士、三百个先锋；派人去通知三个鄂托克的人民，让他们全都备上盛宴，准备迎接圣主。不知道我这话说错了没有？”说完，他便给茹格牡—高娃磕头。⑤

十方圣主格斯尔可汗不想让鄂托克的人们知道阿尔鲁—高娃

① 陈岗龙、哈达奇刚等译：《十方圣主格斯尔可汗传》，作家出版社，2016 年，第 9 页。
② 陈岗龙、哈达奇刚等译：《十方圣主格斯尔可汗传》，作家出版社，2016 年，第 51 页。
③ 陈岗龙、哈达奇刚等译：《十方圣主格斯尔可汗传》，作家出版社，2016 年，第 54 页。
④ 陈岗龙、哈达奇刚等译：《十方圣主格斯尔可汗传》，作家出版社，2016 年，第 73 页。
⑤ 陈岗龙、哈达奇刚等译：《十方圣主格斯尔可汗传》，作家出版社，2016 年，第 92 页。

夫人的住处，就让她隐居在一个离部落一个月路程远的地方。一直以来，人们都不知道阿尔鲁—高娃夫人居住在哪里。晁通诺彦却发现了。于是，他就去找阿尔鲁—高娃夫人。晁通诺彦挎上蚂蚁形状的箭袋，骑上虎斑黄马，就去找图门—吉日嘎朗夫人了。①

嘉萨说："这就是锡莱河三汗的保护神变成刚噶鸟飞来探看的来龙去脉。那天，我看见一只丑恶的乌鸦来回盘旋，因有别的事情，我没有射死它。这一切都是由那只该死的乌鸦引起的。好吧！十方圣主格斯尔可汗虽然不在家，难道他亲爱的哥哥嘉萨和三十个勇士，以及我们三个鄂托克的兀鲁思都不在家吗？就让他们打来吧！茹格牡，你不要害怕！我说的话有没有道理？请把羽翼带回去，给晁通诺彦看看！"②

格斯尔手持九庹长的青钢宝剑，戳着锡莱河城堡的城楼，厉声呵斥道："锡莱河与吐伯特究竟有什么冤仇呢？是抢了你的带犄角的山羊羔了，还是抢了你们两岁马驹了？你们为什么要抢走我的茹格牡—高娃夫人……还抢走了如意宝、无裂纹的黑炭宝、白宝塔和三个鄂托克的百姓……"③

就这样，格斯尔把锡莱河三可汗的子孙斩尽杀绝了，还掳获了他们的妻女和百姓，并收回了如意宝、无裂纹的黑炭宝、金粉抄写的《甘珠尔》和《丹珠尔》、三百名先锋和三十个勇士的尸骨，以及三个鄂托克的百姓和十三金刚寺。④

就这样，在蟒古思化身的喇嘛把格斯尔变成了驴子牵着走的时候，俊美的莫日根老头儿和嘉萨的儿子来查布召集三个鄂托克的人们一起商量道："蟒古思把我们的格斯尔变成了驴子了。"⑤

---

① 陈岗龙、哈达奇刚等译：《十方圣主格斯尔可汗传》，作家出版社，2016 年，第 93 页。
② 陈岗龙、哈达奇刚等译：《十方圣主格斯尔可汗传》，作家出版社，2016 年，第 140 页。
③ 陈岗龙、哈达奇刚等译：《十方圣主格斯尔可汗传》，作家出版社，2016 年，第 228 页。
④ 陈岗龙、哈达奇刚等译：《十方圣主格斯尔可汗传》，作家出版社，2016 年，第 231 页。
⑤ 陈岗龙、哈达奇刚等译：《十方圣主格斯尔可汗传》，作家出版社，2016 年，第 235 页。

北京木刻本《十方圣主格斯尔可汗传》中多处出现“鄂托克”一词。俄罗斯著名蒙古学家Б·Я·符拉基米尔佐夫认为，“鄂托克”一词来源于中亚细亚语群，从粟特语演化而来，原指国家和疆域，后来出现在突厥语、蒙古语、通古斯语的各种方言中，表示它与场所、地域等的关系。蒙古的鄂托克正是以地域单位为基础的。在一定地域内游牧并使用其牧地的数量不等的阿寅勒集团，组成了鄂托克。在军事方面，蒙古的鄂托克同样表示一定的单位，即鄂托克的兵丁组成叫作“和锡衮”的独特的部队。他还认为，鄂托克是蒙古国时代的“千户”①。蒙古国时期的军事制度中最突出的是怯薛制度，《成吉思汗法典》中载：“‘怯薛’，蒙古语，汉译多作‘宿卫’，直译为‘轮流值宿守卫’，简译为‘护卫军’。怯薛人员又称怯薛歹、怯薛丹……怯薛军是成吉思汗在征伐乃蛮部前夕为取得军事胜利而组建的。1204年，为迎击乃蛮部太阳汗的部队，成吉思汗将军队集合于哈拉哈河的客勒帖该合答颁布扎撒，以千、百、十人为单位组编军队，任命了千夫长、百夫长、十夫长和扯儿必（军官的职衔）……从千夫长、百夫长、十夫长和平民子弟中选取强壮的、有技能的人建立了一支怯薛军队。”② 这说明蒙古国时期怯薛军制度的开始，怯薛军由“千户”和“百户”及“十户”中产生。Б·Я·符拉基米尔佐夫还认为：“从十五世纪开始，我们在蒙古人那里看到了一种新的联合体，即鄂托克，它代替了前述古氏族——克兰，代替了世界帝国时代的‘千户’。”③ 姚大力先生也认为“在元代，一部分千户最初尚被冠以某族属的名称，表示其主体成员之来源。它们之中一些保留下来成为明代鄂托克或qoriya的名称……元代的千户组织未能保留在明清蒙古人中间。然而正是经过千户百户制度的冲击，明后期大大小小的蒙古游牧集团，无论是阿儿秃斯（鄂尔多斯）、土蛮（土默特）这样的大部，或者它们之下被称为爱马（阿亦

---

① ［苏］Б·Я·符拉基米尔佐夫著，刘荣焌译：《蒙古社会制度史》，中国社会科学出版社，1980年，第207—208页。

② 内蒙古典章法学与社会学研究所编：《〈成吉思汗法典〉及原论》，商务印书馆，2007年，第131—132页。

③ ［苏］Б·Я·符拉基米尔佐夫著，刘荣焌译：《蒙古社会制度史》，中国社会科学出版社，1980年，第206页。

马黑)、鄂托克、豁里牙的分支部落。"[①] 说明"鄂托克"一词在15世纪后出现于蒙古地区，是由不同社会阶层、血缘关系不同的人们组成的。"元朝以后，这种区分仍旧保留下来，那就是在元朝崩溃以前存在的四十万户中，存下来的还有六万户，其中三万户属于左翼，三万户属于右翼。"[②] 他还认为，鄂托克分为爱马克，爱马克是在"中世纪的蒙古，游牧于同一地区的同族阿寅勒集团被称为爱马克"[③]。说明中世纪的蒙古社会组织为爱马克、鄂托克（千户）和土棉（万户）。达力扎布先生认为："爱马克（ayimaγ），元、明汉文史籍中一般都音译为'爱马'，或意译为'投下'和'部落'等……但在不同场合下投下（爱马）又具体指所谓千户军事游牧集团、王公贵族封地封民等。"[④] 说明爱马克和鄂托克（千户）也是同一等级的社会组织。"大蒙古国及元朝时期的千户，本身就是封授给某一诸王或功臣的封地、封民，从这个角度上也可以称作爱马……爱马是由分属于不同社会阶层、血缘关系不同的人们组成，并不是血缘组织。"[⑤] 所以，北京木刻本《十方圣主格斯尔可汗传》中多处出现"鄂托克"的社会组织，这个社会组织也与爱马克（爱马）一样由分属于不同社会阶层、血缘关系不同的人们组成。史诗中所说"三个鄂托克"就是三个爱马克（爱马），也是三个千户。

2. 兀鲁思

北京木刻本《十方圣主格斯尔可汗传》中载：

嘉萨说："这就是锡莱河三汗的保护神变成刚噶鸟飞来探看的来龙去脉。那天，我看见一只丑恶的乌鸦来回盘旋，因有别的

① 姚大力：《蒙元制度与政治文化》，北京大学出版社，2011年，第108—109页。

② ［苏］Б·Я·符拉基米尔佐夫著，刘荣焌译：《蒙古社会制度史》，中国社会科学出版社，1980年，第211页。

③ ［苏］Б·Я·符拉基米尔佐夫著，刘荣焌译：《蒙古社会制度史》，中国社会科学出版社，1980年，第213页。

④ 达力扎布：《明清蒙古史论稿》，民族出版社，2003年，第103—104页。

⑤ 达力扎布：《明清蒙古史论稿》，民族出版社，2003年，第104页。

事情，我没有射死它。这一切都是由那只该死的乌鸦引起的。好吧！十方圣主格斯尔可汗虽然不在家，难道他亲爱的哥哥嘉萨和三十个勇士，以及我们三个鄂托克的兀鲁思都不在家吗？就让他们打来吧！茹格牡，你不要害怕！我说的话有没有道理？请把羽翼带回去，给晁通诺彦看看！”①

（敌人）变成黑花纹的毒蛇来了慌什么，我们变成大鹏金翅鸟将其擒拿；敌人变成咆哮的老虎来了惊什么，（我们）化作青铜鬃狮子把他战胜！好吧！那有什么呢？去吧，把三十个勇士和三个鄂托克的兀鲁思，还有吐伯特、唐兀特的兵马都叫来！骑着马的骑兵和没有骑马的步兵，把他们统统叫来。大部队在潋潋尔格纳河集结！到红草滩上格斯尔可汗的家里来！②

他们到了一个名叫萨布的兀鲁思，把他们的一群马赶回来了。萨布兀鲁思有一个名叫戎萨的人。他跨上乌雕马，箭筒中插着铁蒺箭，身上披着石叶铠甲追上前来了。③

在蒙古族最早的史料文献中就出现了“兀鲁思”一词，《蒙古秘史》第一卷中载：“巴兀鲁思亦儿坚兀禄帖蔑彻惕。（俺不与人争国土百姓）”④其中的“兀鲁思亦儿坚”指国与百姓。蒙古史学家乌兰先生认为，兀鲁思的蒙古语本意为“人众”“百姓”，引申为“国”“国家”。⑤“到明代时期，‘兀鲁思’也称‘土绵’，汉译为‘万户’，‘土绵’是一个同姓贵族家族及其属民构成的大集团，包括这个家族各台吉的鄂托克、爱马克，还包括附牧于该部的其它源于不同祖先的台吉们的爱马克等，在政治上形成一个松散的联盟。”⑥ 符拉基米尔佐夫说：“大部落集团组成为土绵，即

① 陈岗龙、哈达奇刚等译：《十方圣主格斯尔可汗传》，作家出版社，2016 年，第 140 页。

② 陈岗龙、哈达奇刚等译：《十方圣主格斯尔可汗传》，作家出版社，2016 年，第 141 页。

③ 陈岗龙、哈达奇刚等译：《十方圣主格斯尔可汗传》，作家出版社，2016 年，第 185 页。

④ 额尔登泰，乌云达赉校勘：《〈蒙古秘史〉校勘本》，内蒙古人民出版社，1991 年，第 68 页。

⑤ 乌兰：《蒙古文历史文献中涉及“国”及其相关概念的一些表述方法》，《民族研究》2016 年第 2 期。

⑥ 达力扎布：《明清蒙古史论稿》，民族出版社，2003 年，第 118 页。

'万户、万人军团'并以其名为名。例如：乌梁海土绵，即'乌梁海万户'或兀鲁思之意。由于土绵大小不一，而且其中又有一些难于分割的基本单位——鄂托克，因此，兀鲁思——土绵的范围是不稳定的，他们有分有合；旧的消灭之后，新的又代之而起。"① 所以，万户（土绵、兀鲁思）是由若干鄂托克构成的松散的政治联盟。② 北京木刻本《十方圣主格斯尔可汗传》中多处出现的"三个鄂托克兀鲁思"应是指以三个鄂托克组成的万户，即土绵（兀鲁思）。

3. 吐伯特

北京木刻本《十方圣主格斯尔可汗传》中载：

> 五百个商人站在宫殿的中央，对觉如说道："我们建造的宫殿不怕风吹雨打、坚固无比，我们建造的宫殿，不用点灯烧香，不用搬运圣水，应有尽有。我们认为，我们建造的宫殿十全十美，不知道圣主您是不是满意？"觉如说："婆罗门啊，你们做得好。我现在就让你们回去。你们是要路过吐伯特还是走其他的路？"五百个商人回答说："我们路过吐伯特。"③
>
> 最后，吐伯特全部落的人像围猎一样，绕大圈围住晁通诺彦，密密麻麻围了三圈之后逐渐缩小包围圈，终于捉住了黑马，解开了铁链子，把晁通诺彦从马背上搀扶下来。④
>
> 觉如见了，说道："哎呀，哎呀，大家看我们的这个嫂子！在我们吐伯特这地方，可汗的媳妇是三年之内不见外人的；庶民百姓的媳妇是三个月之内不见外人的。难道你是没有公公婆婆管教的媳妇吗？难道这只虫子是你的丈夫吗？或者是你的父母

---

① ［苏］Б·Я·符拉基米尔佐夫著，刘荣焌译：《蒙古社会制度史》，中国社会科学出版社，1980年，第211页。

② 达力扎布：《明清蒙古史论稿》，民族出版社，2003年，第120页。

③ 陈岗龙、哈达奇刚等译：《十方圣主格斯尔可汗传》，作家出版社，2016年，第38页。

④ 陈岗龙、哈达奇刚等译：《十方圣主格斯尔可汗传》，作家出版社，2016年，第39页。

吗?”格措—高娃被觉如羞辱了一番，无言以对，就转脸走回去了。[①]

那时候，僧加洛可汗的女儿茹格牡—高娃到了出嫁的年龄，还没有找到如意郎君，听说吐伯特这地方有三十名不凡的勇士，就带着三个神箭手、三个摔跤手和一位道法高深的喇嘛慕名前来，希望能遇到命中注定的丈夫。茹格牡—高娃来到吐伯特后，召集了一万人。[②]

僧加洛汗叫苦不迭，连连说：“都是因为这个女儿，我们被害惨了。”随后，全部落都跟着三十个勇士迁徙到吐伯特来了。[③]

接下来，吐伯特三十名神力勇士和茹格牡—高娃的三个神箭手比试射箭，双方未能决出箭法上的高低，吐伯特的三千名神力勇士和茹格牡—高娃的三个大力士比赛摔跤，双方也没有决出最后的胜出者。[④]

晁通诺彦说：“我是统辖吐伯特的大长官啊。可怜的儿媳你命苦啊！如果你希望我杀掉觉如，我就帮你杀掉，如果你让我给他另娶妻子，我就帮你给他娶，如果你希望我驱逐他，我就把他驱逐到遥远的地方去。我只想娶你做妻子……”觉如说：“我们吐伯特鄂托克离你们的部落那么远，他既然奔着我来的，为什么不见我就匆匆走了?”[⑤]

次日，格斯尔变成吐伯特的三十名勇士来到茹格牡—高娃家。他们都背着弓箭，带着武器，威武无比。这黑压压的一片人来到了僧加洛汗的家门口。[⑥]

第二天，晁通老爷来觉如家搜查，搜出了马肉。晁通诺彦好不容易抓住了觉如的把柄，就大肆声张，带领吐伯特和唐古特的

---

① 陈岗龙、哈达奇刚等译:《十方圣主格斯尔可汗传》，作家出版社，2016 年，第 44 页。
② 陈岗龙、哈达奇刚等译:《十方圣主格斯尔可汗传》，作家出版社，2016 年，第 45 页。
③ 陈岗龙、哈达奇刚等译:《十方圣主格斯尔可汗传》，作家出版社，2016 年，第 55 页。
④ 陈岗龙、哈达奇刚等译:《十方圣主格斯尔可汗传》，作家出版社，2016 年，第 46—47 页。
⑤ 陈岗龙、哈达奇刚等译:《十方圣主格斯尔可汗传》，作家出版社，2016 年，第 54 页。
⑥ 陈岗龙、哈达奇刚等译:《十方圣主格斯尔可汗传》，作家出版社，2016 年，第 55 页。

全部军队找觉如复仇来了。①

格斯尔把枣骝马神驹变成了长满烂疮的两岁枣骝马……骑着长满烂疮的两岁枣骝马的干瘪叫花子才像这样撞击得越来越快吗？或者是这两座山原来就是这样互相撞击得如此频繁吗？我们吐伯特地方的山崖可不是这样。在我们那里，两座山如果想夹死一个人，就要分别退回到有一天路程远的地方，然后跑过来一撞，就把人撞得粉身碎骨了。②

我听说吐伯特的十方圣主格斯尔可汗有一座城堡，但我没有见过；我还听说十二头蟒古思可汗有一座城堡，我也没有见过。我这是漫无目的地流浪着，来到这两座城堡中的一座了吗？我真想见一见这座城堡的主人，看是哪位可汗和夫人。③

乌鸦没有飞下来，继续停留在空中说道："你且听着！我飞到了吐伯特地方的十方圣主格斯尔可汗的宫帐。④

还有吐伯特、唐兀特的兵马都叫来！骑着马的骑兵和没有骑马的步兵，把他们统统叫来。大部队在澈澈尔格纳河集结！到红草滩上格斯尔可汗的家里来！⑤

蒙古人所称的"吐伯特"指"吐蕃"。《蒙古源流》中载："兹酌诸旧史，略论自古之玛哈·萨玛迪合罕以来，古印度、土伯特、蒙古等三国传承之概要。"⑥ 土伯特就是古代的藏族，早在唐朝时期就活跃于历史舞台，"吐蕃的王族称为'悉勃野'，最早生活在雅隆河谷，唐代又译为'宝髻'。其部落名为'蕃地六牦牛部'，当代学者简称为'蕃部'或'雅隆部落'，悉勃野统一青藏高原各部后，蕃也成为它统治地区的总称

① 陈岗龙、哈达奇刚等译：《十方圣主格斯尔可汗传》，作家出版社，2016年，第60页。

② 陈岗龙、哈达奇刚等译：《十方圣主格斯尔可汗传》，作家出版社，2016年，第111页。

③ 陈岗龙、哈达奇刚等译：《十方圣主格斯尔可汗传》，作家出版社，2016年，第118页。

④ 陈岗龙、哈达奇刚等译：《十方圣主格斯尔可汗传》，作家出版社，2016年，第134页。

⑤ 陈岗龙、哈达奇刚等译：《十方圣主格斯尔可汗传》，作家出版社，2016年，第141—142页。

⑥ 萨囊彻辰著，道润梯步译校：《蒙古源流》，内蒙古人民出版社，1980年，第1页。

和民族的称呼，唐代汉译为‘蕃’，或‘吐蕃’。”[①] 他们的来源和生活的地域方面，“古代汉文史料中，以《新唐书》为代表，援引《后汉书》以来诸史籍，认为古代藏族（吐蕃）源于西羌。西羌包括一百五十个部落或部族，据说其中的‘发羌’‘唐旄’等部，早在公元一世纪前后，就居住在青藏高原上；五世纪初叶，正当我国南北朝‘五胡十六国’动乱时期，又有一些古代羌人和鲜卑人向西向南迁徙。根据古代汉文史料的记述，这些迁到藏族地区的诸部，就是后来的吐蕃。”[②]《新唐书·吐蕃传》中记载：“（吐蕃）国多霆、电、风、雹，积雪。盛夏如中国春时，山谷常冰。”[③] 北京木刻本《十方圣主格斯尔可汗传》中多处出现“吐伯特”一词，而且格斯尔自称是吐伯特人，如觉如（格斯尔）说道：“哎呀，哎呀，大家看我们的这个嫂子！在我们吐伯特这地方，可汗的媳妇是三年之内不见外人的；庶民百姓的媳妇是三个月之内不见外人的。难道你是没有公公婆婆管教的媳妇吗？难道这只虫子是你的丈夫吗？或者是你的父母吗？”格措—高娃被觉如羞辱了一番，无言以对，就转脸走回去了。从这一段的描述也看出，格斯尔是吐伯特人。

4. 唐兀特

北京木刻本《十方圣主格斯尔可汗传》中载：

第二天，晁通老爷来觉如家搜查，搜出了马肉。晁通诺彦好不容易抓住了觉如的把柄，就大肆声张，带领吐伯特和唐兀特的全部军队找觉如复仇来了。[④]

嘉萨—席克尔说：“他呀，没有敌人的时候，说自己是英雄，就知道炫耀自己；敌人来了，就只会胡说八道；没有智者的时候，说自己就是智者；智者来了，就赶紧躲起来。老虎来了怕

---

① 才让：《吐蕃史稿》，甘肃人民出版社，2010 年，第 7 页。

② 王辅仁、索文清：《藏族史要》，四川人民出版社，1982 年，第 2 页。

③ 《新唐书·吐蕃传》卷 216，中华书局，1975 年，第 6072 页。

④ 陈岗龙、哈达奇刚等译：《十方圣主格斯尔可汗传》，作家出版社，2016 年，第 60 页。

什么，我们跟它搏斗；狗熊来了躲什么，我们与它斗争；大象来了急什么，我们跟它较量；狮子来了跑什么，我们与它厮杀；敌人来了有什么，我们跟他们拼杀。（敌人）变成黑花纹的毒蛇来了慌什么，我们变成大鹏金翅鸟将其擒拿；敌人变成咆哮的老虎来了惊什么，（我们）化作青铜鬃狮子把他战胜！好吧！那有什么呢？去吧，把三十个勇士和三个鄂托克的兀鲁思，还有吐伯特、唐兀特的兵马都叫来！骑着马的骑兵和没有骑马的步兵，把他们统统叫来。大部队在潋潋尔格纳河集结！到红草滩上格斯尔可汗的家里来！”说着，就派使者去了。①

三十个勇士和吐伯特、唐兀特的士兵，有马骑的和没马骑的，都被叫来了。

大军集结完毕。②

从北京木刻本《十方圣主格斯尔可汗传》中所载看，吐伯特与唐兀特同在一个兵营中，说明唐兀特人与吐伯特人混合在一个地区或一个部落中。蒙古史料中所出现的“唐兀人或唐兀特人”是指“党项人”。《元朝秘史》（《蒙古秘史》）卷十四载：“太祖差人去对唐兀惕主不儿罕说：‘你先说与我做右手，如今回回百姓杀了我使臣，要去与他折证，你可与我做右手。’”③ 此处的“唐兀惕”就是蒙元时期的“党项人”。“成吉思既往过冬，欲征唐兀。重新整点军马，至狗儿年秋，去征唐兀，以夫人也遂从行。”④ 这年冬，成吉思汗围猎时坠马受伤，也遂夫人提出建议商量对策，此时从官员中的脱仑议说：“唐兀是有城池的百姓，不能移动。如今且回去，待皇帝安了时，再来攻取。”⑤ 这时的党项人已经居住在银州（今陕西省米脂县）以北、夏州（今陕西省榆林县横山区）以东的地区，过着定居的生活。《多桑蒙古史》载：“蒙古人初名此国曰河西（Časčhi，

---

① 陈岗龙、哈达奇刚等译：《十方圣主格斯尔可汗传》，作家出版社，2016 年，第 141 页。
② 陈岗龙、哈达奇刚等译：《十方圣主格斯尔可汗传》，作家出版社，2016 年，第 142 页。
③ 佚名撰：《元朝秘史》，齐鲁书社，2005 年，第 183 页。
④ 佚名撰：《元朝秘史》，齐鲁书社，2005 年，第 196 页。
⑤ 佚名撰：《元朝秘史》，齐鲁书社，2005 年，第 196 页。

Čos-čhi)，续名之曰唐兀惕（Tangoute），此国包括陕西西北部及长城西北邻近诸区，东南与女真或金国接界。其都城夏州，即今陕西北部之宁夏。"[①]

隋唐时期，党项族大量迁徙河西地区。据《隋书》《旧唐书》等历史文献记载，党项族在南北朝末期才初露头角，居住于今青海省东南部黄河曲一带地方。到唐朝开国时期，吐蕃奴隶主政权在西藏高原上崛兴，唐太宗后，吐蕃势力日益向外扩张，北上并灭了吐谷浑。散居在今甘肃省南部和青海省境内的许多党项部落，受不了吐蕃的胁迫和压榨，请求内迁，唐朝就把原设在陇西地区的静边州都督府移置庆州（今甘肃庆阳），辖下的二十五个党项州也随着一道迁徙。到唐代宗时期（公元 763—779 年），党项部落散居在灵、盐（今宁夏灵武县及盐池县）和庆州一带较多，由于住地和吐蕃邻接，不断出现联合进行骚乱事件。唐朝政府为了隔离和拆散他们的关系，便把党项部落迁到银州以北、夏州以东的地区[②]。所以，吐蕃时期，党项部落与吐蕃比邻，也有军事方面的合作关系。因此，北京木刻本《十方圣主格斯尔可汗传》中出现吐伯特与唐兀特同在一个兵营中也能说明这个时期吐蕃与党项之关系。

5. 巴勒布

北京木刻本《十方圣主格斯尔可汗传》中载：

> 孔雀回来了，报告说："巴勒布汗的女儿容貌确实端庄秀丽，可惜不通人间语言。我担心她不像我们这里的人们一样通情达理。"[③]
>
> "山中闪电"比儒瓦追击安冲，并在沙子山的山坡上追上了他，说道："吐伯特的盗贼小儿休走！你来进攻，你不进攻锡莱河三汗；你来厮杀，你不跟锡莱河三汗厮杀；为什么偏偏要袭击

① ［瑞典］多桑：《多桑蒙古史》（上册），中华书局，2004 年，第 62—63 页。

② 吴天墀：《西夏史稿》，四川人民出版社，1980 年，第 4 页。

③ 陈岗龙、哈达奇刚等译：《十方圣主格斯尔可汗传》，作家出版社，2016 年，第 132 页。

我？难道你没有听说过巴勒布汗的儿子比儒瓦吗？你为什么要割断我们的辫子？为什么折断我们的精神？赶快放了我们的马群！”①

古代蒙古人称尼泊尔为“巴勒布”。《元史·阿尼哥传》载：“阿尼哥，尼波罗国人也，其国人称之曰八鲁布。”②《蒙古源流》中载：“喇嘛遂令巴勒布匠人，铸塑自身之像，又赐予别项佛像而遣返其使者矣。”③《黄金史纲》中载：“严妙王之子舍帝……于是装在铜匣里，弃入恒河中，漂流到了巴勒布、土蕃二国交界的地方……”④

所以，北京木刻本《十方圣主格斯尔可汗传》中出现的“巴勒布人”指尼泊尔人。藏族与尼泊尔人比邻而居，有着密切的关系与悠久的文化交流史，《元史》载：“中统元年，命帝师八合斯巴建黄金塔于吐蕃，尼波罗国选匠百人往成之，得八十人，求部送之人未得。阿尼哥年十七，请行，众以其幼，难之。对曰：‘年幼心不幼也。’乃遣之。帝师一见奇之，命监其役。明年，塔成，请归，帝师勉以入朝，乃祝发受具为弟子，从帝师入见。”⑤ 从而得知，元朝时期，尼泊尔工匠来藏地建造佛塔，互相之间的交流很频繁。

6. 蒙古部落（mongγol ulus）

北京木刻本《十方圣主格斯尔可汗传》中载：

那时候，有一只罪恶的鼹鼠，体型巨大如犍牛一般。它掀翻地皮，破坏草场，给蒙古部落带来了灾难。格斯尔凭借神通知道了它的所在，于是变成一个放牛的老头儿，手持斧头跑去找鼹鼠。鼹鼠变成巨大的犍牛掀翻地皮、糟蹋草场的时候，放牛老头

① 陈岗龙、哈达奇刚等译：《十方圣主格斯尔可汗传》，作家出版社，2016 年，第 157 页。
② 宋濂：《元史》卷 203，中华书局，1976 年，第 4545 页。
③ 萨囊彻辰著，道润梯步译校：《蒙古源流》，内蒙古人民出版社，1981 年，第 394 页。
④ 朱风、贾敬颜译：《蒙古黄金史纲》，内蒙古人民出版社，1985 年，第 3 页。
⑤ 宋濂：《元史》卷 203，中华书局，1976 年，第 4545 页。

儿赶过去，举起斧头对准犍牛两角中间的额头砍下去，结束了它的生命。①

“在我三岁的时候，巨大如牛的罪恶鼹鼠掀翻地皮，破坏草场，给蒙古部落带来了灾难。我凭借神通知道了它的情况，就变成一个放羊的老头儿，手持斧头跑去找鼹鼠。鼹鼠变得像犍牛一样巨大，掀翻地皮、糟蹋草场的时候，放牛老头儿赶过去，举起斧头，对准犍牛两支角中间的额头砍下去，结果了它的性命。我是三岁时就杀死了掀翻地皮，破坏草场，给蒙古部落带来了灾难的巨大如牛的罪恶鼹鼠的十方圣主格斯尔可汗。”②

北京木刻本《十方圣主格斯尔可汗传》中多处记载，格斯尔说自己是吐伯特人，上文中说，格斯尔帮助蒙古部落除掉迫害草原的鼹鼠。藏族《格萨尔》（贵德分章本）中曾描述过格萨尔扮成蒙古人到霍尔三可汗之黄霍尔王处的故事。如，“格萨尔大王道：‘我是蒙古人，家住察哈尔，名字叫阿卧唐乜。我会用钳子，会拉风匣，即使不会，不是学也就会了吗？’……格萨尔大王使了一会儿钳子，又拉了一会儿风匣，都很熟练，比以前的学徒都好。怯尊把这种情况告诉爸爸，爸爸非常喜欢，就说：‘给他一些铜铁，就让他在铁匠炉干活吧！’从这一天起，格萨尔大王就在怯尊家的铁匠炉帮着修补东西，打铁、拉风匣，什么活都干。”③ 从而推测，当时藏族地区与蒙古部落也有一定的联系，蒙古部落以铸造铁器而闻名于藏族地区。北京木刻本《十方圣主格斯尔可汗传》中多处记载与炼铁有关的内容，如第五章的《征服锡莱高勒三可汗》中载：“匠人乔若对奥勒哲拜（格斯尔）说：‘我们用这造孽的石头制作两副石甲吧！奥勒哲拜，你来拉风箱！’在制作过程中，奥勒哲拜偷出一块铁，放进了炉里，用它打出了一把六十庹长的挠钩，藏了起来……孛克—察干—芒来拉

① 陈岗龙、哈达奇刚等译：《十方圣主格斯尔可汗传》，作家出版社，2016 年，第 15—16 页。

② 陈岗龙、哈达奇刚等译：《十方圣主格斯尔可汗传》，作家出版社，2016 年，第 70 页。

③ 王沂暖、华甲译：《格萨尔王传·藏族英雄史诗》，中国国际广播出版社，2016 年，第 297—298 页。

着他的大黄弓，对众人喊道：‘我就是杀死十方圣主格斯尔可汗手下的大塔岳、小塔岳、大鼓风手、小鼓风手、安冲、戎萨这六名勇士的孛克—察干—芒来啊！在这一个婚宴上，有人敢跟我比试角力吗？我的这大黄弓，恐怕还没有其他任何人能拉得开呢。’”① 第三章中载：“可汗又命令道：‘让他骑上铜驴，点上火，再找来鼓风手，用大风箱从四面八方鼓起风来烧死他。’格斯尔可汗悄悄地用马头一样大的、没有裂痕的黑炭涂满了全身。鼓风手到来后，拉起风箱，从四面八方鼓起大风，吹得烈焰熊熊燃烧。但当大火快烧到格斯尔身上的时候，格斯尔使出神通，喷出水来，扑灭了大火。”② 说明格斯尔本人就会炼铁技术，而且他手下有“大鼓风手、小鼓风手”等工匠。

二、官制

1. 札尔忽齐

北京木刻本《十方圣主格斯尔可汗传》中载：

却力斯东喇嘛的驼背黑脸札尔忽齐来找觉如说情。他求觉如说：“哎呀，觉如老爷！从今以后，你看上什么东西，我们不给，就让我们的眼睛失明吧；你听说了什么东西，想要得到，如果我们不给，就让我们的耳朵失聪吧；如果你看见我们正在吃好东西，你想吃而我们不给你，就让我们的牙齿僵掉吧……又有一座金山，金山上有金牛蛇嗡嗡叫个不停，蚂蚁王的蚁垤里铺着一层厚厚的紫金；捕捉太阳的黄金套索，捕捉月亮的白银套索，蚂蚁鼻血一角砚，虱子筋骨丁撮，雄鸟的鼻血一角砚，雌鸟的乳汁一角砚，雏鸟的眼泪一角砚，大海里的滚磨般大小的猫眼石一颗，所有这些奇珍异宝全部献给你。还有这格措—高娃也给你。

① 陈岗龙、哈达奇刚等译：《十方圣主格斯尔可汗传》，作家出版社，2016 年，第 217 页。
② 陈岗龙、哈达奇刚等译：《十方圣主格斯尔可汗传》，作家出版社，2016 年，第 88 页。

只求你放过这只虫子，留他一条性命。”说完便长跪不起。[①]

诺彦和札尔忽齐来劝阻格斯尔。格斯尔对他们说：“你们治理好大国朝政，执行好大札撒，秉公执法，不要受贿。”就让他们回去了。[②]

“札尔忽齐”一词在蒙古语中意为“断事官”。从蒙古国时期就有了这个官职。成吉思汗的六弟失吉忽秃忽[③]就是当时的断事官，即札尔忽齐。《蒙古秘史》中载：“成吉思（汗）既将众部收捕了，至是虎儿年，于斡难河源头，建九脚白旄纛做皇帝……命失吉忽秃忽唤孛斡儿出、木合黎等去。失吉忽秃忽说：‘孛斡儿出、木合黎等，功多如谁，又要赏他？我自孩提到你家内，直至长成，不曾离了。我功少如谁，如今用甚么赏赐我？’成吉思（汗）说：‘你曾做我第六的弟，依我诸弟一般分分子，九次犯罪不要罚。如今初定了普百姓，你与我做耳目。但凡你的言语，任谁不许违了。如有盗贼诈伪的事，你惩戒着，可杀的杀，可罚的罚。百姓每分家财的事，你科断者，凡断了的事，写在清（青）册上，以后不许诸人更改。’”[④] 说明蒙古国时期已经实行札尔忽齐制度，通过忽里勒台，成吉思汗任命失吉忽秃忽为国家的札尔忽齐，其职责为裁判诉讼、拟制青册和记录分封。札尔忽齐将判例与成吉思汗商量后用白纸黑字造册保存，命名为阔阔迭卜贴尔（青册）。后人不得更改，更改者受处罚。[⑤]《元史·百官志》中载：“元太祖起自朔土，统有其众，部落野处，非有城郭之制，国俗淳厚，非有庶事之繁，惟以万户统军旅，以断事官治政刑，任用者不过一二亲贵重臣耳。”[⑥]《元史》卷二中载：“（太宗六年）秋七月，以胡

① 陈岗龙、哈达奇刚等译：《十方圣主格斯尔可汗传》，作家出版社，2016 年，第 44—45 页。

② 陈岗龙、哈达奇刚等译：《十方圣主格斯尔可汗传》，作家出版社，2016 年，第 105 页。

③ 关于失吉忽秃忽的身份，《蒙古秘史》中载：“太祖军在塔塔儿营盘里时，拾得个小儿，鼻上带一金圈子，又金综丝貂鼠裹儿做兜肚，与了母诃额仑，诃额仑说：‘必是好根脚人的儿子，唤做失乞忽都忽的名字’。教做第六个儿子。”齐鲁书社，2005 年，第 70 页。

④ 《元朝秘史》，齐鲁书社，2005 年，第 139 页。

⑤ 内蒙古典章法学与社会科学研究所编：《〈成吉思汗法典〉及原论》，商务印书馆，2007 年，第 42 页。

⑥ 宋濂：《元史》卷 85，中华书局，1976 年，第 2119 页。

土虎那颜为中州断事官。”[①] 从而推测出，蒙元时期就有了断事官，即札尔忽齐，而且以皇帝的亲贵重臣担任。蒙古国时期是成吉思汗的六弟失吉忽秃忽担任此职。北京木刻本《十方圣主格斯尔可汗传》中出现的“札尔忽齐”是指蒙古历史上出现的断事官一类的专管部落中刑事事件的官职。

2. 大札萨

北京木刻本《十方圣主格斯尔可汗传》中载：

> 诺彦和札尔忽齐来劝阻格斯尔。格斯尔对他们说：“你们治理好大国朝政，执行好大札萨，秉公执法，不要受贿。”就让他们回去了。[②]

公元1206年，乞颜部可汗孛儿只斤·铁木真（1162—1227）统一蒙古诸部，在忽里勒台被推举为大汗，即成吉思汗，建立蒙古国，并颁布《大札萨》，建立了蒙古社会的全新秩序。《大札萨》是由成吉思汗颁布、实施、修改而成的具有社会规范性、普遍约束力的训言和命令的总称，也就是《成吉思汗法典》。[③] 所以，“大札萨”是蒙古社会最早期的法律，也是维系社会秩序的约束力。拉施特《史集》载：“（成吉思汗灭克烈后）他取得了如此伟大的胜利，王业已定，各部落便从四面八方来向他请降、求和，以及他举行了大聚会，还谈道，感谢这伟大的恩赐，他于订立完善和严峻的法令以后，幸福地登上了汗位。”[④] 这是指1203年，成吉思汗消灭克烈部后，在帖麦该川召集忽里革台，制定的法令，也可说是较早制定的法令。此史实在《元史》中这样记载：“帝即灭汪汗，大猎于帖麦该

---

① 宋濂：《元史》卷2，中华书局，1976年，第34页。

② 陈岗龙、哈达奇刚等译：《十方圣主格斯尔可汗传》，作家出版社，2016年，第105页。

③ 内蒙古典章法学与社会科学研究所编：《〈成吉思汗法典〉及原论》，商务印书馆，2007年，第15页。

④ ［波斯］拉施特主编：《史集》第一卷第二分册，商务印书馆，1983年，第203页。

川，宣布号令，振凯而归。”[①] 也说明这的确是大蒙古国时期颁布的法令。

3. 衙门

北京木刻本《十方圣主格斯尔可汗传》中载：

于是，举国哀恸，全民遭难。可汗的大臣们聚集在衙门外商议对策。“哈屯已经去世，理应入土为安，需召请喇嘛念经诵佛四十九天，尽心做功德善事。可汗应该另娶妻子，以使国泰民安。因为死了一个夫人，可汗这是要全国人民都死去吗？这算什么谕旨？不知道现在还有谁能够劝解、唤醒我们的这位可汗？”于是，大家四处寻找，却遍寻不得。[②]

“衙门”是指古代官署之称[③]。《旧唐书·舆服志》载：“京文官五品以上，六品以下七品清官，每日入朝常服袴褶，诸州县长官在公衙亦准此。”[④]《新唐书·仪卫志》中载“唐制：天子居曰‘衙’，行曰‘驾’，皆有卫有严。”[⑤] 说明皇帝每朝会临衙，都有其不同规模的仪卫。北京木刻本《十方圣主格斯尔可汗传》中的“衙门”一词出现于《治理汉地的贡玛可汗》一章中，是指汉地贡玛可汗处大臣们议事的官署名称。

4. 格隆

北京木刻本《十方圣主格斯尔可汗传》中载：

那时候，有一个长着山羊牙齿的狗嘴魔鬼，化身为工布老爹格隆喇嘛前来害格斯尔。他专门借口给两岁婴儿摸顶祈福，趁机

① 宋濂：《元史》卷1，中华书局，1976年，第12页。
② 陈岗龙、哈达奇刚等译：《十方圣主格斯尔可汗传》，作家出版社，2016年，第79页。
③ 汉语大词典编辑委员会编纂：《汉语大词典》，上海辞书出版社，2011年，第1047页。
④《旧唐书·舆服志》卷45，中华书局，1975年，第1953页。
⑤《新唐书·仪卫志》卷23，中华书局，1975年，第481页。

咬断孩子的舌尖，从而让孩子变成结巴。格斯尔早就凭借神通预知了他的阴谋。格斯尔知道魔鬼要来，就咬紧四十五颗洁白的牙齿，躺在家中等候。①

在我两岁的时候，长着山羊牙和铁獠牙的狗嘴魔鬼变身为工布老爹格隆喇嘛，前来害我。他是专门借口给两岁婴儿摸顶祈福，趁机咬断孩子的舌尖，从而让孩子变成结巴的恶魔。我就咬紧四十五颗洁白的牙齿，不肯吃奶。②

“格隆”是格鲁派受过戒律的喇嘛。格鲁派是藏传佛教各教派中最后兴起的一个大教派，兴起于15世纪初叶。格鲁派从创建始，就以要求僧人严格守戒律，过严格的宗教生活为号召。③ 普通喇嘛要受三次戒，才能成为正式的出家僧人。第一次受戒称“拉布金戒”（即沙尼戒）；第二次受戒称“格斯勒”（即具足戒）；第三次受戒称“格隆戒”（即比丘戒），喇嘛在25岁前后受此戒。④

清朝时期，蒙古地区的喇嘛僧众分为九等，分别是扎萨克大喇嘛、副扎萨克大喇嘛、扎萨克喇嘛、大喇嘛、副喇嘛、闲散喇嘛、德木齐、格斯贵、格隆、班第等。北京木刻本《十方圣主格斯尔可汗传》中出现的“格隆”一词是藏传佛教格鲁派中受过戒律的喇嘛的名称。按照僧官的等级来说，“格隆”比较靠后。

---

① 陈岗龙、哈达奇刚等译：《十方圣主格斯尔可汗传》，作家出版社，2016年，第15页。

② 陈岗龙、哈达奇刚等译：《十方圣主格斯尔可汗传》，作家出版社，2016年，第69—70页。

③ 王辅仁编著：《西藏佛教史略》，青海人民出版社，1982年，第202页。

④ 德勒格编著：《内蒙古喇嘛教史》，内蒙古人民出版社，1998年，第435—436页。

第六章　民间习俗与信仰类

一、民间习俗与信仰

1. **洒楚里**（sačuli）

北京木刻本《十方圣主格斯尔可汗传》中载：

苏米尔说："安冲说得对。嘉萨，你去进攻白帐汗！我去进攻黄帐汗！安冲去进攻黑帐汗！这有什么呢？我们三个人将那锡莱河三汗狠狠地吊打一番再回去！"嘉萨—席克尔说："你们两个说得对。"并说："苏米尔你摆出祭坛，点燃煨桑，安冲你举行洒楚里祭祀！"①

白帐王正准备在一块黑纹卧牛石上坐下来，听到嗖嗖地飞来一支箭，心里很是害怕，赶紧说："我一直在祭祀圣主格斯尔呢！"随即用碗里的奶茶洒祭了神箭。②

"洒楚里"指蒙古族的"献祭"仪式，向上洒酒或奶等，以求天地保

① 陈岗龙、哈达奇刚等译：《十方圣主格斯尔可汗传》，作家出版社，2016 年，第 147 页。

② 陈岗龙、哈达奇刚等译：《十方圣主格斯尔可汗传》，作家出版社，2016 年，第 176 页

佑的一种宗教活动。在《蒙古秘史》中称为“洒注礼”[①]。《蒙古秘史》中写道：“铁木真下山来，椎胸告天说：‘因豁阿黑臣老母，如黄鼠狼般能听，银鼠般能见的上头，我所以躲得过我的小性命，被不而罕山遮救了。这山久后时常祭祀，我的子子孙孙也一般祭祀。’说讫，向日将系腰挂在项上，将帽子挂在手上，椎胸跪了九跪，将马奶子洒典了。”[②] 这里所说“马奶子洒典”就是元朝时期蒙古族的“洒楚里”祭奠礼。直到现在，蒙古人还把鲜奶、奶油、奶酒洒在敖包周围，祈求幸福安康。据史料记载，成吉思汗的祖先就用母马之乳洒祭苍天。成吉思汗于 1211 年，在客鲁伦河畔举行过查干苏鲁克大典。查干苏鲁克大典上挤洒九十九匹白母马的鲜奶。这一大典，也称“鲜奶祭”仪式。查干苏鲁克大典，是从萨满教古老的祭天仪式和祭祖仪式延续而来的庆典、祭祀活动。祭祀活动意在祈求苍天和祖宗保佑人畜兴旺，大地平安。《十善福白史册》中也明确地记载：“成吉思汗系母马九十九匹，洒祭鲜奶”[③]。《水晶珠》中也记载：“成吉思汗五十五岁之辛未年，属于客鲁连河畔之时，用宝马之初乳，向无上苍天献祭，并将此事好生定为法令，降旨蒙古全国而行之”“成吉思汗五十七岁癸酉年，成吉思汗在斡难河之源，举行了马乳洒祭”[④]。北京木刻本《十方圣主格斯尔可汗传》中所出现的“洒楚里祭祀”很可能是蒙古族从古以来传承下来的祭祀仪式。

2. 敖包

北京木刻本《十方圣主格斯尔可汗传》中载：

> 从这时起，天下大乱，黑头人类、飞禽走兽都汇聚在叫做呼斯楞的敖包上，此外还有三百种操不同语言的生灵混迹其中。阿日亚拉姆女神召集贤者毛阿固实、唐波大师、山神敖瓦工基德三

① 杨仁普，李振芬：《蒙古族风俗见闻录》，内蒙古人民出版社，1987 年，第 108 页。

② 《元朝秘史》，齐鲁书社，2005 年，第 46 页。

③ 刘金锁整理注释：《十善福白史册》（蒙文版），内蒙古人民出版社，2000 年，第 90 页。

④ 拉喜彭斯克著，胡和温都尔校注：《水晶珠》（蒙古文版），内蒙古人民出版社，2000 年，第 97，99 页。

位一起占卜预测。[①]

苟萨—阿木尔吉拉从洞口向内窥视，看到黄金宝座上坐着一个手持虎斑旗、头戴虎斑帽、身穿虎斑袍子、脚蹬虎斑靴的巨人，他正用手擦去虎斑胡须上的霜雪，并说："今夜可真是累透了！"苟萨—阿木尔吉拉见了非常害怕，转身就逃回来了。说三百种不同语言的生灵各自解散了，阿日亚拉姆女神回到天上去了，毛阿固实、唐波大师一直守在呼斯楞敖包上，耐心等待着，看占卜师的预言能否应验。现在，事实证明了占卜师的预言是正确的，于是他们也各自散去了。[②]

从那儿开始，格斯尔的枣骝神驹快步颠走。路过黄河岸上的呼斯楞敖包时，格斯尔听见有人在喊："哎！我的格斯尔！"[③]

敖包信仰的产生也与蒙古人的万物有灵论的思想有关，他们认为所有土地都有灵魂，可以给人们带来吉祥与灾难。所以，祭祀敖包成为"蒙古民间最普遍的一种祭祀活动。鄂博（敖包）是草原上所习见的供人祭祀的石堆，'垒石成山'，'视之为神'。它是山神、地神及游牧民族保护神的化身。"[④] 还有在"固定的地点堆起的土堆（即鄂博），一般都在高地、山口、交叉路口等处。它们作为当地的守护神和地神的神祠，享受到了特别的崇拜。"[⑤] 后来藏传佛教二度传入蒙古地区后改造和融合了这些完全属于蒙古族的民间宗教，祭祀的形式和仪轨文中都掺杂了藏传佛教的诸多因素。《蒙古秘史》卷三载："铁木真未知蔑儿乞是实回去，是潜伏着。使别勒古台、孛斡儿出、者勒蔑三人，自后察探。去了三宿，见蔑儿乞远了，铁木真下山来，椎胸告天说：'因豁阿黑臣老母，如黄鼠狼般能听，银鼠般能见的上头，我所以躲得过。我的小性命，被不而罕山遮救

① 陈岗龙、哈达奇刚等译：《十方圣主格斯尔可汗传》，作家出版社，2016 年，第 6 页。
② 陈岗龙、哈达奇刚等译：《十方圣主格斯尔可汗传》，作家出版社，2016 年，第 10 页。
③ 陈岗龙、哈达奇刚等译：《十方圣主格斯尔可汗传》，作家出版社，2016 年，第 206 页。
④ 义都合西格主编：《蒙古民族通史》（第三卷），内蒙古大学出版社，2002 年，第 486 页。
⑤ ［意］图齐，［西德］海西希著，耿昇译、王尧校订：《西藏和蒙古的宗教》，天津古籍出版社，1989 年，第 498 页。

了。这山久后时常祭祀，我的子子孙孙也一般祭祀。’说讫，向日将系腰挂在项上，将帽子挂在手上，椎胸跪了九跪，将马奶子洒典了。”① 说明大蒙古国时期始将不而罕山视为圣山，也是最大的敖包。元代，忽必烈曾制典：皇帝及蒙古诸王，每年必须致祭名山大川。② 后来被“垒石成山”所代替。蒙古族近代学者罗布桑却丹在《蒙古风俗鉴》一书中载：“祭祀敖包是蒙古族自古就有的习俗。敖包也有几个等级，大汗和诺颜的敖包被称为阿拉腾（黄金）敖包。敖包的名称也有多种，有以山川为命名的敖包，以官员名字命名的敖包。古时，蒙古地方没有寺庙，地方的诺颜们多选择那些较好的丘陵地带堆起敖包，作为当地的崇拜祭祀之地。”③ 后来的《清会典》中也记述为，蒙古“游牧交界之处，无山无河为志者，垒石为志，谓之敖包。”④ 所以敖包的意义又加上了一层内容。北京木刻本《十方圣主格斯尔可汗传》中所载“呼斯楞敖包”是名为呼斯楞的敖包。也应是蒙古族祭祀的神山。

二、丧葬习俗

1. 土葬与火葬

北京木刻本《十方圣主格斯尔可汗传》中载：

> 希曼比儒札说道：“哎呀！我不是对你说过吗？你真是个什么都不懂的大傻瓜！什么叫做神灵？这就叫做神灵！今后，要是他们的三十个勇士袭来，你将会看到我们的大军就像被板斧砍倒的树木一样倒下去的。”并说：“现在，咱们追不上他们三个了，也杀不了他们三个，还不如将战死的兵士就地埋葬呢！”说完，

---

① 《元朝秘史》，齐鲁书社，2005 年，第 46 页。

② 王迅、苏赫巴鲁编著：《蒙古族风俗志》（上），中央民族学院出版社，1990 年，第 109 页。

③ 罗布桑却丹：《蒙古风俗鉴》（蒙古文版），内蒙古人民出版社，1981 年，第 289 页。

④ 转引自王迅、苏赫巴鲁编著：《蒙古族风俗志》（上），中央民族学院出版社，1990 年，第 109 页。

他回去了。[①]

黑帐王的女儿乔姆孙—高娃说："人们也许会说我是女流之辈，多管闲事。但让我们把你的茹格牡—高娃还给你吧！为你的三十个勇士修建陵墓祭祀吧……"[②]

觉如停下来，对汉人说道："我就不追究你的责任了。你去山上给我砍些树来。我要火化父亲。"汉人就去山上砍了很多树，搬下来交给觉如。觉如把木材堆在父亲周围一圈，然后燃起了大火。熊熊火焰燃堆起来，僧伦老头儿就睁开眼睛看了一眼。觉如说："死人如果不瞑目对后人不好。"边说边抓起一把土，撒在父亲的眼睛上。火烧得越来越大，僧伦老头儿被火烫得蜷起了双腿，缩成一团。觉如见了，又说道："如果死人双腿蜷曲，其后代就不能传宗接代。"他赶紧搬来一棵巨大的树，压在父亲的双腿上。接着，觉如把父亲抬到了火堆上面，正准备投进火堆，僧伦老头儿大声喊道："觉如，父亲没死，活着呢！"觉如听了，说道："死人说话，对活着的后人不利。"边说边做出向火堆扔过去的动作。[③]

格斯尔接着说："我们要找一棵大树把叔叔挂起来。大家多多地收集木柴，以便烧起大火来超度叔叔的灵魂上天。超度完叔叔我再去找图门—吉日嘎朗。"谁敢违反格斯尔可汗的命令？大家把晁通诺彦挂到一棵大树上，树底下堆了很多木柴，点起火来。[④]

茹格牡—高娃想施用法力，使嘉萨借尸复活，就出发去寻找一具没有创伤的尸体了。可是她怎么找也找不到，所有的尸体都有被嘉萨砍过的刀伤。她只找来一只鹰，将嘉萨的灵魂移入这只鹰的躯体内了，然后她向锡莱河三可汗军队中的每个士兵都要了

① 陈岗龙、哈达奇刚等译：《十方圣主格斯尔可汗传》，作家出版社，2016 年，第 149 页。
② 陈岗龙、哈达奇刚等译：《十方圣主格斯尔可汗传》，作家出版社，2016 年，第 228 页。
③ 陈岗龙、哈达奇刚等译：《十方圣主格斯尔可汗传》，作家出版社，2016 年，第 28 页。
④ 陈岗龙、哈达奇刚等译：《十方圣主格斯尔可汗传》，作家出版社，2016 年，第 104 页。

一支箭杆，当作木柴，把嘉萨的遗体火化了。[①]

蒙古族早期的丧葬习俗是“刳木为棺”的土葬习俗，《元史》载：“凡宫车晏驾，棺用香楠木，中分为二，刳肖人形，其广狭长短，仅足容身而已。殓用貂皮袄、皮帽、其靴袜、系腰、盒钵，俱用白粉皮为之。殉以金壶瓶二，盏一，碗碟匙筯各一。殓讫，用黄金为箍四条以束之。”[②]《草木子》载：“元朝宫里，用梡木二片，凿空期中，类人形大小合为棺。置遗体其中，加髹漆毕，则以黄金为圈，三圈定，送至其直北园寝之地深埋之，则用万马蹴平，俟草青方解严，则已漫同平坡，无复考志遗迹。”[③]《郑思肖集》中载：“虏主及虏妇死，剖大木刳其中空，仅容马革裹尸纳于中，复合其木，僭用金束之于外，皆归于鞑靼旧地，深葬平土，人皆莫知其处。”[④] 从上述文献可知，元朝时期的蒙古族有“刳木为棺”的土葬习俗。元朝时期的蒙古族盛行土葬，但在地面上不留坟冢。所以用体积较小的一块梡木做棺，挖的坑不会很大，放入棺木后把坑填平，用“万马蹴平”后“再用草皮据原状覆盖，以使从此之后再不会有人识破此地。”[⑤]

但后来藏传佛教传入蒙古后，丧葬习俗也有一些变化，藏传佛教传入蒙古后，丧葬习俗中有火葬法。《北虏风俗》中载：“初虏王与台吉之死也，亦略有棺木之具，并其生平衣服甲胄之类，俱埋于深僻莽苍之野……今奉贡惟谨，信佛甚专，诸俗仍其旧，独埋葬杀伤之惨，颇易改焉。盖西方之僧，彼号曰喇嘛者，教以火葬之法，凡死者尽以火焚之，置之庙中。”[⑥] 北京木刻本《十方圣主格斯尔可汗传》中出现火葬的风俗，说明该史诗印刻时，藏传佛教已在蒙古地区广泛传播，影响了蒙古族的丧葬习俗。

---

① 陈岗龙、哈达奇刚等译：《十方圣主格斯尔可汗传》，作家出版社，2016 年，第 174 页。

② 宋濂：《元史·祭祀志》卷 77，中华书局，1976 年，第 1925—1926 页。陶宗仪：《南村辍耕录》卷 30，中华书局，1959 年，第 374 页。

③ （明）叶子奇：《草木子》卷 3，中华书局，1959 年，第 60 页。

④ （宋）郑思肖：《郑思肖集》，上海古籍出版社，1991 年，第 182—183 页。

⑤ 耿昇、何高济译：《柏朗嘉宾蒙古行纪·鲁布鲁克东行纪》，中华书局，1985 年，第 38 页。

⑥ 萧大亨：《北虏风俗》，内蒙古地方史志编纂委员会总编室编印《内蒙古史志资料选编·第三辑》，呼和浩特市玉泉区印刷厂印刷，1985，第 140 页。

第七章　饮食类

一、饮品

1. 奶茶

北京木刻本《十方圣主格斯尔可汗传》中载：

茹格牡—高娃的三个神箭手本领高强，第一个神箭手在日出时射出去的箭，等到日上三竿才会落下来；第二个神箭手射出去的箭，等到煮好两次奶茶的工夫才会从天上落下来；第三个神箭手射出去的箭，等到煮好一锅奶茶的工夫才会从天上落下来。[①]

茹格牡—高娃对安冲说："聪明的安冲，你跑步过去，颠步回来，把金子一样的半干半湿的牛粪摆在里面，把银子一样的风干的牛粪摆在外边，在图拉嘎里点上圣火；水像母亲，多倒点儿；盐像外甥，少放点儿；茶像父亲，少放点儿；牛奶像娘亲，多放点儿；奶油像长官，少放点儿。奶茶煮开的时，你就权当是乳汁海在沸腾，手持铜勺扬茶的时候，你就权当是众多僧人在念经诵佛；喝奶茶的时候，你就权当是金雀入巢。根除十方十恶之

① 陈岗龙、哈达奇刚等译：《十方圣主格斯尔可汗传》，作家出版社，2016年，第46页。

源的圣主格斯尔可汗回来了。赶快煮茶吧!”①

白帐王正准备在一块黑纹卧牛石上坐下来，听到嗖嗖地飞来一支箭，心里很是害怕，赶紧说：“我一直在祭祀圣主格斯尔呢!”随即用碗里的奶茶洒祭了神箭。②

图门—吉日嘎朗铺了条白毡让他坐下，然后用大牛角碗斟满了奶茶端给他。③

白帐王坐在黄金桌前喝茶。他听到了箭矢射来的嗖嗖的声音，急忙端起奶茶，嘴里念叨：“我祭奠十方主人、令人敬畏的圣主!”说完，把碗里的茶洒向射来的神箭。④

“奶茶”是蒙古族自古以来的主要饮品，是茶叶和牛奶的结合。关于蒙古族喝奶茶的记载，多见于元以后的文献中，这有可能与产在南方的茶叶能大量传入蒙古地区有关。明人萧大亨在《北虏风俗》中载：“夷人应酬礼节，无所谓揖逊谦让之仪，其在幕中，宾坐于西北隅，主坐于东北隅，宾之从者，列于西北之下，主之从者，即列于东北之下，皆趺跏箕踞，不倚不席也。主人待之，仍饮以乳以茶以酥油，次则酒肉之类，宾主食罢，即以其余者犒从群，然聚食于一幕，而主仆不分也。”⑤ 从文中得知，当时的蒙古地区已经有了饮茶的习惯，而且还是招待贵客的饮品之一。清人方式济在《龙沙纪略》中记载当时蒙古地区的饮食时说道：“茶自江苏之洞庭山来，枝叶粗杂，函重两许，值钱七八文。八百函为一箱。蒙古专用和乳。交易与布并行，扫土为盐，味稍苦色黑。去卜魁东西各百余里地，名喇嘛寺产此，三城皆食之。白盐则来自奉天。”⑥ 说明到清代时，蒙古地区已经用产于南方的粗茶叶做奶茶。《绥远通志》中记载当地

---

① 陈岗龙、哈达奇刚等译：《十方圣主格斯尔可汗传》，作家出版社，2016 年，第 91 页。

② 陈岗龙、哈达奇刚等译：《十方圣主格斯尔可汗传》，作家出版社，2016 年，第 176 页。

③ 陈岗龙、哈达奇刚等译：《十方圣主格斯尔可汗传》，作家出版社，2016 年，第 191 页。

④ 陈岗龙、哈达奇刚等译：《十方圣主格斯尔可汗传》，作家出版社，2016 年，第 207 页。

⑤ （明）萧大亨：《北虏风俗》，内蒙古地方史志编纂委员会总编室编印《内蒙古史志资料选编·第三辑》，呼和浩特市玉泉区印刷厂印刷，1985 年，第 141 页。

⑥ （清）方式济：《龙沙纪略》，内蒙古地方史志编纂委员会总编室编印《内蒙古史志资料选编·第三辑》，呼和浩特市玉泉区印刷厂印刷，1985 年，第 173 页。

蒙古族饮食时说：“饮食无定时，闲则食，不论贫富皆喜欢砖茶，偶因事故，两三日不饮，则极口自叹其不幸。故是物甚贵，若货币然，于市场买物，以砖茶之通用，毫无异于货币。贫民亦然。砖茶之用法，先以小刀削之，后研碎，沃以锅中沸汤，以盐和之。若饮其极美，则更加黄油。”① 从上述内容看出，当时蒙古地区喜爱砖茶之程度，当地不产，所以极其珍贵，等同于货币。北京木刻本《十方圣主格斯尔可汗传》中多处描述了喝“奶茶”或用“奶茶”进行洒祭的情形。说明藏族《格萨尔》传入蒙古时，蒙古族已经饮用奶茶，所以藏族《格萨尔》蒙古化时很自然地描述了饮用“奶茶”之事。

2. 浩尔兹（xooraǰa）

北京木刻本《十方圣主格斯尔可汗传》中载：

> 格斯尔汗将七颗颅骨做成嘎巴拉碗之后，又用酒酿成了阿尔兹，用阿尔兹酿成了浩尔兹，用浩尔兹酿成了希尔兹，用希尔兹酿成了包尔兹，用包尔兹酿成了塔哈巴、梯哈巴、玛尔巴、米尔巴等七种浩尔兹，用纱布过滤后盛到嘎巴拉碗里，
>
> 再用风轮将七碗浩尔兹送到了天上的那布莎—古尔查祖母面前。②
>
> 第二天，白帐汗聚集人马，准备发兵出征。这时，希曼比儒札在金杯里斟满了胡乳扎（浩尔兹），献给白帐汗说。哎！在我们的军队中，那胆小的不是我，那英勇善战的才是我。③

蒙古人饮用的一种奶酒叫浩尔兹（xooraǰa），是二次回锅的奶酒。④

① 《绥远通志》，内蒙古地方史志编纂委员会总编室编印《内蒙古史志资料选编·第三辑》，呼和浩特市玉泉区印刷厂印刷，1985 年，第 229—230 页。

② 陈岗龙、哈达奇刚等译：《十方圣主格斯尔可汗传》，作家出版社，2016 年，第 82 页。

③ 陈岗龙、哈达奇刚等译：《十方圣主格斯尔可汗传》，作家出版社，2016 年，第 138 页。

④ 内蒙古大学蒙古学研究院蒙古语文研究所编《蒙汉词典》，内蒙古大学出版社，1999 年，第 641 页。

蒙古人酿造奶酒的历史非常悠久，从大蒙古国时期就有喝奶酒的记载。大蒙古国时期游历到蒙古地区的旅行家鲁布鲁克曾描述为："当他们取得大量的奶时，奶只要新鲜，就像牛奶那样甜，他们把奶倒进大皮囊或袋子里，开始用一根特制的棍子搅拌它，棍的下端粗若人头，并且是空心的。他们用劲拍打马奶，奶开始像新酿酒那样起泡沫，并且变酸发酵，然后他们继续搅拌到取得奶油，这时他们品尝它，当它微带辣味时，他们便喝它。喝时它像葡萄酒一样有辣味，喝完后在舌头上有杏乳的味道，使腹内舒畅，也使人有些醉，很利尿。"① 说明当时蒙古族喝的酒是用马奶子酿造而成。宋人彭大雅的《黑鞑事略》中徐霆疏证为："霆所过沙漠，其地自鞑主、伪后、太子、公主、亲族而下，各有疆界。其民户，皆出牛马车仗人夫羊肉马奶为差发……"② 说明当时马奶的重要性。鲁布鲁克还在蒙哥汗的宫殿中看到"大宫殿的门口，因为运进盛奶和其他饮料的皮囊，很不雅观，所以巴黎匠人威廉就为他制作了一株巨大的银树，在它的根部是四只银狮，各通有管道，喷出白色的马奶。"③ 从而得知，当时马奶酒是宫廷的必备饮品。马可波罗在游记中描述元代蒙古族宫廷宴饮时说道："大殿的中央，即大汗的御案前面，有一个金碧辉煌的家具……在这个方匣的四边各放一个较小的容器，约能容纳二百四十升。其中有一个容器装马奶，一个容器装骆驼奶，其余的容器装满各种的饮料……凡有座位的人，每两人的桌前摆一酒壶，并配有一个金属制的杓子，形状很像带柄的酒杯，还有金银餐具。"④ 其实当时所饮的酒很可能是马奶酒，《元史·土土哈传》中载："（土土哈之父班都察）常侍左右，掌尚方马畜，岁时挏马乳以进，色清而味美，号黑马乳，因目其曰哈剌赤。"⑤ 该文献中记载"哈剌赤"就是指浩尔兹，即马奶酒。北京木刻本《十方圣主格斯尔可汗传》中出现的"浩尔兹"就是蒙古族饮用的马奶酒。

---

① 耿昇、何高济译：《柏朗嘉宾蒙古行纪·鲁布鲁克东行纪》，中华书局，1985 年，第 214 页。

② 内蒙古地方志编纂委员会总编印室编印：《内蒙古史志资料选编·黑鞑事略》，呼和浩特市玉泉区印刷厂，1985，第 34 页。

③ 耿昇、何高济译：《柏朗嘉宾蒙古行纪·鲁布鲁克东行纪》，中华书局，1985 年，第 284 页。

④ 陈开俊等译：《马可波罗游记》，福建科学技术出版社，1982 年，第 99 页。

⑤ 宋濂：《元史》卷 129，北京：中华书局，1976 年，第 3132 页。

二、食物

1. 炒青稞

觉如的岳父、岳母怕丢脸，就把觉如藏在叠好的被褥后面，给他炒了一碗青稞，并嘱咐他说：“等到客人走了，你再出来。”……大家正在说着，觉如就流着金黄金黄的鼻涕，鼻涕上还沾着几粒青稞，从被褥后面钻了出来。①

胜慧三位神姊的本尊蓝色小鸟飞过来，对格斯尔说：“哎呀，鼻涕虫！你哭什么鼻子？你是女人吗？男子汉说到做到，千里马说到跑到才对啊！我们已经替你捡回了你的三十支绿松石箭杆的白翎箭，也给你准备好了喇嘛念经祝福过的食物和喂你的枣骝神驹的青稞。你去把它们统统带走。”格斯尔被小马带到指定的地方，东西果然都在那里。②

青稞是一种禾谷类作物，又称裸大麦、元麦、米大麦。青稞在青藏高原已有3500年的栽培历史。青稞主要分布在我国西藏、青海、四川的甘孜州和阿坝州、云南的迪庆、甘肃的甘南等海拔4200—4500米的青藏高寒地区。青稞是西藏四宝之首糌粑的主要原料，是藏族人的主要饮食材料。

《格萨（斯）尔》是一部跨国界、跨民族、跨区域传播的史诗。其内容反映了蒙藏民族古代社会政治制度、经济文化、社会生活的方方面面。其语言的口语性、地域性、时代性特点突出，能够反映当时的词汇面貌，具有极高的语料价值。

通过史诗《格斯尔》中的名物词汇研究，能够全面深入地了解当时

---

① 陈岗龙、哈达奇刚等译：《十方圣主格斯尔可汗传》，作家出版社，2016年，第53页。

② 陈岗龙、哈达奇刚等译：《十方圣主格斯尔可汗传》，作家出版社，2016年，第107页。

社会的政治、经济、文化、民俗、宗教信仰等。还能对史诗中出现的名物词汇的得名由来、民族所属、名实关系、客体渊源流变和文化含义进行深入探讨，从而更好地了解当时的社会历史背景，也更加客观地认识史诗的传播与地方化现象。

从蒙古史诗《格斯尔》的名物词汇看到藏族史诗《格萨尔》流传到蒙古地区后，被蒙古族接纳，加入了自己的文化成分，逐渐本土化。从此现象看出各民族文化互鉴融通，交相辉映，为中华民族文化提供了丰厚的滋养，增加了中华文化的历史厚重与文化深度，为建设新时代各民族共有精神家园提供了有益的学术借鉴和丰富的思想资源。

附录一　北京木刻本《十方圣主格斯尔可汗传》的版本及插图

一、北京木刻本《十方圣主格斯尔可汗传》的版式特点

北京木刻本《十方圣主格斯尔可汗传》（全书分七章）是蒙古族《十方圣主格斯尔可汗传》各种抄本的祖本，为其他抄本提供了资料来源。蒙古地区的其他《格斯尔》抄本都是以它的内容为基础，在长期流传过程中派生出来的异本。目前发现的蒙古族《十方圣主格斯尔可汗传》木刻版也只有这一种。从史诗末尾跋文“康熙五十五年丙申（1716年）孟春吉日完成”判断出，史诗于1716年刻印完成。

1. 北京木刻本《十方圣主格斯尔可汗传》的版式特点概述

（1）装帧形式与页码

北京木刻本《十方圣主格斯尔可汗传》的版式是贝叶式长条书，也叫梵夹装[①]。纸张规格为：49×17.2厘米，文字部分：46×13.5厘米。共

① 梵夹装经书版面边框大多是双线，外粗内细，称文武边线，边框已经限定版面文字、图片编排的范围。边框左右两侧或左边加一栅栏线，栏内书写卷名、卷数、页码等内容。版本学家李致忠认为，古代中国人关于梵夹的称谓，是专指从印度传进来的，未经翻译的书写在贝叶上，用两板相捆夹的梵文佛教经夹而言的。瞿冕良编著：《中国古籍版刻辞典》，苏州大学出版社，2009年，第800页。

178 叶，每叶分正面页与背面页[①]。正面页和背面页有些区别（见图 1、图 2），正面页左侧版框线里面有栅栏线，版框线与栅栏线之间书写卷次与页码，背面页左侧框内没有栅栏线，只在框内下角书写页码。正面文字约 25 行，背面文字约 26 行。

§ 1-4-1

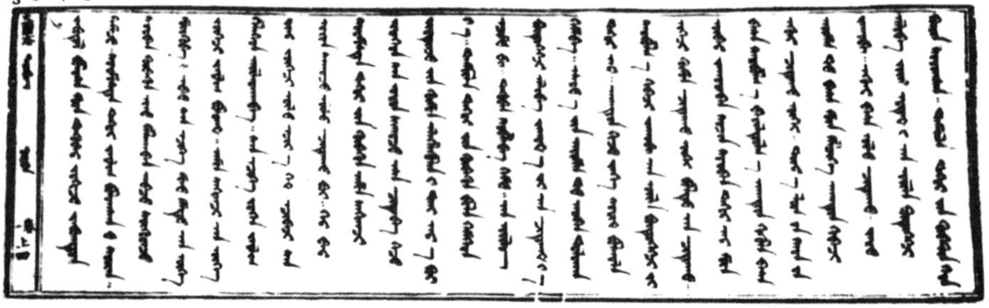

图 1　北京木刻本《十方圣主格斯尔可汗传》正面[②]

§ 1-4-2

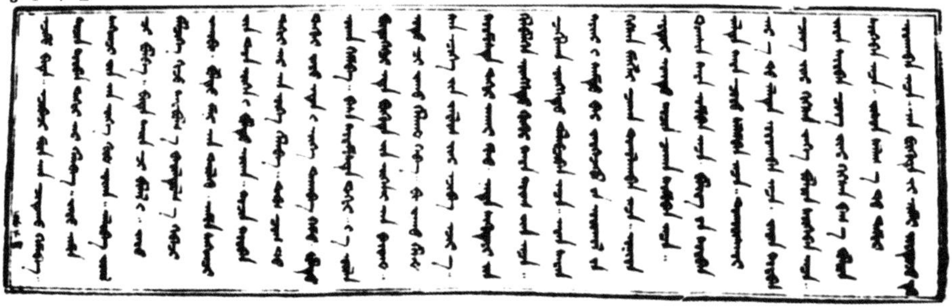

图 2　北京木刻本《十方圣主格斯尔可汗传》背面

---

① 中国蒙古文古籍总目编委会编：《中国蒙古文古籍总目》（蒙古文版），北京图书馆出版社，1999 年，第 1254 页。

② 图 1—8 选自斯钦孟和主编：《格斯尔全书》（第一卷），民族出版社，2002 年。

（2）版框栏与栅栏线

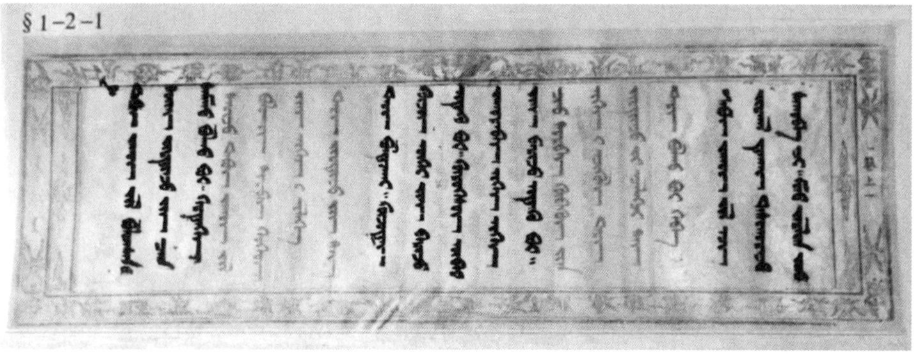

图3　北京木刻本《十方圣主格斯尔可汗传》第一章第二叶正面

北京木刻本《十方圣主格斯尔可汗传》的每面都有版框线，版框呈长方形，框高14厘米，宽46.5厘米，多双线，两线之间距离不大，只有正面左侧栏双线距离较大，用来刻写页码（图1），外线多黑粗，内线浅细，版框内编排文字。这正是梵夹装经书版式的典型特点，即“边框是双线，外粗内细，称文武边线，边框已经限定版面文字、图片编排的范围……边框内左右两边或左边划出一行宽的版栏，栏内刻写卷名、卷数、页码等内容”①。“大开本的页面与其他本的页面又有所不同。首先正面一页的行向与背面一页的行向不一样，如果一个读者要想读这两页上的内容，必须把平放着的文献转向自己，因为其行格有其固定的框架线，多数情况下被勾勒出来，或标出其左右两个边线，内容与纸张的轮廓也不一定对称。大开本的左右两边的空白比上下两边空白要宽，用粗或细的黑线（偶有红色）框起来，且是双线，两条线的粗细不一样。外线比内线略粗一点。”② 版框的主要作用是，使版面内容规整明显。版面内容除了正文外还注明页码和卷数等。

第一章第二叶正面和其他章第一页版框线与其他页不同（图3），版

① 宝山：《清代蒙古文出版史研究——以蒙古文木刻出版为中心》，内蒙古教育出版社，2007年，第234页。

② ［匈］Д·卡拉著，范丽君译，乔吉审订：《蒙古人的文字与书籍》，内蒙古人民出版社，2004年，第117页。

框内还有一个内版框，两者之间有一定的空间，绘有图案，左侧用蒙古文书写卷次和页码，右侧用汉文书写卷次和页码，内框两侧边都有一栅栏线，栏内绘有图案。从第二叶始，每叶正面左上角都写有“三国志”字样，其下用蒙古、汉两种文字标明了卷数和页码次第。

（3）书写特点

北京木刻本《十方圣主格斯尔可汗传》每叶正面句首有“立式钩”号符（图4）。蒙古语前缀及句首符号源于印藏书面文献，随着藏传佛教传入蒙古地区，印藏佛教文献也大量被译成蒙古文，深刻地影响了蒙古族传统文献。在藏语中，前缀符号一般表示一首诗或一段文的开头，指一页最“上边”的开头字。句首符号的形式各异，由一般简单的曲线到复杂的图案。一般情况是放在标题前面，一些手抄本中是用红色或黑色标注，偶尔用曲线形的半封闭的“圈”表示，也有“立式钩”或两道很均匀的曲线。元代文献中很难看到这种符号，在17世纪初的手抄本、铭文及17世纪60年代到20世纪初在北京地区印刷的书籍中能见到这种情况①。

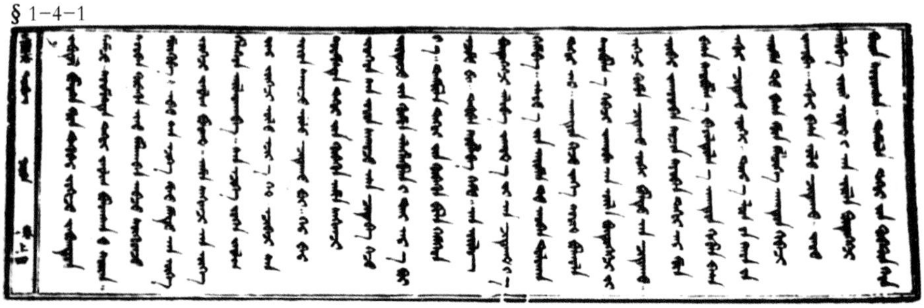

图4　北京木刻本《十方圣主格斯尔可汗传》的每叶正面句首符号

北京木刻本《十方圣主格斯尔可汗传》的句末出现两点，每张结尾出现了四角形的四点，应是表示一个完整的句子的结束（图5）。早期的佛教文献中很少见到简单的一个点。句末、诗行末、语气词、连词之后都是用两个点的符号表示，四个点的符号放在某一完整段落之后。1340年

① ［匈］Д·卡拉著，范丽君译，乔吉审订：《蒙古人的文字与书籍》，内蒙古人民出版社，2004年，第43页。

的元朝铭文中没有使用标点符号。成吉思汗铭文、13—14 世纪的伊儿汗国的信件等文末只使用了一个点的标点符号①。从 17、18 世纪始，标点的种类开始增加，使用范围也开始广了。

图 5　北京木刻本《十方圣主格斯尔可汗传》的每章结尾符号

（4）跋语

跋语一般在书末题署中，说明该书出版和再版信息，如“地名、时间、作者、译者、赞助者、刻写者和相关的印章外，佛教经文的题署中还要说明赞助者所提供的经费和出版花销。”② 这些信息为后世研究者提供了珍贵的第一手资料。北京木刻本《十方圣主格斯尔可汗传》没有详细的跋文或出版说明，只是在末尾记有“康熙五十五年丙申孟春吉日完成”的跋文。从此跋文可推测，北京木刻本《十方圣主格斯尔可汗传》于康熙五十五年（1716 年）刻版完成。

（5）插图特点

北京木刻本《十方圣主格斯尔可汗传》的插图主要绘于扉页（朱红色）和封底页（图 6、图 7）。扉页的框架线里面部分用栅栏线分成三部分，中部呈现出朱红色正文开头部分，左侧绘有骑大象的“霍日穆斯塔·腾格里”画像（头上绘有头光，旁边有两位侍者，旁有蒙古文标

---

① ［匈］Д·卡拉著，范丽君译，乔吉审订：《蒙古人的文字与书籍》，内蒙古人民出版社，2004 年，第 43 页。

② ［匈］Д·卡拉著，范丽君译，乔吉审订：《蒙古人的文字与书籍》，内蒙古人民出版社，2004 年，第 138 页。

注)，而正文右侧绘有骑马的武士格斯尔可汗，用蒙古文标注（geser qaγan)，旁边有两位护驾的勇士，即乌哲斯古楞·莫日根·黑雅和巴日斯·巴特尔，下边用蒙古文标注了人名。在左右两侧的边框与边栏线内绘有插图装饰。

图6　北京木刻本《十方圣主格斯尔可汗传》的扉页

其封底页绘有一组四人画像(朱红色)，分别注明为“邵米尔、扎萨·希和尔、伯通、南冲”，皆坐式，旁边各站一位青年侍者。从左数第三位英雄人物伯通的画像特别引人注目：身着长袍，头戴汉式宰相帽子，右手持羽毛扇。

§7-5-2

图7　北京木刻本《十方圣主格斯尔可汗传》的封底页

二、北京木刻本《十方圣主格斯尔可汗传》与清代北京地区藏传佛教寺院木刻本文献的版式比较

清代(1644—1911)的印刷业，规模扩大，所印书籍的品种和数量远远超过以前的任何朝代。普遍采用了各种印刷方法，如内府印书就集印刷术之大成，采用了雕版、彩色套印、铜活字、铜版、木活字和石印等方法。印刷工艺有所改进。印刷字体和版式更加规范化①。当时北京成为全国印书中心。当时的北京地区藏传佛教寺院也开始刻印书籍，主要以梵夹装为主，版式设计也有其自己的特点。海西希云:“在满清帝国统治时期，北京和蒙古印刷的藏传佛教雕版印刷本几乎都是贝叶式长方图书。根据其开本大小，贝叶式书页的藏传佛教雕版印刷本大致可分为三个部分：大型文本大约为 65 × 23cm 与 47 × 9cm；中型文本大约为 47 × 15cm 与 40 × 7cm；小型文本大约为 35 ×7cm 与 35 ×5cm，甚至还有更小的。”② 蒙古文的这种贝叶式长条书版式源自印藏地区，随着藏传佛教传入蒙古地区，此种装帧方式也流传到蒙古。藏地的印版规格“最长的有 85 厘米左右，这种长书阅读不便，主要作供奉之用。现在我们最常见的长条书为 60—70 厘米，称之为箭杆本（意为一箭杆的长度）；中等的长条书为 40 厘米左右，称之为一肘本（意为成人一肘之长）；还有一种短的长约 20 厘米左右。”③ “北京地区藏传佛教寺院木刻版文献，框架线里面的部分用栅栏线分成三五部分，在两条边线内侧还有插图装饰。在一些较为复杂的装帧中，正文的四个边角也用图案装饰出来，而小栅栏线仅凭需要与否，划在正文的左右两侧。”④

---

① 李振兴等编:《北京印刷志》，中国科学技术出版社，2001 年，第 65 页。

② ［德］海西希著，瞿大风译:《蒙古文文献及其古体字》，《蒙古学资料与情报》1989 年第 3 期，第 22—25 页。

③ 扎呷编著:《藏文〈大藏经〉概论》，青海人民出版社，2008 年，第 129 页。

④ ［匈］Д·卡拉著，范丽君译，乔吉审订：《蒙古人的文字与书籍》，内蒙古人民出版社，2004 年，第 120 页。

清康熙年间刊印的译自藏文的蒙古文《大藏经》装帧形式亦为梵夹装，“框高16.4厘米，宽67厘米，朱印，用满、汉、蒙、藏4种文字雕印，每一种文字自成一组。页右下角用汉字注明页码，以‘上’‘下’来区分正反面。不论用何种民族文字雕版，页码都用汉字标注，这是北京地区木刻版的一个特点。”① 从而看出，蒙古文《甘珠尔》是译自藏文《甘珠尔》。关于蒙古文《甘珠尔》的版式，《清内府刻书档案资料汇编》中记载：“刊刻时的版式也依照藏文《大藏经》来制定的，康熙五十六年十一月初九日，千清门侍卫奴才喇锡等谨奏，为请旨事……为刻制蒙古《甘珠尔经》，奴才会同喇嘛，巴克什等商议，与先前所刻图伯特《甘珠尔经》版同样坚牢……”② 这说明，蒙古文《甘珠尔》的版式是参照藏文《甘珠尔》来制定的。

从18世纪始，蒙古地区先后出版了不少木刻本佛经或佛教故事等。其中有《甘珠尔》《丹珠尔》《楞严经》《目莲经》《嘛呢宝训》《故事海》等。印度及国家图书馆藏的蒙古文《甘珠尔》是目前所知两套朱印版插图的蒙古文《甘珠尔》③。其中国家图书馆藏蒙古文《甘珠尔》是国内唯一一套版印（朱印）佛像插图《甘珠尔》，刻印时间为1720年。此版为朱字版，梵夹装开本，宽16.8厘米，长为59.4厘米。每函首、末页内都有精美的版画插图佛像。④ 北京木刻本《十方圣主格斯尔可汗传》的扉页插图也是版印（朱印），与国家图书馆藏的蒙古文《甘珠尔》的插图页相似。

从上述北京版《十方圣主格斯尔可汗传》的装帧形式、页码、版框栏与栅栏线等特点来看，与清代北京地区藏传佛教寺院所刻藏文和蒙古文木刻本文献的版式特点极相似，可推测，二者是同一时期的同一种风格，

① 史金波、黄润华：《少数民族古籍版本——民族文字古籍》，江苏古籍出版社，2002年，第34页。

② 翁连溪编：《清内府刻书档案资料汇编》，广陵书社，2007年，第83页。

③ 乌日切夫：《蒙古文〈甘珠尔〉版印插图版本源流考》，《世界宗教研究》2015年第2期，第54—59页。

④ 乌日切夫：《蒙古文〈甘珠尔〉版印插图版本源流考》，《世界宗教研究》2015年第2期，第54—59页。

但二者的插图有所不同。北京版《十方圣主格斯尔可汗传》的扉页绘有骑大象的“霍日穆斯塔·腾格里”，骑马的武士格斯尔可汗和两位护驾的勇士，即乌哲斯古楞·莫日根·黑雅和巴日斯·巴特尔，封底页绘有一组四人画像（朱红色），分别注明为“邵米尔、扎萨·希和尔、伯通、南冲”，其中伯通的画像很像《三国演义》中的谋臣诸葛亮形象。而18世纪刊印的《甘珠尔》《丹珠尔》《楞严经》《目莲经》《嘛呢宝训》《故事海》等蒙古文佛经和故事的插图中大多是佛祖释迦牟尼或藏传佛教创始人宗喀巴的画像。

三、从北京木刻本《十方圣主格斯尔可汗传》版式看清代蒙古族关公信仰

1. 北京木刻本《十方圣主格斯尔可汗传》版式设计中的关公信息

（1）图像信息

北京木刻本《十方圣主格斯尔可汗传》的扉页右侧绘有骑马武士格斯尔可汗，旁边有两位护驾的勇士，即乌哲斯古楞·莫日根·黑雅和巴日斯·巴特尔（图8）。格斯尔可汗骑一匹枣红色马，双眉弯曲呈弧形，眉梢微向上，留有三点式胡须和长美髯，头戴避雷针形的战盔，盔顶饰红色瓔珞，身着白色战袍，外披鱼鳞铠甲，白色护腰，黄金束带，左侧悬挂宝弓，足蹬战靴，左手绰髯，右手执长柄战刀。格斯尔可汗左侧的巴日斯·巴特尔头戴伞形席帽，帽顶饰红缨，脸形椭圆，浓眉大眼，眉梢上翘，三点式胡须，手举长矛。格斯尔可汗右侧的乌哲斯古楞·莫日根·黑雅身着白色战袍，头戴黑色文官帽，圆脸细眉，三点式胡须，手捧宝印。

格斯尔可汗及眷属的形象与三国时期的大将关羽及两位随从的形象极相似。《三国志》中的《关羽传》对关公的相貌方面没有过多的记载，只称其为“美须髯”。后世有不少人根据史书所提供的线索，加上作者们的想象进行描述。清人周汇淙的描述为：“神光满面，目采含真，清之正也；眉高入鬓，须长过腹，奇之正也；五岳隆起，四水归源，古之正也；

面赤气清，神藏威露，怪之正也。”[①] 后世人也有对其图像等的描述，如嘉庆年间王暹敬摹的“圣帝真像”释文中说：“都城旧有帝（关公）像，言先朝从大内（皇宫）出者，其面色正赤，面有七痣，鼻准上二痣尤大。须髯则稀疏而满腹。”[②] 自宋代始，关公由一家寺院的护法神一跃而成了整个中国佛教的护法神，各家寺院竞相将关公拉进了本寺的门槛[③]。始建于东汉建安三年（公元198）的湖北省当阳市玉泉寺中有关公及眷属的塑像。不只是汉区，后来在蒙古地区也发现了关公的图像资料，始刻于道光年间的辽宁省阜新蒙古族自治县海棠山普安寺上师资粮田摩崖造像中有关帝造像3尊，“其中组像2尊，关羽位于中间，右周昌左关平两位战将。另一尊是关羽单像，身穿战袍，骑在赤兔马上，手持青龙偃月刀，满面红光，五绺美髯下垂，庄严肃穆，威风凛凛，形象逼真。”造像两侧及上方雕有藏文和蒙古文字，上方的藏文为“关老爷”，两侧的蒙古文为“福如月宫香檀树般苍盛，寿比瑶池如意宝般长久”[④]。

从上述历代文献和图像资料看，关公及眷属的形象已经模式化，北京木刻本《十方圣主格斯尔可汗传》插图中格斯尔及眷属的形象很可能是按照关公及眷属的形象来绘制的。

北京木刻本《十方圣主格斯尔可汗传》封底页所绘一组四人画像中，从左数第三位英雄人物伯通的画像特别引人注目（图9），他身着交领宽袖长袍，头戴汉式宰相帽，留有三点式胡须，面色白润，眉清目秀，右手持羽毛扇，左手叉腰，端坐于靠背椅上。伯通在北京木刻本《十方圣主格斯尔可汗传》中是“在黑夜里连一根针也不会放过的能听懂六种不同的语言的神眼英雄。”伯通的形象很接近《三国演义》中的诸葛亮形象。据《三国志》记载，诸葛亮“少有逸群之才，英霸之器，身长八尺，容貌甚伟”。后来在罗贯中笔下的诸葛亮为“身高八尺，面如冠玉，头戴纶巾，身披鹤氅，眉聚江山之秀，胸藏天地之机，飘飘然有神仙之慨”。在

① 梁志俊主编：《人·神·圣关公》，山西人民出版社，1993年，第23页。
② 宋万忠、武建华标点注释：《解梁关帝志》，山西人民出版社，1992年，第5页。
③ 梁志俊主编：《人·神·圣关公》，山西人民出版社，1993年，第185页。
④ 包曙光等编：《中国海棠山普安寺摩崖造像》，1998年，第45页。

图8　北京木刻本《十方圣主格斯尔可汗传》插图中的格斯尔可汗和两位勇士

战场上出现时“端坐四轮车，头戴峨冠，身披鹤氅，手拿羽扇”，一副高人逸士的形象。伯通在《十方圣主格斯尔可汗传》中也是像诸葛亮一样的逸群之才，所以刻印《十方圣主格斯尔可汗传》者绘制插图时将伯通

图9　北京木刻本《十方圣主格斯尔可汗传》插图中的伯通

形象绘制成与诸葛亮形象相近，使读者产生联想。

（2）页码标注

北京木刻本《十方圣主格斯尔可汗传》每章从第二叶始，每叶正面左上角都写有“三国志”字样（图 10），其下用蒙汉两种文字标明了卷数和页码次第。版框栏中出现“三国志”字样，应该不是笔误，很可能是使蒙古地区的读者产生联想。

§ 1–52–1

图 10　北京木刻本《十方圣主格斯尔可汗传》左侧栏线内“三国志”字样

2. 清朝的关公信仰

关羽自宋代始封公、封王，历经元明两代，到清朝时期达到顶峰。清朝统治者一向推崇汉文化，早在入关前就已开始接触与接受汉文化。清朝统治者入关后，强迫汉人接受满族风俗习惯的同时也不断接受汉文化。对于尚武的清人来说，勇武忠义的蜀汉大将关羽成为他们推崇的英雄，清廷也用关公的“忠义”来笼络蒙古各部的酋长[①]。清沿用明朝时期民间的“关帝”称号，首次由朝廷来为关羽封赐帝号，《清史稿·礼志三·关圣帝君》载：“清初都盛京，建庙地载门外，赐额‘义高千古’。世祖入关，复建庙地门外，岁以五月十三日致祭。顺治九年，敕封忠义神武关圣大帝。雍正三年，追封三代公爵”，“乾隆三十三年，以壮缪原谥，未孚定论，更命神勇，加号灵佑”。后又改为“忠义”[②]，后来的嘉庆、道光、同治、光绪朝等都有其不同的封号。就这样，关公成了清朝的护国神，走进

① 梁志俊主编：《人·神·圣关公》，山西人民出版社，1993 年，第 199 页。

② 赵尔巽：《清史稿》卷 84，第 10 册，中华书局，1976 年，第 2541 页。

了清朝的最高神祇系统，受到前所未有的祭拜。1647 年，48 册满、汉文合璧《三国志》刊本问世。1650 年，刊印了 16 册本的满文《三国演义》[①]。

3. 关公信仰流传到藏族地区后与格萨尔信仰的结合

清朝的驻京喇嘛制度从顺治年间始，经康、雍时期，到乾隆年间已趋完善，“乾隆五十一年，乾隆皇帝钦定喇嘛班第：左翼头班章嘉呼图克图；二班敏珠尔呼图克图；右翼头班噶尔丹锡埒图呼图克图；二班济隆呼图克图，皆列于雍和宫总堪布，（位在）避暑山庄普宁寺总堪布之上。其余驻京呼图克图有洞阔尔呼图克图，果蟒呼图克图，那喀埒呼图克图，鄂萨尔呼图克图，阿嘉呼图克图，喇果呼图克图，贡塘呼图克图，土观呼图克图，皆出呼毕勒罕入于院册”[②]。可知当时驻京喇嘛有 12 位。

当时的驻京喇嘛三世章嘉若必多吉的文集中就有一篇《关老爷之祈供法》祭祀仪轨文。《章嘉国师若必多吉传》中还进一步说明章嘉国师写此文的原因：当时章嘉国师久病不愈，巴桑曲杰举行天女圆光占卜，幻景只见章嘉国师身边有很多非常大的蜘蛛，欲与章嘉国师抗衡较量。一个威风凛凛的红脸大汉手持宝剑，将那些蜘蛛赶往他处。那天晚上章嘉国师梦见一个红脸人对他说：“伤害您身体的那些小鬼已被我驱逐。”国师问他住何处时他答曰：“我住在皇宫前面大门外右方。”次日，国师打发侍从前去观看，见被称为前门的城门外有一座关帝庙，内供关老爷即关云长塑像，经历各代，香火不断。章嘉国师认为是关帝保护了自己，于是举行了大祭。后来在达扎济仲活佛的建议下，章嘉国师撰写了此仪轨文[③]。另外，驻京喇嘛土观活佛洛桑曲吉尼玛的文集中也有《三界伏魔大帝关云长之历史和祈供法·激励事业雨流之雷声》等祭祀仪轨文[④]。阿嘉活佛撰

---

① 巴雅尔图：《〈格斯尔〉研究》，内蒙古教育出版社，2006 年，第 51 页。

② 妙舟法师：《蒙藏佛教史·清代藏传佛教》，江苏广陵古籍出版社，1993 年，第 5 页。

③ 土观·洛桑却吉尼玛著，陈庆英、马连龙译：《章嘉国师若必多吉传》，中国藏学出版社，2007 年，第 100 页。

④ 才让：《藏传佛教中的关公信仰》，《中国藏学》1996 年第 1 期。

写了《东方支那战神关帝爷前供神饮法·招随愿之钩》等祭祀仪轨文①。据上引文，清代北京雍和宫中将关公作为护法神祭祀供奉。从而看出，北京地区藏传佛教寺院的喇嘛们，已将关公纳入藏传佛教护法神体系中了。

随后，雍和宫的西跨院出现了关帝庙，由五间大殿组成，西跨院虽然也供奉观音、文殊、普贤三位菩萨，但整个西跨院俗称“老爷庙”或关帝庙，可见主神还是关帝，将关帝供奉在第三层的正北，《雍和宫志略》记载，殿中所供关帝像为“铜铸品”，而且这尊铜像在中国造像艺术中，居第一位。因为他朱面黑髯地坐在那里，生气勃勃的不似偶像，仿佛是一个静息屏气的活人。在关羽像的左右，有六个侍从像，也是栩栩如生。雍和宫还藏有数幅布本彩绘关羽像唐卡，其绿袍、红脸、长髯，神态威武、气宇轩昂，左为周昌执刀侍立，右为关平手捧帅印，下有日行千里的赤兔马，将关羽那义结千秋、忠贞不贰的英雄气概描绘得淋漓尽致。

清代及以后，藏族地区也出现了许多关帝庙，据历史记载与有关学者的实地考察，西藏拉萨地区就有四座关帝庙，即拉萨东南、扎什城、甘丹寺附近、磨盘山等地。拉萨东南的关帝庙历史最早，拉萨东南、扎什城、甘丹寺附近关帝庙均已毁，保存至今的规模较大的属磨盘山关帝庙。②“此庙主殿塑有关帝像，除脸部有些藏化以外，基本保持了汉地风格，而张飞塑像则近乎藏族战神格萨尔汗，这大约是该庙被藏民称为‘格萨拉康’的原因之一吧。”③ 除此之外，藏族地区还有后藏日喀则扎什伦布关帝庙，山南泽当关帝庙，藏北嘉黎关帝庙，夏河拉卜楞关帝财神庙等。

格萨尔像，皆骑马，左手仗戟，右手扬鞭，甚英武，盔上插有四旗，顶缨为幢形。身着盔甲与足蹬战靴，戟缨下有长旗与风带，白色头盔，脸色暗红，金红盔甲。身骑赤马，蓝鬃白腹，是为定式。格萨尔的此形象与关帝造像相较，赤脸、战袍、赤马、金甲、足靴，皆吻合，有“藏关公”

---

① 本文献选自《察哈尔格西罗桑楚臣藏文文集》，清代木刻本，塔尔寺版，现藏于西北民族大学图书馆古籍室。

② 陈崇凯：《藏传佛教地区的关帝崇拜与关帝庙考述》，《西北民族研究》1999 年第 2 期，第 183—192 页。

③ 陈崇凯：《藏传佛教地区的关帝崇拜与关帝庙考述》，《西北民族研究》1999 年第 2 期，第 183—192 页。

之称。“占卜中所用的唐卡通常把格萨尔画成穿着白胸甲、水晶盔甲、披白披风的白人，脚蹬高筒皮靴；腰缠弓箭袋并佩有宝剑，一手握藤枝，一手持饰有白边的战旗。”① 所以，战神格萨尔的形象与关公的形象略有相似之处。基于关公与格萨尔的诸多相似之处，藏传佛教高僧们赋予了格萨尔关公的内涵，同时又赋予了关公格萨尔的内涵，最终形成了关公与格萨尔在西藏本土交融的形象。

4. 关公信仰流转到蒙古地区后与格斯尔信仰的结合

当时的雍和宫（建于 1744 年）已成为驻京喇嘛培养高级僧侣，网罗蒙藏高僧的中心基地②。以雍和宫为中心的北京各大藏传佛教寺院都大量从蒙古地区招收僧人来学经。雍和宫的“擦尼特扎仓”的学员有蒙古各旗选送来京的官费生。乾隆二十年（1755 年），普宁寺建成后“从蒙古各旗征集僧人入寺学经。以后，来自准噶尔的蒙古僧人也被安置在这所寺院中”③。当时，从蒙古地区到北京雍和宫习法的察哈尔格西・罗桑楚臣撰写了《大帝关老爷之祈供法・心愿普赐》等关公祭祀仪轨文。文中还提到，该文是依据土观活佛所做的关公祭祀仪轨文而写。可见，当时的蒙古喇嘛们也极崇信关公。

由察哈尔格西・罗桑楚臣弟子罗布桑桑若布尼玛于 1817 年用藏文撰成，1818 年，作者又将本传译成蒙古文的《察哈尔格西・罗桑楚臣传》中载：

> 白阴兔年（1771 年），上师三十二岁。此年继续禅坐，也修习了甚深之瑜伽次等。那时有一段时间上师的脚跖骨疼痛感到极不适。上师将此事禀告多伦诺尔寺的翁牛特固实。固实云：“举行格斯尔的熏香供奉吧!”上师心想：“我为何供奉藏族的格斯

---

① 勒内・德・内贝斯基・沃杰科维茨著，谢继胜译：《西藏的神灵与鬼怪》，西藏人民出版社，1993 年，第 547 页。

② 陈晓敏：《清代驻京喇嘛制度的形成与沿革》，《满族研究》2007 年第 4 期。

③ 魏开肇著：《雍和宫漫录》，河南人民出版社，1985 年，第 141 页。

尔呢？他一定把闻名于诸多地区的关老爷视为格斯尔后下此令的。”这样上师举行了关老爷熏香供奉仪式。之后，上师的脚踮骨果然痊愈。上师从此时起直到圆寂，将此供奉从未中断过。[①]

喇嘛罗桑莫伦将上师的足之莲花作为顶饰信奉随其左右之时，一位称之巴颜坤都的人带来一尊关老爷之像请求上师给予开光，那时罗桑莫伦心想：“这不是汉人供奉的格斯尔像吗？上师为此进行什么样的开光呢？”这时上师云：“雍和宫的大法会上将此关老爷作为护法神供奉。我在那里时将他们作为我身边的神祇来供奉的。那时每次走进护法神殿都内心产生喜悦。我回故乡来后梦中出现了领诸多随从的内地官员模样的人对我说：‘我们不是在北京相识了吗？’这样他摆出与我极亲切的样子。那人肯定是关老爷。”[②]

从以上引文可看出，当时的蒙古地区已经流传格斯尔熏香供奉习俗，传主是从北京雍和宫习法回来的喇嘛高僧，是他有意识地将关公视为格斯尔汗来崇拜信奉。这是因为蒙古地区“过去早就有人把藏传佛教中的格萨尔汗当成了战神。同为战神，关公与格萨尔两者在肖像方面的相似性不言而喻。因此，在边陲地区的关帝庙中便把‘伟大的关圣帝’当成‘关氏家族神圣的格萨尔汗’”[③]。还有“蒙古人崇拜一系列的以武装和骑马之英雄的面目而出现的守护神。它们的任务是保护人类不受灾难并增加财富。这些守护神中包括苏勒得腾格里神、达伊德苏勒德腾格里、战神和格萨尔。”[④] 所以，随着藏传佛教传入蒙古地区，藏传佛教护法神格萨尔也成了蒙古族的一位护法战神，进行熏香供养。后来藏传佛教高僧们借助蒙古地区的格斯尔信仰，为关公赋予了格斯尔内涵，使蒙古地区的人将二者

---

① 《察哈尔格西·罗桑楚臣传略》（清代察干乌拉庙蒙古文木刻版文献），内蒙古教育出版社影印版，2008 年，第 186—187 页。

② 《察哈尔格西·罗桑楚臣传略》（清代察干乌拉庙蒙古文木刻版文献），内蒙古教育出版社影印版，2008 年，第 768—769 页。

③ ［意］图齐、［西德］海西希：《西藏和蒙古的宗教》，天津古籍出版社，1989 年，第 493 页。

④ ［意］图齐、［西德］海西希：《西藏和蒙古的宗教》，天津古籍出版社，1989 年，第 467 页。

视为同一功能的神，甚至看成同一神了。察哈尔格西·罗桑楚臣在藏文文集（松本）中的《护教大帝关老爷之祈供法·心愿普赐》一文中将关公描述为："眼前之珍贵黄金宝座上，铺设多层上品锦缎坐垫，上坐守支那之三界伏魔帝，赤面微带笑容而显端庄，披各种丝缎所做长披风，腰勒镶嵌宝石之黄金腰带，头戴羽毛装饰之美丽宝冠，请莅临此处并欢快地居住。"①

> 多年前，上师就为此旗的官员和将士们的内外障碍和灾祸的消除、福寿吉祥、善业增长而塑造了宗喀巴大师、薄伽梵自在龙王、六臂速成智慧大黑天、大帝关老爷及眷属之像。还规定了每年为大黑天和关老爷举行若干次朵马供奉仪轨。此仪式延续至今。②

察哈尔格西·罗桑楚臣在自己的根本寺察干乌拉庙塑造的关帝形象为，长眉炽红的胡须，双手置于两侧，身穿耀眼之珍贵黄金铠甲。此庙毁于"文革"期间，今已无法看到当时的塑像了。辽宁省阜新蒙古族自治县海棠山普安寺上师资粮田摩崖造像中有关帝造像3尊。"其中组像2尊，关羽位于中间，右周昌左关平两位战将。另一尊是关羽单像，身穿战袍，骑在赤兔马上，手持青龙偃月刀，满面红光，五绺美髯下垂，庄严肃穆，威风凛凛，形象逼真。"③ 蒙古国著名学者策·达木丁苏伦院士在其博士论文《格斯尔传的三个特点》中谈到了格斯尔与关帝的关系。他指出："为什么《格斯尔传》的某些研究者（如卡拉帕尔特等）认为格斯尔可汗和关羽是一个人呢？这是因为蒙古和西藏人民把清代所建立的武庙——关

---

① 本文献选自《察哈尔格西·罗桑楚臣藏文文集》，清代木刻本，塔尔寺版，现藏于西北民族大学图书馆古籍室。

② 《察哈尔格西·罗桑楚臣传略》，（清代察干乌拉庙蒙古文木刻版文献），内蒙古教育出版社影印版，2008年，第347页。

③ 嘉木扬·凯朝著：《中国蒙古族地区佛教文化》，民族出版社，2009年，第248页。

帝庙误称为‘格斯尔庙’而引起的说法。”① 从而看出，关公的形象也是典型的战神形象，与格斯尔形象相似，因此被蒙藏民族所接纳并以同样功能的护法神来供奉。

综上所述，北京木刻本《十方圣主格斯尔可汗传》的装帧形式、页码、版框栏与栅栏线等版式特点和书写特征及跋语等，都与18世纪初清代北京地区藏传佛教寺院所刻藏文和蒙古文木刻本书籍相似。只是北京木刻本《十方圣主格斯尔可汗传》的插图内容与其他北京地区藏传佛教寺院所刻藏文和蒙古文木刻本的插图内容有所不同。北京版《十方圣主格斯尔可汗传》的扉页绘有骑大象的霍日穆斯塔·腾格里，骑马的武士格斯尔可汗和两位护驾的勇士，即乌哲斯古楞·莫日根·黑雅和巴日斯·巴特尔，封底页绘有一组四人画像（朱红色），分别注明为“邵米尔、扎萨·希和尔、伯通、南冲”，其中伯通的画像很像《三国演义》中的谋臣诸葛亮形象。而18世纪刊印的《甘珠尔》《丹珠尔》《楞严经》《目莲经》《嘛呢宝训》《故事海》等蒙古文佛经和故事的插图中大多是佛祖释迦牟尼或藏传佛教创始人宗喀巴的画像。

原因可推测为，清朝时期关公成为清朝的护国神，走进了清朝的最高神祇系统，受到前所未有的祭拜。此时，清朝册封的一些驻京喇嘛也想将关公纳入藏传佛教护法神体系，所以借助关公与格萨尔性格外貌相似这一特征，撰写祭祀仪轨文，使藏族人把关公视为格萨尔一样的英雄，很容易接受并祭拜。受雍和宫驻京喇嘛的影响，蒙古族高僧们也开始撰写关公祭祀仪轨文。刻印《十方圣主格斯尔可汗传》时也有意识地在容易看到的版式上加入了与关公相关的信息。这使蒙古地区的人很容易将格斯尔与关公看作是相同功能的神灵，极易接纳并供奉。

---

① ［蒙古］策·达木丁苏伦著，白歌乐译：《格斯尔的故事的三个特征》，载赵秉理编《格萨尔学集成》（第二卷），甘肃民族出版社，1990年，第754页。

附录二　十三章本《格斯尔可汗传》与布里亚特《阿拜格斯尔》的比较

十三章本蒙古《格斯尔可汗传》，指北京木刻本《十方圣主格斯尔可汗传》和《隆福寺格斯尔传》。北京木刻本《十方圣主格斯尔可汗传》共七章，梵夹装，书名页背面有朱印佛像。公元 1716 年（清康熙五十五年），在北京用木刻版首次刊行。1836 年，俄国学者雅科夫·施密得曾用活字版刊行了此蒙古文本，后译成德文，于 1839 年在圣彼得堡出版。1956 年，由内蒙古人民出版社作为《格斯尔可汗传》的上册本，重新铅印出版。新中国成立后，在北京隆福寺旧书摊上发现的手抄的六章本《格斯尔可汗传》，与上述木刻本首尾基本一贯。1956 年，内蒙古人民出版社铅印了六章本《格斯尔可汗传》，称为内蒙古下册版。因此，把这两本称为十三章本蒙古《格斯尔可汗传》。

布里亚特人属喀尔喀蒙古的一支，主要分布于俄罗斯南西伯利亚的布里亚特共和国和外贝加尔边疆区及伊尔库茨克州境内，与蒙古国接壤。分为三大部，即埃黑里特部、布拉嘎特部、豁里部等。埃黑里特部和布拉嘎特部分布于贝加尔湖以西地区，被称为西布里亚特人，豁里部被称为东布里亚特人。[①] 布里亚特共和国的埃黑里特、博汉、阿拉尔、通卡、奥克、

① 范冬敏：《布里亚特人的萨满信仰及其变迁》，《内蒙古民族大学学报》2016 年第 4 期，第 1—5 页。

色楞格、阿格等地，都能听到或读到《格斯尔传》。有口头和书面形式传播，史诗《格斯尔》在布里亚特的文化水平较高且佛教影响较深的东部地区和阿格地区以书面形式流传。而在文化水平不太高且佛教影响较少的的西部地区多以口头诗歌形式流传。①

布里亚特《格斯尔》中，口头演唱的传统《格斯尔》的量比较大，异文的内容就达二万至三万诗行。其中西部布里亚特的《阿拜格斯尔》与其他蒙古地区书面流传的《格斯尔传》不大相同，独具特色。② 布里亚特《阿拜格斯尔》，主要是从布里亚特民间艺人的口述中搜集整理，并用布里亚特新蒙古文加以记录整理后刊行的《格斯尔可汗传》。其中，布里亚特《阿拜格斯尔》也有几种版本，本文中所用的版本是根据西部布里亚特民间艺人P·D·德密特日耶夫说唱的十章本《阿拜格斯尔》③。文章对十三章本蒙古《格斯尔可汗传》与布里亚特《阿拜格斯尔》的章节和内容进行比较，发现布里亚特《阿拜格斯尔》虽与北京版《格斯尔》有渊源关系，但也有自己独特的章节与内容。在此基础上试图说明布里亚特《阿拜格斯尔》说唱本中出现的东方四十四天和西方五十五天及不属于任何一方策根策布德克天神之间的关系来分析布里亚特蒙古《格斯尔》中所体现的萨满教天神观念，说明布里亚特埃黑里特部和布拉嘎特部口头演唱的《格斯尔》中保留传统宗教信仰萨满教文化的原因。再分析出布里亚特史诗《阿拜格斯尔》中萨满教天神观念与藏传佛教天神观念融合的现象。

① ［苏］洪达耶娃著，国淑萍译：《在蒙古和布里亚特流传的〈格斯尔传〉》，《民族文学译丛》第一集，1983年，第169页。

② ［苏］洪达耶娃著，国淑萍译：《在蒙古和布里亚特流传的〈格斯尔传〉》，《民族文学译丛》第一集，1983年，第171页。

③ 内蒙古社会科学院文学研究所，自治区《格斯尔》工作办公室编：《布里亚特格斯尔》（一），1985年，赤峰第一印刷厂印刷。

一、十三章本《格斯尔可汗传》与布里亚特《阿拜格斯尔》主要章节及内容概述

1. 十三章本蒙古《格斯尔可汗传》

第一章：主要讲述了格斯尔幼年时期的经历。如：佛陀命令帝释天派其二儿子降到人间去为民除害。下界一片混乱，在一次众人聚会上有一位叫唐布的人预言，天子不久将来到人间，后来一只神鸟光临。在这个混乱的地方曾有图萨、通萨尔、灵格三国。神鸟盘旋其上，选择降落的地方。不久通萨尔诺颜桑伦的妻子生下了一个奇特的男孩名叫珠儒，他有非凡的表现，战胜了化做乌鸦、田鼠的妖魔鬼怪，还识破了自己的伯父，即桑伦之兄超同的诡计，夺取了达萨乞人的财宝。珠儒长大后先后娶阿茹鲁高娃、茹格慕高娃和阿珠莫尔根等三个妻子。

第二章：主要讲述格斯尔打死一座山一样的斑斓猛虎的故事。藏文《格萨尔》几种分章本里都没有这一内容，但其他一些藏文版《格萨尔》中不止一次提到与斑斓猛虎有关的情节。

第三章：主要讲述格斯尔娶汉王国贡玛汗的公主之故事。蒙古文讲述的是汉地派人去邀请格斯尔，应邀来汉地的格斯尔处处惹汉王发怒，被关进监狱，受了各种虐待，但是他用自己的智慧和魔法一一战胜。汉王发现格斯尔与众不同的能力后，为了利用他，把女儿嫁给了他。

第四章：主要讲述了格斯尔从蟒古思身边解救他妻子阿茹鲁高娃的故事。

第五章：主要讲述了锡莱郭勒与岭国大战。

第六章：主要讲述格斯尔战胜蟒古思喇嘛之故事。从异乡来的化身为呼图克图喇嘛的蟒古思，以施仙丹为名去骗格斯尔，假装给格斯尔摩顶，趁机把他变为驴子，并用各种苦役折磨他。格斯尔的另一妻子阿珠莫尔根运用计谋打进魔窟，救出格斯尔，并帮助他恢复了本来的面目。后来格斯尔和蟒古思喇嘛展开征战，并取得了胜利。

第七章：主要讲述了格斯尔从地狱救出母亲的故事。这个故事在藏文分章本中未发现，但在分部本中具有类似母题的故事至少有两种。一种是格萨尔从地狱救出母亲，一种是格萨尔从地狱救出妻子。

第八章：格斯尔从霍尔穆斯塔腾格里（帝释天）求得甘露和净水，救活了锡莱高勒战役中牺牲的众勇士。

第九章：扎萨希格尔再次从天上下凡，帮助格斯尔镇压了十五头蟒古思安都拉玛可汗。

第十章：格斯尔被变成喇嘛的罗布沙哈蟒古思化为驴子，格斯尔的阿珠莫尔根妃子奉霍尔穆斯塔腾格里（帝释天）的指令前去搭救格斯尔恢复人形，罗布沙哈蟒古思被格斯尔镇压。

第十一章：格斯尔大战金银河滩的冉萨克蟒古思，娶其美女赛呼丽高娃为妃。

第十二章：格斯尔吃了赛呼丽高娃妃子所献的掺有迷魂药的食物而忘掉一切。后来，在天神的帮助下觉醒返乡，消除了敌方的贡保可汗。

第十三章：格斯尔大战了北方杭盖哈尔干地方的那钦可汗，凯旋而归。

2. 布里亚特《阿拜格斯尔》

第一章：上界有东方四十四天，西方五十五天，东北有不属于任何一方的名叫“策根策布德克”的天神。代表东方天神的阿代乌兰腾格里和代表西方天神的霍尔穆斯塔腾格里之间，为了争夺对“策根策布德克”的天神的领导权，进行多次口舌之战，互不相让，于是决定用武力解决。之后，阿代乌兰腾格里和霍尔穆斯塔腾格里对阵交锋，结果阿代乌兰腾格里战败，被砍断后扔到下界，变成了名叫噶拉都玛的蟒古思魔王。

第二章：霍尔穆斯塔腾格里之子毕力衮道古图尔已长大成人。此时，下界的黄海和黑海里魔鬼兴风作浪，导致海水干枯，草木枯尽，树木刮倒，人畜死亡。这时，下界的女巫师把人们的眼泪装进器皿，向霍尔穆斯塔腾格里的宫殿泼洒过去。女巫师的祷告使霍尔穆斯塔腾格里的宫墙坍塌。霍尔穆斯塔腾格里预知下界发生了灾难，于是决定从三个儿子中选派一个到下界除害消灾。他最小的儿子毕力衮道古图尔奉命下凡来到下界，用计谋把蟒古思淹没于大海中，消除了人间的灾难，返回了天宫。

第三章：在上界天神的战役中，“策根策布德克”天神的妃子那仁高娃也被扔到下界，黑心的朝通把她送给了呈格勒根老人作妻子。这样夫妻二人在黄海岸边盖起茅草屋，打猎为生。这时，毕力衮道古图尔和姐姐们都投胎于那仁高娃怀中。三位姐姐出生后立刻飞向天宫，那仁高娃和呈格勒根老人将刚出生的流鼻涕的孩子扔进井里。朝通路过这口井时发现里面有小孩，他心想有可能是腾格里神赐予的孩子，于是他将孩子从井里捞出带走。路上，这孩子弄伤了朝通所骑的马之马腿，因此朝通又把这个孩子丢弃了。后来朝通的哥哥希尔噶拉可汗捡到这孩子，取名为“呼尔”，后来成为阿拜格斯尔，娶了图如古奇可汗的女儿图门吉日噶郎为妻，开始了他们的幸福生活。

第四章：格斯尔娶了罗布沙克汗的美女阿拉玛莫尔根为哈屯（妃子），阿拉玛莫尔根献给格斯尔掺有迷魂药的食物，让格斯尔忘记了一切。这时格斯尔的三位神姐变成鸟飞来，敲打他的左右面颊吐出迷魂药，使他恢复了神志。

第五章：格斯尔率领三十名勇士和三百名先锋，大战阿贵山，赢得了“阿贵山般大的格斯尔”称号。

第六章：格斯尔大战斑斓虎，钻进虎腹后杀死了老虎。用虎皮给众勇士做了盔套。黑心肠的朝通，企图骗娶格斯尔的妃子图门吉日噶郎。朝通的阴谋被揭穿后，怀恨在心，再用计谋令格斯尔染疾，并把图门吉日噶郎送给了阿布鲁固大魔王。格斯尔的疾病痊愈后打败了大魔王，与图门吉日噶郎过上了幸福的生活。图门吉日噶郎又给格斯尔献上了掺有迷魂药的食物，使其忘记了返回故乡。

第七章：趁格斯尔不在家，锡莱高勒三可汗来袭击格斯尔的故乡，企图抢走格斯尔的妃子乌日玛高娃。留守在家的沙尔噶拉王率众勇士抵抗。但是，因为黑心朝通暗中勾结敌人，使众勇士阵亡，乌日玛高娃被掳走。格斯尔在天神的帮助下恢复记忆，返回家乡严惩朝通，讨伐了锡莱高勒三可汗，救出了乌日玛高娃。

第八章：在北方住有一位长着狼头的嘎拉都玛魔王可汗，每天吞食千万头牲畜。格斯尔讨伐嘎拉都玛魔王可汗，正当筋疲力尽之时，天神从天上派来了格斯尔的哥哥扎萨，帮助格斯尔消灭了嘎拉都玛魔王可汗。

第九章：罗布沙克勒泰魔王可汗为了报仇，装扮成喇嘛后来到格斯尔的国度，施法将格斯尔变成了驴子带回家。之后，罗布沙克勒泰魔王可汗用各种苦役折磨他。格斯尔的另一位妻子阿拉玛莫尔根化作魔鬼的姑妈，深入魔窟，把驴子从魔鬼的手里骗出来，用法术恢复了格斯尔原形。罗布沙克勒泰魔王被格斯尔捉拿压在大山之下。

第十章：汉地归玛拉可汗的美丽的妃子娜仁高娃病死，归玛拉可汗沉浸在巨大的悲痛之中。他听说格斯尔能起死回生，便遣使来邀请格斯尔可汗。格斯尔应邀前去复活了归玛拉可汗的美丽的妃子娜仁高娃。归玛拉可汗为了报答格斯尔可汗，把美丽的公主送给了格斯尔为妃。

二、十三章本蒙古《格斯尔可汗传》与布里亚特《阿拜格斯尔》内容情节的异同及原因

1. 内容情节的异同

(1) 相似内容

布里亚特《阿拜格斯尔》中的第二章和第三章是取材于北京木刻本《十方圣主格斯尔可汗传》的第一章。布里亚特《阿拜格斯尔》中的第四章取材于北京木刻本的第四章。布里亚特《阿拜格斯尔》中的第五、第六章取材于北京木刻本的第二章和第四章内容。布里亚特《阿拜格斯尔》中的第七章取材于北京木刻本《十方圣主格斯尔可汗传》的第五章内容。布里亚特《阿拜格斯尔》中的第八章取材于北京木刻本《隆福寺格斯尔》的第九章内容。布里亚特《阿拜格斯尔》中的第九章取材于北京木刻本《隆福寺格斯尔》的第十章内容。布里亚特《阿拜格斯尔》中的第十章取材于北京木刻本《十方圣主格斯尔可汗传》的第三章。

（2）不同内容

布里亚特《阿拜格斯尔》中的第一章内容与北京版《格斯尔》（北京木刻本、隆福寺本）中的任何章节内容均不同。

从而看出，布里亚特《阿拜格斯尔》的大多内容都取材于北京版《格斯尔》（北京木刻本、隆福寺本）。只有布里亚特《阿拜格斯尔》中的第一章与北京版《格斯尔》（北京木刻本、隆福寺本）没有任何关系。

2. 内容情节异同之原因

布里亚特《阿拜格斯尔》的九章内容大概取材于北京木刻本《格斯尔》和隆福寺《格斯尔》。北京木刻本《十方圣主格斯尔可汗传》是蒙古地区各种《格斯尔》抄本的祖本，它对其他抄本的形成提供了资料来源。蒙古地区的其他《格斯尔可汗传》抄本都是以它的内容为基础，在长期流传过程中派生出来的异本。目前发现的蒙古族《格斯尔》木刻版也只有这一种。它在内容方面很接近藏族《格萨尔》的分章本，是借用藏族《格萨尔》的部分故事情节和人物名称，再加上本民族故事神话及传统史诗的描述特点等创造的史诗。北京木刻本《十方圣主格斯尔可汗传》和《隆福寺格斯尔》是蒙古地区最早的文本形式的《格斯尔》史诗。从布里亚特《阿拜格斯尔》的内容情节来看，也是源于北京木刻本《十方圣主格斯尔可汗传》和《隆福寺格斯尔》。

三、布里亚特蒙古《阿拜格斯尔》中的天神概说

布里亚特民间艺人 P · D · 德密特日耶夫说唱的十章本《阿拜格斯尔》共十章，第一章内容描绘了上界天神们的关系。如，上界有东方四十四天，以阿代乌兰腾格里为首，西方有五十五天，以霍尔穆斯塔腾格里为首。东北还有不属于任何一方的策根策布德克天神。代表东方天神的阿代乌兰腾格里认为，西方的霍尔穆斯塔腾格里比他多十个天神，应该把策根策布德克天神让给他，但西方天神的霍尔穆斯塔腾格里未答应他的

请求。

因此，代表东方天神的阿代乌兰腾格里和代表西方天神的霍尔穆斯塔腾格里之间，为了争夺策根策布德克天神的领导权，进行数十年的口舌之战，互不相让，于是阿代乌兰腾格里首先发起与霍尔穆斯塔腾格里的战争，决定用武力解决。于是，霍尔穆斯塔腾格里迎战阿代乌兰腾格里，双方进行了激烈的对阵交锋，结果东方的阿代乌兰腾格里战败，他的三个儿子被扔到下界，变成了锡莱高勒三可汗。阿代乌兰腾格里自己也被砍后扔到下界，变成了名叫噶拉都玛的蟒古思魔王。这样，代表西方天神的霍尔穆斯塔腾格里打了胜仗后统领上界所有天神后过上了幸福的生活。

四、布里亚特蒙古《阿拜格斯尔》中的九十九天神之说

布里亚特地处蒙古地区的最北端，藏传佛教在蒙古地区流传时，从空间上来看，从南向北流传，从强度来看，从南向北由强而弱。所以，布里亚特蒙古古老的宗教萨满教一直得以保留传承。布里亚特《阿拜格斯尔》第一章主要描述了上界的九十九个天神中的东方天神的代表阿代乌兰腾格里和西方天神的代表霍尔穆斯塔腾格里之间为了争夺对策根策布德克天神的领导权而发生的战争。最后，阿代乌兰腾格里战败，并被扔到下界，变成了名叫噶拉都玛的蟒古思魔王之事。

蒙古人的萨满教观念中宇宙被分为三界，上界为天，中界为地，下界为地下。上界的天是以长生天为首的右翼五十五尊天神和以阿代乌兰为首的左翼四十四尊天神的所在处。中界是地上或人间，是人类和动物生存之地。关于下界的概念有两种，前者认为，地下有六十庹深洞或九十庹深洞，可以把人关在里面，使其受折磨而死去。后者认为，下界是死人的地方，那里有折磨人的奇特魔鬼。① 关于上界九十九天神的职能，蒙古族萨满教认为："天上有九十九个腾格里天神。其中西方的五十五个腾格里天神是给人带来好运的善神，东方的四十四个腾格里天神是给人带来灾难和

① 仁钦道尔吉：《萨满教与蒙古英雄史诗》，《民族文学研究》2001 年第 4 期，第 3—7 页。

厄运的恶神。相传，西方的五十五个腾格里天神由霍尔穆斯塔腾格里来统帅，而东方的四十四个腾格里天神则由阿代乌兰腾格里来统帅。”① 但由于各地方的萨满教诵词的不同而出现不同方位的腾格里和不同称谓的腾格里。如科尔沁萨满教诵词中为：“西方五十五个腾格里；东方四十九个腾格里；北方额日和图三腾格里；上面九十九个腾格里；下面七十五个腾格里；三十三个诺木图腾格里……”西方五十五个腾格里之首是霍尔穆斯塔腾格里，东方四十九个腾格里之首是阿代乌兰腾格里，北方额日和图三腾格里之首是策根策布德格腾格里。②

从布里亚特《阿拜格斯尔》中描述的九十九个腾格里天神情况来看，与蒙古族原始宗教萨满教所认为的九十九个天神观念是一致的。都分为东方的四十四个腾格里天神和西方的五十五个腾格里天神。而且西方的五十五个腾格里天神由霍尔穆斯塔腾格里来统帅，而东方的四十四个腾格里天神则由阿代乌兰腾格里来统帅。布里亚特《阿拜格斯尔》中所述的不属于东方和西方任何一方的“策根策布德克”天神在东北方。此腾格里也出现在科尔沁萨满教诵词中，认为北方额日和图三腾格里之首也是策根策布德格腾格里。从布里亚特《阿拜格斯尔》的这些内容可看出，布里亚特蒙古族古老的萨满教一直得以保留和传承。

五、布里亚特蒙古《阿拜格斯尔》中的天神与蒙古族萨满教天神观念

蒙古国学者博·仁钦先生在 1960 年出版的《诺木齐哈敦格斯尔》的前言中说：“库布苏勒附近的萨满们祭祀格斯尔，还有阿格、通卡、贝加尔湖附近的豁里布里亚特的萨满唱词中出现‘格斯尔’一名称……《诺木齐哈敦格斯》写本发现于我国西部省，还有一些独特的变本也大多从西部省发现。还有格斯尔的祭祀和格斯尔查玛也在西部省流传。结合我国

① 黄强、色音：《萨满教图说》，民族出版社，2002 年，第 84 页。
② 泰亦赤兀特·满昌：《蒙古萨满》（蒙古文），内蒙古人民出版社，2012 年，第 55 页。

西部省库布苏勒接壤的布里亚特通格那地区的萨满们祭祀格斯尔以及萨满唱词中出现‘格斯尔’一名。再从具有德都蒙古（青海蒙古族）方言特色的北京木刻本《十方圣主格斯尔可汗传》及这几种写本的发现地区等情况都使人联想到蒙古史诗《格斯尔》的传播路线是从德都蒙古（青海蒙古族）到贝加尔湖北部。”① 说明布里亚特地区的萨满们在自己的唱词中将格斯尔纳入，还进行祭祀活动。

布里亚特地区的《格斯尔》说唱艺人认为，天神或山神创造了史诗。1914 年，策旺先生记述了布里亚特地区一位 80 岁老萨满兼史诗演唱艺人扎雅罕扎本向天神学唱史诗的说法。他说：“据说有一次在萨彦岭的蓝色高峰上空响起了朗诵优美动听的史诗的声音，有一位哈姆尼干的布里亚特诗人听到后背熟，后来他向世界，包括向布里亚特史诗演唱艺人传授了史诗。”② 从而看出，布里亚特地区说唱史诗《格斯尔》的艺人中也有萨满。所以布里亚特《阿拜格斯尔》的内容中出现萨满教九十九个腾格里天神，即东方四十四天和西方五十五天，这也许与说唱艺人的信仰有关。

日本学者田中胜人认为：“《格斯尔》故事是由藏文译成蒙文的，而且多半是以抄本传播的。这些蒙古版本具有佛教性质并且渗进蒙古文学语言流传的那些地区。既然埃黑里特—布拉嘎特版本产生在没有佛教的地区，所以它能更多地保存萨满形式。”③ 说明埃黑里特—布拉嘎特《格斯尔》比其他地区蒙古《格斯尔》更好地保存了萨满教的形式。东布里亚特地区藏传佛教的影响比较大，他们采取了根除《格萨尔》的一系列措施，藏传佛教的领袖人物还发动了反对人民英雄史诗《格斯尔》的斗争。所以东布里亚特地区的史诗大多被佛教徒篡改或加工过，但西布里亚特地区则不同，此地藏传佛教的影响不深，史诗也保留了较多的传统内容。④

① 格日勒扎布校勘注释，却日勒扎布审订：《诺木齐哈敦格斯尔》（蒙古文版），内蒙古文化出版社，1988 年，第 1—3 页。

② 仁钦道尔吉：《萨满教与蒙古英雄史诗》，《民族文学研究》2001 年第 4 期，第 3—7 页。

③ ［苏］霍莫诺夫著，陈渊宇译，阿斯尔审校：《布里亚特英雄史诗〈格斯尔〉》，赤峰第一印刷厂印刷，1986 年，第 35 页。

④ ［俄］瓦·纳伊达柯夫著，张克桓翻译：《布里亚特人的英雄史诗——评〈格萨尔〉》，《蒙古学信息》2001 年第 2 期，第 31—37 页。

六、布里亚特蒙古《阿拜格斯尔》中萨满教天神观念与藏传佛教天神观念的融合现象

北京木刻本《十方圣主格斯尔可汗传》是清康熙五十五年（1716年）版本，是蒙古《格斯尔》中最早的书面木刻本，也是与藏族《格萨尔》早期版本最接近的版本。此版本第一章描写了格斯尔幼年和长大后娶妻的故事，开始就写了佛陀命令帝释天派其二儿子降到人间去为民除害之事。说：“在古代的一个时候，释迦牟尼佛涅槃之前，霍尔穆斯塔腾格里去拜见佛祖。顶礼膜拜之后，佛祖对霍尔穆斯塔下旨说道：‘五百年之后世界将会大乱。那时强者捕食弱者，动物互相残食。你回家后，过五百年，应派你三个孩子中的一个下凡，做人间可汗。你三个儿子中的一个将会成为那里的可汗，你可千万不要耽于享乐，忘了五百年之后该做的事。要按照我说的，速速派你的一个儿子下凡。’霍尔穆斯塔腾格里满口答应道：‘是’，就回家来了。回来之后，霍尔穆斯塔腾格里却忘了佛祖说的话。过去了七百年，他正在享乐时，善见城西北角一万逾缮那的城墙突然坍塌了……霍尔穆斯塔腾格里带领三十三天寻找城墙坍塌的原因。”① 从上面的内容看，北京木刻本《十方圣主格斯尔可汗传》中所描述的霍尔穆斯塔腾格里天神是三十三天神的领袖，即帝释天。据古印度神话，帝释天是三十三天之首，居于须弥山顶之善见城②。史诗中的帝释天也住在善见城中，他还听从佛陀释迦牟尼的命令。史诗中的格斯尔是腾格里天神霍尔穆斯塔的儿子，受佛陀命令降到人间为民除害。可以看出，明显受了藏传佛教影响。“腾格里是古代蒙古人最敬仰的神灵，而孟克·腾格里（长生天）是众天神之主，是世界万物的创造者和赐予者，也是蒙古神话的主要形象。然而，随着佛教在蒙古地区的流布，孟克·腾格里等天神形象

① 陈岗龙、哈达奇刚等译：《十方圣主格斯尔可汗传》，作家出版社，2016年，第1页。

② 那木吉拉：《蒙古神话中的腾格里形象初探》，《西北民族研究》2001年第2期，第45—58页。

在蒙古神话中的地位发生了变化：一方面，与佛教关系密切的印度天神因陀罗或帝释天以霍尔穆斯塔之名登上了蒙古神话殿堂。”① 又据那木吉拉先生研究，元代藏译蒙《佛十二事业》残本中“霍尔穆斯塔·腾格里”“额斯润（指大梵天）·霍尔穆斯塔”等词出现了13次之多。而且将《佛十二事业》与同一时代的布顿大师所著《佛教史大宝藏论》比较后发现，藏译蒙《佛十二事业》中的“霍尔穆斯塔”一词与印度佛教的“帝释天”同义。②

据布里亚特史诗《阿拜格斯尔》中描述，西方的五十五个腾格里天神由霍尔穆斯塔腾格里来统帅，后来打败阿代乌兰腾格里，将他砍断后扔到下界，变成了蟒古思魔王。于是，霍尔穆斯塔腾格里就成了东西方九十九天和东北的策根策布德克天神的统帅。“霍尔穆斯塔腾格里天神并不仅仅是指三十三天神之首，而且还将之当作是蒙古人全部九十九尊腾格里天神之首。”③ 这样孟克·腾格里变成同样功能的霍尔穆斯塔腾格里。

藏传佛教传入布里亚特地区比其他蒙古地区晚。1710年，贝加尔湖地区建立了第一座藏传佛教寺院，但是萨满教的影响仍很大，藏传佛教得以大量传播应该是18世纪后半叶。④ 布里亚特地区的藏传佛教传播也不均匀，据日本学者若松宽先生研究，从布里亚特地区的藏传佛教僧人人数来看，距藏传佛教发源地越近，僧人人数越多。据他统计，1846年，在整个布里亚特地区的4549名僧人中，边境色楞格地区人数最多，有3538人。其次是豁里地区，有921人。而偏远的巴尔古津地区只有53人。前贝加尔湖的阿拉尔人中也只有37人。而在布里亚特地区西部的阿拉尔和通卡人中藏传佛教刚传入。在巴拉干斯克、乌德、库达、韦尔霍连斯克、

---

① 那木吉拉：《蒙古神话中的腾格里形象初探》，《西北民族研究》2001年第2期，第45—58页。

② 那木吉拉：《蒙古神话中的腾格里形象初探》，《西北民族研究》2001年第2期，第45—58页。

③ ［意］图齐、［西德］海西希：《西藏和蒙古的宗教》，天津古籍出版社，1989年，第417页。

④ 范冬敏：《布里亚特人的萨满教信仰及其变迁》，《内蒙古民族大学学报》2016年第4期，第1—5页。

鄂尔浑等地区，藏传佛教还未普及，仍是萨满教的天下。① 说明布里亚特的东部地区藏传佛教影响较深，而西部地区的影响不深，原有的萨满教一直得以保存。所以西部地区口头流传的《格斯尔》中也保留了萨满教文化因素。俄罗斯学者C·A·科津院士研究布里亚特史诗后说："蒙古佛教不仅是与蒙古广大人民群众格格不入的，而且也是与众多的蒙古僧侣阶层格格不入的宗教，对他们的历来宗教神话以及被称为萨满教的宗教观念来说，也是非固有的，不习惯的，是机械地强加进来的……佛教徒们对《格斯尔》进行加工时没有能从基础资料中消除宗教神话，宗教仪式和种种妖术魔法。可是，他们都把主人公说成是遵照释迦牟尼的诏令降临到人间的。"② 说明布里亚特《格斯尔》中保留了大量的蒙古族自己原有的文化因素，但也被后来的佛教徒们披上了佛教的面纱。藏传佛教在布里亚特地区传播较晚，传播初期，也与当地的萨满教进行融合，才得以顺利传播。"在东布里亚特……萨满教和佛教的献祭仪式有时也混合在一起。比如在举行敖包献祭仪式时，人们会做两套祭拜，以传统萨满教的方式祭拜完之后，再以一种萨满教和佛教的混合方式再做一遍……萨满教和佛教要素相融合的另一表现是，出现了这样一批萨满或喇嘛，他们在仪式中既借用萨满教的要素，也借用佛教的要素，被当地人称为'铀青'，即喇嘛—萨满。尽管佛教对萨满教的影响是多方面的，但直至19世纪佛教的核心观念还未在布里亚特地区扎根，布里亚特人的信仰根基还是萨满教。"③ 从而看出，在布里亚特地区从18世纪传入藏传佛教，也与当地原有的萨满教进行了融合，但萨满教的势力始终很大。

从布里亚特民间艺人P·D·德密特日耶夫说唱的十章本《阿拜格斯尔》中出现的东方四十四天和西方五十五天及东北方的策根策布德克天神之间的关系来分析，布里亚特蒙古《格斯尔》中保留原有的传统宗教

---

① ［日］若松宽：《布里亚特佛教史考证》，《蒙古学资料与情报》1989年第4期，第42—61页。

② ［苏］霍莫诺夫著，陈渊宇译，阿斯尔审校：《布里亚特英雄史诗〈格斯尔〉》，赤峰第一印刷厂印刷，1986年，第15页。

③ 范冬敏：《布里亚特人的萨满教信仰及其变迁》，《内蒙古民族大学学报》2016年第4期，第1—5页。

信仰萨满教文化。即蒙古族萨满教观念中认为的“宇宙上界有以长生天为首的右翼五十五尊天神和以阿塔乌兰为首的左翼四十四尊天神”的观念吻合。再从布里亚特史诗《格斯尔》中出现的西方天神之主霍尔穆斯塔腾格里和其他蒙古史诗《格斯尔》中出现的三十三天之主霍尔穆斯塔腾格里等对比后看出，布里亚特史诗《阿拜格斯尔》中萨满教天神观念与藏传佛教天神观念融合的现象。

附录三　蒙古地区格斯尔信仰的传播特点及功能

英雄史诗《格斯尔》以书面和口头等形式流传于蒙古族聚居区，国内有内蒙古自治区、辽宁、吉林、黑龙江、青海、新疆等地，国外有蒙古国、俄罗斯布里亚特、卡尔梅克、图瓦等地[①]。随着史诗《格斯尔》的流传，蒙古诸多地区产生了与格斯尔可汗有关的风物传说，供奉仪轨文，寺庙遗迹、图像与塑像，说唱仪式，民俗与禁忌等文化现象，从而也产生了格斯尔信仰。本文从蒙古族文献资料中记载的格斯尔信仰，图像资料中所反映的格斯尔信仰，风物传说中的格斯尔信仰，说唱仪式中体现的格斯尔信仰，禁忌与民俗中出现的格斯尔信仰等方面进行分析，试图说明蒙古地区格斯尔信仰的传播特点及功能。

一、文献资料中的格斯尔信仰

1. 高僧传记中所载格斯尔信仰

蒙古族高僧罗布桑桑若布尼玛于19世纪初（1817年）撰写的《察哈尔格西・罗桑楚臣传》中记载了当时蒙古地区著名的藏传佛教寺院多伦诺尔寺进行格斯尔香供的情况。

① 荣苏赫等主编：《蒙古族文学史》（第二卷），内蒙古人民出版社，2000年，第309页。

《察哈尔格西·罗桑楚臣传》中载：

> 白阴兔年（1771 年），上师三十二岁。此年继续禅坐，也修习了甚深之瑜伽次等。那时有一段时间上师的脚跖骨疼痛感到极不适。上师将此事禀告多伦诺尔寺的翁牛特固实。固实云："举行格斯尔的熏香供奉吧！"上师心想："我为何供奉藏族的格斯尔呢？他一定把闻名于诸多地区的关老爷视为格斯尔后下此令的。"这样上师举行了关老爷熏香供奉仪式。之后果然上师的脚跖骨痊愈。上师从此时起直到圆寂将此供奉从未中断过。
>
> 喇嘛罗桑莫伦将上师的足之莲花作为顶饰信奉随其左右之时，一位称之巴颜坤都的人带来一尊关老爷之像请求上师给予开光，那时罗桑莫伦心想："这不是汉人供奉的格斯尔像吗？上师为此进行什么样的开光呢？"这时上师云："雍和宫的大法会上将此关老爷作为护法神供奉。我在那里时将他们作为我身边的神祇来供奉的。那时每次走进护法神殿都内心产生喜悦。我回故乡来后梦中出现了领诸多随从的内地官员模样的人对我说：'我们不是在北京相识了吗？'这样他摆出与我极亲切的样子。那人肯定是关老爷。"①

从上引文得知，当时蒙古地区著名的藏传佛教寺院多伦诺尔寺等已经开始进行格斯尔香供活动。察哈尔格西·罗桑楚臣为首的蒙古地区高僧们将关公视为格斯尔汗来崇拜信奉。德国学者海西希认为："蒙古人过去早就有人把喇嘛教（藏传佛教）中的格萨尔汗当成了此神。他们作为战神在肖像方面的相似性是不言而喻的。因此，在边陲地区的关帝庙中便把'伟大的关圣帝'当成'关氏家族神圣的格萨尔汗'"②。还有"蒙古人崇拜一系列的以武装和骑马之英雄的面目而出现的守护神。它们的任务是保

---

① 《察哈尔格西·罗桑楚臣传略》（清代察干乌拉庙蒙古文木刻版文献），内蒙古教育出版社影印版，2008 年，第 186—187 页。

② ［意］图齐、［西德］海西希：《西藏和蒙古的宗教》，天津古籍出版社，1989 年，第 493 页。

护人类不受灾难并增加财富。这些守护神中包括苏勒得腾格里神、达伊德苏勒德腾格里、战神和格萨尔汗。”① 所以，随着藏传佛教传入蒙古地区，藏传佛教护法神格萨尔汗也成为蒙古族的一位护法战神了。尤其是藏族地区人们将关公视为格萨尔汗供奉的习惯也传入了蒙古地区。因此蒙古地区的人们将关公与格斯尔汗视为同样功能的护法战神，甚至看成同一神了。藏族地区“占卜中所用的唐卡通常把格萨尔画成穿着白胸甲、水晶盔甲、披白披风的白人，脚蹬高筒皮靴；腰缠弓箭袋并佩有宝剑，一手握藤枝，一手持饰有白边的战旗。”② 所以此战神的形象与关公的形象有相似之处。

2. 格斯尔煨桑文献

随着《格斯尔可汗传》在蒙古地区传播，格斯尔的形象被神圣化，之后出现了格斯尔的香供仪式，为了附和香供仪式的进行，也出现了一些格斯尔祭祀仪轨文。据《中国蒙古文古籍目录》③ 搜集的文献，蒙古族格斯尔香祭文献有：

（1）格斯尔香祭（格斯尔煨桑）

清代木刻本，11 页，5.2×13 厘米。现藏于中国民族图书馆和内蒙古大学图书馆。

（2）格斯尔桑祭

清晚期写本，10 页，6.5×17.5 厘米，原文收藏于德国（马尔布里克图书馆）。内蒙古大学图书馆藏缩微胶卷。

（3）格斯尔祭祀文

清代竹笔写本，两页，9×50 厘米，藏于内蒙古社会科学院图书馆。

（4）格斯尔博格达香祭

清晚期竹笔写本，两页，7.2×23.5 厘米，藏于内蒙古自治区图书馆。

---

① ［意］图齐、［西德］海西希：《西藏和蒙古的宗教》，天津古籍出版社，1989 年，第 467 页。

② 勒内·德·内贝斯基·沃杰科维茨著，谢继胜译：《西藏的神灵与鬼怪》，西藏人民出版社，1993 年，第 547 页。

③ 中国蒙古文古籍总目编委会编：《中国蒙古文古籍总目》（上），北京图书馆出版社，1999 年，第 727—728 页。

（5）格斯尔博格达香祭

民国时期线装书，一册，24.5×23 厘米，电子版，现藏于内蒙古日报社蒙古文资料室。

（6）格斯尔汗祭祀

清代竹笔写本，托忒文，两页，10×17.5 厘米，原文藏于德国（马尔布里克图书馆）。内蒙古大学图书馆藏缩微胶卷。

（7）格斯尔香祭

清代竹笔写本，托忒文，6 页，8.5×23 厘米，现藏于新疆民族古籍整理办公室蒙古文室。

（8）格斯尔香祭

竹笔写本，托忒文，6 页，8.5×22 厘米，原文收藏于德国（马尔布里克图书馆）。内蒙古大学图书馆藏缩微胶卷。

二、图像资料中的格斯尔信仰

蒙古地区格斯尔信仰方面的图像资料主要有格斯尔寺庙，格斯尔塑像，文献中的插图等。

1. 格斯尔庙

位于内蒙古赤峰市巴林右旗北 25 公里处的查干牧仁苏木，有一座格斯尔庙。据英雄史诗《巴林格斯尔传》记载，清朝乾隆年间，巴林太爷王巴图被任命驻守乌力雅素台关口的大将军，临行前在布敦花土岗上他的坐骑摇身停住了。太爷细看周围山水后下令：“这儿是风水宝地，在这建造格斯尔庙，雕塑格斯尔神像，并不许断香火、祭祖”。当时，格斯尔庙由大板西大庙直接管理，并专派一名大殿喇嘛负责日常事务，从未断过烧香、祭祖。最后的祭祀喇嘛张其布道尔吉去世于 20 世纪 70 年代。格斯尔庙在“文革”期间被毁。1993 年在格斯尔传说中的落箭圣地——巴罕宝力格岸边重建了格斯尔庙（图 1、2、3、4、）。

图 1　巴林右旗格斯尔庙（重修）

图 2　巴林右旗格斯尔庙局部（重修）

图 3　巴林右旗格斯尔庙局部（重修）

庙内塑有身着战服、手持刀刃、牵着骏马、叱咤风云的民族英雄——格斯尔的石膏塑像，栩栩如生，再展神威，续说着那百年不衰的壮歌……人们为感激格斯尔大汗降妖造福于草原，每年农历五月十三到格斯尔庙祭祀。届时，附近牧民带上羊乌叉、黄油、奶豆腐等前去祭祀，以祈求大汗保佑草原兴旺、风调雨顺。

据格斯尔齐证实，在新中国成立前，新疆和布克赛尔城镇西面的敖包上还建立过一座格斯尔庙，庙里塑有骑着神翅枣骝马的格斯尔像，旁边塑有南充和苏米尔两位英雄的立像，香火不断①。

① 努·卓日格图：《简论卫拉特〈格斯尔〉》，《民间文化论坛·新疆专刊》，2011 年第 4 期，第 49 页。

图 4　巴林右旗格斯尔庙前的格斯尔塑像

据巴·苏和先生文，内蒙古库伦旗也曾有过格斯尔庙，并经常举行祭祀。库伦旗格斯尔庙里收藏过有关格斯尔的圣经（格斯尔桑文），供治病用。①

2. 当成格斯尔供奉的关公形象

蒙古国著名学者策·达木丁苏伦院士在其博士论文《格斯尔传的三个特点》中谈到了格斯尔与关帝的关系。他指出："为什么《格斯尔传》的某些研究者（如卡拉帕尔特等）认为格斯尔可汗和关羽是一个人呢？这是因为蒙古和西藏人民把清代所建立的武庙——关帝庙误称为'格斯尔庙'而引起的说法。"②

辽宁省阜新蒙古族自治县海棠山普安寺上师资粮田摩崖造像中有关帝造像 3 尊。"其中组像 2 尊，关羽位于中间，右周昌左关平两位战将。另

① 巴·苏和：《蒙古人的格斯尔崇拜》，《黑龙江民族丛刊》，2006 年第 5 期，第 106 页。

② 策·达木丁苏伦著，白歌乐译：《格斯尔的故事的三个特征》，载赵秉理编《格萨尔学集成》（第二卷），甘肃民族出版社，1990 年，第 754 页。

一尊是关羽单像，身穿战袍，骑在赤兔马上，手持青龙偃月刀，满面红光，五绺美髯下垂，庄严肃穆，威风凛凛，形象逼真。”造像两侧及上方雕有藏文和蒙古文字，上方的藏文为“关老爷”，两侧的蒙古文为“福如月宫香檀树般苍盛，寿比瑶池如意宝般长久”①。

据陈岗龙先生文，早在《满洲实录》被译成蒙古文时，把其中的“关帝庙”直接翻译成“格斯尔庙”。② 所以，蒙古地区将关帝当成格斯尔来祭祀的情况也不少。

3. 北京版《格斯尔》中的插图

北京木刻本《十方圣主格斯尔可汗传》的插图主要绘于扉页。扉页中的框架线里面部分用栅栏线分成三部分，中部呈现出朱红色正文开头部分，左侧绘有骑大象的“霍日穆斯塔·腾格里”画像（头上绘有头光，旁边有两位侍者，旁有蒙古文标注），而正文右侧绘有骑马的武士格斯尔可汗，用蒙古文标注“格斯尔可汗”(geser qaGan)，旁边有两位护驾的勇士，下边用蒙古文标注为乌哲斯古楞·莫日根·黑雅和巴日斯·巴特尔。

格斯尔可汗及眷属的形象与三国时期的大将关羽及两位随从的形象极相似。《三国志》中的《关羽传》对关公的相貌方面没有过多的记载，只称其为“美须髯”。后世有不少人根据史书所提供的线索，加上作者们的想象进行描述。清人周汇淙的描述为:“神光满面，目采含真，清之正也；眉高入鬓，须长过腹，奇之正也；五岳隆起，四水归源，古之正也；面赤气清，神藏威露，怪之正也。”后世人也有对其图像等的描述，如嘉庆年间王谨敬摹的“圣帝真像”释文中说：“都城旧有帝（关公）像，言先朝从大内（皇宫）出者，其面色正赤，面有七痣，鼻准上二痣尤大。须髯则稀疏而满腹。”自宋代始，关公由一家寺院的护法神一跃而成了整个中国佛教的护法神，各家寺院竞相将关公拉进了本寺的门槛。始建于东汉建安三年（公元 198 年）的湖北省当阳市玉泉寺中有关公及眷属的塑像。

---

① 嘉木扬·凯朝：《中国蒙古族地区佛教文化》，民族出版社，2009 年，第 248 页。

② 陈岗龙：《内格斯尔而外关公——关公信仰在蒙古地区》，《民族艺术文化研究》，2011 年第 2 期，第 57 页。

从上述历代文献和图像资料看，关公及眷属的形象已经模式化，北京木刻本《十方圣主格斯尔可汗传》插图中格斯尔及眷属的形象很可能是按照关公及眷属的形象来绘制的。

三、风物传说中的格斯尔信仰

根据目前搜集到的蒙古族格斯尔风物传说来看，蒙古族格斯尔风物传说主要流传于我国内蒙古、青海、新疆、辽宁等地区，国外主要在俄罗斯布里亚特等地区。

其中青海蒙古族中流传的最多，如《太阳桩》《火石山》《宝库山》《妖血坡》《镇泉石》《角力场》《棋盘桌》《圣禁山》《黑石驼》《双骡崖》《箭羽洞》《行军锅》《石鼓峰》《豁口峰》《石马绊》《白石羊》《冰雹石》《镇妖石》《平顶山》等。①

内蒙古地区流传的最多为赤峰巴林地区，有《阿斯罕山豁口》《豪赉呼特勒》《五座土丘》《绿色湖泊》《幸福之石》《山岩洞》《铁锈山》《山岭》《幸福之峰》《棋盘桌》《刮风坡》《吉祥山》《苦水湖》《白水湖》《马桩》《锅撑子》《吉祥如意石》《监视石》等。阿鲁科尔沁地区流传的《格斯尔山岗》《格斯尔湖》《格斯尔登峰豁口》《翁根山》《巨石》《朝克图山豁口》等。扎鲁特旗流传的有《北极星山》《豁口山》《阿拉坦希尔古勒山》等。库伦旗流传的有《塔敏查干沙漠》《阿其玛山豁口》《噶海山》《格斯尔庙》等。科左后旗流传的有《双胡尔山》等。②

新疆卫拉特蒙古族中也流传一些格斯尔风物传说，如博尔塔拉蒙古族自治州传说赛里木湖是圣主格斯尔的化身。据和布克赛尔蒙古自治县格斯尔齐说，该县西北部夏尔嘎锡林旁至今还保留着格斯尔当年歇晌做饭时支

---

① 巴·苏和：《蒙文〈格斯尔风物传说〉探源》，《内蒙古民族师范学院学报》，1989 年第 2 期，第 45 页。

② 巴·苏和：《蒙文〈格斯尔风物传说〉探源》，《内蒙古民族师范学院学报》，1989 年第 2 期，第 45—46 页。

锅的 3 块石头。①

俄罗斯布里亚特地区也流传有格斯尔风物传说，据说格斯尔是当地最受崇拜的英雄，与格斯尔有关的风物传说流传于许多村庄，还有与人等身的石头肖像。在阿格地区也有格斯尔山等。②

从格斯尔风物传说的内容来看，主要与他英雄事迹有关。据巴·苏和先生的记述，科左后旗流传的格斯尔风物传说《双胡尔山》，原讲述为，“科尔沁部落先辈哈撒儿是个百发百中的神射手。一天，他站在土尔吉山上，打双胡尔山上的金塔。结果，金塔顶和在金塔顶上要飞过去的海青鸟（双胡尔）都被打中了。为此，哈撒儿把这座山称之为双胡尔山。可是在蒙古民间流传的‘双胡尔山传说’中所说的主人公哈撒尔，后来变成了格斯尔。传说中所说的双胡山阳坡上，有座双胡尔大庙。双胡尔庙喇嘛人数曾达二千名，占本旗男人的半数。这样，双胡尔庙成为当时科左后旗宗教活动中心之一。因为有着这样的大寺庙，‘双胡尔山传说’中的哈撒尔英雄不能不变成格斯尔了。”③

从格斯尔风物传说的流传地域来看，大多是藏传佛教影响较深的地区。当时的蒙古地区是藏传佛教盛行的地区之一，“清代是喇嘛教最兴盛时期，康熙、雍正、乾隆、嘉庆年间，内蒙古喇嘛教寺庙和喇嘛人数发展到最高峰。清朝中期，内蒙古喇嘛教寺庙约有 1800 多座；喇嘛人数约有 15 万人左右”④。其中内蒙古赤峰巴林右旗、阿鲁科尔沁旗；哲里木盟库伦旗、科左后旗、扎鲁特旗等地区是受藏传佛教影响较深地区，佛教寺院较多。哲里木盟库伦旗是内蒙古唯一的政教合一旗。在库伦旗寺庙较多，被称为“千名喇嘛的库伦”⑤。其次，青海和硕特蒙古和新疆卫拉特蒙古都曾深受藏传佛教的影响。所以，格斯尔的风物传说与藏传佛教的传播有

---

① 努·卓日格图：《简论卫拉特〈格斯尔〉》，《民间文化论坛·新疆专刊》，2011 年第 4 期，第 49 页。

② 巴·苏和：《蒙古人的格斯尔崇拜》，《黑龙江民族丛刊》，2006 年第 5 期，第 105 页。

③ 巴·苏和：《蒙文〈格斯尔风物传说〉探源》，《内蒙古民族师范学院学报》，1989 年第 2 期，第 47 页。

④ 德勒格：《内蒙古喇嘛教史》，内蒙古人民出版社，1998 年，第 452 页。

⑤ 巴·苏和：《蒙文〈格斯尔风物传说〉探源》，《内蒙古民族师范学院学报》，1989 年第 2 期，第 47 页。

很大的关系。

四、礼仪禁忌与说唱仪式中的格斯尔信仰

鄂尔多斯本《格斯尔》中记叙：“用蒙古语读此书时须煨桑焚香燃佛灯，由长者行此礼。如此则能除病免灾，农田兴旺，丰年吉祥。百年之后，可在天界托生，若将达赖喇嘛此说奉为普度众生如此言明”。诺木其哈敦本《格斯尔》中的《达赖喇嘛与格斯尔可汗相会》一文中载：“格斯尔的这些故事中格斯尔亲口讲述给达赖喇嘛之后，达赖喇嘛亲笔录下来的，后又传播给四方人众的。所以抄此一份，明其内含，崇尚信奉之辈，格斯尔可汗便可现身其面前。达赖喇嘛和格斯尔可汗可入其梦中。此乃格斯尔可汗的圣旨天书如意念珠。抄此若干，如同完成大乘。要广泛传播于信奉我岭地之王格斯尔可汗之人众，不可有疑，倘若生疑，格斯尔可汗将降下千变之恶兆。”①

据蒙古族学者格日勒扎布先生从民间调查到的有关格斯尔礼仪和禁忌来看，当时蒙古地区不能随便说唱《格斯尔》，只有发生兵乱匪患或牲畜流行瘟疫时，才能说唱《格斯尔》，以此除灾免患。说唱《格斯尔》时，全村人聚集一处，焚香煨桑，礼仪极为庄严，不许插话，不许吸烟，不许中断，一连讲两三天。民间有人收藏并供奉《格斯尔》，不能将此书与其他书籍混杂在一起，必须单独放于室内西侧，与供神的西北方向相邻。每逢新春在其前面点一盏佛灯，供上供品，以示供奉。②

德国著名的蒙古学家 W·海西希先生在《蒙古历史与文化》一书中写道：“在蒙古族聚集地区至今还流传着供奉格斯尔的信仰及传唱着《格斯尔可汗传》。1943 年，我曾在蒙古聚集的地区东蒙库伦旗搜集到几册《格斯尔可汗传》的手抄本，当时我与收藏者约定借阅此本，并承诺阅读时的相关事宜。但是，还未到约定的还书时间，收藏者的仆人就来催我还

---

① 格日勒扎布：《蒙古〈格斯尔〉的流传及艺人概览》，《民族文学研究》，1992 年第 4 期，第 18 页。

② 格日勒扎布：《蒙古〈格斯尔〉的流传及艺人概览》，《民族文学研究》，1992 年第 4 期，第 19 页。

书，原因是收藏者的家畜染上了瘟疫，这是随便把《格斯尔可汗传》借给他人之故。如果不尽快取回《格斯尔可汗传》，很难保证畜牧的瘟疫能治愈。为此，我当天就向收藏者归还了《格斯尔可汗传》。”①

从而看出，蒙古地区格斯尔信仰的形成和传播与蒙古地区藏传佛教的传播有直接的联系。把格斯尔与藏传佛教高僧们联系起来，使其成为传播佛法的另一条途径。所以格斯尔也成了藏传佛教的一位护法神。为了祭祀此护法神，产生了许多与祭祀相关的活动。

五、民间信仰与格斯尔崇拜

在内蒙古赤峰市巴林右旗查干牧仁河畔有座敖包，也叫格斯尔敖包。当地蒙古族至今还保留着每年阴历五月十三日祭祀格斯尔敖包的传统习俗。赤峰市阿鲁科尔沁旗扎格斯台苏木有座叫翁根的山。据当地的传说，当年格斯尔射蟒古斯的箭熔化在这座山的山顶，后人为了纪念这一事件就在其最高的山峰上堆石头，建起了格斯尔敖包，并在每年阴历五月十三日，由喇嘛主持祭祀敖包，宰羊祭祀格斯尔，还举行赛马等活动。②

敖包信仰与蒙古族原始宗教有关，蒙古族原始宗教萨满教认为万物有灵。德国著名的蒙古学家海西希先生在《蒙古的宗教》一书中写道：“根据蒙古人的万物有灵论的思想形式，他们认为所有的土地，都可以因吉祥和邪恶的势力而赋予生命，也就是已故先祖的化身……我们可以想象蒙古人的土地、水流、山脉、丘陵、湖泊是以某种力量而复活的，即地神和水神。”③ 蒙古族近代学者罗布桑却丹在《蒙古风俗鉴》一书中写道：“祭祀敖包是蒙古族自古就有的习俗。敖包也有几个等级，大汗和诺颜的敖包被称为阿拉腾（黄金）敖包。敖包的名称也有多种，有以山川命名的敖包，

---

① ［西德］瓦尔特·海西格：《蒙古历史与文化》（蒙古文版），内蒙古文化出版社，1986 年，第 201—202 页。

② 尤·龙梅：《蒙古族格斯尔传说初探》，《〈格斯尔〉论集》，内蒙古人民出版社，2003 年，第 586 页。

③ ［法］海西希著，耿昇译：《蒙古的宗教》，中国藏学出版社，2016 年，第 138—139 页。

以官员名字命名的敖包。古时，蒙古地方没有寺庙，地方的诺颜们多选择那些较好的丘陵地带堆起敖包，作为当地的崇拜祭祀之地。”①

蒙古族建敖包是为了祈求畜牧兴旺，远离灾难等。海西希先生说：“当地人主要是把山岗或山脉作为地神和山神的所在地。这些神保佑各个地区人丁兴旺。蒙古人对这些山神，所表现出来的畏惧情绪十分强烈。以至于使他们在一般谈话中，从不敢直接提到这些山脉的真实名字，而仅仅以一些赞扬性的委婉迂回说法相隐喻。如‘美人’‘女圣人’和高‘大女神’等等。”②

英雄史诗《格斯尔可汗传》在蒙古地区流传后产生了格斯尔信仰，被广大蒙古族百姓神圣化，并开始供奉祭祀。后来又因相近的功能，与敖包信仰融合。

六、结论

蒙古地区格斯尔信仰的形成和传播与蒙古地区藏传佛教的传播有直接的联系。把格斯尔与藏传佛教高僧们联系起来，使其成为传播佛法的另一途径。所以格斯尔也成了藏传佛教的一位护法神。为了祭祀此护法神，产生了许多与祭祀相关的活动。

蒙古地区的格斯尔信仰也与蒙古族民间信仰敖包崇拜等相融合，使格斯尔成为一名护法神，被广大蒙古族百姓接受并供奉祭祀。格斯尔祭祀也与蒙古族传统那达慕活动相结合，成为一项群众性的娱乐活动。蒙古地区的格斯尔信仰与蒙古族英雄传说相结合，成为蒙古族心目中的英雄，并被崇拜与供奉。

格斯尔作为蒙古族护法神灵，主要功能为保佑蒙古族百姓人丁兴旺，牲畜繁殖，远离战乱与病痛之苦，消除一切天灾人祸，一切美好的愿望能够实现，牲畜远离瘟疫等。

---

① 罗布桑却丹：《蒙古风俗鉴》（蒙古文版），内蒙古人民出版社，1981年，第289页。

② ［法］海西希著，耿昇译：《蒙古的宗教》，中国藏学出版社，2016年，第140页。

附录四　北京木刻本续篇《隆福寺格斯尔传》汉译文

第八章　救活锡莱高勒大战中牺牲的众勇士

护佑十方生灵，断除十恶之根的雄狮般圣主格斯尔可汗，到达了十二头蟒古思的国度。十方圣主格斯尔可汗将那一跃之时吞尽赡部洲众生的黑魔鬼用神力镇压后，和阿日鲁高娃哈敦住在十二头蟒古思的国度的金塔之上。以仁慈仙女著称的阿日鲁高娃妃，因为妒忌心太强，在奶酒里下了迷魂药献给格斯尔说：“啊！断除十恶之根的十方圣主格斯尔可汗，您杀死十二头蟒古思，与阿日鲁高娃妃一同驻守于金塔之时，阿日鲁高娃妃我无比高兴，请圣主善用！”本不该疏忽的格斯尔可汗喝下奶酒受到迷惑而忘记了所有一切，住在那里了。

圣主格斯尔可汗在十二头蟒古思的国度生活的第十九年，嫉妒心强大的锡莱高勒三可汗不断到格斯尔的故乡金色敖鲁木草原来洗劫，格斯尔毫无察觉。格斯尔天上的三位神姐看到后无比悲伤地说：“哎呀！从未被迷惑的（格斯尔），为什么被阿日鲁高娃妃的迷魂药迷惑了呢?”于是她们到蟒古思的国度，用神力通知了格斯尔可汗。之后，圣仙女在扎萨的神箭上写信，派使者送给格斯尔可汗。十方圣主格斯尔可汗看到后惊讶地说道：“哎呀！这不是我宝贵的扎萨之箭吗?”正要想起一切事情之时，阿日鲁高娃妃进来说："威风凛凛的圣者您饿了没有?"格斯尔吃了放入迷魂药的食物，又忘记了所有的一切。

之后，其三位神姐又到蟒古思的国度，亲自见格斯尔降旨说："哎呀！我的尼苏海（流鼻涕的）格斯尔！你的上身具足十方诸佛，你的圣姐在哪里？你的中身四大天王错落有致地排列，增加你的力量，你的十三层寺院、金白塔、如意宝等都哪里去了？哎呀！你是怎么了？下身八位龙王支撑的格斯尔啊！你的透明清澈的珠宝建筑的宫殿在哪里？你是怎么了？亲如一人的扎萨希格尔哥哥在哪里？三十位勇士、一百个先锋在哪里？八十八唐古特的震慑者、八十岁的察尔根叔叔在哪里？像大海湖泊般的三鄂托克兀鲁思在哪里？哎呀！我的格斯尔！所有一切被锡莱高勒三可汗洗劫一空都不知道哇。是被阿日鲁高娃妃的迷魂药害了吗？你是怎么了？你要迅速启程!"神圣三姐哀求般下旨之后，格斯尔可汗把所食之带有迷魂药的食物吐尽，想起了一切，发出了狮子般怒吼之声，使八十层塔和四角城池等摇摆了三圈。十方圣主格斯尔可汗将十二头蟒古思的所有东西焚烧，带上阿日鲁高娃妃哈敦，骑上神驹枣骝马，饰以各种装备，征讨锡莱高勒三可汗。

十方圣主格斯尔可汗用千源之神力断除了锡莱高勒三可汗之根，将自己的仙女及一切夺回。十方圣主格斯尔可汗赶往辽阔的故乡，建立了一百零八座城池，十五座金刚寺院。此时，八十岁的察尔根老人为首的三十位勇士、一百位先锋战士中的几位幸存者、八岁的烈扎布以及三十位勇士的子女等向格斯尔走来，格斯尔看见他们后问："那边走来的勇士们是谁?"神姐仙女回答说："啊！来者是以察尔根为首的孩子们。"十方圣主格斯尔可汗看到察尔根老人一个人来，不由得想起三十位勇士、一百位先锋战士。他圣洁的心被玷污，发出狮子般怒吼之声，伤痛地降旨说："哎，作为人中之鹰，具有青铜般的心脏，走在军队之首的亲密的扎萨希格尔哪里去了？作为人中之雕，遇事不躲，善良纯洁的，具有钢铁般心脏的，没有缰绳的大象般力量的男人中的男人，宝贵的苏米尔哪里去了？作为众生之舅，善良无阴影，忠诚英勇，具有宝玉般的心脏，从小向格斯尔贡献自己的力量，众生之震慑者布依通哪里去了？作为狮子指甲，众生之鸦鹘，永不疏忽大意的，八十八唐古特的侄子，鸦鹘般十五岁的宝贝南充哪里去了？”他哀哭时，用珠宝建的城池转了三圈才落定。

神圣霍尔穆斯塔腾格里之子圣者格斯尔可汗收回巨吼之声后进行煨桑。格斯尔可汗镇定了金色大地后降旨：“速将我的神驹枣骝马牵来！将各种装备备齐，我将寻找三十位勇士和一百位先锋的尸骨。”他又问察尔根老人：“勇士们的尸骨在什么地方？”察尔根道：“我的贤侄格斯尔，当时锡莱格勒三可汗铺天盖地横扫过来之时，我的大海般坦荡的胸怀顷刻间变成乌黑，什么都不记得了，哎！开战之地是从圣者早年建造的宫殿这边的宽阔草坪到黄河之岸。哎！众生之圣者，我在黑暗中除了扎萨希格尔外没看到其他人。”十方圣主格斯尔可汗听完后哀哭着向三十位勇士开战之地飞奔而去。八十岁的察尔根老人跨上黄骠马，左右两边拍打着跟随在格斯尔可汗后面。

十方圣主格斯尔可汗发出狮子般怒吼之声赶到了锡莱高勒三可汗之地，首先看到了“猛虎”勇士和布依通的尸骨。格斯尔可汗看到“猛虎”勇士和布依通的尸骨后昏倒在地上。察尔根老人急忙跑过来说：“哎呀！这可怎么办？”他立即扶起圣者格斯尔可汗。此时，察尔根老人不知圣者格斯尔可汗只是昏迷，就一直大喊，圣者格斯尔可汗一会儿醒来一会儿昏迷过去。察尔根老人无奈之下仰望天空说：“格斯尔可汗是天神下凡，不应该出现这样昏迷不醒的现象。”心想：“圣者一定是看到勇士们的尸骨后昏迷的。”于是他点燃了自己颔下的长须，用烟火去熏圣者格斯尔可汗。过了一会儿格斯尔可汗勉强苏醒过来，正想说什么，发现自己正倒在“猛虎”勇士和布依通两人的尸骨之间。他再往前面看，山沟里有两具尸骨，格斯尔可汗禁不住大喊：“哎呀！那不是南充和苏米尔两人的尸骨吗？”他失声痛哭起来，又昏厥过去了。

南充的灵魂变成一只狮子，把昏厥后正要倒下去的格斯尔可汗扶住。苏米尔的灵魂变成了一头大象，也过来扶住格斯尔可汗，没让自己的圣主倒下去。十方圣主格斯尔可汗苏醒过来后，往左看，有一只狮子扶着他，往右看，有一只大象扶着他，格斯尔可汗发出巨大的吼声，一把抱住狮子和大象的脖子，叫着南充和苏米尔，失声痛哭道：“立下汗马功劳的三十位勇士在哪里？世上无与伦比的三百位先锋在哪里？亲密如手足的南充和苏米尔怎么了？亲如一人的扎萨尔兄长怎么了？勇冠全军之首的先锋猛虎勇士怎么了？幼年相逢终身相随冲锋陷阵的像黑夜里一盏明灯般的亲爱的布依通怎么了？三十位爱将和三百位先锋战士怎么了？坚如磐石的宗教和国家在哪里？被坚固城墙围绕的三大部落在哪里？我虽是威震十方的圣主，但不知将士伤亡、国家沉沦之事，我是被十二头黑魔王的诅咒蒙蔽了双眼？还是被阿日鲁高娃的迷魂药麻醉了心灵？这是怎么了？”

格斯尔可汗像青龙般悲号撕裂之声震动天地，三十位勇士和三百位先锋战士的灵魂化作雄狮、猛虎、白象、苍狼，在格斯尔可汗身边围绕成三圈，随格斯尔可汗的哀哭也发出凄楚悲怆之声。格斯尔可汗的哀哭声惊动了他上界三位神姐，她们准备从天空出发。随后，十方圣主、断除十恶之源的格斯尔可汗的三十位勇士和三百位先锋战士发出震动天地的声音，聚拢在格斯尔可汗身边，锡莱高勒三可汗军队的尸骨滚入黄河被激流卷走。三位神姐听到后大感惊讶：“尼苏海这时不应该这样悲痛，到底发生了什么事?”他们走到格斯尔近处一看，发现格斯尔可汗正伏在三十位勇士遗体上痛哭。三位神姐明白了格斯尔可汗是为了三十位勇士的牺牲才这样悲痛欲绝，于是她们急忙降下凡尘，现身站在格斯尔可汗身旁问道：“哎呀！尼苏海，怎么回事？你在哭什么呀?”此时，十方圣主格斯尔可汗放开狮子和大象道：“三位神姐，当年我奉释迦牟尼佛祖的法谕和父皇的旨意，抛却具足五相的神仙体投生到这赡部洲时有几个人？现在剩下了几个人?”说完又开始痛哭起来，三位神姐也忍不住掉下眼泪开始哭泣。三位神姐劝道：“哎呀！尼苏海，别再伤心了。你何必要像妇道人家一样哭哭啼啼呢？我们三人这就返回天界禀报霍尔穆斯塔腾格里父皇。如果你的三十位勇士命中注定要走在你之前，那就无力回天啦，如果不是这样，还能为你继续效劳的话，霍尔穆斯塔腾格里父皇会知道怎么办的。”说毕，三位神姐告别格斯尔，返回天界。具足十种力量的十方圣主格斯尔可汗听了三位神姐的一席话，心中大喜，就如同三十位勇士复活了似的高兴起来，他仰望天空，顶礼十方诸佛，吃着加持过的食物等待三位神姐的消息。

格斯尔可汗的三位神姐返回天庭后，向霍尔穆斯塔腾格里父皇禀报道："父皇，我们三位听到尼苏海在下界赡部洲的哀哭声，急忙去看了一趟，这才知晓，锡莱高勒三可汗乘尼苏海征伐十二头蟒古思，夺回阿日鲁高娃妃之际，出兵来袭，捣毁了他的十三座金刚寺院，夺走了白玉佛塔、如意瑰宝和金仙女，杀害了三十位勇士。尼苏海从蟒古思的国度回来之后，只身前往追杀仇敌，他现在已报仇雪恨，回到部落正伏在三十位勇士的尸骨上痛哭。我们三人下界后极力劝说，他还是不听，所以我们速来向霍尔穆斯塔腾格里父皇您禀报。"

霍尔穆斯塔腾格里听后唏嘘道："哎！这个威勒布图格奇啊！也真是的，与其在死人尸骨上痛哭，还不如赶快回来见我们一面，也好想一想对策。"说完，他取来九九八卦命运宝镜，翻开一看，上面写着："随同格斯尔可汗下凡的三十位勇士不应该死在格斯尔可汗之前。但以威勒布图格奇为首的这三十位勇士，曾侵袭和践踏凶煞三神九次，因果报应轮回不绝，因此有此难。"

霍尔穆斯塔腾格里为了救助格斯尔可汗，亲自率领三十三天和众神灵去拜见释迦牟尼佛祖。霍尔穆斯塔腾格里跪拜佛祖禀报道："哎呀！佛祖！遵照您的法谕派往赡部洲的威勒布图格奇手下的三十位勇士全部遭到敌人的杀害。据我三个女儿说，为这件事，威勒布图格奇非常悲痛。我听后立刻来禀报，佛祖是否有解救之良策？"

佛祖听了，微笑道："这个威勒布图格奇啊！就知道坐在尸骨旁哭泣，还不快来见一见我。"接着又说："那些勇士们本不该死在威勒布图格奇之前。这次的死因是，他们曾经跟随威勒布图格奇侵袭和践踏凶煞三神九次，当时凶煞三神发过誓言说：'你们今天穷追猛杀我们九次，将来总有一天，我们要报仇一次。'现在这凶煞三神转生为势不可挡的三可汗，所以才发生这种轮回报应之事。不过，这不要紧。"说完，从他面前的佛案上，取来供养千佛的黑檀木钵盂，钵盂中盛有芬芳四溢的甘露。佛祖又取来一只鼓腹长颈铜壶灌了一些甘露递给霍尔穆斯塔腾格里，并吩咐道："你将这壶甘露交给威勒布图格奇，让他把甘露洒到死去勇士的尸骨上面。只要洒一滴就能接骨续筋，肌肉再生；洒两滴时，五脏俱生，血脉流通；洒三滴后，各部机能恢复正常，就死而复生了。"接着他又取来另一瓶净水交给霍尔穆斯塔腾格里，说道："然后让他们喝下这只瓶里的净水。这样，离体而去的灵魂会各返其位，死而复生，恢复成与他们生前一模一样五行俱全了。"

霍尔穆斯塔腾格里将佛祖赐给的甘露和净水交给三位仙女（格斯尔的三位神姐），并吩咐她们道："你们将这甘露和净水交给威勒布图格奇，并提醒他说：'你不是上身附有十方佛之神力，还具有观音菩萨的化身的格斯尔可汗吗？你不是中身蓄有四大天王之巨大威力的格斯尔可汗吗？你不是下身附有八海龙王神威的八十八圣者之一格斯尔可汗吗？你不是腰上附有一百零八个仙女护拥的天界之格斯尔可汗吗？你不是天神下凡、威镇众生、镇魔除妖的格斯尔可汗吗？如果你将从天界带去的三十位勇士寸步不离地带在身边，又怎能遭到如此惨痛的磨难！'你们将我这番话带给他！"

三位神姐接过甘露和净水，向下界奔来。格斯尔可汗听到三位神姐发出的二十条巨龙的声音呼啸而来，高兴地说："啊！圣慧三姐这次降凡好像神悦心欢，看来我们三十位勇士复活有希望了！"察尔根老人听了，摘下帽子向格斯尔可汗三叩九拜之后说："哎呀！但愿如十方圣主除十恶之源的阿拜格斯尔可汗所说，三十位爱将全部复活。让我们脚踩群敌的头颅，马踏仇敌的营地，诸事如意，幸福昌盛！"正说着，三位神姐到来了。

格斯尔可汗迎上去问道："三位神姐，事情办妥否？一切都顺利吗？"三位神姐道："我们答应帮你了，还哪里有办不成之理呢！"格斯尔可汗听后立刻摘下帽子给三位神姐叩头。三位神姐道："哎呀！我的尼苏海弟弟！为什么给我们叩头？没有这样的道理啊！"格斯尔可汗又说："像照亮众生的太阳般的圣慧三姐，像明示所有事情的圣佛一样的圣者三姐，像影子般相随的圣慧三位姐姐，像如意珍宝般让所有理想变成现实的三位神姐呀！亲密的圣慧三位神姐！"这样格斯乐可汗边说边叩首三次后坐在金椅子上。三位神姐也坐在金椅子上，说道："哎呀！我们的尼苏海！据佛祖释迦牟尼之意，你的三十位勇士不应死在你之前，你曾经率领勇士们侵扰和践踏过凶煞三神九次，这是那次的报应，要受些磨难。你拿上这佛祖赐给的甘露，在勇士们的尸骨上洒一滴，就能接骨续筋，肌肉再生；洒两滴时，五脏俱生，血脉流通；洒三滴后，各部机能恢复正常。然后让他们喝下这只瓶里的净水。这样，离体而去的灵魂会各返其位，死而复生，恢复成与他们生前一模一样五行俱全了。”说完，三位神姐将甘露和净水交给格斯尔可汗。格斯尔可汗接下甘露和净水，如同他圣洁的心中升出太阳般欣喜若狂地说：“告诉霍尔穆斯塔腾格里父皇，他们的旨意千真万确，我因食用了这赡部洲的迷魂药而误了事。就像当年霍尔穆斯塔腾格里父皇忘记佛祖的旨意，到七百年还未想起而善见城一角出现缺口一样，霍尔穆斯塔腾格里父皇的旨意太正确了。”三位神姐听后说道：“我们一定禀报霍尔穆斯塔腾格里父皇。”说完，三位神姐升上了天空。

十方圣主格斯尔可汗起身，向释迦牟尼佛祖和霍尔穆斯塔腾格里父皇施三叩九拜之礼。然后拿起甘露和净水在三十位勇士尸骨上每人洒一滴，勇士们立刻接骨续筋，肌肉再生；洒两滴时，勇士们的灵魂全部归体，他们一个个跳起来，以金刚坐的姿势盘腿而坐。格斯尔可汗又拿出净水每人喂了一口，此时离体的灵魂归位附体，他们一个个起身走来，就像出征归来一般，抱住格斯尔可汗高兴得热泪盈眶。格斯尔可汗见到三十位勇士后悲喜交加，留下了泪水，用三界都能听到的龙狮般巨吼声哭喊道：“哎呀！从天庭带来的三十位勇士啊！从不离开我，跟随左右的三十位勇士啊！从神圣的天宫带来的三十位勇士啊！亲如手足，永不分开的三十位勇士啊！”此时，作为人中之雕的苏米尔、十五岁的南充、精通六种语言的布依通、把看的拿的从不放过的猛虎勇士等三十位勇士们齐刷刷地跪在格斯尔可汗面前，放下抓住圣者衣襟的手，哭诉道：“十方圣主格斯尔可汗啊！断除十恶之源的格斯尔可汗啊！有情众生心灵的向导格斯尔可汗啊！在四大洲中像须弥山一样巍峨耸立，领导四洲之众生的具有巨大神力的天神格斯尔可汗啊！当您为了夺回阿日鲁高娃哈敦去征伐十二头蟒古思之时，锡莱高勒三可汗大军来袭击我们。以扎萨希格尔为首的我等三十位勇士个个英勇战斗，抢夺了敌方的马群。正当此时，蛇蝎心肠的超通前去出征，战败被掳，变本投敌。他欺骗我们说，锡莱高勒大军已经撤回，我们大家当时都没想到他会投敌，所以我们信以为真，班师返回。这时，敌人乘虚而入，侵占了我们的部落。这些事情一言难尽，当时我们想：虽然格斯尔可汗不在家中，可还有以扎萨希格尔为首的三十位勇士，所以我们奋不顾身，英勇战斗，但终因为我们势单力薄、寡不敌众。我们也想保住性命突围撤出，但又怕世人耻笑我们贪生怕死，临阵退却，而且还有损十方圣主您的英名，因此我等舍生忘死，拼力杀敌，战死在那里了。今天全靠三位神姐地奔走，霍尔穆斯塔腾格里的旨谕，释迦牟尼佛祖赐予的甘露和净水，圣主的恩惠，我们才能与您重逢！圣主您别太悲伤了。”格斯尔可汗看到那些从天庭带来的勇士们都已经复生，非常高兴。想起扎萨希格尔不在他们中间时，他又大声哭三声说道：“猛虎般英勇无比，像雄鹰般敏捷，有青龙般神力的人中之鹰扎萨希格尔在哪里呢?”他发出巨吼之声进行煨桑镇定世界。

十方圣主格斯尔可汗率领三十位勇士和三百位先锋战士，收回三大部落，设下了盛大的宴席。正进行庆典之时，十方圣主格斯尔可汗从宝库中取出两肩秀有两朵莲花，日间发出耀眼光芒令人不敢直视，昼夜亮光四射无须灯火的如意宝般的礼袍赐给三十位勇士每人一件。三十位勇士身穿礼袍，向十方圣主格斯尔可汗行了大礼。十方圣主格斯尔可汗和三十位勇士三百位先锋战士和众百姓欢宴了三个月后各自回家。十方圣主格斯尔可汗完成了一切事情，开始了幸福的生活。

第九章　降服魔王安都拉玛可汗，扎萨再次从天降临

十方圣主格斯尔可汗将自己的部落治理得如冉冉升起的太阳般光芒四射，部落坚如磐石，百姓安居乐业。多希古尔梯布（北斗洲）之地有位名叫安都拉玛的可汗，他上身附有万目万足罗睺的威力，中身附有四大煞神的法术，下身具足八大力士的神力。他还有七十一变的神通，刀枪不入的本领。手下还有三千名勇士和三百六十名先锋，三亿三百万军队，还有一匹具足十三条巨龙之力量的像一座山峰般的坐骑豹花黄马。安都拉玛可汗发兵征服了恒河岸边的唐地区的五大部落。之后，五大部落的可汗挑选了以三位诺颜为首的一百人组成的使者队伍，派往十方圣主格斯尔可汗

处。五大部落的可汗对使者们说道："你们见到格斯尔可汗后告诉他，多希古尔梯布（北斗洲）有一位安都拉玛可汗，他自以为除了自己就不应有第二个可汗，所以就带兵来征伐我们五个部落，我们就归顺了他。据说，他的手下还有三千名勇士和三百六十名先锋，三亿三百万军队，还有一匹具足十三条巨龙之力量的像一座山峰般的坐骑豹花黄马。他家住多希古尔梯布（北斗洲），距此处有十五年的路程。"他又接着说："格斯尔可汗的部落离我们这里有九年之路程。你们只能用三年时间到达，再用三年时间返回来复命。我给你们每人准备一百匹骏马，你们要日夜兼程！"

使者们遵循了安都拉玛可汗的旨意，用了三年时间就到达了格斯尔可汗之处。他们首先在距十方圣主格斯尔可汗的宫殿一日路程远的地方安营扎寨，遥望宫殿行了九九叩首之礼。格斯尔可汗处的哈木克兀鲁思百姓都感到极惊奇，互相询问道："哎呀！这是从哪里来的人马？到这里干什么？"十方圣主格斯尔可汗派使者询问他们的来意，他们回答说："我们是恒河岸边的唐地区五大部落的使者，是奉我们诺颜之命前来见十方圣主格斯尔可汗您。托希古尔洲（北斗洲）的安都拉玛可汗口出狂言，以为这赡部洲除了他不应有第二位可汗。他还率领三千名勇士三百六十名先锋和三亿三百万大军，侵袭我们五大部落，我们五大部落寡不敌众而归顺了他。他从我们国撤走后，我们诺颜派我们到十方圣主格斯尔可汗处禀报此事。"格斯尔可汗的使者回来一一禀报了格斯尔可汗。十方圣主格斯尔可汗听完后立刻召集三十位勇士。不一会儿，三十位勇士全部聚于殿前。十方圣主格斯尔可汗对他们："哎呀！你们大家知道吗？恒河岸边的唐地区五大部落被多希古尔梯布（北斗洲）的安都拉玛可汗占领，我们咋办？"此时，三十位勇士齐声回答说："一切听圣主吩咐！"这时苏米尔哈哈大笑道："阿拜！阿拜！您这番话真妙！"于布依通呵斥道："苏米尔你为何一个人大笑？先听圣主旨意之后再来与你算账！"格斯尔可汗了解了一下安都拉玛可汗的情况后说："哎呀！勇士们知道不？多希古尔梯布（北斗洲）有一位十五头的名叫安都拉玛的巨大魔王。他上身附有万目万足罗睺的威力，中身附有四大煞神的法术，下身具足八大力士的神力。他真是刀枪不入的十五头大力士的化身蟒古思啊！他还有一匹具足十三条巨龙之力量的像一座山峰般的坐骑豹花黄马。他还有七十一变的神通，居住于三百幢楼阁的城池中。他的哈敦名叫巴达玛拉格，生得闭月羞花。他与我们相隔甚远，我知道的也就这些了。”

听了格斯尔可汗的描述后，三十位勇士齐声说：“断除十恶之源的十方圣主格斯尔可汗，您不带领我们出发吗？是不是认为我们害怕大魔王呢？”南充和苏米尔上前跪奏道：“让我们实现九个愿望的圣主啊！除十方恶魔的享誉建业者之美誉的圣主啊！请您跨上枣骝神驹吧！穿上坚固的珍宝铠甲吧！立刻率领我们这些整装待发的三十位勇士去吧！我们已经忍耐不住了。”

十方圣主格斯尔可汗微笑道：“啊！作为人中之雕的苏米尔，作为青铜飞雕之利爪的十五岁的南充啊！如今我该发多少兵呢？”这时精通六种语言的布依通上前跪奏道：“啊！圣主您向十方各派使者，让他们各征集精兵十万，并由他们的首领亲自带领，日夜兼程赶到百花原野集合。等各部大军人马齐聚百花原野之后，由圣主格斯尔可汗统帅吧！”十方圣主格斯尔可汗听了这番话后觉得有道理，立刻按照布依通的建议，向十方各部派出了使者。

这时苏米尔已穿上青光铁铠甲，挎上一百零八层生铁铸成的乌黑强弓，背上洁净的皮箭筒，装入八十八只乌金神箭，手持九庹长的黑水晶金刚大刀，跨上碳黑马向格斯尔可汗请令道：“啊！十方圣主！具足五毒的十五头蟒古思的化身，吞下我们五大部落了，我们还这样迟迟不出发是为什么？请允许我只身前去探看情况吧。”十方圣主格斯尔可汗听后说道：“英雄中的英雄苏米尔，你说的有道理。不过，目前我们的大军也快集合齐了，我们一起出发吧！”当三十位勇士和三百位先锋战士得知苏米尔到圣主跟前请令，也都不甘落后，他们披挂整齐，骑上各自的马，雄赳赳气昂昂地发出万马奔腾般的声音齐聚而来。这时，十方圣主格斯尔可汗听到从远处传来的千军万马奔腾呼啸的声音后大吃一惊道：“哎呀！是不是安都拉玛可汗的军队打过来了，这是怎么回事？”英雄苏米尔也不知道真假：“我不是刚说不能等待了吗？”他说完就立刻手持九庹长的黑铁扦子，快马加鞭向前冲过去。十方圣主格斯尔可汗起身仔细一看，认出是自己的勇士们。布依通看到苏米尔冲过来，忙说："哎呀！哎呀！这不是苏米尔吗?"迎上去又说："啊！苏米尔，冲锋陷阵时真像一只猛虎。"苏米尔也认出对方是布依通，赶紧勒住马缰绳，哈哈大笑起来。这时，南充也过来说："哎呀！我们的苏米尔啊！等我们击溃安都拉玛可汗的大军时，再放声大笑，现在在这荒野大笑，未免太早了吧?"正说着，三十位勇士齐整地来到格斯尔可汗面前。南充和苏米尔又上前跪奏道："十方圣主格斯尔可汗，请您明鉴，安都拉玛可汗虽有十五颗头颅，七十一变的本领，但与您千变之千佛集于一身相比，他又算得了什么？圣主率领我们三十位勇士和三百位先锋战士去征伐吧，何必带这些大军长途跋涉呢?"格斯尔可汗听了南充和苏米尔的话，也认为有道理，便问布依通道："他俩的建议对不对?"布依通回答道："十方圣主，请您明鉴!"这样十方圣主格斯尔可汗当即做出决定，未带领十方各部之大军人马，只他本人率领三十位勇士和三百位先锋出发了。

断除十恶之源的十方圣主格斯尔可汗率领三十位勇士和三百位先锋战士，奔向十五头蟒古思的国度。当他将十五年的路程缩短为十二个月的路程向前行军之时，他对察尔根老人说："叔父，请您回家替我掌管部落和牲畜吧。"察尔根老人听后对格斯尔可汗说："圣主啊！我还能再活八十岁吗？还能遇到这样过瘾的战事吗？当年你父皇霍尔穆斯塔腾格里派你下凡赡部洲时，曾说过你到下界后遇到两场非凡的大战。一场应是征服锡莱高勒三可汗之战，另一场就是当前这一次战争了。哎！我的圣主啊！我年事已高了，摆在我面前的路已经不多了。如果我错过此次大战，今后就很难看到这样的战事场面了。您就不要拦我啦，让我们同去吧。"说着，伤心地哭起来了。格斯尔可汗见八十岁老人察尔根哭起来，心中也感到难过。

这时，南充走过来说道："父亲，您什么时候违背过圣主的旨意？他让您回家，您就回家吧。"察尔根老人又说道："我的独生子十五岁的南充啊！你知道什么？你父亲我已经八十岁了，已经老了。胯下的黄骠马已啃不动草了，白发苍苍的我已咬不动酸奶酪了。所以，我想在有生之年再在十方圣主格斯尔可汗麾下效力，也想与十五岁的独生子一同出征。"他边说边哭起来了。

众勇士听到察尔根老人这番话后也感动落泪。十方圣主格斯尔可汗脱下自己贴身穿的珍珠衫披到老人肩上，劝说道："我的察尔根叔叔啊！您从未违背过我的意思，我希望您这次也能按我的意思回去，替我治理部落百姓吧。"察尔根回答说："圣主啊！您说得非常对，回想起来，我察尔根老人这一辈子未曾有过违背您旨意的时候，怎么年老了，还做出抗旨不遵之事呢？只是因为我骨头酥了，血液淡了，年纪大了，所以我想和仇敌厮杀，走在你们的前面。但圣主您让我返回，我也只好回去了。"说完，察尔根老人流着泪水回家去了。

十方圣主格斯尔可汗率领大军向蟒古思的国度前进，途中叫来布依通和红眼二人说："你俩先到安都拉玛可汗住处附近，给他传个话，就告诉他赡部洲的圣主格斯尔可汗正率领众勇士而来，要砍下十五头蟒古思的脑袋呢。"布依通和红眼两人得令后立刻高高兴兴地出发了。他们俩到达安都拉玛可汗处后首先遇到一群白马，足有一万匹之多。布依通和红眼两人发出响彻天地的大喊声，将一万匹白马全部赶走了。

安都拉玛可汗听到布依通和红眼的大喊声后感到惊讶，心想："这震天动地的大喊声是出自何人？这世界上还没有人敢来侵犯我啊！难道是霍尔穆斯塔腾格里来了吗？恶毒的格斯尔来了吗？"正想着时，安都拉玛可汗的马官们跑过来禀报道："来了一些强盗，赶走了我们一万匹白马。"安都拉玛可汗问："来了多少军队人马？"马官回答说："从奔腾的声音来判断，有千军万马，近看只有两个勇士。"安都拉玛可汗下令道："他们真是恶毒的格斯尔的侦探。"说完安都拉玛可汗分给阿尔盖、希尔盖两位勇士一千人的军队，并吩咐他们说："你们两位勇士火速赶过去把马群夺回来，不要把两个侦探杀死，要抓回来。"

布依通和红眼赶着马群来到狮子山山坡上，从马群中选了一匹宰杀后祭祀天神和格斯尔可汗的保护神们。这时，布依通听到远处传来的马蹄声。他立刻骑上自己的白马登上狮子山的山顶，看到阿尔盖、希尔盖为首的一千人马追来。布依通返回对红眼说道："哎呀！红眼快上马，敌人追过来了！"红眼听后哈哈大笑，跳上马背说："在哪儿？在哪儿？"他边说边要追过去。能镇住他的布依通忙提醒道："哎呀！红眼啊！你要小心，因疏忽大意而被敌人打败，要坏自己的名声啊！"红眼道："唉！布依通，就被这点人马打败吗？冲过去！"就这样红眼抽打碳黑马一鞭，咧开月亮般大的嘴，转动着碗大的眼睛大吼着冲过去了。

阿尔盖和希尔盖听到这大喊声后感到心惊胆战。布依通和红眼口里嘟囔着："十方圣主格斯尔可汗的保护神保佑啊！"一刀砍下了阿尔盖的头，布依通把阿尔盖的头拾起挂在马脖子上做了装饰物。这时红眼勇士又斩断了希尔盖的双臂，把他从马背上活擒过来。布依通看到后急忙说："红眼啊！别杀他，留个活口吧！"接着布依通和红眼把敌兵的一千人马全部杀光。之后，他们俩开始盘问希尔盖，希尔盖把安都拉玛可汗说的话全部招供之后跪求道："哎呀！二位圣主，求你们饶我一条命吧！"布依通道："圣主这个称呼我们不敢当啊！只有十方圣主格斯尔可汗才配称圣主，杀你和不杀你有何用处，你回去告诉你们的可汗说：'这赡部洲的圣主格斯尔可汗率领威武的勇士们前来讨伐十五头安都拉玛可汗，他们要把你的十五颗头颅一个一个砍下来，把你的财产全部夺走。'我们俩是格斯尔可汗手下的仆人，格斯尔可汗派我们先来探一探情况，并吩咐我们把上面所说的话传给安都拉玛可汗。你回去后把我们所说的话告诉你们的可汗。"他们把砍下来的两只手塞入希尔盖腰带中，让希尔盖回去了。

希尔盖回去后向安都拉玛可汗禀报道："哎呀！我追过去一看，果然是两个人，但那两个人冲杀过来时却胜过千军万马之势啊！"那两个人说："这赡部洲的圣主格斯尔可汗率领威武的勇士们前来讨伐十五头安都拉玛可汗，他们要把您的十五颗头颅一个一个砍下来，把您的财产全部夺走。他们俩还说，他们两位是格斯尔可汗的仆人，是格斯尔可汗派来先探一探情况的，并吩咐我们把上面所说的话传给安都拉玛可汗您。"

安都拉玛可汗听后拍案大怒道："你们俩率领一千人马去追赶，却败给了两个人，而且还丢了两只手臂。"安都拉玛可汗下令斩了这位大将。之后，安都拉玛可汗震天动地般地击打军鼓，召集军队。击打大军鼓时，一万个大部落齐聚于殿前。击打小军鼓时，一万个小部落闻声赶来。安都拉玛可汗站在三千名勇士和三百六十名先锋及全部大军前下令道："呀！

你们知道吗？恶毒的格斯尔可汗率领勇士和大军来袭击我们了。先派来两个人，赶走了我们一万匹白马。我派阿尔盖和希尔盖二位勇士率一千人马前去追赶，结果全军覆没，一万匹白马也被他们赶走了。你们说，我们该怎么办才好？”勇士们听后，全部低头不语。此时安都拉玛可汗又道：“你们为什么不出声？”这时，右翼大臣哈敦哈拉勇士说道：“如果我们不去侵犯唐地区五大部落的百姓，哪里能招来如此强敌？据说，那个格斯尔可汗上身附有十方佛尊的法力；中身具足四大天王的神通；下身具足八大龙王之威力；腰腹上有一百零八名仙女之神力。”左翼大臣扎干又道：“格斯尔可汗有那等神通，难道我们的大汗就没有吗？无论如何先不管它，赶快出兵迎战吧！”

安都拉玛可汗听了扎干的话，心中大悦，跨上具足十三条巨龙之力的像一座山峰般的豹花黄马，身穿九层黑石铠甲，统率全军人马，从三百幢楼阁的城池出发前去迎战了。

布依通和红眼两人赶了一万匹没有鞍的马和一千匹有鞍的战马回来向格斯尔可汗禀报道：“我们遵照圣主您的命令，到安都拉玛可汗的领地，赶走了他的一万匹白马。安都拉玛可汗派手下的阿尔盖和希尔盖二位勇士率一千人前来追赶我们。我们俩斩杀了他们的一个勇士和一千兵卒，砍下另一个勇士的双臂塞进他的腰带中捆到马上，让他回去向安都拉玛可汗转达圣主您的旨意。”

十方圣主格斯尔可汗听了他们的述说后道：“看来我们的一切愿望能够实现啊！布依通和红眼这次任务完成得很出色。”说完，格斯尔可汗，将一万一千匹马分给大家，然后继续前进。

十方圣主格斯尔可汗和众勇士从距离安都拉玛可汗的领地三个月的路程之处，隐隐约约地看到了安都拉玛可汗城堡中的三百幢楼阁。格斯尔可汗说道：“喂！大家看看！那不是安都拉玛可汗的城池吗？”说着格斯尔可汗拨正枣骝神驹的缰绳向前驰骋过去。众勇士听后都兴高采烈地问：“在哪儿？在哪儿？”边问边放开马缰绳，紧随十方圣主格斯尔可汗奔驰而去。十方圣主格斯尔可汗故意摆出亿万大军铺天盖地而来的架势。

安都拉玛可汗从远处见到此情景后说：“哎呀！哎呀！这是什么？好

像大地都在震动，哪里来的这么多军人啊！”他不由得心惊胆战起来。

在急驰途中，十方圣主格斯尔可汗对众勇士下令道：“身如钢铁，志如坚石般的众勇士啊！敌方的势力强大啊！千万不可疏忽大意！当你们奋力杀敌而气尽力绝之时，就向我祷告，我不是具足十方力量的格斯尔可汗吗？我将把我的威力分给你们！当你们遇到强敌而不能取胜之时，就向我祷告，我会将你们的即将发黑的心脏注入新的血液！当你们不幸失手而身负重伤之时，就向我祷告，我不是医生格斯尔可汗吗？我将为你们治愈伤痛！当你们与敌人厮杀而流汗流血、饥渴难耐之时，就向我祷告，我将为你们送去仙果甘露！”

众勇士齐跪于圣主面前道：“啊！除十恶之源的令人敬佩的十方圣主格斯尔可汗，我们再没有听过比您还伟大的尊号了。”

听完众勇士的话，格斯尔可汗骑上枣骝神驹，头戴日月相辉的银光头盔，身穿青钢七宝铠甲，佩带三十支绿松石珠宝搭口白箭，手持九庹长的青钢磁铁大刀，挎上乌黑强弓，准备去征服十五头安都拉玛可汗。

十方圣主格斯尔可汗发出千条青龙般的巨大吼声，从头顶上发射出九道彩虹，两个鼻孔喷射出的火焰直冲云霄，额头上显出愤怒大黑天的尊容，黄色怒发犹如五只凤鸟在飞舞，高举闪闪发光的金刚宝刀向前冲过去。他骑的枣骝神驹也大显神威，每根毫毛都迸发出火焰，鼻孔浓烟滚滚，四蹄冒出熊熊烈火。十方圣主格斯尔可汗的三十位勇士也各自跨上宝马良驹，佩带各种武器，穿好铁盔宝甲，如同获得无数如意珍宝般兴高采烈地呼喊着：“冲啊！冲啊！”奔驰过来。跑在队伍最前面的是人中之雕苏米尔。他身着青光铁甲，背上挎一百零八层生铁铸成的一千五百斤重的乌黑强弓。腰间系持着十张牛皮制成的箭筒，箭筒内装有用十二种金属铸成的八十八支箭，手持九庹长的黑水晶金刚大刀，骑上白马，发出二十条青龙之巨大喊声冲过去。此刻他头顶升起五道彩虹，额头上显现出金刚佛尊容，白马的四蹄冒出熊熊烈火，火花四溅，直奔敌军而去。这时南充大喊：“苏米尔，等一等！”苏米尔好像没听见一样，放开碳黑马的缰绳奔驰而去。霎时超过格斯尔可汗，直奔安都拉玛可汗大军消失在大纛之中。瞬间天地连成一片，大地变得昏昏暗暗。

安都拉玛可汗手下右翼大将哈敦哈拉见苏米尔一人先冲过来，立刻催开像山峰一般高大的黑马，高举三庹长的长矛，身穿黑铠甲上前迎战。二人打了一个回合，他见苏米尔头顶上显现出金刚佛尊像，心惊胆战不敢下手砍。此时，英雄苏米尔用水晶金刚大刀砍下哈敦哈拉勇士的头颅，挂在碳黑马的脖颈下，作为装饰物。他又将九庹长的水晶金刚大刀变成九十九庹长的大刀，冲进安都拉玛可汗三亿三十万大军中。他手持大刀一挥之际，敌军一万名兵将成了他刀下之鬼。苏米尔穿过敌阵，只见十方圣主格斯尔可汗正率领三十位勇士，发出威猛巨龙之声，排山倒海般呼啸而来。这时，苏米尔独自一人消灭了敌军三万人后与三十位勇士汇合在一起。十方圣主格斯尔可汗将青钢磁铁宝刀变为一千五百庹长，每挥一刀，砍下一万兵卒。这样，格斯尔可汗一个人就杀敌一亿零一百二十万人。能言善辩的布依通也杀敌一百万人，十五岁的南充勇士杀敌一百五十万人。猛虎勇士杀敌八十万人，苏米尔之子红眼杀敌五万一千人，昂巴里之子班朱尔杀敌六万人，巴达玛勒之子巴木苏日扎杀敌八万人，其他勇士们所杀敌兵分别为一万、四万、三万、两万等等。

众勇士齐聚圣主格斯尔可汗身边，唯独不见苏米尔，大家非常着急，怕他被安都拉玛可汗杀害，正要禀报格斯尔可汗此事时，苏米尔从敌军军营中走出来，所骑的碳黑马已成为血红朱砂马，身穿的青光铁甲被鲜血染成火红的颜色，他懒洋洋地骑着马一步一步地走到大家身边说道："哎！你们饿了还是渴了？为什么这么着急返回来呢？"说完，他哈哈大笑着到格斯尔可汗身旁坐下说道："我本不想出来的，可是看见十方圣主您回来了，我才勉强出来的。"格斯尔可汗听后道："呀！作为人中之雕，志如坚石般的苏米尔啊！你消灭了多少敌军？"苏米尔回答道："我急急忙忙杀掉了一百一十万敌军，便赶回来了。"格斯尔可汗道："哎呀！你估计现在敌军还剩多少啊？"苏米尔答道："具体数目还说不上，依我的估计，他们最多也不会超过一千一百万人了。"十方圣主格斯尔可汗听后说："那好！我们现在已经吃饱喝足，坐骑也得到了休息，大家出发吧！"说完，十方圣主格斯尔可汗跨马冲入安都拉玛可汗的剩余军队之中。其他勇士分成两翼，冲入敌军之中。

十方圣主格斯尔可汗冲入敌阵，恰逢安都拉玛可汗前来迎战。格斯尔可汗高举金钢磁铁宝刀砍下安都拉玛可汗的五颗头颅，可一瞬间功夫那被砍下的五颗头颅又回到颈项原位安然无恙。此时安都拉玛可汗的大臣扎干勇士将一颗五人合抱之大树连根拔起，不分左右乱挥舞着大树向格斯尔可汗砸过来。二人立刻拍马赶来截住扎干勉强把他杀死。十方圣主格斯尔可汗又把安都拉玛可汗的五颗头颅砍下，但五颗头颅又像前面那样回到原位了。格斯尔可汗倒拖宝刀一怔，安都拉玛可汗趁机举起大黑刀猛劈下来，从格斯尔可汗的左肩一直劈到脚跟。可是安都拉玛可汗的大刀刚抽出，格斯尔可汗被砍成两片的身体立刻恢复原样。这时，格斯尔可汗心想："看来这可汗也是我无法杀死的英雄啊！"于是他仰望天空向三位神姐祈祷道："三位神姐，你们在哪里呀？挚友三天神，你们又在哪里呀？我奉父皇霍尔穆斯塔腾格里之命来到这赡部洲，断除十恶之源，镇压十方恶魔，可从来没有遇到过如此强大的劲敌呢。"天上的三位神姐听到格斯尔的哀求声后急忙向恩德无比的霍尔穆斯塔腾格里禀报此事。霍尔穆斯塔腾格里听后说："我的威勒布图格奇降生到赡部洲后将遭遇两大劫难，这是其中之一，现在谁愿意去助他一臂之力呢？"听此话后格斯尔的三位挚友三天神首先请命道："我们去。"此时站在一旁的扎萨希格尔听到后上前向霍尔穆斯塔腾格里启奏道："哎呀！我的十方圣主格斯尔可汗啊！他无法战胜十五头大力士可汗，就让我去吧！圣主无法战胜的敌人，三位天神去了也很难取胜。我去试一试看，我曾在赡部洲，跟随圣主征战多年，我的经验更足些。"

霍尔穆斯塔腾格里听后，觉得扎萨希格尔所说有道理，就立刻派扎萨希格尔去助格斯尔可汗。原来，扎萨希格尔的哈斯高娃哈敦离开十方圣主格斯尔可汗之后失去了自己的丈夫扎萨希格尔，她悲痛之余心想："我能去哪里呢？掉水里不成？无论到哪里，恶毒的超通都会来害我。"这样她走到一间筑有九根木梁的房间，悬梁自尽了。她死后灵魂飘到天庭，与扎萨希格尔团聚。

扎萨希格尔跨上具足十八种神力的翅红沙马，头戴显赫的宝盔，身穿合体的铠甲，腰挂三十支白羽箭，背挎乌黑强弓，手持九庹长的金刚大刀，携哈斯高娃哈敦准备下凡去协助格斯尔可汗。临行前到霍尔穆斯塔腾格里处辞行："祝霍尔穆斯塔腾格里父皇为首的你们大家安康，我前去十方圣主格斯尔可汗那里了。"说完扎萨希格尔携哈斯高娃哈敦离开天庭来到赡部洲，睁开慧眼环视四周，把五日里程内的所有扫入眼里。突然看到格斯尔可汗正与安都拉玛可汗厮杀的场景，于是扎萨希格尔对哈斯高娃哈敦说："那三个大力士可汗的身体是刀枪不入的，他的命根子在他的两眼之间，只有射中此处，才能杀死他。我本打算到跟前再发箭，就怕圣主因厮杀过久而劳累过度。现在我从五日行程外射一箭试试。"说完，他瞄准安都拉玛可汗两眼之间射过去。他的箭正射中安都拉玛可汗的要害，大力士可汗从具足十三条巨龙之神力的像一座山峰般的豹花黄马上摔下来。格斯尔可汗见安都拉玛可汗从马背上栽倒，心中大悦道："啊！是不是三位神姐来帮助我啦？还是三位天神好友来援助了呢？"格斯尔可汗拾起安都拉玛可汗的两眼里插着的一支箭，认出了这支箭，说道："哎呀呀！这不是扎萨希格尔的箭吗？"格斯尔可汗把箭拔出来抱在怀里放声大哭起来。他不停地嘴里念叨道："宝玉搭口金刚水晶白羽神箭在这里，英雄之中的英雄、宝贵的扎萨希格尔，你在哪里？"

正在格斯尔可汗悲痛哭泣之时，扎萨希格尔快马加鞭骑翅红沙马，手持金钢大刀，迅速冲入安都拉玛可汗的残余军队中，犹如狼入羊群般，将敌军杀得四分五裂，像灰烬般飘散，然后走出了敌军军营。格斯尔可汗突然看见从敌营走出来的扎萨兄长，他从枣骝神驹上一跃而下，大哭道："防御外敌时像一座不可逾越的险崖，遇到劲敌时就如同使硬变软的锻铁研石，和我亲如一人的具有钢铁般坚强意志力的扎萨希格尔兄长啊！您从哪里来？"扎萨回答道："哎呀！断除十恶之源的圣主啊！当您为了夺回阿日鲁高娃哈敦而去讨伐十二头蟒古思时，仇敌锡莱高勒三可汗前来袭击我们，抢走了我们的所有。那时，你兄长扎萨希格尔我就像圣主您在家一样，不顾性命危险与敌军以死相拼，流汗流血，筋疲力尽，渐渐体力不支，到黄河岸边喝几口污浊的血水后，就昏倒于地，惨遭敌军的杀害。之后，按照您的旨意，转生到天庭。后来有一天，听到三位神姐禀报霍尔穆斯塔腾格里说，您率领三十位勇士征战十五头大力士可汗，久战不胜，我这才劝阻你的好友三天神，前来助您一臂之力。”说着哭了起来。

十方圣主格斯尔可汗和扎萨希格尔二人的哭声把黄金大地震动了三次。这时，十方圣主格斯尔可汗才放下拥抱着的扎萨希格尔，进行煨桑供奉祈祷，镇住了乾坤大地。南充和苏米尔等全部勇士都过来与扎萨相见，拥抱在一起。

如今十五头大力士可汗已被降伏，他的所有财富都归属了格斯尔可汗。大家看到了安都拉玛可汗的哈敦，她闭月羞花，美丽可人，名叫巴达玛拉格。苏米尔首先说：“我想娶那位哈敦。”这时十五岁的南充跑过来说：“哎呀！苏米尔哥哥，你就让给弟弟我吧！”苏米尔道：“如果你向哥哥我要别的任何东西，我都无一不应，唯独俘虏来的这个女人，我是不能给你的。”这时全部勇士都围了过来。扎萨见了这个能勾走所有勇士魂魄的漂亮女子后说道：“首先是我杀掉安都拉玛可汗的，再说我也是你们的兄长吧！这女人应归我。”苏米尔道：“哎呀！扎萨希格尔兄长，我们大家见您归来，不知有多高兴呢，可是您跟弟兄们抢一个女人是干什么？”正说着，十方圣主格斯尔可汗走过来劝道：“大家都别争啦！要娶也得先由扎萨和我两人中的一个娶她。如果我们不娶，自然会赏赐给你们的。”

这时，十方圣主格斯尔可汗悬挂在腰上的青光磁铁宝刀突然自行跃出刀鞘大半截来。十方圣主格斯尔可汗惊讶道：“宝刀为什么无缘无故自行跃出刀鞘大半截？曾经第一次跃出砍下了锡莱高勒可汗的头颅，第二次跃出砍下了十五头安都拉玛可汗的头颅，这次跃出是想砍下谁的头颅呢？难道是想砍这位女人的头颅吗？”说着他拔出宝刀砍下了这个女人的头颅。

扎萨看到后急忙说：“啊！我的圣主！您为什么砍下这女人的头颅？”格斯尔可汗道：“扎萨兄，您有所不知，我这把宝刀轻易是不会自行跃出刀鞘的，一旦离鞘，就暗示着必须砍下一个仇敌的头颅。扎萨，绝不能把这个女人娶作自己的妻室，您仔细看看吧。”

扎萨拔出自己的金刚大刀挑开那女人的腹部，从腹中掉下一个满九个月的十五头婴儿。扎萨见了之后说：“十方圣主啊！若非是您，我们还不知遭受什么样的灾难呢！”他们烧死那个婴儿，再把安都拉玛可汗城堡中的三百幢楼阁烧成灰烬，之后他们将安都拉玛可汗的全部财产带走。十方圣主格斯尔可汗携亲密的扎萨希格尔兄长奔向自己的故乡。

十方圣主格斯尔可汗前来征伐安都拉玛可汗之时，将十五年的路程缩短为十二个月就赶到了。打败安都拉玛可汗，班师回国也只用了十五天的时间就到达了自己的故乡。

当距自己的故乡还有五天路程之时，部落中的人们已经获得消息。他们听说扎萨希格尔从天庭下凡，同大家一同归来，格斯尔可汗杀死了十五头大力士可汗，都高兴不已。以阿日鲁莫尔根仙女、土门吉日嘎朗哈敦为首，察尔根老人、桑伦老人以及三个鄂托克兀鲁思等人全部前来迎接。

扎萨听到消息后，对格斯尔可汗道："啊！十方圣主，听说阿日鲁莫尔根仙女为首的众人前来迎接，我想先行一步，拜见金仙女茹格慕高娃和察尔根叔父！"格斯尔可汗说："扎萨你这样做是对的，你先行一步去见他们是应该的，去吧！"于是扎萨希格尔让南充作伴，二人一同策马加鞭而去。

前来迎接的人们看到扎萨的身影后道："十方圣主格斯尔可汗在大部队前头一个人先回来了！"

察尔根老人道："哎呀！你们在说什么？十方圣主格斯尔可汗怎么会一个人先回来呢？来人必是扎萨希格尔，他急着想与我们见面，才自己一个人先回来。"

阿日鲁莫尔根也在一旁说道："察尔根叔父说得对，先回来之人肯定是扎萨希格尔。"

这时，扎萨希格尔骑着翅红沙马到来了。大家看到扎萨希格尔后大声嚷嚷："哎呀呀！真是扎萨啊！"察尔根老人急忙喊："在哪儿？在哪儿？"边说边拍打着黄骠马迎上来说："啊呀！我的扎萨希格尔突然从哪里冒出来的？你还健康无恙吧？"他忘了自己还没有下马，纵身投向扎萨怀里，扎萨希格尔伸手把他接住，让他骑在自己的马鞍上相拥而泣。察尔根老人边哭边说道："扎萨希格尔你不是纵跃黑峰之巅，呼啸绝壁的黑斑斓猛虎吗？扎萨希格尔你不是在黄河之大浪中遨游无阻的巨鲸吗？到什么地方从哪里来？昔日与仇敌锡莱高勒三可汗交战时不顾自己的生命英勇战斗，被夺去宝贵的生命的扎萨希格尔啊！是不是专程回来拜见圣主的啊！"之后，扎萨希格尔赶紧和大家一一相见。最后超通诺颜一个人过来见扎萨希格尔。扎萨见他后说道："你们大家说如何想念我，我看全是假的。唯有超通叔父想念我才是真的。"这时，众人都过来附会扎萨道："扎萨希格尔所说对极了，超通诺颜应该是真心实意想念你啊！"超通诺颜明白了众人的意思，不敢出声，悄悄走开了。

随后，十方圣主格斯尔可汗镇压十五头大力士可汗，携亲密的从天而降的扎萨希格尔兄长，在敖鲁木草原上建筑了十三座金刚寺院和一百零八座琉璃城，还有一座可容纳一千五百人的黄金宝殿。之后，十方圣主格斯尔可汗召集十方部落设下湖泊海洋般盛大的宴席，开怀畅饮了三个月。

扎萨希格尔喝了三十大桶烈酒，面红耳赤，醉醺醺地坐在那里时突然看见超通诺颜。他怒火涌上心头，对超通吼道："你这个毁掉我十方圣主所建立的坚如玉石般的国家，害我扎萨希格尔战死于敌军的超通；因为你的叛变，圣主所建立的不可侵犯的政教之国被锡莱高勒三可汗摧毁。你忘记圣主的恩泽，使我们失去生命，使圣主格斯尔可汗忧心忡忡，使众人惨遭不幸的黑心超通；让我们互相分离，失去所有的毒心超通，今天我要吃你的肉，喝你的血！"说着抽出金刚大刀，向前扑过来。超通急忙喊道："圣主啊！救救我吧！"说着迅速钻到桌子底下了。

格斯尔可汗忙站起来劝道："扎萨希格尔，杀死这种无用的东西干什么？如果要杀死他，早就杀了，不会留到今天。如果没有他，我们就无法降伏十方的恶魔了。"扎萨希格尔又道："哎呀！威慑十方的圣主您镇压十方恶魔之时，我们从未见过让超通作为先锋之事啊！他毁掉您的黄金宝殿，夺走您的仙女哈敦，让我失去生命离开十方圣主。您的黑心超通，使无须赌咒的三十位勇士死于非命，动摇了圣主的政教之国家，引来了仇敌锡莱高勒三可汗，破坏您的政教之国家，使一切毁于一旦的荒诞无稽的超通诺颜，我怎么会忘掉这一切呢？"说着再次拔刀起身冲过来。超通吓得又钻进桌子底下，差点昏厥过去。这时，十方圣主格斯尔可汗劝道："我的扎萨希格尔啊！我们现在还不能杀掉他，比如超通的行为能使我们从睡梦中惊醒，能提醒我们忘记的事情。如果不是他，我也许会沉迷于眼前的幸福生活或贪图安逸，一事无成了。因此，他也是我诸神通中的一个啊！

如果他不是我的神通之一，我还能活到今天吗？这便是我至今还饶他不死的原因。我的扎萨希格尔，我现在让你看到为什么不能杀死超通！”格斯尔可汗命其他勇士暂时回避，把扎萨希格尔叫到跟前。超通跌跌撞撞地走到格斯尔可汗身边，超通与格斯尔可汗几乎融为一体。看到此情况的扎萨希格尔特别吃惊，但他还是说道：“超通，你是在圣主的庇护下逃出我的手掌心的！”扎萨希格尔把金刚大刀插入刀鞘后坐下。

之后，十方圣主格斯尔可汗把安都拉玛可汗的具足十三条巨龙之力的像一座山峰般的豹花黄马赏赐给了扎萨希格尔兄长。将那九种金属铸成的铠甲赏赐给了苏米尔。又将安都拉玛可汗手下大臣扎干山峰般的枣骝神驹赏赐给了察尔根老人，再把他的血红铠甲赏赐给了南充。其他勇士们也都从战利品中分别获得了奖赏。

威慑十方的圣主格斯尔可汗在金色的敖鲁木草原上完成了一切，以圣洁的腾格里神的旨意，在宫殿中过起了平安幸福的生活。断除十方十恶之源的恩圣主格斯尔可汗，镇压了十五头大力士可汗，使得扎萨希格尔兄长从天庭下凡，将众生皆获得幸福之章结束。

第十章　镇压乔装呼图克图喇嘛的鲁布沙哈蟒古思

一天，断除十恶之源的十方圣主格斯尔可汗，登上琉璃城的南城楼。他睁开慧眼，向四周观望，只见天下有情众生，因为业力之故，有不少人眼瞎耳聋，手残腿瘸，食不果腹，穷困潦倒。看着他们，格斯可汗大发慈悲，心想：“为了利益有情众生，父皇霍尔穆斯塔腾格里曾派我降临凡尘。现在我沉迷于眼前的幸福生活，是何等的不堪！”继而又想：“我自从下凡到这个尘世间，虽铲除了不少恶敌蟒古思等害人的妖魔，但也有不少无辜者伤在我的刀下，我的罪孽也不少啊！所以我要坐禅一百零八天，以赎以往的罪过。”格斯尔可汗这样想着回到宫殿，吩咐金仙女茹格慕高娃道：“从今天起我要坐禅一百零八天，请不要打开我的房门。在此期间，你们打开我的仓库，布施穷苦。见到僧侣，你们要格外敬重！”说完，开始闭关坐禅。

那时，距离格斯尔可汗故乡有十二年行程远的地方，住着一个具足十种力量的蟒古思的化身名叫鲁布沙哈的妖魔。他出生时骑一匹山一般高大的白马。他有两个名叫乌拉齐的神通广大的姐姐。他还有两个好友，也是他的神通无比的大臣，一个名叫特木德图，另一个叫伯勒格图，他俩的坐骑也是像山一般高大的黑马。鲁布沙哈还有两个黑黄巫师，他们的坐骑也是像山一般高大的栗色马。鲁布沙哈手下还有四十四名大臣、四百名勇士。

蟒古思的化身鲁布沙哈召集所有手下，设宴招待他们。席间，鲁布沙哈踌躇满志地对大家说："现在可以向格斯尔可汗讨还血债了！向格斯尔的国度出兵讨伐他们吧！"

右翼首席大臣特木德图说："据说格斯尔可汗是腾格里之子，有三十位勇士和三百位先锋，皆是天子下凡。我们如与他们为敌，恐怕难以获胜。"鲁布沙哈道："如果是那样，我们变为喇嘛再去。"左翼大臣伯勒格图也忧虑地问："我们变成喇嘛再去的话，格斯尔可汗若用智慧认出我们，会把我们杀掉吧！"

鲁布沙哈回答道："那怎么办？用武力害怕不能取胜，用计谋又担心被识破，这样我们如何报仇雪恨！"此时鲁布沙哈的大姐说："哎呀！我的鲁布沙哈弟弟！我给你出一个主意！"鲁布沙哈的大姐接着说："很早很早以前，我听说佛祖释迦牟尼为普度众生脱离苦海之时，两手持九环锡杖和黑钵布教说法。我们也效仿此法，就能轻而易举地把格斯尔变成驴子。用黑钵和锡杖把格斯尔变成驴子的法术由我来教你。鲁布沙哈你变成大喇嘛，两位神通的大臣变成徒弟，二位神巫师可以变成俗家弟子！"

鲁布沙哈听后高兴无比，对姐姐说："姐姐的计谋真妙！我们立刻出发前去报仇，请姐姐马上就把法术教给我们吧！"

姐姐说："我先回自己的城，你们随后赶来。我在七十三层金塔上向你们传授法术。"

鲁布沙哈骑上山一般高大的白马，率领两位大臣和两位巫师一行五人随后就出发了。他们将三个月的路程缩短为三天赶来了。他们立刻登上七十三层金塔，对姐姐说："我的姐姐！我想马上就赶往格斯尔的国度，请你赶快把降伏敌人的法术传给我们吧!”

姐姐道:“你们五人把头低下后伸来!”于是她伸手摸了他们五人的头，传了法术。鲁布沙哈立刻变成了金光闪闪的大喇嘛；两位大臣变成了两个佛门弟子；两位巫师变成了俗家弟子。她在鲁布沙哈的右手上画了使人变为驴子的符咒。她又在鲁布沙哈的左手上画了利益众生的法术。之后随手变出一根锡杖和一只黑钵交给鲁布沙哈，吩咐道:“你们到达后把格斯尔变成驴，然后把这些东西尽快送回来。你们无法保管它们的。”

鲁布沙哈五人辞别姐姐，用一中午的时间赶回家后，向格斯尔可汗的国度出发了。这时，格斯尔的三位神姐察觉到此事，变出一座顶天入云的高山挡在他们途中。鲁布沙哈一行五人来到这座山下，绞尽脑汁想尽办法却无法逾越，十分苦恼。

这时，格斯尔的苞阿通充神姐开口道:“二位妹妹，谁让我们三位挡住格斯尔的敌人了，喇嘛会占上风的啊！他们的决心会实现，但最终格斯尔获胜，这是无疑的，没关系!”这样三位神姐收回了变出的高山返回天庭。

喇嘛见横阻于面前的大山突然消失不见，心中高兴不已，继续向前走。他们走到一半路程之时，格斯尔可汗的好友三天神知道了此事。三位天神立刻下凡尘世，从空中撒下一张大网，把变成喇嘛的鲁布沙哈他们五人罩住。之后三位天神互相议论道:“很早以前，霍尔穆斯塔腾格里曾命令我们，这赡部洲的主人是格斯尔可汗，如果格斯尔可汗遇到强敌力不及时要我们出手相助，可并没有让我们阻挡来敌啊！现在我们三位天神阻挡这五位敌人未能到达格斯尔处，格斯尔也没有败给他们，我们这样擅自做主，先抓这些人，如果霍尔穆斯塔腾格里知道了，不会对我们发怒吗？之后威勒布图格齐听说了，不会责怪我们吗?”这样讨论后他们三人觉得还是把他们放走为好，于是他们收回了巨网。喇嘛为首的五人如同脱笼之鸟，慌张地向前逃跑。

他们来到格斯尔国家附近，支起一顶布帐篷住下了。格斯尔可汗处的百姓听说来了喇嘛，纷纷前来磕头祈祷。他们对那些格斯尔可汗所辖部落的穷苦百姓施舍了大量钱财，给那些聋哑瘸拐百姓施以法术。表现出一副慈悲为怀的样子，像父母般给予无微不至的关怀。那些普通百姓，哪里能识破他们的阴险毒辣呢？一直争相供奉，敬重有加。

不久，那些喇嘛收起帐篷，迁到格斯尔可汗所住城池的西南角住下了。这时，第一个给喇嘛磕头的盲人，跑到茹格慕高娃处说："我的眼睛能看东西了，我们这里来了一位金面大喇嘛，法术精湛，见穷苦百姓便施舍财物，遇到病人就治病，让眼瞎之人重见光明，能让耳聋之人听到声音。这真是功德无比的神奇喇嘛啊！"

茹格慕高娃听后心想："发生这样的事情，我怎么一点都不知晓。不可违背圣主尊敬喇嘛之旨意，我应前去拜见！"说完，她带领五百个随从携带施舍之财物，来到喇嘛所住之处。

茹格慕高娃来到喇嘛处后没有急着去磕头，而是先绕喇嘛所坐的桌子转了三圈。她边转边仔细打量这位喇嘛，但他宝相庄严，像是一位智者高僧。因此，茹格慕高娃把他当成佛祖一样叩头跪拜，并献上施舍之物之后返回家中。

那时，距离格斯尔可汗坐禅出关还差八天。格斯尔可汗八天之后坐禅入定功德圆满，对茹格慕高娃说："把门打开！我已经完成功德，解救众生的时候到了。"

茹格慕高娃听到格斯尔可汗闭关功德圆满，设坛焚香煨桑，击鼓奏乐，打开禅房之门。格斯尔可汗走出禅房道："速传我命令，召集穷苦百姓们，我要发给他们布施之物品，让身患病痛的人都过来，我给他们治病。"

茹格慕高娃听后答道："我的十方圣主格斯尔可汗啊！在您坐禅期间，我们这里来了一位神奇的金面喇嘛。他也给穷苦百姓施舍了财物，为患者治病，使盲人重见光明，使耳聋之人听到了声音。我听到这个消息后，不想违背您尊敬喇嘛的旨意，就携带布施之物，带领五百名随从去了。到那里后，我首先围绕他的桌子转了三圈，仔细观察了一下。他果然像一位得道的高僧喇嘛，像佛祖一样金光闪闪的喇嘛啊！他是不是真的喇嘛，我怎能辨别出来呢？当时我想，不管他是不是真的喇嘛，我先给他磕头拜见，以后圣主您会辨别出真伪的。就这样我磕头拜见了。格斯尔可汗您不管怎样过去见一见那个喇嘛，辨别一下真伪吧！”

格斯尔可汗道：“这赡部洲哪里还有比我高深的喇嘛？我不能去。他来这里如有什么事情，自然会来我的宫殿拜见我的。哪有我随便跑过去给一个行脚僧磕头礼拜的道理！”

茹格慕高娃听后说道：“我不是说让您去叩拜那个喇嘛，我的意思是，那喇嘛说不定是霍尔穆斯塔父皇怕您沉迷于安乐，特意派来试探您的呢？或许是妖魔变化而来的呢？我虽是仙女化身，但也没有辨认出真假来，我希望您去识别一下真假。您坐在自己的宫殿中，自认为天下没有比您有本事的喇嘛，这怎么行啊！如果是您父皇派来试探您的喇嘛，您要请他来宫殿中叩拜，如果他是妖魔变化而来，您也要揭穿他的假面目，除掉他才是啊！”

格斯尔可汗听了茹格慕高娃的这番话后觉得有道理，决定去见一见那个喇嘛。

格斯尔可汗带着仪仗队，敲锣打鼓走向喇嘛的住处。此时，他的枣骝神驹从天而降，挡在路中央，问道：“十方圣主格斯尔可汗您要到哪里去？”格斯尔可汗答道：“听说我们这里来了一位喇嘛，我要去拜见他。”

枣骝神驹又奏禀道：“很早以前，您的父皇霍尔穆斯塔腾格里教诲您说，您的上身附有十方佛尊，中身附有四大天神之神力，下身具足八大龙王之威力，腰腹上缠绕一百零八个仙女。在赡部洲没有比您更高强的神佛了。现在这个喇嘛只不过是个普通喇嘛，您把他作为什么叩拜呢？”

十方圣主格斯尔可汗对枣骝神驹说：“我怎么会忘记父皇的教诲，你是否以为我忘记了，才来提醒我呢？这是对的。虽然你说得非常正确，但是我能向一个随便的喇嘛叩拜吗？我是想去探明这个喇嘛的来历，识辨真假。你以为你能想到的事，我就想不到吗？”

枣骝神驹又道：“既然圣主这样说了，我一个畜生还有什么可说的呢？您今后别埋怨我没有提醒您！”说完飞向天空。

格斯尔可汗到达喇嘛处，仔细观察他，首先绕喇嘛的桌子转了三圈，把他仔细打量一番。喇嘛吓得浑身发抖，汗毛直竖，心脏跳动，筋骨响动。可是他又装作很镇定的样子。格斯尔可汗观察完后将自己的狮皮垫子放在黄金椅上坐下了。

格斯尔可汗用狮子吼叫般的声音向喇嘛问道：“喂！喇嘛，你从何处来？住处在什么地方？你的上师是哪一位？你的施主又是哪些人？你为什么来到这里？如果你想与我斗法，那就请开始吧！如果你想从我这里获得一些施舍，那我就施舍你一些财物。这赡部洲没有胜过我的喇嘛活佛，可你跑过来是为何？如果你自认为法力强过我，就请你施展一下，我就向你叩拜。如果你的法术不如我，我可以施展自己的本领，你向我磕头叩拜吧。”

这时，喇嘛吓得惊慌失措，但是他还是装作没事的样子，镇定地说：“格斯尔可汗，我不说您心知肚明，我不是来与您斗法比本领的。我是奉释迦牟尼佛祖之命，从金刚净地来到这里的。”

格斯尔可汗听后又问道：“喇嘛！释迦牟尼佛祖派你来这赡部洲干什么？你这话听起来好像是谎言似的。”

喇嘛与格斯尔可汗坐在一起，被逼问得不由得胆怯起来，他说：“当释迦牟尼佛祖镇坐金刚净地之时，我是一名小小的随从比丘僧。那时佛祖下旨让我速降赡部洲，向威勒布图格齐转达我的佛谕。你告诉他说：‘从前，你父皇霍尔穆斯塔腾格里奉佛谕答应五百年后从三个儿子中选出一人降临尘世。结果他沉迷于天宫的享乐，遗忘了我的旨谕，再过了二百年后才派威勒布图格奇下凡。但威勒布图格齐到蟒古思的国度镇压蟒古思后没有立刻返回，而是沉迷于阿日鲁高娃的酒宴，导致锡莱高勒三可汗来袭击你的部落，摧毁了你的一切。至今你都不去体恤悲悯有情众生。’因此，佛祖又说：‘威勒布图格奇你如果不服我，可以到我的金刚净地来，我到下界赡部洲去普度众生。’当时我对佛祖说，怕你不肯相信我。于是佛祖对我进行摩顶加持，使我变成金面喇嘛。他又恐你不信，赐给了我这黑钵和锡杖为凭据。”

格斯尔可汗听后回答道：“哎！我父子二人违背佛旨，做了错事是千真万确。不过，佛祖下旨时有没有说让你去告诉我父皇霍尔穆斯塔腾格里一声呢？或者是派去其他使者呢？你从上界动身时，三十三腾格里知道吗？遇到我的三位神姐了吗？我的好友三天神知道吗？你到过我父皇宫殿吗?”

喇嘛回答道:“佛祖没有下旨让我到你父皇的宫殿。我没有听说过你的三位神姐,也不认识你的好友三天神,更没有要我去见诸位天神!”说到这里,喇嘛表现出怒容道:“刚开始你说要与我比试法术高低,我取出佛祖赐予我的黑钵和锡杖,你也不相信,还说我是在说谎。如今你连释迦牟尼佛祖法谕都敢当作耳旁风,我要把你所说的话告诉佛祖。那时你自已跟佛祖当面说清楚,现在我要回去啦!”说完,他收起黑钵和锡杖便要起身。

这时格斯尔可汗心想,按常理,我不应该向这个喇嘛叩拜,但他手中有佛祖的黑钵和锡杖,见了佛祖的黑钵和锡杖而不叩拜,那会造成终身莫赎的罪过。于是他起身来说道:“哎呀!喇嘛,你虽然是释迦牟尼佛祖的比丘僧,但没有资格受我一拜,我是拜你手中的黑钵和锡杖。当我叩头礼拜之时,请你用佛祖的锡杖为我摩顶吧!”说完格斯尔可汗便向佛祖的黑钵和锡杖叩拜。这时喇嘛装作用锡杖为格斯尔摩顶的模样,却拿出上面画有驴像的符咒按到格斯尔的头上,霎时,格斯尔可汗变成了一头黑驴。

喇嘛见自己妖术成功,急忙翻出自己的臭靴、裤子、袜子等脏衣服,搭到驴身上。格斯尔可汗的身体因被这些脏物玷污,附在上身的十方佛尊升上天空,附在中身的四大天神也返回天宫,附在下身的八大龙王也下沉到龙宫中去了,缠绕在腰腹的一百零八仙子也回到了仙女宫。这样格斯尔可汗只剩下血肉之身了。

喇嘛慌忙给黑驴套上三层铁笼头,系上三副铁蹄绊子,交给了两位巫师牵着,自己潜入格斯尔的宫殿,掳走了茹格慕高娃及所有财产。之后,他们五人牵着驴子升上天空,飞向自己的故乡。茹格慕高娃虽然被擒而悲伤哭泣,但没有忘记留下消息。她对烈扎布小儿说:“你去告诉格斯尔亲密的扎萨希格尔兄长和三十位勇士及三百位先锋,就说格斯尔中了妖魔的计谋变成驴子被掳走了。”

烈扎布得到消息后迅速跑回家对扎萨希格尔禀报道:“父亲!来了一位恶毒的喇嘛,把格斯尔叔叔变成驴子,连同茹格慕高娃仙女婶娘一起从宫中掳走啦!”

扎萨希格尔听了烈扎布的话惊讶道："你这孩子在说什么?"他飞速将翅红沙马套上马鞍子，蹬上马蹬子，跨上马背，对荣萨弟弟吩咐道："你赶紧告知土门吉日嘎朗、阿日鲁莫尔根、三十位勇士、三百位先锋，要他们火速赶到格斯尔可汗城池!"说完扎萨希格尔骑上翅红沙马飞奔而去了。他一路哭泣着马不停蹄地赶到格斯尔可汗的宫殿，随后土门吉日嘎朗、阿日鲁莫尔根、三十位勇士、三百位先锋从四面八方先后赶来。看到人去屋空，一片狼藉的情景，以扎萨希格尔为首的人们放声痛哭起来。他们的哀恸之声震荡了山川大地，从天上的飞禽到地上的走兽都一同流泪。智慧最高的扎萨希格尔，为了稳住震荡的大地，进行了煨桑，这才阻止了大地的持续震荡。

扎萨希格尔问大家道："你们有什么意见没有？我去追杀妖魔!"三十位勇士齐跪道："扎萨，我们大家随你一同去追赶!"扎萨道："不能这样，刚才我们大家都在家中，可是谁也没有发觉敌人将格斯尔变成驴带走。现在还说不定从什么地方又会来敌人侵袭我们，所以大家都想去是错误的，我带领一二位勇士过去就行了。"大家不敢违抗扎萨的命令，都悄悄地不出声了。

土门吉日嘎朗和阿日鲁莫尔根对扎萨说："我们两个妇道人家知道什么呢？一切听从扎萨兄长您的安排。"扎萨道："苏米尔和南充随我一同出发吧。"这样他们三位走了一个月的路程，遇到三座大青山挡住去路。扎萨毫不迟疑地拔出神箭射过去，果然射出一条路来了。三人穿过去后走了一小会儿，又见前面有三道红色山崖挡在前面。扎萨让南充去射那红崖，南充立刻拔出箭射塌红崖，顺利通过了。不久，又遇到一片参天的黑色密林。

扎萨对苏米尔说："苏米尔啊！你去砍掉树林开路吧!"于是苏米尔抽出九庹长的金刚宝刀，一阵猛砍，开出了一条路。他们穿过了树林。刚过不久又遇到一处望不到边际的大海。

此时，扎萨道："苏米尔，南充，你俩去把刚才伐倒的树木运过来，我来捆扎木筏，我们要渡过这片大海。"

苏米尔和南充两人一边为格斯尔可汗之事难过而哭泣一边依扎萨的命

令去搬运树木，扎萨也悲痛着捆扎着木筏。格斯尔的三位神姐看到此情景后，怕加重他们的悲伤，强忍着悲痛，拭去泪水，现身于他们身边道："哎！你们三位不要过于悲伤，格斯尔不会死的。我们三个马上去禀报父皇霍尔穆斯塔腾格里，你们三位还是放心回去吧。"说完三位神姐飞上天空。因为不便违抗三位神姐的命令，扎萨带苏米尔和南充返回了部落。

三位神姐返回天庭后，向霍尔穆斯塔腾格里禀报道："有一个蟒古思的化身变成喇嘛，把格斯尔变成一头驴，连同茹格慕高娃仙女一起掳走了。"

霍尔穆斯塔腾格里听后立刻召集两个儿子和三十三天神，问道："如今我的儿子威勒布图格奇被蟒古思变成了一头驴，你们有什么办法没有?"此时三十三天神回答道："我们不知道有什么办法，这件事唯有您来做主啦!"

霍尔穆斯塔腾格里只好对两个儿子阿敏萨黑格奇和特古斯朝克图说："你们两个谁的本事高强一些就由谁去救助威勒布图格奇!"

阿敏萨黑格奇听了，忙跪下奏禀道："弟弟被妖魔变成驴，没有父皇您的命令我也应该去解救，可是我本事不够强大，心有余而力不足!"

此时，弟弟特古斯朝克图也急忙跪禀道："我知道哥哥被妖魔变成驴，哪里有不去解救的道理，只是我打不过那个妖魔呀！还望父皇明鉴!"

霍尔穆斯塔腾格里听后道："这两个孩子所说有道理。我们去向释迦牟尼佛祖禀报此事，再求援吧。"于是霍尔穆斯塔腾格里率领三十三天神来到金刚净地，拜见佛祖后说道："蟒古思的化身变成一个喇嘛把威勒布图格奇变成了一头驴，连同茹格慕高娃仙女和所有一切都掳走了。我又找不到能解救他的人，实在没有办法，来向佛祖您禀报!"

佛祖道："你们回去后查一下威勒布图格奇在天界的生辰年、月、日，再派人去查下界赡部洲的生辰年、月、日。将这两个生辰年、月、日同他的星宿放在一起，去查看格斯尔的命运书。书中会告诉你们格斯尔命中注定要遭遇几次劫难，应该由什么人解救等等。我本想告诉你们，不过我现在急着要坐禅，你们去查格斯尔的命运书是一样的。"

听了佛祖的旨意后，霍尔穆斯塔腾格里率领三十三天神返回宫中。他当即派人去查询格斯尔在天界和下界的生辰年、月、日，对了星宿，翻开格斯尔命运书。书中记有格斯尔一生要遭受此劫难，格斯尔此生有九次劫难。他们继续往下翻看，书中还写道，这次劫难应该由他的阿日鲁莫尔根哈敦前去解救，这样大家全明白了。

霍尔穆斯塔腾格里对格斯尔的三位神姐下令道："你们三人带着这装有甘露圣酒的金瓶去见我的儿媳阿日鲁莫尔根，把威勒布图格奇的情况详细地告诉她。再转达我的旨谕！"

三位神姐拿着金瓶甘露圣酒向下界飞去。她们一路发出千条青龙的呼啸声，震动了大地。以扎萨为首的三十位勇士和三百位先锋听到这震撼天地的声音，急忙跑出屋子看，只见从阿日鲁莫尔根蒙古包天窗发出一道绚丽夺目的九色彩虹。

扎萨道："啊！格斯尔回来了吧？除了他没有人能发出如此巨大的声音！"于是他们走出家门，有的来不及套上马鞍，有的来不及系腰带，有的来不及戴帽子，有的来不及穿鞋，从四面八方向阿日鲁莫尔根的蒙古包跑过去。

人们从四面八方赶来时，阿日鲁莫尔根铺上十三层锦垫，正坐在金案前。此时，三位仙女手捧盛有甘露圣酒的金瓶，跪在她面前。扎萨等众勇士见了之后也急忙跪倒。

阿日鲁莫尔根道："哎呀！三位神姐，你们为什么要给我跪下？你们没有给我跪下的道理啊！这岂不是要折杀我嘛！"

三位神姐赶紧说："阿日鲁莫尔根，你先坐在那里别动，今天我们是有事来求你！"又接着说："我们是奉你公爹霍尔穆斯塔腾格里之命前来见你的。由于听说威勒布图格奇被妖魔变成驴子，他就立刻召集三十三天神和我们一同商议谁去解救格斯尔之事。结果没有想出解救的办法。想从下界赡部洲寻找合适的人去解救，但也未果。最后，霍尔穆斯塔腾格里带领我们大家去拜见了释迦牟尼佛祖。佛祖说，他不能将解救之法详细告诉我们，因为他急着要坐禅。他指示我们回去后查看格斯尔的命运书，我们回来后查看了命运书。书中果然记载着格斯尔应有九次劫难，这次变驴子也是劫难之数。而且命运书中还指示只有他的阿日鲁莫尔根哈敦才能解救他。所以你公爹霍尔穆斯塔腾格里命我们三位将这装有甘露圣酒的金瓶交给你，让你去营救格斯尔，解除此次劫难。”

阿日鲁莫尔根听后急忙起身，双手接过金瓶，说道：“格斯尔来我这里住了两三个月，我也不为他当时对我的亲热而特别高兴。他到别处二年三年不到我这里来，我也不会责怪他。格斯尔与我成亲以来，他从来未说自己有一天会变成驴，要我去解救。不过，这是霍尔穆斯塔腾格里公爹的旨谕，是亲自驾临到我这里的三位神姐的旨谕，我怎能说不去呢？那我就去。”之后，她又对三位神姐说道：“此次去，还请三位神姐大展神通，随时能助我，还有格斯尔的好友三位天神也来随时助我。否则的话，我也不能前往啊！”

三位神姐听后道：“可以，没问题！”阿日鲁莫尔根赶紧向三位神姐叩拜，并喝了霍尔穆斯塔腾格里赐给她的甘露圣酒。看到此情景的三位神姐以及三十位勇士、三百位先锋皆高兴地叩拜了阿日鲁莫尔根。

阿日鲁莫尔根急忙起身穿上铠甲，披挂整齐，手持刀枪，背挎弓箭，变成青鹰，从天窗飞出去了。此时从天窗发出一道五色彩虹挂在了天空。阿日鲁莫尔根径直飞向蟒古思的国度。三位神姐也返回了天宫。扎萨为首的三十位勇士和三百位先锋全部欢欢喜喜地回各自的家了。

鲁布沙哈把格斯尔变成驴牵回去之后，三个月以来，没有给它喂一把草料，也没有给它饮过一口水。他每天把它套入磨中，一天要磨一千袋小麦。两旁还站着两位巫师手持棍棒打它。那两位巫师的女人在磨坊里磨面。有一天，它实在支持不住了，觉得自己生命即将结束。它悲伤万分，凄然悲叹道：“上界的父皇霍尔穆斯塔腾格里怎么了？中界的阿修罗的十七天神们怎么了？圣慧三神姐怎么了？好友三天神怎么了？蟒古思以魔法如此折磨我，可是我的神佛们去了哪里？”

它这般悲凉凄惨的哀哭声打动了旁边的两个巫师及他们的妻子。这一天，两位巫师做主，少磨了五百袋小麦。之后，两位巫师向鲁布沙哈汇报道：“三个月以来，我们没有给那头驴喂一把草，饮一口水，现在这头驴快要动不了了。今天只磨了五百袋小麦，这样下去，这头驴会累死，你说怎么办呢?”

鲁布沙哈道：“既然这样了，那就一天喂它一升豆子，一捆草吧。不能多给，千万要记住啊，小心被它骗了。按理说它没有死的道理，明天还让它磨一千袋小麦。”

两位巫师回来后给驴喂了一升豆子，一捆草。翌日，又让驴磨了一千袋子小麦。驴在磨道中伤心哭泣道：“上界霍尔穆斯塔腾格里父皇怎么了？中界的阿修罗的十七天神们怎么了？圣慧三神姐怎么了？好友三天神怎么了？蟒古思以魔法如此折磨我，可是我的神佛们去了哪里？我妻金仙女茹格慕高娃，你也不帮我求一求，哪怕再说一句给驴多添一把草、一口水，难道你也背叛了我？这是怎么了?”

此时，阿日鲁莫尔根来到蟒古思国度，正在一百零八座城池上空盘旋。她听到格斯尔悲哀的哭声，心想：“我的格斯尔陷入无比的痛苦之中了。”于是她也无比悲痛哭泣着向三位神姐祷告，请求她们把上界的圣食化为冰雹，将甘露溶入雨水之中，降到格斯尔身上。三位神姐立刻施展神通，落下了一场冰雹骤雨。那驴一边拉着磨盘，一边吞咽落在磨道两旁的雨水和冰雹。

阿日鲁莫尔根飞上天空，盘旋在蟒古思城池上方，四处观察。她突然看见，蟒古思与金仙女茹格慕高娃坐在一座九十三层高的金塔顶上，坐于金椅子上对弈。前面放着一张桌子，桌子上摆满了各种水果点心。阿日鲁莫尔根从空中看到后愤怒道：“金仙女茹格慕高娃，你真是找到了一位称心如意的好丈夫了，蟒古思你也遇到了一位好妻子了。我绝不放过你们!”她按捺不住内心的愤怒，三次想从空中俯冲过去。但她还是控制住了自己未鲁莽行事。她心中想：“如果我下去能救格斯尔，那是极好之事；如果我一旦失败，魔鬼必定更加肆无忌惮地折磨格斯尔。那样上界的霍尔穆斯塔腾格里父皇和圣慧三姐也要责怪我行事太鲁莽。如今我如何对付呢?”这样阿日鲁莫尔根也没有了主意，心中难过不已，四面环视。她突然看见距此有三个月路程外的地方，有一座建有三百座大楼的城邑。她心中感到奇怪，她想，这座城是干什么的呢？说不定从那里能找到歼灭妖魔的办法。于是她立刻飞往那座城去了。

黑驴吃了那从天而降的圣品和冰雹，喝了甘露雨水后，体力恢复，精神抖擞，暗自想："我自从来到这里，从来没有像今天这样吃饱喝足过。这一切食物和饮料是不是霍尔穆斯塔腾格里父皇赐给我的呢？我现在体力恢复得已经同过去的格斯尔没什么两样了。我应该想办法逃脱了。"它在当天晚上，在三层铁房中，发出一声吼叫，如同七十条青龙的狂吟，放开四蹄，尥蹶狂踢。此时囚禁驴的三层铁牢房分成两半，三层铁圈被断开，三道铁笼头断成几半，三道铁索绊子被撑开，飞向天空中去了。鲁布沙哈的两位大臣从塔顶上看到后，急忙飞过去抓住驴的两只耳朵，把它揪到鲁布沙哈面前。

鲁布沙哈将两位巫师叫过来叱责道："你们说这头驴快要死了，难道快要死的驴子是这样的吗？我不是反复叮嘱过你们，要你们小心行事吗。"鲁布沙哈大怒，将两位巫师每人打了一百棍。打完后鲁布沙哈又道："如果你们俩再让它跑了，我要你们俩的命！"说完，给驴套上了九层铁笼头九道铁索绊子，关进九层铁墙圈了。九层生铁牢房，拴在九根生铁铸成的铁桩子上。之后，鲁布沙哈又对两位巫师下令道："夜里你们俩要格外留神，从明天起，每天要让它磨一千五百袋子小麦！"

第二天，他们把驴套入磨中，两位巫师手持铁棒不停地从两旁抽打，直到磨完一千五百袋子小麦。

阿日鲁莫尔根飞到那座七十三层高的金塔。金塔上坐着蟒古思的一个姐姐。这个女妖生得奇丑，双目深陷一丈，一双眉毛垂到胸腹之间，满口獠牙指天刺地，交错而生。一对乳房垂到膝盖。一双耳朵像两个大簸箕一般侧在脑旁。鼻孔如一对不见底的黑洞。十根手指像鹰爪般又尖又弯。一头乱发呈现出红、黄、白三色。说话声像蚊蝇的声音嗡嗡响。

阿日鲁莫尔根见了如此丑陋无比，使人作呕的妖女后，暗暗惊讶后心想："我也变成如此模样，试着救出格斯尔。"她又怕漏掉这个恶毒怪物身上的某一特征，来回盘旋在她周围仔细观察。这时，听到那女妖自言自语道："肚子饿了，该进食了！"说完她起身拉着一根九庹长的朽木黑拐取了身旁的月牙钝刀，一瘸一拐地走下金塔，原来她还是个瘸子。

阿日鲁莫尔根摇身一变，就变成蟒古思姐姐的模样，飞到鲁布沙哈的地堡。这时特木德格图大臣从塔顶望见蟒古思姐姐到来，急忙去向鲁布沙哈禀报道："我们的姐姐来了！"鲁布沙哈道："姐姐来是对的，你们两位大臣取上金交椅随后赶来，我先行一步，去迎接姐姐！"这样，鲁布沙哈出十里之地，见到姐姐上前互相拥抱，向姐姐请安，姐姐也回了礼。鲁布沙哈问姐姐道："姐姐，你每次见我都要拥抱我三次，吻我三遍。这次怎么不一样了？你的两根金杵呢？没有带来吗？"

姐姐道："听说你回来了，姐姐要急着赶来见你，就把两根金杵忘家里了。看见你我一高兴，把往日的习惯也都忘记了。"

鲁布沙哈对姐姐说："姐姐说得对。"他将姐姐请到金交椅上，还让人抬着回到了宫殿中。

妖女问道："鲁布沙哈，听说你把格斯尔变成驴，又把他的哈敦金仙女茹格慕高娃也掳来了，我这才高兴不已，急忙赶来的。你怎么不让她来见我呢？"

鲁布沙哈听后急忙叫来两位大臣，让他们俩去把金仙女唤来拜见姐姐。两位大臣带来金仙女茹格慕高娃，在屋子外边叩拜。

这时妖女姐姐祝福道："嫁给夫君幸福长不了！"金仙女听后对两位大臣说："这真是各地的风俗不同吗？我们格斯尔的国度，新媳妇拜见时都祝福为'百年好合，幸福永远'。怎么你们这里这样祝福呢？这是诅咒还是祝福？我真不知道了。各地风俗不同吗？"说着金仙女非常愤怒。妖女听后说："你生我的气吗？就算你是鲁布沙哈的命根子，你又能把我怎么样？"又接着说："把门打开，我要看看这位新媳妇的模样！"门打开后，妖女手放额前作遮光的样子，连连赞叹道："哎呀呀！长得多美啊！多有姿色的媳妇啊！"

金仙女偷偷地瞟了一眼妖女后大吃一惊，对两位大臣说道："过去我没有见过鲁布沙哈的姐姐。今日一见，如果没鲁布沙哈和你两位大臣，我会吓得不见她的。不过，你仔细看，怎么她耳后的三道发旋与阿日鲁莫尔根的一模一样的呢？"

两位大臣一听，忙说："仙女别出声，别让姐姐听到了。这件事，我们以后跟鲁布沙哈说。"

妖女听到了他们在门口的窃窃私语，也大吃一惊。她怕被茹格慕高娃识破，急忙下令把她带走，并向三位神姐祷告，使她们马上施法让茹格慕高娃她们忘掉这一切。

妖女说要回家，鲁布沙哈忙说道："姐姐，我从格斯尔那里夺来不少珍宝，你带回一些吧。"

妖女姐姐道："我拿那些珠宝干什么？我用不着，如你想送我，就把格斯尔变的那头驴送给我吧。"

于是鲁布沙哈心中犯难迟疑了一下道："姐姐，我不是舍不得给你，是怕你无法制服它。"

姐姐道："我是想让你把这仇敌送给我，这还不是为你好，我倒要看看你如何制服它！"妖女气汹汹地要立刻起身回去。

鲁布沙哈急忙劝道："姐姐，你不要生气，我把驴送给你。"这时金仙女茹格慕高娃对鲁布沙哈说："你知道格斯尔的神灵很多，不能这么轻易地把驴交给她。"

鲁布沙哈听了茹格慕高娃的劝告觉得有道理，就不想给驴子了。妖女姐姐愤怒道："你是靠谁的本领把格斯尔变成驴的，我原以为格斯尔是被我的法术变成驴的，今天看来，鲁布沙哈你好像用自己的法术把格斯尔变成驴的样子，我走了。"

鲁布沙哈急忙劝姐姐道："姐姐，请你等一等，你不要生气，我是在姐姐你面前撒娇呢。"说完他立刻对手下说："快去把驴子牵过来！"手下立刻把驴牵过来了。格斯尔变成的驴子看到阿日鲁莫尔根变的蟒古思姐姐后，发出一声长嘶，眼泪刷刷地掉下来。

两位大臣见黑驴的嘶叫啼哭后说："圣姐，这头驴见您后为什么又嘶叫又啼哭呢？"

妖女说："你们这些孩子，连这么浅显的道理都不懂吗？你们一天让它磨一千袋子小麦。到我那里，让它一天要磨一万袋子小麦呢。这头神驴知道了这些后心里难过，所以这般嘶叫啊！"鲁布沙哈也觉得姐姐说得非常在理，点头称是。

妖女骑驴走了。鲁布沙哈对两位大臣下令道："她是不是我们的姐姐呢？你们二位变成苍鹰，从空中暗暗跟过去探查一下。”于是两位大臣变成鹰暗中跟了过去。

驴对阿日鲁莫尔根说：“你还不快把我带上空中赶快逃跑呢?”阿日鲁莫尔根骑在驴身上伸手戳它的耳根，低声说道：“刚才，你一见我又哭又叫，现在蟒古思的两位大臣在我们上空，你怎么一点都不知道呢?”格斯尔听后也很后悔，心想：“我怎么变得如此糊涂了呢!”

阿日鲁莫尔根在途中不断地向三位神姐祷告祈求护佑，来到鲁布沙哈姐姐的城邑。守城的兵卒手持铁戟坐在城门口。阿日鲁莫尔根用神通遮住他们的眼睛，顺利进入城中，径直登上金塔。这时两位大臣见她登上金塔，完全相信了她就是鲁布沙哈的姐姐，放心地飞回去了。

阿日鲁莫尔根见两位大臣返回，她发出一声千条巨龙般的吼叫声，挟着黑驴升上了天空。阿日鲁莫尔根的吼叫声使蟒古思姐姐的城被震动得倒转了三圈。蟒古思姐姐为首的人们都惊讶不已，纷纷吵嚷着议论刚刚发生的事情。

阿日鲁莫尔根把驴带到空中。三位神姐迎上来说道：“尼苏海呀！身体还好吗?”这样争相问候时，阿日鲁莫尔根说道：“你们的尼苏海体力还没恢复，我想把他送到天宫中去，可我无法登上天宫。请三位神姐把他送到霍尔穆斯塔腾格里处吧!”这样阿日鲁莫尔根就返回了。三位神姐将驴子送去霍尔穆斯塔腾格里那里了。

霍尔穆斯塔腾格里为首的三十三天神等带着驴去求见释迦牟尼佛祖。佛祖见后说道：“我可以把驴子变回格斯尔，但目前还不行。因为我现在正在修炼四大煞咒，如果这时把驴变回格斯尔，格斯尔的功力比原来增大很多，会导致他发怒时很难把控自己，甚至会到不分敌我的地步。因此，我暂时还不能把驴子变回格斯尔原身。霍尔穆斯塔腾格里，你先把驴带回去，用圣品喂三遍，请僧侣诵经祛邪，用圣水沐浴，再进行煨桑去污。这样，黑驴渐渐变回格斯尔原身。那时你再带他来我这里，我为他摩顶加持!”于是，霍尔穆斯塔腾格里把驴子带回自己的天宫，先给它喂了三遍圣品。这时驴的皮毛有了光泽，腰满体肥。之后，霍尔穆斯塔腾格里又请来僧侣为他诵经驱邪，还让它到圣水中沐浴，又进行煨桑。这样黑驴变回了格斯尔原形。

遵照佛祖的旨谕，霍尔穆斯塔腾格里带着威勒布图格奇又来到了释迦牟尼佛祖的神殿。佛祖见他们后问道："威勒布图格奇，你知道自己为什么会变成驴吗?"威勒布图格奇向佛祖叩拜九次后回答道："那恶毒的蟒古思手持黑钵和锡杖，我以为是佛祖的法器，所以才中了他的暗算。"

佛祖听了微笑道："威勒布图格奇，你过来!"格斯尔弯着腰低头走过来，佛祖为他摩顶加持。此时格斯尔身上发出一道道金光。

佛祖道："威勒布图格奇，你可以回去好好休息了。"霍尔穆斯塔腾格里和威勒布图格奇返回了天宫。

回天宫后，格斯尔和娜布沙胡日扎祖母、霍尔穆斯塔腾格里父皇、三十三天神、三位神姐、好友三天神等一起欢宴了三个月。

一天，格斯尔对霍尔穆斯塔腾格里提出，自己想返回下界。霍尔穆斯塔腾格里说："你拿上这金杯圣酒，献给阿日鲁莫尔根，好好拜谢她吧。"格斯尔接过金杯，阿敏萨黑格奇和特古斯朝克图二人把格斯尔送出天宫。格斯尔发出千条青龙般怒啸声，披挂着九色彩虹，风驰电掣般降到凡尘。

此时，金色的大地都激动起来了。听到震动声的扎萨希格尔为首的三十位勇士三百位先锋都急忙跑过来。格斯尔拿着金杯圣酒直奔阿日鲁莫尔根家。格斯尔见到阿日鲁莫尔根立刻跪倒，献上手中的圣酒。此时阿日鲁莫尔根急忙接过圣酒道："格斯尔别这样，赶快坐下来。那里有丈夫给妻子下跪的道理?"

格斯尔微笑起身，与扎萨拥抱寒暄后盘腿坐在金榻上。这时南充、苏米尔为首的三十位勇士和三百位先锋也先后赶来与格斯尔相拥在一起，大家都格外高兴。格斯尔大摆宴席，与大家共享相见之喜悦。格斯尔喝了三十大桶酒，扎萨希格尔和阿日鲁莫尔根也喝了三十大桶酒。其他苏米尔、南充为首的众勇士也喝了十来桶、五六桶等，大家都面发红光，有了几分醉意。

这时十方圣主格斯尔可汗对大家说："我要立刻去杀掉鲁布沙哈，夺回我的金仙女茹格慕高娃。"

阿日鲁莫尔根听了后说道："我去解救你的时候见到他有一位姐姐，

在我们与鲁布沙哈城堡之间的正当中。据我观察，她力大无比，本领要超过鲁布沙哈和他的大姐姐许多。所以，先把她降伏后再收拾他俩就容易多了。”

格斯尔完全同意阿日鲁莫尔根的分析，立刻准备出发。格斯尔与阿日鲁莫尔根启程赶往妖魔的住处。他来到女妖驻地附近，有一道深沟挡住了去路。格斯尔与阿日鲁莫尔根在沟边的悬崖下将马匹藏起来，徒步爬上崖顶，仔细观察敌人的动静，发现有一只母鹿正在吃草。阿日鲁莫尔根指着母鹿对格斯尔说道：“你要一箭射中它额前的月牙儿，千万不要放跑它！”格斯尔听后抽出了箭，一箭射过去。母鹿听到了箭响声，一闪之间躲开了。母鹿正要逃窜，阿日鲁莫尔根一箭射过去，正好射中母鹿额前的月牙儿，穿过身体，箭镞从尾下露出来闪闪发光。那母鹿带着伤跌跌撞撞地逃跑了。

阿日鲁莫尔根取笑格斯尔道：“我看你是个男子汉，这才让你先射的。谁料到你竟放了空箭失手了。你看我射的一箭怎么样？我可是女流之辈啊！”这样，二人哈哈大笑，返回去骑上马，沿着母鹿的踪迹跟随到它的住处。他们到了一座城池，城门关着。格斯尔跳下马，举起九十三斤重的大钢斧，砸开了生铁大门。格斯尔和阿日鲁莫尔根化身为两个儿童跑进去。突然看到母鹿已经变回了蟒古思的姐姐原形，像一条狗一样正蹲在地上。

那蟒古思女妖见到他们俩就说：“孩子，帮我把这支箭拔出来吧！”格斯尔变的小孩道：“拔箭可以，不过你要答应做我的妻子！”蟒古思忙回答：“好好！只要你能帮我拔出这支箭，我就给你当妻子！”于是格斯尔抓住露出来的箭镞，一使劲儿就拔出来了。女妖痛得跳起身，就把格斯尔和阿日鲁莫尔根吞进肚子里了。

格斯尔和阿日鲁莫尔根在她的肚子里喊道：“吞了我们这样一对宝贝，你是消化不了的。快把我们吐出来吧！如果你不吐出来，我们俩就抽你的心肝啦！”说着，格斯尔伸手去摸她的心脏。

女妖吓破了胆，急忙吐出他们俩。格斯尔跳起身一把揪住那蟒古思女妖的发髻，抽出九庹青铁宝剑要斩断她的头颅。这时阿日鲁莫尔根忙上前劝阻道："圣主啊！我们不能就这么杀掉她，你应该娶她为妻。"于是格斯尔对蟒古思女妖下令，让她发誓。那女妖伸出舌头舔着格斯尔的宝剑发誓。格斯尔就放过女妖，按照阿日鲁莫尔根的意思娶了女妖为妻。之后，格斯尔和阿日鲁莫尔根返回部落过上天神般的幸福生活。

鲁布沙哈的大姐听说鲁布沙哈把格斯尔变成驴子，又掳来了他的金仙女茹格慕高娃，心里想："我该去看一看了。"于是她启程赶往鲁布沙哈的城堡。

两位大臣从塔顶看见后，快速去向鲁布沙哈禀报："大姐来了！"鲁布沙哈心存疑惑地说："大姐不该在这时候再来呀！难道她把驴弄丢了？"于是他骑上那匹像山一般高大的白马，赶忙出城迎接。见到姐姐后说："姐姐你那天才来牵走驴子，这么快又来是为什么？"姐姐道："什么驴子？我什么时候来过你这里？鲁布沙哈你过来！"这样她抱鲁布沙哈亲了三遍，抱了三次。

鲁布沙哈又道："姐姐，你看看丢了驴，就承认吧！咱们回屋再谈吧。"这样把姐姐抬到屋里，请到金椅上。这时鲁布沙哈又问道："姐姐，你是怎么把驴弄丢的呢？"姐姐道："我没有从你这里牵过驴子，你们一定是上当受骗了，被人牵走了驴子，我没有见过什么驴子，我可以发誓！"女妖生气地诅咒发誓。

金仙女茹格慕高娃道："两位大臣，我曾对你们说过，那个女人耳后的三道发旋太像阿日鲁莫尔根的发旋。鲁布沙哈，你当时把驴送给她时我也提醒过你，格斯尔的神灵说不准什么时候就来，不能把驴轻易送给别人吗？现在你们对姐姐说这些干什么？"鲁布沙哈听后生气地对两位大臣道："我不是嘱咐你们俩化作苍鹰跟过去吗？"二位大臣忙回答道："我们可是遵照您的吩咐，变成苍鹰，在空中一直跟随她上了圣姐的金塔。这是怎么回事啊？"

鲁布沙哈说："真是羞死了！现在还有什么办法没有？"姐姐道："以前我是怎么嘱咐你们的，现在我有什么办法。"鲁布沙哈道："我们在城外撒下三道铁网，看他们怎么进来！"

姐姐道："格斯尔是天子啊！他会从空中飞进来，在你城上方撒下九道铁网擒住你杀掉你，把这金仙女茹格慕高娃夺回去呢。”

两位大臣又说：“如果这样，我们把金仙女送回去，不是就没事了吗？”姐姐道：“金仙女难道是自己跑过来的吗？格斯尔不会恨我们杀掉使臣，再来杀我们吗？”

从鲁布沙哈和金仙女开始，四十四个大臣、四百位勇士全都认为姐姐的话有道理，吓得痛哭起来。

两位大臣说：“格斯尔肯定会来杀我们的姐姐以及鲁布沙哈和我们大家，夺回金仙女，烧光我们的城堡，洗劫我们的所有财产！”这样大家又哭泣起来了。鲁布沙哈吓得昏厥过去，女妖姐姐不停地喷水叫醒鲁布沙哈。他醒来说道：“哎呀！姐姐，你想出什么办法了没有？”姐姐道：“坐在这里也是一个死，前去冲杀也是一个死，碰一碰运气吧，我们从四面八方起兵征伐格斯尔。”这样，女妖从北方出兵，鲁布沙哈从南方出兵，两位神臣从西方出兵，两位神巫师从东方出兵。

鲁布沙哈派使臣又到另一个姐姐那里，请求她道：“我已从四面八方起兵攻打格斯尔，你也出兵助一臂之力如何？”姐姐说道：“我与格斯尔无冤无仇，我不想出兵讨伐他。”听了这番话，鲁布沙哈使臣气愤不已，返回途中赶走了她的十万匹马。这时格斯尔的蟒古思哈敦骑上自己的铁青骡子，来到格斯尔的住处通报道：“圣主！鲁布沙哈已从四面发兵，前来攻打你了。他派使臣来要我也出兵攻打你，我没有答应，他的使臣一气之下赶走了我的十万匹马。”

格斯尔听后说：“你那十万匹马群我负责给你夺回来，你先回去吧。”那哈敦听格斯尔的话回去了。以扎萨为首的三十位勇士三百位先锋得到哈敦的消息后，都赶过来了。格斯尔见他们都赶来，说道：“听说那个该死的鲁布沙哈，从四面发兵向我们赶来。我们也发兵迎战。扎萨和南充两位率领十名勇士一百位先锋迎战他们的两个神臣；苏米尔布依通你们两位也带领十名勇士一百位先锋去迎战蟒古思姐姐。班珠尔和红眼两位率领其他勇士和先锋去迎战两位神巫师。我带烈扎布和热察布俩迎战鲁布沙哈。”

临行前，阿日鲁莫尔根对格斯尔说：“你带烈扎布和热察布出战，我没有什么说的，孩子们应该到战场上经受锻炼了。如果你夺回金仙女茹格慕高娃后把她送到我这里来，而且你送来之前不许批评责怪她。”

格斯尔说：“你说得对。”这时，扎萨、苏米尔、班珠尔率领各自的人马出发了。路上苏米尔对布依通说道：“我们如能早些消灭敌人，或许还能赶上格斯尔与鲁布沙哈之间的大战。”布依通听后说：“你说得对。”于是他们俩率十位勇士和三百位先锋日夜兼程地赶往敌军处。这样走着走着，他们眼前出现了乌黑黑的一大片敌人。苏米尔看到这种阵势后非常惊讶，对身边的布依通说：“哎呀！这是什么样的敌人啊！连旗帜都没有，甚至还不见弓箭。我先过去试探一下！”这时布依通说：“我眼中看到的也和你一样，他们很诡异，他们手中除了铁棍外，不见其他任何兵器。你先去试探，快去快回来！”苏米尔答应后，跨上碳黑马，快马加鞭冲过去。当他冲入敌阵时，一群女兵迎过来把苏米尔拖下了马。蟒古思姐姐为首的一群女兵用棍棒打苏米尔。

此时，布依通久等不见苏米尔回来，心中猜疑道：“苏米尔不应该走这么久，遇到什么样的强敌了呢?”遂跨上白马，快马加鞭地率领十位勇士和一百位先锋赶来冲进敌阵。他们看到苏米尔已经没有了马和武器，而且还被一群女妖用铁棍棒打。布依通看到后惊讶道：“哎呀！我的苏米尔啊！你不是有一个办法吗？怎么不用了？忘记了吗?”此时苏米尔一把抓住蟒古思姐姐老女妖的四颗獠牙，带着她升上天空，把她变成一个火球，从空中直滚下来，地上引起了大火，女妖们全部被烧死。

布依通拾起苏米尔的兵器，牵着他的马走过来了。这时，苏米尔见老女妖还没有被烧死，他一把抓住老女妖的四颗獠牙，像碌子一样滚动着走来。布依通走过来一刀斩断老女妖的首级。可那一瞬间，女妖的灵魂变成无数蚊蝇。布依通用神火从上边烧，苏米尔从下面烧，这才把女妖的灵魂烧净。苏米尔和布依通拿着女妖的四颗獠牙，率领众勇士来到格斯尔跟前。

扎萨和南充也不停地向敌人方向前进。有一天，他们发现前面有众多敌人向他们而来。他们俩看到敌人的踪影，格外高兴。此时，扎萨下令道：“十位勇士和一百位先锋，你们从四面打过去。到跟前后，就像野火燎原般，把他们全部消灭干净！听说他们之中有两位神医，无论他们变成什么模样，南充我们俩都要杀掉他们！”说完扎萨和南充两人为首的十位勇士和一百位先锋先后冲入敌阵。他们冲进去后像野火般迅速杀得敌人尸横遍野。敌军的两位神医也被扎萨和南充砍下头颅。他们的灵魂变成狐狸向前逃去。扎萨和南充立刻变成巨雕追过去。马上要追上时，狐狸又变成狼逃跑了。扎萨和南充又立刻变成巨大的天犬紧追其后。两只狼眼看又被追上，急忙又变成一对老虎咆哮着扑过来。扎萨和南充马上变成一对雄狮跳跃过去咬死了老虎。

扎萨和南充消灭敌人后率领十位勇士和一百位先锋生龙活虎地回到了格斯尔身边。格斯尔见他们凯旋，心中大喜，把苏米尔遇到女兵挨打之事讲给大家。众人听后，哄然大笑。

这时，班珠尔和红眼两人率领的十位勇士和一百位先锋也向敌方进军。他们突然发现前方有敌军，如同蛆虫一样拥挤过来。班珠尔说：“把这些敌军杀掉！听说他们之中有两位神巫师，一定通晓变身术。不管他们如何变化，我们俩都会对付他，杀死他们！”

班珠尔和红眼为首的十位勇士和一百位先锋陆续快马加鞭冲入敌阵。把众多敌人吓得魂飞魄散，不一会儿工夫，就消灭了所有敌兵，砍下两位神巫师的头。巫师的灵魂逃出来，变成两只麻雀飞去。班珠尔和红眼把坐骑交给十位勇士一百位先锋后，自己变成两只小鸟随后赶过去。两只小麻雀向上飞，空中有一只鸟等着捉它；往下飞，另一只鸟俯冲过来，麻雀走投无路，钻进蒿草丛中。这样，两只鸟在草丛中不停地追着两只麻雀，一直追到格斯尔面前，才勉强抓住杀掉。格斯尔和扎萨等看此情景后皆捧腹大笑。

此时，十方圣主格斯尔可汗对大家说：“你们已消灭了敌人，完成任务了。现在轮到我来出手啦。你们都看看我与鲁布沙哈交战吧！”说完格斯尔骑上枣骝神驹，出发迎战鲁布沙哈。

鲁布沙哈被格斯尔军队的阵势吓倒，一见格斯尔冲过来，跨上了像山一般高大的白马，掉转头要逃跑。格斯尔快马加鞭紧追过去。格斯尔迅速追上，一把拎起鲁布沙哈，把他从马背上拖下来扔在地上。之后，格斯尔抽出九庹长的青铜磁铁宝剑砍了他两三次，可是刀剑像砍在岩石上。他又取下九十三斤重的纯钢大斧，向他的头颅砍下去，但还是砍不死他。格斯尔知道很难杀死他，于是搬来一座大山压在鲁布沙哈身上。之后，格斯尔跨上马刚要离开，鲁布沙哈顶起大山站了起来。格斯尔急忙又搬来一座大山压下去，不料他顶起两座大山站了起来。无奈之下，格斯尔用并排的五座大山压下去后，上面写上六字箴言。这时，蟒古思才被彻底镇压，动弹不得了。

格斯尔和鲁布沙哈之战，扬起的漫天灰尘，差一点呛死人畜。格斯尔的汗水汇成溪流向西流去，鲁布沙哈的汗水汇成溪流向东流去。喝了西边溪水的众生得到了解救，喝了东边溪水的人畜皆中毒而死。

这时，格斯尔也回来坐在金椅上，擦擦汗休息。扎萨等众勇士都赶来对圣主说道："圣主您在这里先休息一会儿，我们去把鲁布沙哈的手下兵卒杀掉!"格斯尔道："你们先别动手，让我的两个儿子烈扎布和热察布去杀掉他们吧。我们大家就在这里观看吧。"

两个孩子听后，立刻走上前跪下说道："我们虽然人小，但煞气特别重。请赐予我们收敛煞气的法术吧!"格斯尔依照他们的请求，传给他们法术。两个小孩跪谢后跨上各自的战马冲入敌军阵营。他们冲入后将敌军中的四十四位大臣和四百名勇士的头颅全部砍下来。可是他们的灵魂变成青蛇飞上天空。两个孩子看到后说："你们能变，难道我们不会变吗?"这样两个孩子立刻变身，一个变成海东青，另一个变成游隼后飞上天空。他们很快把那些青头蛇全给啄死了。

烈扎布和热察布消灭敌人后回到格斯尔身边跪拜汇报情况。扎萨见到两个孩子后问道："孩子啊！今天过瘾吗?"两个孩子听了此话，和以格斯尔为首的大家都哈哈大笑起来。

格斯尔对大家说："现在扎萨率领大家先回去吧！我带着烈扎布和热察布到蟒古思的城堡。我估计蟒古思的所有灵魂应在他的城堡中。我去那里之后，用法术消灭掉那些灵魂。这样，那鲁布沙哈的身躯骨骼会自行脱落。他的城堡八角有八根金橛子、八颗琉璃和八颗火球，一座金塔中有一只金獭，那些都是鲁布沙哈的灵魂所在。把塔推倒，把城池烧毁，把金仙女接回来!"说完格斯尔带着烈扎布和热察布向蟒古思的城堡进发了。

扎萨率领三十位勇士和三百位先锋带着收集的所有战利品返回了部落。格斯尔、烈扎布和热察布一行三人走了一阵后，发现前面有一座大山，山顶上坐着两个老头儿，格斯尔认出他们是蟒古思的灵魂。格斯尔用法术飞上去砍死了他们。他对烈扎布和热察布说："我的孩子烈扎布和热察布啊！你们俩去把蟒古思的牲畜全部赶过来后就在这里等我，你们俩不能去。我进入蟒古思的城堡中杀死蟒古思的所有灵魂之后，带着你们的母亲到这里找你们。"

格斯尔说完瞬间到达了城堡中，拔掉城八角的金橛子，取走了八只火球和八只琉璃球。又推倒金塔，拔出里面的一根金柱子，捉住金獭。然后放了一把火将拔起的八根金橛子、琉璃球、火球等全部扔进大火中烧掉。之后，他把妖魔的全部财宝统统带上，再将金仙女茹格慕高娃用根绳子捆住，用枣骝神驹的鞭子抽打着走出城堡。

格斯尔赶着金仙女茹格慕高娃到来，烈扎布和热察布见金仙女被捆绑着、被抽打着跑过来，急忙迎上去给她松绑。

十方圣主格斯尔可汗将蟒古思的四种牲畜、财宝和百姓等变成两个小包裹送给两个孩子。两个孩子接过来放入自己的荷包中，再把鲁布沙哈蟒古思的绿松石般的青马牵过来，让金仙女骑上。

这样，十方圣主格斯尔可汗一行四人启程返回家乡。此时，金仙女所骑青马不肯快走，落在后面。两个孩子看到后，只好返回来，烈扎布跳下马，将自己的坐骑让给金仙女骑，自己与热察布合骑一匹马，牵着青马往前赶。格斯尔看到后，上前用法术将青马变得温顺了。

他们来到用大山镇压鲁布沙哈的地方一看，鲁布沙哈的身躯骨骼都自行散架了。十方圣主格斯尔可汗回到部落后，为了惩罚金仙女，废除了她的王后名分，收回了五百名侍从和所有牲畜，只留给她一座破旧的房子。

阿日鲁莫尔根知道后赶紧过来，在金杯中盛满甘露美酒，跪在格斯尔面前说道："金仙女虽做错了事，但我阿日鲁莫尔根哈敦为她求情，请饶过她一次吧！"

格斯尔对阿日鲁莫尔根说道："我本来要这个贱人受一受苦的。既然你来为她求情，我就依你吧。"这样格斯尔依照阿日鲁莫尔根的请求恢复了金仙女的一切。

十方圣主格斯尔可汗镇压了具足十种力量的蟒古思，断除了妖魔的根源，过起了天神般的幸福生活。

第十一章　大战二十一头拉克萨克魔汗，娶赛乎丽高娃为妻

很早以前，除十恶之源的十方圣主格斯尔可汗杀死托希古尔洲的十五头魔王之后，俘虏了他无数军队，无数妇女儿童，还把他的所有珍宝收入囊中。

十方圣方格斯尔可汗带着这些战利品，率领三十位勇士三百位先锋及三部落国家五位哈敦来到富饶的策策格图塔拉草原。十方圣主格斯尔可汗下令数千人用七种珠宝作为材料建起一座白色宫殿，用黄金铸成柱子，托起天窗。用绢纱和丝绦拧成绳子，把宫殿外壁牢牢拴住。四周设有曼陀罗如意转轮，殿内供奉甘珠尔经文，还收藏所有珍宝、如意等。他们在策策格图塔拉草原修建了一座金塔。

过去的策策格图塔拉草原，无论夏天还是冬天都是狂风肆虐，风雨交加，草木枯尽，饮水短缺，是一片不毛之地。十方圣主格斯尔可汗迁来之后，进行三次煨桑供奉，祷告上苍，诵读绿度母、白度母和伊达木本尊等佛经。之后，所有鸟兽都奔向这里，百鸟在空中鸣唱，众兽在草地上奔跑，没有草的地方莲花盛开，没有树的地方长满了茂盛的菩提树，没有水的地方冒出了甘露清泉，风沙雨雷停止呼啸，冰冻的大地开始融化，天空中苍龙呼啸三声，下界大地震动三次。十方圣主格斯尔可汗把这些皆降服之后，在策策格图塔拉草原的金塔旁边过上了幸福的生活。

十方圣主格斯尔可汗来到这里之后，与僧格斯鲁巴颜的女儿仙女之化身茹格慕高娃住在一起。他还为龙王之女阿日鲁莫尔根哈敦另修洁白的宫殿，让她住于菩提树下。为玛巴颜之女，具足大地之神灵的图门吉日嘎郎哈敦，在莲花盛开之地修建了洁白的宫殿。为却容诺颜之女，杜鹃鸟的化身却玛苏高娃在清泉之旁修建了金塔、洁白宫殿。为固玛汗之女，具足众

生灵之神的固娜高娃哈敦在宝石赤崖旁修建了洁白宫殿和金塔。固娜高娃哈敦住处周围有凤凰、孔雀、鹦鹉、杜鹃、雁儿、莺儿、白鸥、家雀、野雉、仙鹤、天鹅、鸕鹚、野兕、犀牛、牦牛、黑鹿、金鱼等围绕着她吟唱、飞翔、跳跃、游玩。他们在金塔旁过着美满幸福的生活。

有一天，十方圣主格斯尔可汗写了份金字敕诏，盖上了玉玺宝印，发给三十位勇士。此时，以九十五岁高龄的察尔根老人为首的三十位勇士都急忙赶来跪拜十方圣主格斯尔可汗道："圣主敕诏我们，有何旨令？"

十方圣主格斯尔可汗对三十位勇士说："距此西南方有阿拉腾特布齐和蒙根特布齐两河流域及大山脉。据说，那里魔鬼猖獗，还有一位大魔王可汗。我从一岁到八十五岁，还没有带你们去打过猎。今天就把他们当成猎物，大家去杀他们吧！"

众勇士听后高兴不已，齐上前向十方圣主叩拜三次祈祷九次。于是，十方圣主格斯尔可汗对三十位勇士下令道："你们大家跟随我多年，在我八十五岁时，我们才到这里来居住。来这里后，我做了一个梦，梦见你们大家到这里后人丁兴旺，子孙繁衍，铲除邪恶，为我增添了无比的力量，使我的心堪比乳海、须弥山、旷野、呼啸的野兽。"

听了格斯尔的此番话后，南充上前奏道："像高山奔走的猛虎般英勇，像大海中游行的巨鲸般善变的十方圣主格斯尔可汗，您是我的叔父啊！如今您的侄子二十五岁的南充我生了一个儿子。这都是托上界霍尔穆斯塔腾格里、娜布莎胡日扎祖母、阿敏萨黑奇、特古斯朝克图以及佛祖释迦牟尼和三位天神、三位神姐的洪福。因为下界赡部洲灾难战乱纷起，生灵涂炭，奸臣治政，互相残杀，弱肉强食，飞禽相斗，走兽相残。为了拯救这种妖魔横行，恶迹泛滥，善事稀落，邪教异说猖獗，佛家信徒锐减的局面，佛祖命除十恶之源的十方圣主格斯尔可汗您降生人间。自圣主格斯尔可汗叔父您降生这里之后，让所有众生过上太平幸福的生活，也使我们三十位勇士过上幸福安康的生活。我们几个勇士生了孩子，我们的孩子如蛋雏，语不惊人，力不抵人，但我们想将来能为您的大业添上绵薄之力。"

十方圣主格斯尔可汗听了南充的这番话后，心中大悦，忙问南充，南充答道："具足金刚神力的苏米尔之子三岁了，猛虎勇士的儿子八岁了，布依通之子九岁了，红眼之子五岁了，巴木苏雅尔扎之子宝迪和巴木希古日扎之子希迪，我的儿子也三岁了。"

十方圣主格斯尔可汗听后高兴不已，忙进行煨桑香供，诵读甘珠尔和丹珠尔经之后，分赐了甘露食物。还为南充二十五岁时生的孩子赐名珠拉，苏米尔三岁儿子赐名格日勒泰，猛虎勇士之子菩提萨埵之化身五岁儿子赐名为青毕希热勒图，布依通之子赐名为光之化身陶利，红眼之子火之化身五岁儿子赐名为格日勒泰太吉，霍鲁齐之子赐名为达莱淖尔，烈察布之子赐名为萨仁额尔德尼，阿日衮勇士之子赐名为娜仁额尔德尼，阿斯迈诺颜之子赐名为纳钦双呼尔，荣萨之子赐名为具足闪电之化身的察干哈日察盖。十方圣主格斯尔可汗给全部孩子赐名完毕之后坐在了金椅上。

苏米尔为首的三十位勇士三百位先锋、布和大由、巴嘎大由、乌努苍大由、依和呼格热格齐、巴嘎呼格热齐、三部落的百姓等皆上前向十方圣主格斯尔可汗三叩九拜。那些后辈孩儿中，从珠拉到察干哈日察盖，皆向父母口头行礼。十方圣主格斯尔可汗将自己穿过的珍珠宝衣赐给了这些晚辈的孩子每人一件。这些孩子一起跪拜恩圣主格斯尔可汗，感谢圣主的恩赐，并行了三叩九拜之礼，再向父母也行了三次礼，还向上界的霍尔穆斯塔腾格里、娜布沙胡日扎祖母、佛祖释迦牟尼、三位天神、三位神姐叩谢，感谢他们得以降生在人间。

他们的叩拜惊动了上界。在霍尔穆斯塔腾格里和娜布莎胡日扎祖母面前的神案上落下了一只金骰子。霍尔穆斯塔腾格里看后发现这是三十位勇士的祷告。他们觉得奇怪，取出九九八卦镜命运书一看，才明白他们是十方圣主格斯尔可汗的三十位勇士的后代。他们知道后心中大悦，认为圣主格斯尔可汗后继有人。娜布沙胡日扎祖母、圣慧三姐、三位好友天神等诸神皆欢喜。娜布沙胡日扎祖母还为这些晚生勇士们准备好了将来用的兵器。

十方圣主格斯尔可汗带领三十位勇士向上天诸神祷告道："我们献上阿日渣、胡日渣、希日渣、宝日渣、梯格巴、玛日巴、米日巴、德布希古尔等八种圣洁的供品，向你们祈祷：在阿拉腾图布齐和孟根图布齐两大河流域，恶敌横行。那里还有一位蟒古思可汗，准备好武器刀枪，正想来侵犯我们部落。因此，我想率领三十位勇士前去攻打镇压他们。如果诸神也赞成我的做法，就请您保佑我们吧!”

格斯尔可汗的祷告惊动了释迦牟尼佛祖、娜布莎胡日扎祖母。在他们面前的金案上掉下一只金骰子。娜布沙胡日扎祖母不知什么原因，急忙打开自己的九九八卦镜命运金书一看，才明白了事情的缘由。于是，她将三位神姐之中的伊尔扎木苏达丽乌达木唤来，吩咐道：“像莲花一样美丽的孙女啊！听我慢慢道来：过去，由于下界赡部洲恶敌横行，奉佛祖释迦牟尼之命令，派了威勒布图格奇去镇压恶魔拯救人间世界。当时，下界众生中行善积德者甚少，作恶者越来越多。甚至有将三个月说成一年，把三天说成一个月，把三个时辰说成一天的，胡作非为，撒谎骗人，瞒天过海者比比皆是。还有将富饶美好的年景变成惨不忍睹的残缺年景。将饥寒交迫的歉收年景，说成牲畜兴旺、五谷丰登的好年景。连飞禽走兽都互相争斗，互相杀戮。人世间，修身走正路者少，作恶多端走邪道者多；禀遵佛道者少，沦为魔道者多；勤修来世者少，今生胡作非为者多，还以为自己行走在须弥山下，遨游于香乳海里。所以他下降凡世。自从降生凡尘以来，他没有享受过一天舒心的日子。除十恶之源的十方圣主格斯尔可汗啊！在他居住的策策格图塔拉的西南方，距三个月路程的地方，有阿拉腾图布齐和孟根图布齐两条河。那里的景色也像策策格图塔拉一样优美富饶。所以，他很想率领部众去那里。可是那里现在群魔盘踞，还居住着一位蟒古思可汗。曾经在那里居住着一位萨仁额尔德尼可汗，他有一位美丽的哈敦，名叫赛罕齐。那蟒古思听到后前去抢夺。由于蟒古思力量强大，萨仁额尔德尼可汗被杀，抢夺了赛罕齐哈敦。赛罕齐哈敦有一女儿名叫赛乎丽高娃。赛乎丽高娃母女俩被蟒古思带走了。赛乎丽高娃虽到出嫁年龄，但庶民百姓不敢问津，因为她是可汗的女儿。国王显贵们有心聘娶，但又惧怕蟒古思的势力，不敢轻易去试。因此，十方圣主格斯尔可汗想去试一试，向我祷告希望得到帮助。伊尔扎木苏达丽乌达木你们见到威勒布图格奇后告诉他我的旨令：‘你速去阿拉腾图布齐和孟根图布齐河流域铲除恶敌后返回，不能多逗留。’还有释迦牟尼佛祖的旨令：‘你去后不能太久。翻开命运书后发现，除十恶之源的十方圣主格斯尔可汗已遭受四次大灾难，目前，还有几次劫难没有过去，如不小心会掉入劫难中。但你们告诉他，不必过于害怕，放宽心去。男儿哪里不会遇到挫折呢，骅骝驹哪里有不失蹄之时呢？甚至妇人也会遇到不如意之事啊！'让他记住释迦牟尼佛祖的话，但也不要因此而束缚了自己的行动。佛祖说，'他已遭受四次劫难，我把这四次劫难细细讲给你们听。阿日鲁高娃图门吉日嘎朗被二十一头蟒古思可汗抢去是第一劫难。之后，格斯尔去解救阿日鲁高娃时，锡莱高勒三可汗来袭，杀死三十位勇士。以如意宝、万星盾牌、各种宝饰作为聘礼娶来的僧格斯鲁伯颜之女茹格慕高娃和甘珠尔、丹珠尔经文以及所有珍宝被抢走是格斯尔遭受的第二劫难。''格斯尔返回之后，速来镇压十二头蟒古思的阿日鲁高娃哈敦，顾不得休息又去讨伐锡莱高勒三可汗。杀死三首领及敌方的余孽，夺回了结发之妻茹格慕高娃。他回故乡后完成了一切诵经供奉之事，过着幸福安宁的日子。可是这时，茹格慕高娃与他有了嫌隙，渐渐产生歹念。恰逢此时，十五头魔王蟒古思化身呼图格图喇嘛来到格斯尔处。茹格慕高娃借口请喇嘛赐予自己百年长寿，前去叩拜喇嘛，结果与喇嘛勾结一起。她回来后骗格斯尔去叩见喇嘛，结果魔王喇嘛利用给格斯尔摩顶的机会，将一张画有驴的画皮扣到格斯尔头上，使他变成了一头黑驴子，又在他身上搭上污秽之物，玷污了他的圣体。这是格斯尔遭受的第三次劫难。''之后，圣主格斯尔可汗痛失三十位勇士，倒在三十位勇士的骨骸上痛哭。此时释迦牟尼佛祖得知后，立刻下旨说，因为下界人间寿命短暂，战乱诸多，所以十方圣主格斯尔可汗率领三十位勇士下凡。如今的下界战乱未停止，妖魔仍横行，众生还未能安宁，三十位勇士不能这样过早地离开人世，所以佛祖赐以座前黑钵中的甘露净水。格斯尔持甘露净水到凡尘，洒在三十位勇士的骨骸上。这样救活了三十位勇士。三十位勇士复活之后，格斯尔带领他们去讨伐托希古尔洲的安都拉玛可汗。格斯尔可汗与安都拉玛可汗大战之时，被安都拉玛可汗一刀从右肩砍伤，照功力法术而言，格斯尔可汗不应该被砍伤，但这也是他的又一次劫难，也不要紧，才承受这一刀之厄运。此后，在太阳下落之地还有一难。但也不必害怕，三十位勇士的功力都增进许多，到时候，他们会帮助他渡过难关。到阿拉腾图布齐和孟根图布齐两河流域之后，不必久留，速去速回。我以上所讲，全是霍尔穆斯塔腾格里的意思。现在我也要祝福他！”这样娜布莎胡日扎祖母念起了祝语道：“除十恶之源的十方圣主智者格斯尔可汗啊！当你圣驾南征之时，鹳鹤随在你的左右歌唱！当你圣驾北征之时，雕鹰来相伴！当你圣驾西征之时，鹦鹉戏莲上下翻！当你圣驾东征之时，百鸟簇拥左右！当你圣驾到中央之时，龙王如影相随！当你深入敌阵拼杀之时，观世音菩萨来护佑！当你力拼十八妖魔之时，佛尊会来帮助你！当你身临险境之时，释迦牟尼佛祖来援助！当你饥渴难耐之时，圣者菩萨来解救！当你身体疲惫不堪之时，佛尊们慈悲为怀赠神力！当你进入密林路绝之时，金刚手大势至菩萨来相伴！当你走到荒野之时，天空中的群星来领路！当你在黑夜迷途之时，日月二神放射出金光！当你陷入罪孽深重之地时，霍尔穆斯塔腾格里父皇来解救！”

三位神姐奉娜布沙胡日扎祖母之命，化身杜鹃，一路敲锣打鼓，鸣笛吹笙，百乐齐鸣，降下凡尘。十方圣主格斯尔可汗听到这震耳欲聋的鼓乐声后知道是三位神姐要到来，急忙率领三十位勇士跪迎三位神姐。十方圣主格斯尔可汗将三位神姐请上金银宝座，自己同三十位勇士席地而坐，聆听三位神姐的教诲。三位神姐开始用金口转达了释迦牟尼佛祖、霍尔穆斯塔腾格里、三位天神好友、娜布莎胡日扎祖母、哥哥阿敏萨黑齐、弟弟特古斯朝克图等人的旨意和诸多祝福之语。十方圣主格斯尔可汗听后心中大悦，跪拜谢恩道：“我们一定遵照旨谕而行事。我们一定不敢丝毫违抗！”三位神姐转达完所有谕旨和教诲之言后升上天空返回天宫。

十方圣主格斯尔可汗决定前往阿拉腾图布齐和孟根图布齐两河流域讨伐魔敌。他正在准备兵器和铠甲战马之时，三十位勇士的孩子们都过来，以珠拉为首到察干哈日查盖的众孩子都聚集过来了。他们觉得自己没有兵器，无法冲锋陷阵杀敌，所以他们燃起香火，献上多种多样的供品，向娜布莎胡日扎祖母祷告，请求她帮助。他们献上的供品落到娜布莎胡日扎祖母的桌案前，她接过供品就开始品尝，直到醉意醺醺。之后，她才想起查看究竟是谁献上的供品。她拨开云层，向下界望去，原来是三十位勇士的孩子们。她便明白了事情的缘由，立刻唤来三位神女，说道：“三十位勇士的孩子们向我讨要兵器，你们再替我下凡尘给他们送一趟兵器战马如何？这里有金玉箭壶、白羽自动发出的阴阳箭、砍万人都不会弯曲的金刚宝剑，将敌人腰斩的纯钢大刀，枣骝神驹的弟弟玉顶花纹宝驹，还有十方圣主格斯尔可汗所穿铁青铠甲的另一件。你们将这些兵器和战马带下去，送给那个如行走高山的黑斑猛虎般英勇的二十五岁南充的三岁儿子珠拉。还有一件用银霜铸造的雪银铠甲，用雕翎修饰的火焰细箭和神箭壶，善断敌人行踪的通灵黑胎强弓，斩断无数敌人不弯曲的金刚宝刀，能进入万人敌阵的玉鬃花纹宝驹的弟弟飞翼枣骝神驹。把这些送给具足金刚手化身的英雄苏米尔的儿子格日勒泰斯钦。

此外，把这烈焰铠甲、如意宝刀、月光白羽箭、水磨黑弓、圣洁箭壶和追风铁青马交给具足猛虎之力的猛虎勇士之子菩提萨埵的化身毕希热勒图。把察尔根老人的坐骑骠马的弟弟象黄马、雕翎火焰箭、能抵挡千万神箭的闪电铠甲、耀眼灼目的金箭壶、从不落空的寒光闪电金刚宝刀、自动转动的水磨硬弓送给烈扎布之子萨仁额尔德尼。

把这具足万羽之神灵的海青羽翎细白箭、百叶神武铠甲、飞翼铁青马、水磨硬黑弓、闪电金刚大刀、如意箭壶等送给具足火之神灵的布依通之子光明神之化身陶利。再把这个万星铠甲、闪电神箭、无比智慧之神弓、嵌珠之金箭壶、光闪电纯钢宝刀、飞奔之铁青马送给具足恒河之神灵的普度之宝境送给红眼之子。把黑宝铠甲、飞奔之铁青马、闪电神箭、水磨黑弓、闪耀之箭壶、黎光宝刀等送给赛音色格勒台之子格日勒泰太吉。把这具足火神之力的千层铠甲、飞翅疾风铁青马、不钝之金刚宝刀、精细鹫羽箭、具足智慧的水磨硬弓、万种光具足的圣洁箭壶送给额尔德尼浩勒奇之子海神之化身淖尔。把这千叶火红宝甲、飞翅铁青马、雕羽白箭、水磨黑弓、金刚宝刀、锦绣箭壶等送给阿日衮勇士之子娜仁额尔德尼。把具足智慧之光明铠甲、飞翅铁青马、金刚宝刀、水磨黑弓、智慧子箭、闪光之箭壶等送给阿斯迈之子纳钦双胡尔。再把火红铠甲、飞翅铁青马、从不失手之水磨黑弓、闪电鹫羽箭、金箭壶、如意宝刀等送给荣萨之子哈尔查盖。”

三位神姐带着兵器和宝马等化身为杜鹃鸟飞到凡尘。她们到来后被十方圣主格斯尔可汗请到金椅上。伊日扎木苏达丽乌达木神姐说道：“我们奉娜布莎胡日扎祖母之命，将拿来的这些兵器，战马等送给勇士们的下一代珠拉等为首的诸孩儿们。”此时，十方圣主格斯尔可汗将那些兵器和战马等分给诸孩儿勇士们。诸孩儿勇士们跪拜谢恩。三位神姐完成任务后飞上天空返回天宫。

三十位勇士们一切准备就绪，向十方圣主格斯尔可汗禀报道：“我们想立刻出发！”十方圣主格斯尔可汗在阴历四月十五日准备兵器之时，像行走高山之巅的黑斑虎般英武的至亲兄长扎萨希格尔从天而降。他来到圣主面前跪拜道：“我在您三十五岁之时抛下这俗身肉体托生到上界霍尔穆斯塔腾格里身边。当时，您的麻巴颜之女阿日鲁高娃哈敦被十二头蟒古思掳走。之后您前去蟒古思的国度要夺回阿日鲁高娃哈敦之时，锡莱高勒三可汗带兵来袭。他们的白帐王之子阿拉腾格日勒图台吉没有妻子，所以想掳走仙女化身茹格慕高娃，在察察尔嘎纳河那边进行集会商讨后从黄河源头的渡口出发而来。那时我们的叔父超通做了罪孽之事。他倒是平安无事。强敌们快马加鞭而来之时，您虽不在家，但三十位勇士不顾自身的安危，与敌军进行激烈的交锋。因为敌我力量悬殊，三十位勇士英勇牺牲。那时我悲伤万分，心想：‘我这肉身还能活一百岁吗？我早晚会死去的，如今我惜命不战而活在世上，以后怎么面对十方圣主格斯尔可汗？’就这样我和察尔根老人又冲进锡莱高勒可汗的敌营中。在敌营中拚杀一阵后觉得口渴难耐，正弯腰要喝黄河水时，锡莱高勒三可汗名叫希敏巴如扎那的勇士偷袭过来砍了我的脖子，这样我失去了性命。那时您杀死蟒古思夺回阿日鲁高娃哈敦返回。当您知道三十位勇士被夺性命之事后无法忍受巨大的悲痛，立刻发兵攻打锡莱高勒三可汗夺回哈敦。您在途中歇息于呼斯楞敖包之上时，我过去叫您两次，当时您认出我来，与我相见。我把所有发生之事讲给您听。您听后极为悲痛地问我：‘兄长您想托生到人间，还是托生到天上呢？’我当时回答说：‘如果我托生到天上，无法助你一臂之力；如果托生到人间，有可能会有不好的转世。’于是您骑上枣骝神驹，把我送到释迦牟尼佛祖和霍尔穆斯塔腾格里处。到那里后他们邀请了一切佛诵经加持，使我有了较好的转世。我因得到了好的转世，托生到人间，所以向释迦牟尼佛祖、霍尔穆斯塔腾格里、娜布莎胡日扎祖母、好友三天神、圣慧三姐等跪拜谢恩。那时，霍尔穆斯塔腾格里父皇和祖母天神等都让我待在那里。他们说，什么时候威勒布图格奇遇到困难之时再去助他一臂之力。这样，待在那里时，您前去锡莱高勒三可汗处，想夺回僧格斯鲁伯颜之女茹格慕高娃。您到那里后杀光敌军，杀死三可汗，带回哈敦和所有被掳之财物，奉释迦牟尼佛祖之命，复活了三十位勇士返回故乡过上了幸福生活。之后，您与托希古尔洲的十五头蟒古思安都拉玛可汗交战之时，霍尔穆斯塔腾格里父皇下令说，现在下凡尘拯救下界众生的十方圣主格斯尔可汗与安都拉玛可汗交战遇到困难了，你应去助他一臂之力了。你去帮助他吧！但你完成任务后须返回，不能待在那里。我就奉霍尔穆斯塔腾格里之命下凡，用火箭射穿那蟒古思的双眼，杀死蟒古思，再奉霍尔穆斯塔腾格里之命返回天宫。如今你又要到阿拉腾图布齐和孟根图布齐两河流域攻打敌军。娜布莎胡日扎祖母吩咐我下凡尘，助你一臂之力。她把我送到天梯处，让我下凡来到此处。”听了这番话后，十方圣主格斯尔可汗与扎萨相拥痛哭。此时，雷声隆隆，巨龙呼啸，大地震动。格斯尔松开扎萨兄长，停止哭泣，进行了三次煨桑供奉，镇定了大地。

圣主格斯尔可汗向扎萨希格尔兄长说：“你向我诉说那些经历之时，我无法抑制自己的情绪。其实你的上身也像我一样具足天神之力；中身附有龙王之威力；下身也具足金色大地之神威。你前来助我一臂之力，我高兴不已啊！就像释迦牟尼佛祖来助我一样。你别太难过了。我俩一同去将那蟒古思杀死。”听了格斯尔可汗这番话后扎萨希格尔向十方圣主格斯尔可汗跪拜谢恩。这时，三十位勇士也跑过来说：“扎萨希格尔转世到天宫之后，我们好久没见面了。”这样大家都跪拜扎萨希格尔。

这时，十方圣主格斯尔可汗进行煨桑焚香，向霍尔穆斯塔腾格里、三位好友天神、娜布莎胡日扎祖母、圣慧三姐、哥哥阿敏萨黑齐、弟弟特古斯朝克图等人祷告，请他们为自己挑选一个最有利于出兵的良辰吉日。娜布莎胡日扎祖母得知格斯尔的祷告后，写了一份诏书派使者送过来。格斯尔可汗打开诏书一看，书中写道：“你带领三十位勇士化身鹳鸟前去杀掉那二十一头十八角魔王的全部军队，住几天后化身为饥饿之鹰速赶回。午日午时为良辰吉日，可出发。途经三棵金色的杨树。”

十方圣主格斯尔可汗戴上日月银白宝盔，穿上印霜乌金铠甲，背上插了一对闪电护背旗，带上万星盾牌和具足智慧的如意宝，还饰有精细白羽神箭，能预知敌情的金刚神宝刀，九股铁索套，黄金箭壶，黄金擒日索，白银罩月索，起死回生超度袋，附魂善言箭等，骑上枣骝神驹，来到南充之子珠拉和阿勒德尼斯钦及五位哈敦面前，吩咐他们两位和五位哈敦留守家中。两位小勇士哭着说：“我们降生凡尘还不久，从出生始一次也没有与敌人交手。这次本想随圣主出征杀敌立功，但圣主命我们二人留守家中，我们只好遵命。”

此时，圣主又嘱咐他们道：“你们不要着急，敌人还多着呢，以后还有很多机会。你们要提高警觉，等我们归来！坏人阴谋多，不可大意，要小心谨慎。”说完，十方圣主格斯尔可汗带领三十位勇士向上界诸神进行煨桑。之后，他于阴历四月午日午时向阿拉腾图布齐和孟根图布齐两河流域进发。那时正是春暖花开的春季。冬眠的昆虫已经探出头儿三次了。所有走兽和飞禽都流露出惬意的表情。

格斯尔和三十位勇士来到了阿拉腾图布齐和孟根图布齐河边一望无际的草原上。他们来到一棵金色的杨树旁一看，目不可及的地方还有两棵金色杨树。再往前走是阿拉腾图布齐河。东面是孟根图布齐河。在阿拉腾图布齐河上游住着一位二十一头的拉克萨魔王。魔王近处驻扎着九十万军队，稍远处又驻扎着三十万军队。围绕着魔王城堡驻扎着无数兵卒。从那河水中发出耀眼的光芒。那魔王的头上长有一十八只角，还有变化一千种样子的本领。他娶的哈敦美貌如花，是掳来的萨仁额尔敦酋长之妻赛罕奇哈敦所生的赛乎丽高娃。她站在那里，如松柏临风摇曳；她坐下来时，像是如意宝；她头顶上宛如鹦鹉在啼鸣；脚底下如有无数莲花盛开；右颊上好似莲花绽开；左颊上好似百鸟齐鸣；右肩上好似金蚊飞绕；左肩上好似银蚊起舞；深夜里好似一盏明灯，能看守一千匹马；白天好似一轮朝阳，引来万人凝视；从前面看，好似千人在欢笑；从后望去，好似万人在伴随；在月光下看，好似立刻要凝结；太阳下看，好似马上要融化；看她身后时，好似羔羊叫唤；看她身前时，好似万驹欢聚；真是天仙之化身啊！

赛罕奇哈敦曾是僧格斯鲁伯颜的弟妹，赛乎丽高娃是她所生的女儿。赛乎丽高娃心想："我要至少嫁给一位可汗，最理想的莫过于嫁给十方圣主格斯尔可汗。"她的这些想法早已被格斯尔可汗先知先觉。于是格斯尔可汗率领三十位勇士来到孟根图布齐河附近。他察看后发现，那里住着一位蟒古思和九十万大军。在他的外围还有八万九千三百人马。这些很显然是提防十方圣主格斯尔可汗而精心布置好的。这也是因为哈敦母女住在阿拉腾图布齐河，这是格斯尔来夺她们的必经之路，所以在这里布置好了明卡暗哨。

这一切也没逃过格斯尔可汗的法眼。甚至他还发现，在阿拉腾图布齐和孟根图布齐两河的交汇之处驻有一位一尺许的神占卜师。在他附近还有一位神力无敌不放过任何对手的摔跤手。摔跤手后面是魔王从天宫捉来的两个神童，为他们放哨。再后面是看到来敌就扑过去撕咬的凶猛大黑狗。再过去就是那三棵金色的杨树。当有敌人来袭时，三棵杨树就会抖动绿叶，给魔王托梦报警。

十方圣主格斯尔可汗于第十八个龙年的丙月十四日午时，在那里进行煨桑祭祀，完成了进攻前的一切准备。圣主将自己探听到的关于魔王蟒古思的所有情况详细地向三十位勇士述说之后，下令道："你们在这里等我回来，我再去那三棵金色的杨树旁看一看情况。先不去蟒古思处。"这样，十方圣主格斯尔可汗把日月银白宝盔变成一把木弓，就像是七八岁小孩的玩具。把九庹长的金刚磁铁宝刀变成小孩玩儿的金髌骨。把印霜闪电铠甲变成一根草箭。把火箭变成了大鹏。把智慧神弓变成雕鹰。把九股铁索变成银髌骨。把黄金擒日索和白银罩月索变成了一对黄鹂。把枣骝神驹变成两个八岁小孩，自己变成了八十五岁的老翁。

他首先派那两个小孩去金色杨树旁。之后，他又遣走了大鹏、雕鹰和黄鹂。告诉黄鹂在那棵树上生蛋孵卵。两个小孩到了树下后拿出手中的金、银髌骨玩耍。把手中的木弓草箭放在身旁坐在那里。黄鹂来到树上，在三棵金杨树上筑了三个巢，生蛋孵卵。两个孩子见到后，用木弓草箭射那三个鸟巢。树叶被他们的箭射得纷纷落地。小孩儿射了一阵后又捡起地上的金、银髌骨重新玩耍起来。他们在地上玩儿时沾染了污垢，掀起了灰尘垢土。飞来的大鹏和雕鹰啄食了树叶，又为争食而相互争斗着。

最后，那白发苍苍的老翁向金色杨树走来。那老翁颌下的银须被风吹得分向两边，左右飘拂。老翁步履蹒跚地挣扎着走到树下，坐在树根上休息。一阵风起正要吹响那树叶之时，老翁开始赞那三棵树道：“很早以前，我们这里有一棵金杨树。那树见到老翁热汗淋漓挣扎着走来时，停止吹响树叶，发出无数的新嫩叶。那树看起来就像菩提树一样，被众人夸赞。当众人夸赞之时，那树叶更加茂密，新叶不断长出来。”

之后，老翁又像很讨厌树下玩耍的两个小孩儿，口里骂道：“黄金世界如此宽广，难道还没有你们玩儿的地方吗？在这世界上的所有众生都将受到时间的支配，都会像我这样衰老下去。你们不要在这么秀美的树下玩耍，小心我要揍你们！我要教训你们几句。如你们听我的话，就到远一些的地方玩儿去。这三棵树也许是三棵神树，岂能让你们来如此亵渎。你们玩儿就玩儿吧，为什么还去射树上的黄鹂鸟巢呢？你们小孩儿真是不懂事啊！你们的箭没有射中鸟巢，反而把这美丽的树叶射穿了呀！”老翁讲到这里，停顿了一会儿，又接着说道：“这黄鹂鸟非常疼爱自己的雏鸟。你们这样射过去，它会离开自己的蛋，这肯定是一种罪孽啊！”

此时，三棵金树听了老翁的这番话后，也觉得老翁是心善之人，就对他不怀有敌意了。于是它们也不向蟒古思可汗报告了。那只黄鹂鸟离开树梢上的蛋围绕两个小孩儿转，好像对他俩产生了愤怒之情，在咒骂他们俩，还在向释迦牟尼佛祖、霍尔穆斯塔腾格里、三位好友天神、娜布莎胡日扎祖母、三位好友天神、圣慧三姐、哥哥阿敏萨黑齐、弟弟特古斯朝克图、山神、毛阿固实唐布神卜师等祷告，请求他们严惩这两个孩子。

此时，老翁又说：“怎么样？我说的没错吧？”两个小孩子回答道：“老翁您是谁？从什么地方来？叫什么名字？哪个部落的人？”老翁回答道：“本应由我来问你们才对。不过，你们先开口问了，我就告诉你们吧。我夏季住在银白色的草滩上，冬季住在银白干草滩上，拉古萨是我的可汗。我名叫金，姓氏是杨树（乌力雅苏台）。年龄八十五岁，喝的水是三泉水。”

老翁又反过来问孩子们道：“你们俩是哪个部落的谁家孩子？家住哪

里？你们的可汗是谁？你们叫什么名字？今年几岁了？”两个小孩儿回答道：“我们原来是父母疼爱的孩儿，不幸被这魔王抓来。我们夏季住在多松树之地，喝的水是白泉水。冬季住在榆树林之地。狩猎的地方叫奈仁察那河畔，打仗的地方是策格日木格泰白滩。我俩今年八岁，我们的名字叫阿拉格齐和敖格图鲁格齐。我们的国王叫塔苏鲁格齐。我们的部落是黑图嘎齐。我们本是天上的神子。我们为了养活自己制成了木弓和草箭，希望能猎获到什么。闲时就玩耍金银髁骨。今天一无所获，才来到这棵树底下。”

老翁嘴里嘟哝道：“据说十方圣主格斯尔可汗手下有三十位勇士，那两个小孩儿也许是他们的后代。来此地有可能是有什么目的，小心为好。”这样老翁要赶走两个小孩儿。

小孩儿说道：“老翁您对我们来说就像父亲一样，这棵菩提树就像是我们俩的佛祖一样，我们将污垢清理干净，不再淘气，我们跟随您。如您住在这里，我们就作为您的徒弟，好好学习佛经教义。”

老翁又问孩子们道：“你们想拜我为师吗？我已经坐下来就站不起来，站起来就坐不下去了。如你们拜我为师学佛法，就要听从我的话。”

小孩儿回答道：“我们一定听从老翁您的话。”此时，那棵杨树完全相信了老翁的话，再没有落下一片树叶了。

老翁要开始给小孩儿们教授佛法了。老翁对两小孩儿说：“在这棵树底下进行煨桑供奉吧！”孩子们进行煨桑时，向弓弦、箭杆、格斯尔萨日布敦若布、山神、毛阿固实唐布卜师、释迦牟尼佛祖、霍尔穆斯塔腾格里、娜布莎胡日扎祖母、好友三天神、圣慧三姐、兄长阿敏萨黑格奇、弟弟特固斯朝克图、五位哈敦、三十位勇士、三百位先锋、敖嫩仓达右、大达右、小达右、大呼格热格奇、小呼格热格奇等祷告，请他们把这三棵树烧为灰烬，化为粉末。它们是拉克萨的三个灵魂。

老翁又说道：“孩子们！我老翁很怕冷，请你们用白纸在这菩提树的外围筑一道围墙，替我挡风保暖。这样，也可避免如此美丽的树叶落地后被众生踩脏。还要把这里划为禁地，让行人行走于围墙外面！”

三棵金色杨树也觉得老翁所说有道理。两个小孩儿听了老翁的话后，赶紧行动起来，用白纸在杨树四周筑起了一道围墙，上边也用纸糊了棚。这时老翁变成了另一个人，取出金刚宝斧正要砍树时，大鹏鸟和雕鹰飞过来对他说："我们拉克萨可汗下令说，要你立刻砍下这三棵树！"于是老翁瞬间把那三棵金色杨树砍下来了。那树叶想飞出去给可汗托梦，但被四周厚厚的纸墙挡住，无法飞出去了。这时，老翁放了一把火，把这能听懂人话的大树烧成灰烬。

十方圣主格斯尔可汗用计谋砍掉了三棵金色的杨树，使拉克萨魔王失去了三个灵魂，削弱了他的三分法力。

十方圣主格斯尔可汗返回三十位勇士那里，详细讲述了消灭拉克萨魔王三个灵魂的经过。大家听了都非常高兴。之后，大家向十方圣主格斯尔可汗提议道："我们大家一齐冲进去歼灭敌人吧！"听了这番话后格斯尔可汗说道："勇士们！大家不要着急。一会儿，魔王的另一个灵魂会来我们这里，你们在这里，先挖一个深坑，坑底放上金银套索，坑口上面铺上一层烂纸。在那纸上再放一只小兔。你们大家要格外小心谨慎。"

于是像行走高山之巅的猛虎般英勇的扎萨希格尔一瞬间完成了以上事情。此时，远处看到了从蟒古思那边跑过来三只大黑神狗。大黑神狗东张西望，乱嗅一阵后直奔格斯尔可汗的军队而来。

这时，格斯尔可汗对三十位勇士说道："你们大家知道了吧？我刚才讲的话应验了吧？那跑过来的狗是蟒古思的又一个灵魂。"大黑狗越来越近之时，格斯尔可汗对三十位勇士下令道："你们都先后退一步！"正在大家后退之时，那三只黑狗跑过来狂叫跳跃，要扑过去撕咬格斯尔及三十位勇士。经过陷阱时，黑狗一齐掉进陷阱，被金银套索紧紧地套住了。这时，格斯尔和三十位勇士来到坑口，用火焰箭射死了三只黑狗。由于这三只狗嗅觉灵敏，生人无法靠近，格斯尔这才用计谋杀死了它们。

十方圣主格斯尔可汗和三十位勇士来到一片草地上，遇到两个小孩儿。那两个小孩儿看到众多战士走来，迎上去问道："你们是什么地方的人？你们要知道，我们可汗不允许外地人踏入这里一步。你们是哪个可汗的部下？谁的军队？为什么到我们这里来？我们听说天神下凡的除十恶之源的十方圣主格斯尔可汗的大名，不知你们是不是他的军队？唉，我们能有那么好的运气遇上他，逃出这魔王的黑爪吗？我们本是天神之子，在天上之时也是在父母身边撒娇的无忧无虑的孩子。有一天我们被这魔王掳来此地，不知何时才能见到亲爱的父母啊！如果有幸能遇到圣主格斯尔可汗，我们还有机会回到父母身边。谁愿意待在这黑心人的国度呢？我们只能受折磨啊！”说到这里他们痛哭不已。听了他们的哭诉后，从可汗到勇士都感到心酸，眼圈发红。

这时，苏米尔之子，三岁的格日勒泰上前对那小孩说：“我们不骗你，这位就是十方圣主格斯尔可汗。他们就是三十位勇士。”两个小孩儿听后兴奋不已，急忙上前跪拜。十方圣主格斯尔可汗对那两个孩子说：“魔王为什么让你们在这里？”他们俩跪着回答说道：“那个长有二十一头一十八只犄角的拉克萨可汗让我们俩给他放哨。他说，如看见有人来，就给他报信。”

圣主问道：“除你们俩之外，还有别的哨卡没有？”两个孩子回答道：“我们也不知道魔王在其他地方放哨的情况。魔王严令我们不许随便走动。我们也曾想逃回家，但不知魔王在其他地方设有多少哨卡，怕被他们捉回来再度受折磨。所以一直没敢逃走。我们年龄小，身体弱小，不懂多少事。”

十方圣主格斯尔可汗非常疼爱那两个孩子，赏给他们很多珍宝。孩子们高兴地赶紧跪拜谢恩，说至死追随圣主可汗，献上自己的微薄之力。

两个孩子跪禀圣主道：“从这里往前走，有一位身高尺许的卜师。他对蟒古思的一切事情了如指掌。圣主您可先让那卜师算一算卦，他说‘好’，您可以去，如果他说‘不好’，您就不要过去了。他是个神卜师，连烧着毛的肉都瞒不过他。他也是蟒古思的一个哨卡。我们知道他什么时候来。”听完孩子们的话后十方圣主格斯尔可汗率领三十位勇士继续向前进军。突然蟒古思的九十万大军迎面而来。此时苏米尔之子，三岁的格日勒泰上前对圣主说道：“圣主，请允许我先冲入这九十万大军中消灭他们吧！我要让世人看看，我也是一位英雄。”

圣主答应了格日勒泰斯钦的请求。于是格日勒泰斯钦跪谢圣主后穿上银白铠甲，手执斩敌不见血的金刚大刀，骑上枣骝神驹的弟弟飞翅小枣骝神驹冲入敌阵。此时他的头顶出现金刚尊者，额头显现出玛哈嘎拉尊容，金口喷发出烈焰，坐骑枣骝神驹的四蹄下溅出火星。格日勒泰斯钦冲入敌阵，挥起金刚大刀，开始杀敌。不一会儿工夫，敌人的先头部队所剩无几，后面部队见此情景后，吓得乱了阵法，大家乱吵乱嚷道：“快回去调援兵，我们都要被杀掉啦！赶快去禀报可汗！这个人太厉害了！”还有的在喊：“别怕！别慌！那只是一个小孩儿，而且他只是一个人，他的力气快用完了。”

格日勒泰斯钦听到了他们的讲话，心中恼怒，抖擞精神，增加了力量，燃起火焰冲过去，挥舞无敌金刚大刀横扫了三次后，敌军全部倒下去了。格日勒泰斯钦觉得还没有杀够，绕了几圈再也没有发现活着的敌兵了，他这才像饿狼饥鹰般疾驰返回，向圣主格斯尔可汗禀报杀敌情况：“我奉圣主您的旨意冲入敌阵，杀光了敌人的九十万大军。”

此时，十方圣主格斯尔可汗说道：“三岁的格日勒泰斯钦你出发后，我担心你年幼，又没有作战经验，怕你无法应付那些敌军呢。如今你杀敌凯旋，你的确是个小英雄啊！”圣主说完后脱下自己的珍珠衫赏给了格日勒泰斯钦。格日勒泰斯钦跪拜谢恩后接过珍珠衫。三十位勇士也笑着说道：“格日勒泰斯钦，这次出战过瘾了吧？”格日勒泰斯钦向大家跪禀道：“你们大家请听我说几句！蓝色的苍天之上霍尔穆斯塔腾格里为一骄傲；在苍天之下群星为一骄傲；在众人中十方圣主格斯尔可汗为一骄傲；在这赡部洲三十位勇士为一骄傲；在这世界上我这个年龄又是一个骄傲。金色世界上的莲花为一装饰；这宇宙中的日月为一装饰；这下界的恒河为一装饰；我这小将灭敌为一光彩。蓝色苍天上天神无数，但唯有霍尔穆斯塔腾格里最为至尊；蓝天之下有数不清的星星，但唯有北斗七星最为耀眼；这世界可汗无数，但唯有格斯尔可汗最英明；这赡部洲虽有三十万部族百姓，但唯有从天而降的三十位勇士最英勇；这世界上众生年龄虽长短不一，但谁能比得上我三岁的妙龄。人间艳丽的花儿千万朵，但只有莲花最圣洁；这宇宙中发光的虽有不少，但哪个与日月相比；这下界河流湖泊无数条，但哪一个与恒河相比；这世界英雄豪杰虽无数，但哪一个与三十位勇士相比。生命虽宝贵，但我们为了圣主的伟业，又有什么割舍不下的呢？我年幼见识少，能做好事也罢，坏事也罢，全都靠你们的威望。你们不必跟我计较！”此时，三十位勇士也意识到自己所说的话不妥，忙上前赔不是，说道：“我们错了，您别生气！”

十方圣主格斯尔可汗听格日勒泰斯钦所说，感到非常惊讶，并特别赞赏他。天上的诸佛天神们听了格日勒泰斯钦的话后也非常感动，热泪几乎夺眶而出。这时鹦鹉飞来替天神们流泪。据说，因鹦鹉曾替佛尊天神流泪，才会学舌的。

十方圣主格斯尔可汗率领三十位勇士继续向前进军。前方又出现了敌方的三十万大军。扎萨希格尔发现后对圣主禀告道：“这次我去消灭那些敌军吧！”十方圣主格斯尔可汗对他说：“宝贵的兄长扎萨希格尔你一个人恐怕很难对付，就让阿日衮勇士陪同你一起去吧！”这时超通诺颜跑过来对圣主说：“圣主，让我去吧！一则，我托释迦牟尼佛祖的恩德，二则，托十方圣主格斯尔可汗的洪福，得以生在这世界上，难道我就不如三十位勇士吗？我真想去啊！请你们不要阻拦我。我已经是八十五岁的人了，很难再遇到如此大的战事了。为此，我这条命也没有什么可惜的了。我想助我的扎萨一臂之力。身为男子汉还怕敌人吗？生为雄鹰还怕野鸡吗？我跟你们一同出战，难道还怕敌人把我杀掉吗？让不让我去，你们看着办吧！”

扎萨听了他的这番话后，对他说道：“叔父，我是很想带你一同前去，可我怕你到战场后加害于我们，这样你失去名声，我也会很扫兴。所以我不能带你去。”这样，扎萨希格尔骑上飞翅红沙马，手持纯钢宝刀，穿上千叶铠甲，佩挂了各种武器，向格斯尔可汗禀报道：“我一个人去吧！我奉天上的父母之命，前来助你一臂之力。因此，我也不带阿日衮勇士去了。”

圣主道：“当你去时，燃烧着的火晶宝为你助威，冲进蟒古思的阵营后像旋风一样席卷而归。”扎萨辞别圣主后直奔敌军。不久，来到了三十万敌军附近。扎萨看到敌军后，快马加鞭冲进敌阵。只见他的坐骑飞翅红沙马四蹄火焰迸射，扎萨口中喷出熊熊火焰，头顶上出现五色彩虹。他带上水晶、火晶二宝冲进敌阵时，发出巨龙的呼啸声，雷声阵阵，大地都在颤抖。他用火焰箭猛射敌人，之后用宝刀向前砍杀时就像割麦穗一样，向后砍杀时就像割谷穗一样，敌人的头颅纷纷落地。敌军慌乱中分不清敌我，自相残杀起来。扎萨看见此情况后信心倍增，不一会儿工夫，他把敌军杀得片甲不留，灭成灰烬。扎萨四处搜寻，不见一个活着的敌人，这才像寻不到水草的鹿，没碰上猎物的鹰一样，骑着飞翅红沙马缓缓走过来。他来到圣主格斯尔可汗身旁，禀报了自己消灭敌军的详细经过。格斯尔可汗连声称赞，脱下身上的珍珠衫披到扎萨身上。扎萨急忙跪谢。大家都非常高兴。

十方圣主格斯尔可汗于正月初一日月合璧的午日午时，率领三十位勇士向前进发。他走到一片草地，遇到了一个身高尺许的卜师。格斯尔可汗向前问道："你是哪个国家的人？为什么坐在这里？"于是那卜师道："我是二十一头蟒古思可汗手下的人，名叫拉萨。可汗让我在这里放哨。"圣主格斯尔可汗对他说："拉萨！你听我说，俗语说，蝙蝠会飞，但不算飞禽。尺许的人，不能入人类之行列；庶民中也有贤明者，但不能同可汗相比；喇嘛中也有聪慧者，但不能与释迦牟尼佛祖相比。你为什么在这里？你有什么本领呢？"

那身高尺许的卜师说道："鹦鹉至死回头观看三次羽翎；贤臣至死爱惜自己的名声；尺许高的人至死行善救人。能判断生死的有阎罗王，能推算诸事的有圣者，能明辨是非的有博学者。我虽身高尺许，貌不惊人，可能知晓天上人间之诸事。你已问过我了，我也要问问你，你是谁？家住何方？为什么来这里？"

格斯尔可汗回答道："我是北方纳钦可汗的放羊人。我来这里的原因是，我不走光明的白路，专走崎岖的黑路。听说你们可汗的黑色马群里有了鬼，我学过一些驱鬼术。我不走坦荡的黄道，专走荆棘丛生之路。听说你家可汗的黄色马群里有了鬼，我学过一些圣者之法术。我不走人间之青色大道，专走灌木丛生之路。我听说你家可汗的青色马群里有了鬼，我学过一点咒术。所以我来是想驱逐魔鬼。听说你不放过烧吃肉的神卜师，请你卦一下如何？"

那神卜师拿出卜线，仔细算后说道："你说不走光明的白道，实际上是行走在佛陀之白路上；你说专走崎岖的黑路，意在镇压蟒古思可汗；你说不走坦荡的黄道，却行走在圣贤之路；你说专走荆棘丛生之路，却意在剿灭我们可恶的可汗；你说不走人间之青色大道，正行走在帝王之路上；你说专走灌木丛生之路，其实你快与我们可汗交战了。我已经知道你的来历了。你头戴的帽子应是日月银白宝盔，身上穿的衣服是引霜白金铠甲，你骑的马不是这个癞疮枣骝马，而是枣骝神驹。你手中的木杖是九庹长的青铜宝剑。我认为你就是格斯尔可汗。"

格斯尔可汗听后心中确认他是个神卜师，接着又问道："你将那蟒古思之事告诉我们如何?"这时神卜师回答道："我们可汗有一千种变化的本领，但这也没有什么了不起的。如同枯朽的柳树，会招来蛆虫啃咬。在真正的英雄豪杰面前，他就无处躲藏，无缝可钻。你的事一定能成功。但我的卦上说，你似乎有一次劫难，但也不要紧，可以化险为夷。我们大王每天清晨外出狩猎，中午他化身为一只洁白的察克察亥鸟，晚上变成艾虎，钻入洞中就寝。敌人来时，他就变成一头巨大的白花公牛，将自己的灵魂遣往西方，真身赶往东方，直到敌人退去，他才返回来。他有三个藏身的洞穴，他来时化身为洁白的察克察亥鸟儿躲藏在洞中。洞口上放着一口铁锅，锅里长满了灯芯草，灯芯草上又长满了青草。洞口两边各放一副金钩和银钩，地上撒满了黑豆和白豆，目的是使来人不小心摔倒。还有一处砖砌的洞穴，用肉眼无法辨认出来。到夜晚时，此洞口上装有金刚索和银索。这一切，赛乎丽高娃最清楚，除了她，别人都不知晓。你可以去找赛乎丽高娃，请她帮你想办法吧!"

格斯尔可汗率领三十位勇士继续向前进发。这时苏米尔之子格日勒泰斯钦向圣主禀报道："圣主，我想先去阿拉腾图布齐和孟根图布齐河岸边，用计谋把魔王的九十八万九千三百人马消灭掉。"格斯尔可汗听后说："可以，你先把我的灵魂化为大军人马给他们看。那边的敌人一定认为格斯尔可汗的大军到来，带全部军队追过去的。那时你从敌人的后方冲过去，像闪电一样冲杀进去。这样他们会措手不及，找不到退路。这时，敌后的一个蟒古思头儿看情况不妙，就会大喊：'格斯尔大军从两面赶来，我们去杀他个人仰马翻。'追上来时，那些大军立刻化为一道青光飞上天空。此时，你在两方要交战之地变成一个满身虱子的小孩儿，躺在那里。”

蟒古思的军队扑了个空。他们看见那里躺着一个满身是虱子的小孩儿，就上前问道：“你是谁家的孩子?”孩子回答道：“我是十方圣主格斯尔可汗那里的一个孤儿。我们圣主说，将你们可汗瞬间变成灰烬，眨眼间烧成焦炭。他率领三十位勇士到这里来，看你们的军队众多，我们的人数少，你们的力量大，不能正面交锋，就抄你们后路，寻找食物去了。因为我全身是虱子无法与他们同去，就躺在这里了。你们想不想救我，随你们的便吧!”

敌兵听了小孩儿的话，就往后撤退了。小孩儿跟在他们后面。这时，格日勒泰斯钦按照自己所说，快马加鞭向孟根图布齐河那边冲杀进去。他头顶上显现出了金刚手之相，额头上现出玛哈嘎拉之尊容，金口喷发出烈焰，坐骑枣骝神驹四蹄溅出火花。他回头看了看自己箭壶里的箭说：“从银河那边是否有一支箭朝我这里飞射过来?”接着他又祈祷道：“为圣主格斯尔可汗的江山，向释迦牟尼佛祖，霍尔穆斯塔腾格里、娜布莎胡日扎祖母、包阿东察布嘎尔布、乌德格力、伊丽扎木苏达丽乌达木三位神姐、三位好友天神、哥哥阿敏萨黑齐、弟弟特古斯朝克图、诸山神、毛阿固实唐布神卜师、胡斯楞敖包、弓箭、两个红宝石山岩、策策格图塔拉、三十位勇士、三百位先锋、三部落国、达右、大达右、小达右、大乎日格齐、小乎日格齐们，我向你们献上九种圣洁的供品，请你们保佑我战胜蟒古思的军队。争战时给我力量，口渴之时赐给我甘露吧!”说完，他就朝孟根图布齐河岸边一座沙丘的北坡走去。在这里他遇见了一位手持一张弓和六支箭的人。这人正是锡莱高勒三可汗之中的黑帐王希敏巴茹扎娜的部下六指。原来当年被扎萨希格尔杀死后，由于罪孽深重，不能超度，才投生到这里，给魔王当了勇士。他迎面而来骂道：“孩子，你头顶上升起了太阳，绿叶茂盛，前后左右都是你的敌人，现在到了你我交锋之时了。你是什么人？为什么到这里来?”他还接着哄骗孩子道：“男子汉互相比试，不是要把马镫松开三把长，女人们互相较量时，不是要把缰绳抛开很远吗？我们把武器放在白草滩上进行比试玩儿吧！孩子，你头顶上飞着三只雕，我们就来捉它玩儿吧！它们很可能是父亲图希亚和母亲图希亚，还有我们的姐姐图希亚。捉它们很难，它们都有翅膀，只能用箭射了。”

格日勒泰斯钦答道：“你说的话，如同八岁孩子所说一样。又像乃仁查那河边花牛所生的六条腿牛犊一样。你就像一支枯萎之树，腐朽之树墩一般。你想把我当成早晨的霜露中的变成荒野中生长的狼尾草。你还没有资格与我较量！”听了三岁格日勒泰斯钦的话，那人又骗哄道：“孩子啊！你头顶上飞着三只雕鸟，如你是位英雄好汉，就把中间的那个雕射下来。如果你是个假英雄，就不要射它们，直接回家吧。我不想与无胆之人较量，让你的妻子守寡。”

格日勒泰斯钦听他这番话后按捺不住心中的火气，使战马奔腾起来了。那人也使战马奔跑起来，还假装把马镫放长三把，实际却缩短了三把。格日勒泰斯钦已看出他的阴谋，但他还是按照他的话向上望那雕鸟。此时那人用一把弓射出六支箭向格日勒泰斯钦发过来。那箭正中了格日勒泰斯钦的左肋，鲜血从伤口流出。格日勒泰斯钦拿出丝巾扯下一条包扎好伤口，好像什么事都没发生一样。还对他说：“你这箭射得就像两个妇女吵架互相舞弄剪刀，两只无角山羊互相顶撞，头上不见血一样。你不知道我是谁吧？你听我告诉你！我是十方圣主格斯尔可汗的从上天而降的三十位勇士之一苏米尔的儿子，三岁的格日勒泰斯钦英雄。如果你还算是个英雄，就看看我如何冲锋杀敌的。现在你头上飞着三只鹤，如你还算是个英雄，你就把那鹤鸟射下来。你如果射不中就回家去吧。你不快回家，你的妻子就会钻入别人的被窝，你的人头也要落地了。你的坐骑也会变成别人的坐骑。你手持的弓箭也要伤害你了。”

那个人听了格日勒泰斯钦的这番话后心想：“这孩子说我头顶上有三只鹤是骗我的，我有手中的弓箭为什么害怕呢？”于是他回头去取囊中的锉，想锉一锉箭锋。此时，格日勒泰斯钦的火焰箭飞射出去了。这时格日勒泰斯钦对那个中箭的人说道：“我这箭虽然毒性无比，但足够你回去禀报你家大可汗。你这下知道我的厉害了吧？你到了之后告诉你们可汗，说遇到了十方圣主格斯尔可汗手下的具足火神之力的三岁光屁股穷小子格日勒泰斯钦。我射中他六箭，但他毫不在乎，反而回射了我一箭，使我变成了像失去牛犊的母牛一样，灰头丧气地跑回来了。”

那个人心想：“这支箭剧毒无比，我这身体也要入土了。我还能说什么呢？让我的子孙后代去为我报仇吧。”这样他回到蟒古思可汗那里，把自己的遭遇和格日勒泰斯钦的话都一一讲述给魔王后倒下去死了。

格日勒泰斯钦在这沙丘山上获得了不少战利品。他带了战利品向前出发了。他突然觉得口渴，就下马去找水喝，可是无论如何也找不到水喝。无奈之下他上马继续赶路。这时，他的箭伤开始发作了，他无法支持而不由自主地东摇西晃起来。他向左倒时，坐骑用左边的棕毛把他扶起，他向右边倒下去时，坐骑用右边的棕毛把他扶起。后来，他终于支持不住而从马背上掉下来了。小枣骝马看到主人倒下，伤心地哭泣道：“我们三十匹宝马像飞翅般聚在一起，三十位勇士像琴弦竹节般相遇在一起，我们奔跑在他们身边能超越麝獐，能赶上野马，能胜过黄羊。哪里有敌人的踪影，哪里就有三十位勇士的足迹，挥剑举刀打个粉碎。那里有群英聚会，定能看到三十位勇士的身影。你上身具足天神之力，中身附有龙神之威，下身具有大地之力。苏米尔勇士将你抚养成人，而今你为什么成为乳海之上须弥山之下的一只折翅雄鹰呢？还记得曾经你猛闯敌营，英勇杀敌，如同鹳鹤一样跟随在圣主格斯尔可汗左右吗？”

小枣骝神驹守着格日勒泰斯钦身边伤心痛哭之时，跑过来两只饿狼。饿狼靠近了格日勒泰斯钦，小枣骝神驹用蹄子踢赶饿狼保护主人。后来，又来了两只乌鸦，要啄食格日勒泰斯钦的眼睛，小枣骝神驹又刨又踢没让乌鸦靠近。

此时，十方圣主格斯尔可汗觉得格日勒泰斯钦出发已经很久了，还没见他返回，心里有些不安，对大家说：“格日勒泰斯钦走了这么久，还没有回来，不会有什么事吧？”

猛虎勇士之子，菩提萨埵之化身青毕希热勒图上前对圣主说：“让我去看看吧！也许他消灭了敌人之后，虏获了很多马群等战利品，一个人无法拿回来，我去帮他把马群等战利品拿回来。”

圣主道：“你说得对，准你去！”青毕希热勒图跪拜圣主后出发了。青毕希热勒图来到孟根图布齐河边，沿着河岸往前走，来到一座沙丘山上望去，不见人影。他继续往前走去，在察察尔嘎纳河套之处，发现了蟒古思的军队。他心想："我来此处是为了寻找格日勒泰斯钦的。如今我发现了蟒古思的军队，如果这样不战而退，叫我怎么回去见圣主。人一生能活多久呢，终究难免一死，我就冲进敌营好好杀敌吧！"就这样他冲入敌营英勇杀敌横扫了敌军。他突然觉得口渴去找水喝，可是在附近没有找到水，来回找了几圈儿才找到一处泉水，他下马弯下身子喝水时，从后面偷偷来了一个人把他砍死了。

十方圣主格斯尔可汗心存疑虑地说："派去的两个勇士为什么这么久还不回来？"这时巴达玛拉之子巴木希古尔扎上前说道："他们曾经帮助过我，这次我去看看，能否助他们一臂之力。"他立刻得到圣主格斯尔可汗的允许。他穿上坚硬的黑铠甲，手持金刚大刀，挎上精巧的弓箭，骑上铁青马出发了。

他首先来到孟根图布齐河岸边，但没有看到任何人影。再继续往前走，来到一座沙丘山顶上观望时，发现前边有一只乌鸦在空中盘旋。他心想这只乌鸦为什么在这里盘旋呢？于是他朝那里奔去，发现地上有许多尸体人骨。这些尸体害得铁青马没有下足的地方。再往前走了几步，看见了毕希热勒图的遗骨。他立刻下马，坐在他尸骨旁痛哭起来。这时，走过来一个人对他说道："你这样哭，难道他就能复活吗？西边山峰的教诲，你将这勇士的尸体收捡起来。"

巴木希古尔扎听了那个人的话后停止了哭泣，把毕希热勒图的尸体装入自己的荷包里。他再从沙丘山的北坡走下去，顺着河岸往前走时，小枣骝神驹认出来人是巴木希古尔扎。于是它飞奔过去哭述了格日勒泰斯钦牺牲的全部经过。巴木希古尔扎听后又哭了起来。他边哭边快速走到格日勒泰斯钦的尸体旁边。他把格日勒泰斯钦的尸骨装入自己的荷包内。他从怀中取出一条白丝绸手绢，当做招魂幡，呼唤格日勒泰斯钦和青毕希热勒图的灵魂："青毕希热勒图和格日勒泰斯钦走散的灵魂啊！快回来吧！远去的灵魂啊！快回来吧！我在这里用五指招引你们。用雕翎箭呼唤你们！为了你们走圣洁的路，我用洁白的绢当作招魂幡！"

这时，从远处飞来两只老鹰。巴木希古尔扎将召回的灵魂附在了那两只老鹰身上。如果不把离体的灵魂召回，附到鸟身上，就会被阎王载入黄金镜册里，以后就没有复活的机会了。据说，那天所有的树木都发出了新的嫩叶，开满了鲜艳的花朵。

圣主格斯尔可汗登上达拉台萨尔鲁格和纳日苏图山顶上，向四周眺望，看到巴木希古尔扎回来了。巴木希古尔扎急忙到圣主面前禀报道："派去的两位勇士杀尽了蟒古思的军队，为了向释迦牟尼佛祖奉献战利品，把马留在那里，去了天宫了！"圣主格斯尔可汗听后不太相信巴木希古尔扎的话，但也悲伤地痛哭起来。周围的飞禽走兽也忍不住掉下眼泪。那天漫天的云雾散开，电闪雷劈，巨龙呼啸，金色的大地摇摇晃晃。格斯尔可汗设坛煨桑，镇定了大地。

那时已是初夏的时节了。格斯尔可汗瞒着众勇士没有告诉他们两位小勇士遇难之事。但是苏米尔对圣主说道："两个孩子去了这么久，怎么还不见回来？说他们上了天宫，没有圣主的旨谕，他们如何去天宫？这大概是谎言。我去敌营拼杀看看。一则，从敌人那里打听消息。二则，去找找孩子们的尸体。三则，为圣主出一份力量。"圣主听了他的话后立刻允许他出兵。

苏米尔穿上铠甲，带上武器，骑上追风碳黑马向孟根图布齐河方向奔去。他来到沙丘山坡上，环视四周时，未发现任何人影。再继续往前走，发现遍地尸骨。他又穿过尸骨向前走去，发现一个蟒古思和他的八万九千三百个敌兵。苏米尔独自冲入敌营，杀了个来回。敌兵以为是格斯尔的军队来了，慌了手脚，找不到逃跑的路。苏米尔知道了敌军惊慌失措的原因后，更加抖擞精神，像燃烧的烈火般冲入敌阵中。此时，从他所骑的追风碳黑马的四蹄冒出滚滚浓烟。看到此景的敌兵更加心惊胆战，弃营逃往孟根图布齐河方向去了。苏米尔紧追其后，像一道彩虹般闪入敌军中，砍杀一阵后，把敌兵全部消灭了。领兵的蟒古思眼看自己的军队被杀光，就赶紧飞奔过来与苏米尔厮杀。苏米尔心想："男子汉要有谋有略，女人要有心有眼，我也得使用谋略啊！"想到这里，他用左手拔出金匕首，往蟒古思的左肋捅了一刀，但那蟒古思，好像毫不在乎，反而要使用魔法通知他的二十一头蟒古思可汗前来相助。此时，神姐伊日扎木苏达丽乌达木从天宫而降化为杜鹃鸟飞过来说道："火神一样的苏米尔啊！你还迟疑什么？速将他消灭掉吧！"于是苏米尔力量倍增，抽出火焰箭射穿了蟒古思的双眼，蟒古思倒下了。那蟒古思跪在地上求饶道："黑山中有黑花马群，把它们全部送给你。二十一头蟒古思的一切诡计我都知道。请你放了我吧！希拉吉图河畔上有黄色的马群，请你都赶走，放了我吧！赛乎丽高娃的事情我都知道，请你娶她吧！放了我吧！请你给我一碗水喝，即使杀死我也罢，请你让我先喝口水吧！请你让我看一眼你的水晶、火晶二宝以后再杀死我吧！"

苏米尔回答道："这可以，把你自己的全部灵魂寄托物都告诉我。"于是他回答道："与其被你折磨，还不如全部告诉你后到阎王爷门口呢！你如念起'蒂勒，蒂勒，万人死！米勒，米勒，千人亡'的咒语，我的灵魂就会坠入地狱了。"苏米尔悄悄地在胯下念咒语道："不走正道的蟒古思厄运降临！"此时，金匣子自行打开。再念时，黄金蜘蛛垂死挣扎。还念时，黄金蜘蛛命已经结束，蟒古思死了。那蟒古思死后拉克萨可汗开始头晕、耳鸣、心跳，再两眼流泪，身体疼痛。那里有一位神巫师，蟒古思可汗想请他过来卜卦。赛乎丽高娃猜到格斯尔可汗来了，便劝蟒古思道："可汗！你这是平常的病痛而已。俗话说，汉人在茅草屋中点火取暖，反而被烧死；英雄聚来之时，庶民相信尊神而送命；孤独的杉木相信它的神祇而遭到雷击；海鸥尾随众鸟飞行而被猛雕打断了双翅；心术不正的两面人虽效仿喇嘛活佛，但终究被贤者戳穿。你不会有事的，你首先镇定你的情绪。以前，我们三人过着幸福的生活，现在你又何必让人来算卦呢？别让人笑话我们了。你就别叫人过来算什么卦了。"

蟒古思可汗不知道赛乎丽高娃的用意，相信了她的话，不叫巫师过来算卦了。苏米尔勇士杀死那个蟒古思后带上战利品往回走。这时，圣者格斯尔可汗正在高山顶上望见了苏米尔回来。苏米尔回来后，向圣主禀报了战斗的全部经过。格斯尔可汗脱下身上穿的两件绿松石衣服赏给了苏米尔和巴木希古尔扎。两位勇士跪谢后接过衣服。在私下里，苏米尔和猛虎勇士向巴木希古尔扎打听了孩子们的事，他仍然按照原来的回答他们。所以，他们俩也信以为真了。

中秋时节的午日午时，十方圣主格斯尔可汗率领三十位勇士向蟒古思的住处进军。当他们来到阿拉腾图布齐河河口之时，蟒古思正在那里检阅他的军队人马。格斯尔可汗看到后与三十位勇士商讨进攻的路线。这时，烈察布上前跪禀道："圣主，你扬起千军万马般的尘土，升上天空。蟒古思见了一定认为你率三十位勇士走了。这样他不会提高警惕。那时我们从四面八方打进去，把敌军全部消灭掉。到时圣主您像金髁骨落地一样降到蟒古思城中心见机行事，这样蟒古思也不会去打猎了。"

格斯尔可汗听了烈察布的话后觉得有道理，就下令依他的主意行事。正值秋分这一天，格斯尔可汗设坛煨桑向天祈祷之后，依烈察布的主意扬起漫天沙尘飞上天空。

魔王见了之后，认为格斯尔可汗率领三十位勇士走了，就放松警惕了。这时格斯尔可汗变成一只白雕，从空中降到蟒古思城中心。蟒古思也不外出打猎了。而在这时，以扎萨为首的三十位勇士在城外整装待发。首先巴木希古尔扎冲入敌城中，从马背上杀死了两千敌军，徒步又斩了两千敌军，返回营中。接着"美男子"莫尔根黑亚冲入敌阵。他在马背上砍杀了九千敌人，徒步斩杀了一千个敌人后未能返回，口渴难耐而阵亡了。紧接着扎萨冲入敌军中。他骑马砍杀四万敌军，徒步斩杀了两千人后，觉得体力不支，想保留体力助格斯尔一臂之力，所以返回军营。扎萨回来后，接着阿勒泰勇士在自己的坐骑铁青马的马鞍后压了一袋子沙土，前面的鞍轿上加了一个铁砣。如不这样，铁青马性烈，会把他带上天空。他骑上马冲入敌阵中。他在马背上砍杀了三万敌军，徒步斩杀了三千个敌人。正在此时挂在马鞍轿上的铁砣掉下来，他被铁青马掀翻在地上，加上口渴，就阵亡了。铁青马独自返回来了。之后，二十五岁的南充冲入敌阵，在马背上砍杀了两万敌军，徒步斩杀了一万敌军，他为了以后向茹格慕高娃哈敦进言而保持力量，退出敌阵，返回军营。接着浩勒奇勇士手持宝葫芦冲进敌营中。他专杀强壮的，放过了那些弱者。杀了好长一会儿，他感到口渴，去拿宝葫芦往嘴里倒，发现没有水了。他去找水，找到一处水后想用宝葫芦打水喝，这时锡莱高勒三可汗白帐王部下的"闪电手"毕热瓦之侄达尔泰，偷偷走过来，用具足希敏巴如扎那之智慧的金刚大刀砍死了浩勒奇勇士。

达尔泰杀死了浩勒奇之后，就像找不到食物的饿狼饥鹰一般，自以为举手能顶住天，垂手能掀开大地一样得意地走出来。这时红眼瞪着碗大的眼睛，张着如盆大的嘴，口中喷着火焰奔驰过来，正与达尔泰碰面。

达尔泰说："你是谁？我们较量一番如何？你也罢，格斯尔也罢，我也罢，拉克萨可汗也罢，我们要拿血当成茶来喝！"红眼回答道："你这个破东西要听我说，当年南充勇士割下你叔父毕热瓦的头做了马的铃铛，今天我也要砍下你的头颅给我的马做装饰物！"说完后他取出一支火焰箭尽力射过去。火焰箭射过去后达尔泰好像没有什么反应，反而射箭的力量使红眼的坐骑向后退了几步。他又策马冲上去，达尔泰也策马冲过来。二马相错之时，达尔泰的坐骑突然马失前蹄要向前绊倒。达尔泰用了及时挽救的办法，勉强把坐骑凌空提起来。此时天上的三位神姐变成杜鹃鸟飞过来对红眼说道："红眼，你别单凭力量与他斗了，你要用计谋！你射中他的大拇指，他马上就会死去。如果你射不中他的大拇指，他就会以四个蟒古思的神力来与你斗的。"说完三位神姐飞向天宫。红眼想用计谋射他的大拇指，就对他说："我打不过你，我要回去了！"说完他装出往回逃的样子，达尔泰以为他真的要往回逃跑，他掉转马头，得意洋洋地举起手说："让格斯尔遇到一切凶兆吧！"这时，红眼迅速回身一刀砍下他的手。他大叫一声"愿所有的恶兆降临你头上！"之后便死了。

红眼杀死达尔泰后继续往前走。这时，蟒古思的军队只剩下不足二万三千人了。红眼在马背上杀死了两千敌人，徒步又杀死了一千敌人，最后他因口渴而倒下了。

这时，超通诺颜上前说："我也去！"于是他头戴月白头盔，身穿偷来的铠甲，带上金弓箭，提起一把弯刀，骑上豹花马出发了。他刚入敌阵就遇到一位巫师。那巫师用火焰箭射超通，超通架不住那支箭，急忙回身去斩下红眼所杀达尔泰的首级，拴到自己的马脖子上，像没有捉到猎物的饿狼和饥鹰一般骑着马一步一步地慢慢走回来。他回来后，把达尔泰的首级从马脖子上解下来在大家面前一扔，得意洋洋地说道："你们去了那么多人，没见哪个砍下一个好汉头带回来的。我冲入敌阵后把剩下的敌军烧成灰烬，在敌阵中继续砍杀残兵时碰上达尔泰。当时，他想与我较量。我就向佛祖释迦牟尼和太空中的日月二神等祷告。为了给圣主格斯尔可汗助一臂之力，为了消除以往在三十位勇士面前做过的丑事，我就不顾自己的生命，像烈火般冲上去，一挥刀就砍下他的头颅，你们相信我了吧！如今敌军全部被消灭，蟒古思的城已成为空城了。”

三十位勇士听了超通的话，都信以为真，到松树林中乘凉去了。以扎萨为首的众勇士都称赞超通道：“我们的叔父真不错啊！”扎萨还脱下自己的珍珠衫赏给了超通。超通不想要这件珍珠衫，对扎萨说：“你把你的坐骑飞翅红沙马送给我吧！叔叔我年纪大了，想骑你那匹马。你骑上我的豹花马，也和我一样骑到高龄吧！”于是扎萨把飞翅红沙马送给了超通，把珍珠衫和超通的豹花马要了过来。这时，察尔根老人对扎萨说：“扎萨，你怎么相信超通的花言巧语？”他又接着说：“超通你听着，格斯尔曾说过，一切机密的话都不能让超通听到。对他那胆小和骗人的把戏更要提防。超通的话像丝绵一样柔软，但他心里想的都像大青石头般恶毒。绝不能相信他的话。他如同不认识同类的钢锉，不辨别亲疏的狗一样。”察尔根老人还要求超通，今后别再说谎了。他对众勇士说道：“你们为什么相信他的话呢？这个人又在说谎……”

正在此时，有一大群敌兵冲杀过来。色格勒泰立刻上马迎过去，在马背上砍杀了九千敌人，徒步杀死了三千敌人后阵亡了。色格勒泰的儿子格日勒泰太吉见父亲阵亡，拍马冲入敌阵为父亲报仇。他骑着马砍敌人三千，徒步斩杀敌人一千后也倒下去了。接着格图勒格齐陶利勇士冲入敌阵，骑着马砍杀敌人三千，徒步杀敌八百后也倒下去了。猛虎勇士也冲入敌军，在马背上砍杀了九千敌兵，徒步杀死了八千敌兵后倒下去了。接着格伊古勒格齐陶利勇士冲入敌军，骑着马杀死了三千敌人，徒步斩杀了八百敌人后阵亡了。之后，三百位勇士冲入敌阵，骑着马杀死了三四百敌兵后倒下去了。布依通冲入敌军中，骑着马砍杀了八万敌人，徒步斩杀了一千人后倒下去了。接着，阿拉腾冲入敌阵，斩杀了二百七十个敌兵后倒下去了。察尔根老人也冲入敌阵，骑着马杀死了三千人，徒步斩杀了一千人后倒下去了。扎萨和南充看此情况，无法忍受，也顾不上自己身体的疲劳，含着泪冲入敌阵。把剩下的敌兵全部杀光了。

他们俩又前后搜寻了一下看还有没有漏掉的敌人。这时，除了蟒古思的城堡外，其他什么也看不见了。阿拉腾图布齐河岸尸体堆成山，河水已染成了血色。据说，那一天刮起的尘土是红色的。

现在，三十位勇士中只剩下了扎萨、巴木希古尔扎、南充、苏米尔、娜仁额尔德尼、萨仁额尔德尼、巴木苏日扎娜、烈察布等。扎萨为首的他们几个人在遇难者的尸体旁悲痛欲绝地哭泣。

格斯尔可汗当时还不知道自己的大多勇士遇难的事情。他仍然化身为白雕，在蟒古思城中。此时，蟒古思已经知道了自己军队全被消灭。于是他变成一头白额花公牛往东面逃去。格斯尔可汗知道他要逃走，就紧跟其后。扎萨等勇士见了那头花公牛后，都说要杀死那白额花公牛，就在远处升起千军万马的阵势。格斯尔可汗看到蟒古思朝那边军队走去，这才放心地飞回城中，落到赛乎丽高娃和赛罕奇哈敦跟前。赛乎丽高娃知道了鸟儿的来历，便问道："你是从哪儿飞过来的鸟儿呀？为什么到这里？你要说实话，我父亲去东面狩猎去了。"那鸟儿回答道："我是东方纳钦国草滩上的一只鸟儿，我没有其他可说的。不过，你也要对我说实话！"

此时，赛乎丽高娃已经知道来者是格斯尔可汗，把蟒古思的情况都告诉了他。格斯尔可汗问她："蟒古思回来后进哪一个洞？"赛乎丽高娃正要回答之时，蟒古思可汗扬起尘土回来了。她急忙向格斯尔可汗使了眼色，叫他到外面钻到垫子下面躲起来。格斯尔可汗就按照她的办法，躲在垫子下面了。蟒古思一回来就问赛乎丽高娃道："我怎么闻到一股蜣螂的味道？莫非是恶毒的格斯尔来了吗？或者是北方的纳钦国王和东方的希台勒金可汗来了呢？据说，在西方日落之处的红帽山外，乌拉嘎河畔，有一个长着四十八只犄角十八头的山一般巨大的魔王贡保可汗，难道他来了？南方有一个汉国南古亚特的格尔古玛可汗，是不是他来把我的士兵全部杀完了？"

赛乎丽高娃对父王说道："格斯尔可汗怎么可能来呢？如果他来了，我们的各路哨卡会来报告的。至于我们的军队，会不会是得瘟疫了或者是气数已尽了呢？俗话说：'马儿寒冬生驹，遇到暴风雪就会死亡；所有牲畜都吃嫩草喝清水才长腰，到了阳春三月换掉旧毛；大地上的草木遇到佛祖金火镰金刚火星，立刻化为灰烬。您的众多军队不会是染上了上天阿修罗界天神撒下的瘟疫了吧？只要您还安然无恙便一切都好办。您何苦要养那么多军队呢？您也是神通广大的男子汉，还惧怕那些可汗吗？格斯尔可汗哪里有时间到这里来呢？您还是快去查看我们设在各处的哨卡吧！”

蟒古思听了赛乎丽高娃的话后，也觉得有道理，于是把元神遣往西方，自己向东走去。这时，躲在杉树下的扎萨等人看见蟒古思往这里走过来，扎萨迎上去，用他的火焰箭射过去。那蟒古思反而口吐冷气扑过来好像要吞掉他们。苏米尔也上前射了一支火焰箭然后众勇士化作旋风飞到高山顶上去了。那蟒古思没有找到他们，继续前去查看他们的哨卡去了。

赛乎丽高娃支走蟒古思之后，把十方圣主格斯尔可汗请进来，坐在自己跟前。她对圣主说：“现在蟒古思快回来了。你就到洞口去等着他吧！至于如何对付，要看你自己的本领了。那蟒古思回来后如果发现有了敌人，就会变成雕鸟往洞里钻。他钻进洞之前会去查看两边的银钩，如果真的来了敌人，那两个银钩就变成两只金色苍蝇。那时由你自己随机行事就好了。你不要以为是银钩，要时刻提防；也不要以为是青草，要多加小心；不要以为是灯芯草，要辨别明暗；不要以为是生铁锅，要分清真假；不要以为是雕鸟，要备好金银索；不要以为是三口洞，要施展神通；不要看他有一千种妖术，要看自己的福分如何！”

蟒古思从一千波尔①处回来时，从一百波尔处就能听到唰唰的响声。圣主格斯尔可汗听到那响声后知道蟒古思要回来了。于是他在洞口布置好了擒日黄金索和擒月白银索及九股铁索，躲在一旁等蟒古思回来。不一会儿，蟒古思可汗回来了。他变成白雕要往洞里钻，却碰到洞口上的套索被套进来去了。他又变回原形说道：“是不是可恶的格斯尔可汗来了呢？”说着俩人开始打了起来。正在此时，蟒古思的元神返回来，给他增加了很大的力量。

这时，格斯尔可汗心里向霍尔穆斯塔腾格里和诸天神祈祷：“请把蟒古思的元神从他的体内驱逐出去吧！请不要让那些远处的灵魂靠近他！”

---

① 波尔：长度单位，一波尔约为两公里。

同时他将自己的力量加大后与蟒古思交锋。蟒古思招架不住转身逃走。这时格斯尔可汗本不应该失手，但是他踩到黑白豆子上滑倒了。蟒古思见他倒下后，速来砍他，从左肩一直砍到左脚跟。但因为有神佛的护佑，他的伤口眨眼之间又合上了。格斯尔可汗也用他的金刚大刀砍了蟒古思一刀，可蟒古思也安然无恙。蟒古思想转身钻进洞里，但被格斯尔可汗的金、银套索挡在了洞口。他又想让自己的元神逃到外边，把化身留在城里。格斯尔可汗识破了他的计谋，便装出收回金银索和九股铁网的样子，故意让他把元神放走了。趁此机会，格斯尔可汗在蟒古思的洞里放了一把火，把蟒古思的所有东西付之一炬。

埋伏在附近高山顶上的扎萨希格尔等人看到了蟒古思，也明白了这蟒古思已被格斯尔可汗打败往外逃跑。所以大家一起射火焰箭，蟒古思有些招架不住想返回城堡中。格斯尔可汗早料到蟒古思会返回来，他又照原样把金银索放在洞口。

蟒古思返回后，变成了白雕要往洞里钻，但是他又被挡在了洞口，怎么也钻不进去。他只好现出原身与格斯尔战在一处。这时，格斯尔可汗的三位神姐变成杜鹃鸟来到，送给格斯尔可汗水晶、火晶二宝，暗示他立刻用此二宝烧掉那金、银二钩。格斯尔可汗按照神姐的指示烧掉了金、银二钩。这样一来，蟒古思的功力立刻减弱了两成。三位神姐还给格斯尔可汗水晶如意宝和金刚如意宝。格斯尔可汗用此宝烧掉了蟒古思的黑白豆子，蟒古思的功力又减弱了两成。蟒古思有些招架不住了，正在找洞钻而找不到时，格斯尔可汗取出黑羽鸟鼻血、黑羽鸟乳汁和黑羽鸟泪水洒在铁锅上，使水晶、火晶二宝把铁锅和铁锅里的灯芯草、青草都烧成灰烬。于是，蟒古思的功力又减弱了五成。蟒古思有些体力不支而想往外逃跑，格斯尔可汗看出他招架不住的样子，更加增添力量与他不停厮打。这时的蟒古思边战边退，体力不支，毫无回手之力。格斯尔可汗把金艾虎和银艾虎放出来，把装有蟒古思灵魂的石匣和金匣咬了个粉碎。蟒古思的功力又减弱了五成。

赛乎丽高娃见蟒古思的功力殆尽，便对格斯尔可汗说："这蟒古思的功力快要散尽了。你快把所有的煤火燃起来，这样蟒古思就会被烧得抽筋倒下去。不过你还是要多加小心。”赛乎丽高娃从内衣兜里取出黑叶、黄叶和红缎投入火中，蟒古思的功力又削弱了五成。赛罕奇哈敦也从金匣子里取出一支火箭投入火中。至此，蟒古思二十一头化身的功力已耗尽。格斯尔可汗燃起了所有的煤火，蟒古思被烧得筋骨抽缩，大叫着滚倒在地。此时，格斯尔可汗跨在蟒古思身上，把自己的金色头盔伸长一千庹放射出耀眼的光芒，直冲云霄。扎萨看到后对大家说：“格斯尔可汗已经把蟒古思降伏了。”大家听后高兴不已。扎萨也向那蟒古思城堡出发了。

此时，圣主格斯尔可汗问蟒古思道：“你把你的化身告诉我，我就放你走。”蟒古思回答道：“我没有多少军队，也没有好的臣子，更没有什么化身。”格斯尔可汗说道：“我知道你在耍花招。”说着格斯尔可汗把金、银索和九股铁索收起来，停止了火烧。趁这个机会，蟒古思向东面逃去。蟒古思向东逃时，正遇到扎萨等人赶来。扎萨等人看见蟒古思后马上迎上去用箭射他。蟒古思挡不住他们的箭，又往洞口跑。这时，赛乎丽高娃在洞口从皮袋里倒出了马奶酒和三桶酸牛奶。于是蟒古思的功力削弱了五成。所以蟒古思未能变化成白雕鸟，以原身跑过来与格斯尔开战。这时，赛乎丽高娃把黄皮书扔进火里，赛罕奇哈敦把白盐撒到火中。随着盐在火中燃烧的响声，蟒古思挣扎着倒了下去。格斯尔可汗又把他按住，这时，扎萨也赶过来想用火焰箭射他，格斯尔忙阻止道：“你先别射，别把他的皮子弄破了！它足够我们三十位勇士每人做一件衣服。”扎萨听后就收起了箭。这时，超通诺颜走过来，抽出自己的白杆箭要射，格斯尔可汗又阻止他了。超通道：“圣主所说是对的。俗话说，把仇人踩在脚底下，把冤家踏在马蹄下，男人好逞强，女人好嫉妒，羊羔肉要趁热吃。现在不杀掉他，留着干什么呢？难道我们要生吃他的肉不成？”

格斯尔可汗道：“你做过的好事我们都知道，用不着在这里自我吹嘘了！”格斯尔可汗用赛乎丽高娃给他的咒语诅咒了蟒古思的灵魂。念了咒语后，从蟒古思的双耳中钻出来两只金蜘蛛，从鼻孔中钻出两条金蛇。他接着又念了几声咒语“古茹，拉古萨”，从蟒古思的两腋钻出两只老鼠。再念几句“塔拉，塔拉”，蟒古思的灵魂堕入地狱之最底层，蟒古思挣扎几下后死去了。

格斯尔可汗把蟒古思城用大火烧成了灰烬。这时，扎萨向格斯尔可汗禀报了三十位勇士中的大部分人遇难之事。他这才知道众勇士死在敌人刀下之事。于是格斯尔可汗痛哭着来到众勇士的尸骨旁，首先看到察尔根老人的尸骨，圣主抑制不住自己心中的悲哀和大家一起失声痛哭。哭声震动了大地和上天。格斯尔可汗进行了煨桑才镇定了大地。

这时，三位神姐化身为杜鹃鸟来到格斯尔身边说道："你不要这样悲伤，我们去向父皇禀报。"说完她们三位返回天宫，向父皇跪禀道："为了使下界众生过上幸福生活而下凡尘世的威勒布图格奇去讨伐金、银二河二十一头蟒古思。在此战中，他下凡时带去的三十位勇士大多阵亡了。现在他虽然降伏了二十一头蟒古思，但因三十位勇士阵亡，他伤心痛哭。特向父皇禀报。"

霍尔穆斯塔腾格里、娜布莎胡日扎祖母和挚友三天神等带着各种供品来到佛祖释迦牟尼处跪求道："遵照佛祖您的法谕和我的命令，娜布莎胡日扎祖母和挚友三天神的劝告，获得十八金刚和一百零八位尊者神力的威勒布图格奇，为了普度众生而投生下界。如今他因讨伐二十一头十八角的拉克萨魔王失去了三十位勇士。所以他现在痛不欲生，在勇士们的尸骨旁痛哭。这是我的三个女儿看到后回来告诉我的。由于我的能力不足，所以前来求助佛祖大发慈悲，赐予圣洁法身吧！"说完他们返回了。

这时，佛祖释迦牟尼诵读红经、伊达木本尊、白度母经文，举行了三天法事活动。佛祖亲自进行加持，在钵碗里盛满甘露净水，用金银宝纸覆盖好后在其中溶入以檀香和沉香为主料配制而成的六种仙丹。之后叫来三位神姐吩咐道："你们将此甘露水交给威勒布图格奇，告诉他用这个甘露圣水往三十位勇士的尸骨上各滴一滴。"于是，三位神姐跪谢佛祖后去拜见了霍尔穆斯塔腾格里、娜布莎胡日扎祖母和挚友三天神，把佛祖的法谕告诉了他们。他们听后非常高兴。此时，娜布莎胡日扎祖母又吩咐道："你们快去解救他们！"说着拿出一只如意瑰宝让她们带给格斯尔。

三位神姐带着所有宝贝，化作杜鹃鸟飞向下界来到格斯尔跟前。此时，伏在勇士们尸体上痛哭的格斯尔可汗听到了三位神姐的声音，高兴地对大家道："三位神姐来了，一定有喜事。"这样，大家急忙准备金银座椅来迎接三位神姐。三位神姐到来后，来不及坐上金银椅子上，就立刻把释迦牟尼佛祖和娜布莎胡日扎祖母的宝物交给了格斯尔，并传他们的旨意道:“佛祖释迦牟尼说,让你把甘露圣水往三十位勇士的尸骨上各点一滴。”

除十方十恶之源的格斯尔可汗跪着接过甘露圣水和如意瑰宝，并遵照释迦牟尼佛祖的法谕，将甘露圣水往勇士们的尸骨上各点一滴。不一会儿工夫，勇士们以佛祖加持的力量复活了。以察尔根老人为首的三十位勇士一个个都坐起来，口里说道：“我怎么睡这么久啊！”看到格斯尔可汗都过来跪拜，并向他诉说过去的全部经历，大家都不由自主地伤心落泪。这时，天上响起三次雷鸣声，空中巨龙呼啸三声，大地震动三次。格斯尔忙进行煨桑，使大地恢复了平静。以察尔根老人为首的众勇士向佛祖释迦牟尼、霍尔穆斯塔腾格里、娜布莎胡日扎祖母、好友三天神、三位神姐叩谢再造之恩。

随后，察尔根老人上前对格斯尔跪禀道：“当时，我们正沿着阿拉腾图布齐河和孟根图布齐河流域，冲入敌阵，大举歼灭敌军之时，我们的那位鼎鼎有名的超通诺颜害了我们。当时，他也要出阵杀敌，我们大家不同意让他出战。吉是扎萨没有采纳我们的意见让他去了。结果他带着一个人头来说是他杀死的，并且还说剩余的敌兵全被他杀光，现在没有一个敌兵了。当时我们相信了他的话，大家都到松树下休息。突然敌军向我们袭来，我们一个一个前去迎战，由于在仓促情况下交锋，我们先后战死了。”

听了察尔根老人的话后，圣主格斯尔可汗把自己穿的珍珠衫赏给察尔根老人为首的三十位勇士每人一件。三十位勇士全部跪谢圣主。三位神姐飞向天宫向向佛祖释迦牟尼、霍尔穆斯塔腾格里、娜布莎胡日扎祖母、好友三天神诉说了情况，大家都非常高兴。

格斯尔可汗拔出九庹长的金刚大刀要砍死超通，扎萨忙上前阻止圣主。还对超通说：“叔父，你从今往后不要做造孽之事了！”

超通也上前对格斯尔跪求道：“我本想不惜这条老命，为侄儿尽自己的一臂之力。当时我冲入敌军砍杀敌兵时，碰到一个高大的黑蟒古思。我左右一看，不见一个能助我的人，我一摸我的箭筒，一支箭也没有了。往前面一看远处还有无数个敌兵。当时我想，难道躲过这一次劫难，我还能活到一千岁吗？我就托圣主的福荫，像一条狗一样不顾一切地冲进去杀敌。我正想拼杀敌兵献出我这身体时，突然眼前一个敌人都没有了。我这才返回来阻止了正要准备上阵的勇士们。”

超通刚说完，察尔根老人怒斥道：“你这厚颜无耻的坏家伙！”说着要上前抓一把锅底灰抹超通一脸，举起手中的鞭子抽打三次。这时，扎萨走过来阻止了察尔根老人。超通见扎萨再次保护他，就把扎萨的飞翅红沙马还给了扎萨。扎萨也把他的豹花马还给了他。

那时，有两只鹰飞过来落在松树上。巴木希古日扎看见鹰后，忙从荷包中取出格日勒泰和毕希热勒图的遗骨。猛虎勇士和苏米尔认出儿子的尸骨，马上向圣主禀报，请他施救。格斯尔可汗取出释迦牟尼佛祖恩赐的甘露净水往他们尸骨上各点了一滴，两只鹰从树上飞落到尸骨上，又飞走了。不一会儿，格日勒泰和毕希热勒图复活了。他俩起身跪拜圣主。接着又叩谢了释迦牟尼佛祖及诸天神。最后过来叩拜了自己的父亲及众勇士。

这样，除十方十恶之源的圣主格斯尔可汗率领三十位勇士赶往蟒古思的城堡。他到达后立刻进行煨桑供奉，使蟒古思的城堡变成了吉祥之地，使不毛之地变成了水草肥美之地；使饥荒年变成了丰收年；使没有草木的地方变成了森林草原，所有鸟兽都聚集过来，变成鸟语花香之地。他还在城堡的四角修建了四座宝塔和祭坛。

中秋二十五日午时，格斯尔可汗举行了盛大的酒宴。那天他把那些从蟒古思身上钻出来的蛇和老鼠蜘蛛等都放走了。据说，现在的蛇、老鼠、蜘蛛就是从那时开始繁殖起来的。

那一天，天气格外炎热，使人难以忍受。赛乎丽高娃想到恒河里去洗澡消暑。格斯尔可汗跟在她后面，唤来凉风，向她吹起，赛乎丽高娃浑身发冷无法忍耐，就转身投入格斯尔的怀抱中。格斯尔可汗让赛乎丽高娃面向四方站立，为她讲述了九九妇道。之后，他们回到了蟒古思城中。接着格斯尔可汗建起了一所金碧辉煌的大白宫帐，用金柱子支起了金天窗，将院子用丝绸和丝绵绳子系绑修饰，和赛乎丽高娃一起过上了美满幸福的生活。

第十二章　降伏一十八头魔王贡保可汗

除十恶之源的十方圣主格斯尔可汗曾歼灭了托希古尔洲安都拉玛可汗的叔父，住在阿拉腾图布齐和孟根图布齐河流域的二十一头拉克萨可汗。之后他夺走了赛罕奇哈敦所生的女儿赛乎丽高娃。赛乎丽高娃容貌出众，美丽可人。这位赛罕奇哈敦是萨日娃可汗的额日和哈敦所生。萨日娃可汗前生是僧格斯鲁伯颜的叔父。所以，赛乎丽高娃也是仙女之化身。

恩德无比的除十恶之源的十方圣主格斯尔可汗镇压了二十一头拉克萨可汗后娶了赛罕奇哈敦所生女儿赛乎丽高娃，在蟒古思的城堡中享受人间之乐。格斯尔可汗依托释迦牟尼佛祖、霍尔穆斯塔腾格里、娜布莎胡日扎祖母、三位神姐、好友三天神之力镇压了阿拉腾图布齐和孟根图布齐河流域的二十一头蟒古思拉克萨可汗，过着幸福安乐的生活。有一天，扎萨希格尔前来拜见格斯尔可汗说道："现在我们应该回到我们的故乡额尔德尼图黄河岸边，两个赤崖脚下的策策格图塔拉（百花滩）。回到茹格慕高娃哈敦、阿鲁莫尔根哈敦、阿日鲁高娃哈敦、却玛荪高娃哈敦、固娜高娃哈敦的身边了，留守家里的珠拉小勇士和阿勒泰斯钦也不知道怎么样了，我们应该返回了。"

格斯尔可汗听了扎萨的话后感到言之有理，就对三十位勇士下令道："我到此地是奉佛祖释迦牟尼的法谕而来。如今我已把这里的所有妖魔都除掉了，返回故乡是对的。"

赛乎丽高娃听了格斯尔可汗的这番话后，用金杯斟满酒，并把她那用九年的种子、万年的草配制的黑色食物兑进酒里，献给了圣主格斯尔可汗。圣主格斯尔可汗不知酒中下了迷魂药，接过来一饮而尽。圣主因喝了这迷魂药酒后把一切都忘记了，住下来不走了。

在西方日落之处的红帽山那边，擎天柱这边的乌拉嘎那河畔住着一位魔王。这位魔王长有十八颗头颅，四十八只犄角，骑着一匹山一般高大的花马。他叫贡保可汗。有一天他心中想："我到如今还没有妻子，何不去进攻一个地方，杀掉国王后夺他的妃子来做自己的妻子呢？"想到这里，他立刻清点士兵后发现自己的军队人马无数，可以说是漫山遍野。他对军队发下指令道："可汗我如今还没有一位哈敦，你们也没有一匹好的坐骑。现在你们去进攻一个国家，把他们的财产掳获过来！"

听了魔王的话后，他手下的特思希、德斯希二位勇士率领全部军队，于寅年寅月寅日寅时进犯了十方圣主格斯尔可汗的辖属十三个部落，肆意烧杀抢夺，这十三个部落全部归顺了魔王。特思希、德斯希带着掳获的十三个部落和财物回来见自己的可汗，魔王见他们胜利而归，非常高兴。

格斯尔可汗十三个部落的首领达兰太斯钦和达拉太乌仁暗地里商量怎样把此消息传给格斯尔可汗。这时，他俩发现魔王贡保可汗让侍从用上好的食物喂养白鹰。他还对白鹰说："你飞上天宫，去看看有没有配做我的哈敦的美丽姑娘？"他又用昆虫喂孔雀，命它到北方的纳钦可汗的国度，去看看有没有美丽的姑娘，还用瓜果喂养了鹦鹉，命它去南方的汉国可汗处察看有没有美丽的姑娘。用腐烂之食物喂乌鸦之后，派往吐伯特国察看有没有美丽的姑娘。派往天宫的白鹰抗命没有返回。派往南方的鹦鹉回来了，它对贡保可汗说道："契塔特国的希日古力金可汗有三个女儿。可汗本可以聘娶一个，抢来一个，偷来一个。不过，依我看，三个女儿中，第二个长得最美丽，名叫玛哈玛雅，是满达理哈敦所生。大女儿和小女儿至今还趴在地上数黑豆和白豆玩儿。所以可汗你娶她们不合适。"派往北方的孔雀也回来了，它对贡保可汗说："纳钦可汗有一女儿，美丽可人，名叫乃古莱高娃，有八位贴身随侍。她是窝阔太哈敦所生。她有一位兄长，名叫色格勒代。"派往吐伯特国的乌鸦没有回来。它飞到格斯尔可汗用千百人修建的白色宫帐的天窗上。当那乌鸦落到天窗上时，连大风都无法吹动的宫帐摇晃了起来，支撑天窗的金色柱子歪斜了。紧绷毡壁的绢绦断为两截。坐在宫帐中的茹格慕高娃和大家都大吃一惊。茹格慕高娃叫来珠拉和阿勒泰斯钦，让他们射死那落在天窗上的乌鸦。茹格慕高娃还说："你们俩把那乌鸦射死。射那只乌鸦的中心部位，就是心脏部位，这好像当年锡莱高勒三可汗来袭时的征兆一样。如两侄儿不敢射它，只好我这妇道人家来射它了。"

听了这番话后阿勒泰斯钦抽出箭射过去。但因为距离太远，没有射中，乌鸦飞走了。茹格慕高娃见阿勒泰斯钦没有射中，心中不快，跑回屋里自言自语道："当年让我受过一次伤，我的除十恶之源的十方圣主格斯尔可汗啊！你走了这么久，为什么还不见回来呢？"

那乌鸦离开格斯尔可汗的宫帐后，飞回了贡保可汗的城中。它在空中盘旋着说道："我先到了南方的希日古力金可汗处，他有三个女儿，都生得美丽动人。可是她们至今还趴在地上数豆子玩儿，还分不清黑豆子和白豆子。所以你不会娶她们为妻子的。我还去了北方的纳钦可汗处，他有一个女儿，是神仙菩萨的化身。她头顶上宛如鹦鹉在吟唱；右肩上仿佛金蚊飞翔，左肩上如有银蚊起舞；左颊上似有莲花绽放，右颊上像有百花盛开。深夜里，她如同一盏明灯，照亮一千个守马人，白日里，她是引来万人凝视的美丽鲜花。只是纳钦可汗势力强大，你无法娶到他的女儿。最后我又去了东方，因为十方圣主格斯尔可汗不在家，所以我落到他宫帐天窗上，仔细端详了茹格慕高娃哈敦。她真是生得美丽无比。她站起来时，好像挺拔的松柏；坐下来时，如同如意宝；头顶上，宛若鹦鹉在吟唱；右颊上似有莲花绽放，左颊上像有百花齐放；右肩上仿佛金蚊飞翔，左肩上如有银蚊起舞；深夜里，她如同一盏明灯，照亮一千个守马人，白昼里，她是引来万人凝视；从前面看去，像千人在欢笑，从后面看，如万人在簇拥；在月光下，让人担心她会凝固；在阳光下，使人害怕她会融化；从后面看，像有一群羔羊咩咩叫；从前面看，如似万匹马驹在欢跃；从脚底下看，如同莲花盛开一样。她的确是上界仙女的化身，僧格斯鲁可汗的女儿茹格慕高娃呀！当年格斯尔可汗降生在吐伯特国后，以万星宝盾为聘礼，把她娶来作为自已的哈敦。现在，格斯尔可汗不在家中，茹格慕高娃哈敦独守空房。天下各国不乏美女，但能与她媲美者可以说没有。在吐伯特国与茹格慕高娃哈敦相比，不分上下的还有龙王之女阿鲁莫尔根、玛巴颜之女阿日鲁高娃哈敦、固娜高娃哈敦、却玛荪高娃哈敦、苏米尔之妻钟哈达理、扎萨之妻哈斯高娃哈敦、南充之妻索代斯钦、超通之妻阿勒泰、察尔根老人之妻苏布德希迪、猛虎勇士之妻满达丽、烈察布之妻玛哈苏和、布依通之妻满珠希理菩提萨埵等。现在格斯尔可汗不在家，他去讨伐二十一头拉克萨可汗，他杀死蟒古思后迎娶了赛乎丽高娃为哈敦，如今他吃了赛乎丽高娃给他的迷魂药失去记忆，在金塔上过着幸福生活呢。”

听了乌鸦的这番话后，魔王贡保可汗心中高兴，摆上各种美食请乌鸦下来享用，并让它把刚才的话再详细讲述一遍。可是乌鸦没有下来吃他的食物，飞走了。贡保可汗听了乌鸦的话后，开始清点军队，他的军队人马多得数都数不清了。

此时归顺贡保可汗的格斯尔十三部落之首领达兰泰斯钦和达拉泰乌仁，暗中受其他部首领的委托，率领部众去向格斯尔可汗报信。他们俩把二十一年的路程减为三个月的路程，急速赶到格斯尔的住处。他来到后知道格斯尔可汗不在家，就向茹格慕高娃禀报道：“我们是十方圣主格斯尔可汗的部下。当圣主十五岁那年，我们去恩和勒古岗给大汗送桑[①]时见到过圣主。当时圣主见到我们后变化出无数的蜂虻收服了我们，并指示我们修建了一座观音菩萨庙。我们遵照圣主的谕旨，修建了一座四角装饰有坛城的精美寺院。圣主看后极满意，所以他特别恩准我们随意挑选住地和牧场。于是我们来到了三柳滩定居下来。我们的这个故乡，夏季营地在扎拉玛嘎白滩，一年四季草木葱郁。冬季营地在希拉嘎纳白滩，狩猎的地方是罕达盖河谷，打仗练兵之地为察察尔嘎纳河畔，繁衍生息的水源是三泉水。这样过着幸福生活之时，有一天祸从天降，位在日落方向的骑一匹山一般高大花斑马的魔王贡保可汗起兵来袭。当时我们势孤力单，没有能力抗衡，只好先归顺了他。我们虽归顺了那个可汗，但我们的心永远向着格斯尔可汗。所以我们前来向圣主报告这一切所发生之事。”

茹格慕高娃哈敦听后悲伤不已，对他们说道：“正是那天在我们的天窗上落了一只乌鸦，看来那是个凶兆啊！你们不要急，俗话说道，男子有事找兄长，女子有事找妯娌。成大事者趁年轻，羊羔肉趁热吃。百草生长靠山崖，洪水虽猛不长久。那些没什么，不要太急！”这样她脱下自己的衣服赏给了他们俩。他们俩跪谢了茹格慕高娃。茹格慕高娃还对他们俩说：“现在格斯尔可汗不在家，他率领三十位勇士去阿拉腾图布齐和孟根图布齐河流域了。你们俩先回去，等圣主格斯尔可汗回来时，我把你们的情况汇报给圣主。”于是他俩高兴地回去了。他们俩回去后详细叙述了情

① 桑：祭祀用品，包括香、酒、乳制品等。

况，大家都非常高兴。

茹格慕高娃派人去请来了阿鲁莫尔根为首的所有哈敦，还叫来了珠拉和阿勒泰斯钦二位勇士。大家都到齐后，茹格慕高娃把乌鸦落到天窗上的事、达兰泰斯钦和达拉泰乌仁前来禀报的事详细告诉了大家。这时，阿鲁莫尔根说道："俗话说，庙宇破坏由施主修复，主帅不在由夫人统领。虽圣主不在家，但阿勒泰斯钦和珠拉勇士会拿主意。他们就像菩提树的叶子，到秋初已是郁郁葱葱了。"图门吉日嘎楞说："主帅不在家由优秀的夫人统领，坏的车由木匠修复。虽圣主不在家，我们也不要把自己看成妇道人家，坐视不管。父母赐给我这身体，终有一天埋入土里。从古到今哪有贤臣能士长生不老了呢？我们又有什么好害怕的呢？我们派位勇士去禀报圣主，请他率领三十位勇士返回。在此之前，我们大家加倍警惕，守住家园。"

听了图门吉日嘎楞的话后茹格慕高娃说："泉水虽潺潺流淌，哪里比得上滔滔黄河；大臣勇士虽众多，哪里比得上圣主格斯尔可汗；优秀喇嘛虽众多，哪里比得上释迦牟尼佛祖。用黑色碳墨书写经书虽多，怎能比得上像如意宝一样用各种颜色书写的《甘珠尔》和《丹珠尔》两部经书；俗话说，勒勒车的铮铮响声全靠车轮辗转；眼馋的人贪心不足，操心伤感的人不豁达，塞耳不闻等于聋人，吃在嘴里还看着碗里就是贪婪。明知两面的妖魔如此多，十方圣主格斯尔可汗却为了娶一个美丽女人，丢下我们不远万里去那里了，我看就不必派人去禀报了。"

却玛荪高娃哈敦听了茹格慕高娃的话后说："良驹能缩短遥远的路程，好驼能负千斤重载；淑女最看重忠心；高僧大德经得起劫难。我们还是去报告圣主吧。"

珠拉和阿勒泰斯钦听了却玛荪高娃哈敦的话后也觉得有道理，决定去报告格斯尔可汗。那时，扎萨希格尔和众勇士再次向格斯尔可汗说道："我们在第十八个龙年来到这里，至今已经十二年了。在此期间，我们为这里办了不少好事了。我们也该回到我们那从小生长的策策格图塔拉了。请您带领我们三十位勇士回去吧！"

当时，格斯尔可汗刚有些清醒。听了众勇士的这番话后，赛乎丽高娃又把掺有迷魂药的食物端过来献给格斯尔可汗。格斯尔可汗吃下去后又把一切都忘记了。扎萨又进一步劝道："圣主，我们三十位勇士决定返回故乡了。请您不要有什么看法，请您用宽广的胸怀谅解我们。我们之所以要回故乡，只是为了保卫家园，保护大家的妻儿的安全。"

圣主道："你们想回去就回去吧！我在这里是因为佛祖释迦牟尼、唐布卜师、山神、毛阿固实等不断暗中传授我法力。所以我才在这里住一段时间。我不会很久，你们先回去吧！"听了圣主的话后扎萨希格尔已知道了圣主的想法，就决定率领三十位勇士返回故乡了。

第二十一个甲寅年午月二十日，扎萨率领众勇士辞别格斯尔可汗返回故乡了。扎萨启程时，命色格勒代之子格日勒泰太吉和烈察布之子萨仁额尔德尼二人留下来照顾格斯尔可汗。

扎萨率领众勇士返回故乡。在途中，于秋风拂草的九月二十八日遇到前来报信的珠拉和阿勒泰斯钦。他俩把家乡所发生的事和茹格慕高娃哈敦的话详细告诉了扎萨。扎萨听后大惊，像飞鸟般火速赶到故乡。他立刻来到茹格慕高娃哈敦处跪拜道："我们在格斯尔可汗的率领下到阿拉腾图布齐和孟根图布齐河流域歼灭了全部敌人，缴获了他们的全部财产。"听了扎萨的话后茹格慕高娃哈敦说道："格斯尔可汗是否去上界了？他已经忘记下界娶了一个两面的哈敦了吧？忘掉了自己的不朽大业，被黑心肠女人蒙蔽了双眼了吧？我不用多说了。俗话说，洞察秋毫是一件事，背弃初衷又是一回事。唉！我说这些又有什么用呢？多年的功德乃始于点滴行善，这是高僧大德之道；世间不变不朽的只能是上师喇嘛们之事了。你们如能镇压那些蟒古思可汗们，也是一件丰功伟绩。至于你们谁去出征，抽签决定吧。"

听了茹格慕高娃哈敦的话，扎萨让众人每人抽出一支箭，放入阿鲁莫尔根面前的金匣子里。他们正要摇匣子抽出签时，从天宫中降下三位神姐，对扎萨说："你去时要像大鹏一样，回来时像鹳鸟一样，又勇猛又迅速。让三十位勇士分批出征，每次去二三人最多不超过四人。这是娜布莎胡日扎祖母的旨意。蟒古思住在西方的日落之处，红帽山顶外乌拉哈河畔。他长有四十八只犄角，十八颗头颅，骑一匹像山一般高大的花斑马，名叫贡保可汗。他还有三十三亿三十一万军队，五百个化身。蟒古思在城外派有四个蟒古思放哨，还有三百条獒犬巡逻。獒犬这边还有一棵大枯树瞭望呢。枯树这边是一片荒滩，荒滩上有一条金鱼放哨。再下来，有一个蟒古思在看哨。再就是八百个兵在看哨了。去贡保可汗的国度需要走二十一年的路程，途中还要越过一座雪山和一座阿拉腾白山。你们要特别小心谨慎。”说完，三位神姐返回天宫去了。

送走三位神姐后，茹格慕高娃开始摇签，首先摇出的是超通之子阿勒坦的箭。接着图门吉日嘎楞摇，她摇出了巴木苏日扎那之箭。就决定由他们两人首先出征。

阿勒坦和巴木苏日扎那出发前先设坛祷告了上天。然后巴木苏日扎那驮上了一袋沙土和一块铁砣子。如果不用它们压住，他的坐骑一奔驰，就会把他带上空中。

他们俩披挂整齐，带上所有武器辞别众人，直奔大雪山。途中阿勒坦对巴木苏日扎那说：“我们俩这次出征，一定能凯旋!”这样他们俩足足走了八个月，来到了大雪山脚下。他们发现大雪山脚下有八百敌军在镇守。此时阿勒坦对巴木苏日扎那说：“你在这里等我，我先去把那些哨兵全消灭掉。如果我遇到困难，你再过来帮我。如果顺利，我把敌军全部消灭掉，为圣主尽一份绵薄之力，也为我父亲赎回一点以往的过错。”说完，阿勒坦快马加鞭冲入敌阵中。首先他用箭射死两百人。再用格日勒泰斯钦送的金刚大刀砍死了三百名敌人。接着用猛虎将军送的火焰箭射死了两百个敌兵。剩下的敌兵惊慌失措，都觉得这位勇士神力无比，他们正想逃窜。这时巴木苏日扎立刻冲入敌阵杀死了那些剩下的敌兵。

阿勒坦和巴木苏日扎那消灭敌军后踏上了返回的路。三位哈敦登上金塔瞭望前去的两位勇士。她们正焦急地等待之时，眼前出现了两位归来的勇士。阿勒坦和巴木苏日扎那回来后把所有战利品交给哈敦们，并把自己消灭敌军的情况详细讲述了一遍。三位哈敦和扎萨听后非常高兴。从战利品中挑选了一些留下，其余的给了三十位勇士。茹格慕高娃哈敦将自己的珍珠衫赏给他们俩每人一件。他们俩穿上珍珠衫叩谢三位哈敦。

超通听说阿勒坦和巴木苏日扎那回来了，马上走过来说：“我儿子阿勒坦杀死了魔王七百个兵。由于我儿子射尽了箭，巴木苏日扎那才帮他消灭了一百个敌兵。请哈敦们给我儿子赐个封号吧。如果你们不愿意，我也得给他个封号啊！”

听了超通的这番话后茹格慕高娃道：“我们是妇道人家，能懂什么？我看还是叔叔你自己给个封号吧。”于是超通道：“那我就给他起个封号吧。他本来是格斯尔可汗的弟弟，就封他为‘莫尔根达巴那（英勇超群）’吧。”超通诺颜给儿子起封号回来的路上碰到扎萨，扎萨见他后说道：“叔叔，你这人怎么贪心不足啊！你儿子名叫阿勒坦（黄金），还有什么不满意的呢？再说你我封个封号有什么用呢？这些勇士们的封号都是上天赐予的不是吗？”

巴木苏日扎那道：“谁该有封号，谁又不该有封号呢？超通诺颜，你既然给阿勒坦起了封号，也该给我起一个吧？”

超通信以为真，忙说道：“对！对！我就给你起一个叫‘不朽的孟根德格（银钩）不坏的金印’吧。”巴木苏日扎那听了之后说道：“叔叔，你送给我的这个封号，如同秋季二十一日的白霜，见光就化掉一样。叔叔，你这封号有什么好，难道佛祖释迦牟尼九九八卦命运书中给我们取的名字不好吗？”于是超通羞愧无语了。

三位尊贵的哈敦又用抽签决定了下次出征人员。阿鲁莫尔根摇签后摇出阿勒泰勇士的签，却玛荪高娃摇出了达来淖尔的签，图门吉日嘎楞摇出了阿勒泰斯钦的签。

勇士们决定出发了。他们出发前首先设坛向释迦牟尼佛祖和所有佛尊天神祷告请求护佑。他们的祷告惊动了好友三天神。三天神立刻明白了事情的缘由，请来三位神姐，交给她们水晶、火晶二宝，请她们转送给三位勇士。

三位神姐受好友三天神之托，化身为杜鹃鸟飞到下界，把水晶、火晶二宝交给了三位勇士。阿勒泰斯钦上前接过宝物，叩谢三位神姐。三位神姐说：“你们的目的地是阿勒坦山。去时要像饥饿的群鹿般奔过去，回来时像高山雄鹰般赶回来。”

阿勒泰等快马加鞭赶往阿勒坦山。他们将二十一年的路程缩短为三个月的路程赶到了阿勒坦山。他们像一阵旋风般来到阿勒坦山脚下，周围望不到任何敌人的影子。于是他们登上山顶，发现一个蟒古思在不远处。阿勒泰斯钦和达来淖尔对另一位勇士希迪说道："我们用什么办法杀掉他呢?"此时希迪勇士说："你们有办法就按你们的办，不过我的想法是，挖个陷坑，把他引到坑里之后杀掉他。阿勒泰和达来淖尔故意现身于蟒古思对面，这样引走他，趁这个时间我和阿勒泰斯钦挖个陷坑。"

大家都认为希迪的主意不错，决定按照他的计划行事。达来淖尔变成美丽的少女，阿勒泰变成了三岁的孩子。之后他们俩向阿勒坦山两边走去。此时，阿勒泰斯钦把所有兵器都变成女人用的伞，希迪把所有兵器都变成了破旧被褥。他们俩又将坐骑变成了锅碗瓢盆，扛在肩上。希迪勇士和阿勒泰斯钦二人挖了一个大坑，在坑口上面放了一棵枝叶茂盛的菩提树，树下又种了各种莲花。坑旁边又盖上了一块绣花锦垫子。这样做都是为了遮住蟒古思的眼睛。那垫子是一万个青白石板，那菩提树的叶子硕大，好乘凉。那天格外炎热，飞禽走兽都口渴难耐。阿勒泰勇士和达来淖尔勇士向那蟒古思走去。蟒古思走到跟前一看，少女美貌如花，一头秀发从头顶分成两边，直垂到膝下。身边的小孩儿也眉清目秀，特别让人喜欢。蟒古思心中立刻产生娶回那美女和夺取那孩子的念头，便上前问道："你是哪里人，来这里干什么?"那美女答道："我是上界回什汗的十八岁女儿，在第十八个龙年十二月十五日的夜晚，所有天宫中的女孩儿要参加游园会，我也准备参加游园会，跟着众天女去游玩儿。不料，因一时不注意就迷路走失了。不知道自己怎么来到这下界了。"她还指了身边的孩子说："这是我的孩子。大汗您住在这里吗？要去哪里？您有多少军队？您收不收留我们母子呢？您看着办吧!"

蟒古思道："这孩子背这么重的东西是什么？几岁了?"美女答道："他今年才三岁，背的是干粮。我想，前面能遇到一位哈敦就好，如果碰不到就吃干粮，所以准备了一些。"蟒古思听了，心中立刻产生怜悯之心，决定带回自己的家。

美女又对他说："可汗您没有妻子，我没有丈夫，让我们择一良辰吉日结为夫妻如何?"蟒古思听了心中高兴，立刻应允了。

那一天，天气炎热无比，蟒古思难耐炎热，只想找一处树荫乘凉。他突然看到一棵菩提树，就立刻跑过去想在树荫下避暑。可是坐在树荫下的阿勒泰斯钦化身一小孩阻挡他去树底下乘凉。蟒古思气得拔刀要砍杀孩子。这时美女赶过来劝阻道："你不要杀他，哪有当可汗的人还亲自动手杀人的道理，应该救人才对呀!"于是那蟒古思听从美女的话收起了武器。

蟒古思为了赶走那个小孩，他拿出一锭金子给他。小孩接过金子，高兴地走开了。蟒古思坐在树荫下乘凉。美女叫来自己的小孩，要他到别处玩儿。小孩走开后到了远处变成数千军队的样子。这时蟒古思正与美女商量成亲之事，美女指向远处对蟒古思道："可汗先别说，看看前面!"蟒古思抬头望去时发现数千人马正向这边杀来。蟒古思急忙起身想立刻跑过去把他们吞掉。那数千人马见蟒古思迎过来，立刻化作一道彩虹升上了天空。

蟒古思见他们逃走了，心中骂道："这是那个格斯尔可汗的三十位勇士的化身吧。"蟒古思去追杀敌军时，美女放火点燃了树下的茅草。蟒古思回来见此大火后立刻从口中喷出雾气把火扑灭了。蟒古思把火扑灭后把自己的匣子拿出来看一看再藏进衣服里面。这下他也无法坐在菩提树下乘凉了，就走过去坐到那块锦绣垫子上了。锦绣垫子正是覆盖坑口上的，蟒古思一坐上去，就掉进坑里了。此时希迪勇士赶紧跑过来搬起万斤重的青石板压盖住了坑口。蟒古思在坑中，一会儿像苍蝇一样嗡嗡叫，一会儿又像猛虎般咆哮，他愤怒想把石板推开。这时，阿勒泰斯钦用火焰箭，把青石板射穿，射出了一个洞。蟒古思见此洞后心中大喜，想缩身从洞孔钻出来。这时达来淖尔又往洞口射了一箭，这支箭射穿了蟒古思的左肋，穿透了他怀中的黄金匣子。蟒古思又掉进坑底，再也没有力气推动青石板了。

这时，三位神姐变成杜鹃鸟从空中飞下来说道："三位勇士，为什么还不快出手杀死蟒古思，还等什么?"三位勇士听了神姐的话后，赶紧行动起来。阿勒泰勇士和希迪勇士两人各射一箭，从蟒古思两肋穿过去，金匣子中的灵魂也被射中了。奄奄一息的蟒古思求饶道："你们变成美丽的女人和小孩来骗我。听说那个该死的格斯尔手下的阿勒泰和达来淖尔，都是女人的化身，想必就是你们吧?”

勇士们道：“你说我们是女人的化身，是也罢，不是也罢，我们还是要砍你的头!”说完，他们用火焰箭射穿了蟒古思的双目，这样蟒古思就死掉了。

三位勇士登上阿勒坦山顶高兴地谈论杀掉蟒古思之事。他们把蟒古思的所有财产收起来当作战利品，回到了家乡。三位哈敦正望着三位勇士的到来。他们回来后立刻向尊贵的哈敦禀报了消灭蟒古思的经过，三位哈敦听后非常高兴。阿勒泰把蟒古思的坐骑和珍宝等献给了三位哈敦。她们命人从宝库中取来能够满足一切的如意宝赏给了三位勇士。三位勇士接过宝物叩头谢恩。哈敦们把三位勇士带来的其他战利品分给了三十位勇士。

尊贵的三位哈敦登上黄金宝塔。茹格慕高娃哈敦打开右边的发髻梳理好，又解开左边的发髻，手持木梳心里想事而呆呆发怔。此时，南充见了哈敦后进言道：“哈敦，您要意志坚定，这样对您的贵体有益。刚才您打开右边的发髻梳理时心情舒畅，心无旁骛。但看您打开左边的发髻时，您就一心二用，不再专注了。您为什么总是一副灰心丧气的样子?不是还有我们这些侄儿嘛!俗话说：‘众人相聚，必能出一贤能者，上天降下甘露，必有益于草木生长。’只有您坚强起来，决心打败敌人，才对您有益啊!您为何不看长远而看眼前呢?请您坚定不移地抽签决定下次出征的勇士吧!”

茹格慕高娃听了南充的话后觉得言之有理，立刻振作起来，打算抽签。她摇出的签是赛音色格勒台的签，图门吉日嘎楞抽出的是超通诺颜的签。二位勇士准备出发。他们出发前准备了九种圣酒侍酿，向诸位天神祷告。他们的祷告惊动了上界的娜布莎胡日扎祖母。他们敬献的供品落到了娜布莎胡日扎祖母的案前。祖母接过来品尝了一下，一种甜如蜜，另一种苦如黄连。娜布莎胡日扎祖母明白了这苦的是超通所献，甜的是赛音色格勒台所献。赛音色格勒台和超通正要出发之时，娜布莎胡日扎祖母派使者化作彩虹来给他们俩指点征途。那彩虹来到超通身边说：“你们去时要像雄鹰一样飞去，来时像雕一样飞来，你们这次出征时直奔大雪山!”说完，那彩虹升上天空了。

赛音色格勒台和超通二人备好弓箭等武器，直奔大雪山而去。他们俩走了九个月才来到大雪山脚下。他们登上大雪山顶观看，发现有一头牛正在山上吃草。超通说：“我去把那头牛宰了，咱们俩把肉做成干粮吧！”赛音色格勒台说：“好，你去杀那头牛吧。”于是超通跨上豹花马，手持弯刀赶到那头牛旁边，取出了箭瞄了一阵子，射出去。但没射中，箭从牛背上飘过去了。那头牛见有人用箭射它，立刻变成蟒古思，向超通扑过来，要把他吞下去。超通知道了自己射的不是牛，而是蟒古思，吓得急忙转身要往回逃跑。赛音色格勒台迎上去说：“超通叔叔，您怎么被一头牛吓成这个样子？”超通道：“赛音色格勒台你不知道呢，我们见的不是一头普通的牛，而是黑心的蟒古思啊！我们快往回跑吧！什么人会遇到黑牛，什么人会遇到黑心蟒古思呢？真倒霉！”

赛音色格勒台听后说：“叔叔，我们都是被称为英雄好汉才来到这里的呀！如果我们像妇道人家一样逃回去，不会被众人耻笑吗？既然来了，还是想办法杀掉那个蟒古思吧！”

超通听后也觉得有道理，就应允了赛音色格勒台。赛音色格勒台像雷电般冲向蟒古思。蟒古思问：“你是谁？叫什么名字？是哪个可汗的部下？你家住在哪里？为什么到这里来？从哪里来？”赛音色格勒台答道：“我的可汗叫格斯尔嘎尔布。我的名字叫赛音色格勒台。父亲的名字叫额尔德尼，母亲的名字叫乌林胡勒格图哈敦。我兄长名字叫乌格台斯钦。我家住在黄河岸上，我来这里就是为了杀你。我从不撒谎，句句都是实话。”蟒古思听后心想，这人真厉害啊！赛音色格勒台早已知晓蟒古思的那些小把戏，立刻用火焰箭射穿了他的心脏。那蟒古思愤怒得一下子吞了赛音色格勒台。接着要吞超通。超通吓得无处藏身。他回头就跑，看见前面有一棵大树，就跑到树底下藏了起来。

蟒古思没有找到超通，返回家去了。他到家后很得意地吧嗒了三次嘴。这时赛音色格勒台在蟒古思的肚子里喊道：“你放我出来，你如果不放我出来，我就用我的金匕首割断你的喉咙再出去了。”

蟒古思心想：“我让他待在肚子里太舒服了，倒不如把他放出来，宰了他！”这样，他张开嘴把赛音色格勒台放了出来。

赛音色格勒台从蟒古思肚子里出来后，装出非常惊慌的样子说："我之前说的话都是错的，我现在要去投奔你家的贡保可汗。格斯尔可汗现在家中，我知道如何对付他。我投奔你后情愿做你的马童，日夜伺候你，把我的微薄的力量献给你。我父亲手中有金、银索，我也拿来献给你！"

蟒古思听后非常高兴，还把自己的灵魂交给赛音色格勒台保管。赛音色格勒台高兴地接过了蟒古思的灵魂，把蟒古思哄得很开心。过了一会儿赛音色格勒台悄悄念起了"古姑、古姑，苏哇呵"的咒语。这时，蟒古思倒在地上挣扎。继续念那些咒语时，蟒古思与赛音色格勒台打了起来。蟒古思功力大减，早已不是赛音色格勒台的对手了。赛音色格勒台很轻松地砍死了蟒古思。

这个蟒古思是贡保可汗的一个灵魂，所以这个蟒古思一被杀死，贡保可汗的头就疼起来。他立刻叫来手下的达兰泰斯钦问道："我的头为什么无缘无故地疼起来呢？是不是十方圣主格斯尔可汗来了呢？你去看看我们的哨兵。"达兰泰斯钦回答道："可汗您听我说，古时候有一头野兽，名字叫希如格。它在早春三月要吃黄金大地上的青草，初秋时要化作大鹰周游蒙古各地，满足他们所有的愿望。秋末到来，青草变黄之时，它吃得腰肥体壮，嬉戏玩耍时摔断了两条腿。据说，还有一位可汗梦见阎王过来用剑砍他，他惊吓过度出了一身汗。次日早晨，这位可汗因出汗而患了瘟疫。这是那些占卜师告诫人们的话。那是不是瘟疫不重要，只是说格斯尔可汗怎么会来到这里呢？如果他来，难道我们沿途的哨卡不报告吗？"他说到这里，停顿了一下，又接着说："可汗，我学过治这种病的符咒，我给您念一念吧。"

蟒古思同意他念咒语了。达兰泰斯钦口中念咒语时暗暗向释迦牟尼佛祖、霍尔穆斯塔腾格里、娜布莎胡日扎祖母、唐布卜师、诸山神、毛阿固实、格斯尔嘎尔布东若布、弓弦、箭杆、策策格图塔拉、金色塔、两大赤崖、三十位勇士、三百位先锋、三大部落等请求帮助和保佑。他刚念完咒语，蟒古思的头就不疼了。蟒古思就相信了达兰泰斯钦的话，不派人去看岗哨了，而且还夸达兰泰斯钦治病有功，拿出宝物赏给了他。达兰泰斯钦叩谢后嘴里继续念了念咒语回家了。

赛音色格勒台杀死蟒古思后，把他的全部东西都作为战利品带上从山上走下来。他看到路西边的一棵大树下超通和他的豹花马。此时赛音色格勒台估计超通已口渴了，于是他变成一个蟒古思，一手拿着套马杆，一手提着一桶水，从远处大喊着跑过来。超通被喊叫声惊醒，迅速起身一看，是蟒古思来了。他顾不上拿兵器，连坐骑也不要了，撒腿就向自己家的方向跑。赛音色格勒台变的蟒古思边跑边喊："我吞掉了你们的赛音色格勒台，现在我要吞掉离开坐骑的超通。"此时超通吓得像丢了魂儿，口中不停地喊着往前跑，赛音色格勒台在后面不停地追赶，并发出一阵冷风。赛音色格勒台扔过来的套索把超通的头套住了，超通又累又惊，头上的汗珠泉水般冒出来。

赛音色格勒台把超通抓住了。超通并不知晓是赛音色格勒台变的蟒古思，就立刻跪倒在地上求饶道："我是十方圣主格斯尔可汗的叔父超通。格斯尔现在不在家，如你想娶茹格慕高娃哈敦，我有办法。"这时，赛音色格勒台变回了原身。超通一看就明白了，原来是赛音色格勒台变的蟒古思。于是他气愤地叫道："是赛音色格勒台吗?"赛音色格勒台道："你为什么扔下我自己跑掉了?"超通道："赛音色格勒台你说的对。你当时冲向蟒古思时，我也跨上豹花马想助你一臂之力。可是你被蟒古思吞掉了。当时我心想：'我的赛音色格勒台，为了给圣主效力，不顾珍贵的性命，腾云驾雾般地来到千里之外，却被黑心的蟒古思吞了。我现在除了同那蟒古思拼打之外，还能有其他办法吗? 比我强的贤臣们也没有长生不老的，我又何必爱惜这条性命! 难道还怕自己的名字写入阎王的生死明镜中吗?'我想到这里，不顾一切地冲上去，一箭射穿蟒古思的胸部。蟒古思没有死，而是被这箭射得愤怒起来，冲过来要吞掉我。我不是怕自己被吞掉，只是想到十方圣主格斯尔可汗的大业。我心想，如果我能战胜蟒古思，一切都好，如果我一旦落败，就没有人回去禀报这些事了。想到这里，我就不得不往回走了。可是一想到你被蟒古思吞掉之事，我就不由得伤心头痛起来，所以才来到这棵大树下躺着休息了一会儿，却睡过去了。这时你变成蟒古思大喊大叫跑过来把我惊醒了。你这样吓我，心里满意了吗?"

赛音色格勒台听了后说道："叔叔，这样的话谁教你的？是上界的腾格里？还是下界的龙王，还是中界的黄金大地？叔叔您是个名副其实的大骗子。你撒这些谎，难道就不害臊吗！"赛音色格勒台气得将手中提的一桶水扣在超通的头上了。超通大叫道："哎呀呀！好凉的水，把我的骨髓都凉透了！赛音色格勒台你饶过我吧！"

赛音色格勒台道："叔叔您从今往后别再说那些瞎话！该说的不要故意隐瞒，瞎编的谎言不要说出口。要多做些善事，远离坏事。遥远的天空可以跨越，可是诸可汗的法律不能违背；高大的山峰可以翻越，可是国家法规不能违背；大海可以渡过，可是圣者的法律不可违背。如果一个人尊重自己，自然能受到别人的尊重。我们俩如果同心协力，才能光大十方圣主格斯尔可汗的声誉。今后您应做个实诚的好人！"

超通道："你说得对。今后按你说的去做！"赛音色格勒台道："叔叔，我们俩友好相伴，回去见尊贵的三位哈敦吧。您做的那些事我不会告诉她们，只要您以后不再做那样的坏事就好了。"这样，他们俩带着战利品返回家乡了。

他们快到家乡之时，三位哈敦正登上山顶瞭望他们的到来。他们到来后叩见哈敦们，并把战利品献给了哈敦们。哈敦们接过战利品后，送给了阿斯迈诺颜之子纳钦双胡尔和红眼之子陶利两人。他们把杀死蟒古思的全部经过向哈敦们详细禀报。

哈敦们听后非常高兴，命人从库中取来珍珠衫和如意宝物赏给赛音色格勒台和超通二人。他俩叩拜谢恩后，回各自的家了。扎萨有些不相信超通会杀蟒古思，所以叫他过来问道："叔叔，你们消灭蟒古思之后，再往前去看过没有？"

超通回答道："我们到大雪山后发现了一个蟒古思。我首先冲上去用火焰箭射了一箭。蟒古思被射中后冲过来跟我厮打起来了。当时赛音色格勒台没有帮助我。我冒着危险，奋不顾身地和蟒古思厮打。最后杀死了那蟒古思。"

扎萨听后说："这个赛音色格勒台怎么了呢？怎么能叫叔叔一个人受累呢？"说毕，扎萨命人叫来赛音色格勒台。赛音色格勒台来了后问扎萨有什么事。扎萨道："超通杀蟒古思时你去哪里了?"

赛音色格勒台气愤地对超通说道："您为什么这样歪曲事实骗人呢?您就是个说谎言的人啊！谁说过把自己的那把九庹长的剑给我用，哎呀！叔叔您这个人是怎么回事?"这样说着赛音色格勒台拔起剑要过去砍他。超通吓得拔腿就跑。

赛音色格勒台怒吼道："我杀蟒古思之时，您在哪里？在大树底下睡觉的是谁？不是您超通吗？我为您掩盖那些丑事是想让您变好，也希望大家说您一句好话。如今您却恩将仇报，说我的坏话，是何等的狠心人?"超通听后有些羞愧，扭头不敢回头看大家，悄悄走开了。

超通刚走，苏米尔的三岁儿子格日勒泰斯钦走过去拉住他说："叔叔，您别生我的气，请把那件赏给您的珍珠衫和如意宝交出来吧。如果真的有功绩，得到封赏是对的；如果只靠哄骗，不怕胸口里堆积恶痰吗？叔叔您这个人真没脸！除了圣主格斯尔可汗之外，我们没有值得效力的可汗。可您还欺骗三位哈敦。三位哈敦被您欺骗了，可我们不会被您欺骗的。快拿过来!"超通羞愧得没办法，把珍珠衫和如意宝交出来了。他还说："你还像一片雨后刚长出来的嫩叶，你像秋天被霜冻的草叶枯黄飘落！你为什么对我这样?"格日勒泰斯钦道："我虽像雨后刚长出来的嫩草，但在圣贤勇士中扬名；我虽像秋天的草随处飘荡，但我明白前因后果。就像不认得自己主人的野狗，你与它们有什么两样?"超通被挖苦得红着脸回家去了。

这件事过后，尊贵的四位哈敦又登上金塔，再次进行摇匣子抽签。阿日鲁高娃的签是红眼之子陶利，阿日鲁莫尔根的签是扎萨之子烈察布，茹格慕高娃的签是猛虎勇士，却玛荪高娃的签是苏米尔之子格日勒泰斯钦。此时众勇士心想："为什么每次都有格日勒泰斯钦的签出现呢？与格日勒泰斯钦同行多好啊!"这样大家都感到遗憾。

四位勇士出发前设坛祷告诸神。三位神姐又化为杜鹃鸟飞来下令道："你们这次前往的目的地是阿勒坦山。你们去时就像雄鹰，回来时就像鹦鹉。"

四位勇士将二十一年的路程缩短为一个月的路程赶到了目的地。他们登上阿勒坦山没有发现敌人的踪影，猛虎勇士有些气馁。扎萨之子烈察布说："我们在这里搜查一座空山干什么？还是往前再走走看。"

大家同意烈察布的建议，下山继续往前行进。途中他们首先看到前面有一只更戈鸟在空中盘旋。又遇到一条小河。他们渡过了小河，没有注意到河岸上有一条金鱼在挣扎，继续往前走。苏米尔之子格日勒泰斯钦无意中回头望了望，看见他们来的路上红尘滚滚，烟雾弥漫，来的路已看不清了。只见那条小河变成了一片汪洋大海。岸上的那条金鱼也不见踪迹。格日勒泰斯钦看到此情况后感到事情不妙，忙叫住三位同伴，说道："我们不能再往前走了，赶紧后退为好！"扎萨之子烈察布等赶紧往回退。格日勒泰斯钦再回头看时，发现他们刚才行进的方向，烈火腾空，旋风大起。格日勒泰斯钦心中着急，对三位同伴说："猛虎勇士，你是遇到敌人不放走的人，因此你守住河水的上游；陶利你守住河水的中游，把外溢的河水堵回去；烈察布你守住河水的下游。我去煨桑将这烈火和旋风镇住，然后变成鱼鹰钻入水中看看究竟。你们要格外小心，守住各自的地段。"其他三位按照他说的进行。猛虎勇士在河水的上游撒下金网。烈察布在河水的下游撒下银网。陶利在河边钉下了金钩。

格日勒泰斯钦煨桑祷告时说："格斯尔萨尔布法轮城、三座塔、红湖、白湖、黄河、草河、乃仁吉河、三柳园、白塔拉、松树林、三山岭、江河、毛刺寺院、荒山岭、火河、恒海、鱼鳞滩、白秃山、三湾三叠荆棘冈、百花滩、印度滩，释迦牟尼佛祖诞生的大平原、我们大家下凡的黄河滩、阿拉腾图布齐和孟根图布齐河、我们到来的阿拉坦山和大雪山……"经过这番祷告之后风平浪静、烟消云散了。

格日勒泰斯钦化身为鱼鹰钻入河水中，他在水底下反复寻找那条金鱼，但始终没找到。原来那条鱼到可汗处报信去了。格日勒泰斯钦钻出水面，来到猛虎勇士身边说："听说这里有一条来自天界的金鱼，它浑身长有闪闪发光的斑纹，有无数鳞甲。但愿我们的家乡也能下凡一条这样美丽的金鱼。"

猛虎勇士听后明白了他的用意，也附和着说道："格日勒泰斯钦，你不必这样懊丧。俗话说：'从腾格里下凡的圣者呼图克图喇嘛怜悯下界的穷苦人，他会赏赐甘露圣品。’如果这条鱼真的来自上界，它会欢腾跳跃的。”

金鱼在水中听到了他们俩所说的话后掉头向下游游去。这时站在水岸上的格日勒泰斯钦和猛虎勇士知晓金鱼又游过来了，急忙化作鱼鹰钻入水中追杀金鱼。格日勒泰斯钦见金鱼要逃跑，忙大喊猛虎勇士道：“快过来，金鱼在此!”猛虎勇士迅速赶来取出网要捉拿金鱼，金鱼吓得立刻跃出水面，踏破水浪去向可汗报信。这时陶利知道它的想法，正要拿出金钩钓金鱼。金鱼见金钩就跃出水面，摇身变成一条金蛇，蹿出水面摆尾逃窜到草丛中。此时，格日勒泰斯钦又变成一只饿鹰跟踪过去，可那金蛇早已窜出数里之外了。

饿鹰也紧追过去，金蛇见饿鹰后又变成了人挡住去路。饿鹰也变回格日勒泰斯钦原形，同他交战。这时，猛虎勇士，陶利和烈察布也都赶到，来助格日勒泰斯钦一臂之力。格日勒泰斯钦急忙阻止道：“猛虎勇士、烈察布，快去布下金银网，这人有可能变成苍蝇或蚊子逃跑呢。你们俩多小心。”

那人与格日勒泰斯钦和陶利交战后，渐渐体力不支，果然变成了苍蝇和蚊子要逃跑。不过猛虎勇士和烈察布撒下的金银网早已挡住其去路，使它没有藏身之地，最后被格日勒泰斯钦和陶利杀死。

他们四位杀死金鱼后，再以登上阿勒坦山顶，又搜索了一遍，没有发现其他敌人。由于金鱼被杀，魔王贡保可汗双眼模糊，黯然无神，整日心神恍惚。一天，他派人叫来特斯希、德斯希二勇士来见他。

原来这特斯希、德斯希二人是锡莱高勒三可汗中的黑帐王部下的希敏毕如扎那的侄子，为了报仇，投生到魔王贡保可汗处为他效力。

他们来到贡保可汗处叩见可汗，贡保可汗对他俩说：“你们俩带上一百一十万军队，去看看我们的哨卡情况。过去曾听说十方圣主格斯尔可汗神通广大，可变成花草树木，还听说他手下有三十位勇士，英勇无比，是披着人皮降生的天神。这几天我双眼模糊心中烦闷，是不是他们来杀我们的哨兵了呢？不知道什么样的灾难要降临了。”说完他叹息一阵。接着又“哈哈”地打喷嚏，“嘻嘻”地笑了两声，“呼呼”地抖擞了一下精神。

特斯希、德斯希二位勇士领旨，准备武器要出发。这时，达兰泰斯钦过来叩禀可汗道："传说古代有位名叫巴木拉萨可汗，他在位时期举国上下一条心。如今有我达兰泰斯钦在，为何派这两位没长成的毛孩子出征呢？他俩出征不就像小孩儿打猎惊跑了猎物一样吗？还是让我去吧。"

贡保可汗说："你说的有道理，但你不要急于出征，后面有你做的事。还是让他们俩去！"达兰泰斯钦又说："可汗，在这种太平盛世，突然出兵征战，对国家社稷不利，更是对您不利。不过，当然出兵征战之事还是由可汗您决定吧！"

听了达兰泰斯钦的话后贡保可汗决定不派兵了。猛虎勇士、格日勒泰斯钦、陶利、烈察布等四位勇士杀死那金鱼后带上战利品返回故乡了。他们快到家乡时，三位哈敦正在金山顶上瞭望他们的到来。四位勇士来到后向哈敦们禀报了消灭金鱼的经过，还把带来的战利品交给了哈敦们。哈敦们听后非常高兴，命人取来四件珍珠衫赏给了四位勇士。将战利品分给了三十位勇士。四位勇士接过珍珠宝衫，叩谢后回各自的家了。

到了冬季腊月的一天，为十方圣主格斯尔可汗吃迷魂药失去记忆之事，三位神姐化为杜鹃鸟飞到三位哈敦处说："我们去格斯尔那里把他救醒。"这样她们三位飞向阿拉腾图布齐和孟根图布齐流域了。

这时，格斯尔可汗与赛乎丽高娃正坐在金塔上掷金骰骨子玩儿。三位神姐见后，伊尔扎木苏·达丽·乌达木变成了狐狸，包阿·东察布·嘎尔布变成了乌鸦，乌德格日变成了一位老太婆，手里牵着一头母牛。

格斯尔可汗看见一头母牛在金塔下面从东向西奔跑，叫烈察布之子萨仁额尔德尼和色格勒泰之子格日勒泰台吉，从左右两边搀扶着自己站起来。这时，神姐看到他白发苍苍，颌下的胡须长到膝下，已成银白色，两道长眉下垂，头发直到脚后跟，枣骝神驹也不在身边。

格斯尔可汗看见一只狐狸跑过来，说道："这不是破狐狸吗？跑到我这里干什么？难道没有去的地方了吗？是不是我这里的粪便使它留恋不舍？"

狐狸说道："十方圣主格斯尔可汗，您的圣谕是对的。我住的地方在西边，觅食的地方在东边，我到东边吃饱肚子后，现在要回到西边的住处了。谁像您，嘴里好像塞着一把泥似的，变成如此模样，您有什么资格来嘲笑我。您的故乡是吐伯特地区，那里有您三十位勇士，结发之妻茹格慕高娃哈敦，还有您的《甘珠尔》和《丹珠尔》经文，乌金和如意宝。您把所有一切都忘了吗？您还有什么资格来讥笑我！"

不久空中飞来一只乌鸦，格斯尔可汗与乌鸦又相互讥讽了一番。乌鸦飞走后，一位老太婆牵着一头母牛走过来。格斯尔可汗向她问道："老太婆，您这牛很老了吧？看它犄角都变形了。"

老太婆说道："圣主，您说的对。当圣主来到这里时，我这头母牛还是个犊子呢。圣主来到这里已经二十一年了，我这头母牛也该老啦。我有一个儿子和您一模一样。他到了东边也有二十一年了，至今没有回来，我看见您，就像自己的儿子一样。但愿他也像您一样就好了。不知他什么时候回来让我见上一面。"

格斯尔可汗道："什么？你说我来这里已经二十一年了？你在骗我吧？"老太婆道："我不会骗您，难道您还能再活八十五岁？您如果是个好可汗，就应该大发慈悲帮我找回儿子。我现在连填饱自己肚子的本事都没有啦。"听了老太婆的这番话后，格斯尔可汗似乎有所恢复，嘴里还念叨道："我的故乡在策策格图塔拉，是吐伯特部落人，那里有我的茹格慕高娃哈敦和三十位勇士，我怎么把他们都忘记了呢？"

这时，赛乎丽高娃哈敦走过来，又把那迷魂药端给格斯尔可汗吃下去了。格斯尔可汗接过那食物吃下去后又忘记了所有。

三位神姐劝说未成功，只好路过三十位勇士那里，告诉他们未劝说成功之事，返回了天宫。茹格慕高娃哈敦及三位尊贵的哈敦再次登上金山。这次却玛荪高娃哈敦和固娜高娃哈敦也一同登上金山顶。茹格慕高娃哈敦抽出来的是南充的签，阿日鲁莫尔根抽出的是察干哈尔查盖的签，图门吉日嘎楞抽出的是扎萨的签，却玛荪高娃抽出的是布依通的签，固娜高娃哈敦抽出的是南充之子珠拉的签。哈敦们再抽了一次，茹格慕高娃哈敦抽出的是巴达玛拉之子巴木苏日扎那之签，阿日鲁莫尔根抽出的是阿斯迈之签，图门吉日嘎楞抽出的是苏布代之签，却玛荪高娃抽出的红眼之签，固娜高娃哈敦抽出的是旦泰之签。这样抽出了以扎萨为首的十个勇士之签。

苏米尔在一旁见没有自己的签，过来跪拜三位哈敦道："我也跟他们一起出征吧，我实在待不下去了！"茹格慕高娃哈敦劝他道："你想去是对的，但你也一起出征了，谁留在家里呢？你只看眼前，不考虑未来。派谁出征是抽签决定的，这次没有抽出你的签，你今后还有出征的机会，你不要太着急。"苏米尔听后很不高兴地回家去了。

扎萨等人出发前设坛祷告了上界的所有神佛。这时三位神姐化身成杜鹃鸟飞来嘱咐道："你们的目的地仍在阿勒坦山。你们去时变成鹳鸟，回来时要化身鹰雕。"说完三位神姐飞向天宫。

扎萨等出发了。他们一直奔向阿勒坦山，登上阿勒坦山，向周围望去，山顶上长有一棵大树。扎萨知道了这棵树的原由，荣萨之子察干哈尔查盖向扎萨提出要去探一探那棵大树的虚实。经扎萨同意后，察干哈尔查盖变成一只老鹰，飞到树上落下。这时，大树轻轻摆动，察干哈尔查盖发觉后飞回来向扎萨禀报道："我与几个勇士一同过去把那棵树砍掉，你带几位勇士打那边的四个蟒古思。他们离得太近，如果不分头行动，很难取胜。"

扎萨同意了察干哈尔查盖的意见。他让布依通、珠拉、阿斯迈诺颜、红眼跟随自己打蟒古思，让巴木苏日扎那、苏布代勇士、旦泰勇士、察干哈尔查盖、南充去砍那棵大树。

大家都按照扎萨的分配分头行动。南充变成一只獒犬，巴木苏日扎那变成一只雌虎，苏布代变成了被色格勒代杀死的那个蟒古思，旦泰变成了被格日勒泰斯钦杀死的金鱼，察干哈尔查盖变成了老鹰。他们把坐骑、兵器缩小后装入各自的荷包中。南充首先到那大树下吠叫。这时，从后面又来了一只雌虎。扑过来要吃掉獒犬。随后又来了一个蟒古思，接着又来了一条金鱼，又来了一只老鹰。他们哄骗那棵大树说："今天天气好热啊！我们大家在这里设宴多好啊！大家觉得怎么样？"这时，獒犬道："我们还是回各自的住处吧！我听人讲，有个什么叫格斯尔的，可以随便变成树木或花草，还听说手下有三十位勇士呢，也许他赶过来攻打我们呢。"于是那个蟒古思说："我们大家既然来了，就热闹一番吧！你们的家都在附近，我住的地方很远啊！我都不急，你们急什么呢？"这时金鱼道："你们怕什么？这里不是还有老鹰吗？如果敌人来了，就请它先去探察一番就好了。”于是大家都同意了。老鹰听后说：“你们大家先在这里吃喝着，我去看看有敌人来没有。”说完它飞向南方去，它飞了一会儿又折向北飞到扎萨身边，对他说：“我们已到大树下，那大树由我们来对付。你们就去打那四个蟒古思吧！”老鹰说完又绕道飞到大树下对金鱼说：“你的住地来了几位喇嘛。据我暗中探察，他们好像是来自上界。”老鹰说完就飞到树上。大树见老鹰落到自己身上，又开始摆动枝叶。蟒古思见树摆动，说道：“老鹰你为什么落在树上了？下边没有你的地方吗？你虽是个生灵，可这棵大树也是个生灵啊！”于是老鹰飞下来落在地上。这时，扎萨变成一位呼图克图喇嘛，布依通等四人变成了四个小沙弥，把坐骑、兵器变成了经卷，他们向这大树走来。獒犬见了，扑上去狂叫不停，不让他们靠近，雌虎过来问道：“什么地方的喇嘛？从哪里来？有什么本领？来这里的目的是什么？”喇嘛大声回答说：“我是从上界来的喇嘛。我的上师派我下凡尘拯救下界众生之苦难。因为我法术高超，所以为解救众生而来。”獒犬和雌虎听后，回来对蟒古思说：“那位呼图克图喇嘛说他是从上界下凡的，还带着四个小沙弥，他们说能预知生死。看看那四个小沙弥背的经卷，普通人是背不动的啊！”那蟒古思听了后派人请来了那喇嘛。喇嘛来后把自己的来历对大树说了一遍。那蟒古思听后非常高兴地笑起来。众人听了，都表现出极恭敬的样子。

此时，蟒古思突然呻吟起来说自己身子痛。呼图克图喇嘛看看他后说道：“可汗您生病的原因是渎犯了神灵啊！”

蟒古思说道：“我本不该给你看自己的灵魂，但我现在大病，就让你看一看吧。”说着从怀里拿出一个东西给了喇嘛。喇嘛接过那灵魂后，念三次咒语。这样蟒古思的病就好了。蟒古思跪谢了喇嘛。喇嘛从怀里掏出几根香给了蟒古思。蟒古思跪谢之后对喇嘛更加虔诚了。

这时，大树又摆动了一下树叶。獒犬这时心想，这棵树为什么又要摆动树枝呢？他就向假蟒古思使了个眼色，蟒古思明白了獒犬的用意，立刻去找到那四个蟒古思。那四个蟒古思问道：“你从哪里来？”他回答道：“可汗当初担心格斯尔可汗来侵，派我到大雪山上放哨，已经有十五年了。最近很挂念你们，所以今天就过来了。你们住的地方真好啊！我住的地方不好，没有一个生灵，我每天都为了找到猎物，跑遍全山，弄得满身是汗。前几天在我那棵大树下来了一位呼图克图喇嘛，我听说后就去拜见他，想让他给我净身子。我到了之后给他磕了头，那喇嘛就给我熏香净身，现在我身上的臭汗味已经消失了。不过，好像还有那么一点点臭汗味。”这时那四个蟒古思道：“你这次来的太好了。不知道那棵大树下来了一位什么样的喇嘛？我们的那些哨兵去了哪里？”

假蟒古思道：“我们的哨兵金鱼带领八百个兵，老鹰、獒犬、雌虎等都去了。当时我还病了一场，从上界来的那位喇嘛和四个沙弥，把我的病治好了。那位呼图克图喇嘛说我的病是因为渎犯了神灵而得，他给我念了咒语，这样我的病就好了，还进行熏香给我净身，这样我出了一身汗，病就好了。”听了这番话后那四个蟒古思信以为真，心中产生敬佩之意，想马上去拜见那位喇嘛。他们问这个假蟒古思道：“我们是请那位喇嘛移驾我们这里，还是我们到他那里叩拜呢？”

假蟒古思道：“那位喇嘛是从上天下凡的圣僧，我们不能怠慢。你们应该亲自去叩见为好。”四个蟒古思听了后说：“您说得有理，应该我们去拜见他。”这样，他们五位一同前往那棵大树去了。他们五位来到大树下，叩拜喇嘛。喇嘛为了让他们更加信服，给他们每个人摩了顶。他摩顶时，给那假蟒古思加持了增长力量的功力。

四个蟒古思被神喇嘛摩顶之后，更加虔诚了。这时大树见四个蟒古思如此敬佩那位神喇嘛，也不由得产生敬意。它抖了一下躯干，长出了茂密的嫩叶，地上的树荫立刻变得更加凉爽起来了。那天獒犬也向上天神佛们进行香供祈祷。那假蟒古思从怀中拿出一件东西交给喇嘛后说道：“呼图克图喇嘛，这是我的灵魂，请您为我保管，好吗？”喇嘛接过那件东西后问道：“你这个灵魂有没有咒语？要不要我在你原来的咒语上加点咒语？”

假蟒古思听后表现出非常乐意的样子，忙叩头谢恩。那四位蟒古思不知道这是骗他们的。也马上争着拿出自己的灵魂交给喇嘛，要他代为保管，并求他也给加上些咒语。这时那位呼图克图喇嘛接过他们的灵魂后说道：“我们想在这个地方住到老，请你们给我建一座寺院吧。”于是那假蟒古思装出特别积极的样子，最先争到这个差事。他拾来一些材料，在大树下给呼图克图喇嘛建了一座木房。獒犬暗暗找了个借口向南面走去。它走到看不见大树的地方，变出无数军队。那些军队在南面摆好阵势，准备向大树这边袭来。

獒犬把这一切布置好之后回到大树下。它对那五位蟒古思说：“我刚到南方看，好像有大批军队向我们这边袭来了！”听后那五位蟒古思都起身向南方跑去要杀敌。他们赶到后果然发现大批军队。那五位蟒古思冲过去进行厮杀时，那些军队忽然化为一道彩虹升上天空逃走了。

此时，假蟒古思道：“既然来了，我想去打猎。你们四位呢?”那四位蟒古思走后呼图克图喇嘛取出一把金斧砍掉了那棵大树。那棵大树立刻变成无数小妖精扑上来。扎萨用火焰箭射过去，那些小妖精中的大多数都中箭而亡。剩下的小妖精想逃回可汗处报信，被四个沙弥和獒犬等一一杀死。之后，扎萨用火烧了那棵大树。若非如此，他们报信给大可汗，格斯尔的三十位勇士就有生命之忧了。

呼图克图喇嘛除掉那棵大树之后，坐在那座新建的房子里等打猎去的蟒古思们归来。不一会儿，打猎去的五个蟒古思回来了。他们发现大树不见了，忙问喇嘛道：“喇嘛，这里的大树去哪里了?”喇嘛回答道：“听说来了敌人，大树去贡保可汗处报信去了。”五个蟒古思听后说：“连敌情都没有探明就报信，这大树办事太不周到了。”这时，獒犬又变化出无数个军队袭来的样子，对那五位蟒古思道：“敌人来了，你们五位快上前迎战。”

五位蟒古思听后立刻起身冲出门外要射敌人，但外面不见敌人。突然从身后射来火焰箭，蟒古思们回头一看，发现呼图克图喇嘛不见了，只有扎萨手持弓箭，四位沙弥变成了格斯尔的三十位勇士。蟒古思吓得大喊道：“哎呀！这哪里是呼图克图喇嘛！原来是十方圣主格斯尔可汗的三十位勇士!”四个蟒古思纵身向扎萨扑过来，想把他一口吞下去。这时，变为老鹰的苏布代从他们身后放出火焰箭。假蟒古思大声喊道：“哎呀！不好啦，我们怎么能打过他们，快逃命吧!”说完，他首先带头向外逃去，那四个蟒古思也手忙脚乱，想赶紧逃走。但他们已经被团团围住，无论从哪个方向突围，都无法逃出去。这时扎萨的火焰箭射过来了。四个蟒古思走投无路了。其中两个蟒古思对另两个兄长说道：“我们好像逃不出去了，恐怕要被杀掉了，与其死于此地，还不如一个顶一个地跟他们拼了吧！”这时，扎萨明白了他们的企图。他从怀里取出那四个蟒古思的灵魂，“古姑，古姑，苏哈！”地念起了咒语。四个蟒古思一听更加惊慌起来了。这时，南充向上界的所有神佛祷告道：“请您将这蟒古思化成灰烬！化成黑炭！”红眼也转动着碗大的眼睛，张着大口冲过去。四个蟒古思见后更加害怕。布依通用火焰箭射过去。射穿了一个蟒古思，另一个蟒古思右腿被射断。蟒古思中箭倒地小便失禁，尿了一地。扎萨又开始念起咒语，另两个蟒古思倒地时吓得拉了三次裤子。达兰泰勇士又用火焰箭射过去。之后，珠拉、巴木苏日扎那二位也用火焰箭射过去。这样，蟒古思的力量大大减弱了。这时，陶利扑过去按住了一个蟒古思。扎萨下令道：“贤侄，不要性急，蟒古思的命很结实，用计谋杀它才行。”阿斯迈诺颜取出砍万人而不弯曲的大刀砍下了一个蟒古思的头颅。扎萨希格尔和南充用火焰箭射后又念起了咒语“古姑，古姑，苏哈！别到神仙之地！希里，希里，苏哈！到地狱最底层吧”，四个蟒古思躺在地上求饶。这时，珠拉给自己增加力量冲了过来。扎萨手持降魔宝印敲了三次口里念着“古姑，古姑，苏哈”时，听到了“我们已经到地狱的最底层了”的声音，三个蟒古思死去了。剩下的一个蟒古思说道：“我已经失去了伙伴，还爱惜这条命干什么？难道还盼望活一百岁不成？跟你们拼死算了。”说完，就与扎萨厮打起来，扎萨更加精神抖擞地和蟒古思打起来了。其他勇士也都像猛虎般冲过来攻打那蟒古思。蟒古思的力量大大减弱，眼看就抵不住了，他找个机会想逃跑。扎萨迅速从他背后射去一箭，把他射穿了，蟒古思立刻倒地。此时，红眼赶过来把蟒古思摁住，扎萨也赶过来将镇魔金印取出后向蟒古思头顶点了一下，这样蟒古思死了。

那四个蟒古思被杀死之后，魔王贡保可汗浑身疼痛，卧床不起。这时，扎萨已经知道了贡保可汗卧床生病之事，召集大家登上阿勒坦山顶商讨下一步计划。此时，贡保可汗命人叫来达兰泰斯钦说道：“我今天浑身疼痛，你去找个算卦的来。”达兰泰斯钦道：“可汗，俗话说，宝物虽磨损，光芒依旧；器物虽损坏，用途仍在。即使我们的哨卡全被消灭了，可汗和哈敦还健在。虽无贤臣辅佐，但有大臣掌国事；虽无君王镇江山，自有臣民保国家。可汗日夜为国操劳，父母时刻念儿女。勤俭积财益于己，挥霍浪费利于彼。无私施舍名声扬，光明磊落威信高。抛弃恶事乃圣者之道，自私贪婪乃堕落之路。做事坦荡乃是圣贤之风，私欲膨胀乃是小人之气。为国利民乃是自己的福分，善于洞察事物，才能心如明镜。果敢决策益于民众，犹豫不定有害于民众。如果我们胸襟宽阔，遇事公正，敌人就无法得逞。可汗您未曾目睹就已面如死灰，不曾耳闻就脸色变成黑炭般是怎么回事啊！可汗您不可以三心二意了。我去看看哨卡!”

贡保可汗心中大喜道：“你说的有道理，那你去一趟吧。”达兰泰斯钦听后高兴地问可汗：“我该带领多少人马?”可汗道：“你带上一千人去吧。”于是达兰泰斯钦率领一千人马向东出发了。

这时，扎萨等人正准备返回部落，突然看见远处扬起烟尘，有一批人马奔腾而来。扎萨等勇士进入备战状态，正想冲入敌阵。此时，达兰泰斯钦认出了扎萨，便想立刻过去见扎萨，但又怕被带来的军人识破。所以他不知怎样去与扎萨接头才好。他想把这些带来的兵都杀光，但又怕回去后被特斯希和德斯希识破。最后他还是想出了一个办法，他下令让手下的士兵打猎两天。于是那些士兵按照达兰泰斯钦的命令上山打猎去了。

这一天正是二十一年九月初二，是个吉祥的日子。达兰泰斯钦等士兵们都去打猎了之后，他独自来见了扎萨希格尔等人，说道：“从前，我兄弟四人，给太平汗纳贡，经过恩古勒岗时，十方圣主格斯尔可汗知道了此事，变成群蜂把我们收服了。那年圣主正是十五岁。我们被收服后，给圣主修建了一座观音菩萨禅院，还在寺院四角建了熏香祭坛。因此，圣主认为我们尽心尽力修建寺院，便恩准我们随便挑选驻牧之地，于是我们就住在那里了。我们的冬季营地在乌龙泰察干塔拉（野草茂盛的甸子），夏季营地在三柳滩，打猎的场地在阿拉达盖河流域，练兵打仗的地方在于岂尔甘察干塔拉，游玩之地在于敖伦纳日苏太松林，喝的水是三泉水。当我们在那里安居乐业之时，家住日落方向，红顶山外，擎天金柱这边乌兰河畔的魔鬼贡保可汗来侵犯我们十三部落国。当时由于我们势单力薄，无力抗衡，只好归顺了他们。我们虽然归顺了他们，但我们的心永远向着圣主。我们也想不能这样悄悄在这里，所以曾派达兰泰斯钦和达兰泰乌仁两位去向三位哈敦报过信。我是来看看来了哪些勇士，也好告诉你们敌情。”

扎萨等听达兰泰斯钦的这番话后都非常高兴，扎萨问他道：“你们那可汗有多少军队？有多少神通广大之勇士？其他事也用不着多说，你也不是外人，是自己人，把自己知道的讲一讲吧。”

达兰泰斯钦道：“我虽身在敌营中，但心中一直念着你们。扎萨你问我‘你们那可汗有多大本领’是对的，因为我现在还在敌营中。不过我没有那么多可汗，我只有一个可汗，就是格斯尔可汗。那魔王贡保可汗的本事有限，但军队很多，勇士较少。只有特斯希和德斯希两位勇士。但他们俩的本事也不及我。那可汗让我担任全军总领，但我不太清楚魔王的计谋。他有一位哈敦，她可能知道魔王的底细。我虽不知怎样才能杀死他，但我知道怎样拖住他。那魔王贡保可汗掳来我们之后，常到杜尔伯吉河前后两岸地区打猎。他每次出去打猎，把所有事务交给我负责处理。那时我就想：‘你父亲的头，母亲的脑袋！你是谁的可汗，我为什么出力！’这样应付他来着。他骑一匹山一般高大的花斑马。他还有一位姑母，住在东北方向的一千伯勒远的地方。我知道的就这些。如果你们没有其他事的话，我想回去了。”

扎萨听后对他说：“你这次来带了多少兵马？”达兰泰斯钦道：“我带一千人马来的。我本想带上他们来见您，可是魔王的哨兵全被你们杀死了，我们那些兵士见了你们说不定会认出来，所以我没敢让他们来见你们，以免他们回去给可汗通风报信。因此，我先让他们去打猎了，之后我才脱身到这里来的。现在我那些士兵快回来了，把他们杀死呢，还是留着呢？”

扎萨道：“把他们全部杀掉！”达兰泰斯钦道：“扎萨，你不知道其中的原因，如果我把这一千人马带回去，我想对我们今后的行动会有帮助。要是把他们全部杀掉了，我对可汗不好交代。而且那魔王手下的特斯希和德斯希两位勇士一直与我争位。如果他们知道此事，定会笑话我，会让我抬不起头的。所以，我想还是把这些人马带回去为好。”

扎萨听了达兰泰斯钦的话也觉得有道理，就按他的想法，让他带回了。当达兰泰斯钦要辞别时，扎萨脱下自己的珍珠衫送给了他。达兰泰斯钦接过珍珠衫叩谢后出发了。

达兰泰斯钦回到兵营。打猎去的士兵早已回来等着他了。士兵们见他后问道："头领，您去哪里这么久才回来？"达兰泰斯钦道："我出去找你们啦，我们现在回去吧。"说毕，他带着人马往回赶。回去后，他立刻向可汗汇报了情况。大可汗听后非常高兴，命人从四大库房中取出如意宝来赏给达兰泰斯钦及一千个士兵，达兰泰斯钦等叩谢大可汗。可汗问达兰泰斯钦道："你们路上遇到我们的哨卡没有？"达兰泰斯钦回答道："请可汗放心，我们的哨兵都很好。"听后贡保可汗放下了心中的疑虑。

扎萨和南充等几位把那四位蟒古思的所有财产洗劫一空，唱着歌曲回来了。三位哈敦从金塔上看到了他们几位回来。他们到来后将所有战利品交给三位哈敦，并向她们报告了这次战斗的经过。三位哈敦听了非常高兴。三位哈敦将他们带回的战利品分给了三十位勇士，只有超通没分到。三位哈敦还命人从库中取来珍珠衫赏给扎萨等十位勇士。扎萨等跪谢了哈敦后回各自的家了。

那一天，空中升起了一道青色的霞光，三位神姐化身为杜鹃鸟来到凡尘，对三位哈敦说："你们不要着急，我们这就去提醒十方圣主格斯尔可汗。"说毕，她们三位飞向格斯尔可汗所住之地。

三位神姐来到的时候，格斯尔可汗正走出宫殿坐在宝塔上的阴凉处。三位神姐中的一位变成一个乞丐，一个变成两只麂子，另一个变成两只黄羊，向格斯尔可汗走过来。对三位神姐的到来，格斯尔可汗一点也没有察觉。那变成乞丐的神姐手持一个葫芦瓢，来到了宝塔跟前。格斯尔可汗看见后问道："你这个妇人是干什么的？为什么手中拿葫芦瓢？你来这宝塔下边有什么事吗？"

那位妇人道："圣主，您问得对。您来到这里已经二十一年了。当您初到此处时，我拥有无数牲畜，可我现在沦落为乞丐了。如果您是位好心人，就施舍我一点食物吧。否则，您就不要讥笑我了。您笑不笑我不要紧，我可不像您一样忘记自己的吐伯特部落和故乡策策格图塔拉，忘掉了自己的金塔，《甘珠尔》和《丹珠尔》经，百人建造的雪白宫帐，如意瑰宝，聚星宝盾，九股铁索，黄金擒日索，白银罩月索，水晶宝石，黑公鸟的鼻血一盅，黑母鸟的奶子一盅，黑幼鸟的眼泪一盅，结发妻子茹格慕高娃哈敦，还有阿日鲁莫尔根哈敦，固娜高娃哈敦，却玛荪高娃哈敦和从天而降的三十位勇士三百位先锋，三部落国家。有谁像您似的，像是一个嘴里塞着一把泥土，把所有一切都忘掉了的呆子。”

听了这位乞丐妇人的话后，格斯尔可汗心想：“这是怎么回事？她说起话来跟我们吐伯特部落的人一样呢？”格斯尔可汗清醒了很多。

乞丐走后，两只麂子走过来。它们俩来到格斯尔可汗面前跳跃嬉戏地说道：“格斯尔，您已经老了，不中用了，您已经没有力气射中我们啦！”

格斯尔可汗听了麂子讥笑他，勃然大怒。他让两个侄儿搀扶自己，并让他们俩掀开遮住双眼的眉毛，然后用左手盘起长辫子，用右手分开银色长须，取出了阴阳弓箭准备射过去。此时那麂子又说：“阎王也要经过审讯判断生死，君王可汗也须提问后才定刑罚，圣主您射我之前说明原因，这样也让我死得明白啊！”麂子丝毫不惧怕，接着又说道：“可汗请您听我说几句！您那尊贵的哈敦就要落入敌人之手，珍贵的珠宝财物眼看就要被玷污了，可爱的故乡将要沦落到敌人手中了！我这条生命有什么好珍惜的呢？圣主您想射就射吧！”说完，那麂子站在那里一动不动。

这时，圣主格斯尔可汗醒悟了很多，心想：“这麂子的性格跟我们吐伯特人一模一样！”他收起了弓箭不忍心再射下去了。于是那麂子走了。之后，又来了两只黄羊，在宝塔下面嬉戏时又把格斯尔可汗奚落了一番。这时赛乎丽高娃走过来对圣主说：“您要射死那两只黄羊，它们在嘲笑您老了，您要小心，不能让它们跑掉了！”那黄羊说：“圣主可汗和哈敦，听我说几句话！我虽是个不敢与贤臣相驳，与贤智者争辩，与君王拼搏的四条腿的畜生，但是我身处黄羊群中。俗话说：‘大丈夫不听妇人言，名流不忘记宰桑之训诫，不要把小人之语放在心上。’我虽是四条腿的畜生，但还知道听从别人的教导，更没有忘记释迦牟尼佛祖，霍尔穆斯塔腾格里，娜布莎胡日扎祖母，好友三天神，三位神姐，兄长阿敏萨黑齐，弟弟特古斯朝克图，山神阿娃衮吉特，毛阿固实，唐布卜师的谕旨。您讥笑我不要紧，至于您射与不射，随您的便吧！”说完就走了。格斯尔可汗没有举起弓箭，反而比以前清醒了许多。

格斯尔可汗从宝塔那边回来进入自己的房间刚坐下，赛乎丽高娃就把掺了迷魂药的食物端给格斯尔可汗。格斯尔可汗的劫数未尽，所以他还是接过来吃掉了，于是他又忘记了一切。

三位神姐劝说失败后，飞到三位哈敦那里，告诉她们情况后返回天宫。那时正是第二个甲巳年的十月寒冬之节。哈敦们取出格斯尔可汗留在家中的信箭，仔细擦拭一遍。十五那天，哈敦们对那支信箭说：“途中遇到敌人就射死他，遇到黑心人就射穿他的心脏！”这样，她们祈祷念咒让那支信箭前去找格斯尔可汗。

那箭飞到格斯尔可汗的住处落在了他的箭壶中。格斯尔可汗听到响声后问道：“箭壶怎么有响声？你去拿来给我看看。”赛乎丽高娃取来那支箭递给格斯尔可汗。格斯尔可汗接过来一看，原来是自己的信箭。他也没有多想，只是擦了一下，再祷告道：“途中遇到敌人就把他射死，途中遇到黑心人就把他心脏射穿！”格斯尔可汗没有告诉信箭去哪里，所以信箭在中途落在了理想敖包上。

这时，三位哈敦又登上金塔，再次抽签。这次却玛荪高娃和固娜高娃跟着茹格慕高娃登上了金塔。茹格慕高娃抽出的是猛虎勇士之子青毕希热勒图的签，阿鲁莫尔根抽出的是阿斯迈诺颜之子纳钦双胡尔的签，图门吉日嘎朗抽出的是苏米尔的签，却玛荪高娃抽出了额尔德尼胡鲁赤勇士的签，固娜高娃抽出的是阿日衮勇士之签。勇士们正要准备出发之时，天上的三位神姐变化成杜鹃鸟飞过来对苏米尔等勇士道：“你们的目的地是阿勒坦山。去时变成鹳鸟，回来时要像雕鹰。”说完飞向天空。

苏米尔等勇士来到阿勒坦山登上山顶望去，发现三百个獒犬。苏米尔等勇士正要准备冲过去砍杀獒犬时，阿南达勇士赶过来对苏米尔说：“阿鲁莫尔根哈敦有令，要你们杀死三百个獒犬之后，再去东北方向除掉蟒古思的姑母。”苏米尔等勇士领旨后冲过去了。他们心想，这是释迦牟尼佛祖和阿鲁莫尔根哈敦的谕旨，于是他们冲入獒犬群中。苏米尔头顶出现金刚形象，额头出现玛哈嘎拉（大黑天）的真容，追风马的四蹄烟雾滚滚，最先冲入犬群中。其他勇士也跟随他冲进去了。苏米尔手举大刀连扫三次，三百个獒犬全部被他砍死了。其他勇士没有杀着獒犬，抱怨苏米尔太过贪功。苏米尔看出他们的情绪后说道："你们不要觉得太遗憾了，敌人多的是，快打起精神来！"

他们很快就到蟒古思姑母那里了。阿南达勇士是龙王之子，所以他知晓了那蟒古思姑母的心思及本领。他对苏米尔说："这个蟒古思没有多少本事，我一个人去对付她就行了。"苏米尔道："作为释迦牟尼佛祖的高徒，阿鲁莫尔根哈敦的侍卫，你去自然没有问题了，你如果能战胜她就好了，如果胜不了她，我们再去杀掉那个母蟒古思。"

阿南达独自冲进去时，头顶上现出金刚佛尊的五色光环，额头上呈现出文殊菩萨的法相。两耳金蛇穿梭，双目火焰迸射，鼻孔里黑烟滚滚，口中浓雾翻腾，左手持一条巨蟒鞭，右手持一把砍石大刀。骑上银白马，四蹄烟雾滚滚，如同五只巨龙呼啸，大地震动，雷声轰隆着冲向那蟒古思。

那蟒古思的姑母吓得四处逃窜，无处藏身。阿南达冲上去，用左手的大刀把她劈成两节，用右手的巨蟒鞭紧紧缠住那蟒古思的脖颈。阿南达又取出火焰箭射过去，那蟒古思倒下去了。阿南达突然想和其他勇士开了个玩笑，就钻入那蟒古思的口中藏起来了。神通广大的苏米尔知道了阿南达在蟒古思口中之事。于是苏米尔等来到那蟒古思旁边，对其他四位勇士说道："你们去那阿拉腾河岸砍些松树枝来，那蟒古思把我们的阿南达勇士吞下去了，我们把她烧死，捡出阿南达勇士的尸骨，放入金荷包中带回去交给他的老婆，他老婆会让他早日下葬的。"听了苏米尔的话，他们几个去砍树枝去了。不一会儿工夫，他们砍来了一堆树枝准备好了。苏米尔道："佛祖当年赐给我一个火镰石，今日派上用场了。"说着他用火镰石擦出火来点燃了松枝，然后他把那蟒古思扔进燃烧的大火中。那蟒古思被烧得哇哇乱叫。此时，阿南达也被烫得受不了了，大声说："哎呀！苏米尔哥哥你想把我也烧死吗？弟弟我没有死，还活着呢。"苏米尔听后说道："死人张嘴说话，对子孙后代不吉利！"苏米尔抽出宝刀装作要砍他的样子。阿南达吓得大声喊："哎呀呀！苏米尔大哥，你为什么还要砍我呀！"苏米尔道："据说死人再三说话，对父母不好！"苏米尔又举起大刀要砍。阿南达急忙说："今后我再也不敢戏弄你们啦，是我的错，请饶恕我吧！"这样，苏米尔扑灭了大火。阿南达也从蟒古思口中跑出来，对苏米尔道："我本想试探你们一下，是我不对。我应该在你们放火之前出来的，但想让你们出口气，我也只好受这个被烧之苦了。"

苏米尔等听后大笑起来，都称赞阿南达机智勇敢。大家带上母蟒古思的所有财产返回部落。这时，三位哈敦和扎萨等登上金塔之上遥望他们归来。他们到来后跪拜三位哈敦，并向她们禀报了战斗经过，还把所有战利品献给哈敦们。尊贵的三位哈敦将那些战利品分给了三十位勇士，只有超通没得到这些财物。三位哈敦命人从仓库中取来珍珠宝衫赏给他们六位勇士。勇士们跪谢哈敦后回各自的家去了。

那一天，三位哈敦又登上金塔，互相商议。茹格慕高娃道："经过抽签，三十位勇士每人出征一次了，现在该谁出征呢？谁去唤醒格斯尔可汗呢？"

阿鲁莫尔根哈敦道："格斯尔可汗走时留给我一支神箭。我试一试，看看它能否帮他恢复记忆呢。"说着阿鲁莫尔根取出那支箭，边擦边说："神箭啊！遇到敌人就把他射死，碰到坏心人就射穿他的胸膛！"

神箭飞到格斯尔可汗的箭壶中了。格斯尔可汗大吃一惊说："喂！老婆？跟那天的箭一样响是为什么？快拿来给我看看！"赛乎丽高娃取来那支箭后交给格斯尔可汗。格斯尔可汗一看就认出是自己的神箭，他一边擦着，一边说道："遇到敌人就把他射死，碰到坏心人就射穿他的胸膛！"于是神箭又飞回来落到阿鲁莫尔根的门口，阿鲁莫尔根见神箭落在门口，她赶紧捡起来。从捡起箭的地方喷出了清泉。阿鲁莫尔根知道格斯尔可汗不会回来了，便对茹格慕高娃哈敦说："这次由我去讨伐贡保可汗，杀死他那数量不多的军队人马，你看如何？"她得到茹格慕高娃的准许后准备出发了。听说阿鲁莫尔根要出征，扎萨的夫人哈斯高娃，苏米尔的夫人钟哈达理也要求一同出征。阿鲁莫尔根出发时手持一根白色的拐杖，哈斯高娃也手持一根白色拐杖，钟哈达理也披挂整齐了。她们出发之前，阿鲁莫尔根设坛向上天诸神祷告道："释迦牟尼佛祖，霍尔穆斯塔腾格里，娜布莎胡日扎祖母，好友三天神，三位神姐，无私援助的兄长阿敏萨黑齐，不断救助的弟弟特古斯朝克图，指点迷津的山神，预示未来的唐布卜师，镇守故乡城镇的双亲父母，格斯尔可汗，扎萨兄长，我向您祈求：我怕圣主的家园落入他人之手，我不惜自己这条命前往敌处。圣主心意不坚定，也不顾及来世的后果，把自己和故乡都抛于脑后，偏离了阳光大道，走上了黑暗之路。我虽为妇人之身，也不能爱惜这条生命，贪图百岁高龄而坐视不理。自古圣贤名臣无一长生不老，我一个妇人还能奢望什么呢？可汗可以抛弃国家大事不管，但我妇道人家不能忘记道义。我心中不能忍受家破人亡。贤臣名流不愿顾及国事，我也要寻找撑国之办法。心中不安，特向佛神祈祷!”

阿鲁莫尔根的祷告没能到达佛祖那里，而是落在了三位神姐的金案上，因为是妇人的祷告，所以未能达到佛祖那里。三位神姐当即去拜见佛祖释迦牟尼，没有提起阿鲁莫尔根的祷告之事，只是请求佛祖打开九九八卦命运宝书查一查。佛祖打开命运宝书后说道：“阿鲁莫尔根哈敦摸清了那魔王贡保可汗的底细，在向我们祷告。”三位神姐这才把阿鲁莫尔根祷告之事告诉了佛祖。佛祖道：“你们去告诉阿鲁莫尔根，让她去时变成黑野驴，回来时要变成杜鹃鸟。到那里后别自恃神通，要有耐心。你们再把金丝、绢根、海水泡沫、火晶、水晶、铁梯、金钩、金银镶边的盾牌等宝物给她们送去。”

三位神姐奉佛祖的法谕，化身杜鹃鸟降下凡尘。她们到来后转达佛祖的法谕后转交了带来的宝物。阿鲁莫尔根和两位夫人跪接宝物，向佛祖行了三叩九拜大礼，三位神姐也返回了天宫。

阿鲁莫尔根哈敦和其他两位哈敦正要出发时，阿南达勇士提出要跟随哈敦们同行。阿鲁莫尔根同意了阿南达的请求，把他变成小人放入自己的荷包里了。阿鲁莫尔根等把二十一年的路程缩短成了两个月，走到了阿拉坦山。她们翻过阿拉坦山继续往前走。有一天，她们遇到前面有两座赤色的山崖对峙而立，一分一合发出“哈叭，哈叭”的声音。

阿鲁莫尔根走到赤崖跟前，取出金丝唱起了释迦牟尼佛祖的颂词，又取出绢绒线，用悦耳动听的声音唱道：“我们家乡也有这样两座赤崖，遇见敌人发出‘哈叭，哈叭’的声音，但见三位哈敦就很礼貌地远远避开。

这两座赤崖与我们家乡的赤崖一模一样啊!”

两座赤崖听后，远远地离开了。这时，钟哈达理迅速变成洁白的白雕，阿鲁莫尔根和哈斯高娃变成了山鹰飞了过去。两座赤崖发觉自己上当了，想赶紧挤死她们，急速地从两边碰撞在一起，结果把自己撞得粉碎。

她们三位继续往前走。有一天，她们走到一座高山脚下，山旁边有一条宽不见边的大江。阿鲁莫尔根她们几位来到江边，手里玩着海水泡沫，对着那大江说：“我们家乡的大江见到有人来渡江，就把江水自动截住，让出一条通道来，这条大江也和我们家乡的大江一样吧!”那条大江听后立刻截住激流，让出了一条路来了。阿鲁莫尔根和二位哈敦顺利地渡过了大江。大江对岸有一座生铁铸成的城堡。那城堡附近有一百个士兵在把守。苏米尔的哈敦钟哈达理要求去消灭那些士兵，阿鲁莫尔根同意了她的要求。

钟哈达理手持千庹金杖，头顶上鹦鹉飞舞，发髻上莲花盛开，周身发出五彩光芒冲入敌兵当中。那些敌兵被钟哈达理的美貌惊呆了，暗想：“这位哈敦是什么地方的女子，真是美如天仙，我们的可汗没有妻室，她很配当我们可汗的哈敦。”

钟哈达理知道了这些敌兵的想法，便对他们说道：“我是善岱国王宫中的一名普通的婢女，没有什么过人的地方。俗话说：‘在古时候，只有一棵松树时，人人都夸它挺拔秀美，等到它周围树木成林之时，反而它变得平常无奇。水中的荷花孤枝独芳时，能引来可汗的赞赏，但在它周围百花盛开之时，它就变得很平常。翱翔于天空中的天鹅认为谁也射不住它而独自飞翔时，却被隼鹰海东青一举捉拿。出嫁时的姑娘以为无人讥笑她，反而后襟被火烧了。位高权重的大臣们自以为无人敢小瞧他们，却遭到山野贤士们的奚落。飞翔天空中的小麻雀们，自以为无人能伤害它们，却落在田间被铁夹住。狂妄自大的将军们自以为无人敢进犯他们，却被敌人占领城堡。翱翔于天空中的鹭鸶，自以为无人能伤害它，却死于猎人的枪口下。与世无争的岩燕以为上下翻飞随我意，衔泥筑巢由自己，想飞到哪里就去哪里，自己孵蛋育儿无人能管我，却不料落到金蛇的嘴里。凌空高飞的天鹅，自以为春暖花开时横渡蒙古大地，秋收时节回去过冬随我便，却在蓝色湖边三十七节芦苇中孵卵育雏时，不小心被猛禽吃掉了。无缘加入贤臣之名列，还遭到妇孺们的欺凌。你们为什么赞成这样普通的女子呢？”说完，从肩上取下褡裢，把兵器倒出来。那一百位士兵见后吓得魂不守舍地说道：“哎呀！她不是什么妇女，是十方圣主格斯尔可汗的三十位勇士中的一个！”这样士兵们想冲杀过来时，钟哈达理拿起了弓箭，用阴阳弓箭发射过去，又用千庹金杖一阵横扫，一百个士兵全部丧命了。

阿鲁莫尔根和哈斯高娃也过来助战。她们看不见钟哈达理，正在寻找时发现前面有一乘轿子，她们打开轿子门一看，钟哈达理在里面。钟哈达理下了轿子拜见阿鲁莫尔根哈敦，并把杀敌情况讲给她听。阿鲁莫尔根等听后非常高兴。她们三位会合后继续向前走。有一天，前方出现了一座生铁铸成的城堡，三人来到城下，仔细一看，发现这是一座无人的空城。城墙的高度正好与阿鲁莫尔根带来的铁梯相等。她架起铁梯，准备爬进去时，城墙自动粉碎了。从城中飞出一只蚊子，向三位哈敦扑来。阿鲁莫尔根用金钩拍死了那只蚊子。

她们又继续往前走。前面是一座须走一日路程的大黑山峰，看不见前方的路。阿鲁莫尔根取出火晶，照亮了道路，三人才顺利通过。翻过黑山峰，她们继续往前进发。走着走着，她们又发现前方有一片荆棘林，林中住着一个黑魔鬼。见阿鲁莫尔根等走过来，那黑魔鬼手持剑不管左右方向地乱刺过来。阿鲁莫尔根哈敦等手持宝盾，边遮挡边走过来。此时跟在她后面的钟哈达理有些不耐烦了，举起了千庹长的金杖一扫而过，那黑魔鬼倒地死掉了。

阿鲁莫尔根哈敦等继续向前走，又发现前方有一座贡保可汗居住的城堡。阿鲁莫尔根从荷包中放出阿南达，问道：“你不是杀死过蟒古思的姑母吗？她长什么模样？”阿南达勇士上前跪着说道：“那蟒古思本领不大。她性情暴躁，行动迟缓，模样极丑。右颊上有一块红痣，左颊上有一块白痣。这红白二痣是她的灵魂所在。她一头白发，年纪七十八岁了。走路时两条腿迈得很远。她有一根铁棒日夜不离手。外出放牧时唯恐有人来袭，常备着一根千庹长的金杖。两个耳朵里有一只金蛇来回穿梭，两只眼睛视力敏锐，能看见远处的来人。她还有一个习惯，睡一晚上醒一晚上。”阿鲁莫尔根听后非常高兴拍了阿南达三下后，又把他装入荷包中了。

三人继续往前走，来到蟒古思城跟前。这时，阿鲁莫尔根变成了像阿南达说的蟒古思的姑母的模样。让钟哈达理和哈斯高娃变成了蟒古思姑母的侍女。之后，她们三人慢慢地往城池走过去。城中有八百个敌兵在守护。这时，阿鲁莫尔根垂下双眉，皱长脸皮，拉长下巴，像一位百岁妖婆。她还弯下腰背，拄着一根千庹长的拐杖，来到蟒古思城门下。守门的敌兵前来问道："你们是哪里的人？叫什么名字？到哪里去？我们这里从不允许凡夫俗子踏入！"阿鲁莫尔根变的蟒古思姑母道："你问的有道理，我是蟒古思的姑母，有两年没来看我唯一的侄儿了，之前经常瘟疫蔓延，我也时常染上那瘟疫，我想趁现在还没有死去之前，来看看我唯一的侄子。我那侄子也三十七岁了。人生在世，什么事都可以预先知晓，唯有死亡，阎王是不会派使者告知的。所以我想死去之前来看看我的唯一侄儿。让不让我进去，由你们决定吧！"

那八百位敌兵听后急忙说："您坐在这里稍等一会儿，我去禀报可汗。如您是可汗的姑母，自然也是我们大家的姑母。"说完立刻跑到可汗处禀报。贡保可汗想了一想说："我没有这样的一位姑母呀！这是从哪里来的姑母呢？"说着他拿出自己的九九八卦镜命运书一看，才明白了一切，于是对那小兵道："在东北方向有我一位姑母，你们快去请她来，我见她。"这时那兵说："大可汗，您虽贵为大可汗，但在您姑母面前不能摆出大可汗的样子来啊！应该去迎接才好吧！"贡保可汗听后说道："我不能离开这个地方，你们去请她来，我在这里见她。"于是那小兵不敢抗旨，只得去请大可汗姑母去了。那姑母老妖手搭凉棚嘴里嘟囔道："我侄儿在哪里？"贡保可汗急忙起身行大礼道："姑母大人，侄儿在此。"可汗领着姑母登上了台阶，铺上黄色的锦垫子，让姑母坐下。可汗问姑母道："跟着姑母来的这两位是谁？这次来有何事？"姑母道："她们俩是我的侍女。我们有两年没见面了，一则，我年纪大了，都七十八岁了。二则，最近瘟疫流行，我常做噩梦。所以我特意来看看你。因为你是我唯一的侄儿。"可汗听后道："姑母说得对，这两三个月以来，我的身体一直不好，最近刚刚好些。"姑母又道："听说你们这里瘟疫厉害，我一直不放心，现在看你身体还不错，我也就放心了。我也该回去了，侄儿啊！你这些年怎么一次也不去我家？姑母已经老了，能活在世上的日子不多了，今后很可能再没有机会来看你了。”姑母又接着说道：“我最近身体不好。我去见一位呼图克图喇嘛，请他为我看了看病。他说我的灵魂受到玷污之故，才这样生病。然后他取出我的灵魂念了咒语，于是我的病立刻痊愈了。侄儿，你最近不舒服，会不会也是灵魂受到玷污的原因呢？”贡保可汗道：“姑母，请您放心吧，我的灵魂没有被玷污。”蟒古思姑母道：“如果你不听我的劝告，今后你的病加重了可别怪我，我是好心提醒你，听不听随你便，我也该回去了。”贡保可汗见姑母不高兴了，忙劝道：“姑母，您来一趟不容易，从我的四个库中挑选一些自己喜欢的东西带走吧。”于是姑母让侍女搀扶着来到放宝物的仓库。贡保可汗打开四库之门说：“姑母，您看中什么就拿什么吧。”姑母听了生气道：“哼！把你的灵魂拿过来给我看看，受到玷污了没有。”可是贡保可汗没同意。姑母更加生气地说：“你却把我当外人看待，我还活着干什么呢？不想再活了！”她倒在地上口里还含了一口土。贡保可汗见了，急忙劝道：“姑母，您怎么突然生这么大的气？有什么想法尽管说出来吧。”说着扶她起身。姑母妖婆又说：“我这把老骨头已经酥软了，身上的血也已经淡了，我不能死在这里，让你为我送终。我要赶紧回去了。”贡保可汗急忙说：“姑母您为什么如此伤心难过呢？您岁数大了，不要这样伤害自己了。”妖婆道：“我的侄儿，你不明白啊！俗话说：‘明天的美味佳肴，不如今天的粗茶淡饭。’”贡保可汗又劝道：“姑母，您不要因为那点小事生气啦，那又有什么呢？我现在就给您拿我的灵魂。”说着，把自己的灵魂递给妖婆。妖婆一看，那灵魂在黑色石头匣子里面，黑色石头匣子里边又套着白色石头匣子，白色石头匣子里又套着青色石头匣子，青色石头匣子里又套着红色石头匣子。红色石头匣子里有一个专用金雕银镂的小盒，被五色彩条紧紧缠绕。小盒中放一个头盖骨雕成的法钵，钵中盛满清水，水中有一条金鱼，一只黑蜣螂，一只毒蜂，一只金蜘蛛，一条麟角蛇，一只雌红鼠，一只金蜻蜓和一只银蜻蜓。

女妖婆看过后问道：“你这灵魂有多少符咒？怎么念诵？另外，你还有多少变化？告诉我吧。据说有个叫格斯尔可汗的，是披着人皮降生的，他手下还有力大无比的三十位勇士。格斯尔可汗不管是木头还是花草，随意就变化。侄儿，你得把这灵魂管好，千万别丢了。”

贡保可汗说：“姑母说得对。”姑母又说：“我该走了。”这时，贡保可汗又说道：“我有五百个变化法，每当敌人来袭时就从屋里跑出来，用四十八只犄角左顶右撞，撒黑土。敌人退走以后，我喷出一阵寒风，摇晃一下十八颗头颅返回家中。敌人来袭时，我的一个鼻孔中会吸进一阵寒风，平常日子里，我的一个嘴里不断冒出热气来。夜晚睡觉时说‘起来’，看似还醒着，其实我是在沉睡中。此时，从我的两个鼻孔中飞出金蝇来。说‘睡觉了’时，我正要醒来了。这时那两只金蝇重新飞入我的鼻孔中。从另外两个鼻孔中爬出两条金蛇。当我坐下休息时，从另两个鼻孔中滚出黑、白二豆子。如有人看见后不明白这是怎么回事。这时从另一个鼻孔中爬出金蜘蛛。如你认为出完了，那就错了，还从另两个鼻孔中飞出两只金蚊，接着从旁边的鼻孔中飞出两只金蝇。如你觉得这下都出完了，也是错的，还有很多呢。从另外两个鼻孔爬出两只金蜻蜓，从另外两个鼻孔爬出两只蝗虫。到这个时候，正想着这恶毒之物的罪孽有多深重时，又从另外两个鼻孔跑出毒蜂。如果你认为这些罪孽之物都出完了，那你又上当了。飞出来的这些毒蜂、蚊蝇很快各归原位，我在它们的保护下会很安稳地入睡。每年八月，我觉得头上沉重时，犄角会自行脱落。初春三月，觉得身上柔软时，犄角自行长出来。这样，我过得非常舒服。虽然东方有格斯尔萨尔布，北方有纳钦可汗，南方有汉国格尔固玛可汗，西方有希拉古拉金可汗，我也没有太大的危险。除非他们知道我这个秘密，否则，他们是杀不了我的。姑母您回家去吧，不要为我担心。”

姑母听后，非常高兴，起身要走。贡保可汗把姑母送到城门处。姑母说：“侄儿，赶紧回去，不要再送了，敌人很多，防备敌人来偷袭。回去时要各处看看，小心无大过。现在你也该回去了。”

贡保可汗道：“姑母，这两只乌鸦护送您回家吧。”姑母接过两只乌鸦上路了。途中遇到一户人家，妖婆走进了这户人家。那家人见了蟒古思姑母，非常尊重她，还热情招待她。这时妖婆对两只乌鸦说道：“你们俩回去吧！由这家人送我就行了。”说完，取出珍宝赏给那两只乌鸦。乌鸦也觉得让它们返回是正确的，于是它们飞回来向大可汗复命：“姑母进了一户人家，那户人家说他们护送姑母回家，所以我们回来了。”可汗听后就放心了。

那姑母从那户人家辞别后，变回了阿鲁莫尔根原身，哈斯高娃和钟哈达理也变回原身。三人踏上了返回的路程。

茹格慕高娃等哈敦们登上金塔瞭望阿鲁莫尔根等哈敦们的归来。果然前方出现了阿鲁莫尔根等哈敦们的身影。阿鲁莫尔根哈敦、哈斯高娃哈敦、钟哈达理哈敦等带着蟒古思处的战利品回来了。她们拜见茹格慕高娃等哈敦后把出征的经过详细叙述了一遍，把带来的战利品交给了茹格慕高娃。茹格慕高娃非常高兴，之后把战利品分给三十位勇士。然后对阿鲁莫尔根说：“我没有什么称心的东西赏给你们，请你们不要生气。你们三位出征消灭了敌人，探听到了蟒古思的机密，这应该是上天的佛神保佑的结果。”

阿鲁莫尔根为首的三位哈敦依照茹格慕高娃的话，设坛向上界佛神祷告：“我们三位变成魔王贡保可汗的姑母，进入敌人的城堡中，又探听到了魔王的秘密。托了上界佛神们的洪福，消灭了一部分敌兵，带着战利品平安回来了。”

她们的祷告被一阵风吹到上界的娜布莎胡日扎祖母案前。娜布莎胡日扎祖母明白了缘由，唤来三位神姐，取出珍珠宝衣，镶嵌绿松石的自动转动的宝镜，黑白相间精心制作的如意宝梳，日间休息的金交椅，夜晚安寝的银榻，长寿如意宝，护神法钵，长生不老的无量寿佛像，起死回生的阿修罗佛符咒等稀世珍宝，要她们把这些宝物赏给阿鲁莫尔根、哈斯高娃、钟哈达理三位哈敦。

三位神姐带着宝物，化身为杜鹃鸟降下凡尘，把带来的宝物交给了阿鲁莫尔根等几位哈敦后返回了天宫。三位哈敦接过宝物后向娜布莎胡日扎祖母行了三叩九拜之礼，然后返回了各自的家。

超通没分到战利品，所以他心中有些不快。他来到茹格慕高娃前跪着说道：“为什么不给我战利品？我活着的时候虽用不完，到阴曹地府去也要用呢。侄媳妇你仔细想想，也说出个理由来。”

茹格慕高娃回答道：“叔父，您听我说。我听说心术不正的人很难善终。如果是好人，总有好的结果。好人能听从贤能的劝告和教诲，驰骋于乳海须弥山之间；坏人吃饱肚子后横行路上，身后枯枝败叶相随。叔父，您自己的名声如何呢？大丈夫到智者跟前请教，虽然超越命运者极少，但毕竟还是有学成者无数；恶人在圣贤面前虽然耳热心跳，但不能领会多少，又装出一副有学问的样子，摆头摆尾，不知山外有山，还总是自以为是，好像自己上了天一样，不顾生死轮回，好像自己永生不死一样，最终被阎王带走。那算什么好汉呢？叔叔，您一生没做多少善事，就像一阵旋风吹过一样，没有留下一点值得人们回忆的东西啊。您凭什么向我们讨要赏赐呢？一位优秀的君王如太阳，一位优秀的哈敦像月亮，一位优秀的男儿像烛光，一位优秀的女子像琴弦竹节。如坏女子起床后不梳头发就走家串巷，吃饱后回家敲锣打鼓一样。如懒汉不出西草垫子，只是走家串户，不务正业，饥饿时像一阵风一般飘浮过来，向父母讨要吃喝。这种人有什么结果呢？”

超通听后道：“好男儿生于世上，自有他的作为。生一个好男儿，胜过十个懦夫；生一个好女儿，胜过十个差姑娘。众心一致，诸事自然成。如诬陷好人，颠倒是非，就会沦落到欲死不能、欲活不成的轮回道上。尤其是在我背后说我坏话的人就会沦落到此道上。我听说，昨天猎场中来了一头美丽的花斑母鹿，今天晚上又来了一头黑花顶公牛。侄媳妇，请你解释此义，如不能解释，就像我一样愚笨。俗话说，‘不管男人有多懦弱，还是胜过精明的哈敦。’男人身上少坏事，女人身上多丑事。侄媳妇你是不是觉得自己比我强呢？”

茹格慕高娃听后回答道：“天上的佛祖和诸神会听到你这些话的，你说的花斑母鹿是指我，黑花顶公牛是指你自己。叔叔，我没有跟您开口舌之战的兴趣。叔叔您如果认为自己好，就多做善事吧，否则请您回去吧！”

在第二十一年的八月，茹格慕高娃和众人登上金塔，商讨对策。这时三位神姐化身为杜鹃鸟来到后对茹格慕高娃和四个哈敦及扎萨、南充等人说："为了使格斯尔可汗恢复记忆，我们不顾生命与辛劳前去拯救。"说完，三位神姐向金、银两河流域的魔王城堡飞去。

当她们抵达时，格斯尔可汗正同赛乎丽高娃王妃、赛罕奇哈敦、格日勒泰太吉和烈察布之子萨仁额尔德尼一同坐在金塔上。伊尔扎木苏·达丽·乌达木神姐化作一只鹤，将一封书信丢到格斯尔怀中。格斯尔打开一看，上边写着"我们是你的同胞姐姐，我们的父亲叫桑伦，母亲叫阿木尔珠拉。"格斯尔王看过信之后心中清醒了一些，开始思念家乡。赛乎丽高娃知晓他的心思后，给枣骝神驹套上铁笼头，圈进没有门的马圈中，一天给些草，就一天不给草料。

格斯尔可汗坐在金塔之下时，包阿·东察布·嘎尔布和阿丽亚·阿瓦鲁日·乌德格日神姐化身杜鹃鸟升上天空，从南边搬来一朵白云，从北边调来一片黑云，黑、白二云在空中相遇，雷鸣电闪，落下瓢泼大雨。赛乎丽高娃首先跑回屋里。这时大雨中夹杂着冰雹劈头盖脸地打下来，把其他人阻在金塔上，赛乎丽高娃想过来，但雨下得太大，没办法过来了。忽然，一枚金色的冰雹落到格斯尔王脚下，格斯尔王弯腰捡起放入口中吞下去了。这样，格斯尔可汗把二十一年来所吃的迷魂药全部吐了出来。

一时之间，格斯尔可汗恢复了记忆，想起了自己的无尽财宝，无数牲畜、《甘珠尔》和《丹珠尔》经、乌金、如意宝物，还有茹格慕高娃哈敦、龙王之女阿鲁莫尔根哈敦、玛伯颜之女图门吉日嘎朗哈敦、却玛荪高娃哈敦、固娜高娃哈敦，三十位勇士和三百位先锋、三大部落国。他自言自语道："我怎么会把这一切全部忘记了呢?"说着抬头向天空望了望，看见了空中的鹤鸟，他不由得感叹道："多美丽的小鸟啊！与我们吐伯特部落的鹤鸟一模一样啊！"他正在这里大发感叹之时，枣骝神驹在马厩中听到了他的声音，不由得怒火中烧，挣断铁笼头，踢断铁绊脚，撞开马厩的门，逃出城堡，到荒山野岭中去与野马为伍了。三位神姐见格斯尔可汗清醒过来了，就飞上天空返回天宫去了。

格斯尔可汗清醒过来之后，走下金塔回到家中，满脸愤怒地对赛乎丽高娃喝道："喂！坏女人，快把我的兵器取来！我要看看是否上锈了!"赛乎丽高娃见格斯尔清醒了，便对他说道："为了你这样一个骑着瘦马、骷髅一般的人，我害死了可怜的父亲。如果说我们这里不如你的家乡，当初你来时就会有征兆，如天鸣惊雷，大地转动三次，青龙呼啸，树木全部折断等等，可惜没有出现这类现象。所以，你只能把这次的遭遇当作命运的捉弄。你是高瞻远瞩也罢，昏昏庸庸也罢，走错地方也罢，这一切都是圣主你自己的命运。而如今事已如此，我也只好跟着你了。至于你是否带我一起走，这完全由你来做决定。见到你之前我就心想，我为你掏灰、挤奶都可以，甚至可以做你的婢女。不造罪孽是菩提之道，永不懊悔才见虔诚，杜绝恶行才能积善，不顾今生也得虑及来世，我只能跟着你格斯尔可汗。我虽然不能名列贤女，也愿追随姐姐，相互扶助，侍奉圣主，进入哈敦之列。”

此时格斯尔可汗心急如焚，又对她吼道：“喂！坏女人，快去把我的兵器取来！”

格斯尔可汗从赛乎丽高娃手中接过兵器一看，已锈迹斑斑了。于是命人取来马粪，整整擦了一个月，才把锈擦净。

这时，格日勒泰太吉和萨仁额尔德尼二人也捡起冰雹吞食，把误食的迷魂药全部吐出，恢复了记忆，并跟着可汗擦拭自己的兵器。在此期间，格斯尔他们三人，整整一个月没有食用掺有迷魂药的食物。

在第二十一年的十八日，格斯尔设坛向上界所有佛尊、天神祈祷之后，一把火烧了魔王城堡，带着魔王蟒古思的所有财宝和山一般高大的豹花马，同赛乎丽高娃哈敦和赛罕奇哈敦一起，向自己的故乡出发了。

当他们来到那一年砍掉金色杨树的地方时，发现前面草地上有几匹野马在吃草。格斯尔可汗取出了弓箭，一箭射倒了最前面的一匹野马。箭射穿野马后，又向前飘去，差点射中另一匹马的四蹄。格斯尔可汗顺着箭一看，差点被射中四蹄的马原来是自己的坐骑枣骝神驹。

这时枣骝神驹也发现了格斯尔可汗，悲嘶一声，撒开四蹄跑过来，紧紧挨着格斯尔可汗的坐骑流下眼泪道：

“我有生以来，从没有受过这样的痛苦。在你三十五岁时，阿日鲁高娃哈敦曾折磨过我一次。但是如果与这次相比，简直算不了什么。当初在吐伯特部时，茹慕高娃王妃精心守护我，为了使我光彩夺目，用黄金打了嚼环；为了让我舒适柔软，她用绸缎缝制了鞍垫；为使我跑动轻便，她用柏木雕就了马鞍；担心我脊背受寒，她给我做了貂皮里的鞍韂；为让我便于爬山，她增厚了攀胸；为利于我下坡方便，她加固了后鞧；为让我快速增膘，一天喂三次大麦；所以我隆冬寒天也未减膘，盛夏酷暑还有嫩草和清泉，所以我毛色一直光泽。她怜我身列畜类，汲来清泉圣水日饮三回；她怕我遭到玷污，取来糖果，日料三遍。自来到赛乎丽高娃哈敦这里，失去自由，被困在马厩里。她与茹格慕高娃哈敦不同，她心狠手辣。我只能在你面前，才敢于发泄满腔愤懑!”

格斯尔可汗听了枣骝神驹的哭诉，觉得它的愤怒有道理，尽心地喂了它三遍，然后骑上它继续上路了。

再往前走，遇到一座大帐房，房中住的是那个高不过尺的卜师。他看到格斯尔来了，忙迎出屋，说道：“圣主，从哪来?”圣主道：“我按照你的话，杀死了二十一头魔王拉克萨可汗，带上他的所有珍宝财物，为了让你们大家过上幸福生活，返回我的家乡。”卜师听后，毅然舍掉自己的畜群和家园，随格斯尔可汗一起动身了。

这一天，茹格慕高娃哈敦和四位哈敦及三十位勇士都做了一个好梦。大家聚到一起谈论着自己的梦境。茹格慕高娃说道：“昨夜大家都做了一个好梦，是不是预示着格斯尔可汗要回来了？色格勒代，你前去探看一下。”色格勒代领旨后，全身披挂整齐，骑上黄骠马出发了。

色格勒代发现前面尘土飞扬，他便策马躲入了一片茂密的松林中。不大一会儿，格斯尔可汗一行来到松林边。色格勒代大喝一声：“我杀了萨巴部落的赛音色格勒代，夺了他的黄骠马。现在我要杀死格斯尔可汗，夺他的枣骝神驹!”说着抖擞精神，铠甲铿锵地冲上来。格斯尔可汗听后，吓得倒退了数步，接着催马冲过来。色格勒代拨转马头便跑，这时，格斯尔认出来人是色格勒代，急忙叫他：“喂！色格勒代你过来!”此时，色格勒代笑嘻嘻地过来叩见了格斯尔可汗，说道：“圣主曾吓过我一回。今天我也吓唬了圣主一次。”之后，色格勒代将日落之处、红顶山外、乌拉嘎纳河畔的魔王贡保可汗侵占十三部落国，达兰泰斯钦前来送信，三十位勇士分批前往铲除魔王的哨兵，阿日鲁莫尔根哈敦用智谋探出魔王的秘密等情况详细地禀告了格斯尔可汗。格斯尔可汗听后非常高兴，与色格勒代并行，向自己久别的故乡急驰而去。

茹格慕高娃等众人在金塔上远远望见格斯尔可汗回来了，一齐走下金塔，叩首迎接。赛乎丽高娃见王后和众哈敦及三十位勇士跪迎，急忙跳下马，与大家见面。以扎萨为首的三十位勇士叩见了圣主。圣主见了他们后非常兴奋。这一天正是九月二十一日，格斯尔可汗终于回到茹格慕高娃身边和自己的部落中。这一天，树叶全部枯黄，众鸟回归的季节到来了。格斯尔可汗下令大设宴席，以扎萨为首的三十位勇士都非常高兴。格斯尔可汗登上金塔，打开《甘珠尔》和《丹珠尔》经文高声朗诵，一时间莲花花蕾绽开，鹦鹉前来聆听，百鸟汇聚空中。大宴之后，格斯尔可汗打开宝库，取出珍宝赏给以扎萨为首的众勇士和部落大众，大家一齐跪谢领赏。

赛乎丽高娃哈敦和赛罕奇哈敦上前跪拜茹格慕高娃哈敦。赛乎丽高娃说道："我对上天之玄机和凡尘之奥秘略晓一些，你是天宫仙女下凡，我只是人间普通一女子。俗话说：'高山树木密，深海鱼蚌丰，庶民心计多，国家议事勤，帝王贤臣众。'哈敦您皇亲国戚必然不少，小女子我也无意攀附。但是我母亲是萨仁酋长之妻，与您父亲僧格斯鲁伯颜是表姐弟。所以，我与您还是亲戚。"

茹格慕高娃听后非常惊讶地想："除了舅舅家之外，我没有其他亲戚。我父亲也只有我这个女儿。难道她在撒谎?"为了辨明真假，茹格慕高娃打开了九九八卦命运宝镜查看，结果发现赛乎丽高娃所说句句是真。茹格慕高娃非常高兴，取下身上的珍珠宝衫披到赛乎丽高娃身上，又取出如意宝赏给格日勒泰太吉和萨仁额尔德尼，他们一齐跪下叩谢领赏。

格日勒泰斯钦上前跪奏禀道："圣主，我们还是谈一谈正事吧。不能为了享乐，就把一切都抛到脑后。常言道，青鹭沉湎于湖水，巢穴被别的鸟儿抢去；黄莺搭窝树上，由于不加料理，竟被大鹏侵占。大臣幕僚们自视渊博，遭到饱学之士的诘难；国王君主认定江山已经牢固，却不料大好社稷落到了他人手中。人称玉兔长角、金蛇生角，才能出现舍利；金鱼长脚，脱离乳海，才能出现舍利；即使是庶民百姓，只要能摒弃一切杂念，澄明胸臆，入七昼夜的虔诚禅念，也能得到正果。君王如能安内攘外，弘扬佛教，摒弃私欲，进求公理，遇事深思熟虑，不忘过去经验教训，预测今后前途远景，扶持贫困，抚慰残弱，那他也将功德无量。犀牛顶上生金角、呼啸猛虎附云梯，世上才能出现舍利。”

格斯尔可汗听了格日勒泰斯钦的话后觉得有道理，说道：“我们这就出发吧。你们大家回去收拾武器装备，准备出征。”于是三十位勇士各自回家去做了出发前的准备。

格斯尔可汗准备率领大军去讨伐魔王贡保可汗。格斯尔可汗戴上日月银白宝盔，穿上印霜乌金铠甲，背上插了一对闪电护背旗，带上万星盾牌和具足智慧的如意宝，还饰有精细白羽神箭，能预知敌情的金刚神宝刀，九股铁索套，黄金箭壶，黄金擒日索，白银罩月索，起死回生超度袋，附魂善言箭等。具足一千五百种神通的格斯尔可汗下令三十位勇士集合。以扎萨为首的众勇士接到圣旨后，都欢欢喜喜得像飞鸟般眨眼间聚集在圣主跟前。格斯尔可汗说道：“我现在要去征服魔王贡保可汗。这次和我一起出征的有阿日鲁莫尔根哈敦、美男子莫尔根黑雅、苏米尔之子格日勒泰。扎萨你率领其他勇士，于明年此时随后赶到。你们到达后发出三声惊雷，我便知道你们来了。如果我已经杀死魔王，会发出五声龙吟，如果还没有杀掉，就升起一道彩虹。”扎萨道：“圣主，您带阿日鲁莫尔根哈敦出征，我没有意见。”这时烈察布突然上前要求道：“圣主您带美男子莫尔根黑雅，也必须带我去。因为我俩从小一起长大，而且没有离开过阿日鲁莫尔根哈敦。”格斯尔可汗听后决定把莫尔根黑雅和格日勒泰斯钦二人都留下不带走了，自己只带领阿日鲁莫尔根哈敦出征了。

格斯尔可汗出发前设坛向上界祷告三遍，圣主出发时，像千条巨龙呼啸飞腾，蔚蓝色的天空上响起了隆隆巨响，金色的大地被震动得摇摇晃晃。格斯尔可汗头顶上出现五色彩虹，万道霞光。他鼻孔中喷出浓浓烟雾，头顶上闪出点点火花。金口中吐出圣洁的烟雾，眼里金光闪烁，枣骝神驹周身金光笼罩，四蹄火焰滚滚，犹如天神下凡，威风凛凛，杀气腾腾。

格斯尔可汗和阿日鲁莫尔根哈敦二人把二十一年的路程缩短为三个月的路程赶到了雪山。这一天，他们登上了雪山，没有发现一个敌人。他们又继续前进，来到了曾被阿日鲁莫尔根哈敦用梯子探查过的城堡。发现该城依旧是一座空城。他们又渡过了一条大江，没有发现敌人的踪影。再往前走，魔王的城堡隐隐可见了。

阿鲁莫尔根仍然变成魔王的姑母，格斯尔可汗变成一个八岁小童，枣骝神驹变成了魔王姑母的使女，附魂善言箭变成了当日钟哈达理哈敦装扮的那个使女。格斯尔可汗把全部兵器缩小装入荷包中。阿日鲁莫尔根还像上次一样，让两个使女搀扶着来到城门。守城的兵卒截住她不让她进去。女妖很生气地说道："我是贡保可汗的姑母，难道就不是你们的姑母吗？为什么不让我进去！"兵卒们还是不敢擅自放她入城，忙跑回去禀告魔王："可汗，城外来了您的姑母，要求见您。"魔王道："啊呀！你们怎么不请她进来？"魔王听后急忙迎出城门。

魔王携着女妖的手走进城里，铺上黄锦垫，把姑母请上了上座。贡保可汗问道："姑母，您这趟来有什么事吗？"姑母说："哎呀！我的侄子，你怎么一次也不去看望我这老婆子？俗话说得好：'今日一面，胜过明朝千遍。'姑母我老了，死神在向我招手，在世的日子不多了。自那天见过你之后，不知怎么搞的，老是想你，弄得我坐立不安。所以，我就又跑来了。"贡保可汗又问："姑母，这是从哪里带来的孩子？"姑母道："哎呀！好侄儿，你是不知道啊。有一天，我派这个贱婢丫头去北山汲水，结果她去了半天带回半桶水来，还给我讲了一件事，我都替她害臊。原来她在途中遇到一个妖精，吓得水也不担了，转身就往回跑。那妖精追上来抓住她，要与她干那苟且之事，虽说当时有点被迫，她也是情难自禁，竟然干出了那件事。我听说后特别生气，立刻骂她是不认亲疏的铁锉，不明灾祸的婴儿，不识前后的野牛，不懂生养的海马。我还把她狠狠地揍了一顿。几天后，她说肚子痛，躺在家中生下了这个孩子。我想，虽然对我没有什么用处，也许会对侄儿你有所帮助，所以我就把他留下来养大了。"

贡保可汗仔细看了看小孩，问道："姑母，您给他起了什么名字？"姑母道："婢女生的孩子，我给他起了个途中捡来的意思的'恰布恰奇'。"贡保可汗说："姑母，请您老人家把恰布恰奇交给我吧，我抚养他。"女妖正巴不得他留下，自然答应了。贡保可汗给他起名叫野外得来的“乎和泰斯钦”。他对姑母说道：“姑母，您怪我没有去看望您，您责备得对。不过，姑母您不知道，作为一国之主，我不能丢下国家，到处逛荡。这些年来没有去看望您，主要就是这个原因。姑母您不辞辛苦，前来看我，侄儿非常感激。”这样贡保可汗领走了那个婢女生的孩子后向全国发出布告，要大家速来集合。

特斯希和德斯希得到传令，带领众人赶来问有什么事。魔王说道：“我今天收养了一个孩子。所以我召集大家，举办大宴，共同庆贺。”

达兰泰斯钦看见乎和泰斯钦后就知道是格斯尔变的，所以非常高兴，极力推崇魔王的主意。特斯希听了，很不高兴地说道：“可汗，这个孩子是谁给您带来的？据说格斯尔是披着人皮降生的天神，神通广大，花草树木，随意而变，听说他降生时紧紧咬住四十五颗牙齿，右目怒瞪，左目微合。右手高举，左手攥紧，右腿蹬直，左腿微蜷。从降生人世间到他三十五岁，征服了所有的敌人。当年他率领三十位勇士与锡莱高勒三可汗作战，其中有一个叫扎萨的勇士，他在战场上碰见强悍者就杀，碰见弱者就放，横冲直撞，如入无人之境。那时我叔父希敏毕如扎那，趁扎萨在黄河边喝水时，从后面用刀把他杀死了。三十位勇士为了给他报仇，从我叔父后面飞似的赶来，他们虽然变成六只狼，都被我叔父杀死了。以后布依通、红眼、苏米尔、南充、察尔根老人等，也都被我们军队杀死了。”

达兰泰斯钦在一旁听后马上驳斥道：“按照你的说法，这个孩子就是格斯尔可汗变的不成？如果他真是格斯尔可汗变化的，能让我们这样待在这里吗？我家姑母带来这个孩子，是想让他早晚服侍可汗，你竟敢连姑母也不相信了。你既然这样怀疑，就把这个孩子斩了吧！你这样大的勇士，杀死一个八岁小孩当然是游刃有余啦！就是那个什么格斯尔可汗率领三十位勇士前来侵犯，凭我们大王的神通，难道还会怕他不成！我是实话实说，你可别生我的气。就是有那么一天，特斯希、德斯希你二人阵亡了，不是还有我达兰泰斯钦、达兰泰乌仁兄弟俩吗？我们在可汗手下一直过着平静的日子，你二人为什么突然危言耸听起来？”

魔王听了达兰泰斯钦的话，心中非常舒坦，大加称赞。女妖听了特斯希的话，不由得勃然大怒道：“像我心肝一样的二位勇士啊，我一直把你们视为自己的亲侄子，疼爱有加。可是你们今天简直把我看作是战场上掳来的贱女人，这太伤我的心了，不管怎么样，我还是你家可汗的姑母，你们这样待我，是什么意思?”

看到他们双方越说越激烈，魔王赶忙站起来劝说道：“好啦，好啦，大家都少说两句吧。我们还是举办大宴要紧。”

双方都闭口不言了。宴席开始了，特斯希和德斯希坐在右边的上座，达兰泰斯钦和达兰泰乌仁坐在左边的上座。乎和泰斯钦坐在贡保可汗的身后。宴席由萨尔玛大臣操办，由于人多，萨尔玛一人顾不上全部人员，饭菜一时还是无法全部送到众人手中。看到这种情况，乎和泰斯钦对魔王说道：“父王，那位大臣送饭菜有些照顾不过来。我去帮他送饭菜如何?”可汗听后道：“那样精干的大臣都照顾不过来，你能行吗？我看还是算了吧。”

乎和泰斯钦又央求道：“我又不想同他争名。办不到，我就回来；办成了，也可以为父王可汗您增添光彩嘛。”

贡保可汗听后觉得有道理，只好答应了。乎和泰斯钦走过去后从萨尔玛大臣手中接过菜，暗中祷告了佛祖和天神们，刹那间就分送到了众人手中。大家见了，无不称赞。

宴席进行到一半时，贡保可汗下旨道：“有没有人出来摔跤，给大家助一助酒兴?”

众人听后当即有两人跃入场中，在魔王席前摔起跤来。这两位技艺超群，旗鼓相当，摔了半天也没有分出输赢。此时，乎和泰斯钦起身对可汗说：“父王，我去跟他们摔一摔跤，可以不?”

可汗道：“这二位可是鼎鼎有名的勇士啊！你可不能跟他们较量。”乎和泰斯钦又央求道：“父王说得对。不过我看到他们俩摔跤，就浑身发痒，如果不下去出一身汗，简直太难受了。同时也让那些大臣惊奇一下，这样我也可以出出名。”魔王听后也觉得有道理，就同意了。

乎和泰斯钦暗暗向释迦牟尼佛祖和诸天神祈祷后，离开席面来到场中央。乎和泰斯钦人小个子矮，只有举起双臂才够得着勇士的手臂。两名勇士见出来一个小孩，急忙退到一旁说道：“我们不能跟这样的小孩子摔跤。一则，他是可汗的养子，二则，他年岁幼小，一旦被摔伤了，我们可担当不起啊!”

乎和泰斯钦听后非常生气地说：“我如果被你们摔死了，算我命该如此；摔不死，我也知道了你们的本领。如父王的神灵保佑我，让我赢了你们，我也可以一举成名，为父王增光。你们放心吧，我即使被你们摔死了，也不要你们顶命，摔不死，让我扬名吧!”

听他这么一说，那勇士道：“你讲这些话，上界天神自会听到的。你非要同我们较量，那我们就较量较量吧。”这样那个名叫塔拉拜的勇士回头对魔王说道：“可汗，您的这位养子逼我们同他摔跤，说摔死了也不问罪。但是没有可汗您的命令，我们不敢与他摔跤。”

魔王听后劝乎和泰斯钦道：“孩子，他们说得有道理，你别跟他们摔了，一旦让这两位勇士把身子摔坏了，那多可惜呀!”

乎和泰斯钦又央求道：“父王，您讲的也对，我是有些不自量力。但是，我一旦被他们摔死了，父皇也完全可以从国内找一个我这般大小的孩子收养。”

魔王听他如此执拗，就说道：“好吧，你们就摔吧。谁摔死谁也没有关系，我绝不问罪!”

两位勇士听了，这才放了心。乎和泰斯钦也高兴极了，上前给魔王磕了个头，起身首先与塔拉拜摔跤。他左脚踏在东海岸，右脚蹬往西山麓，两手搭塔拉拜的双肩，把他披在肩上的两张湿鹿皮拧断。一刹那间，乎和泰斯钦把塔拉拜举过头顶连转三转，猛地向下砸去。塔拉拜被摔在地上，五脏六腑破膛而出，一声没哼就死了。

众人见后目瞪口呆，暗暗叹息：“塔拉拜勇士真不该讲那么大的话，白白送了一条性命啦!”此时贡保可汗心里暗自高兴。

这时另一个勇士名叫尼斯胡，他见同伴死了，决心要为他报仇。他不露声色，抬起双手打着呵欠，慢慢站起身来。

乎和泰斯钦见他站起身来，伸手到场中。大喊道：“你也想同我较量吗?”尼斯胡勇士道：“我们就按照塔拉拜勇士一样，较量个你死我活吧!”就这样尼斯胡毫不示弱，伸手捉住乎和泰斯钦。

二人里钩外拌，搬腰缠成一团。有时尼斯胡脚下浮动连连后退多，有时乎和泰斯钦的腿不稳，急取防守。每当乎和泰斯钦采取防守时，特斯希和德斯希总是大喊道："乎和泰斯钦，你不行了，要倒啦，快放开手吧!"乎和泰斯钦听后心里生气，大喝一声："没什么的，认命吧!"

他一咬牙，把尼斯胡凌空提起连转三圈，瞅准魔王的头名角士，向他怀里猛地掷过去。头名角士和尼斯胡二人都被摔得粉碎了。

从贡保可汗到全体大臣做梦都没有想到，结局竟会如此出乎意料，对乎和泰斯钦的神力不由得称奇赞叹。也有人深感惋惜道："这两位勇士不该说大话啊！人不可貌相啊！塔拉拜和尼斯胡目空无人，招来了杀身之祸啊!"这样从贡保可汗为首的大家都夸赞乎和泰斯钦。

只是三位死去的勇士的亲属家人们无比悲痛，恨透了乎和泰斯钦。以达兰泰斯钦为首的格斯尔可汗旧部，虽然表面上装作惋惜，却掩不住内心的狂喜。大家都劝乎和泰斯钦不要再摔了。乎和泰斯钦说道："我并不是那找不着食物的老鹰，饥饿的野狼，不识好歹的猛虎，不听劝告的小气鬼。大家既然不让我再摔了，我就不摔了。"说完，径直回到魔王身旁坐下。

魔王这时心中非常赞赏乎和泰斯钦，对他说道："孩子，你跟勇士们较量，一定很累了，先回去休息吧。"于是乎和泰斯钦离开了酒席。此时魔王对达兰泰斯钦说道："你看我这个乎和泰斯钦如何？如果我将来把江山社稷交给他，他会不会给我糟蹋了?"

达兰泰斯钦道："他将来肯定是一个了不起的人物。可汗您根本不必担心，他绝不是糟蹋可汗名声和事业的人。我想，他与那个从上界下凡，用三十张牛皮拧成马鞭的神武无比的金刚萨埵没有什么两样。"

贡保可汗听后道："您说的对极了，正合我意。"这时，特斯希和德斯希在一旁听见后走过来劝说可汗道："可汗，请听我们说几句话。这个孩子如果好，一定会对您大有帮助；如果不好，则危害不浅啊!"

这时，乎和泰斯钦跑过来对特斯希和德斯希说道："你们二位勇士也听我说几句吧。你们为什么在我背后说三道四？听你们的口气，好像怀疑我是格斯尔的人。但是你们想过没有，格斯尔是什么地方的人？他怎么可能越过父王的哨卡跑到这里来呢？即使那格斯尔来了，我们不是还有那么多军队吗？我出世不久，刚刚要为父王尽一分力量，你们就跑来说三道四！据说，从前有一头牦牛，在初秋时节为了寻找水草肥美的地方，在深林中乱走，陷入了泥浆中，终于被金套索套住。有人曾躲进柴草中取暖，却被大火烧成了灰烬。高傲的大臣们自以为没有人比他高明，不求甚解，所以困难临头时极易败亡。活佛喇嘛自以为是修行有道者，超越了生死，到头来却自食恶果。我们三人同心协力辅佐大王，不是人间一大善事吗！”

听了乎和泰斯钦的一番话，连特斯希和德斯希二人也暗自赞他言之有理。上界的佛祖释迦牟尼和诸神也非常高兴。

酒宴要结束了。蟒古思的姑母提出要回家，蟒古思劝道：“姑母，您先别忙着回家，就陪孩子住一段时间吧。或者一直住在我们这里别走啦。”听了魔王的挽留，女妖暂时就住下来不回去了。

第二天，魔王对乎和泰斯钦说，他要到西边打猎。乎和泰斯钦趁这个机会，跑到他库房中放了一把火。达兰泰斯钦、特斯希、德斯希等众人见库房着火，急忙跑来灭火。魔王在远处看见城中浓烟滚滚，不知道是怎么回事，嘴里喷着阵阵寒风，甩开两条长腿奔来。当他跑回来的时候，大家都在围着大火拼命扑打，可是火却越打越旺。只有乎和泰斯钦满脸乌黑，在火里到处乱钻，装着在灭火。

魔王赶来火灾场，见所有财宝全部烧光了。他突然想起乎和泰斯钦，忙叫道：“乎和泰斯钦，你在哪里？”乎和泰斯钦在火中看看时机成熟了，一边答应着，一边奋不顾身地上前扑打，很快大火就被他扑灭了。

魔王问大家：“这场火是怎么引起的？”大家说：“不知道，也许是天降大火。”乎和泰斯钦也在一旁说：“您去打猎后我就回屋睡觉了。不知道是有人纵火还是天火降临。”说完假装大哭起来。

达兰泰斯钦走过来劝道：“别哭啦，又不是你放的火，为什么要哭呢？”魔王的姑母手里拿着一根木棍，装作要打乎和泰斯钦。乎和泰斯钦假装着大喊大叫起来：“哎哟，哎哟！这是天火，又不是我放的火，为什么要打我？”

特斯希和德斯希勇士也上前劝阻姑母道："别打孩子啦，火势这么猛烈，这绝不是人间的凡火，必定是天界的雷火引起的火灾!"

乎和泰斯钦还在那里哭泣着，魔王走过来劝慰了半天，他这才停止了哭泣。魔王说："姑母，我们时运不济，这一把火，把我们财宝给烧光了。不知道我的灵魂烧坏了没有?"说着，魔王从地底下挖出一个石匣打开看了看。

他说："还好，没有烧坏!"说完，魔王又把石匣埋入土里。乎和泰斯钦脸上显出悲伤的样子，可在心里特别高兴。扑火的人都散去了，乎和泰斯钦也随魔王回到家中。

这件事过去后不久，一天，魔王对乎和泰斯钦说："我想把神箭手们叫过来，让他们比一比箭法。"

乎和泰斯钦道："好，这太好了!"魔王立即向全国发出传令。不久，有五个神箭手前来叩见魔王可汗道："可汗，召唤我等有何吩咐?"可汗道："近来我们一直没有进行射箭比赛，所以叫你们来举办一次射箭比赛。"

五个神箭手听说要举办射箭比赛，无不手舞足蹈，喜形于色。乎和泰斯钦向魔王启奏道："父王，我们这次应把全国百姓召集来观摩射箭比赛。这样才显得隆重。"

魔王听后也非常赞同这个建议，便下令全国百姓前来观看射箭比赛。不久，一切准备就绪，五个神箭手出场比赛。这时，乎和泰斯钦对魔王说道："我也想同他们比一比箭法，请父王准许。"

魔王同意了乎和泰斯钦参加射箭比赛的要求。乎和泰斯钦手持弓箭走进场地。但是，那五位神箭手却不以为然，说道：

"王子，你年纪尚小，气力不足，不足以与我们比箭法。你还是回去吧。"

乎和泰斯钦道："我学你们的样子，如果射好了，是父王的洪福，如果射不好，算我自取羞辱。这还有什么了不起的!"

听他这么说，五位神箭手就说："好，那你就射吧!"于是乎和泰斯钦说："不知道我们这次比箭法的赌注是什么，我年岁尚幼，还不知道呢，望各位赐教!”

五位神箭手说：“打什么赌，王子你定吧。”乎和泰斯钦道：“谁的箭法高明，我们就承认他是英雄好汉，赏给他良驹猛犬。至于赐给我们什么封号，就由与会的众大臣决定吧。”

五位神箭手听了没有异议。立刻有两位神箭手发出箭，旭日东升时射出去的箭，直到中午还不见落下来。赛场上围观的人议论纷纷都不明白这两支箭为什么这么久还不落下来。这时，只听空中传来一阵唰唰的响声，两支箭破空而落。其中一支箭正好落到特斯希的脑门上，另一支箭插入了箭主人的头顶。他们二人只顾仰头观箭，却忘了躲闪，被两支箭射得脑浆流出，死去了。

观看的人们议论着：“观看别人射箭，特斯希白白送了性命；贪图良驹猛犬，神箭手咎由自取!”

在场的众人见他二人毙命，不由一阵感叹和惋惜。乎和泰斯钦也装出哭的样子说道：“如此神箭手我们从哪里再找啊！他们就这样死了，未免太令人惋惜了。我看就不必再比赛了。”此时，剩下的三位神箭手说道：“他们并不是死在我们箭下，凭什么要停止比赛呢?”于是乎和泰斯钦问道：“那么下边该由谁先射呢?”那三位勇士道：“当然要由我们先射啦!”说完那三位神箭手摆好架势，一齐射往空中。三支箭在日头西斜时嗖嗖地落下来，却不偏不倚，从魔王的右肩一直穿到右脚跟。魔王当即摔倒在地，昏死过去。三位神箭手见自己闯下大祸，吓得两腿直晃。围观众人惊慌不已，个个悲悲戚戚。这时，乎和泰斯钦说道：“要不是你们三人还要比箭，父王他怎么会中箭？哎呀，这可如何是好?”乎和泰斯钦哭了半天，突然跳起身要找三位神箭手拼命。

乎和泰斯钦对他们说：“你们往哪里射不可以，为什么偏要射中我父王？你们这是存心要杀我父王嘛，我与你们拼啦!”三位神箭手早已吓得魂不附体，这时见他又找自己拼命，慌张地辩解道：“我们四人不是在比试箭法吗？如我能控制射出去的箭，我们怎么会射中自家可汗呢？这件事有蹊跷，是不是有人在暗中捣鬼？要杀要剐随你便吧!”

正在这时魔王醒过来了。他听到三位神箭手的话，忙拦住了乎和泰斯钦，说道："我这伤没有关系。孩子，你不必难过。他们也不是有意要射我，就原谅他们吧。俗话说：'男子汉多好强，女人多猜忌。孩子你也该射一箭让他们看一看啦。"

于是乎和泰斯钦走到场中，一箭射出。这支箭日出时射出，直到日落时才落到众人面前的一处空地中央。再看那支箭被鲜血染得通红。原来三位神姐来到空中，接过去格斯尔射出的箭，涂上血后又回射过来。之前那五位神箭手的箭也是被三位神姐接过去，再回投时念了诅咒语："是谁的箭，落到谁的头上，或者射中魔王和大臣！"这才导致特斯希和箭手首先丧命，魔王负重伤。

众人见到从空中落下的箭，箭镞上个还沾满了鲜血，不免议论纷纷，都说是这支箭在半空中射死了一个异教徒。

射箭比赛结束后众人也散去了。德斯希到魔王跟前跪下来悲痛地说道："可汗，我的哥哥特斯希的遗体怎么办?"

可汗道："把特斯希和那位神箭手的尸体一同埋在菩提树下吧!"于是德斯希前来找到达兰泰乌仁，请他帮忙将特斯希和那位神箭手的尸体装入上好的棺材后埋下。达兰泰乌仁把两具尸体拉到一处山坡上，把两具尸体的头朝下、脚朝上用土埋好，然后祷告道:"头朝下，给魔王招来不祥；脚朝上，为圣主的军队增添力量，使死人的两家世代都怯懦无英雄!"

这样达兰泰乌仁处理完特斯希和神箭手的尸体后回来向德斯希复命："我按照你的命令，把事情办完了。"

德斯希脱下身上的如意宝衣赏给达兰泰乌仁，表示感谢。由于达兰泰乌仁的职务低于德斯希，他只得跪下叩首谢恩。尽管这样，他还是一边磕头，一边暗暗祷告："我这不是在给你磕头，我是在给佛祖释迦牟尼磕头；我不是给你下跪，我是在给圣主下跪!"

当达兰泰乌仁奉德斯希之命去埋葬特斯希时，达兰泰斯钦过去见魔王贡保可汗后说道："俗话说：'君王属众多，僚臣牲畜多，坏人朋友少，吝啬之人寿命短。互相爱惜，虽为灰烬也仍可派用途，齐心协力有利于国家，相互猜忌对江山有害。不加珍重，有万贯家产如过眼烟云，一心效忠亲近于君王，只要心中无垢，行为端正，自会得到君王的垂爱，虽堕入地狱底层，也会得到君主的拯救。特斯希那样好的大臣被人杀了，我们怎么能坐视不理？我们又到何处去寻找他那样忠诚的勇士？我们应该要让他们抵命！”

听了他的话后，魔王贡保可汗道：“你是太愤恨他们了。神箭手们自己提出要比赛，所以不能要他们抵命。出现这种情况，就是斩了他们五个，也不足以抵偿特斯希一个人的命啊。”

达兰泰斯钦听了魔王的话后悄悄退下去了。有一天，乎和泰斯钦对魔王说道：“父王，我自来到这里，没有去过一户人家。我想到各位大臣家中走一走，不知父王意下如何？”魔王立刻应允了。

乎和泰斯钦首先来到嘎如孙扎家里。这个嘎如孙扎有五个化身，他的口粮为一斗米，他的灵魂为带节的白茅草。乎和泰斯钦来到他家后，径直走到右首上座。嘎如孙扎见魔王的养子来府，格外敬重，备上菜饭后恭恭敬敬地问道：“大可汗的儿子从哪里来？到寒舍有何贵干？”乎和泰斯钦道：“你问得对，我自来到这里，还没能到贵府拜访。一则，看看你家的东西；二则，我想与各位大臣亲近亲近。这样，今后也好一起共事。”

嘎如孙扎听后立刻说：“你这样做是对的。”说完马上派人请来平日来往密切的几位好友。不一会儿工夫，一桌丰盛的宴席已经备齐，大宴乎和泰斯钦。

席间，嘎如孙扎用金杯斟上奶酒献给乎和泰斯钦。乎和泰斯钦用无名指微蘸奶酒，向上献祭，口中暗暗向佛祖释迦牟尼、父皇帝释天、娜布莎胡日扎祖母、好友三天神、三位神姐、兄长阿敏萨黑奇、弟弟特古斯朝克图祷告保佑。他的祷告惊动了佛祖释迦牟尼。佛祖唤过金刚本尊、金刚度母、摩诃萨埵、胜东散布瓦、莲花散布瓦、千手观音、瓦如瓦扎那、长寿尊者等尊者，说道：“怎样帮助我的威勒布图格奇，你们看着办吧！”

尊者谨领法谕。乎和泰斯钦手中的奶酒顷刻间化走，留下了一只空杯。乎和泰斯钦将空杯递过去，说道：“我已经喝完了，现在轮到你啦！”

嘎如孙扎也满满斟了一杯自己喝了。他又重新斟了一杯递给乎和泰斯钦。乎和泰斯钦接过去，同上次一样献给了龙王和大地。顷刻间，他金杯中的奶酒化走了，又剩下了空杯。乎和泰斯钦将空杯递过去，要求嘎如孙扎也喝一杯。嘎如孙扎只得又喝了一杯。这杯酒下肚后，嘎如孙扎已经烂醉如泥了。乎和泰斯钦见嘎如孙扎醉倒，说自己也喝多了，提出要回家。客人们见主人醉了，也纷纷告辞离开。乎和泰斯钦见大家都走了，在那棵带节的白茅草上放了一把火，白茅草被烧光了，一斗米也在火中化为灰烬。嘎如孙扎被大火烧掉灵魂，想化身逃命。但是他被烈性奶酒灌醉，已经变不了了，被活活烧死。原来，不用酒灌醉，就无法杀死他。如果不把他除掉，将来他会让格斯尔失去枣骝神驹。所以，格斯尔今天只好设计先下手了。他杀死嘎如孙扎一事，除达兰泰斯钦之外无人知晓。

乎和泰斯钦离开嘎如孙扎家之后，哭哭啼啼地回来对魔王说道："我原打算去特斯希勇士家。途中遇见一座很大的房子。我以为那就是特斯希家，便走过去，原来是嘎如孙扎家。嘎如孙扎看见我，迎出来拉着我的手，非要我进他家做客不可。盛情难却，我只好随他进了屋里。他又派人请来自己的几位好友，摆出了丰盛的酒宴。我有些过意不去，对他说：'我一个小孩子能吃多少，何必如此麻烦呢！'没有想到嘎如孙扎听了我的话后生气地说：'你是我家大王唯一心爱的养子，又是第一次来我家。而且今后你也不可能天天登门，月月闲逛。既然来了，为什么还要拿架势，讲客套！'他在金杯中斟上奶酒劝我。我喝了他两杯，也回敬了他两杯。没有想到他不胜酒力，竟倒在地上烂醉如泥。更没有料到的是他不知怎么会倒在炉火上，烧着衣服，结果连白茅草、一斗米也全烧光了，他自己也被烧死了。事情是为我设宴而起，所以我心中特别难过。"

魔王听后劝乎和泰斯钦道："孩子，不必太难过了。嘎如孙扎既然死了，你哭也无用。也许是天降的大火，或者他命中注定如此下场呢。"听了魔王的劝告，乎和泰斯钦止住了哭声，慢慢平静了下来。

第二十四个午年子月巳日子时，扎萨率领三十位勇士拜见尊贵的三位哈敦，提出要前去帮助格斯尔可汗镇压魔王贡保可汗。三位哈敦完全赞同，下令道："圣主离开已经满一年了，现在正是到了你们出征的时候了！"

扎萨和三十位勇士开始做出发前的准备。这一天，一切准备就绪，就要出发了。这时茹格慕高娃问道："你们都出征走了，家中难道连一位勇士也不留了吗？猛虎之子毕希热勒图和巴木希古日扎二人留守家园吧。”

两位勇士听后心中不大乐意，过来跪在扎萨面前说道：“你让我们留下，是因为我们俩是众勇士中最没本事的吗？”

扎萨忙解释道：“我没有理由不带你们去啊！是茹格慕高娃哈敦提出要你们俩留守家园，所以才让你等担负此重任。如你们不想留守，可以找茹格慕高娃哈敦提去！”

他们俩面面相觑，叹口气说道：“不叫我们去，我们也没有办法。敌人不只在远方，近处也有。以后还会有机会。”这样他们俩就留下来了。

扎萨等人离开策策格图塔拉（百花滩）一波米远的地方，设坛向上界祷告。他们的祷告落到了佛祖释迦牟尼佛祖案前。他们继续前进，南充突然过来跪在扎萨面前道：“这趟出征，应该把我们的那位赫赫有名的超通叔父留在家中。”

扎萨听了，也觉得有道理，就命超通回去。超通没有办法，只得返回家中。他们又继续前进。三位神姐化身杜鹃鸟，从空中对扎萨说：“你们此次出征的路线要翻过大雪山，山那边就是魔王的国度了。因为那里是不净之地，我们就不能去了。以后的事情你们要自己设法解决。”说完，飞回天宫。

扎萨等人来到雪山上，没有发现敌人的踪影。他们继续前进。不一会儿，望见了魔王贡保可汗的城堡。他们停止前进，到了阿鲁莫尔根哈敦架铁梯翻过去的那座铁城中。

这一天，乎和泰斯钦对魔王说道：“我听人说明天是吉日，我们俩明日只诵经礼佛，不说一句不吉利的话。”

魔王同意了。翌日，快正午时，乎和泰斯钦来到魔王处说道：“昨夜我做了一个坏梦，其中必有缘故。不知我们的岗哨怎么样了。给我一批人马，我去巡视一下。”

魔王道：“你不必亲自动身，我们有很多军队，如有必要，可以派他们前去查看一下就行了。”

正在此时，从一千伯勒远的地方传来三声惊雷，一道道闪电撕裂了整个天空，天地震动了三次。乎和泰斯钦心中明白，是扎萨等众勇士到了。

他趁魔王不注意，从天窗中向上射出一道五色彩虹。扎萨等人在铁城看见了信号，知道格斯尔可汗还没有杀死魔王，但他平安无事，所以大家也放心了。

扎萨等人出发的三声惊雷，吓得魔王和德斯希等人胆战心惊，不知道究竟发生了什么事。他们忙派人去请达兰泰斯钦。达兰泰斯钦到来后忙问："可汗，您听见刚才天撼地震的惊雷声了吗？"

可汗道："正因为这个，我们大家非常吃惊。不知道是怎么回事，才叫你过来，料想你可能会知道，你怎么反过来问我们呢？"

达兰泰斯钦道："可汗，听说东方有一个恶毒的格斯尔萨尔布东若布可汗。他手下有从上界带下来的三十位勇士。他们所到之处，树木断折，岩石迸裂、大地震荡。我想，刚才的响动，必为他们所为，我们现在应该率领大军前去迎敌。"

魔王听了达兰泰斯钦的分析，觉得有理，让他率领全国人马，前去迎敌。这时，乎和泰斯钦对可汗说："父王，我也想随军出征。我去看一看他们如何战斗。如果打得好，我只在一旁观战，如果战事不利，我也好上去助他们一臂之力。"魔王听后同意他一同出征了，乎和泰斯钦随军去了。

这时，蟒古思姑母过来对贡保可汗道："好侄子，我来这里将近两年了，家中的牲畜财产也不知怎么样了。我原打算来看看你就回去，结果一住这么久。近来，我老做噩梦。据说那个该死的格斯尔可汗神通广大，别让他乘我不在，把我多年积攒的一点家产全给抢走了。"

魔王听后也觉得姑母说得有道理，不好再挽留。女妖仍然像来时一样，让两个婢女左右搀扶着走出城堡。出城后女妖变回了阿鲁莫尔根原身，回头骂道："你父亲的头！你母亲的脑袋！谁是你的亲戚！"径直走去与扎萨会合。

乎和泰斯钦猜想阿鲁莫尔根这时肯定已经离开了城堡，他自己也准备离开大军，去与扎萨会合。

扎萨在铁城中已经知晓了格斯尔可汗和阿鲁莫尔根哈敦要赶来同自己会合，于是发出三声惊雷，劈出三道闪电，为他们送信号。达兰泰斯钦看见信号，明白了扎萨的用意，下令人马就地扎营。德斯希率领的人马距离达兰泰斯饮的人马要稍后些。他见先头部队不再前进，也下令自己的部队就地驻扎。乎和泰斯钦走在两队人马的正中，这时正好到了海拉苏图泉的上游。他派人请达兰泰斯钦和德斯希二人过来见自己。不久，二人到来，乎和泰斯钦说道："现在已经到了你们拼死效力的时候了，为什么要停止不前？我们不是不清楚格斯尔的底细，他的本事能使一切东西眨眼间变成灰烬，瞬间化为黑炭。应该格外留神，但是我们裹足不前，又如何能打败格斯尔，我们还要等到什么时候？我是奉父王的谕旨前来督战的。达兰泰斯钦，你从右翼进攻，德斯希，你从左翼进攻，由我来居中策应！"

达兰泰斯钦和德斯希出发了。这时，乎和泰斯钦头顶上升起五色彩虹，额头上显出摩诃嘎拉尊者相，乎和泰斯钦打开金荷包取出所有兵器，自己也变回了格斯尔可汗原身，他的两只鼻孔中喷出阵阵烟雾，头顶上有千条巨龙呼啸，震天动地，中界龙宫被震三回，尘世大地被颠簸三回。他的双耳射出千万道霞光，两条青龙盘绕在一对拇指上，金光闪烁。此时，枣骝神驹也四蹄火花迸射，鬃毛如鸿鹏展翅。脊梁金蚊银蝇飞舞，每一根毫毛上都闪烁着一朵朵耀眼的火花。格斯尔勒缰扳鞍跃上马背，大地在他的脚下战栗。立时有三眼清凉的甘泉喷涌而出，又有三亿三千三百三十三万三千三百人马的幻影忽隐忽现。

那一天，天气爽朗，格外怡人。格斯尔可汗念诵祝愿词道："愿万物生灵自生自灭！愿三十位勇士如展翅的鲲鹏自成两翼。愿三十匹宝马如同破空的火箭，踏破敌营。在你们身前，我当盾牌；在你们背后，我当靠山。当你们力竭时向我祷告吧，我会为你们增添无尽的力量，因为我是格斯尔可汗啊！当你们饥渴时向我祷告吧，我会给你们送去甘露圣饮，因为我是格斯尔可汗啊！当你们不能战胜敌人时向我祷告吧，我会使你们勇气倍增，机智应变，因为我是格斯尔可汗啊！当你们筋疲力尽，红血凝固之时向我祷告吧，我会送去佛祖的圣食，天宫的甘露，因为我是格斯尔可汗啊！当你们心意不坚惶恐犹豫时向我祷告吧，我会用水火二宝驱散黑暗，照亮前程，因为我是格斯尔可汗啊！当你们鸟语花香、安居乐业时向我祷告吧，我会心怀慈悲保佑你们万世平安，因为我是格斯尔可汗啊！勇敢地冲杀吧！三十位勇士们！每当敌人的利刃危害到你们时，我会撒下金银套索，时刻保护你们的安宁。我有一千五百个神通，我有一千条苍龙的法力，这就是我格斯尔可汗啊！三十位勇士们，渴了就喝这喷泉的水，它会解除你周身的疲倦。达兰泰斯钦，望你当机立断跳出深渊，愿你悬崖勒马奔向光明！”

达兰泰斯钦听到格斯尔可汗的祝福，更是心坚如铁。三十位勇士听了格斯尔可汗的祝福，热血沸腾，都想立刻冲入敌营。此时，苏米尔之子格日勒泰和扎萨之子烈察布更是难捺激荡的心胸，大喊一声："我们已经等不及啦！”跳上马背向魔王贡保可汗的大军冲了过去。

扎萨见后急忙阻拦道："二位小勇士，等一等，圣主就在那边，我们一同过去！”可是他们俩早已跑远了。只见烈扎布头顶上放出五色彩虹，额前显出马明忿怒王相，浑身缠绕着三条青龙，胯下铁青马蹄下火花四溅。格日勒泰紧随其后，头顶上出现一座金刚本尊佛相，周身火焰滚滚，胯下挟翼枣骝驹四蹄溅起火星，鼻孔中喷出浓烟，鬃尖毛梢上闪烁着金花。他俩手中大刀发出耀眼的寒光，在敌群中左扫一刀如剁草割禾，右掠一刀像脱粒碾穗。烈察布所到之处树木断折，岩崖碎裂，乾坤震动，真如天崩地陷。格热勒泰更是如野火燎原，势不可挡。挟翼枣骝驹撒开四蹄，扬起的尘沙犹如千军万马在奔驰。只见烟雾腾腾，飞沙走石，对面不见人影。魔王的兵卒双眼一摸黑，难分敌我，自相残杀，死伤无数。

他们都叫苦连天道："劫数！这是劫数！他们二人所到之处树折石裂，根本不是人力所为。看去只有二人，却像有千军万马，势不可挡。由此看来，那个乎和泰斯钦肯定是恶毒的格斯尔可汗变化而来，这场祸事都是由我们可汗的姑母，那个干瘪老太婆一手造成的。可汗他不听特斯希和德斯希的话，自作自受，真真活该！报应啊！他会得到扛不动的痛苦，载不完的烦恼，摆不脱的罪孽！可怜我们也要陪着他到阴曹阎王那里报到了！达兰泰斯钦，请你多加留神，多加小心！”

达兰泰斯钦道："去你父亲的头！去你老娘的脑袋！谁是你们的亲戚？我要去和圣主会合了！”这样，达兰泰斯钦带领自己十三部落去和格斯尔可汗会合了。

烈察布和格热日勒泰仍然在敌群中横冲直杀。烈察布杀死十万人后觉得口干舌燥。他跳下铁青马，喝了几口甘泉水，又跃上马背杀死九万二百人后，想起年迈的察尔根老人，就退出了战场。格日勒泰消灭一亿二万人后也口渴难耐，就下马喝了几口甘泉水，又继续杀了一千人。这时他的箭全部射完了，只得退出战场。

之后，察尔根老人和达兰泰斯钦发出巨龙般的吼声冲入敌阵。察尔根老当益壮，砍死了一万人。他又开始口渴起来，就到甘泉边喝了几口水转身又杀入敌阵，杀死二万敌兵，想起一生最疼爱的烈察布，不愿就此死去，退出了战场。达兰泰斯钦往来冲杀，砍死一万人马，迎面撞见敌将德斯希。达兰斯泰钦就把德斯希活捉过来，他不再恋战，且战且退之际，突然被魔王手下的希勒泰莫尔根勇士挡住去路，说道："我们一直把你当成自己人，原来你是一个可恶的叛徒！我若不生吃你的肉，难解心头之恨！今天我要把你活捉过来送给可汗处治！"

达兰泰斯钦拨马夺路跑去。希勒泰莫尔根从他身后连发两箭，射中双肋。达兰泰斯钦眼看自己无法逃脱，拔出扎萨送给他的精铜大刀转身猛劈，一道寒光闪过，希勒泰莫尔根的右手齐腕而断。达兰泰斯钦又射出一支箭，射穿了希勒泰莫尔根的胸膛。希勒泰莫尔根翻身落马死去。达兰泰斯钦也受了重伤，依靠战马勉强来到格斯尔可汗身旁。

接着猛虎勇士和格热日勒泰斯钦二人冲向敌阵。他们二人头顶上现出金刚菩萨佛相，额头上显出文殊菩萨宝相，身上青龙盘绕，胯下坐骑四蹄火花迸射，身上金星闪烁，鼻孔中浓烟滚滚。所到之处树木齐腰而断，岩石化为粉碎，大地一阵轰隆隆的震颤。二人一阵乱箭迸射，敌人成批倒下。箭射完了，他们跳下马，挥舞大刀徒步而战，真似蛟龙出海，猛虎下山，所向披靡。他们在马上杀了三万，徒步砍了二万九千人。正当他们杀得兴起时，嘎如孙扎的哥哥哈萨克跑出来大吼道："多凶残的两个东西啊！"他咬牙切齿地截住猛虎勇士战在一起，魔王的头名角士的叔叔浩斯也截住了格热日勒泰斯钦厮杀起来。

此时，格斯尔可汗知晓了自己的两位勇士被敌人的两名大将挡住去路，忙发出了两支神箭。哈萨克和浩斯在格斯尔的箭下每人失掉一只眼，力量顿时减弱了。格热日勒泰斯钦暗暗向上界天神佛尊们祷告，右脚踩在赤壁上，左脚蹬在金杨柳上，伸手揌住浩斯的双臂连挥三圈猛地掷出去。

这时，浩斯凌空一个鹞子翻身稳稳站在地上，回头射出一支箭，射穿了格热日勒泰太吉的右肋。格热日勒泰斯钦脚步不稳向前一个踉跄差一点摔倒。浩斯一个箭步窜上去，抽出金柄匕首想把格热日勒泰太吉置于死地。格热日勒泰太吉抽出火焰箭一箭射去，只见一道红光闪过，浩斯那只独眼也被射瞎了，他翻身倒地，一命呜呼。如果不是格热日勒泰斯钦如此舍命除掉他，浩斯身具魔王一个化身的力量，还不知会有多少勇士丧生在他的手下呢。

鲜血从格热日勒泰太吉右肋的箭伤中喷泉般涌了出来，半个身子染成了殷红。格热日勒泰太吉脱下袍子一撕两半，包扎好伤口，又翻身跃上马背，高声喝道："魔王的军队听着！你们中间还有没有真正的勇士？如果像浩斯这样窝囊，再来十个也不是我的对手！我已经用浩斯的头颅做了我坐骑的装饰。看你们的箭法刀法，如同两个妇人舞弄剪刀一样，和两只秃羊抵角没有什么两样！你们还有没有一两个自命英雄的东西？快给我滚出来，与我较量！"

这时，猛虎勇士与哈萨克徒步相搏，一会儿猛虎勇士占上风，一会儿哈萨克占上风。他俩反反复复，混战在一起，一时间难分难解。猛虎勇士一边加紧进攻，一边口中暗暗向上界神尊祷告，用火焰箭射穿了哈萨克的右肋。哈萨克被射得腿脚不稳，来回晃荡。猛虎勇士疾冲而上，把哈萨克打翻在地。

此时德斯希勇士率领全部人马一直站在一旁为哈萨克勇士助阵。他见哈萨克被打倒，立刻带领兵卒前来救援。猛虎勇士知晓了德斯希会来救援，快速挥舞钢刀，拦腰斩断了哈萨克勇士，割下他的首级挂到马颈下作为装饰了。

格日勒泰太吉正在用大刀杀敌时，德斯希勇士截住格日勒泰太吉，向他射箭。猛虎勇士看后立刻冲上去厮打德斯希勇士。德斯希掉转箭头又向猛虎勇士射过来。

南充看到此情景后对格斯尔可汗说道："二位勇士久战不胜，我上去助他们一臂之力!”说完他跃上马背，就在马背设起祭坛。一时间，空中升起五色彩虹，千条巨龙呼啸，天地震荡。铁青马口鼻中浓烟滚滚，四蹄火花迸射，嘶鸣如雷，恨不得立刻就要冲入敌阵。

这时圣主道：“你快点冲过去，再拖延两位勇士中有一位要受害啦!我让我的一万个星宿暗中助你。你要像旋风一样席卷过去!”

南充快马加鞭，双掌吐出滚滚烈焰，顶上显出耀眼的千星万宿之光杀入了敌阵。这时，格日勒泰太吉不顾身负重伤，正与德斯希勇士相搏。希勒泰勇士之弟沙日拉勇士发现有人冲来，想上前拦住。可是当他快要与南充对面时，被南充的威猛吓破了胆，拨马往回逃去。德斯希这时虽然略占上风，但受到沙日拉勇士的影响，斗志顿失，也翻身上马逃走。格日勒泰不可能让他逃走，迅速一箭射中德斯希的右肋。猛虎勇士也一箭射中沙日拉的右肋。德斯希和沙日拉中箭后凶性大发，不畏死地回身扑来。这时正有一群魔王的兵卒围住格日勒泰太吉，乱砍乱刺。格日勒泰太吉舞动手中大刀一阵猛杀，砍倒了一千人。他只顾砍杀眼前的士兵，没有防住德斯希回来复仇，被一箭射中右眼。格日勒泰太吉马上大叫一声说道：“你今天杀死我，我的子孙后代也不会放过你。即使我的子孙后代放过了你，像高山密林中的猛虎，像大海中的鲸鱼一般勇猛的南充也不会饶过你!”说完，翻身落马，气绝而亡。

南充见格日勒泰太吉阵亡了，急速冲入敌阵，刹那间追上德斯希勇士，一箭射穿了他的右肋。德斯希眼见南充追了过来，再也无心继续战斗，就急忙吹响苇草做成的军号，想收拾残兵败将逃回军营。南充岂能让他们逃走，加速冲杀过去，砍杀了十万人马。猛虎勇士也从侧面步行冲过砍杀一通，当夜幕降临时，他自觉身体极度疲倦，无力再战，只得退出来。

战场上只有南充一个人在横冲直杀，他对德斯希恨之入骨，一心想把他生擒活拿。德斯希也异常狡猾，躲到大队人马后面，驱逐人马围攻厮杀。南充闪烁着万星之光，呼啸着千条巨龙的响声，向敌军冲杀过去，敌兵成片成批地倒下。德斯希拖着千斤重的生铁棍想偷袭南充。南充察觉了他的意图，举起千环万星、通晓七十二种语言的九庹长的钢刀迎上前去。

德斯希见偷袭不成，急忙射出群箭。朝着南充发射过来。敌兵呼啸声围过来，吵吵嚷嚷要活捉南充。

这时，苏米尔之子格日勒泰斯钦向圣主启奏道："圣主，他们三位走了这么久还不见回来，让我前去接应吧！帮助他们拿回战利品！"

格斯尔可汗答应了。格日勒泰斯钦扔掉身上所有的兵器，只带了一把金钩，快马加鞭，发出千条巨龙的呼啸声冲入敌阵。他见前面有浑身浴血的人徒步向这边杀来，不知是敌是友，迎了上去。那人看见他，掉头便逃。格日勒泰斯钦认定他是敌人，想要生擒，打马追去。

这时，南充独自杀死敌百万人马，口渴难耐，来到泉水旁，身不离鞍轿弯腰喝水。突然听到身后传来急促的马蹄声，抬头一看，是格日勒泰斯钦，忙问他这是要干什么。

他说："前边有一个敌人的勇士逃跑了、我想活捉他。"

南充顺着格日勒泰斯钦指的方向望去，前面的人很像是猛虎勇士。南充也一时难以确定，高声喝道："前边那人是猛虎勇士吗?"

猛虎勇士因为整日精疲力竭，有些昏昏沉沉，听到背后有人呼其名，他转过身来，稍微清醒了些，认出是南充和格日勒泰斯钦，这才拖着沉重的脚步向这边踱来，跪倒在南充面前说："我斯杀敌人，杀得眼红，简直连敌我都快分不清了。只觉得满脸满身湿淋淋的东西乱溅，知道的认定是血，不知道的还认为是臭泥巴呢。我想过来找水喝，但是连迈步的气力也没有了。你们身边有没有什么可吃的东西，给我一点吧，我也好休息休息。"

南充取出干粮和仙丹递给他。猛虎勇士吃过之后，体力马上恢复了。这时，格日勒泰斯钦急忙说道："你二人快上马，敌人来了!"

猛虎勇士道："格日勒泰斯钦啊，你是痴还是傻呀? 难道看不见吗? 我哪里来的马啊!"

格日勒泰斯钦跳下马背将自己的坐骑挟翼枣骝神驹送给他骑。猛虎勇士道："你把坐骑给我，莫非你要步战不成?"

格日勒泰斯钦道："你刚刚恢复体力，我这匹宝马会给你不少帮助。想当年在银河畔攻打二十一头魔王拉克萨时，你的爱子毕希热勒图曾救我一命。我这次就算回报他的恩德吧。”

猛虎勇士听他这样讲，只得接过缰绳跨上马背，催马追上南充。格日勒泰斯钦随后徒步跟上。这时，恰逢猛虎勇士的坐骑铁青马迎面跑来寻找主人。格日勒泰斯钦上前捉住，跨上马背赶上南充和猛虎勇士。

三位勇士口中喷出滚滚浓烟，身上迸射出烈焰，直冲敌阵。不多会儿工夫，南充杀死二千，猛虎勇士杀死一千。一日一夜死在猛虎勇士手下的敌兵不下十万人。由于长时间的拼杀，他俩感到体力有些不支，稍稍往后退了退，把正面之敌让给了格日勒泰斯钦。

格日勒泰斯钦冲在最前面，不一会儿工夫就杀死了三万敌人。敌军的德斯希勇士见部下死伤惨重，眼都气红了，冲出阵地想要活擒格日勒泰斯钦，为部下报仇，向魔王邀功。格日勒泰斯钦见了，一边向上界佛尊天神祷告保佑，一边舞动大刀迎上前去。

格日勒泰斯钦说：“德斯希，你想活捉我吗？做梦吧！”说完用大刀砍过去。德斯希又大声喊着：“想活捉我的人是你吗？”喊着向格日勒泰斯钦发出一箭。格日勒泰斯钦轻松地躲过了那支箭。

这时，南充冲过来说：“格日勒泰斯钦，别让德斯希跑了，我们活捉他！”敌阵中的沙日拉勇士冲出阵角连发数箭，想阻住南充。这时，猛虎勇士快马加鞭，半途中磕落射向南充的箭，来到沙日拉面前与他拼打。就在这一刹那间，南充急速冲到德斯希面前，德斯希措手不及，被南充生擒。南充把德斯希的左臂紧紧捆到他腰带上，捉住他的右手横担在鞍轿上，一只手牵着德斯希的山一般高的花斑马，退出战场。

魔王的兵卒见了，心惊胆战，叫苦不迭：“德斯希勇士被擒了，我们没有希望了！”也有人为沙日拉鼓劲：“你可千万要小心，我们大家现在只能依靠你啦！”

德斯希被擒后沙日拉也成了惊弓之鸟，只想着自己如何能够逃命。这时，猛虎勇士冲过来，想一刀劈死他，胆小的沙日拉赶紧逃跑了。猛虎勇士只好再冲入敌阵冲杀。魔王的兵卒见自己的首领逃了，呼啸一声向四处逃窜。猛虎勇士只杀了一百人，愤愤然返回，与南充和格日勒泰斯钦会合。

他们三人押着德斯希，寻找格日勒泰太吉的尸体。在一株菩提树下，他们看见格日勒泰太吉的坐骑银鬃马口咬蹄尥，紧紧护住主人的尸体，不让两只乌鸦和两只饿狼靠近。这时，银鬃马认出南充，跑到他们面前垂泪说道："主人杀死了一万二千人，后来不知怎么负伤了，从我背上掉下来了。"

南充过去把格日勒泰太吉的灵魂附到一只雕鹰身上，将他的尸体装入荷包里，然后三人回到格斯尔可汗身旁。

接着，巴木苏日扎那、纳钦、哈尔查盖和珠拉四位勇士出战。他们呼啸着五条巨龙的声音，尤其是珠拉勇士头顶上显出千手观音的法相，浑身闪亮，犹如深海中的蛟龙。手中的弓箭闪烁出万丈光芒，身上的铠甲散发出耀眼的火光。胯下玉顶宝驹的四蹄踏着九色彩虹，口鼻浓烟滚滚，周身毛发迸溅出朵朵星花，具足日月神光。巴木苏日扎那冲入敌营，一阵发射火焰箭，一阵砍杀敌兵。其他三位勇士也用火焰箭射向敌兵，敌人纷纷落马，势如风吹枯叶。

珠拉一人砍死二十万人，口渴难耐，来到泉水旁喝水。这时，魔王手下号称疯魔的希古尔其斯钦看见后，骑着黑马悄悄掩来，想偷袭珠拉。珠拉发觉有人想从背后暗算自己，但他毫不在乎，仍然在那里喝水。希古尔其斯钦走近后发觉情形有些不对头，不敢贸然行动，又悄悄退回去。珠拉见他退回，翻身就向他射出一箭。

希古尔其斯钦号称疯魔勇士，珠拉的箭对他根本不起作用，他回头对珠拉说："乳臭未干的小孩子你听我讲：你应该站在那里学一学我的箭法，见识一下我的战马速度，看一看一个真正的勇士是如何杀敌立功！我认得你是格斯尔手下的南充之子。我父亲是希日曼国王，我母亲是哈日曼哈敦，我是九岁的疯魔勇士希古尔其斯钦。古人云：'不与名人贤士斗智，不同君主权贵争势。'我也无意与珠拉你争强斗胜。不过，俗话说的好：'鹦鹉爱惜羽毛，大臣珍惜名望。'你我既然狭路相逢，总不能不加讨教就失之交臂。在你上空飞过四只鸿雁，其中一只是老者，一只正当壮年，一只是母雁，另有一只是刚从蛋壳里孵出的幼雏。你若真有智慧，就猜一猜，如果你只是一个除舞刀弄棍外一无所长的莽汉，就放马过来！"

珠拉道："疯魔希古尔其斯钦你听我说。在我眼中，你与粪堆中的蛆虫、岩缝上的蝙蝠、田野里的蚱蜢没有什么两样。你站稳了，看一看我手中的兵器再发狂言不迟！你没有湖边蹦跳的青蛙大，还妄想与我争高下，岂不是想让你大好头颅白白搬家！我也让你猜一样东西，在你头上跑着一个瘸腿断臂的甲虫，还有黑如锅底的甲虫，吃屎堆粪的屎蜣螂，深夜乱窜，奇臭无比的萤火虫。你想一想它们是什么。说到萤火虫，你刚才就是见不得日月光华的萤火虫，颠三倒四，胡诌一通。我也不与你一般见识，就替你回答了吧。你说的老者，就是我的祖父察尔根老人。你所说的壮年，也是用柳树劈成摇篮，用榆木制成摇床，哺育我长大的严父南充。你说的母雕，是怀我十月，夜不安枕、日不离怀的慈母，岂能与你那妖女母亲同日而语。至于那个幼雕，无非是在指我。我实在比幼雕大不了多少，可是比起你来，我自认为强过你千百倍。你说的我已经猜过了，下边该由你猜一猜我出的题目了。"

希古尔其斯钦道："好吧。你说的瘸腿断臂的甲虫，当是比喻我死无葬身之地。所谓黑如锅底的甲虫，是指我们大王心胸狭窄，不明是非，难成大事。你说的吃屎堆粪堆的屎蜣螂，是讽喻塔斯希勇士观看别人赌赛，自己送了小命。至于什么奇臭无比的萤火虫，自然是在指我身上生来带有恶臭。这些我也不同你计较。你刚才大赞了一通自己母亲，难道我的母亲就不如你的了吗？你听我道来：每当曙光照进天窗时，紧紧抱起我哺乳的母亲；担心襁褓不能惬意，找来杉木亲手为我制摇篮的父亲；每当午日蒸烤大地之时，口称宝贝心肝轻摇羽扇的母亲；翻山取来桃木，为我做襁褓的父亲；夜幕降临冷风吹来时，唯恐我着凉生寒，抱我围坐火塘烤暖我前胸后背的父亲；日夜盼我长大，成为顶天立地的大汉的母亲。今日我已羽翼丰满，借你的首级做成我黄骠马的颈饰！"

听了他的这番话后，珠拉道："你说的这番话与吃了一升米撑饱肚皮躺在那里哼哼的猪狗叫声没什么两样！有故事中云：八年没生牛犊的花牛吃了乃仁查那河畔的青草后生下一头小牛犊。可这个牛犊不太争气，到处乱窜，终被虎狼吃掉了。我今天要像抓那小牛犊一样抓到你！"

希古尔其斯钦听后大怒。他立刻取出一支箭，暗想："我一箭射穿你的膀胱!”此时，珠拉知晓了他要射自己的小腹，暗暗提气戒备。果不出所料，箭奔向小腹。珠拉双脚踩蹬，身子上提，箭从胯下“嗖”地飞过。珠拉耻笑他道：“你不是说要取我的首级做马饰的吗，怎么放开空箭了?”

希古尔其斯钦羞愧无比。珠拉抓住这个有利时机，取箭首先瞄准马首，接着箭头一挑，箭奔向希古尔其斯钦的小腹。希古尔其斯钦只以为珠拉要射他胯下的黄骠马，一心护住马首，却万万没有料到箭会奔向自己的小腹，再想躲闪已来不及，大叫一声：“我命已到!”翻身栽下马死去了。

珠拉赶上去斩下他的首级，挂到马颈下，去寻找其他三位勇士了。这时，巴木苏日扎那杀死三万敌兵后走出敌阵来了，哈尔查盖杀了九万敌兵后也退出来，纳钦斩了一万个敌兵后也出来了，珠拉见他们在自己与希古尔其斯钦纠缠的功夫杀了这么多敌人，有些不甘心，独自闯入敌阵又杀了两万敌兵后与其他三位会合，一同回到格斯尔可汗身边。

那仁额尔德尼、青毕希热勒图、巴木希古尔扎、美男子莫尔根黑雅、红眼、萨仁额尔敦等六位勇士向格斯尔可汗请令出征。格斯尔可汗批准了他们的请求。

巴木希古尔扎为首的勇士们头顶显出五色彩虹，各种武器闪闪发光，坐骑四蹄迸射出火焰冲入敌阵中。首先巴木希古尔扎杀了一千个敌兵后，口渴而退出战场。之后红眼瞪圆一双茶碗般大的血红眼睛，张着大口，声如霹雳，一阵功夫砍了九万人，退出来。烈察布之子萨仁额尔敦催开坐骑，发出千龙呼啸般的声音，显出圣贤之相冲入敌阵。他取出通晓人意、善分敌我的信箭凌空发出。无坚不摧的信箭穿过了沙日拉的铠甲，和双肋。萨仁额尔敦又取出圣主在金河畔赐给的纯钢宝剑，冲入敌群，连人带马左右乱砍，不大工夫他杀死了一十九万二千人。凡萨仁额尔敦所经之处，岩石碎裂，树木断枝，雷声隆隆，大地震颤。萨仁额尔敦杀得兴起，一路冲杀，不久隐隐看到魔王的城堡。

这时他才发觉自己孤身深入到了敌人的纵深处，忙拨转马头往回杀来。他来到泉水旁下马喝水。魔王手下的大臣希尔米见萨仁额尔敦在万千军中如入无人之境，自己兵卒在他刀下死伤累累，存了暗算之意，一直在身后偷偷跟随。这时见到萨仁额尔敦只顾低头喝清凉的甘泉，看出机会难得，悄悄掩来，一刀拦腰砍下。

萨仁额尔敦根本没有想到这时有人会来暗算自己，他大叫一声："你今日杀死我，我父亲会找你报仇。我爷爷也饶不过你，要同样把你腰斩两截！"说完，双目圆睁而逝。一丝忠魂悠悠升上佛界。在萨仁额尔敦的剑下敌兵伤亡达一万零二千人。

希尔米杀死萨仁额尔敦之后，斩下他的首级，准备拴到自己的马脖子下。正此时，那仁额尔敦冲入敌阵以来，手提万斤生铁杵，用火焰箭射穿了希尔米后又杀死了九万人。他感到累极了，也想全身而退。可是一直没有发现萨仁额尔敦的人影，心中暗自纳闷："萨仁额尔敦到底跑哪里去了呢？是在魔王的大军中遇害了呢，还是与我错过了，已经同红眼他们会合了？"

他想，刚才在三小溪处有一个人，会不会被他杀害了呢？我用箭射穿了那个人，萨仁额尔敦根一定在那里。于是他愈加着急，哭着来到了三小溪旁。他到来时，希尔米还在那里挣扎。那仁额尔敦赶到后，举起万斤生铁杵一杵捣下，砍下希尔米的脑袋。他捧起萨仁额尔敦的头颅，把他灵魂附到一只雕鹰身上，又将他的遗体装入荷包中，出来与红眼会合，一同回到格斯尔可汗身旁。

接着美男子莫尔根黑雅杀了一千三百个敌兵，为了以后帮助阿鲁莫尔根哈一臂之力而退出来。青毕希热勒图杀了三千五百个敌兵后口渴难耐而退出来了。

之后，苏布代勇士、旦泰勇士、达兰泰斯钦勇士、赛音色格勒代和陶利勇士请命出征。得到圣者的同意后，他们五人身披五彩霞霓，发出千龙的呼啸，冲入敌群。苏布代杀死五百人后，想起日后征伐纳钦可汗时还需自己前去铲除沿途岗哨，便早早地退了出来。

色格勒代在马上连连加鞭追杀了二百人，迎头撞见魔王的大力士楚伦。达兰泰斯钦在远处见了，大叫道："色格勒代，你自管走你的，他是我的老对手了，由我来对付他！"

色格勒代听了，离开楚伦向别处杀去。达兰泰斯钦跳下马背冲向楚伦，想同这个大力士拼一拼臂力。沙日拉见达兰泰斯钦冲向楚伦，横腰里射来一箭，想阻止达兰泰斯钦。这支箭被陶利用火焰箭打落在地。达兰泰斯欲与楚伦厮打在一起。见他们几人打得热闹，色格勒代也返回身向沙日拉射出一箭。色格勒代有些性急，距离又远，这支箭虽然射中了沙日拉，并没能造成致命创伤，反而引起他凶性大发，不顾一切地冲上来，帮着楚伦打退达兰泰斯钦，双双突围而去。

色格勒代见自己一箭没能射死沙日拉，反而让他救出楚伦，气得须眉倒竖，拉开强弓又发出一箭，这支箭正中楚伦的要害。楚伦腰脊断折，心胸被穿，前冲两步后摔倒在地上。沙日拉见自己拼死救出的楚伦倒在地上眼看不能活了，只得舍下他独自逃命。恰逢陶利赶上，觑准沙日拉的右肋射中一箭，沙日拉身上带箭，更不敢有丝毫停留，惶惶然逃入敌群中。

沙日拉逃回去后对众兵卒说道："我想救楚伦，没想到去晚了一步，楚伦被他们杀了。我心想无论如何也得把他的首级带回来，竟遭到他们四五个人的联手围攻。他们手里的箭就像是三岁小孩玩的木弓、草箭一样，虽然射中无数次，但没给我造成伤害。我只想回来与你们会合，就退出来了。我看见他们割下楚伦的首级做了马饰。我们虽然不怕他们，也要多加小心。那个该死的叛逆达兰泰斯钦就在他们中间。如果我们能擒拿住他，非活活生噬他的血肉不可！"

这时，达兰泰斯钦早已策马冲进去，转瞬间杀死一千人。沙日拉知道后追上来厉声喝道："达兰泰斯钦，我今天要找你报仇雪恨！"

这时达兰泰斯钦箭囊已空了，所以他甩开沙日拉退了出来。陶利也杀死一千三百敌兵，因口渴而退回到自己的阵地。

接着，达兰泰斯钦、达拉泰乌仁、阿斯迈诺颜、荣萨、阿日衮、苏米尔等勇士提出要出征。格斯尔可汗同意了，但他又特别嘱咐道："作为人中之雕的具足火神之力的苏米尔啊！你上阵后千万不要轻敌，也不要过分恋战。你要像旋风一样冲入敌军，把敌人杀得像细砂一样粉碎，像粪土一样扬起后归来！"

于是苏米尔头顶上现出金刚本尊佛祖尊容，额头上显出摩诃嘎拉佛相，全身猛增二十五条青龙的力量。上有鲲鹏翻飞，下有五彩光环萦绕，口鼻中喷出一阵阵金刚真火。胯下的追风炭白马四蹄火星四溅，两个鼻孔烟雾腾腾，嘴里呼出彩虹，光彩夺目。为助他一臂之力，南充设起祭坛，刹那间苍龙呼啸，好似千军万马在厮杀。三十三天神也前来助阵。阿斯迈诺颜大声叫道："苏米尔，等一等，我们一同上阵!"

苏米尔头也不回，冲入敌群。荣萨等人见了说："我们也上去吧!"一齐杀进敌阵。此时，苏米尔冲入敌阵，已经杀死了一亿人马。等阿荣等人随后到时，苏米尔浴血奋战，已变成了一个血人。胯下的追风白马也变成了火红马。他所到之处，就像有一团火球在滚动。

沙日拉、沙日拉泰莫尔根勇士等见后，个个胆战心惊道："多么可怕的敌人！看他的英姿比可汗还威猛。他所经之处树断石裂，我们的人马快要被他斩尽杀绝了。看去单枪匹马，气势却胜过千军万马。我们无力与他抗衡，看来只好回去禀报可汗了!"

敌军顿时如潮水般退却。苏米尔追上沙日拉和沙日拉泰莫尔根，忙射出一箭，偏离目标，没有射中。这时，荣萨和阿日衮二人也一齐冲了进来，荣萨杀死一千人，阿日衮杀死九万敌兵。

苏米尔想活捉沙日拉和沙日拉泰莫尔根，仍然紧追不舍。眼看就要追上了，沙日拉回身急射一箭，但没有射中苏米尔。沙日拉泰莫尔根转身扑过来和沙日拉一起跟苏米尔厮打起来。苏米尔心生一计，大声喊道："圣主，赶紧射死沙日拉!"沙日拉听了，粟悚而惊，不知真假，回头望去。这时，与苏米尔正面相搏的沙日拉泰莫尔根听见苏米尔的喊声也粟然动容，不由自主地回头一望。苏米尔趁机"嗖"地拔出格斯尔送给的金柄匕首，擦身而上，一刀削断了沙日拉泰莫尔根的拇指。拇指正是沙日拉泰莫尔根灵魂之所在，他叫一声："我命休矣!"翻身倒地死去。若非苏米尔用计杀死他，沙日拉泰莫尔根身具魔王两个化身的力量，还不知要打到什么时候。

沙日拉见沙日拉泰莫尔根被苏米尔杀死，情急拼命，扑上来要替沙日拉泰莫尔根报仇。苏米尔说道："你不逃命反而冲上来，是想尝尝我的火焰箭吗？我杀你这样的废品唯恐降了我的名头，所以一直没有出手。要不，你能活到今天？你现在既然急着找死，我也只好成全你啦!"说罢，一箭射出。

此时，沙日拉闪身躲过来箭，说道："你就是苏米尔吧？你也见识一下我的箭！"箭没有射中。

苏米尔道："你就是赫赫有名的沙日拉吧？看你吓成这个样子，连箭都射不中。如果你问有谁取下你的头，那就是如猛虎般凶猛、英雄中的豪杰扎萨，将会超度你的头！"苏米尔丢下目瞪口呆的沙日拉，一路大笑着回到阿斯迈诺颜跟前。

阿斯迈诺颜见苏米尔回来，又催动坐骑红沙马冲入敌阵杀死二百人，因他那匹红沙马奔腾着不让他射箭，他只得返回苏米尔身旁。达兰泰乌仁和阿荣跨上色格勒代夺自魔王的两匹白马，冲入敌群杀死数百人后也回来了。他们五人一同回到格斯尔可汗身边。

随后由扎萨率领莫尔根答布那、布依通、具足龙王之化身的阿南达勇士、超通之子阿拉坦、浩勒赤勇士、格蒂勇士上前杀敌。

扎萨头顶现出五色彩虹，头上双鹰飞舞，发出千条巨龙的呼啸声，天神作伴，前后跟随着鹦鹉和凤凰，震动金色大地，额头显出金刚萨埵之尊容，口鼻喷出千手摩诃嘎拉之火焰，飞翅坐骑的四蹄溅出火花，每根毛发都火光闪闪，两肋金蛇飞舞，穿上火红宝铠甲，头戴红缨宝盔，挎上乌雕强弓和通晓人语的神弓，走到格斯尔可汗面前启奏道："圣主请允许我们六人前去杀敌，圣主有何吩咐？"

圣主道："临阵杀敌，随机应变，你当格外谨慎。你们出发之后，三百位先锋、大答右、小答右、大呼日格奇、小呼日格奇等要出战了。那时我也该上阵了。其他勇士也将一一出阵。你放心大胆地冲杀吧，剩下的敌人我会在你后头把他们像吹灰一样消灭掉。至于魔王贡保汗，你也不必担心，我自有办法除掉他，敌人的根基已经动摇了。但与敌斗争中你要保重自己！"

扎萨跪禀圣主道："请圣主放心。我们不是河边上飞舞的蝴蝶，中看不中用。也不像那个吃饱了肚子就自恃妄大的贡保可汗。常言道：'羔羊肉刚出锅味美可口；男子汉趁年轻建功立业。'我们去了。"

察尔根老人突然提出："圣主，我已经年老了，我想这次与扎萨一起冲入敌阵，从这个大宴上最后尝一次欢乐吧！"

格斯尔可汗道："叔父，您年事太高了，再说您已经冲过一次阵，这次就别去了。"

察尔根老人道："圣主你劝我是对的。你叔叔我是老了，身体单薄了，血液也淡了，叔叔我啃不动奶酪了，像黄马也驮不动东西了。可是我还能再活九十五岁吗？我想为圣主再效一次力，请你再给我一次参加大战的机会吧！"

珠拉听后劝着察尔根老人道："爷爷，听我的话，别去了。如果现在还要您老人家冲锋陷阵，我们做儿孙的该如何是好。有什么心愿，不是有做孙子的我们在吗？请您老人家放宽心，坐在家里等好消息吧。"听了珠拉的这番话后，圣主为首的大家都开始动容，金色大地也震动了三次。南充赶紧设坛进行煨桑，镇定了大地。此时察尔根老人道："八岁和九岁的孙儿们，听爷爷说！你们的四位长辈劝我是对的，是担心我年老之时陷入敌阵丢掉性命。我本想与我爱的四个孩子一同去冲入敌阵，与敌兵作战，争个你死我活。但四个孩子们都在劝我，我哪能不听呢！"听他这番带有伤感的话后，以圣者为首的大家及飞鸟走兽起无不动容。金色大地又震动了三次。圣者自己设坛进行煨桑，镇定了大地。

经过大家劝说，察尔根老人答应不出战了。大家这才放下心来。扎萨率领六位勇士冲向敌营去了。他大刀一挥，敌人的首级如同熟透的禾穗，撒满大地。

这时，布依通提醒扎萨道："注意！这边好像有敌兵要暗算你！"扎萨顺手一刀，敌人应声而倒。这边阿南达和阿勒坦勇士正在杀敌。浩勒赤勇士也拿出自己的武器葫芦正在杀敌。依伯通紧随扎萨左右，向前冲杀。

魔王的军队心惊胆战，沙日拉勇士与哲斯呼格热齐二人暗自商议说："我们现在是一败涂地了。我们那些残存的部下正在寻找我们。在这尘土蔽日的战场上，怎么让他们集中呢？"

他俩还没有想出一条计策，却被扎萨和阿南达发现了行踪。扎萨和阿南达钻入密林，悄悄从沙日拉和哲斯呼格热齐身后偷袭过来，扎萨射了哲斯呼格热齐一支箭，阿南达瞄准沙日拉射了一箭，都没有射中。

沙日拉勇士和哲斯呼格热齐慌忙道："哎呀！这是从哪儿射来的箭？"

说着回头一看，发现是扎萨和阿南达二人射来的。于是他俩谈论道："啊！原来是该死的扎萨来了，龙王的娇女阿鲁莫尔根的那个蛤蜊侄子也到了！哲斯呼格热齐，快射，你我二人快完啦！大可汗你听信达兰泰斯钦和达兰泰乌仁的谗言，就要尝到格斯尔钢刀的滋味了！你口口声声'姑母'叫得甜，就要品尝阿南达箭矢的滋味了！大可汗啊！你把乎和泰斯钦说得聪明过人，把他捧上了天，今天就要尝到信箭的滋味啦！你不听特斯希、德斯希、希勒泰、希古尔其斯钦、嘎如孙扎浩斯、希尔米、胡希古齐莫尔根、尼斯胡博克、塔拉拜博克、阿格如莫尔根、哈萨克勇士、刊苏克莫尔根、塔鲁莫尔根、阿尔哈木吉莫尔根、哈萨格勇士等人的话，现在您只能搔一搔长满疥癣的脑壳，任凭格斯尔的三十位勇士恣意宰割了。他们将剥下您的人皮，制成装铠甲的口袋。您毕生搜刮的财宝，会被格斯尔一把火烧光。当时推崇他为魔王的人真是瞎了眼，但愿他今天也得到同样报应。达兰泰斯钦、达兰泰乌仁，你们欺骗了我们，我们的子孙后代也不会饶过你们，定要在你们身上讨还血债！真是罪孽深重之人啊！世上可能没有谁会比我们的可汗更愚蠢的了。仇敌格斯尔与阿鲁莫尔根来到他面前，他还口口声声认作是自己的姑母和养子。想起这些真让人恨不得回去一刀砍了那个糊涂蛋！"

说罢，沙日拉取箭向扎萨射了一箭，哲斯呼格热齐射了阿南达一箭，都没有射中。扎萨立即回敬了一箭，射断了沙日拉的右腿。他倒下去后又向扎萨射来一箭，扎萨躲过来箭，冷冷笑道："沙日拉，我看你今天还往哪里逃?"扎萨说着连发两箭，两支箭全部插入沙日拉的两只眼睛。

这时，阿南达也一箭射断了哲斯呼格热齐的右臂。哲斯呼格热齐丧失抵抗力倒在地上。他旁边的沙日拉血流满面，摸索着往前爬。于是扎萨和阿南达扑上去活捉了沙日拉和哲斯呼格热齐二人。阿南达一刀砍下了哲斯呼格热齐的首级。扎萨用刀砍沙日拉，他毫不在乎，和扎萨厮打起来。扎萨心中纳闷："我原以为他的灵魂就在他的双目中。现在已射瞎了他的两只眼睛，可他不死，还在继续爬。"

这时，伯依通过来向他心窝射了一箭。箭像射在铁板上，被反弹在地上。超通之子阿勒坦问他："说，你的灵魂藏在什么地方?"说着向他小腹射去一箭，也没能射死。扎萨上前提起沙日拉问他时，他说："你尽管用刑吧，总有一天你们也走上这条路！有本事你们就射死我，总有一天我的子孙后代会找你们报仇的！"

扎萨大刀一挥，沙日拉的双臂齐肩而断。沙日拉再也站不稳，摔倒在地，但他口中仍然骂声不绝。扎萨心中也暗暗佩服他的骨气，遂把通晓人语的宝剑往他身上抛去，宝剑把他两个耳朵割下来了。他看到自己要害处被斩，大骂道："扎萨、阿南达、伯依通、阿勒坦，你们父亲的头，母亲的脑袋！你们也只能杀死我。你们别太得意了！格斯尔就是把全部落百岁老头到三岁幼童全部召来，也伤害不到我们可汗一根毫毛的。"这样沙日拉大叫一声死亡了。

这时，格斯尔可汗用大麦喂了三遍枣骝神驹，又让它吃过糖果点心、圣食甘露，自己全身披挂，纵身跃上马背。他又设坛，向佛祖释迦牟尼、父皇帝释天、娜布莎胡日扎祖母、挚友三天神、长兄阿敏萨黑奇、弟弟特古斯朝克图、三位神姐、让他下凡托生的毛阿固实唐布卜神、贡吉德山神、父亲桑伦、母亲阿木尔珠拉、三十位勇士、三百位先锋，以及理想敖包、红岩白岩、甘珠尔、丹珠尔经文、乌金、宫殿、弓弦箭杆、策策格图塔拉（百花滩）、圣三月湖、金塔、敖都斯江、麻雀峡、恩格热胡召、观音庙、白塔拉、察尔察嘎那河、金银图布齐河、乃仁查那江、北海仁图山、吾鲁海仁图塔拉、锡莱高勒希里都敖包、白山、呼图克白山、金山、三阿贵、释迦牟尼佛祖、玛哈萨陀、希拉塔拉……一一祷告，献上了酿制为九色的奶酒，这些供品落到了娜布莎胡日扎祖母面前的神案上。祖母接过尝了尝，芳香甘甜，不觉多吃了几口，还微有醉意。格斯尔可汗自己也从供品中尝了尝，继续祷告道："为了消灭落日之处、红顶山外、乌拉哈河畔的魔王贡保汗，我率领三十位勇士、三百位先锋来到这里。过去，我凭仗佛尊天神的保佑，铲除了金、银河畔的二十一头魔王拉克萨，娶了赛罕奇哈敦所生之女赛乎丽高娃。今日，我再次设坛献祭，望保佑我除掉魔王贡保可汗！"

格斯尔可汗献上的奶酒借风力落到了佛祖释迦牟尼面前的佛案上。佛祖拨开云头往下观看，认得是威勒布图格奇在向自己祷告，佛心大悦，将那些祭品分散给了众佛道："既然是威勒布图格奇所献，这些祭品就不该由我一人独享。"

佛祖把剩余的祭品送给帝释天。帝释天接到之后，明白了佛祖的用意，将祭品分给了娜布莎胡日扎祖母、挚友三天神、三位神姐、阿敏萨黑奇和特古斯朝克图等人。大家怀着悲悯之心分尝了祭品。

娜布莎胡日扎祖母唤过三位神姐，对她们说道："你们下凡去，告诉威勒布图格奇，就说在同魔王贡保可汗厮杀时不必惊慌，要格外谨慎，面对凶残的敌人，自己要机智应变，尽量发挥自己的本领和神通。三位神姐不能现身杀敌，也无法帮你多少忙。魔王骑一匹黑马，事急时可以杀来充饥。魔王平日里喜欢从高山绝壑、岩缝石洞中采集昆虫果腹，所以特别污浊肮脏。我们一心向佛，胸心澄明如蔚蓝的天空，所以对那种污秽之地只能眼睁睁地看着，无法上前助他。三位神姐、阿敏萨黑格奇、特古斯朝克图也都一样。所以要他自己格外谨慎。另外，你们再告诉他，要他去时如一阵旋风，回来时学下山猛虎、攫食雕鹰！"接着，娜布莎胡日扎祖母祝福道："愿十方三世佛尊保佑！愿上界虚空供神尊者保佑！愿中界龙王供神尊者保佑！愿下界大地供神尊者保佑！当你决心夺取敌人性命时，愿供神尊者为你增添力量！当你冲锋陷阵杀入敌群时，愿三位神姐位不离你身旁！当你黑夜行军时，愿水火二宝为你照亮！愿你登山时座粘牢固！下坡时攀胸坚固，平原上肚带结实！丘赛中鞍轿稳固！愿枣骝神驹肋生双翼！愿三十位勇士为你猛虎添翼！"娜布莎胡日扎祖母祝福完后又取出圣食灵丹、糖果点心及降魔如意宝递给三位神姐，要她们当面交给格斯尔可汗。

三位神姐离开天宫，降下凡尘。格斯尔可汗在马上认出了神姐，对三十位勇士说道："三位神姐这趟降凡心情欢快，对我们镇压魔王贡保可汗大有帮助啊！"

三十位勇士听了，无不欢欣鼓舞。眨眼间，三位神姐来到他们面前。她们向格斯尔可汗转达了佛祖释迦牟尼的法谕和霍尔穆斯塔腾格里和娜布莎胡日扎祖母、挚友三天神的旨意，把带来的宝物交给格斯尔可汗之后，化身杜鹃鸟飞回天宫去了。

格斯尔可汗把三十位勇士安排到两侧，向敌人阵地冲过去。格斯尔可汗途中煨桑时，从他的头顶上出现千手狮头菩萨的法相，额头上显出千手摩诃嘎拉佛相。空中千条巨龙呼啸，万只鲲鹏飞舞。他金口喷吐神火，身披九彩虹，周身上下放射出金刚火焰。在他前后左右相随着无数神探神明。胯下枣骝神驹蹄下烈火腾腾，两个鼻孔浓烟滚滚，全身毫毛火光闪烁。圣主像斑斓猛虎一样，放开枣骝神驹的缰绳；三十位勇士像飞鸟的两只翅膀一样左右相跟，威风凛凛地向敌人阵地冲过去。犹如千条巨龙在空中腾飞，急促的马蹄声响彻大地。

他们来到一棵菩提树下，看见阿勒泰斯钦、阿勒泰勇士和希迪三人像一团火，在前边陷阵杀敌。在他们前头，有扎萨、伯依通、阿南达、希迪、阿勒坦和浩勒赤等人正在进攻。

当格斯尔可汗来到阿勒坦身旁时，扎萨还在前边挥动精钢大刀冲杀敌人。浩勒赤也取出宝葫芦，放出一股大火，把敌人烧得焦头烂额。

看见圣主驾到，扎萨、伯依通迎上前去叩见格斯尔可汗，并由扎萨向圣主详细汇报了交战情况。格斯尔可汗听罢，心中大喜，说道："扎萨，你辛苦了。你快喘口气休息吧。"扎萨道："我还要同圣主一起降伏魔王!"

格斯尔可汗答应了他的要求，并问他前边有没有敌人的军队了。扎萨跪奏道："大批敌兵已被杀光，小部分敌人也被斩尽了。在我们交过战的地方或许还有零星漏网之敌，请圣主亲自前往察看。"于是格斯尔可汗决定亲自到战场上看一看。这时，苏米尔之子格日勒泰斯钦上前启奏道："金黄的杨柳之所以枝叶茂盛，因其扎根于土壤之中，魔王虽然实力雄厚，但我圣主神通广大，岂能亚于他。依我之见，圣主不必急着去杀残敌，应奔魔王本部。前几次冲杀，敌人的鲜血已经染红了坐骑的四蹄，他们还能有多少军队？我们向那棵高大的杨树出发吧。我们三十位勇士随着圣主再杀他个痛快!"

格斯尔可汗同意格热勒泰斯钦的意见，率领三十位勇士直奔魔王的城堡。魔王知道自己的军队被全杀光，估计格斯尔可汗还会来跟自己拼命，便紧闭城门，坐在家中痛恨不已。

格斯尔可汗来到城门下，发出一声闪电惊雷，一时间隆隆响声不止，就像是青龙狂吟。魔王贡保汗闻听响声，心惊胆战，跳上山一般高大的花斑马，来到城门下。他叮嘱守城兵卒道：“我现在出城迎战，你们要格外留神。我回来时要化身鸿鹏，你们见到鸿鹏，要赶快给我开门。我身后可能会有一只花喜鹊紧随而来，你们用金棍把它赶走，千万别让它进城。谁如果放进喜鹊，我绝不会饶过他。我要口喷寒风，与尼苏海角如大干一场。如果胜了，我会高喊三声‘苏格、苏格’，如果败了，我会空喊三声跑回来。”

那魔王打开城门，口中呼呼地吹着寒风，喷出一股股浓烟，来到格斯尔可汗面前，变成了一棵杈杈丫丫的大树。格斯尔可汗认出来那棵树是贡保可汗的化身，便对三十位勇士说道：“你们各自留心，我去对付这棵大树!”

格斯尔可汗来到大树跟前说：“好大一棵树！多凉快的树荫啊!”说着坐到树荫下。三十位勇士也陆陆续续来到树底下。这时，格斯尔可汗取出金钢板斧要砍那棵树。大树像人一样大喊起来。

格斯尔可汗道：“我直夸这棵树的树荫好，它怎么突然像人一样喊出声来了？你们注意，它说不定还会变成人呢!”格斯尔可汗边说边砍，果然大树摇身变回魔王原身，与格斯尔可汗厮打。两个人势均力敌，谁也胜不了谁。扎萨在一旁见了，取出火焰箭往魔王的右肋射了一箭，那魔王全不当一回事，张开大口想把格斯尔吞下去。格斯尔心生一计，对扎萨说道：“扎萨，你快去魔王的城堡，把他埋好的灵魂挖出来。他的灵魂装在一个黑石匣里，黑石匣里是白石匣，白石匣里是青石匣，最后是黄石匣。石匣用五彩丝绦紧紧包扎着，你过去把它取来。现在多说无用，你到那里见到麟角蛇、母白鼠自然会明白!”说完，挥动鬼灵金刚宝剑向魔王砍去。

魔王听到格斯尔要让扎萨去盗自己的灵魂，感到害怕，他赶紧变成鸿鹏，空喊三声向城里逃去。格斯尔可汗见魔王败阵而逃，连射几支火焰箭。扎萨也射出几支箭。格斯尔可汗见魔王变成鸿鹏逃进城里，他也变成鸿鹏一同飞入城内。

魔王变回原身走进自己的居室。格斯尔变的鸿鹏落到魔王房子东边的一棵菩提树上，并打开随身携带的荷包，取出各种珍宝，让它们变成了千军万马。

魔王刚刚回到屋里喘息未定，便发现了城堡中的这些人马。他惊慌失措地说道："难道是格斯尔的人马混进城里啦?"魔王口中喷着火焰，要找格斯尔拼命。这时，珍宝变成的人马越城向西退去。魔王紧追不舍那些退去的人马，向城西追去。

格斯尔可汗见魔王走了，从菩提树上下来变回原身，在魔王的家中放了一把火。鬼王的所有宝藏全化为灰烬。格斯尔可汗前去挖出魔王的灵魂，在洞中架起了大火。魔王跑去追赶那些人马，可是前边那些人马化作一道彩虹升上天空。

魔王道："哎，我又徒劳无功地白跑了一阵，达兰泰斯钦和达兰泰乌仁骗得我好苦，当时我为什么没有听特斯希和德斯希二人的劝告!"魔王后悔不已，只得返回城堡。这时他发现城内浓烟滚滚，大吃一惊："哎呀，哪儿来的火？可千万别把我的灵魂烧坏了!"

魔王刚刚跑回城里，格斯尔又变成鸿鹏落在菩提树上，施展神通又变出千军万马。魔王见了，以为这些军队就是格斯尔的军队，去追杀他们，可那些人马又变成彩虹飞上了天空。魔王气愤地自言自语道："难道格斯尔军队就是这样？来无影去无踪，离得较近他们就变成彩虹，这仗可教我怎么打呀!"

魔王呆呆地怔在那里。突然想起城堡中浓烟滚滚有大火，顿时热汗淋漓："这是从哪里来的大火？急忙去救火吧，一切珍宝财物全被烧光了。哎呀，你说这是哪里来的灾祸？这是天火还是格斯尔放的大火？哎，灾难老是离不开我，我怎样才能摆脱这些苦难！……啊，灵魂，别把我的灵魂烧了!"他说着急忙去看自己的灵魂是否被烧掉了。他来到隐藏灵魂地方，只见地上有一个深坑，坑里密密麻麻爬满了黄蚂蚁。魔王只觉得脑袋嗡的一声，向后摔倒了。格斯尔可汗见了，从菩提树上射出一支箭，射穿了魔王的右肋。这时，魔王悲伤地说道："是哪个该死的魔鬼拿走了我的灵魂？这事情多奇怪呀，我想一定是那个格斯尔可汗，别人不会来侵犯我的。如果知道这个，我为什么离开这里呢？拿走我的灵魂的一定是格斯尔。我要到城外和他拼个你死我活！”

魔王越想越窝火，化身鸿鹏就向城外飞去。这时，扎萨、苏米尔、伯依通等三十位勇士估计魔王吃了败仗会出城逃命，早已抽弓搭箭严阵以待。果不出所料，魔王带着嗖嗖的寒风，呼啸声震撼着大地，向他们跑来。不等其他勇士放箭，珠拉把自己的坐骑变成枣骝神驹，自己变成格斯尔一样的红脸大汉，迎头射出一支火焰箭。魔王心惊胆战，又往城里退回去了，他想：“这位射手就是格斯尔可汗啦。他在城外，那么是哪一个妖怪盗走了我的灵魂了呢？难道是我的兵卒拿走啦？我要把他们都宰了！”

这时候，格斯尔可汗变回红脸大汉本相，挎上了箭，骑着枣骝神驹到野外狩猎野兔去了。魔王化作一头玉顶公牛往东边走去。格斯尔可汗认出这头公牛为魔王所变，自己变一个八岁小童，跟在公牛后边追去。公牛见有一小童紧跟在身后，回身想把他吞下去。小童与公牛厮打起来。他暗暗向佛尊祈祷，右脚踩在大湖畔，左脚踏住雪山顶峰，变成一个紫脸大汉，与魔王滚滚翻翻展开了一场大搏斗。格日勒泰斯钦和南充赶来，每人射出一支箭之后，跳下马背同魔王厮打起来。这时，扎萨赶来一箭射穿了魔王的两只眼睛。

魔王双目血肉模糊，失去视力，拨马遁去。阿斯迈诺颜催动坐骑铁青马追赶上来，一箭命中魔王右肋。魔王不管不顾，还在逃命。毕希热勒图截住他后，射中其胸腹。接着红眼又射出一箭。魔王继续逃命。猛虎勇士和烈察布见了，弃弓不用，跳下马与魔王徒手相搏。

魔王虽然双眼瞎了，与猛虎勇士和烈察布搏斗，双方仍不分胜负。这时，格斯尔变回原身赶来，一把抓住魔王的锁骨，摔倒在地上，踏上一步踩住道：“说，快说，你的灵魂咒语是什么？”

魔王道：“你使我全军覆没，还想要我告诉你咒语吗？简直白日做梦！我不是贪生怕死的胆小鬼，要杀要剐随你便！哼，你如果知道了咒语，可能要杀死我，如果你不知道咒语，我还能活在这个世界上。告诉你吧，胜负尚未分晓！”

格斯尔可汗见他至死不悟，心中愈加愤恨，取出装灵魂的石匣扔进大火中，口中念“古如，古如，苏哈！”咒语，黑石匣自动打开了，每念一遍，开一层石匣，念到第五遍时，最里边的黄石匣也自动地打开了，里边是一个小盒子。他把火加大起来烧，那小盒也自动地打开了，里头包扎的五色丝绦也自动解开了。从盒中飞出来一只毒蜂扑向格斯尔。格斯尔掏出金银套索想把它杀死，那毒蜂还要挣扎，这时格斯尔取出墨羽鸟的乳汁和墨羽雏鸟的泪水，洒在灵魂盒里。毒蜂、蜘蛛、金蝇、母鼠和金蛇等全部中毒而死。小盒里只剩下了金银两只蜻蜓，但也身中剧毒，奄奄一息了。魔王的灵魂基本全被歼灭。魔王自忖难逃大劫，破口大骂道："总有一天，你也会和我一样被人砍死，你的勇士也和我一样遭受百般凌辱折磨。你怀抱中的五六个王妃迟早会被人抢去！我虽然不能亲手杀死你，我的后代子孙绝不会放过你！我悔不该不听德斯希和特斯希二人的忠告，我这个糊涂蛋轻信了达兰泰斯钦和达兰泰乌仁的谎言。我诅咒他俩的脑袋被万人砍剐，诅咒你这个格斯尔让众人千刀万剐吧！"

魔王越骂越恨，格斯尔越听越火，正想放出艾鼬来咬死他时，却发现从魔王的鼻孔里又钻出来一条金蛇。原来魔王如此痛骂，意在拖延时间。格斯尔可汗也不敢耽搁，祭起乌金煤炭，顿时大火熊熊燃烧，把魔王的所有神通全烧光，魔王被大火烧得奄奄一息了。这时，空中传来三位神姐的声音："角如，你还等什么呀？还不把那罪孽深重的魔王赶快杀掉，时间久了，他的命就要更加牢固了。你必须赶快把他除掉！"说完，三位神姐飞回天宫去了。

十方圣主格斯尔可汗终于除掉了魔王贡保汗。圣主和三十位勇士一起返回故乡，永享幸福快乐的生活。

第十三章　镇压北方杭盖哈尔古纳山谷的纳钦可汗

根除十恶之源的十方圣主格斯尔可汗率领三十位勇士、三百位先锋来到日落方向、红顶山外的乌拉嘎纳河畔，杀死了长有四十八只犄角、一十八颗头颅的有一千五百种变化的魔王贡保可汗。格斯尔可汗与阿鲁莫尔根、却玛苏高娃、茹格慕高娃、钟哈达理高娃哈敦一同用计谋焚毁了魔王一百六十层高的城堡，屠尽了他无数军队，掳来了数不清的百姓和牲畜，夺回了被魔王掳去的以达兰泰斯钦和达兰泰乌仁为首的十三个部落。他杀死了特斯希和德斯希勇士，接收了魔王的国土，使红顶山外的大片领土成为自己的地方。

完成这一切后，威武的格斯尔可汗率领三十位勇士，返回自己的部落。他祭祀了寿禄大白山、阿勒坦山、黄金宝塔、策策格图塔拉（白花滩）、宝贵的黄河、赤崖、察察尔嘎那河、金银河滩以及《甘珠尔》和《丹珠尔》两大经文、所有乌金、如意宝之后，见了六位尊贵的哈敦。还修筑了雪白的宫殿。殿中金柱凌空托起天窗，锦丝绸缎做了四壁的拉绳，把一切重新进行了一番治理和修整。

然后，格斯尔可汗与僧格斯鲁可汗的女儿茹慕高娃哈敦住到一起。在菩提树下为阿鲁莫尔根哈敦建了一座宫殿；在莲花湖畔为玛伯颜之女阿日鲁高娃哈敦建了行宫；在赤崖旁为却玛荪高娃哈敦、在白塔旁边为固娜高娃哈敦、在观音禅院旁为赛乎丽高娃哈敦分别修建了行宫。

过去，这里都是一些荒凉的戈壁山川。自他们住进之后，阳光普照，玉石般的社稷更加稳定坚固，众生过上了幸福安宁的生活。严寒的大地变得温暖，多风沙的地方细雨绵绵，干旱的草原处处泉涌。遍地莲花盛开，处处鹦鹉鸣啼。

这样，格斯尔可汗为首的大家摆下乳海般的宴席。此时，北方的杭盖哈尔古纳山谷中住有一位纳钦国王。他为自己身旁没有一位美丽的哈敦而深感遗憾。这一天，他请来自己的四十四蒙古部落、五十二户、一百零八大臣、外八部落、五亿三百万军队、三百位贤臣，摆下乳海般丰盛的酒宴。席间，纳钦国王开口说道：“俗话说，一个好汉要娶十个妻子，一个好女子要有十颗菩提心。一位可汗要娶三十三位哈敦，一个好哈敦要有一颗真诚的心。三十万贤臣，你们能明白这个道理吗?”听了纳钦可汗的这番话后，大臣吉苏泰斯钦道：“大可汗，请听我说。生一个好男儿，他从降生之日起就欠下自己兄长两份情，欠姐姐一份情，欠胞胎一份半情，欠胞妹一份情。只有把这些情分全部回报了，才能算得上是一个好男儿。但是，有两份情是永远无法回报的，那是欠自己像佛尊一样的父亲的恩情。对于母亲，一个人最多只能回报十分之一的情分。其余九份，他也是无法回报的，兄长的两份之中，你也只能还一份，想要还另一份，那是办不到的。应该说，父亲就像是佛尊，母亲就像圣母，兄长好比转世活佛。对于弟弟，只能还他一日情分，无法还他一年情谊。对于妹妹，也只是还一时情分而无法还三月情分。对于一个人来讲，弟弟如同僧侣好友，妹妹如同圣洁莲花和日月之光。一个贤明的可汗，在他周围每天会簇拥着千百个贤臣，有漫山遍野的牲畜，有贤惠聪明的十名哈敦服侍。他慈悲的胸怀宛如海洋，能宽容一切；他的恩德如同日月，能泽润大地，他能以十大菩提心引导众生。一个忠臣，他奔走于可汗前后，刚直不阿，誓死不二，以自己的善行感召坏人，以自己的行为书写大名。凡奸臣，不为可汗尽忠，恃才凌人，颠倒是非，混淆黑白，无事生非，欺压众人。凡昏君，无能治理国家，被人夺去社稷，座前无一谏臣。虽有满山遍野的牲畜，堆积如山的财宝，一场天火就会焚烧殆尽。这类可汗没有丝毫慈悲之心，却满怀残暴之意。一个狐媚惑君的哈敦，她会把一丝慈悲之念抛入深坑，对他人的东西贪得无厌，没有一丝一毫向善之心，最终落得一场虚空。我听说，十方圣主格斯尔可汗是奉天命而降生人间的。他有五六位仙女化身的哈敦。希日古勒可汗有三个女儿，其中第二个女儿是玛哈玛亚格日勒泰哈敦所生。其他两个女儿辨不清黑豆、白豆，至今还趴在地上数豆子玩。东方圣主成吉思汗宫中生了一个闭月羞花的女儿。当年，摩诃萨埵太子舍身饲虎的宝塔旁有一个唐古特部。唐古特部的希都尔古可汗有一位哈敦名叫古尔布勒金高娃。西方大海岸、须弥山外有一个萨仁国。萨仁国的南迪可汗有一个精通仙术的女儿，名叫萨都娃。虽有这么美丽的女子，你却一个也不能娶。可汗，请您不要大动干戈，兵刃相见，对我们没什么好处。可汗身旁不是有一位美丽贤淑的哈敦吗？您和哈敦所生的奈古莱高娃不是以她的美丽在异国他乡名声大震吗？您的声望，哈敦和公主的美丽，在他邦早已如日中天。我们千万不能为了掳夺他的东西，反而让自己的哈敦和公主让人抢走了。那格斯尔可汗的哈敦虽然个个是仙女化身的人间绝色，但他有从上界带来的三十位勇士、三百位先锋，自己也是披着人皮降生人间的天神。据说他出生时右目怒瞪，左目微合，右手高举，左手紧攥，右腿蹬直，左腿微收，紧咬四十五颗牙齿，洞晓人间的祸福命运。可汗，您千万不能打他怀抱中哈敦的主意!”

纳钦可汗听了吉苏泰斯钦的话后怒道:“我不听你这些大道理。我要去杀死格斯尔可汗，抢来他的哈敦。他有三十勇士，我有千万个士兵。你说他势力强大，我也有千般变化。没有什么了不起的，你不必担心。男子汉好在一言为定，骏马好在一鞭驰骋。我已夸下海口，难道你让我食言变成女流之辈吗?男子汉有腰折之时，铁城也有轰鸣之时，骏马有失蹄之时，女人有哀伤之时。我不怕自己的五尺之躯葬身荒野，也不担心亿万大军会被屠尽。我所忧虑的是无所事事，终老病床。趁现在年富力强，我要与他轰轰烈烈大战一场!”

纳钦可汗不听劝告，向三十万部的臣民发出了敕诏御旨。齐达克格尔苏莫尔根之子八岁的欣迪勇士接到御旨后过来叩见可汗道:“俗话说:‘两位可汗争夺社稷，两个庶民争夺名利。’可汗出兵天经地义。我愿做先锋，探听虚实。如果能够遇到格斯尔，我要同他拼死一战!”

纳钦国王非常赞赏欣迪的勇气，立即前往派兵点将。他的军队人马无数。纳钦可汗下令道:“众军听清!你们赶快回家中，迅速整修兵器。凡十三岁以上者都要出征!”

听了可汗的这番话后吉苏泰斯钦又向前跪禀道:“可汗，我们带那么多小娃有什么用?如果按大王的旨意组成军队，格斯尔的三十勇士见了，定会嘲讽我们是娃娃兵，毫无顾忌地冲杀过来。格斯尔如果再乘机带兵侵犯我们的国家，我们肯定无法及时赶回来。那时我们是保护您，保护孩子，还是保护我们自己?请大汗多想一想，收回成命。如果就这样出兵，敌人肯定认为我们兵源不足，还会讥笑您。与其让别人奚落凌辱，不如我们自己冲锋陷阵!”于是，纳钦可汗采纳了吉苏泰斯钦的意见，不再要十三岁儿童出征，让他们回各自的家。

十方圣主格斯尔可汗知晓了纳钦可汗起兵前来进犯的消息，向三十位勇士发出了金字诏书。三十位勇士得到诏文书后即刻前来，像鸟的羽翼一样集合在圣主面前。像行走于高山之巅的黑斑虎、畅游于大海深处的鲸鱼般的扎萨率领三十位勇士和三百位先锋跪禀道:“圣主让我们过来有什么急事吗?”

圣主道："听说，在北方的杭盖哈尔古纳山谷有一金钱豹。我想带领大家前去围猎。在那山谷上空有巨龙飞舞，地上河水沸腾，须弥山上风沙吹动，松、杉、柏树枝叶随风摇曳。"

苏米尔的三岁儿子格日勒泰斯钦上前跪奏道："请大家听我说。圣主所言北方的蛮荒之地是指风雪酷寒的地方。杭盖哈尔古纳山谷是指距此二十一年路程的一道密林古道。金钱豹是指纳钦可汗。巨龙飞舞是指他的五亿三百万军队，要前来侵犯我们。流淌的河水沸腾是指齐达克格尔苏莫尔根之子八岁的欣迪勇士。松、杉、柏树枝叶摇曳是指纳钦可汗垂涎圣主身旁的五六位仙子。弥须山是指我们这些来自天界的三十位勇士和三百位先锋及大军人马。风沙吹动是指纳钦可汗将要被我们消灭。虽然这样，我们有圣主在，还怕他们来吗？别人可能会惧他纳钦可汗，我们三十位勇士却丝毫不把他放在眼里。谁是勇士？谁是懦夫？我们三十位勇士就在这里！"说完，格日勒泰斯钦哈哈大笑，从他头顶上升起一道五色彩虹，他请求道："我想与那个叫欣迪的勇士拼个死活！为什么看着不动手呢?"格尔斯可汗和众勇士见格日勒泰斯钦豪气十足，皆称赞他。格尔斯可汗说道："格日勒泰斯钦，你先别急。我们需要仔细商讨对策，任何时候都不能轻敌，那样，我们说不准就会吃亏后悔。凡事斟酌，有益无害。我们不能因为纳钦可汗派了小孩欣迪，就把他视为手臂像蚂蚱，头颅像麻雀，生命像细线，不堪一击。"

这时，三位神姐化身杜鹃鸟从空中飞来，向格斯尔可汗转述了佛祖释迦牟尼、霍尔穆斯塔腾格里、娜布莎胡日扎祖母和挚友三天神的谕令，说道："对你铲除魔王贡保可汗，掳来他的所有财宝，扶助贫弱孤苦，上界非常满意。但是，当年你出征金、银二河流域时，曾命你不可多加耽搁。而你不听话，竟在那里一住就是二十一年。今后你一定要多加注意才是，绝不可以傲慢自恃。据说，在北方有一个纳钦可汗，他有一千种变化，有五亿三百万军队。纳钦可汗手下的勇士欣迪是过去安都拉玛可汗手下阿尔盖、萨尔盖二勇士的衣钵传人，是一个劲敌。他常常变为花斑大蟒，手下也有三十位勇士。那里距此有二十一年路程，有哈尔古纳山、密林古道、荆棘洞、一座神灵宝塔、一眼净洁盐池和三眼宝泉。敌人就要来侵犯了，你要尽快迎上前去。常言说道：‘君王为了江山拼命，贤臣为了报主效忠。’你是为了把赡部洲建设得更美好而降生凡尘的。你要爱护随你下凡的三十位勇士，他们是为助你一臂之力才降生人间的。三位神姐我们会化身杜鹃鸟，紧随在你身后，你的一千五百种神通、千条巨龙的力量会使你变得无敌天下。当你去讨伐纳钦可汗时，你的兄长扎萨之孙、烈察布之子萨仁额尔敦侄子会为你效力尽忠。但愿你诸事遂心如愿！但愿金钱豹早日被你们消灭！上届佛尊天神会如彩虹般相随在你身边。现在我们为你祝福：当你前往时，愿上界诸神保佑你！当你出征北方时，愿观音菩萨保佑你！当你出征东方时，愿各界菩萨保佑你！当你出征南方时，愿莲花生大师保佑你！当你出征西方时，愿四海龙王保佑你！当你出征中央时，愿释迦佛祖保佑你！愿十方诸神不离头顶，时时刻刻维护你！”

格斯尔可汗上前跪着说道：“我不会忘记佛祖和天神们的教诲，对于三位神姐的恩德，我将永世不忘。我将不辞辛劳，为万千众生造福！”格斯尔向上界佛祖和天神们行了三叩九拜之礼，向三位神姐也行了三叩九拜之礼。三十位勇士也过来依次行了三叩九拜之大礼。之后，三位神姐化身杜鹃鸟返回天宫。

格斯尔可汗说道：“你们分头出发，前去察看纳钦可汗的岗哨分布情况。如遇到少数敌兵，就地消灭掉。纳钦可汗的岗哨大致有一千人马，有两只猛虎，两条蟒蛇，再过去有两只乌鸦。来往之人都躲不过这两只乌鸦的耳目，它会立即去向纳钦可汗报告。再往前走，放哨的人叫丹迪。每当有生人出入，他都会变成雕鹰回去报信。丹迪勇士之后有一棵神树，它能变成人形。不分春夏秋冬，纳钦可汗都会来祭祀神树。如果时间久了不加祭祀，他的梦境就会变得模糊，而且，如有生人过来玷污了神树，他就浑身酸痛卧床三月。过神树之后，有三只蜣螂。每当生人经过，它们会自行脱落头上的触角，跑到纳钦可汗面前连点三次头。蜣螂后边由善迪的父亲齐达克格尔苏莫尔根守卫。这个人刀法凌厉，骁勇无敌。再过去由刀剑不入的萨由嘎敦勇士守护。再往前的事就由我去对付。你们的任务是解决这边的岗哨。”

扎萨前来跪奏道：“我们大家在一起，就如同琴之弦、竹之节一样紧密。三十四坐骑在一起，就如同飞鸟的双翼。只要我们大家在，敌人胆敢侵犯，那是他们自讨苦吃。我们什么也不怕。我们只要跟着圣主，哪怕赡部洲出现千千万万个妖魔鬼怪，也禁不住我们扫荡。我们在圣主马前鞍后拼死效力，说到底，对我们自身也大有益处，因为上界的佛尊天神时刻都会来保佑我们。纳钦可汗虽有一千种变化，圣主您不是有一千五百种神通吗？哪一点少于他呢？只要您率领我们冲杀，我们就能活捉纳钦可汗。俗话说：‘大丈夫为君主尽忠，男孩子为父母尽孝，女人为丈夫守贞。’我们三十位勇士降生尘世，就是为圣主您效劳的。而且我们的妻室也都是为了向仙女化身的哈敦们效力而下凡的。‘男子汉要趁年轻杀敌立功，羔羊肉要趁热吃方显香嫩，女人家要贤惠识体坚守贞操。宝马良驹贵在初次调训，贤人达士全靠恩师教训。’我们能有今天的成就，全靠圣主的洪福。我们不是不认亲疏的锉，不识好歹的狗，更不是不顾骨肉情分的超通叔父。我们大家一齐出征杀完敌人回来。”

圣主听后道：“扎萨，你说的有道理。但是我们现在还不能全体出征。这样吧，大家抽签决定，抽着谁就由谁出战吧！”三十位勇士听后都赞成这种方式。以圣主为首，大家开始制金签，交给了六位哈敦。

哈敦道：“我们现在就开始抽签，抽到谁的签，就谁先出战，别有意见，我们不用多费唇舌。我们的三十位勇士一定像鹰隼般冲入敌群，消灭敌兵凯旋！”抽签之前，格斯尔可汗设坛祷告，向上界佛祖和天神们献上用九尔酿造而成的九种奶酒。格斯尔可汗所献的祭品落到了娜布莎胡日扎祖母的神案前。祖母取过尝了尝，唤过三位神姐，对他们说道：“威勒布图格奇刚刚向我祷告，请我帮他决定三件事。第一件，他询问征战纳钦可汗的路线；第二件，问一齐出战还是抽签出征，或是他自己亲自出征；第三件是关于出征的年月日。现在我要你们三位孙女下凡告诉他。首先，让三十勇士抽签轮番出征，格斯尔自己要最后出战。金签应由六位王妃掌握。无论谁出征，都要速去速归。从那里到纳钦可汗处有二十一年的路程。首批勇士要在辰年辰月辰日辰时出发，以后出征就不必再顾忌时辰了。要等第一批勇士返回之后再派第二批勇士。纳钦可汗的哨兵肮脏无比，具体情况我们不甚了解。但有一点可以肯定，纳钦可汗身边的妖魔鬼怪为数绝不会太少。你们要把我的这些话一字不漏地转述给他!”

三位神姐中的伊尔扎木苏·达丽·乌达木神姐化身杜鹃鸟敲锣打鼓来到下界，向格斯尔可汗转述了娜布莎胡日扎祖母的谕令。格斯尔可汗率领三十位勇士向上界行了三叩九拜之大礼，神姐飞回天宫去了。

之后，茹格慕高娃道：“今年是辰年，这个月是辰月，今天又恰逢辰日，辰时又要到了。按照娜布莎胡扎祖母的旨谕，我们抽签决定吧。”她说完后立刻跪着摇动了金签。她抽出了阿勒泰斯钦的签，阿鲁莫尔根抽出了猛虎勇士之子毕希热勒图的签，图门吉日嘎朗抽出了宝迪勇士的签，固娜高娃抽出了伯依通的签，却玛荪高娃哈敦抽出了希迪勇士的签，赛乎丽高娃抽出了苏米尔之子格日勒泰斯钦的签。

六位勇士上前跪到格斯尔可汗前，叩首辞行。格斯尔说道：“你们出征要速去速归。途中如果遇到名叫萨格拉代的智者，不要伤害他的性命。遇到吉苏代斯钦，也不要为难他。愿你们去时像一阵旋风，回来时如斑斓猛虎般奔来。”

格斯尔可汗命人从库中取来珍珠宝衣赏给六人。六人叩首谢恩，当即穿到身上。他们六位与大家告别。这时，三位神姐中的伊尔扎木苏·达丽·乌达木化身杜鹃鸟来到空中，指示六位勇士要走密林古道。说完后神姐飞回了天宫。

他们一行六人，由通晓六种语言的伯依通率领，踏上了征程。把二十一年的路程缩短十五个月赶到了纳钦可汗的设岗之地。可是他们什么也没有发现。他们又来到了沙砾山上，向山下观望，仍然不见敌人的踪影。他们又继续前行，走到一棵附有寄生植物的大树下，一面歇凉，一面注意观察四周，还是没有任何动静。他们又继续前行，登上一座高山顶。他们在那里大声说话，高声歌唱，想引敌现身。

再说纳钦可汗手下的欣迪勇士这一天叩见可汗，说道：“我要前往格斯尔可汗部落侦查一番。途中能遇到格斯尔的军队，我就同他们厮杀一场。如果我的命不该绝，我会尽快赶回来。假如命中当死，我就直接去敲响阎王的大门。但愿我能托大王的洪福，杀死敌人，掳来他们的妇孺。请大王拨给我一千军兵吧!”

可汗听后道：“欣迪啊！你这样去要了解敌人的情况是对的，你去吧！”于是欣迪勇士叩谢可汗，收拾好器械，牵出自己的坐骑。他在马背上压了一块重千斤的铁砧，还拿一袋豆子压在马的后背上。如果不给它驮上这些东西，它跑起来会把主人带上空中。他身穿日月相辉的宝石铠甲，佩带了精雕细做的头盔和弓箭，率领一千军马向密林古道方向奔去。他们爬上两座山来到一座赤崖上观看有没有敌人入侵。

此时，通晓六种语言的伯依通已经知晓了欣迪勇士的到来。他对其他五人说道：“伙伴们，看到没有？那个手臂像蚱蜢，头颅像麻雀，他娘怀他不足月的欣迪，跑来找我们玩刀弄箭啦！”

阿勒泰斯钦听后说：“伯依通，没有关系。看他怎么过来吧。他也只是同我们一样的人，谁还怕他不成。他有一千军队，我们有无数神通。他如果有许多变化，我们就奉陪到底。多讲无益，圣主的神灵会保佑我们！”

三岁的格日勒泰斯钦听后道：“我们又没有带来妻室儿女，只身来到这里，还怕什么！男人的本领在厮杀敌人时最能显现。你们如果害怕，我先冲下去杀他们一阵，你们照顾好自己的老婆孩子后再过来。”

阿勒泰斯钦听后劝说：“格日勒泰斯钦，你年岁还小，应该听我讲一句话。常言道：‘敌人对自己有害，阎王要吞噬生命。牦牛比其他野畜力大雄壮。犀牛虽有独角，但入不了众牛之列。如要踏入圣者之道要读十部经典。’你说的这番话，作为朋友的我可以不计较，但保不准别人也能不计较。我们在人生道路上还要走很多年，所以必须心怀慈善，胸襟要像恒河一般宽阔。格日勒泰斯钦，你也清楚，来这里时谁也没有带妻室儿女，我们是奉格斯尔可汗之命前来杀敌的。你可以首先冲下去杀死欣迪，但没有必要争名夺利，用言语伤人。如果我们相处得很好，就把敌人杀死；如果我们合不来，可以回去向圣主禀报。我想，如果我们就这样回去，我们的妻室儿女会羞愧得痛哭流涕的！”

格日勒泰斯钦听了阿勒泰斯钦的话，也感到自己说话有些不妥，要跪下认错。阿勒泰斯钦见格日勒泰斯钦认错了，也不计较了，跪下还了一礼。格日勒泰斯钦说道：“我没有其他意思，只是想快一点冲上去杀死敌人。我见你们不急不忙，慢慢腾腾，这才心中有些生气，说话没有了分寸。常言说：‘高山因为有密林而雄伟，大海因为有鲸鱼而深邃，宇宙因有日月而辉煌，苍穹因有群星而灿烂，世间因有圣主而安详，死后因有佛法而入圣道。’只要我还活着，就要像一位真正的英雄。”

就在格日勒泰斯钦与阿勒泰斯钦谈话之时，巴木希古尔扎的儿子宝迪变成一个绝色少妇，毕希热勒图变成一个美丽的姑娘，伯依通变成了白发老翁，希迪变成了七八十岁的老太婆。他们把坐骑变成驴、骡，一切兵器全部变小装入褡裢中。大家仔细观看伯依通，他的银披风吹向两边，像一条银带在飘摇。手中的拐杖就像上界神尊们的仙仗一般。肩上的褡裢如同《甘珠尔》经文的经袋。宝迪明眸皓齿，粉面妩媚，一头碧发足有五尺长，如瀑布散落在双肩上，身形如幼松般挺拔。再看毕希热勒图，他的五尺长如发流云瀑布，容貌艳丽而华贵，一如天空的观世音菩萨。希迪则一头苍发满脸鸡皮，弯腰腿圆，像是百岁老太婆。手中一把弯曲的龙头拐杖。

他们四人互相看了看，没有破绽，便向山下走去。阿勒泰斯钦和格日勒泰斯钦作为后援，留在山上准备随时接应。

伯依通变成老翁走在最前面。一只大雁飞来，在他上空盘旋一阵后讥笑地唱道：“此时此刻，在此地再也没有比我幸运的人啦。你这个没有财富，失信亲疏的乞食老人，又想到哪里去乞讨？想杀害谁呢？”这样唱完落到西头的一棵树上了。

伯依通听了很气愤，他心里暗想：“我若不用计杀死你这个畜生，誓不罢休！”他低声嘱咐其他三位：“它是纳钦可汗的一个岗哨，我们设法把它杀掉！”说完伯依通对着那只大雁高声赞道：“美丽的大雁你听我言：你有一颗美丽的头颅，你如果还能信得过我老头儿，就请落到我的身边。你周身羽翎华贵娇艳，没有谁比你更加耀眼，你若有意与我交友，就请落到我的身边。为了抵御共同的仇敌，请你落到我的身边。你有一双强劲的双翼和尾翎，为了造福人间苍生，请你落到我的身边。你是一只美丽的神鸟，就请垂怜，落到我身边。我的故乡也有一只鸿雁，每当见人就飞到身边，由于它的温柔可爱，赢得了人们的交口称赞。老头儿我虽然人老眼花，但也知道你一定是像它一样的神鸟。你腾空飞舞也罢，变成神鸟也罢，慈悲为怀落到我身边吧。你若是神鸟，我也只能望空兴叹！”

伯依通的歌声未落，那只大雁离开树落到伯依通的右肩上。伯依通心中暗自得意：“你终归是落入我的手里了！”想立刻把它置于死地。

大雁目中垂泪悲叹道：“你杀我太容易了，有一根细绳就能勒死我。而且，我身上最多不过几口肉，几根羽毛。天下好东西多的是，杀了我对你没有多少帮助。俗话说：‘杀人也要让他把话讲完’，我在临死之前想对你们说几句话。”

伯依通听了大雁的话，一时拿不定主意，不知道自己是否应该立刻把它杀死。这时大雁又接着说道：“我住在纳钦国北约一月路程的松古尔山中。萨尔德瓦希之子名叫萨勒娃哈奈。我到这里来完全是为了觅食。早前，吉苏代斯钦曾经喂养过我，他对我疼爱有加。之后，他认为我长大了，就把我放归了大自然。据我所知，吉苏代斯钦早已有心要为十方圣主格斯尔可汗效力，但一直没有机会。他过去是锡莱高勒三可汗中的黄帐王手下的大臣，名叫希吉力毕希。当年，乘格斯尔可汗去征伐十二头魔王之时，锡莱高勒三可汗率兵侵犯，抢去了茹格慕高娃哈敦和所有财宝，三十位勇士也惨遭屠杀。”

“扎萨当时冲入敌阵，杀死无数兵卒，最后由于口渴而喝了有毒的血水，被希敏毕如扎那砍下了脑袋。那时，奉命携带扎萨首级的人就是希吉力毕希。所以，希吉力毕希投生到纳钦国，转生为吉苏代斯钦。说起来，吉苏代斯钦应该算是我的主人。此外，我与你们还有另一层关系，我也一并告诉你吧。当时，茹格慕高娃哈敦被掳军中，阿鲁莫尔根哈敦向四面八方射杀敌兵，这时她发现箭已经用完了。她观看周围，也未发现自己的人，所以她撵着牲畜，爬上了布达楞山顶，坐在观音菩萨庙旁。此时众神佛都说她这样做是正确的。这时茹格慕高娃哈敦变成鸟飞上天空。但白帐王的神灵变成大雁追过去了。茹格慕高娃哈敦变成仙女化身时，黄帐王的神灵又变成冈戈鸟追来。茹格慕高娃哈敦没有办法，只好变成六百个猴子坐在那里。此时黑帐王的神灵追来，她被擒了。她在途中看到希吉力毕希手捧扎萨的首级，便向他讨取。希吉力毕希把首级交给了茹格慕高娃。茹格慕高娃来到扎萨的尸体旁，看见一只苍鹰，便把扎萨的灵魂附到了苍鹰身上。那只苍鹰便是我。我为了在圣主面前献上一份微薄之力，也为了不让扎萨的灵魂去受地狱之苦，我用双翼将扎萨的灵魂紧紧藏在腋下，使他的灵魂与我的心灵紧贴在一起。这一时期，我为了护住扎萨的灵魂，一天吃不上一口东西，几乎连迈步的气力都没有了，理想敖包东的察古伦河谷上端的查布其勒泉旁有一棵菩提树。我挣扎着飞到那棵树上住了下来。不久，格斯尔可汗杀死十二魔王，带着阿日鲁高娃哈敦经过理想敖包。我认出了格斯尔可汗，拼尽全身气力唤了他三声。格斯尔可汗找到了我。我把全部经过告诉了他。他接过扎萨的灵魂，把他送上天界。格斯尔可汗夸我护魂有功，赏我吃了圣食灵丹。我靠着圣主的圣食灵丹，飞到萨尔德瓦希之子萨勒娃哈奈居住的松古尔山。我在那里一条名叫萨拉达河的上游筑巢孵卵。六月初五清晨，幼雏破壳而出。我外出捕食，哺养子女。六月二十九日，吉苏代斯钦过来用网罩住我们全家。他把我们带回家中喂养。到七月初八日，又把我们放回了山中。那时我还是一只普通苍鹰，现在已经通晓变化之术。所以，我变成大雁出来觅食，无意中看见了你们四位。”

伯依通把大雁的话告诉了其他三位。他们三人听了，不由得生出一丝敬佩爱怜之情，他们取出各自的粮食，请大雁进食。

这时欣迪率领一千人马赶过来了。伯依通知晓后问大雁道：“这个欣迪有多大本领？”

大雁说：“他能有什么本领！我对他的底细非常清楚，他只会变成一条花斑大蟒，除此之外没有什么大不了的。……你们到底从哪来？是谁的部下？我瞧着你们像十方圣主格斯尔可汗的大臣。”

老翁道：“我是十方圣主格斯尔可汗手下精通六种语言的伯依通，你讲了真话，我相信你，所以我对你实话实说吧。这位老婆婆是希迪所变，这位是宝迪，他叫毕希热勒图。和我们一同来的还有格日勒泰斯钦和阿勒泰斯钦。他俩现在在山顶上观敌阵。格斯尔可汗、扎萨和其他勇士都在家中，没有来。我们六人是为讨伐纳钦可汗而来。纳钦可汗到底有多少部队？势力如何？你能告诉我们吗？”

大雁道：“你问的有道理。不过，请你们在这里稍等一会儿，我先去欣迪勇士那里看一看。”

大雁飞到欣迪率领的一千人马上空盘旋了几圈，飞回来对伯依通说道：“我去看了看，欣迪骑一匹红沙马，身上穿着宝石铠甲，有一千人马。他们离这里已经很近了，你们快点迎上去，我到纳钦可汗那里去一趟。”

大雁说完就飞走了。伯依通他们四人向山下走去。看看距离欣迪所率部队近了，伯依通变得更加老迈不堪，揉一揉眼睛，流出浑浊的泪水。希迪变的老婆婆也抽抽搭搭地哭泣。变成姑娘的毕希热勒图却哼起了小调，与整个气氛显得极不协调。老翁掉转头骂道：“你这个贱丫头，我们落难遭罪，你还在这里哼哼呀呀地唱歌，有什么可高兴的？快闭上嘴赶路吧！再唱，我们都快要变成乞丐，陈尸荒野了！”

老婆婆擤掉一把鼻涕，举着龙头拐杖要打姑娘。姑娘立刻哭哭啼啼地抱怨：“是我让你们变成乞丐的吗？是天降大火烧掉了我们的牲畜财产，你为什么要拿我撒气！”

欣迪在远处见了，暗自纳闷：“奇怪！我们这里从里不会有生人出现。他们是从什么地方跑来的？他们说的话也令人生疑，是哪一国的乞丐？不管了，我先过去看看再说。”想到这里，欣迪一个箭步窜到老翁面前，气势汹汹地逼问道：“老头儿，你们是哪里人？姓甚名谁？为什么要来到这里行乞？又为什么要打这位姑娘？”

老翁道：“我是她的父亲。我是一个穷人，冬天没有皮衣御寒，夏天没有单衣遮体，更不用提整日忍饥挨饿苦度岁月了。先前我们也有不少牲畜，称得上是个殷实小户。那一年，天降横祸，把我们的牲畜财产全部烧完，使我们不得不在荻苇滩上到处流浪，乞讨度日。我本想在那里终身乞食，可是又一想，我不能老是在那里乞讨，决定去找一位仁慈的可汗谋生。途中遇到一位老人，他对我说：‘北方有一个纳钦可汗，有无数财宝，心慈面善，远近闻名。你们去那里行乞，他会施舍你东西。他手下还有许多好心肠的大臣，你们去那里绝不会错。’我听了那位老人的话，便来到这里。我家国王的名字叫莫格热格格尔苏策德克，我的家乡在达尔达孙。我叫玛德尔珠亥，我老伴名叫纳钦策格策尔格，女儿叫作奈古莱。尊贵的大臣，你已经问过我了，我也得问一问你。你是谁？住在哪里？为什么来到这里?”

欣迪回答道：“我问过你们了，也只得再回答你们。我名叫没有峰的小驼，可汗的名字叫那尔巴萨尔布，住在策策格图塔拉（百花滩），我这些军队有六个勇士，名叫伯依通、希迪、宝迪、格日热勒泰斯钦、阿勒泰斯钦和毕希热勒图。你们听明白了吗？伯依通、希迪、宝迪、格日热勒泰斯钦、阿勒泰斯钦和毕希热勒图，我要杀死你们，夺走你们的坐骑，让格斯尔可汗为你们而痛哭流涕！你们以为变成了妇人，就能骗过我吗？我有一个像茹格慕高娃那样美丽的妻子，你们举起手中宝剑吧！我们决战吧!”这样，欣迪举起宝剑扑来。伯依通也变回原身，举刀接住。欣迪带来的一千兵卒见了，呐喊一声蜂拥而上。这边希迪、宝迪和毕希热勒图也变回原身，大喝一声杀入敌群。敌兵挡不住如狼似虎的三位勇士，四散逃命。三位勇士跳上马背，砍杀逃敌。敌兵被杀得急了，有一个大喊一声：“战也是死，不战也是死，我们跟他拼啦!”回身搭箭向三位勇士射来。其他敌兵也纷纷响应，一时箭如雨下。

那边，欣迪与伯依通一场大战。欣迪见自己带来的一千人马已经死伤多半，心中着急，跳下马与伯依通相搏。他俩的功力相当，一时难分输赢。欣迪又增加了功力，迸发出耀眼的火花冲过来。伯依通也增加了功力，火星迸溅冲过去。这时，欣迪体力不支，向一侧倒下。伯依通上前进一步，一刀劈向欣迪的右臂。但欣迪的手臂丝毫无损。欣迪翻身就爬起，又与伯依通厮打起来了，还是一个平手局面。这时，希迪、宝迪和毕希热勒图三人已经把一千敌兵全部杀光，回来看见此景后跳下马跑过去厮打起来了。刀剑砍在欣迪身上，他毫无损伤。他们再仔细观看欣迪，他从头到脚全身都是血。伯依通也杀得起劲，丝毫没有察觉到其他三位已经上前助战，一直与欣迪勇士交战。他跳上马背，取出神箭突然向欣迪射过去。欣迪一闪身，躲过飞来的神箭，心中暗暗着急，觉得不能再这样硬拼下去了。他向自己的红沙马招三次手，把它变小装入荷包中，自己摇身一变，变成了一条花斑巨蟒，凌空跃起，正要卷伯依通的脖颈。此时，留在山顶上的苏米尔之子三岁的格日勒泰斯钦和阿勒泰斯钦知晓所要发生的事情，立刻跳上马背向山下奔驰过来。他们恰逢欣迪勇士变成巨蟒要卷伯依通的脖颈。格日勒泰斯钦头颅上空升起五色彩虹，额头上显出摩诃嘎拉的法相，口中喷出金刚神火。胯下坐骑枣骝神驹的弟弟挟翼枣骝驹四蹄迸发出火焰，口鼻喷烟，集二十条青龙的力量疾驰而来。格日勒泰斯钦大喝一声，用火焰箭射过去。格日勒泰斯钦跳下马背，抽出斩敌首级不见血光的金刚宝刀，对准蟒蛇拦腰斩去。

巨蟒再也卷不住伯依通了，掉在地上，他就立刻变回原身与格日勒泰斯钦厮打在一起。这时，伯依通也领着其他四位勇士过来围住欣迪，用箭射他。没想到欣迪对这些箭丝毫不惧，好像是每中一箭，更增添一份力量。格日勒泰斯钦察觉后对伯依通说道："各位勇士，这个人不简单，我们不能光凭气力气与他拼。我要向上界佛尊天神祷告!"

于是格日勒泰斯钦设坛祷告道："佛祖释迦牟尼，山神毛阿贡吉特，格斯尔萨尔布东若布，六位神辩手，请你们变成六条苍狼，把欣迪勇士撕成碎片，化成灰烬！请为我增添无穷神力吧!"

欣迪见格日勒泰斯钦离开战地祷告，他自己在心中暗想："你做祷告，谁会在意！你有可汗，我也有可汗；你有天神，我也一样有天神!"

欣迪不再同伯依通他们死缠烂打，找个机会逃了出去，躲到一处设坛祷告道："古茹！古茹！日、月、星三尊，龙女之父那尔布苏克！苏克!"

欣迪祷告完回来时，伯依通迎面而来，射了他一箭，射穿了欣迪的右肋。阿勒泰斯钦射出一箭，射穿了欣迪的后背。

这时，烈察布之子萨仁额尔敦求见娜布莎胡日扎祖母，请求允许自己下界助六位勇士一臂之力。祖母同意了。萨仁额尔敦离开了天宫，来到半空中，看见他们六位勇士与欣迪交战。于是他瞄准欣迪，射出两支火焰箭。那支箭挟呼啸而下。伯依通等六位勇士也大吃了一惊。欣迪不明白是怎么回事，吓得扔掉宝剑，双手抱头护住头时，两支箭正射断了欣迪的双手拇指。欣迪挣扎着摔倒在地。伯依通等上前一刀砍下了欣迪的双臂。欣迪破口大骂："你父亲的头！母亲的脑袋！你们和你们的妻室及子孙后代迟早都要步入我的后尘！我父亲会找你们替我报仇的!"

他们杀死欣迪，缴获了三千战马。他们从中挑选出几匹最好的战马，宰杀后祭祀上界佛尊天神。祭祀完毕，伯依通问大家："我们现在返回去吗?"这时，阿勒泰斯钦说："圣主不是说让我们不要太久吗？我们应该马上回去。"宝迪勇士听后有些不太情愿地说："我们出征一趟，只杀了一个人就回去?"青毕希热勒图在一旁劝道："应该回去，圣主命令我们要速去速归。"格日勒泰斯钦也附和道："我们再往前走不一定就能碰上敌人。宝迪说得不对，我们虽然只杀了一个人，要知道这个欣迪可不同常人。我们应该回去。"

他们正在这里商量时，萨仁额尔敦因为没有上界的旨谕，不便下来同大家见面，所以用金汁写成一纸手书投下来。正落到格日勒泰斯钦和伯依通面前。他们俩捡起一看是一页金文。格日勒泰斯钦拾起金文跪拜着读到："诸多佛尊天神中释迦牟尼佛祖最为尊贵，上界天宫中只有霍尔穆斯塔腾格里和娜布莎胡日扎祖母最尊贵，苍穹中群星最耀眼，群星中北斗七星最闪耀，天空中日月最为明亮，大地上威勒布图格奇最尊贵，十方可汗中格斯尔可汗最为尊贵，十大部落中三十位勇士最为尊贵，众多仙女三位神姐最为尊贵，大海湖泊中恒河和黄河最为悠长，万千湖泊中有枣骝神驹刨出的青海湖最为深沉，丘岳高山中长有菩提树的须弥山最为巍峨，茂密的森林中香檀树最为挺拔，诸岩石中两座赤岩和割断圣主脐带的棱角黑石最坚硬，平川原野中百花滩最为富饶，古刹寺庙中圣白塔和观音禅院最雄伟。我已经投生天界，没有旨谕无法随意相见。你们速速回去，我要到纳钦可汗那里探查一番。我从空中射倒欣迪，全托圣主的洪福，这里不再赘言。你们回去吧。"

原来他们六人并不清楚欣迪为什么会突然摔倒，看过萨仁的书信后才恍然大悟："原来欣迪勇士的灵魂藏在他的两个大拇指上。"之后伯依通他们拿着金文书，又返回高山顶上。格日勒泰斯钦和伯依通谈论着能打败欣迪勇士是由于有萨仁在暗中相助，还有圣主的洪福。如果与欣迪硬拼，会费上与有一千种变化的蟒古思搏斗的力气。

此时，萨仁额尔敦到纳钦可汗处探查时发现，纳钦可汗也有些不安，对众大臣说道："欣迪勇士走了这么久，怎么还不见回来?"

吉苏代斯钦上前跪下说道："欣迪勇士临走前曾对我说过，他说自己这趟出巡，少则一年，多则二年。还说自己不打算再在可汗您这里效力了，要去投奔一个贤明的可汗，或者干脆到上界投生。”

纳钦可汗听后质疑道：“我们的欣迪勇士不该有那种想法的。近来我的功力下降了十成，也不知是什么原因。是不是我们国内来了格斯尔的探子？或是有其他国王的军队入侵？你们哪位大臣随后去看一看欣迪的情况？”

日德纳和贺鲁格二位勇士走出人群，表示愿往。得到可汗的允许后贺鲁格问道：“可汗，我们带多少军队？”可汗道：“你们可以带一万人马。”日德纳和贺鲁格叩首谢恩。纳钦可汗又说道：“你们要速去速归，途中不要耽搁。”于是二位勇士高兴地跪拜后回去做准备了。

大雁在空中发现纳钦可汗要派日德纳和贺鲁格率一万兵马出发，赶忙去向伯依通等六位勇士报信。

这时，萨仁额尔敦也在纳钦可汗国的上空盘旋。他见一只大雁仓皇飞走，心中犯疑，赶上去擒住大雁，问他是干什么的。大雁把对伯依通讲的一番话一字不漏地告诉了萨仁额尔敦。萨仁额尔敦听到它是救过自己祖父的神鸟，抱头失声痛哭。他的哭声犹如苍龙呼啸，天地震动。使世上所有鸟儿齐声啼鸣，这一天正是辰年秋季。

萨仁额尔敦取出释迦牟尼佛祖赏赐的金液，请大雁进食。大雁吃了金液，虽然不能转投人身，却也变成了孔雀王，跪谢了萨仁额尔敦。据说因为这个原因，孔雀的两翼上有了眼睛。萨仁额尔敦对孔雀王说道：“没有上界的命令，我不能随便降落凡尘。你去把这一封书信投到纳钦可汗白色宫殿的天窗上。”

孔雀王接令后带着书信飞往纳钦国。萨仁额尔敦也返回天宫，向霍尔穆斯塔腾格里和娜布莎胡日扎祖母禀明事情经过，然后回到释迦牟尼宝座前叩拜，留在佛前修炼。

孔雀王带着萨仁额尔敦的书信来到纳钦国。它把书信投入到纳钦可汗白色宫殿的天窗。纳钦可汗的宫殿不由得摇晃起来。正在宫殿里的策晨策格策尔格哈敦和奈古莱高娃公主大吃一惊。纳钦可汗也很惊讶道：“从来不晃动的宫殿，今日为什么会摇晃起来？这是什么征兆？”他抬头向上望去，发现顶柱上挂有一封书信。他急忙说：“哈敦，顶柱上有一封书信，你去把它取来。”哈敦取过书信递给可汗。纳钦可汗打开一看，上边写道：“古茹！古茹！日月星辰、龙王那尔布和祖母苏克！苏克！……”信的末尾写道：“欣迪勇士已经投生天界。孙儿纳钦可汗你要时刻戒备。十方圣主格斯尔可汗有千百种变化。说不定他会来侵犯，其他国可汗也有可能入侵，千万不可大意！”

纳钦可汗读过书信，高兴得手舞足蹈，对哈敦说道：“我们现在没有必要再怕任何可汗。我原以为我的祖父祖母进了地狱，却没有想到他们会投生到上界天宫。我过去不知道，现在清楚了。今后我要多向他们祷告！”说完，趴在地上口称：“祖父那尔布和祖母苏克！苏克！”说着叩了三个响头。

纳钦可汗当即传令所有大臣，摆下了乳海一般的宴席，说道：“你们听我讲，我的祖父祖母投生在上界天宫。我们今后没有丝毫必要去惧怕任何人。带一千士兵前去侦察的欣迪勇士也投生到天界，就在我祖父祖母的身边。这里有书信。”

他把书信取出来，让大家传看。众人看过，无不兴奋。吉苏代斯钦起身到可汗处跪禀道：“欣迪勇士已经升上天宫，如果我们也能飞升上天，在祖父祖母座前享几天福，那该多么惬意！不管怎么样，我们现在是不在乎任何人啦！”

可汗听后道：“吉苏代斯钦，你先别忙，我们的好运还在后边呢。格斯尔可汗有五六位美丽的哈敦。我们杀死格斯尔可汗，掳来他的哈敦，夺取他的财宝，连同《甘珠尔》和《丹珠尔》经文、降魔如意宝等等，都会属于我们。诸位大臣，上次议定派日德纳和贺鲁格二勇士出发巡视，你们看还有没有这个必要？”

吉苏代斯钦上前说道：“可汗，现在再派人员出征，已经没有必要。敌人如果敢来侵犯，那时我们再迎过去回击也不迟。欣迪勇士上了天界，那一千士兵还在。我们不妨再等他们一个月。”

纳钦可汗同意了，这样日德纳和贺鲁格也不再出征了。伯依通带着六位勇士在沙砾山上等了一个月，没有发现敌人的兵马。有一天，伯依通提议返回部落。大家也都没有异议。他们骑马下山踏上了回返的路程。

纳钦可汗认为欣迪勇士托生到天界，高兴不已。如果欣迪勇士没被萨仁额尔敦射死，他们会费上与有一千种变化的蟒古思搏斗的力气。

伯依通他们于巳年冬月赶着缴获的马匹，一路返回到部落。这一天，格斯尔可汗预感到出征的六位勇士要回来了，遂带领六位哈敦和三十位勇士登上白塔。不久，他听到远处隐约传来急促的马蹄声。格斯尔可汗说道："我们六位勇士回来了！"

以扎萨为首的众勇士道："在哪里？怎么什么也看不见？"正说着，远处扬起漫天尘沙。六位勇士赶着马群来到面前。伯依通率领五位勇士上前叩见格斯尔可汗，把扎萨的神鸟报信，萨仁额尔敦下界相助，杀死欣迪勇士等事情仔细做了禀报，并献上缴获的马匹。大家听了，非常高兴，连声称赞六位勇士。

格斯尔可汗脱下身上的珍珠宝衣，每人赏给一件。六位勇士接过穿上后叩首九次谢圣主恩。他们又与察尔根老人和扎萨及三十位勇士叩首相见。格斯尔可汗把伯依通带来的宝石铠甲赏给了色格勒泰，把欣迪勇士的坐骑红沙马赏给了达兰泰斯钦，把欣迪的单刀给了阿勒泰勇士，把欣迪的荷包给了班珠尔。从缴获来的三千战马中挑选好马赏给了扎萨、察尔根老人、南充、苏米尔和三十位勇士，其余的全部赏给了三百位先锋。大家一齐上前，向格斯尔可汗叩首谢赏。

奖赏完毕，茹格慕高娃哈敦带头抽签，她抽出的是猛虎勇士的签，阿鲁莫尔根抽出的是苏布代的签，图门吉日嘎朗抽出的是阿勒泰的签，却玛荪高娃抽出的是超通之子阿勒坦的签。四勇士一齐上前向格斯尔可汗叩首。

圣主叮嘱道："四位勇士，你们去时要像鹳鸟，回来时要学雕鹰。不必恋战，能杀死三五个敌人即可。自己要多加保重，千万不要出现差错。"四位勇士听完圣主的叮嘱后立刻设坛祷告道："愿佛祖释迦牟尼、霍尔穆斯塔腾格里、娜布莎胡日扎祖母、挚友三天神、阿敏萨黑奇、特古斯朝克图、三位神姐、格斯尔可汗生身之父山神毛阿贡吉特保佑！"

这时，三位神姐化身杜鹃鸟降下凡尘，对他们说道："四位勇士速去速归。杀死敌人后要即刻返回！”三位神姐说完返回天宫。四位勇士在她们身后行了三叩九拜大礼，起身向密林古栈方向出发。

他们将二十一年的路程缩短为十二个月，于午年十一月五日来到沙砾山下。他们登上山顶四处观望，没有发现任何可疑迹象。他们下山来到伯依通等六位勇士与欣迪大战的山坡上，那里新出了名为察布齐兰的三眼清泉。他们仔细观察，发现清泉所在地正是萨仁额尔敦从空中投下金文书信的地方。距清泉不远处，竖着一架完整的尸体，苏布代发现，那是欣迪勇士的尸骨无疑。

他们按捺不住好奇心，来到尸骨旁，只见这具尸骨双眼像火球，口鼻像石头，手脚像铁钻和钢筋，头发像三股拧成的粗麻绳。整个身躯就像一棵盘根错节的杨树。当年为了给纳钦可汗招来灾难，伯依通临时把欣迪的尸体直直地竖在那里。

为了也给纳钦可汗招灾引祸，苏布代跑到一千士兵的尸体中，找来一条还没有腐烂的裤子，套到尸体的头上。他们这才心满意足，又向前走。前边不远处有一座小山，山上有一座宝塔。他们决定先到宝塔上看一看。

他们登上宝塔，发现距宝塔不远处卧着两只老虎，看它们的神气，就好像在说：“谁敢过来？过来我就一口吞掉他！”

猛虎勇士对苏布代和阿勒泰勇士说道：“伙计们，看到没有？那边躺着两只猛虎，我们去宰了它们吧！”

苏布代接过话头说道：“对极了！我变成一个老头儿，猛虎勇士你变成一只花鹿，阿勒泰你变成一只黄羊。”

阿勒泰勇士变成黄羊，首先走到老虎身旁，装作吃草，老虎见有黄羊过来，扑过去想吃黄羊。黄羊掉头向苏布代身旁跑来。母鹿从一旁窜出，扰乱虎的视线，阿勒坦取出了弓箭，一箭射断了一只虎的脊梁。另一只虎见了，咆哮一声，径直向阿勒坦扑来。苏布代也快速过去与阿勒坦一起大战老虎。阿勒泰也变回原身，加入混战。猛虎勇士大喝一声，头顶上升起五色彩虹，提着大刀冲上去，一刀斩下虎头。接着，返回身又砍下了另一只虎的头颅。若非他们如此设计杀死两只虎，根本无法前行。

猛虎勇士对其他三位说道：“我们现在怎么办？与其这样两手空空回

去，不如去进攻一个部落，夺他几群马。”

阿勒泰听了，表示赞成。超通之子阿勒坦却不以为然：“你们说得不无道理。不过我们不能忘记圣主的旨谕。夺几群马算不了多大事，就是夺他一万匹马，凭我们四人的身手，绝不是什么难事。我顾虑的是，我们去夺了几匹马，无疑是告诉纳钦可汗我们来过了。依我之见，咱们还是回去吧。”苏布代首先表示赞同。猛虎勇士和阿勒泰想了想，也觉得在理，便决定立即返回。

十方圣主格斯尔可汗及六位哈敦登上白塔瞭望。此时，四位勇士将二十一年的路程缩短为十个月，回到部落。他们叩见格斯尔可汗，把一切经过详细作了禀告。格斯尔可汗大喜，设宴为他们庆功，并给每人一件珍珠宝衣。四位勇士向圣主叩首三次谢赏，还向所有勇士叩拜。

大宴后，继续抽签，决定下一批出征勇士。这次，固娜高娃哈敦抽出的签是阿南达勇士，赛乎丽高娃哈敦抽出的签是班珠尔勇士，茹格慕高娃哈敦抽出的签是色格勒台之子格日勒泰台吉，阿鲁莫尔根哈敦抽出的签是达兰泰斯钦，图门吉日嘎朗抽出的签是荣萨之子察干哈尔查盖。一共抽出五位勇士的签。

这时，超通从一旁走出来，请求圣主批准他一同出征。格斯尔可汗说道：“叔父，你提出出征，本是一件好事。但是你如果去了之后做出什么对不起大家的事，那真不如不去的好。叔父，依我看你就别去了。再说也没有抽出你的签。今后如果抽出你的签，你再出征，抽不出来，你也就别去了。这一趟就让他们五位去吧。”

超通又道：“我知道如果我去，你们是有些不大放心。但我想从今洗心改过，重新做一个好人。我今年已经九十出头了，你们不让我去，我难道还能再活一百岁吗？我想在有生之年为圣主和三十位勇士献上一份微薄之力，再请你们大家把我这把老骨头埋入黄土。奔驰如飞的豹花马啃不动草了，当年的好汉超通我也开始疾病缠身了。老骨头变脆，热血变淡，我已老朽不堪了。不管怎么样，我还是想为圣主效力，从这次宴会上最后尽兴地吃上一口。而且，近年来我的弯刀常常跳鞘，过去，它每次跳鞘我总要杀死一个仇敌，这次它可能是想要取纳钦可汗的首级了。”

超通在这里向圣主不断提出征战时，阿勒坦过来劝道："父亲，您听我说。不管您讲得多么动听，圣主和大家都不会相信您。别说他人，就连您亲生儿子我也信不过您。您如果行为检点一些，总不至于去调戏自己的侄媳妇吧?! 一个人做坏事会影响一万人。您办得那些好事，怎么能让人忘掉呢？您就像不认同类的铁锉，不识好歹的疯狗。您办得那些伤害亲人、出卖朋友的事还少吗？他们五位勇士正准备出发，您却在这个时候跑出来瞎搅和，难道您比他们更英勇？在座的各位勇士，您一个个都欺骗过，他们也曾因为您的缘故，一个个丢掉过性命。您今天又讲什么弯刀跳鞘，别说没有这回事，即使有，弯刀首先也会割下您的头颅。除此之外，您又能割下谁的首级？父亲，您到底想要干什么？请您以后再不要这样胡说八道坑害别人啦。格斯尔可汗心胸宽阔，能容他人不能容之事，所以才一直把您带在身边。若非如此，凭您所做所为，早已自食恶果了。现在大家正忙着出征，您何必用这些无稽之谈耽搁大家的宝贵时间!"

格斯尔可汗听了阿勒坦的这番话后大为称赞。超通臊得满脸通红，走到阿勒坦面前说道："孩子，你说得对，为父我过去确实办了不少错事。今后出征不出征，全听你们的，我再也不违背圣主的旨谕了。由于我老了，所以才想到临死之前再上阵杀一次敌人，这样，我才能安心地让你们收殓我的尸骨。既然孩子你劝阻我，我就不去了。"

五位勇士高兴地向圣主磕过头准备出发。他们出发前还设坛向上界佛尊天神祷告，班珠尔的祷告落到了娜布莎胡日扎祖母的神案前。

他们身佩弓箭，跨上铁青马。格斯尔可汗过来叮嘱道："五位勇士，你们去时学苍鹰搏兔，回来时如一阵旋风!"

这时，三位神姐之一的伊尔扎木苏·达丽·乌达木也来到空中嘱咐道："五位勇士要速去速归。路上千万不要耽搁。"班珠尔带领大家跪下叩头，感谢指点。神姐返回天宫。

班珠尔等五勇士沿着猛虎勇士等人走过的道路前进，将二十一年的路程缩短为八个月，在羊年的一月来到沙砾山下。他们登上山顶，没有发现敌情。他们下山来到三眼清泉和欣迪勇士的尸骨旁，为了诅咒纳钦可汗，格日勒泰太吉脱下脚上的靴子，套在欣迪的头上。

他们继续前行，登上了猛虎勇士等六位勇士去过的白塔，仍没有发现敌人的踪影。他们又往前走，越过猛虎勇士等杀死老虎的地方不远，看见一座陡峭的高山。他们爬上山顶，看见山那边有两条花斑巨蟒，盘踞在路中央。阿南达问道："看到了吧？那里有两条巨蟒。我们该如何除掉它们？"察干哈尔查盖道："阿南达，别紧张。那算不了什么，交给我吧。"

班珠尔听后道："那你就该早一点下手，我们不能老这样等着。"察干哈尔查盖道："我从这边去，你们快点从那边绕过来。我过去之后躺在它们身旁。巨蟒见了，一定会来缠住我，届时你们过去用刀把它们挑成两截。那样，我就可以借机脱身了。"

察干哈尔查盖说完，穿上火红铠甲，发髻上火星透射，来到巨蟒身旁躺下。巨蟒见了，蠕动身躯过来把他紧紧地缠住。察干哈尔查盖周身上下喷出一阵阵火焰，巨蟒被烧得再也缠不住了，它们掉转头想把察干哈尔查盖吞掉。

这时，班珠尔、阿南达、格日勒泰太吉和达兰泰斯钦正手提宝剑，从身后悄悄掩上。巨蟒一心要吞掉察干哈尔查盖，没有发觉有人从身后掩来，被一刀砍断。他们来得也正是时候，若是再慢一点儿，察干哈尔查盖说不准就会变成巨蟒口中的点心。这两条巨蟒也是被烧急了，一心想吞掉察干哈尔查盖，这才送了性命。

两条巨蟒被挑成四截的首尾一阵急剧地蠕动，想要接到一起。阿南达见了，上前一步，一手提起一截，猛地连抖三次，巨蟒脊骨脱位，再也活不成了。

班珠尔等五位勇士回到山顶上，他们四处观望，再不见人的踪影。阿南达提议道："我们再往前赶一段路，消灭他们一处岗哨，最好能夺到他们的坐骑和马群。如果就这样空手回去，我们怎么好去见可汗的圣颜？而且，三十位勇士也一定会讥笑我们没有本事。"

班珠尔首先表示赞同，其他人也没有异议。他们又继续前进，来到一处长满杉树的草原上。那里有一群马正在安静地吃草，看上去足有一万匹。班珠尔问道："我们该怎么设法赶走这群马？"

达兰泰斯钦说道："我们赶这群马太容易了。你们在这里坐着别动，我先过去察看一下，不是说这边有两只乌鸦在放哨吗？我有圣主赐给的金套索，可以设法把它们擒住。它如果变成人前来相搏，我还有扎萨赠送的金钢大刀，也可以把它砍死。”大家都赞成达兰泰斯钦的主意。

察干哈尔查盖说：“我变成一只鸟，落到你要放套索的树上。等我落下后，那两只乌鸦也会学成我的样子落在树上的。这样，你一收套索就能把它俩捉住杀掉。但是两只乌鸦也许有其他本事，为以防万一，班珠尔你变成一个老头儿，格日勒泰太吉你变成一个小孩，装作搀扶着老头儿走过去。”他转身又对阿南达说：“你不是青龙的化身吗？让五条苍龙下倾盆大雨，用雨浇乌鸦的羽翼，它就飞不起来了。达兰泰斯钦你抓住这个机会把它射死。”

大家都赞成他的主意。达兰泰斯钦下马变成一个三岁小孩来到马群旁。那里有一棵菩提树，他来到菩提树下，把套索挂在树上，自己躺在树底下，装作睡觉。这时，察干哈尔查盖变成一只小鸟飞到树上，不停地鸣叫。正在西边山上的一棵无叶秃杉树上提防敌人袭来的两只乌鸦，听到这边小鸟的啼鸣，它们也飞过来落到菩提树上。

阿南达见乌鸦飞来了，暗自升起五色彩虹，一时间空中乌云骤起，狂风大作，雷鸣电闪，下起了倾盆大雨。

班珠尔与格日勒泰太吉二人往前走着。班珠尔变成一个老头儿，格日勒泰太吉变成一个小孩搀扶着老头儿，一老一小在狂风暴雨中艰难地往前走。

乌鸦在狂风大雨中已经认不清来人是敌人还是自己人了，它想要飞过去向可汗报信，可是落入套索中飞不起来了。察干哈日查盖也被套索套住了。达兰泰斯钦把套索从树上放下来，赶忙拉紧套绳，捉住了他们三个，盘问他们是哪一国的探哨。

察干哈尔查盖首先回答道：“我是魔王贡保可汗的探哨。我们可汗命我来探察一下纳钦可汗和格斯尔可汗的动静。我不敢撒谎，说的句句都是实话。”

两只乌鸦听了，暗想：“他已经说了实话，我们也得实话实说了。”这时，达兰泰斯钦夸赞察干哈尔盖所变小鸟说话诚实，把它从套索中取出来放走了。小鸟感谢达兰泰斯钦，趴在地上磕了个响头飞走了。两只乌鸦见了，希望自己也能摆脱困境，更坚定了说真话的决心。它俩说道："我俩是纳钦可汗的岗哨。当初，我们可汗曾告诫我们南有契塔特国的贺日古玛可汗，西有魔王贡保可汗，东有格尔格苏台可汗，中央有可恶的格斯尔可汗。说他们不一定什么时候就入侵我国，要我们加倍提防。自我们到此放哨以来，这里便没有来过一个陌生人。我们可汗没有太大的神通，我俩也只有三个变化，哨卡上的军队也不算很多。从我们这里过去，有丹迪勇士率领三千人马驻守，其他的我们也不太清楚。"

达兰泰斯钦听完乌鸦的口供，与其他勇士们一同烧起了三圈大火。乌鸦原以为说了实话就能活命，没想到会遭焚身之祸，连喊饶命，但达兰泰斯钦把它们扔进大火里。乌鸦在大火中东奔西撞，翅膀被烧得精光。乌鸦跳出这堆火，又掉进另一堆火里，从另一个火堆挣扎出来，又掉进第三个火堆里去了。不大一会儿，两只乌鸦被活活地烧死了。如果不把它们烧死，它们就会给纳钦可汗报信，再想除掉岗哨，就要多费力气了。

他们五人杀死乌鸦后，来到乌鸦筑巢的无叶秃杉树下，这棵杉树长在一座高山上。他们担心附近会有敌人，四下环视没有发现什么敌人，这才走下山来。

阿南达跳上马背，呼啸的声音犹如五条巨龙，把安静地吃草的一万匹马群全部赶来。他们从马群中挑选了一匹头马，杀马祭祀上界佛尊天神之后，赶着马群往回走。

关于岗哨被杀和马群被夺之事，纳钦国王没有得到一点消息，在不知不觉中被削弱了三分功力。

格斯尔可汗和众勇士及哈敦们登上白塔瞭望五位勇士的归来。不久，班珠尔等五位勇士将二十一年的路程缩短后，于申年元月十五日回到部落。他们到来后向格斯尔可汗禀报了杀死两条巨蟒和两只乌鸦，赶来一万匹马群的经过，并把夺来的马群献给圣主和勇士们。圣主心中大喜，脱下身上的珍珠衫，赏给了五位勇士。班珠尔为首的五位勇士穿上珍珠衫后向圣主叩首谢恩三次，还向三十位勇士和哈敦们叩谢。格斯尔可汗命人摆下海洋般丰盛的酒宴，和众勇士一起庆祝凯旋。

正在设宴时，茹慕高娃哈敦开始抽签。她抽出了南充之子珠拉的签，阿鲁莫尔根哈敦抽出了烈察布的签，阿日鲁高娃哈敦抽出了巴木苏日扎那之签，固娜高娃哈敦抽出了扎萨之签，却玛荪高娃哈敦抽出了荣萨之签，赛乎丽高娃哈敦抽出了达兰泰乌仁的签。

六位勇士见到自己的签，非常兴奋，上前向格斯尔可汗叩首谢恩。圣主说道："我亲爱的兄长扎萨，希望你们去时像鲲鹏一样飞到那里，把敌人化为灰烬，然后像候鸟一样飞回家乡吧，请你们不要耽搁，速回。"

扎萨骑上飞翅红沙马，身穿宝铠甲，头戴明月宝盔，手提金刚大刀。其他五位勇士也披挂整齐，纵身上马，准备出发。扎萨等六位勇士出发前设坛向佛祖释迦牟尼、霍尔穆斯塔腾格里、娜布莎胡日扎祖母、挚友三天神、兄长阿敏萨黑奇、弟弟特古斯朝克图、三位神姐祷告。

扎萨的祷告惊动了娜布莎胡日扎祖母，祖母赶紧唤来三位神姐，对她们嘱咐后，派她们三人降下凡尘。

三位神姐化作杜鹃鸟飞来，格斯尔可汗率领大家跪下接驾。三位神姐对扎萨说道："扎萨，你们去时像神一样迅速赶到，回来时像一阵旋风一样快速返回，途中不要耽搁。因为那里不洁净，我们不能随你们一同前往。希望你们不要走黑暗小道，要走佛光普照的光明洁净之路，活捉仇敌纳钦国王！"三位神姐说完就飞回天宫去了。扎萨等六位勇士叩谢后进行三次煨桑后出发了。

他们出发时是申年元月，他们缩短了二十一年的路程，于五月底抵达了沙砾山下。他们上山观看，没有发现敌人的踪影。他们往前走发现了三眼清泉，扎萨见后知晓了那是自己的侄子萨仁额尔敦扔下金书之地。他们再往前走，发现了欣迪的尸骨，还有苏布代等杀死老虎的地方，班珠尔杀死巨蟒和乌鸦的两座赤岩和沙山枯树。再往前行，是没有人影的荒凉之地。他们继续前进，就是黑山了。再往前走到了一座沙山脚下。

他们登上沙山顶，发现前面一座黑山下有一人在走动。扎萨已经知晓后对巴木苏日扎那等勇士说道："五位勇士，你们看清楚没有？山下那个人就是丹迪勇士，他身后还能隐约看到有三千军队。一会儿，我化身鲲鹏过去，珠拉负责照亮山谷，巴木苏日扎那，你变成一个老头儿，再把荣萨、烈察布、珠拉和我的坐骑变小，装到荷包里带走。荣萨、烈察布、达兰泰乌仁和珠拉你们四位朝着大黑山出发。我先走一步，落到那边的一棵枯树上，巴木苏日扎那你随后出发。我去了之后丹迪勇士肯定会察觉。他会去招集三千人马，到西边的一个河口排兵布阵。丹迪他会一边同我搏斗，一边暗中放出一个化身变成黑鹫向纳钦可汗报信。你们四位穿过高山找一处狭道埋伏，千万要留神!”

扎萨变成一只鲲鹏飞过去落到枯树上。巴木苏日扎那按照扎萨的叮嘱，对着马匹连招三招，把它们变小装入荷包里，自己变成一个百岁老翁，随后来到枯树下休息。

此时，丹迪勇士已经知晓了一切。他对手下的军队说：“你们知道吗？来的三个人是十方圣主格斯尔可汗的兄长扎萨，巴木苏日扎那和荣萨等老将。他们一共来了六个人，其他三位年纪还小，我不认识。你们三千人马随我过去截住他们。我亲自同他们厮杀，同时再遣出我的一个化身去向可汗报信。既然他们前来侵犯，我们也不是等闲之辈啊。”说着奔向扎萨去了。

他想把自己的一个化身避在黑山中前行。珠拉已在远处发现了，忙说：“三位勇士，咱们也该行动了。”珠拉说完后先奔向高山，身上放射出千丈光芒，照亮了黑黝黝的深山。烈察布与珠拉找了一条丹迪的化身必经的狭道埋伏下来。荣萨与达兰泰乌仁又往前走了一段路埋伏好，以防止敌人的援兵上来。

丹迪并不知道已经有人埋伏好要暗算他的化身。他放走化身之后来到枯树下。树上有一只鲲鹏，树下有一老翁。丹迪心想：“如果就这样过去，说不定就要吃亏，还是回去同大伙商量一下再说。”他又返回来，对三千个士兵说道：“我们暂时在这里按兵不动。我已经派遣化身去报信。可汗得到消息后一定会派大军增援，那时我们就能打败敌人。如果没有大批援军，只靠我们三千人马，想要取胜确实非常困难。我刚才去看了看，枯树上的鲲鹏为扎萨所变。他有二十条巨龙的神力，非一般人可比。树下的老翁为巴木苏日扎那所变。这个人讲起话来如白面般温柔，动起手来却如猛虎一般凶悍。他腰上佩带是阿鲁莫尔根哈敦的金荷包，里边装有五六匹战马，全部兵器都装在里面。总之，靠我们数千人不是他们的对手，还是等待援兵为上。如果援兵不来，那时我再舍死一战！”

三千士兵听了丹迪的话心，心中更加惶恐不安，道：“我们听后已经吓得半死了，你就别再讲这些话了。其他勇士的本领不知道，扎萨的骁勇我们都听人说过。你就不要再说了，我们还是等可汗派大军来吧。”

丹迪道：“你们说得对。我现在唯一担心的是，我们可汗的社稷有一天是不是会落入敌人的手中。不过，我们也管不了这么多。‘帝王为江山社稷，庶民为功名利禄’。扎萨他有千万种神通，可汗也有一千种变化。再说，还有我们大家可以从一旁全力相助。”

落在枯树上的鲲鹏把这一切看得一清二楚。此时，烈察布和珠拉埋伏在山道中，正等待丹迪的化身黑鹫经过。不久，从前方飞来一只黑鹫。烈察布和珠拉暗自高兴，知道是丹迪的化身到了。他俩躲到一边，等黑鹫飞到上空时突然撒出金网，黑鹫被罩住了。他俩拾来枯柴，立即点燃三圈大火。黑鹫在一旁看见了，心惊胆战道：“看这架势，他们是想把我扔到大火里烧死。我死没有什么，可惜丹迪勇士也要随我一同死了。我就这样被他们杀死，对纳钦可汗的威望也大有损害。不管怎样，我把羽毛脱落掉。我虽然自身不能摆脱困境，但只要我的羽毛能飞过去，同样能把情况说明白。”想到这里，黑鹫心中稍安，想运用神通脱落羽毛。

此时，烈察布上前抓住它的两腿，凌空挥了三圈扔进大火中。黑鹫被熊熊烈火吞没，周身羽毛瞬间被烧得精光。

黑鹫被烧死了，四位勇士高兴得跳起来。他们登上黑山顶，没有发现其他敌人，他们坐在山顶上高兴地大笑起来。

由于化身被歼灭，丹迪勇士的功力减了三成。这时，丹迪自己也察觉到了。他对部下说道：“不知怎么回事，我今天感到全身乏力。我遣走的黑鹫也不知道怎么样了，至今不见援兵到来。今天一切都显得如此反常！”

丹迪正摸不着头脑，焦急之时，突然看见枯树上的鲲鹏振翅要飞走，丹迪大惊，对三千兵卒说道：“不好，他们要冲过来。没有办法，只好我们大家一齐拼个死活啦！”

三千人马听他的指挥，准备动手。枯树下的巴木苏日扎那现出原身，跳上铁青飞翅马，正要冲上去。此时，落在树上的鲲鹏趁机神不知鬼不觉地飞到西边河口，化作千军万马布下阵势。丹迪发现树上的鲲鹏不见了，大吃一惊："奇怪！那只鸟跑到哪儿去了呢?"他四下环视，发现西边河口聚集了敌人的大批人马。

丹迪心想："我与其同这个巴木苏日扎那一人交手，还不如跟扎萨大战一场!"于是他对众兵下令道："壮士们，你们分成两组，一千五百人跟我去战扎萨，一千五百人留下来对付巴木苏日扎那。巴木苏日扎那的功力比较弱，你们要把他活捉住，然后再过来助我活捉扎萨!"

丹迪跳上坐骑，带领一千五百人马冲向西边河口。此时，扎萨在西边远远看见丹迪在调动军队，他马上明白了他的用意。他将自己的化身留在河口，真身暗中来到枯树下。对此，丹迪一点也没有察觉，他仍然带领一千五百人马扑向河口去了。

山顶上的烈察布、荣萨、珠拉和达兰泰乌仁发现了山下的变化，立即飞奔到枯树下与巴木苏日扎那和扎萨会合。巴木苏日扎那从荷包中放出来马匹和兵器还给每个人。他们六人跨上战马，迎着敌兵冲过去。

一时间空中挂起五色彩虹，二十条巨龙呼啸，天地震动，好像天地浑然一体。丹迪勇士的一千五百人马大惊失色，难辨敌我。扎萨一个人砍杀了一阵后向西边河口驰去追丹迪了。

当时，丹迪率领一千五百人马冲到河口，一声呼啸杀向敌阵。当他们冲到阵前时，漫山遍野的敌兵突然之间化作彩虹升上天空。丹迪惊讶道："哎呀！这肯定是格斯尔亲自到来了。"他回头去接应那一千五百军队。他刚走出不远，前边又出现黑压压的一队人马。丹迪见了心中一阵喜悦："这一定是我的军队消灭了巴木苏日扎那后回来了。"于是高兴地迎上去。可是，对面的军队已经同自己率领的一千五百人厮杀起来。丹迪吓得目瞪口呆，还没有回过神来，扎萨已经冲到他的面前，他只好仓促迎战。

烈察布和珠拉冲到敌军中一阵砍杀，不大功夫就已经杀光全部兵卒。这时，扎萨正与丹迪马下徒手相搏。五位勇士清除了三千兵卒，向丹迪围过来，丹迪见后惊慌得要逃跑。这时，扎萨已经探查出丹迪的灵魂藏在他的双目中，他把这个发现告诉了五位勇士。烈察布听后暗想："此时不助我父亲一臂之力，更待何时！"于是他一马当先追上去。他先于父亲，发出火焰箭，正中丹迪的双目。丹迪翻身落马，气绝身亡。

如果不是扎萨发现丹迪的灵魂藏在双目中，其他五位勇士根本无法杀死他。由于丹迪勇士被杀，纳钦可汗的功力又减弱了一成。扎萨等人缴获了敌人的三万战马和丹迪的坐骑黑骝马，登上那座黑黝黝的高山。附近再没有敌人的踪影。他们从三万匹马群中挑选出一匹最好的战马宰杀，祭祀上界佛尊天神。他们于申年七月二十四日走下高山，踏上了归途。

这一天，十方圣主格斯尔可汗率领六位尊贵的哈敦和具足巨龙之力的三十位勇士登上白塔瞭望。圣主发现远处尘土飞扬，传来万马奔腾声。转瞬间，扎萨等人赶着三万匹战马和丹迪的坐骑黑骝马奔驰过来了。圣主将此喜讯告诉了大家。六位哈敦为首的大家听后都高兴不已。扎萨等人经过三个月的跋涉，于申年十月初八，佛尊降临的吉祥之日归来了。

扎萨、巴木苏日扎那、烈察布、荣萨、珠拉、达兰泰乌仁一齐登上白塔叩见格斯尔可汗，详细禀报了出征经过，并献上缴获的马匹。圣主听罢，非常高兴，脱下身上的珍珠宝衣赏给六位勇士。扎萨等人接过宝衣穿上，叩谢圣主和六位哈敦，接着又向上界佛尊天神叩首，感激保佑。

格斯尔可汗从缴获来的三万匹战马中挑选三匹留下，把其余的赏给了三十位勇士、三百位先锋和三大部落百姓。三十位勇士、三百位先锋带头向圣主叩首谢恩。格斯尔可汗把丹迪的黑骝马赏给了南充，把他的器械赏给了猛虎勇士。南充和猛虎勇士二人上前叩首谢恩。大家都得到赏赐，没有超通的份儿，超通连一匹小马驹也没有得到。

这时，阿鲁莫尔根哈敦、哲萨之妻哈斯高娃哈敦、巴木苏日扎那之妻额尔敦格日勒泰哈敦、烈察布之妻曼达丽高娃哈敦、苏米尔之妻钟哈达丽哈敦和却玛荪高娃哈敦一齐上前跪到格斯尔可汗面前，说道："圣主，这次不必抽签了，让我们六位出征吧。"

格斯尔可汗说道："你们六位要求出征是对的。可是我派你们去，难道要让三十位勇士在家坐等？那边有不少凶恶的敌人，而且又有很多污秽肮脏之地，阿鲁莫尔根哈敦你们就别去了吧。"

阿鲁莫尔根哈敦又跪奏道："圣主讲得非常有道理。不过，我们六位请求出征，是有缘故的。上个月我做了一个好梦。梦见乳海中莲花盛开，须弥山上彩虹萦绕，密密竹林节节断折。我还梦见圣主威名大振，蔚蓝的天空中红日东升，三位神姐命我们出征。还梦见，无根之竹节节断折，零乱地倒在地上。还梦到我们整个部落举行了三天的庆功大宴等。"

格斯尔可汗听了阿鲁莫尔根的话后心中有了定夺，说道："阿鲁莫尔根，你梦中'乳海中莲花盛开'，实际上是恰布恰兰湖中的莲花，'须弥山上彩虹萦绕'，暗喻三十位勇士；'密密竹林节节断折'是指我们供奉的神树；'圣主威名大振'自然是指我的神通了。'蔚蓝的天空中红日东升'，当然是我们消灭纳钦可汗，放火焚毁他的城堡；'三位神姐命你们出征'，应该是扎萨等三十位勇士冲杀敌阵；'无根之竹节节断折，零乱地倒在地上'，无疑是指纳钦可汗将倒毙荒野。至于'三日大宴'，自然是指纳钦可汗将灾星降临，罹病三月。冥冥中早有注定，虽参天大树也将化作朽木枯株。你们既然要为我尽一份心力，那就去吧。"

这时，伊尔扎木苏·达丽·乌达木神姐正化身杜鹃鸟，飞降下界。格斯尔可汗感觉到神姐要到，忙命人搬上金交椅。神姐降临凡尘，落座金交椅上。十方圣主格斯尔可汗率扎萨及三十位勇士叩首接驾，然后围着神姐席地坐下。神姐转达了娜布莎胡日扎祖母和父皇霍尔穆斯塔腾格里的旨谕："这次暂时不要派遣三十位勇士出征。前边的敌人非常凶悍，唯有阿鲁莫尔根方能制服。其他勇士去了，也无法取胜。所以，这次必须派阿鲁莫尔根哈敦出征。要却玛荪高娃和扎萨之妻、苏米尔之妻、烈察布之妻、巴木苏日扎那之妻随同出战。敌人虽然凶悍暴躁，由她们出征，必能逢凶化吉。等阿鲁莫尔根她们返回之后，格斯尔可汗你再率领三十位勇士出征。无论在何时何地，你都要谨慎从事，切不可粗心大意！"

格斯尔听了神姐转达的上界旨谕、向上行了三叩九拜之大礼。之后神姐又对阿鲁莫尔根说道："弟媳你去时要像自在菩提萨埵，回来时要像博学菩提萨埵，到那里消灭了敌人，就要立刻返回。你率领诸位神通广大的哈敦，临阵杀敌时要随机应变，你千万要留心，别出任何差错。"神姐说完，化身杜鹃鸟飞上天空。阿鲁莫尔根等跪在地上叩首三次。

阿鲁莫尔根等六位哈敦准备启程。三十位勇士都觉得面上无光，有些无地自容之感。扎萨等勇士们上前跪下启奏道："我们降临凡尘，是为了给圣主和六位哈敦效力的，为什么让她们替我们出征。圣主，我们有何颜面待在家中！我们生为男儿身，就是为了要使异教徒步入正道，使正道之人增添力量，歼灭尘世中的敌寇，铲除偷盗之徒，降服狼虎狮豹，跨越险山绝壁。我们三十位勇士如雄雕猛虎巨龙般，是跟随圣主您降生的啊！"

圣主对扎萨等勇士解释道："三十位勇士，你们要去是对的，但大家不要着急，今后出征的机会多的是，就像禾谷割不完，敌人杀不尽一样。你们都还不算老，自然还有许多杀敌的机会，不要着急。而且这次是上界的旨谕，我们怎么能违背呢！"

扎萨听了格斯尔可汗的话，无可奈何地说道："圣主讲得很对，这次就让哈敦们去吧。我们还没老，敌人也不可能被她们杀完的。"

这时，烈察布突然上前启奏道："圣主，这次让我也去吧。我曾随阿鲁莫尔根婶母出征过十五头蟒古思可汗。那时，婶娘把我装在金荷包里。因此，我想这次也和婶娘她们一起出征，助她们一臂之力！"格斯尔可汗听后答应了烈察布的请求。其他人听后嘀咕道："烈察布已经得到两次出征的机会啦！"

阿鲁莫尔根跨上了飞翅铁青马，手握金刚宝刀，背挂金箭壶和鹿筋弦强弓，装入白羽箭，身穿红叶铠甲，腰束黄金荷包，腕扣金鞭。她的头顶上升起千万道彩虹，额头上显出文殊菩萨的法相，口中吐出狮头菩萨的金光。胯下的飞翅铁青马四蹄浓烟滚滚，口鼻中冒出熊熊火焰。

却玛荪高娃哈敦骑上飞翅灰青马，一手握砍千敌首级而不卷刃的金刚宝刀，一手拿黄金板斧，身穿耀眼白银甲，背挎闪电弓，腰挂金光闪闪的箭壶，内插细羽箭。她的头顶上鹦鹉盘绕，额头上鸾鸟翩翩，口鼻中冒出熊熊火焰。

哈斯高娃哈敦身穿珍珠铠甲，腰挂神变箭壶，内插花雕白羽箭，背挎金柄乌雕强弓，腕扣花鞭，跨上飞翅铁青马。她头顶上孔雀飞舞，青龙呼啸，胯下的飞翅铁青马四蹄迸出火焰。

钟哈达理哈敦身穿百纳宝甲，腰挂如意箭壶，壶内有善晓人言的如意箭，背上神弓，手握一把金刚长矛，腰上插一把无敌神剑，带上火晶宝物，腕扣如意宝鞭。跨上奔走如飞的黑骝驹，头顶挂起一道五色彩虹，额头上显出千佛尊相，口中喷出狮头菩萨的火焰。坐骑黑骝驹蹄下火星四溅，口鼻喷出滚滚浓烟。

曼达丽高娃哈敦身穿闪电铠甲，背挎沉香硬弓，腰悬圣洁箭壶，插满金箭，手执如意长矛和月光巨斧，骑上飞翅铁青马，像哈斯高娃哈敦的亲妹妹一样。

额尔敦格日勒泰哈敦跨上一匹飞翅铁青马，身穿火红宝甲，背挎犀角神火弓，腰挂玄妙箭壶，内插如意白翎箭。手提金钩，腰插宝剑，腕扣钢鞭，头顶上现出金刚度母法相，额头上显出文殊菩萨的光环，口中放射出拉德纳·散布瓦佛尊的神光。

阿鲁莫尔根哈敦等正要启程时，超通诺颜上前跪倒在格斯尔可汗面前，说道："我想随几位侄媳妇一同出征纳钦可汗国度。如遇敌人，我上前屠尽，没有敌人，我活捉纳钦可汗，献给圣主您。我在侄媳妇手下做个军前探哨。敌人可能会觊觎侄媳妇的美貌，如果真是那样，我就把他杀掉。即使没有敌人，我也可以做个前卫保护她们。当她们口渴时，我为她们打来泉水喝；当她们饥饿时，我翻山越岭，为她们捕来觅食青草的野驴；当她们遇到危难之时，我会出手救援；当她们冲锋杀敌时，我会鞍前马后保护她们，帮她们把敌人一扫而尽！"

圣主听后道："叔父想要出征，自然是一件大好事。"阿鲁莫尔根听后上前说道："叔父想出征，也算是好事。一个人只能造一次孽，再多了，那后果就不用说了。叔父您想跟我们去，首先必须要抱定善心。"阿鲁莫尔根哈敦对超通的为人和所作所为并不很清楚，所以答应了他的请求。那天，超通之子阿勒坦不在家，格斯尔派阿勒坦到远处去办事了。如果阿勒坦在家，他是无论如何也不会让超通跟随哈敦们出征的。

格斯尔可汗见阿鲁莫尔根答应了超通的要求，只好教训超通道："叔父，您眼看要活到一百岁，与察尔根叔父一样，快要享受到人生的极限。我的名望不会因别人的所作所为而受到玷污。实际上，你我二人的名声现在都算不小了，您应该知道，我从小南征北战，降服无数强敌。期间，您多次冒犯于我，而我始终没有对您下手，一直把您带在身旁。就您所犯罪行而言，我完全可以赐您毒药，让您自尽。但我心中总是不忍，也不想坏了自己的名声，总是把您视为自己的亲戚，我不能忘了您的好。男子汉生在人世间，应当为家业和妻儿奋斗。女子生在人世间，应该为家业和儿女朋友尽心。作为儿女，应该想到，慈母生我育我，十月怀胎，又哺育几载。夜半三更怕我们饥饿，起身哺乳；黎明甜梦中，中断睡眠，为我们哺食；怀胎十月，瞻前顾后，提心吊胆；呱呱坠地后盼望长大，日夜操劳；怕我们受寒，紧抱怀中；父亲担心我们不慎碰着、磕着，砍伐榆树和柳树制成摇篮。盛夏，自己热汗淋淋；严冬，又担心我们着凉。这就是仙女般的母亲，佛神般的父亲！我们做儿女的应该想一想，如何才能够报答父母的恩情！身为大臣，就要为可汗尽忠效力。身为诺颜，更应该珍惜名望，摒弃二心。要想造福来世，就要精忠报国。叔父您自行诋毁自己的名望地位，可以说愚蠢到了极点。这次去出征，也许您又会办出什么坏事来，也许您害怕敌人逃回来。只因为您两次请求，我才准您出征。叔父您要自爱自重，别成为人们的笑柄。生为男儿，为什么要老让人戳脊梁？叔父您千万不要做罪孽之事了，也别践踏我的名望了！”

超通上前跪下说道：“圣主教训得对。圣主您听我说，过去的所作所为既成事实，我无话可讲。圣主可以看我今后的行动，这次我不会惹事或干坏事。我这次出征中如果干了什么对不起您的事，圣主您就用九庹金刚宝剑削了我的头！那时不要因为我是您的叔父而为难。圣主的的话句句金玉良言，会永远留在我的心中！”

扎萨为首的三十位勇士知道超通要出征后议论道：“我们这位叔父又要出征了。瞧着吧，如果这趟不惹出个大祸来，那才怪呢。”大家笑谈此事时，烈察布跨上飞翅铁青马，身穿火红铠甲，背挎鹿筋乌雕强弓，腰坠闪电箭壶，内插白羽细箭，手提金刚大刀，迫不及待地要出发。超通也向格斯尔叩头谢恩，挎上弓，细腰箭壶内插上白羽箭，腰悬弯刀跳上豹花马。

阿鲁莫尔根哈敦、却玛苏高娃哈敦、曼达丽高娃哈敦、哲萨之妻哈斯高娃哈敦、钟哈达丽哈敦等八位准备就绪。阿鲁莫尔根哈敦为首设坛向佛祖释迦牟尼、霍尔穆斯塔腾格里、娜布莎胡日扎祖母、挚友三大天神、兄长阿敏萨黑奇、弟弟特古斯朝克图、三位神姐、山神毛阿贡吉特、六位神辩手、大答右、小答右、大呼日格奇、小呼日格奇及十方圣主格斯尔可汗、扎萨兄长、茹格慕高娃哈敦、固娜高娃哈敦、赛乎丽高娃哈敦、三十位勇士、三百位先锋、三大部落国祷告祈求保佑。她的祷告落到了娜布莎胡日扎祖母的神案前，时而芬芳，时而恶臭。祖母当即明白了缘由。她唤来三位神姐吩咐道："你们下去告诉格斯尔可汗，让他好好劝说超通。还要告诉格斯尔，超通是他的一千五百神通之一。他的作用在于给他敲响警钟，提醒他时刻提高警觉，超通在路上可能要干坏事。不过，阿鲁莫尔根机智过人，应当不会有事。他要去就让他去吧。"

三位神姐奉命化身杜鹃鸟，来到了下界。她们对阿鲁莫尔根转达了娜布莎胡日扎祖母的谕旨。阿鲁莫尔根率领大家叩首三次，恭送三位神姐返回天宫。

格斯尔可汗叮嘱道："你们去时要像一道神光，到达地点后把敌人全部化作灰烬。回来时要像鲲鹏，不要多停留，要多警醒！"

烈察布暗暗存了捉弄超通之心。"你们大家瞧着吧。我会把他放到一个没有水源地方，让他受几天饥渴之苦。我要让他加倍偿还当年对我的折磨！"

阿鲁莫尔根哈敦为首的八人，辞别格斯尔可汗和三十位勇士，于酉年十月的九日，准备从扎萨等回来的林间小路出发。

超通诺颜和当年为超通牧放八只山羊的扎萨之子烈察布走在最前面，对阿鲁莫尔根等六位哈敦的起居饮食样样干涉。阿鲁莫尔根等哈敦知晓了他的内心。所以阿鲁莫尔根哈敦找借口说，赶紧去寻找水源，日夜兼程赶了一个月。接着七昼夜不吃不喝，马不停蹄地前进。超通首先受不了了，开口说道："侄媳妇，你们应该听我的吩咐，跟我走才对。这样日夜兼程，我受不了。再加上七昼夜水米未进，我都快要饿死了。一个多月来未曾打个盹，我眼睛疼得要瞎了，我们大家暂时就在这里休息几天吧。"

烈察布说："叔祖，您想一想，出发前您是怎么对圣主说的？您说自己要杀尽敌人，活捉纳钦可汗，掳来他的妻室儿女和所有财宝，献给圣主，这些话都是叔祖您亲口说的。我请您别再打那些歪主意了。怎么不上前杀敌了？您难道是妇道人家吗？不上前杀敌，在这里挑拨是干什么？您连妇人走的路都走不动吗？跟您比，我们六位哈敦还像男人呢。妇人们都没喊饿，您一个堂堂男子汉说什么饥饿劳累，您是怎么了？”

超通听后对烈察布说道：“侄儿，你说得都对，可是我实没有力气了，让我在这里歇一会儿吧。”这时，钟哈达理夫人拾来一堆马粪扔到超通面前，说道：“叔父，我这里有些点心，您吃吧！”此时，阿鲁莫尔根哈敦下令道：“大家都累了。我们在这里午休吧。”烈察布也没有意见，大家都下马休息。

阿鲁莫尔根取出随身携带的干粮，请却玛苏高蛙哈敦、曼达丽高娃哈敦、钟哈达理哈敦、哈斯高娃哈敦、额尔敦格日勒泰哈敦和烈察布进食。因为超通诺颜心术不正，所以没有分给他。

大家吃喝完毕，坐下休息。阿鲁莫尔根指着路旁的一堆马粪说道：“路旁有一堆点心，对于七天水米未曾沾牙的人来说，它也是美味。烈察布你过去把它吃了吧，不过，吃时可千万别把它视作一堆马粪啊。”超通听到阿鲁莫尔根的话后心想：“可不能让烈察布先吃到了。一则，我至今未吃一口东西。二则，身上疲乏，没有一点气力，再不吃点东西恐难赶路。”想到这里他抢到烈察布之前，取过来放入口中就吃下去了，还口中不停地唠叨道：“哎呀，这是什么东西呀，怎么这样苦涩？大概是马粪蛋吧？”

阿鲁莫尔根哈敦说道：“叔父，那是释迦牟尼佛祖赏赐的圣食，您怎么能把它亵渎为马粪？您抢到手中，既没有供奉上界佛祖，也不谦让我等，却自己独吞了。您不觉得您自己的做法可耻吗！那是像须弥山一样高大、像香海水一样丰盛的圣食，也亏得您能咽得下去！叔父，您一点也不知道照顾我等六个侄媳妇。这样看来，说您过去调戏侄媳妇，一点也没有冤枉您。烈察布说您过去曾欺压和凌辱过他，这也不会有假了。”

超通听后急忙回答道：“侄媳妇，你责备得对，我是老糊涂了。不知是由于饥饿过度还是过于疲乏，我竟自己先吃掉了。吃完之后我立刻后悔了。没给你们看是我的不对。不过，那些食物也太难吃了，散发出熏人的臭味，直到现在我肚里好像还有三大块没有消化。”

却玛苏高娃也责备他道：“叔父，您是傻了吗？您应当明白我们靠的是谁的保佑！您敢说佛祖赏赐的圣食不好吃，对您来说什么是好的？您是怎么了？”超通回答道：“你们骂得都对。我那时年幼无知，办事荒唐。跟现在不同，当时只是想到要尽情地取乐。”他一边道歉，一边暗打主意：“我得设法从这几个侄媳妇当中把一个搞到手。就是这个烈察布一来，把事情给耽误了。这事阿鲁莫尔根也不会察觉。我得想法把这小子支走，再同我这几个如花似玉的侄媳妇亲热亲热。”阿鲁莫尔根哈敦、却玛苏高娃哈敦和哈斯高娃哈敦早已发现超通心怀不善。对他说道：“叔父，现在吃也吃饱了，休息也休息过了，我们该上路了。”超通也答应出发，跨上马背。其他人也都跟着上了马，继续往前赶路。

他们一行八人穿过奈热拉草原向前攒行。途中烈察布对阿鲁莫尔根说道：“从现在开始你们在前边走吧，我同叔叔跟在后面。”

阿鲁莫尔根明白了他的用意，带着其他五位哈敦走在前面。超通诺颜和烈察布二人远远跟在后面。路上，他们看见有一截马绊皮子散落在路旁。烈察布用手指了指，说道：“叔叔，您看多好的食物啊！对于七昼夜没有进食的人来说，那可是一顿美餐啊。那是八只山羊奶做的乳酪。您就把它吃了吧。”

超通果真下马捡起来马绊就要吃。烈察布又从旁边说道：“您看着它像马绊，其实是八只山羊的乳酪。”超通听后心中暗想：“这个烈察布过去曾经替我放牧过八只山羊。当年就有人告发，说他在偷偷挤羊奶制作奶酪。想来他把那些乳酪一直保存到现在。”超通把马绊吃下去后说：“啊呀，这乳酪真苦涩啊！”他们继续往前走，道旁发现一盘石磨。烈察布施法把它变成了女人礼服上佩带的胸饰，然后说道：“啊呀，这是阿鲁莫尔根哈敦的胸佩，怎么掉在这里了？胸佩里有起死回生的灵丹，返老还童的妙药，还有为七昼夜未进食的人解渴充饥的圣食。”说罢，烈察布要下马去捡。

超通心中暗暗想：“这个胸佩我得捡起来。有了它，首先，今后不必担心忍饥挨饿；第二，遇到敌人不能脱身，我也可以用它换条性命；第三，如果消灭不了敌人，我可以回去把它献出来，总比空手回去强吧。我们圣主为首的大家今后必定会信任我；第四，我如果把它还给阿鲁莫尔根哈敦，她肯定要感激我，说不准会因此而把她搞到手。”想到这里，超通赶紧对烈察布说：“孩子，我不是你的长辈吗？就让我佩带吧。”

烈察布听后赶紧让他，超通跳下马准备去捡。这只胸佩真够大的，不是扛着就得背着走。超通鬼迷心窍，也不多加思索，上前去便抬，没有抬动。烈察布说：“这块胸佩可是够重的，叔叔，您可别怪我。您要是想背，它一边有孔洞，您可用绳子穿起来背上。”超通把磨盘背上，吃力地往前赶路。他想尽快把那块胸佩交还给阿鲁莫尔根哈敦。

阿鲁莫尔根知道这是烈察布在捉弄超通，所以她快马加鞭，不让超通追上来。超通汗流浃背地往前赶，烈察布跟在他身后，偷笑道：“你过去想尽办法折磨我，我今天要报仇了！”超通背着沉重的石磨，越走越体力不支，对烈察布说道：“孩子，这块儿胸佩怎么会这么重？是不是石磨盘啊？这不是阿鲁莫尔根侄媳妇的胸佩，肯定是一块石头，孩子你肯定是骗我的吧？你要给我解释！你叔父我体力不支了，绳子已经勒疼我了。”烈察布听后道：“叔祖，我怎能忘记您过去干的那么多坏事啊！当年您想方设法折磨我、欺侮我，也该还我啦，让您也尝尝被人折磨的滋味。叔父您出征前是怎么对圣主保证的？圣主又是怎么对您说的？可您怎么也扔不掉您那个肮脏的坏心眼，您想一想，如今您抛弃伦常道德去调戏自己的侄媳妇，您不觉得羞愧吗？如您不是我的叔父，那我不仅让羞辱降临您的头上，我还要拿起刀把您宰了！谁给我九庹长的宝剑？”超通吓得惊慌失措地跪倒在烈察布面前。

烈察布见超通跪在自己面前，可毕竟是自己的叔父，他也忙屈膝跪下。超通颤抖着声音说道：“你生气是对的，我确实说过，但那只是跟你开个玩笑而已，你别当真了。我怎能有那种想法呢，那样还有什么脸面去见侄媳妇啊？这确实是我的不对。孩子，要杀要砍随你的便吧！”

烈察布心想：“现在我们是在出征途中，消灭敌人才是正事。至于你所干的这种丑事，回去后自然要禀报圣主，那时圣主自会酌情处理的。现在还是杀敌要紧，快点赶路吧。”想到这里，烈察布起身走过去卸下超通背上的石磨，扔到路旁。超通见烈察布帮自己卸下石磨，高兴地对烈察布说："要是再让我背着石磨走一段路，非把我累死不可。你说什么胸佩，原来是一盘大磨。不过你放心，我今后会痛改前非，好好做人的。"

烈察布和超通二人赶上了走在前边的阿鲁莫尔根哈敦等六位哈敦。烈察布对阿鲁莫尔根说道："我们同这位叔父一起走合适吗？"

阿鲁莫尔根道："他即使有那样的心，也无法得逞。不过，你说的也对。他说不定真的会给我们造成麻烦。我看我们干脆把他装进荷包里带着走吧。"说完她拿出金荷包，对超通说："叔父，请您过来一下。"超通不知道是什么事，忙走过来问道："侄媳，您有什么事叫我？"阿鲁莫尔根道："叔父，快过来呀，您不是要亲热亲热吗？我想满足您的想法。"超通听后急忙说："哎呀呀！侄媳妇，你这是说哪里去了！哪有天地合为一体之礼！"这时，阿鲁莫尔根向超通点了三次，把他装进荷包里，交给了烈察布，烈察布接过荷包后掖到自己的腰带上。

阿鲁莫尔根率领大家继续往前进发。他们走了四个月，于酉年五月初二日来到沙砾山顶上。他们在山上四下观察，没有发现敌人。于是走下山来，一一经过前几批勇士苦战过的战场，来到了那座黑黑的高山脚下。苏米尔哈敦钟哈达理取出火晶如意宝照亮道路，他们一行人平安地翻过了高山。这时，烈察布跪到阿鲁莫尔根哈敦面前，说道："上次我和父亲一行人只走到这里。再往前的道路我也不熟了。"六位哈敦听后都感到惊讶。

接着他们继续往前走，没有发现敌人。再往前走，前面是一座寒冷险峻的山岳丛林。他们几个人登上了山顶，山上气候特别寒冷，冷得使人不敢伸出手。从山顶上往下望去是一片草原，草原上似乎有一个影子在移动。阿鲁莫尔根哈敦站在山顶上凝目注视，认出是纳钦可汗一年四季都要祭祀的那棵大树。于是她问大家道："前面有一棵神树，我们怎么过去呢？"

却玛苏高娃哈敦说："我们过去祭祀一下吧。阿鲁莫尔根，你变成纳钦可汗的女儿奈古莱高娃公主，我们变成你八个侍女。我看它不会起疑心，它会以为是纳钦可汗的公主前来祭祀呢，我们到那里把它砍掉！"阿鲁莫尔根哈敦也觉得她这个主意不错。可仔细一想发现有问题："我没有见过奈古莱高娃，不知道她长什么模样，叫我怎么变？再说我们也不知道哪一天是纳钦可汗祭祀神树的日子。”大家听了阿鲁莫尔根的话，一时没有了主意。

这一天，纳钦可汗的女儿奈古莱高娃公主对父母说道：“我生来还没有去过布达楞山、楚古日苏图山和麦拉苏图山的山顶上。听人说，那几座山上开有无数莲花，还有很多果木，我想去看一看。”

听了她的这番话后可汗父亲和哈敦母亲道：“又不是男孩子，你一个女儿家，别人会笑话你说身为女儿家到处游逛，你还是不要去了。”

奈古莱高娃回答道：“可汗父亲和哈敦母亲说得对。不过，我又不是要到周围闲游乱逛，我只是想看一看盛开的莲花、果木、鹦鹉、孔雀等，谁会跑来笑话我。我还是想去。”

哈敦母亲听后也觉有道理，就说：“好，好！那你就去吧！”于是奈古莱高娃高兴地跪拜父母后带着自己的八个侍女，向山上走去。

她们来到山上。果然是花果山啊！她不停地感叹道：“多美丽的鹦鹉和孔雀啊！多美的花果山啊！”这样，她看着莲花，突然悲从中来不停地落泪道：“我今年已经二十岁了，还没有遇一个可托付终身的人。照此下去，不知要等到何年何月！”

正此时，上界的萨仁额尔敦辞别佛祖释迦牟尼，来到天宫。他跪到霍尔穆斯塔腾格里和娜布莎胡日扎祖母座前，启奏道：“我想到下界去助格斯尔可汗一臂之力。上次我曾助他们一次，这次我还想帮助一次。再则，这次出征的是我祖母哈斯高娃、父亲烈察布和母亲曼达丽高娃，还有阿鲁莫尔根哈敦、却玛荪高娃哈敦、额尔敦格日勒泰哈敦等，我想再助他们一臂之力。”霍尔穆斯塔腾格里和娜布莎胡日扎祖母听后道：“你要去，很好。你所到之处会事事如愿的。你在赡部洲要努力为格斯尔可汗效力，那将是你的骄傲。遇到敌人，你要全部除掉！”

萨仁额尔敦听了霍尔穆斯塔腾格里、娜布莎胡日扎祖母和挚友三天神的旨谕，辞别下凡。临行之前，娜布莎胡日扎祖母从上界三群马匹中挑选出飞翅神驹，并为他准备了黄金箭壶、如意神箭、金钢宝刀和羊角硬弓，赋予他千条巨龙的神力。

萨仁额尔敦跨上飞翅神驹，带着神兵利器和一身神力，降下凡尘。他在空中盘旋时听到纳钦可汗的公主在布达楞山上哭泣的声音。他向布达楞山走去。途中看见阿鲁莫尔根等人在一座高山上休息。他想：“我还是先到布达楞山上看看那位公主的长相容貌，再回来拜见他们吧。”

他来到山顶上空，仔细瞧了瞧姑娘的容貌，然后用金汁写了一封书信投下去。

书信正落入奈古莱高娃的怀抱中。奈古莱高娃大吃一惊，拾起书信。只见上面写道：“公主年龄已有二十还没有许配，因而伤心落泪是对的。现在不必再难过了，你会嫁给一个好丈夫。八名侍女也无须担心，会遇到一个好圣主。他便是十方圣主格斯尔可汗。你不能嫁给别人，只有格斯尔可汗才是你终身依托。格斯尔可汗是这个赡部洲的主人，是为铲除人世间虎豹豺狼而降生凡尘的天神。只有虔诚地皈依格斯尔可汗，才是你唯一的出路。对此，你不应该有丝毫怀疑。如果不听劝告，你将活不过今夜。而且，这件事你绝对不能告诉父母，否则就有性命之忧。”

奈古莱高娃看过书信，暗想：“简直是一派胡言乱语！我为什么要嫁给他？”奈古莱高娃刚想到这里，只觉一阵头晕目眩，昏厥过去。

八名侍女大惊失声地哭泣道：“公主的情况有些不对劲。那封书信恐怕是上界天书。我们快劝一劝公主嫁给那个格斯尔可汗吧。”

她们忙把奈古莱高娃扶起。公主时而清醒，时而昏迷。趁公主清醒时，八名侍女劝她道：“公主，你这次昏迷完全是由于不想念那封书信引起的。你这个样子叫我们怎么办？我们如果把你丢到这里，国王肯定不会饶过我们。公主你就发个誓，答应嫁给格斯尔可汗吧。”

奈古莱高娃心中也非常矛盾。她想：“我不嫁给他，会继续这样昏迷下去，还是答应嫁给他吧。”刚想到这里，顿时觉得清醒起来。奈古莱高娃更加确信不疑，说道：“你们说得对。我如果不答应，将必死无疑。看来我们只能遵循上界的旨谕，在这里等待格斯尔可汗到来。这件事千万不能告诉我的可汗父亲和哈敦母亲。”

八位侍女道：“这件事公主应该自己拿主意，如果公主能嫁给一个好丈夫，我们也能跟着享福了。”奈古莱高娃听后嘱咐她们道：“你们千万别把这事泄露给我的可汗父亲和哈敦母亲。”

八位侍女听后立刻保证道：“我们决不会透露风声的。我们过去也曾听说过格斯尔可汗有许多神通，只是不知道什么时候才能遇到他。我们绝无二心。”

奈古莱高娃不敢轻易相信，说道：“既然如此，你们要舔尽我小指的血起誓。我也曾听说过格斯尔可汗有一千五百种神通，手下有三十位勇士。过去我也暗自许愿，哪怕在格斯尔身旁做个挤奶掏灰的奴婢也心甘情愿。”说着奈古莱高娃刺破小指。八名忠心耿耿的婢女，一个个毫不犹豫地上前舔尽。这八位侍女也刺破自己的小指递过去说道：“公主，你如果真心想嫁给格斯尔可汗，也请舔一舔我们的血！”奈古莱高娃已经铁了心，毫不迟疑地上前舔干。

萨仁额尔敦在空中将这一切看得清清楚楚。他又写了封书信投下来。书信照旧落到奈古莱高娃的怀中。她打开一看，上边写道：“我是你的曾祖父尼尔布。你今后要时刻向我祷告保佑。你能起誓，很好。你嫁给格斯尔可汗的决心再不能动摇，如稍有二心，会损及你的阳寿。现在你就去你可汗父亲一年四季祭祀的那棵神树旁去，会给你一个明显的预兆。你要按我说的去办，这样，会增加你的寿数，使你终身享福。你如果公然违背我的话，今晚便是你的死期。记住，这件事千万不能告诉你的父母！”

萨仁额尔敦投下书信之后放心地走了。奈古莱高娃看过书信，把内容告诉了八个侍女。她们听了，说道：“公主，你听我们说。话已说出，何况我们还发过誓。现在赶快回去，禀明父王母后，再去祭祀那棵神树。”奈古莱高娃同意了侍女们的提议，一同走下山来。途中，奈古莱高娃心还是不安，再次要求侍女们发誓。侍女们道：“公主还是信不过我们，那我们向天起誓！”这样，八位侍女当即跪下向天叩头起誓道：“我们如果对公主怀有二心，请天将我们全部灭掉！”奈古莱高娃也跪下磕头起誓道：“我也要日夜思念格斯尔可汗！”说完，她们主仆九人从布达楞山回来，没有透露丝毫口风。

此时，阿鲁莫尔根对其他哈敦说道：“这样坐着也不是个办法，我们还是往前去吧。”正在此时，萨仁额尔敦从空中扔下一封书信，落到阿鲁莫尔根面前。她捡起一看，上面写道："我是烈察布之子、曼达丽高娃哈敦亲生儿子萨仁额尔敦。为了给十方圣主格斯尔可汗、祖父扎萨、七位哈敦、父亲烈察布和三十位勇士、祖母哈斯高娃哈敦、猛虎勇士等效力，我奉上界的旨谕降下赡部洲。"

阿鲁莫尔根看罢书信，心中纳闷："奇怪，我们一共是六位哈敦，怎么会变成了七位了呢？难道要从上界降下一位哈敦？这件事可有点不明白！"

这时，萨仁额尔敦从空中像一只雄鹰般飞落下来。他从阿鲁莫尔根开始，给自己的父母和众人逐个叩头相见。他把自己的一切经过详细告诉了大家。众人听了，非常高兴，阿鲁莫尔根脱下身上的珍珠宝衣赏给了萨仁额尔敦。萨仁额尔敦叩首谢恩。却玛荪高娃脱下自己的珍珠宝衣赏给烈察布，祝贺他们父子相见。烈察布也跪下叩首，表示感谢。

阿鲁莫尔根仔细端详萨仁额尔敦，只见他身如如意宝，身上具足了二十多条巨龙的神力，容光焕发，声如金刚铃，举止动作就像是可爱的黑斑猛虎，相貌似千手菩萨临凡，蕴有无数神通。因为他生在上界，所以不能在下界久留。

阿鲁莫尔根哈敦仔细端详他时，只听萨仁说道："婶祖母，请你变成观音菩萨模样，我们变成八个侍女。明天就是纳钦可汗祭祀神树的日子，我们过去。到时怎么对付，就看婶祖母的随机应变了。"阿鲁莫尔根这才知道奈古莱高娃生得跟观音菩萨一模一样。她立即变成了奈古莱高娃的模样。却玛荪高娃哈敦、哈斯高娃哈敦、钟哈达理哈敦、额尔敦格日勒泰哈敦、曼达丽高娃哈敦、烈察布和萨仁额尔敦随之变成了侍女模样。大家发现不对道："怎么办？还缺一个人。"烈察布听了，要取下金荷包，要放超通出来。阿鲁莫尔根知晓后赶忙制止道："烈察布，别放他出来。他又不是什么好人，弄不好，他会坏事的。"她又回身问萨仁额尔敦道："你的那封书信中提到七位王妃，对此我有些不解。她是谁？"萨仁额尔敦回答道："我们消灭了纳钦可汗，把他的女儿奈古莱高娃娶给圣主，那不就变成七个哈敦了嘛。我从空中见过奈古莱高娃之后，就想让她嫁给圣主作哈敦。我还让她发过誓。"

大家听了萨仁额尔敦的解释，都非常高兴。他们向神树走去。阿鲁莫尔根走在最前面，身后紧随着七位侍女。

阿鲁莫尔根哈敦他们在山上隐约看见，草原上走动的那个人见他们过来，变回一棵大树。大树心中暗想："这个来的人怎么像我们可汗的公主啊？如果真是公主，她应该从北方过来，可是她们怎么从南边走来？且不管她，只要到了近前，我总会认出来的。"

阿鲁莫尔根一行来到树下。阿鲁莫尔根口中说道："我代替父亲前来祭祀神树！"说完磕了七个响头，坐到树下休息。

阿鲁莫尔根对七个侍女说道："明天是祭祀的正日子。今天我们要找处泉水沐浴净身。"

神树心想："看她的容貌、谈吐，是我家公主无疑。如果是别人变化而来，绝不会知道明天是祭祀的日子。但是，为什么不派其他大臣，而是派她来呢？"

阿鲁莫尔根哈敦心中完全清楚这棵神树对他们的戒备心。他们就在树下露宿一夜。夜半时分，阿鲁莫尔根醒来，看见神树枝叶不动不摇，知道它开始有些相信了，更有了信心。她推醒却玛莯高娃、曼达丽高娃和额尔敦格日勒泰哈敦。她们三人跳起来，提起金斧上前伐树。不到午夜，已经伐到树心。这时，钟哈达理哈敦取出金钩向树干打去，神树倒下了。阿鲁莫尔根立即从它身上跨过，却玛莯高娃哈敦、曼达丽高娃哈敦、哈斯高娃哈敦、额尔敦格日勒泰哈敦和钟哈达理哈敦也紧随其后跨过大树。大树由于被妇人跨迈，枝叶立刻枯黄萎缩，变成了一棵朽木。

烈察布和萨仁额尔敦由于是男身，所以，没有去跨越，男子生来圣洁纯净，女子虽贵为仙女，一经生儿育女，便有了经血秽物。他们生起大火，把神树抛入火中，化为灰烬。

阿鲁莫尔根提议大家继续往前走。萨仁额尔敦劝阻道："婶祖母，我们这在这里暂时停留几天。几天后会有好消息传来。"阿鲁莫尔根听了萨仁额尔敦的话后不再前进，再回到了那座寒冷的山上。

这几天纳钦可汗噩梦缠身，大病三日。他派人请来了一个神卜师。这个卜师神卦惊人，连烧着吃的肉也无法瞒过他，卜师看过纳钦可汗后说道：“可汗，你的一个灵魂被女人玷污了，就是为可汗放哨的那棵神树。它被敌方女人伐倒，又从身上跨过去，因此，可汗当卧榻三日。精通药理的喇嘛，也无法治愈，只有一个办法，那就是派人去祭祀神树，可汗当立刻痊愈。”奈古莱高娃在一旁听后立刻痛骂卜师道：“你这个骗子！你只会蒙哄拐骗，什么时候变成了神卦手？现在谁敢来侵犯父王的神灵？什么样的女人？姓甚名谁？别说是侵犯神灵，那一带根本就不会出现生人。你妄称神卦惊人。”我问你几个问题：“天上有多少星辰？到我家你迈了几步？赡部洲的主人为谁？什么牛儿没有犄角？什么山中没有野兽？什么水中没有鱼？什么人没有爱妻？什么母牛不产牛犊？什么动物没有蹄？什么人没有名字？什么昆虫没有异味？什么人被称作好人？什么人应算作坏人？现今世界谁为主？下轮来世谁为君？我祖父、祖母投生何处？十大剑子手又都是谁？什么人没有头发？谁死谁又不该死？这样无中生有，谁会来玷污我父王的神灵呢？叫什么名字？”卜师听后收起了卦具。卜师本想解释一下，可对方是可汗的爱女，他不敢言，只是焦急地坐在那里一声不响。

原来，奈古莱高娃知道这位卜师无所不晓，再继续算下去，说不准就会知道她起誓之事，这才不得不去阻止他。她见卜者被自己呵斥得不出声，这才对父亲说道：“父亲，我们与其同这个卜师耗费时间，不如直接去祭祀神树吧？”纳钦可汗听后道：“好吧，那就派日德纳勇士去祭祀吧。”奈古莱高娃又道：“父王您听我说，日德纳勇士虽然是您的亲信，但总不及您的亲生骨肉吧？谁知道他会不会真心祭祀呢？有多少是真？有多少是假？我不信。父王您病得这么重，女儿我想亲自去祭祀。我走后母后会在您身旁侍候。我想带吉苏代斯钦一起去。他是个有经验、又懂事的老人，其他勇士我就不带了。现在让这个卜师回去吧。”于是八个侍女过来轰走了卜师。

奈古莱高娃又问父亲道：“父王，我说了这么多，您怎么一声不吭？到底行不行？”

纳钦可汗心中暗想：“我怎么好派个女孩子去呢？可是不派她，谁又能代替我去祭祀呢？也只好让她去了。”想到这里，开口说道：“女儿，你去后要好好祭祀那棵神树，等你回来之后我替你挑选一个好女婿，把你嫁到一个好地方。”

奈古莱高娃听后装作非常高兴的样子。可汗和哈敦一点也不知道自己的女儿起誓要嫁给格斯尔可汗，其他大臣更不知道，所以他们一点也没有起疑，只是催促她快去祭树。

奈古莱高娃回到自己的屋里，一边准备启程，一边暗中想：“他们不是我的亲生父母，而且性情暴躁，我也不是他们的亲生女儿，我是一个养女。想把他当作亲生父亲，但他的心像狼一样，将她视为亲生母亲，就像水中的一朵浮萍，奶子上结的一层奶油一样。他说要把我嫁到一个好地方，离开亲生父母，寄人篱下的一个女儿家，他们能把我嫁到一个什么好地方！如果我今生能遇到一个好人，也算对得起泉下的父母，我自己也能过上幸福生活。不管怎么样，我绝不能损及父母的名望。他们把人养到二十五岁还不准出阁，今天又突然提出要嫁到好地方，能有什么好心？弄不好会把我卖给一个老头儿，或者许配给要饭的，绝不会让我享福的！”

奈古莱高娃正在这里思前想后，没有想到卜师走进来说道：“我们国里最闪耀的星星般的奈古莱高娃公主，你为什么要对我发脾气呢？你想嫁给格斯尔可汗，这我都知道。你看我的神卦准不准？”

奈古莱高娃听后惶恐失色，赶紧叫人去请吉苏代斯钦。不一会儿，吉苏代斯钦赶来了，问道：“公主，唤我什么事？”

奈古莱高娃道：“这个卜师想陷害我。现在父王正在病中，他却跑来这里胡说八道，同我无理纠缠，你给我把他宰掉。”吉苏代斯钦明白公主的意思，把卜者带到一处山谷里杀了。

卜师被杀的消息传出去后，大家议论道：“卜师说话不知深浅，一味地与人争强斗胜，因此招来了灾难。”

酉年六月二十五日，纳钦可汗的养女奈古莱高娃与父母辞行，带领吉苏代斯钦和八位侍女去祭祀神树。途中遇到放哨的萨右古德勇士。萨右古德勇士远远看到奈古莱高娃一行走来，心中暗想：“大概是可汗病了。其他大臣都跑哪儿去了，怎么派个公主过来？奇怪！也不知出了什么事！”他急忙迎上前去问道：“公主，你什么事赶来？”

奈古莱高娃道："父王病了。有人讲是因为供神被玷污了，需要公主前去祭祀。所以我去祭祀神树。"又对他下令道："你要提高警惕，严防敌人入侵!"萨右古德不明底细，点头应诺。

奈古莱高娃带着吉苏代斯钦和八位侍女继续前行。她想起前边还有一哨卡，是由欣迪勇士的父亲格尔苏察达克莫尔根负责，她便决定去见一见这位勇士。

格尔苏察达克莫尔根在哨位上见到公主到来，忙迎上前去问她去哪里。奈古莱高娃用对萨右古德说过的话搪塞过去，又叮嘱了他几句，然后辞别前行。前面的哨位由三只蜣螂把守。奈古莱高娃心想："这三只虫是不吉利的东西，我得设法除掉它们!"

三只蜣螂见到奈古莱高娃一行到来，大惑不解地嘀咕道："我们可汗的公主怎么会跑来这里？奇怪！她来有什么事?"

奈古莱高娃走过去，二话不讲，点起一把火。三只蜣螂毫无提防，一时措手不及全被烧死了。要不是奈古莱高娃把它们烧死，其他人要杀它们还是很艰难的。她们杀死蜣螂后继续往前走。

这一天，阿鲁莫尔根等得有些不耐烦了，说道："我们在这里还要等多久？不然我们再往前走走吧。"萨仁额尔敦上前跪下劝阻道："我们的大喜就要来到了。我曾经说过，我们会有七个王妃，眼看就要变成现实了。过去曾有人对我提过这件事，说纳钦可汗的公主奈古莱高娃想要嫁给我们的圣主格斯尔可汗。"

阿鲁莫尔根和却玛荪高娃二位王妃齐声说道："俗话说一个真正的好男子汉可以娶三十三位妻子。比起娶一个，还不如娶一百零八个呢，这是件好事啊！少了不体面，多了也没什么害处。如果他真心想嫁给格斯尔可汗，我们就封她为忠诚仙子。"

奈古莱高娃一行于酉年六月二十九日来到草原上。她们四处寻找，不见神树的影子。奈古莱高娃担心自己记错了，取出书信又看了一遍。没有错，但就是不见神树。忽然，她们看见东南方向的高山上升起白、红、青、蓝、黄五色虹霞。孔雀、鹦鹉在彩霞中起舞。奈古莱高娃高兴地说道："多美的彩霞！书信中曾提到会出现征兆，看来指的就是它了。"

奈古莱高娃率先向彩虹方向走去。她们来到山上，见到了阿鲁莫尔根等人。阿鲁莫尔根等早知道了奈古莱高娃等的到来，大家暗自高兴。奈古莱高娃到来后问大家道："你们是什么人？从哪里来？到这里有什么事？姓甚名谁？哪一个氏族的？谁的女儿，丈夫叫什么？住在哪里？是哪一个可汗的部属？父母是否健在？我们这里从没有生人到来过，你们七位是怎么过来的？"

阿鲁莫尔根回答道："你既然问起，我就详细告诉你吧。我丈夫名叫乞丐，我们没有可汗。我叫阿鲁莫尔根，住在策策格图塔拉（百花滩）。我的氏族是吐伯特，父亲是龙王，母亲是海水，都还健在。我们都是妇道人家，目的就是纳钦可汗。"

奈古莱高娃听后说道："我问过了你们，也该说我的目的了。我的目的是拜见十方圣主格斯尔可汗。我叫奈古莱高娃，生身之父叫却拉索苏瓦斯钦，母亲叫巴德玛格日勒图。养父叫纳钦可汗，养母叫策晨策格策尔格。我没有兄弟姐妹。我来这里是希望能遇到一个威武显赫的君主和贤明淑惠的哈敦。我可以为他们挤奶、汲水、倒灰、备饭，侍奉他们净面漱口。我不怕吃苦，清晨我可以上高山打柴，傍晚我可以为他铺床整被。我活到二十五岁，养父养母还在让我空守闺阁，这一点叫我无法忍受。我的亲生父母一生行善，是虔诚的佛教徒。在我四岁时，他们双双弃我而去，升上了仙界。从此，我日夜燃起长明灯，在佛前诵经祷告。今天，我怀着一颗真诚的心，前来投奔却玛荪高娃哈敦。算起来，她是我的表姐。我舅父名叫朝依荣格日勒泰斯钦，是纳钦可汗手下萨格勒代勇士的牧羊人斯琴巴鲁之妻依斯鲁所生。我只知道舅父家的上两代。我的父母去世后，斯钦巴鲁和依斯鲁收养了我。当时，纳钦可汗借膝下没有子女，把我强行抢来收为养女。我常想，与其这样活着，不如去一处山清水秀的地方了此残生。正当我内心苦闷，有意轻生时，有人从空中投下一封书信。我按照书信的指示，决心嫁给格斯尔可汗。这才来到这里。我现在已经无处栖身，只能随着各位姐姐走了。"

阿鲁莫尔根哈敦很佩服奈古莱高娃公主的勇气。她上下仔细端详，发觉奈古莱高娃生得面容娇艳，如同日月生辉。头顶上像有鹦鹉在啼鸣，双肩上像有金蚊在萦绕；在日光下好似能够溶化，在月光下更像就要凝结；在漆黑的夜晚，可以在她的辉映下守夜看马。阿鲁莫尔根心中暗暗欢喜："她的神灵像如意宝一样，她真是具足佛法的仙女之化身啊！"

这时，却玛荪高娃哈敦听了奈古莱高娃的话，忙打开随身携带的九九八卦命运书。书中记载分明，奈古莱高娃果真是自己的表妹。她俩上前相认。却玛荪高娃说道："你我原本是姐妹，今后你就跟我们一同走吧。"

奈古莱高娃的一颗心这才放回肚里，满心欢喜地上前叩见阿鲁莫尔根哈敦，并拜见了哈斯高娃哈敦、钟哈达理哈敦、曼达丽高娃哈敦和额尔敦格日泰哈敦。又同烈察布和萨仁额尔敦见面。奈古莱高娃为六位哈敦的绝世容颜所倾倒，她们六位也为奈乎莱高娃的八名侍女叫绝。

奈古莱高娃上前一步跪下，详细叙述了纳钦可汗的暴行和自己这些年来所承受的痛苦。六位哈敦听后掉下眼泪痛哭不已。在她们的哭声中雷声阵阵，巨龙呼啸，大地震颤。

这时，吉苏代斯钦从后边赶来，跪着向阿鲁莫尔根哈敦禀报了途中的一切经过。阿鲁莫尔根哈敦听后连声称赞。吉苏代斯钦又说："我们坐在这里也没有什么作为，还是返回去为好。纳钦可汗说不定会派手下追回奈古莱高娃公主，我们早一点离开这里是上策。而且，我也想早一点拜见可汗的圣颜。"

大家都赞成他所说的，阿鲁莫尔根哈敦率领大家走下山来。萨仁额尔敦上前对阿鲁莫尔根哈敦说道："我曾许愿为圣主再尽一份心力，现在这个心愿已了。我想随你们回去，再为祖母和父母及各位哈敦效力。"

阿鲁莫尔根哈敦夸他道："萨仁额尔敦你说得对，如果不是你降下凡尘，谁来引见奈古莱高娃呢？"其实，如果不是阿鲁莫尔根哈敦等出征，奈古莱高娃也不会来投诚的。阿鲁莫尔根哈敦一行人于酉年八月踏上回返路程，于十月二十六日回去部落。

这一天，十方圣主格斯尔可汗感到出征的六位哈敦及烈察布等该回来了，遂率领茹格慕高娃哈敦等三位哈敦及三十位勇士登上白塔。远处隐约看见阿鲁莫尔根等正向这边走来。

此时，烈察布对阿鲁莫尔根说道："我先行一步，将萨仁额尔敦下凡、奈古莱高娃投诚和吉苏代斯钦前来效力等事向圣主报喜。”

阿鲁莫尔根哈敦等答应了他的请求。烈察布头顶上升起五色彩虹，发出二十条巨龙的呼啸声先奔驰过来了。

格斯尔可汗在塔顶见了，对三十位勇士说道：“看见没有？烈察布喜气洋洋地奔驰过来了，知道是什么喜事吗？”

金仙女茹格慕高娃哈敦道：“喜事就是，我们又多了一朵绚丽的鲜花！三十位勇士又增加了一个智勇双全的好汉，扎萨之孙，就是烈察布之子降下凡尘前来效力。纳钦可汗的朝廷摇摇欲坠，圣主的江山稳如磐石。纳钦可汗的领土将成为我们藩属，纳钦可汗的一切也将归我们所有。还增添了八位侍女！”众勇士听了茹格慕高娃哈敦的话后都高兴不已。

这时，烈察布已经来到面前。他跪到圣主面前，把萨仁额尔敦降下凡尘引见奈古莱高娃公主和八名侍女及吉苏代斯钦随行投诚，她们杀死三只蜣螂和向阿鲁莫尔根哈敦哭诉自己的遭遇等等一一做了禀报。大家听后非常高兴。

不久，阿鲁莫尔根哈敦率领大家登上白塔，叩见圣主，把自己一行人出征的经过做了禀报。奈古莱高娃和吉苏代斯钦及萨仁额尔敦上前叩见格斯尔可汗。格斯尔可汗取出珍珠宝衣赏给大家。大家穿上珍珠宝衣，叩首谢恩。

格斯尔可汗传令摆下海洋一般丰盛的酒宴，为众人庆功。当天，即十月二十六日，格斯尔可汗与奈古莱高娃公主完婚。

烈察布解开金荷包把超通放了出来。超通走过来给格斯尔磕了个头，转过身子坐在一旁一声不吭。格斯尔知道了他在路上干的坏事而心中不快。他抽出九庹长的金刚宝剑就要斩超通，被众人上前劝住了。

宴罢，格斯尔可汗召集三十位勇士，要趁纳钦可汗卧病之机把他消灭掉。他跨上枣骝神驹，背上万星宝箭壶，身穿乌金甲，头戴享誉宝盔，斜挎乌雕强弓，箭壶插上白羽神箭，腰悬九庹长金刚宝剑。他还带上了金荷包、擒日黄金索、白银罩月索和九股铁索套，以及水火二宝、聚星宝盾。他对众勇士下令道：“烈察布、苏米尔之子格日勒泰斯钦、苏布代、巴木苏日扎那你们四位留守家园，其他勇士随我一同出征。留守的四位勇士要看守好超通叔父！”于是烈察布闻声，上前对超通诺颜招了三次，把超通放入了金荷包内。

格斯尔骑着枣骝神驹准备出发了，三十位勇士看圣主后发现，他比以往更显威风。他在马上向上界祷告。他的祷告惊动了娜布莎胡日扎祖母。

祖母派三位神姐化身杜鹃鸟下凡对格斯尔可汗说道：“你们去时要像斑斓猛虎一样，割庄稼般消灭敌人。要彻底消灭敌人降服那个地方，自己也要提高警惕！”三位神姐说完后返回天宫。

酉年十二月十五日晨，格斯尔可汗率领三十位勇士和三百位先锋出征。只见空中千龙呼啸，大地动摇。头顶上显出千佛尊像，身绕千道霞光。枣骝神驹口鼻浓烟滚滚，四蹄火星迸溅。千百种鸟儿在空中飞舞，野兽猛虎在地上欢跳，金刚力士左右维护，像下山猛虎般踏上征程。三十位勇士紧随左右，像巨鸟儿的双翼。

格斯尔可汗率领众勇士，将二十一年的路程缩短后于狗年正月来到沙砾山上。他们往前又走了一个月，抵达那座寒冷的高山。他们登上山顶，观察敌情。三十位勇士摩拳擦掌，恨不得立刻冲锋陷阵。

正好这个时候，纳钦国的大臣向可汗请示道：“奈古莱高娃公主前去祭祀神树至今未归，可汗您的病情也不见好转，我们岗哨也没有一人前来报信，这一切都显得那么反常，我们不能再等了，应该召集大军人马去看一看。”

纳钦可汗躺在病榻上说道：“我这个病也不知什么时候才能好转，一定有什么事了。我那个女儿和吉苏代斯钦早应该回来了。他们不回来，我想可能出了什么问题，你们带大军人马过去是对的。目前，我觉得浑身无力，神通变化也不及以前了，我的功力在渐渐减弱。你们带兵去吧。”

他们退出来，日德纳、贺鲁格、萨格拉代、色热格勒代、胡莫尔根、希迪苏娃六位勇士商量着要一齐出征。这时，突然有一人跑进来禀报道：“格斯尔可汗率领三十位勇士过来了。他扬言要趁国王病重之机前来活捉。”纳钦可汗和手下众勇士都惊恐不已，都嘟囔道：“这可怎么办？事先为什么连一点消息也没有？我们都快要变成一群废物了！”

这时，格斯尔可汗率领三十位勇士和三百位先锋冲过纳钦可汗的最后岗哨，直抵城下高声呐喊："纳钦可汗，快出来!"

此时，萨右古德和格尔苏察达克莫尔根正溃败到城下，想要逃入城中。苏米尔发现后向圣主请令道："这两个我来对付，我去把他们收拾了!"格斯尔可汗同意了。苏米尔催开追风碳黑马追上前去。萨右古德和格尔苏察达克莫尔根早成惊弓之鸟，不敢迎战，逃入城中，苏米尔只得返回来。

萨右古德和格尔苏察达克莫尔根逃入城中见纳钦可汗后跪禀道："大王，我们的死期到了！刚才有一个人向我们冲来。他所经之处石头崩裂，树木折断，天摇地动。凭我们几个实在无力取胜，所以只得退回城来。"

纳钦可汗听后急忙带病召集兵马。他率领军队大开城门，来到格斯尔可汗对面的青草滩上排开八层阵势。

格斯尔可汗在马上下令道："三十位勇士，不必惊慌！当你们饥渴难耐而无力再战时就向我祷告吧，我会给你们送去圣食甘泉！当你们精疲力竭而无法攻敌时，就向我祷告吧，我会把我的无敌神力分给你们！当你们攻敌不胜而需要后撤时就向我祷告吧，我会为你们解除疲倦再添神力！当你们奋勇杀敌而后力不继时就向我祷告吧，我会扬起漫天尘雾把你们掩护！三十位爱将啊！你们自己也要格外留神，千万不要留下遗憾!"

扎萨听后说道："我们什么时候违背过圣主的旨谕！请您放心，别说是面前的这几个敌人，比他厉害的魔王，我们不是也降伏了吗？不管怎么样，我们也要冲进去，把那个疾病缠身的纳钦可汗活捉过来!"

吉苏代斯钦也上前跪下启奏道："这些军队我都曾带领过。另外，纳钦可汗有三个灵魂，我也知道藏在什么地方。"

这时，孔雀王从空中飞来，落到格斯尔可汗面前，把从前对萨仁额尔敦和伯依通说过的话，又重新复述了一遍。格斯尔可汗听了非常感动，取出释迦牟尼佛祖赐给的圣食，请孔雀王进食。扎萨也感激它对自己的护魂之恩，取出甘露请它喝。借圣食和甘露的功能，它变成了一只神通广大的孔雀。

南充等得不耐烦了，他催开坐骑，扬起漫天沙尘，首先冲入敌阵，连砍了三千人后退出来。接着，希迪和红眼冲入敌群，各自杀了三千人后回来了，苏米尔不甘落后，冲上前去。色格勒泰见了，紧随其后。他二人冲入敌阵，一阵混杀，好似天地浑然一体。敌人首尾难顾，敌我不分，乱成一团。不大功夫已有十万敌兵倒在地上。他们正杀得兴起，魔王手下的萨格拉代见了，大喝一声："好凶狠的贼人，我跟你们拼啦!"冲上来截住色格勒代，战成一团。

恰逢格日勒泰太吉冲入敌阵，他见色格勒代被敌人的一个勇士逼迫的手忙脚乱，偷偷掩过去一刀拦腰斩断。若非格日勒泰太吉上前助战，色格勒代必将遭遇不幸。他们又杀了十万二千人后退出来。

接着，扎萨、巴木希古尔扎、达来淖尔、陶利、萨仁额尔敦、那仁额尔敦、珠拉、赛音额尔敦、班珠尔六勇士冲入敌群，不分好坏强弱一阵狠杀。他们一边砍杀，一边口喷熊熊烈焰，唤来狂风骤雨助战。敌兵被火烧焦，被雨打晕，不分东西南北，亡命逃窜。扎萨一个人杀死二十万敌人，萨仁额尔敦杀死十万敌人，珠拉杀死二千敌人，其他勇士也分别杀死数千敌兵。

纳钦可汗手下的日德纳勇士对贺鲁格勇士说道："好厉害的敌人！我们的军队眼看要死伤殆尽了，我俩上去吧!"

格斯尔可汗看到敌方有两个勇士加入战场，阿南达、阿勒泰斯钦、阿勒泰、阿拉坦、察干哈尔查盖、纳钦双胡尔、达兰泰乌仁、猛虎勇士、毕希热勒图、伯依通、荣萨等十二位勇士上前助阵。他们冲入敌阵，天地浑然一体。

日德纳、贺鲁格指挥兵卒扑来。十二勇士迎头冲上，挑选那些强悍的敌兵敌将追杀。这时，格斯尔可汗亲自带领两个太子和浩勒赤、达兰泰斯钦、吉苏代斯钦、阿斯迈诺颜、大答右、小答右、大呼日格奇、小呼日格奇、敖嫩青答右、尼斯答右以及三百位先锋一声呼哨掩杀过去。看到圣主亲自冲杀，上界天神齐来维护，百鸟也盘旋顶空。一时间，千万条巨龙呼啸，天空旋转，大地震荡。

纳钦可汗看到格斯尔可汗杀来，他也冲入阵中。整个战场上尘土飞扬，敌兵分不清敌友，自相残杀。

扎萨和萨仁额尔敦二人快刀斩敌，敌人就像是熟透的禾穗，成批地倒下，顿时血流成河。格斯尔可汗与纳钦可汗也展开一场你死我活的搏杀。南充、苏米尔、红眼、希迪、格日勒泰太吉率领所有人员冲过来。敌人再也支持不住了，四下逃窜。浩勒赤取出宝葫芦，放出阵阵火焰，敌兵被烧得皮焦肉绽。南充独自又杀死一万人。苏米尔杀死三万六千人，他像一只饥饿觅食的鹰隼，四下观看，只见圣主与纳钦可汗战成一团。

不远处，扎萨、达来淖尔、珠拉联手攻击日德纳。这边，萨仁额尔敦和那仁额尔敦双战贺鲁格勇士。西边闪电河谷，阿南达、巴木希古尔扎猛虎勇士对萨右古德和齐达克格尔苏莫尔根厮打。毕希热勒图、察干哈尔查盖、纳钦双胡尔、陶利、阿勒泰斯钦与敌方的希迪苏娃和胡莫尔根交战。阿拉坦、达兰泰乌仁、伯依通、荣萨等正在四处追剿溃逃的敌兵。三百位先锋和六位译神正团团围在格斯尔可汗身旁。吉苏代斯钦不在圣主身旁，他正带领浩勒赤、达兰泰斯钦和阿斯迈诺颜追杀逃向三百层城堡的残敌，放火将城堡烧成一片火海。

苏米尔和色格勒泰过去帮助萨仁额尔敦。这时，南充也过去为扎萨助战，红眼过去为珠拉助战，格日勒泰太吉为猛虎勇士助战，希迪四处接应。

此时，格斯尔可汗知晓了三十位勇士已经把敌人团团包围。他自己也想快一点杀掉纳钦可汗，暗中向上界佛尊天神祷告，抽出九庹长的金刚宝剑砍杀纳钦可汗。纳钦可汗的功力与他也是旗鼓相当，一时分不出输赢。这时，萨仁额尔敦与苏米尔头顶上升起五色彩虹，把贺鲁格勇士砍死。他俩担心格斯尔可汗久战之后受到伤害，忙过来助战。

南充和扎萨二人向上界佛尊天神祷告后，杀死了日德纳勇士。之后，他们俩也过来助战格斯尔可汗。阿南达、毕希热勒图、猛虎勇士等也杀死了萨右古德、齐达克格尔苏莫尔根、希迪斯钦、胡莫尔根等敌人，也来到格斯尔身旁相助。阿拉坦、达兰泰乌仁、伯依通、荣萨等勇士们也清扫完战场，来到这里相助。吉苏代斯钦攻入纳钦可汗的城堡，他把大家领到一处用一千块铁砧铸成的大铁板前，吉苏代斯钦指了指那块铁板说：“纳钦可汗的灵魂就在下面！”

大家掀开铁板后发现，下面有一条花蛇、一只金蜘蛛和一对金银大针。他们下去把它们捉住，赶到格斯尔可汗身旁。

这时，格斯尔可汗与纳钦可汗仍然打得难解难分。看出纳钦可汗体力不支了，扎萨等三十位勇士和三百先锋刀箭在手紧随圣主左右。

吉苏代斯钦在战场外燃起一堆大火，把花蛇扔进火中。花蛇在火中被烧得猛跳猛窜。纳钦可汗突然功力剧增，立刻挽回劣势。萨仁额尔敦看明白了原因后纵入火中，一刀挥断花蛇。接着他又手提蛇首蛇尾一阵甩动，脱开骨节后重新抛进火中。之后他又进入战场与纳钦可汗厮打。

这时，吉苏代斯钦又把金银大针和金蜘蛛抛入火中，自己从火上连跨三次。纳钦可汗还在勉强支持，于是吉苏代斯钦取出弓形锥，一锥刺死了金蜘蛛。

纳钦可汗再也支持不住了，他也知道自己的生命到了尽头。但他仍然在临死之前反噬一口，举着大刀向格斯尔可汗扑过来。扎萨在旁见了，一刀下去，砍下纳钦可汗的双臂。珠拉快速发出两箭，射入了纳钦可汗的眼眶里。吉苏代斯钦伸手从火中捡起金针，使劲折弯，并念起了咒语“希鲁，希鲁，古如，古如”。纳钦可汗倒在地上了。吉苏代又捡起银针拗折，念起了同样的咒语。

纳钦可汗倒在地上临死前还痛骂道：“格斯尔，你的子孙后代会步入我的后尘，三十位勇士会像我部下一样被人屠尽，你的哈敦会躲入他人的怀抱中！吉苏代斯钦你欺骗了我，还有奈古莱高娃，你们俩早晚会离开格斯尔，另投他主！”

吉苏代斯钦听后骂道：“你父亲的头！你母亲的脑袋！你是谁的可汗？我告诉你，你是个大蠢货！人世间已经没有你栖身之地，阴曹地府将是你的好去处了！”吉苏代斯钦骂完就把他一刀斩死了。

十方圣主格斯尔可汗与纳钦可汗大战两昼夜，于狗年五月二十七日把他斩于刀下，他们屠尽了纳钦可汗的五亿三百万军队，根除了他的子孙后代，俘获了众多嫔妃，缴获了三百层城堡和无数财宝。

格斯尔可汗率领三十位勇士进入城中，进行了三次煨桑镇定了此地。一时间，地下涌出喷泉，天上飞来百鸟长出茂密的树木花草，其间有无数野兽在奔跑。格斯尔给这里起名叫做“云雾原野”，格斯尔在这里建起寺院，塑起佛像，使这里政教兴旺，国泰民安。

如果没有萨仁额尔敦、吉苏代斯钦、奈古莱高娃哈敦、阿鲁莫尔根哈敦和却玛荪高娃哈敦等，一时之间是无法杀死纳钦可汗的。因此，这次战役中当数他们功劳最大。因此格斯尔可汗将纳钦可汗的策晨策格策尔格哈敦赏给了萨仁额尔敦，又把萨右古德勇士之妻赏给了察干哈尔查盖，把日德纳之妻赏给了珠拉，把贺鲁格之妻赏给了格日勒泰斯钦，把希迪斯钦之妻赏给了格日勒泰太吉，把胡莫尔根之妻赏给了那仁额尔敦，把齐达克格尔苏莫尔根之妻赏给了达来淖尔，把欣迪之妻赏给了宝迪，把萨格拉代之妻赏给了格古勒齐陶利，把萨仁莫尔根之妻赏给了格图勒格齐陶利，把依斯鲁之妻赏给了额德尼勇士，把阿日亚斯钦之妻赏给了格代勇士，把比鲁斯钦之妻赏给了纳钦双胡尔。格斯尔可汗又打开纳钦可汗的宝库，把他收藏的珍宝全部赏给了三十位勇士和三百位先锋，大家一齐上前叩首谢赏。

狗年六月初八，格斯尔可汗设坛祷告过上界佛尊天神后，踏上了回返的路程。他们来到萨仁额尔敦最初投金书的地方，格斯尔可汗在这里建了一座观音庙，塑佛像，建坛城。还为那三眼清泉起名为“恰布恰兰泉”。他取出随身携带的甘露净水，在三眼泉中洒下。从此，云雾原野处处阳光明媚，风调雨顺。

格斯尔可汗率领众勇士，像黑斑猛虎般奔向自己的部落。他们快到来之时，茹格慕高娃率领六位哈敦登上白塔瞭望远方。正此时，远处猛虎呼啸，红尘蔽日，格斯尔可汗率领三十位勇士归来了。格斯尔可汗到来后向七位哈敦详谈了出征的全部经过。哈敦们和格热勒泰斯钦、苏布代勇士、巴木希古尔扎、烈察布等听说纳钦可汗被杀，兴奋不已。烈察布从金荷包中放出超通诺颜，超通上前叩见圣主和大家。格斯尔可汗命人从库中取出珍珠宝衣，赏给察尔根老人等众人，但没有给超通。大家上前磕头谢恩。

遵照格斯尔可汗的恩赐，苏米尔把带来的贺鲁格之妻交给了三岁的格日勒泰斯钦，格日勒泰斯钦上前叩谢圣恩。超通由于没有得到赏赐，羞惭地返回家中。

格斯尔可汗率领三十位勇士，向上界的娜布莎胡日扎祖母、父皇霍尔穆斯塔腾格里、佛祖释迦牟尼、挚友三天神和三位神姐行三叩九拜之大礼，感谢他们保佑自己消灭了纳钦可汗。

除十恶之源的大恩大德的贤明圣主格斯尔可汗消除纳钦可汗之后，举行了大海般的盛大宴席，之后他和众勇士过上幸福的生活。同时，他还修筑了寺庙和佛塔，兴建坛场，供奉《甘珠尔》和《丹珠尔》经，授徒传戒，弘扬佛学，造福人类，光泽普照了世间。他消灭纳钦可汗后缴获无数珍宝，将奈古莱高娃为哈敦之章结束。

祝愿有情众生托生于佛国！先贤们教导说，如想听格斯尔可汗的故事，必要遵循佛法之礼数，将会功德无量。

参考文献

1. （明）叶子奇《草木子》卷3，中华书局，1959年。

2. 《新唐书·吐蕃传》卷216，中华书局，1975年。

3. 道润梯步新译简注《蒙古秘史》，内蒙古人民出版社，1978年。

4. 札其斯钦著《蒙古与西藏历史关系之研究》，正中书局印行，1978年。

5. ［苏］Б·Я·符拉基米尔佐夫著《蒙古社会制度史》，中国社会科学出版社，1980年。

6. 吴天墀著《西夏史稿》，四川人民出版社，1980年。

7. 萨囊彻辰著，道润梯步译校《蒙古源流》，内蒙古人民出版社，1980年。

8. 罗布桑却丹著《蒙古风俗鉴》(蒙古文版)，内蒙古人民出版社，1981年。

9. 王辅仁编著《西藏佛教史略》，青海人民出版社，1982年。

10. 王辅仁、索文清著《藏族史要》，四川人民出版社，1982年。

11. 陈开俊等译《马可波罗游记》，福建科学技术出版社，1982年。

12. 周锡保著《中国古代服饰史》，中国心甘戏剧出版社，1984年。

13. 耿昇、何高济译《柏朗嘉宾蒙古行纪·鲁布鲁克东行纪》，中华书局，1985年。

14. （宋）彭大雅撰，徐霆疏证《黑鞑事略》，内蒙古地方史志编纂委员会总编室编印《内蒙古史志资料选编・第三辑》，呼和浩特市玉泉区印刷厂印刷，1985 年。

15. 赵珙著《蒙鞑备录》，《丛书集成初编》，中华书局，1985 年。

16. ［意］图齐、［西德］海西希著《西藏和蒙古的宗教》，天津古籍出版社，1989 年。

17. 巴雅尔图著《北京版〈格斯尔〉研究》，内蒙古大学出版社，1990 年。

18. 固始噶居巴・洛桑泽培著，陈庆英、乌力吉译注《蒙古佛教史》，天津古籍出版社，1990 年。

19. 王迅、苏赫巴鲁编著《蒙古族风俗志》（上），中央民族学院出版社，1990 年。

20. 乌力吉著《蒙藏〈格斯（萨）尔〉关系》（蒙古文），民族出版社，1991 年。

21. P. 斯・涅克留多夫著《蒙古人民的英雄史诗》，内蒙古人民出版社，1991 年。

22. 却日勒扎布著《蒙古〈格斯尔〉研究》（蒙古文），内蒙古教育出版社，1992 年。

23. 尕藏加著《西藏佛教神秘文化密宗》，西藏人民出版社，1996 年。

24. 陶宗仪著《南村辍耕录》，中华书局，1997 年。

25. （南宋）郑思肖著《心史・大义略叙》，四库全书存目丛书集部 21，齐鲁书社，1997 年。

26. 德勒格编著《内蒙古喇嘛教史》，内蒙古人民出版社，1998 年。

27. 赵秉理主编《格萨尔集成》（1—5 集），甘肃人民出版社，1998 年。

28. 尚刚著《元代工艺美术史》，辽宁教育出版社，1999 年。

29. 盖山林著《蒙古族文物与考古研究》，辽宁民族出版社，1999 年。

30. 降边嘉措著《格萨尔论》，内蒙古大学出版社，1999 年。

31. 五世达赖喇嘛著，刘立千译《西藏王臣记》，民族出版社，2000年。

32. 索南坚赞著，刘立千译《西藏王统记》，民族出版社，2000年。

33. 韩儒林著《穹庐集》，河北教育出版社，2000年。

34. 刘金锁整理注释《十善福白史册》，内蒙古人民出版社，2000年。

35. 拉希彭斯克著，胡和温都尔校注《水晶珠》，内蒙古人民出版社，2000年。

36. 熊梦祥著《析津志辑佚》，北京古籍出版社，2001年。

37. 方龄贵校注《通制条格校注》，中华书局，2001年。

38. （元）李志常著，党宝海译注《长春真人西游记》，河北人民出版社，2001年。

39. 义都合西格主编《蒙古民族通史》，内蒙古大学出版社，2002年。

40. 史金波、黄润华著《少数民族古籍版本——民族文字古籍》，江苏古籍出版社，2002年。

41. 达力扎布著《明清蒙古史论稿》，民族出版社，2003年。

42. ［瑞典］多桑著，冯承钧译《多桑蒙古史（上）》，中华书局，2004年。

43. 杨强著《清代蒙古族盟旗制度》，民族出版社，2004年。

44. 乌力吉巴雅尔著《蒙藏文化关系研究》，中国藏学出版社，2004年。

45. 玛·乌尼乌兰著《卫拉特〈格斯尔〉研究》，民族出版社，2004年。

46. 史卫民著《元代社会生活史》，中国社会科学出版社，2005年。

47. 张亚莎著《西藏美术史》，中央民族大学出版社，2006年。

48. ［英］罗伯特·比尔著，向红笳译《藏传佛教象征符号与器物图解》，中国藏学出版社，2007年。

49. 胡日查著《清代内蒙古地区寺院经济研究》，辽宁民族出版社，

2009 年。

50. 姚大力著《蒙元制度与政治文化》，北京大学出版社，2011 年。

51. 罗文华主编《木雅地区明代藏传佛教经堂碉壁画》，故宫出版社，2012 年。

52. 石硕等著《青藏高原碉楼研究》，中国社会科学出版社，2012 年。

53. 泰亦赤兀特 · 满昌著《蒙古萨满》，内蒙古人民出版社，2012 年。

54. 当增扎西著《藏族观音文化研究》，中国藏学出版社，2013 年。

55. 纳 · 才仁巴力编著《德都蒙古民间文学概要》，民族出版社，2014 年。

56. 乌 · 新巴雅尔著《蒙古〈格斯尔〉探究》，内蒙古文化出版社，2014 年。

57. 陈岗龙、哈达奇刚等译《十方圣主格斯尔可汗传》，作家出版社，2016 年。

58. ［苏］C · B · 吉谢列夫著，孙危译《古代蒙古城市》，商务印书馆，2016 年。

59. 王沂暖、华甲译《格萨尔王传 · 藏族英雄史诗》，中国国际广播出版社，2016 年。

60. 才让著《藏传佛教信仰与民俗》，上海古籍出版社，2017 年。

图书在版编目（CIP）数据

北京木刻本《十方圣主格斯尔可汗传》名物词汇研究/董晓荣著．—北京：中国藏学出版社，2022.10

ISBN 978－7－5211－0406－6

Ⅰ.①北…　Ⅱ.①董…　Ⅲ.①蒙古族－英雄史诗－中国②《十方圣主格斯尔可汗传》－名物化－词汇－研究　Ⅳ.①I222.7②H212.3

中国版本图书馆CIP数据核字（2022）第185040号

北京木刻本《十方圣主格斯尔可汗传》名物词汇研究

董晓荣 著

责任编辑　永红　张欣
封面设计　李建雄
出版发行　中国藏学出版社
印　　刷　廊坊市佳艺印务有限公司
印　　次　2022年11月第1版第1次印刷
开　　本　787×1092毫米　1/16
印　　张　24.5
字　　数　389千
书　　号　ISBN 978－7－5211－0406－6
定　　价　88.00元

图书若有印装质量问题，请与本社发行部联系
E-mail：dfhw64892902@126.com　电话：010－64892902